大秦帝国

毛颖◎著

江苏凤凰文艺出版社
JIANGSU PHOENIX LITERATURE AND ART PUBLISHING

图书在版编目（CIP）数据

大秦帝国 / 毛颖著. -- 南京 : 江苏凤凰文艺出版社, 2021.12（2023.7重印）
ISBN 978-7-5594-6088-2

Ⅰ. ①大… Ⅱ. ①毛… Ⅲ. ①长篇历史小说－中国－当代 Ⅳ. ①I247.5

中国版本图书馆CIP数据核字（2021）第122237号

大秦帝国

毛 颖 著

责任编辑：张 倩
特约编辑：白润泽 温爱华
出版发行：江苏凤凰文艺出版社
南京市中央路165号，邮编：210009
网 址：http://www.jswenyi.com
印 刷：三河市冀华印务有限公司
开 本：710mm×1000mm 1/16
印 张：29.75
字 数：369千
版 次：2021年12月第1版
印 次：2023年7月第4次印刷
书 号：ISBN 978-7-5594-6088-2
定 价：68.00元

目录

卷一 西风长啸

卷二 帝国晨曦

卷三

乱世狂歌

卷四

终极权谋

卷五

烈焰焚天

卷一 西风长啸

望族的血火末路。

无名女人从巅峰到谷底的宿命。

亡命旅途中婴儿的啼哭挣扎，血肉唤起的生命意志。

一张羊皮卷，几代人的浴血奋战，半个稍纵即逝的机会……

蛮荒中的顽强与智慧。

从昔日的胜利者手中讨回尊严。

艰辛的创业之路。

望向东方的眼睛；兄终弟即的权力接力；白捡来的治国栋梁；替代千军万马的跨国婚姻；先嫁侄子、再嫁伯父的公主……一场心理博弈引发的政治三级跳。

联盟、背叛、光荣、失败……

万人坑边的铮铮誓言。

霸主时代。

第一章

年轻的母亲

女人的头发让早春和暖的风吹得飘舞起来，映着阳光，像是透明的。洁白的丧服、洁白的面庞、洁白的乳房，还有怀里静静吸吮乳房的红通通的婴儿，在草场无边静谧的绿中，宛若一尊凸起的雕像。

她就这么雕像似的坐着，静静地看着男人把小丈夫埋进土里。小丈夫是男人最喜欢的弟弟。她则是男人送给弟弟的礼物。从记事起，她就知道，自己命中注定要做嬴家的女人。她在出嫁的前一年，见过男人一次。她有些怕他。他太魁梧了！她害怕自己会被那巨大的身躯压扁……她记得，想到这儿的时候，浑身忽然烧起来一样，滚烫得喘不上气。她万没想到，男人接了她来，却把她一把推进另一座房子。那里，住着他瘦弱苍白的弟弟。她听见男人对弟弟说："给你个女子，好生待着。"她蒙了。等回过神来，男人早没了影儿。小丈夫告诉她："男人在朝歌城当大官，已经回去了。"又说，"如果想回家，等男人再回来时，他去说。"让她就在这里等，他可以不碰她，莫让别人知道了……她坐在地上哭，自己也不知道哭什么。这一哭就是一天，小丈夫让她去榻上，而自己卷了垫子睡地，一睡就是十几天。后来，她不哭了，呆呆地歪着，看小丈夫早晨出去，黄昏回来，睡到地上；呆呆地听他夜里不停地咳嗽。终于有一天，她把梦里咳嗽着的小丈夫摇醒，拉上榻，解开怀，死死抱住他冰冷的身子，直到把他暖过来。小丈夫不咳了，转过身，也死死抱住她……从那以后，她就和小丈夫过起日子，有时候还有说有笑的。肚子大起来的时候，她开始给小丈夫到处找药——他已经咳得只剩一口气和一把骨头了。再后来，男人回来了，带了最好的药，可还是没留住小丈夫的命。孩子出生时，小丈夫死了，也没见上最后一面……

一线泪水热热地淌下来，眼里男人的身影和小丈夫的坟洗过了似的清亮。男人不说话，飞起身子骑上马背，弯腰一提，把她和孩子扔在身后。马嘶鸣一声跑起来，差点儿把她们母子甩下去。孩子哭了。

她忍住惊恐和马背生动、温热的颠簸，别无选择地腾出一只手，紧紧揪住男人的腰带。她想，除了男人，自己大概是世上第二个骑在马背上的人了。野男人！骑在光溜溜的马背上！他要是分一半，不，哪怕一成的强壮给他弟弟，她现在就不会在马背上担惊受怕！

她真想打男人几拳。可一只手抱着孩子，另一只手揪着男人腰带。她气得流泪，用头使劲撞男人脊背，石头一样硬，撞得她脑门生疼，头晕眼花。她被自己激怒了，母狼般张大嘴巴，照准男人坚实的肌肉，狠命咬下去。她尝到了血的味道，心里忽地颤抖起来。一声凄厉的嘶叫，狂奔的马骤然停住。

殷帝辛万没料到居然有人敢反抗他，而且来得这么浩荡，这么决绝，这么亡命。东征不利的恼怒化为愤恨，烈火般燃起来。他低沉地吩咐："朝诸侯兵围杀叛逆。命恶来即回。"就这么，刚葬罢弟弟，还未及好生安顿咬下自己一块肉的女人，男人就又骑上他的马。女人披散着头发拦住他问："我怎么办？我去哪儿？"他勒住马缰，转头回答："好生待孩子。"然后就跟前一次一样，一溜烟不见了。

从那天起，一大群仆役围住了女人和孩子，给他们所需要的一切，女人不用再干活儿了。仆役的头儿告诉她："恶来大人吩咐，就把这孩子当成他亲生的。"从那天起，女人住进了男人的家，生命里只剩两件事：哺育孩子和等男人回来。

恶来赶到牧野时，殷帝辛已没了踪影。漫山遍野都是尸体。他怎么也不相信，威猛无敌的辛，真的败了，更不相信辛留下的传令官的话："命嬴部护卫在外帝室远避，勿复战，勿赴朝歌。"他不相信，不认输！他平生第一次没按照辛的话去做，挥起重矛，率领子弟兵，迎向百倍于己的西军。

仗着个人勇力，几乎是只身逃回朝歌城的殷帝辛，听到恶来抗击西军的消息，沉重地闭上眼，长叹一声："该死的莽夫！如此，家国休矣！"他不需要再等其他消息，也不想再听到任何消息。他独自走上巍峨华丽的鹿台，极力回忆发生在这里的所有美好、荒诞、残酷和温馨，然后亲手点燃每一处，亲手把姬妾子女一个个投进烈火。听着不绝于耳的惨叫哀求，他笑得流泪——作为一个人，他尽可以骄傲地去死；可作为帝君，应该骄傲地去死的，绝不只他自己。他是帝君，而不只是一个人。他天生就是帝君。他没得选择。他们，也没得选择。

这回轮到西军首领姬发不相信了——把商帝及其悍兵杀得片甲不留的

八百诸侯，竟在恶来区区百乘的阻挡下，再前进不了一步！前军不断来报，每次说的几乎都一样：我军折损惨重，又亡数将，诸侯畏惧，请定夺！他在"我就不信拼不过你"的意气和"不能一味地这样耗下去，必须得想个万全之策"的理性中苦苦挣扎，几近崩溃。谢天谢地，终于等来了不同的消息——敌将谓王："诛姬昌者，恶来也；俎伯邑考者，亦恶来也。今请就戮，裂嬴地，以弭兵，复朝殷廷。弗允，则甘冒万死与战……"须发皆白的吕尚一听，连忙提醒："彼不敌也，请加重兵灭之。不然，后患不已！"姬发会意，立即调集全部中军，亲领着掩杀过去。

在姬发波澜壮阔的生命历程中，那也许是他走过的最艰难的几里路。他的战车，差不多是碾着己方军士尸体，一步步挪到精疲力竭、浑身是血的恶来面前。看着曾发誓碎尸万段的仇人，看着仇人浑身上下不断喷涌着鲜血和数不清的伤口，看着那深深插入血水浸泡的泥土的、断了头的重矛，不知为什么，视听竟有些模糊起来。他不自觉地示意停车，身后千军万马随即停住。整个牧野，凝固在令人窒息的血腥气中。

不知过了多久，他终于鼓起勇气，挥动长剑。身后立刻响起隆隆的脚步声和车轮声。恶来忽然一笑，露出森白的牙齿。脚步声和车轮声戛然而止。姬发心底一寒，随即更加有力地挥舞长剑。脚步声和车轮声再次响起。恶来应声挺身，奋力擎起重矛。蜂拥的西军，竟再一次停住。埋藏已久的仇恨，恶魔般蔓延了姬发的整个身心。他听到自己的心跳，听到自己牙关紧咬的脆响。他眼里喷出怒火，死死地盯着对手，从牙缝里低低挤出一句："俎此贼者——侯！"

受了"封侯"鼓舞而忘死前冲的军士碰到伫立着的恶来的时候，那魁梧的身躯，枯叶般飘了出去，软软倒地。被满腔仇恨灼烧着的姬发，再没看见恶来的身影，耳畔久久萦绕杂乱疯狂的利刃砍割肉体的声音。

在家苦等的女人，并不知道牧野发生了什么，更甭说朝歌城了。她不明白，为什么声名显赫的嬴部，一夜之间就乱作一团。她被一队刚猛的武士拥着、围着，匆匆上了车。没人告诉她要去哪里。她没有选择的权利，甚至没有被告知的权利。唯一能做的，就是呵护怀里的孩子。走得太匆忙了，好多孩子用的、自己用的东西都没来得及带。那些武士只知道要把母子都带上走路，根本不管别的。

路让人想不到的长，想不到的匆忙，想不到的凶险。本还抱着一丝希望的女人，被沿途不断的险情、厮杀吓蒙了。她不相信，天底下还有谁敢跟姓嬴的动手。更让她不相信的是，当终于忍不住掀开帘子、探头张望时，原本黑压压一大片护卫她们的武士，竟只剩了寥寥可数的几个，而且个个浑身血污，一脸垂死的疲惫。远处，稀稀拉拉的还有几股人车，都打着嬴家的黑旗，都那么龌龊疲沓，在广阔的原野上，若即若离地缓缓向东挪，既不靠拢，也不离散。

孩子没吃食，哭得脸发紫。两个护卫武士去找吃的，不久回来一个，背着一头还喘气的野羊，放了半头盔羊血捧给女人，说："请速用，引乳以饲幼主。"女人问："同行的那位呢？"武士摇摇头，不再说话。她皱着眉头，把腥热的羊血喝了。那武士肢解了羊，割成大小十几块，留下一块，驾着车，不辞辛劳地把其余的一块一块分发给另外几簇打黑旗的队伍。女人问旁边的武士："为何不请众人过来分食？"武士答："散，敌不为攻；聚，则敌必袭。"她一惊，又问："谁为敌？敌何在？"答曰："非嬴即敌，无处不在。"

她隐约明白了，进而浑身冰冷——无比荣耀、所向披靡的赢家，正在逃亡，正在成为全天下的敌人。想到这儿，冰冷变成了战栗。她就那么战栗着，又问：“何往？”武士想了想，又看看东方，答：“该是……故地吧。”

她不知道“故地”在哪里，看看那武士的神情，也没敢再问下去，喝下的羊血，在身体里起了反应，几乎被吸成空袋子的乳房，有了热热的感觉。孩子从母亲喝下羊血的那刻起，就止了哭闹，用大大亮亮的眼睛盯住母亲，像在等待什么。这会儿，他开始兴奋地躁动，小脑袋使劲地往母亲怀里扎。母亲毫不避讳周围的男人，松了衣袍。男孩的努力，终于有了结果，吸得啧啧有声。母亲轻轻皱眉，继而笑了。随着这一笑，所有的冰冷、战栗，都跑得不知去向。她就那么笑着，敞露着蓬勃的母性，迎纳暮春的风和男人们的目光。眼前的原野，仿佛忽然多出许多牛羊，成群成片，洒成云彩的模样；怀里的儿子，跳跃在云彩间，倏忽长成俊伟汉子，像他伯父恶来那样，骑上光溜溜的马背；马一声嘶鸣，高高跃起，箭一般奔腾起来……她被这景象迷住了，丝毫不理会武士们“请复入车”的警告，丝毫不理会前方小丘顶上急急压来的兵马。

武士们迅速把她围住，剑拔弩张，停止了前进。来兵扬起的尘烟，已弥漫了视野，马蹄声和车轮声，已清晰可闻！女人的笑凝在脸上，身子一动不动，像什么都没看见、什么都没听见。武士中领头的一声暴喝：“迎！”她猛然警醒。还没来得及看清，身边武士就无声无息倒下三四个。她不由得发出一声惊呼，吓自己一跳。第二声刚到嘴边，一簇阴风便飞一般迎面扑来。

姬发的车轮，粘着敌人和自己人干涸的血肉，碾上朝歌城的大道。虽然，他早已知道这里发生的一切，但作为胜利者，他必须彻底践踏敌人，必须彻底印证敌人的灭亡，必须以最具体、最有象征意义的方式，昭示这个胜利及其归属。

鹿台已经坍塌，他在军士的簇拥下，缓缓走近冒着青烟的废墟，找到殷帝辛的尸体，一斧砍下头颅，高高举起，引来排山倒海的欢呼。呼声中，殷商帝国的尊严和荣耀，随着鹿台的青烟灰烬，飘然而去，永不复返。

坐进殷帝相传几百年的宝座，新的天下共主宣布谥殷帝辛为“纣”，命全天下人永远不许再提起他的名字，永远不许再提起殷商；随即吩咐弟弟旦和既是老师又是重臣的老吕尚：定国、论功、妥善处理殷商遗族。

说话间，军士押上来个妇人。尽管粗衣大布，发乱面污，但仍一眼就能看出婀娜身段和姣好容颜。许就是因为太显眼，终没逃过详细搜城的军士的眼睛。姬发让她抬起头，散乱秀发间，一双柔媚无比的目光，半遮半掩地射来，顷刻让沉浸在胜利中的新君主，感到莫名地、不可抗拒地震撼。痛苦的回忆和发自心底的强烈肉欲同时到来——跪在脚下的妇人，赫然竟是倾国倾城的妲己！

为什么纣独独没把她烧死？莫非她自己逃出了纣的掌握？她又怎么没能及时逃走？一大堆问题，不知该从哪儿问起，甚至不知道该不该问。踌躇的当儿，老吕尚一反常态，疾步逼近妇人，唰地抽出佩剑。姬发还没反应过来，就听见利刃深深刺进肉体的闷响。妲己娇嫩的双手，紧紧抓住剑身，瞪大眼睛看着他，没有惊呼，没有呻吟，鲜血喷涌落地的声音，清晰、恐怖。

像是让什么东西猛打了一下，姬发的头脑，顿时陷入麻木，眼前的一切霎时黯淡下来。昏暗的视线中，妲己抱着老吕尚的剑，软软倒下；老吕尚松开握剑的手，倒退两步。女人扑在地上，眼睛愣愣、大大地睁着，到底没发出半声，穿出脊背的剑尖，还在滴血……老吕尚向姬发跪下，说："妲己妖妇，祸国乱君，断不可留。太子青春正旺，恐枉惜之，故老臣冒死代决，请罪……"姬发看看老人，又看看还在血泊中微微抽搐的女人，轻叹一声，缓缓起身，离开了刚刚还让他分外得意的宝座，向殿宇深处走去，没再回头。

老吕尚让人把妲己弄到宫外焚烧。军士怎么也拔不出那把穿胸致命的剑，吕尚说剑染了妖气，不能留，一并焚烧，说罢，不再理会正在死去的妲己，心思去了新君吩咐的大事上。他没想到，这段小得不能再小的插曲，并没就此完结——血水尚温，就得到急报：一个花白头发的人，从天而降，抢走了纣和妲己的尸体，跑得比箭还快……老人一听，顿时浑身冰冷——从牧野到朝歌，一路上，他都隐隐觉得，一个接一个来临的胜利中，似乎漏了什么。现在，他终于想起那被遗漏而又始终没想起来的是什么了。他随即意识到，这个遗漏，是可怕的，甚至可能，是致命的！

他旋即让用最好的车配上最强健的马去追赶，又急急调来几员猛将，命令他们：提尖兵，火速跟去，务必把那花白头发的盗尸人擒拿或杀死。兵将应声而动，心里却暗笑——区区盗尸贼，哪用如此兴师动众。直到全身披挂的新君亲自驱车前来指挥催促，他们才收住心思，用劲儿狂奔起来，可还是不懂：新君为什么如此看重那两具尸体。他们不知道，其实，新君对尸体，并没有比他们更多的兴趣。他们更没法想到，让新君如此急切、如此紧张的，竟只是老吕尚说的四个字——"蜚廉来也"。

叫蜚廉的花白头发的盗尸人，是嬴部族长，恶来兄弟的父亲，也是纣最宠信的臣子。纣牧野失利、败回朝歌城时，他刚从遥远寒冷的北方"仙山"上，为自己的帝君，采下珍惜的石材。长子恶来在牧野被西军剁成肉酱时，那些本打算为纣雕像的石材，刚刚起运。一系列做梦都想不到的噩耗传来时，风餐露宿的蜚廉，断然把石材安顿在中途的霍太山上，急遣尖兵召全族军丁，接应、解救族人；自己仗着独步天下的腿脚功夫，奔了朝歌城。他本想救出自己的帝君，可还是晚了一步。

远远望见正对敌人的女人、孩子，蜚廉不假思索奔过去，飞身一跃，膀手抓住冲向女人胸膛的要命的一箭，一把将母子搡下车，自己稳稳落定车头，勒缰催马，风一般迎向黑压压地扑来的追兵。

滚落在地的女人，眼睁睁地看着自己的车冲向敌阵，瘦长的驾车人，挥舞长矛，拨开不断射来的箭矢，四周不知从哪儿冒出几支打着嬴部黑旗的队伍，乌云般聚集起来，围向朝自己射箭的敌人，转眼工夫，眼前就只剩滚滚尘烟。

她被一队嬴军救起，上了另一辆车，以最快速度绕出血光飞溅的战场，渡过一条小河。河对岸一片静谧，岸边开满了鲜艳的花。花丛中，一块大石头样子好怪，活像一头低头饮水的牛，顶上还隐隐凸出两只角。女人记得，自己扭着头看了许久，还指给孩子看，可孩子一门心思吃奶，全不理会。她当时并没想到，还会再看见这块石头；更想不到，青须须、凉飕飕的石头上，竟会洒上自己热热的血。

周军跟蜚廉及其嬴军的战斗，比在牧野跟恶来的那一战，更艰险。姬发和他的将领们未曾料到，敌军数量竟压过己方——原以为就蜚廉一人，充其量也不过是像恶来那样的小股残部。为了追上日行千里的蜚廉，行进速度几乎到了极限，也的确再带不了更多的人。数量占了优势的嬴军，分外勇武；按族长蜚廉的命令，他们以全歼周军、俘虏或杀死姬发为目标，拼命围杀，不惜代价。周军在猛烈得几近恐怖的攻势下退却、收缩。姬发心底开始发颤，一边不断穿梭着给军士鼓劲，一边焦急地等待援军。

直到四弟旦领尖兵冲入重围、到了面前，才稍松口气。再一听旦的报告，心房的颤抖，也渐渐平息了。他由衷庆幸采纳了吕尚“蜚廉多智勇，须重兵剿杀”的建议。这会儿，吕尚正带着大军，缓缓围向嬴军背后，而对方却似乎还未察觉。

在女人和其他嬴部妇孺走远的时候，战场形势逆转——嬴军被前后夹击，死伤惨重。有将士说：“宁愿战死，也不逃跑。”又有将士说：“拼了，就是用尸身垫，也给族长垫出一条逃生的路……”看着这些忠勇子弟，一向果断的蜚廉，竟拿不定主意了。万般无奈之下，他下了突围的死令，自己只身回头杀向周军指挥中心。

姬发万没想到，如此危急情势，蜚廉竟独自向与逃生相反的方向杀来，向自己杀来。稍一愣神儿，瘦长身影，就已飘忽在百步之内。他被四下军士死命围住。眼前弥漫着浓浓的血雾。抵挡的将士不断倒下，但没一个人退缩，反而越聚越多，死死围住可怕的敌人，以血肉之躯做他的盾牌。

蜚廉多处受伤，越杀越艰难，体力正在接近衰竭边缘。他强吞下满腔的不甘，果断打消斩杀姬发的念头，悄悄放缓欺近的步伐，一边偷眼搜寻最佳逃路——他必须活着出去，必须安葬他的帝君。如果杀死敌人和让死去的帝君安息两者只能选择其一，作为臣子，他认为，该选后者。

他忽然掉转方向，拼尽气力跃身而起，手中短戈飞速砍下几颗周军头颅，反手狠狠掷向姬发。正欲追击的姬发，不料有此一击，急忙躲闪。一直在身旁保护的旦，奋勇挥剑格挡，但姬发还是被其中一颗头颅砸中脸侧，溅了满脸鲜血，眼前一黑，直挺挺倒了下去，身边的旦和护卫军士，不约而同地发出惊呼，急忙查看救护。

趁着这瞬间的混乱，蜚廉逃出了最危险的包围。他来不及细看突围不成、死伤遍地的本族军士，带着所剩无几的余部往外杀，终于在力竭前一刻冲出重围。回头再看，竟没了一个跟随的人。泪水无声涌出，他甚至来不及抹一把，咽回哀愤，埋头开跑，把潮水般追击而来的周军，远远甩在身后。

当终于将殷帝辛和妲己干瘪发黑的尸体安放在山顶的一小方平地上时，霍太山已被周军团团围住。筋疲力尽的蜚廉，射了一支带布条的箭下来，布条上用血写着最后的请求——允许他按殷商礼仪安葬先帝和帝正妃，之后，他将自戕以谢。姬发受了那一击，连惊带伤，头脑昏乱，不想再纠缠，点头允了。

过了一天，山上又射下一个布条，只有四个字——“蜚廉已死”。旦亲自领兵上山搜寻，很快找到蜚廉的尸体和他为纣采办的石材。吕尚向姬发进谏：蜚廉虽是敌人，可作为臣子，委实忠勇可敬，如给予他和嬴部遗族优待，倒是张扬仁慈的大好机会。姬发应允。

于是，那些珍贵的石材，被周军迅速打造成棺椁；杀死无数周军的蜚廉，被葬了进去，永远留在了霍太山顶。逃回东海故地的嬴部，也没有再被追杀，被圈在一片还算宽裕的草场，过回了曾经熟悉的牧养生活。

结束了战事的姬发，还没来得及鼎定国体，就突然得了急病，谁也想不到地死去了，谥为“武王”。有人说，妲己是妖精，死前紧紧盯着武王看，施了魔咒。也有人说，武王被蜚廉掷来的周军头颅，砸伤了脑髓。还有人说，武王实在不该宽恕嬴部，被嬴部杀死的周军将士亡魂，急着要找他伸冤……对战争没什么印象和体会的新君姬诵（周成王），对这些传闻，很有些信，加上刚即位就面临叛乱，还恰恰是姓嬴的充大头、做先锋，对嬴部的仇恨，就由印象式，质变成了体验式，就允了摄政的叔父旦“严惩嬴部”的诉求。于是，当恢复殷商祭祀的武装努力以失败告终时，已经由天上摔到地上的嬴部，迎来了灭顶之灾。一夜之间，赖以生存的草场，成了一片火海；有战斗力的青壮男子，几乎全部被杀，尸体被焚烧。火光渐渐暗淡下去时，天开始亮了。嬴姓部族，迎来了有史以来最黑暗、最痛苦的黎明。

女人对还算不上熟悉的“故地”最后的印象，是一片焦土和弥散在空中的焚烧尸体的焦臭味儿。她紧搂才会说话不久的儿子，低头默默跟随在老老少少拉成的长长队伍中。冬天的原野，一片荒芜。他们没有吃食，只能看着周军啃干粮。他们甚至没水喝。几天下来，队伍就缩成了出发时的一半。绝望痛苦的呻吟，伴着哀婉的抽噎，回响在整个队伍中。连青壮年人都快要支持不住的时候，他们才得到一点吃的，同时得到来自周天子的命令：嬴部尽数徙居西陲，永不复归。周军宣罢天子令，甩下少许干粮，扬长而去，不再理会这支长长的、没有杀伤力的队伍。他们用不着担心这些老幼妇孺是否听招呼，反正所有诸侯都已得到天子“不得收容”的严命，他们根本不可能在任何一处停下来，只有不停地走，直走到天子不想去管的西部边陲。或许，他们根本就走不了那么远。

到达曾经开满鲜花的河岸的时候，孩子已经病了几天，再吃不进草根和狼啃剩下的腥臭干硬的野羊肉，只剩一口气了。女人的眼泪，也快哭干了，可还是一筹莫展。确定再没其他办法的时候，女人把心一横，决定尽最后的努力。她抱着孩子，躲到那像是牛饮水的怪石背后，摸出恶来给的防身石刀，解开衣袍，狠狠刺向自己大腿。鲜红的血喷出来，星星点点洒上青色的石头，冒着热气。女人的手在颤抖，浑身都在颤抖，豆大的汗珠，滚了满脸。

她紧紧咬住牙关，凝望着孩子青灰的面颊，淌下两行清泪，硬是忍了剧痛，没叫出半声。几度这样的剧痛过后，她似乎麻木了，不再颤抖，也不再流泪。在终于把硬生生从自己大腿上割下的肉嚼碎，嘴对嘴喂给孩子时，她竟然笑了，脸上挂满欣慰，甚至还隐隐透着几分欢快。

第二章

落地生根

那个垂死的男孩，被母亲的血肉救活了。拿自己的肉喂养儿子的母亲，也活了下来。那支在饥饿和痛苦中蹒跚的队伍，中途死了很多人，更有几家宁死也不愿再走，用自己的女人和自由，跟一些小诸侯交换了吃食和安身的草棚，可还是有一多半，最终踏上了周天子不想管的西陲土地，跟恶来的祖父、蜚廉的父亲中潏当年为殷商守卫西陲时留下的旧部会合，算是安顿了下来。

西地的风冷而硬，落魄了的嬴部遗族，咬着牙熬过漫漫严冬，靠抢夺戎人的牛羊过活。戎人野蛮而纯朴，有同情心，也钦佩不怕死的硬汉子。打了几架后，有些部落开始跟他们接近，甚至投来一丝友善和包容。男人们于是把祖传的牧马术教给他们，他们就报以成群的牛羊。男人们又把殷商的铸术教给他们，他们就又送来女人。吃母亲肉活了命的男孩，渐渐长大，也娶了戎人的女儿，生了一大群孩子：男的十几岁就骑上了马背，跟本家叔伯和母家的戎族叔伯们放牧；女的差不多都嫁了戎人。

当年被恶来甩上马背，以为天底下只有恶来一个人会骑马的女人，变成了老婆婆，在不知究竟哪一年初秋的一个黄昏，抱着孙子的孙子，坐在土房门外望男人们归来的时候，缓缓闭上了眼睛，再没醒来。家里人后来说，他们回来时，她身子已经冷透了，可怀里的婴儿，却还甜甜地睡着。人们传说，她活了一百多岁。人们又传说，一百多岁的她，跟年轻时候一样美。人们还传说，她是嬴族始母“修”的化身……

她离世时抱着的叫非子的男婴，和大多数家人一起，在翌年春天，被名叫造父的远房叔父接走了。这位造父的曾祖季胜，是蜚廉的另一个儿子，恶来的另一个弟弟，早年没参加抗周的战争，又有一手养马绝技，被周廷一个军官抓去当了奴隶，后来又献给天子。他儿子孟增，继承了养马技术，恰巧天子又喜欢马，因而也就慢慢喜欢上养马的人，不再提什么“严惩嬴部”的旧事，把孟增带在身边。从那时起，这家人，虽名义上还是奴隶，日子倒也渐渐舒缓起来。到造父这代，不仅养马技术发扬光大，造父本人更是驾车好手，还精于搏击，成了类似“武术教头”一类的人物和王室车驾总管。后来靠一身功夫救了天子姬满（周穆王），还在平定叛乱中立了功。被后人称“穆天子”，据传有些仙气的姬满一高兴，就给造父解脱了奴隶身份，封作大夫，把一座小小的叫作“赵”的城池，封给了他。那地方后来成了周廷的养马中心。造父一家由此自称赵氏，是后来的晋国大贵族赵氏和再后来的赵国的祖先。

得了意的造父，没有忘记在西陲受苦的本家。本想把老嬴部全接来，可一则怕周廷挑眼，再就是去了一看，没想到竟有那么多人。于是一边佩服着族人的顽强，一边按亲缘远近挑选了几家。非子一家，除了说什么也不愿离开故土的戎人祖母和承袭了嬴部族长位置的父亲大骆，所有人都跟去赵城安了家，成了赵氏。

非子在赵城度过了童年和少年，在造父的教导下，逐渐成长为牧马和搏击高手；后来还成了远近闻名的聪明人、美男子。作为赵氏最引人注目的后生，他得到了侍奉天子的机会，并且很快得到了天子的喜爱，日子过得还不错。可造父一死，情况就变了——在赵城，论才干胆识，没人能和他相比。造父的儿子们，对他本就有些忌惮防范，老爷子一死，便更唯恐被夺了封邑。这种事在别家发生过，一点儿都不新鲜。因此，他们很快露出了不友善的颜色，骨子里想把这个兄弟远远撵走。非子心底很感激造父的抚养教导，不忍跟他的子孙冷脸，于是主动出局，以侍父为名，带少许随从，郑重告别了赵城父老，轻装快马回了西陲。

少年游猎时，他也曾回来过，跟父亲叙过亲情，还认识了父亲跟后来娶的贵族女子生的弟弟成。那会儿，他就已经知道，这地方，其实并非嬴的故地，倒是离周都镐京和天子发祥地岐山很近；也知道，成的外公，是左近的申国国主，号曰“申侯”，在周廷很有地位，因父亲大骆跟他女儿的婚姻，嬴部的日子比之前好了许多。当然，他也明白，父亲一定会把申侯的外孙成，立为嫡子，自己不大可能继任族长。可毕竟，自己是父亲亲生，是长子，又比弟弟年长不少，怎么也不会比滞留赵城更尴尬。就算真处不到一起，凭西地的广阔和印象中嬴部跟戎人间挺不错的关系，安身也总比在周边遍布大小诸侯大夫的赵城，来得方便。

家里的情况，比他预想的好——父亲亲热，弟弟也亲热，申侯也没显出敌意，让他感到很温暖。可本族跟戎人的关系，却没印象中的那么融洽。没多少日子，他就发现，逐渐兴茂的嬴部，经常跟戎人发生各种争执，有的事因，简直小得不值一提，也简单得可笑，可双方都很认真，甚至会冲突、流血、死人。要不是父亲出面调停，好几次都差点儿演变到大动干戈。他问父亲，原不是好好的，怎么成这样了。父亲不答，只是很严肃地告诫他：不要接近戎人，不许纳戎女为妻妾，也不许跟他们做任何交换（易货贸易）。他不能选择，也自觉没有争辩的底气，默然应了。

跟在赵城一样，他的英俊、聪明、牧马技艺和搏击术，都很令人侧目。弟弟成也是众多崇拜者之一，经常跟随左右。他很注意绕开族人与戎人的矛盾纠葛，但随着逐渐深入部族生活和越来越多地得到信任和崇拜，置身事外，就显得很难了。因武艺骑术精湛，他身边聚了一帮血气后生，经常摩拳擦掌撺掇他领头儿跟戎人大干一场，可他不愿干没想明白的事，也怕这些后生一时意气，白送性命，就利用他们崇信自己的心理，尽可能地控制摩擦、冲突的范围和程度。日子久了，他渐渐看明白了：嬴部和戎人的别扭，远不是一件事、两件事造成的，也不是一天两天能调和的。在戎人眼里，嬴部说到底还是外人。

弟弟成已经是大孩子了，很喜欢跟兄长谈论大事，还很自豪地说日后要当贵人。他权当孩子梦话，一笑了之。可当看见小家伙从外公申侯那儿偷来的羊皮笺时，他笑不出来了。那是一张磨制得很精细的羊皮，专门用来写字的。

上面的文字，应该是一篇呈给天子或什么有权势人的本章的草稿。其中提到：嬴部先祖曾为殷商驻守西陲，显赫于殷商的中潏，其实就是戎女所生；中潏本人、儿子蜚廉、孙子恶来，都承袭过类似使命，算起来至少有一百多年，跟戎人的恩恩怨怨，多不胜举。那时的西陲，之于殷商，是真正的边疆和化外之地，嬴族在殷商，又以勇武著称……

读到这儿，耳濡目染了些政事的非子脑海中，浮现出一幅图画：勇武的嬴族替强大的殷商驻守西边，到处都飘着黑旗。黑旗下的嬴军，盔明甲亮，不可一世。他们跟千百年居住在此的戎人战斗，规模有大有小，黑旗胜多负少，戎人四散奔逃，留下满野的尸体和不绝的哀号。黑旗的首领被殷商帝封了大官。黑旗被戎人的血泪浸养得光亮辉煌。无家可归的戎人舔着伤口，含着眼泪，日夜诅咒黑旗，仰天向他们的神祈求降灾给黑旗……他们的祈求和诅咒应验了，黑旗破了、倒了，殷商灭亡了。黑旗的后人，衣衫褴褛着来到这里。养好伤痛的戎人可怜他们，就跟他们和好了。可当黑旗又竖起来的时候，戎人们的灵魂和他们的神，就都又想起了往昔的仇恨……

羊皮笺上还写道："如今嬴部又在曾经戍守的地方扎了根，桀骜不驯的戎人，是那样难于管理，更毋论征服；他们一天天一年年地东移，虽缓慢，却从未停止，对边民造成越来越多麻烦，恐怕早晚有一天会骚扰到天子故地和留在那里的族人……"

羊皮写满了，没了下文。他急切地问弟弟还有没有另一张，弟弟摇头，懵懵懂懂地看他。他感觉到自己的失态，连忙抚慰。看着弟弟酷似父亲的憨直样，心里不知为什么酸了一下，继而萌发一个念头：那不知到底有没有的另一张羊皮笺，难道不能由自己去书写吗？这念头一经萌发，便立刻在脑海里放大、再放大，大得要撑破头颅。他下意识地抱头，脑海深处，忽地炸响一个惊雷，震耳欲聋。

事实上，的确存在另一张羊皮笺，只不过除了申侯和天子，谁也没看到过就是了。那是整理过后的全文，其中包括了非子和成读到的那一张的内容，另外还写到，他申侯在西地多么苦心经营，为维持庞杂局面，不惜把最心爱的女儿嫁给天庭罪人之后大骆。他们生的儿子成，应该享有嬴部的统治权，并最好能得到天子册封。这样，既表现天子的宽容，也维护了申侯的荣耀；更重要的是，嬴部会因而感激；这个打起仗来不怕死的部族，就可以为天子所用，不再萌生反叛的意志……

天子姬辟方（周孝王）看了老申侯这番陈请，多少有些不苟。打心眼儿里，他喜欢非子。可申侯毕竟是申侯，驳是不好驳的。见申侯还立在下面，知道是在等他回应，就随口道："这个……朕知道了。"申侯深施一礼，并不退下。天子无奈，清清嗓子，问："这位……这位，成，多大年纪？"申侯答："十五。十五……十五……"

天子把"十五"两个字，在嘴里品了好几遍，最后说："可准其为大骆嫡嗣，待年长些，再议其位。"申侯从天子的口气和表情中读出——这事当前也就到这儿了，就是再担心能文能武的非子占先机，都也只能等着。

随着申侯的身影从视野中消失，在天子心里，这件事就算过去了。他没想到，时隔旬月，竟收到了非子的信。信中表达了景仰和思念，还提了些许有趣的往事，让人心里又暖又痒。信中还说："非子在西地生活得很好。西地风猛霜寒，马匹血气更旺，脾气也坏些，驯起来颇费心神气力，故而这许多日子才驯熟九匹，虽不成敬意，可还是先献来了；怕天子怪罪，没敢自己来献，正日夜操心配、养、驯的更佳办法……"看到这儿，天子不禁笑了，边笑边轻轻摇头，心想：这个非子，迂得可以，哪有那么急，连来见朕一面都顾不得，莫非还真会怪你献马少了不成。

当迫不及待地测试非子所献良马，明显感到这些马匹的脚力比赵城所献之马更为强劲稳健时，非子信中后来的话，在天子心里，就变得更有分量，更值得斟酌了。非子信中说：嬴部已逐渐恢复生气，仗天子之威，靠申侯帮助，使戎人有了忌惮。如果天子信任，他愿意领族中青壮子弟担起戍边重任。有父亲、申侯和弟弟成管理族务，自己尽可放心地为天子效力，余下的族人，也能安安生生地繁衍生息……瞧瞧人家，根本没把什么嫡不嫡的当回事儿，一心只为朕！

感叹之余，周天子恍然有了"两全"之策。很快，大骆、成、非子、申侯都得到了天子命：准大骆立成为嫡，定居犬丘（今陕西兴平市），与戎人调和关系，保西陲平静。命非子在汧水、渭水之间（今陕西扶风、眉县一带）开辟专为天子养马的马场，复赐嬴姓，主持恢复嬴姓祭祀，并封为天子附庸（附庸，是低于最低等级诸侯的封邑，内部独立自治，一般情况下会被指定依附于某较高级别的诸侯，非子比较特殊，直接对天子供奉），允在秦地（今甘肃天水市）筑邑。

就这样，颇解天子脾性的非子，以退为进地得到了封邑和族人的依赖——他们只有依附他，才能得回古老的"嬴"姓，才能真正告别罪奴的身份。如此一来，非子掌握了族人的名分，处在了精神领袖的地位，而父亲大骆及嫡嗣成的部族首领地位，则倒退化成了类似总务一类的低级职能。

对此，老申侯当然十分不满，以致当面诘问了天子，天子的答复是："他们毕竟是我周廷罪奴，没点儿说法就给封，说不过去。为朕养马，大小也算个说法。再说，既然养马，就须大张旗鼓，像模像样。至于嬴姓的祭祀嘛，当然是封了谁就得让谁掌管了……"一席话下来，老练的申侯，完全明白了天子的态度，也悟出一定是非子捣了什么鬼。可既然天子都解释了，令也发了，也就只好认。那时，天子还蛮有威信的；至少，没人敢公然不执行天子说的话。虽已基本能安身立命，却仍备受歧视欺凌的嬴部后裔，也大多渴望摆脱罪奴阴影，获得灵魂的解放。所以，那小小的叫作"秦"的荒小边城，很快挤满了本族老少。他们跟着已改号为"秦嬴"的非子一道，欣然、忠实地履行起了天子养马倌的职责。

后来，出于申侯的原因，成在父亲大骆死后，仍坚持带少数本家，与戎人混居在犬丘；应该说，处得还算融洽。那些曾经主张跟戎人大干一场的人，差不多都去了秦邑。两家遥遥相望，仍相互惦记。申侯死后，秦嬴氏，也就是非子，曾起意两边合居。是时，成已长大成人，为了贵人的梦想，也为父亲亲手交与的这面旗不矮别人一截，再三踌躇后，还是婉言谢绝了哥哥的美意。再后来，因为争地盘，秦这边跟戎人矛盾凸显，演变出真正的战争。犬丘方面未参与，倒还平静。秦嬴于是独自担起跟戎人的利害，再没提合居的事。就这样，两边往来渐渐少了、没了，随着秦嬴和成的相继去世，看上去，已经成了没什么关系的两家子。

秦嬴临终时，把选定承袭的儿子改名叫作“秦侯”。他告诉儿子：“改这个名，是让后人以成为诸侯为奋斗目标。他把自己如何用一封信笺获得封邑和嬴姓祭祀主持权的故事，断断续续讲了个大概。”最后告诫儿子，天子没那么好心，只为养马，就解除嬴部的罪奴名头，就给封邑。天子已经不再是把嬴部贬为罪奴时候的天子，天下也早已不是当初的天下。之所以宽待嬴部，是因为天子已无力自保西陲，是为了让嬴部卖命地替他戍边，替他抵御戎人。可是，戎人多而游动，我们寡而定居；地盘小的时候，可以进攻，地盘大过了头，就只能守卫了。只有做到能攻能守，才能生存，才能立功，也才能得到更高的地位，其中轻重利害，务必时时把持……

也许是出于资质的原因，也或许由于观点上的差别，事实上，秦侯并没把握好“轻重利害”。勇往直前的传统精神和名字中的“侯”字，成了他主要的行为动力。在位十年间，他率领族人跟戎族各部展开了多次战争，地盘夺来又丢，丢了再夺，反反复复，步履艰难，虽也有所扩大，但代价也相当惨重；他本人也终因辛劳颠簸而盛年离世，死前没能像父亲那样给继任者留下什么话。他那一直跟在身边的儿子公伯，只在位三年，还没来得及细想该怎么往下做，就也旧疾复发，匆匆而去了。

公伯的儿子秦仲接管嬴姓祭祀和秦的封邑时，还很年轻。跟父亲和祖父相比，孩提时代时常被曾祖抱在膝头玩耍爱抚的秦仲，倒更多继承了非子的精明练达。即位伊始，就看似轻描淡写地分化了若干戎人部族，缓解了秦邑的战争压力。要不是生了变故，他应该完全有机会把秦休养得更强健些。

即位第三年（公元前841年），周廷一些中下层官员和镐京的平民，因再不能忍受天子姬胡（周厉王）的昏聩暴虐，兴起暴动，整个镐京城乱作一团。天子姬胡仓皇出逃，躲到叫作“彘”的小城（今山西霍县），周王朝陷入了没有天子的尴尬和危急。这就是著名的“国人暴动”。那一年，史称“共和元年”。

赶走了天子，暴动的“国人”们，一时也不知道接下来该怎么办。正为难着，左近诸侯就纷纷兵戎毕现地来替他们拿主意了。他们那比“国人”手中的棍棒厉害得多的弓箭车马，并没去追讨逃亡的暴君，而是向着周王廷、王室和宗庙发挥威力，大有肃清周廷的意思。

几支较强的戎人部族，马上起了趁乱分一杯羹的念头。他们当然没能力也没资格夺周都，夺周廷天下的土地，只想扩大自家的地盘，把不管将来谁做主的周廷天下的西境东移。而实现这一目标的最大障碍，就是分居犬丘和秦邑的嬴部。于是，被东扩梦想煽动得热血沸腾的戎族，动用了最强的战斗力量，洪水猛兽般扑向嬴部。

先倒霉的，是相对弱小的犬丘。几乎没遇到什么像样的抵抗，戎军就得了手。居留犬丘的嬴部族人四散奔逃，跑得慢的都被杀，连大骆、成的嫡传子孙，也没能幸免。逃出来的或途中饥困而死，或逃到秦邑。正努力跟戎部调和关系的秦仲，面对形势，还算从容，一边收容安抚幸存的族人，一边组织防卫。戎军杀气腾腾地涌到城外时，他不得不认定：之前所做的一切调和的努力，都已化为青烟，毫无意义了。如今的他，既肩负保家保族重任，又背负为犬丘亲人和族人复仇的使命，没有选择的机会和权利。他狠狠甩甩快要遮住视线的长发，毅然拉开硬弓，瞄准冲在最前的戎军首领，手指松开的刹那，所有美好的、和平的憧憬，都化作无边的黑暗，浓浓萦绕在眼前。

那场战争持续时间不很长，但双方死伤都很惨重。自那以后，嬴部在秦仲的带领下，跟戎人展开了旷日持久的拉锯战。后来，国人暴动及其连锁反应逐渐平息，周廷恢复秩序。新天子姬静（周宣王）对嬴、戎间的作战状态，颇为满意。为激发嬴部战斗意志，更有力牵制戎人，他封秦仲为大夫，许以犬丘之地。嬴部得到了周立国以来的第一个爵位，也无可选择、无可逆转地成了全体戎族的最首要敌人。

苦苦征战二十年后，秦仲终因在战斗中负伤救治无效而死。筋疲力尽的嬴军，没了主帅，被对方打得溃不成军。幸而秦仲的五个儿子个个能征善战，危急时刻敢于决策，进退得法，方保着老少妇孺弃了秦邑，逃离灭顶之灾。

看着血淋淋的残兵败将，天子姬静心头泛起了不忍，可又不敢松口——他们这一败一走，西边没了屏障，下一个血淋淋的就该是自家了。于是，他极力撺掇他们复仇、收复失地，还当真东拉西拽弄了七千生力军，交给秦仲的五个儿子。五个愣小子倒爽直，给天子磕了头，起身就带着七千兵马，风一般卷回了西方。

复仇的战争格外酷烈。一边贪心膨胀、凶性大发，得了手收不住；一边满腔仇恨、全无退路，不拼命没法活；七千兵勇，几乎全拼了进去，戎人死伤上万，两头都杀得手软心麻。最后，还是戎人先绷不住了，军事和心理防线同时崩溃，转眼散了架，不几日，全没了影。天子兑现了诺言，将犬丘正式分封给嬴部，又封五兄弟中最年长的嬴其为西陲大夫，郑重授予了守卫西部边疆的使命。

嬴其不像父亲、祖父那样住在秦邑，而是搬去了犬丘。一为巩固统治，二是拿发生在此的嫡传族裔被杀的悲剧，时时自警。按父亲秦仲曾经的构想，秉承从父亲那儿学来的策略机巧，他用仇恨和无数大小战事，磨炼出顽强勇猛的作战力量；又穷尽心力，将这支力量搭建成健全的军队，并建立了较为完整的军需体系。他在位的四十四年（公元前821～公元前778年）间，嬴部逐渐由游离的部族联合体，演变成统一指挥、协同分工的军事化集团，综合攻守能力显著提高，具备了将迅捷、松散、单纯少谋、剽悍却缺乏统一指挥的戎人作战力量削弱和分化击破的条件。

同期，显赫的周廷，则无可逆转地衰落下去，完全顾不上审度这些昔日罪奴今日挡箭牌的作为。只要戎人不侵扰，你嬴秦在西边爱干什么就干什么，爱怎么干就怎么干。新天子姬宫湦（周幽王，周宣王姬静的继承人）甚至不清楚嬴秦的由来。在他眼里，天下诸侯尚且形同无物，小小西陲大夫，就更算不得什么了。唯一还入眼的，只有申侯，即前文提到的那个申侯的后世继承者。原因很简单：申侯的女儿为他生了儿子，而这个儿子，又被他立为太子。可就连对申侯的重视，也在发现了绝世美人褒姒之后迅速淡去。

那是个多么令人神往的女子啊——浑身流溢着仙子般的旖旎飘逸，漠然的脸完美无瑕，像藏着永远都猜不透的什么，即便在欢爱中，也依然清冷似水。他多希望看到她笑啊！那该是怎样妩媚，怎样娇艳，怎样美不胜收啊！！他想尽一切办法逗她笑，几乎跌破天子尊荣。可她却一直没反应。越是如此，他就越渴望，越不能抑制心底的征服欲。最后竟想出"烽火戏诸侯"的损招儿——命人把各处烽火点燃，让诸侯们以为发生了重大变故，忙不迭地领兵“勤王”。一传十，十传百，浩浩荡荡来了一大片，熙熙攘攘、车水马龙，好不壮观！看着诸侯们错愕的样子，褒姒忍不住抿嘴笑了一下。等得下巴都快掉了的天子，顿时被融化了——这笑的模样，超乎了他所有的想象，美得无法形容。他真想告诉灰头土脸的诸侯们：就冲这笑，你们也不白来一趟。拿你们所有身家来换，都值！可他不能说，因为，褒姒是他一个人的，那笑容，也是他一个人的。

被褒姒的笑容煎熬得夜不成寐的天子，再不能用其他方法使那笑容重现，于是几次三番点烽火骗诸侯们来。虽然上当的一次比一次少，可褒姒每每都会笑出来。于是他也就把诸侯大臣们的抱怨抛在脑后，上劲地玩起来。要不是褒姒怀孕，身子日渐沉重，不能上高台观看，这出闹剧，还不知道要上演多少遍。

褒姒生了儿子，很会心地对天子笑了，笑了过后，就对激动得神魂颠倒的天子说：如果让这个儿子当太子，以后，天天都对他笑。姬宫涅听了这话，一下猛醒，还算没晕透，没敢当场就答应，支支吾吾道：“此须计议……计议……”

跟谁计议？三朝未满的孩子，活不活得下来都不知道，计议，谁能同意啊？可他实在舍不得让褒姒失望。要是她伤了心，怕是点烽火也逗不笑了，怕是一辈子都不会笑了……想来想去，还是直接找申侯商量吧。毕竟，现在的太子宜臼，是他的外孙，过了他这关，旁人问起，就可拿他推挡。他若不从，废了他外孙宜臼，也就有了理由。申侯当然不同意，可也深知不能硬顶，于是讲了个故事给天子听：

厉王末年，也就是“国人暴动”爆发近前的那时候，一天，天子无意打开相传存有夏朝时降临宫廷、自称褒国君王的两条神龙涎液的盒子。盒子一开，龙涎外溢，顷刻化为黑色巨蜥，游走宫廷，撞了一个七岁童妾，而后消失。那女童成年后不婚而孕，产后浑身开裂，脏腑四溢，骨肉化为脓水，唯头颅尚在，不停翻滚呼号。众人惊恐，认定出了妖孽，慌忙弃了刚刚降生的女婴。岂料那女婴竟自活于山野。数年后，一对夫妇因涉嫌诅咒周室灭亡而被先王（周宣王姬静）通缉，逃亡途中遭遇此女，因恻隐将其收养，同往褒国。后先王伐褒，褒国乞降，献此女与周。先王见其貌出人寰，以为有异，未敢轻近……

说到那妖孽托生的女子就是褒姒时，天子宫湦禁不住笑出声。嘴上说："朕领教了。"心里却道：好你个申侯，拿这荒诞恐怖故事哄朕！若据理力争，或尚可一辩；可若拿朕当懵懂之人耍弄，你就错了！朕，也会编故事……没几天，一道惊动天下的"天子命"亮在申侯和天下诸侯面前。大意是：天下不振，盖因神鬼不合。日前问卜，显示有贵人降临，受天命济世。观今天下，唯一因贵而降之人乃新生王子。为国运计，即改立其为太子，宜臼封公，继申地封邑，申国西迁，另赐封邑……

申侯蒙了，继而愤怒。且不说诏告说辞如何荒谬，排挤之意如何气人；就说这"西迁"二字——西边让戎族和嬴部占着，自己迁往何处？你天子哪还有地给我？分明是要我去跟人家抢，分明是要我申国自生自灭嘛！太欺负人了！

他花了整夜时间思考对策，待稍有眉目，就急匆匆地把宜臼叫了来。年少的宜臼，虽恼恨，却没主意，昼夜奔波加上烦恼害怕，整个人又黑又瘦，一脸憔悴。再看外公的样子，不仅没能松下一口气，反而更紧张、更无助了。申侯看得分明，心里又翻腾几个来回，到底还是下决心启动了想好的计划。

他先把事态往最严酷、最不利的方向分析了一通，让已经傻了的孩子，深切感到性命之虞，乃至坚信必将被父亲或褒姒所杀。果然，姬宜臼彻底崩溃了，死死抱住外公大腿求救，鼻涕眼泪的。申侯说："你起来，日后要做天子，怎可如此没有体统尊严。"又说，"你也不用怕，方才都是假设你无所作为，坐以待毙。若你振作，咱祖孙一起想办法，事情还是很有希望的……他扶起宜臼坐到身边，又沿着积极方向做了另一番分析、预测，边说边细细观察对方的反应。当宜臼脸上现出舒缓，舒缓变为安详，安详马上就要变成轻松的瞬间，申侯亮了底牌："一切的一切，都还只是假设，要想变成现实，必须先办一件事——推翻褒姒，让她和她的儿子，永远从天子眼前消失！"

面对外公灼灼的目光，姬宜臼倏地从美好祥和的憧憬中警醒。他愣愣地盯住外公，嘴张了几下都没发出声，身子不由自主地往后缩，后背一阵阵发凉。

第三章

从马倌儿到伯爵

嬴秦的少主，也听说了天子废太子另立的事。这位被嬴部族人称为少主的年轻人，接掌嬴秦祭祀已经六七年了。本来，父亲嬴其把位子传给了长兄世父。可世父憨直倔强，发誓为祖父秦仲报仇，扫平戎人。为不让父亲担心，他答应即位，可父亲一咽气，旋即就把位子传给了弟弟，也就是这位少主。说是弟弟有谋略，更能把握权力，部族的荣耀和发展，更需要弟弟这样的人；有弟弟把持族务和大局，他可以放心与戎人武力周旋。这位硬汉不由推阻，撂下话就带兵走了，一走就是大半年。弟弟无可选择地接受了他的安排。

即位后做的第一件事，就是把妹妹嫁给离得最近的戎人部族首领丰王。几乎不费吹灰之力，就搞定了一个潜在对手。在他之前，嬴秦历代先祖，都没有过如此纯粹的政治动作。联姻之初，成效显著——战争压力减弱，对立气氛淡化，以至又有几个戎人部族提出联姻或其他改善关系的动议。丰王甚至还在嬴秦少主的授意下，积极斡旋，促成在战斗中被俘虏的世父得到释放。也正是这位丰王，给嬴秦少主带来了天子废太子激怒申侯的消息，给嬴秦带来了大打“翻身仗”的机会。

丰王的本意是想伙同着舅哥一同响应申侯号召，跟北方的犬戎联合起来，武力推翻褒姒，到周都大捞一把。嬴秦少主只问了三个问题，就把妹夫的兴致压了下去。一问：“此信由申国来还是由犬戎来？”答：“犬戎。”又问：“你离申国近还是犬戎离申国近？”答：“我近。”三问：“你自以为比申国、犬戎，孰强？”答：“我自不如矣，但如果咱两家加起来……”说到这儿，丰王愣住了，脸上现出迟疑和不解。他看定这位自己打心眼儿里佩服的舅哥，忽然猛拍脑门，说：“多亏找了你，多亏找了你啊……”说完就走了。没几天，差人送来口信，说除非嬴秦召唤，不轻举妄动。

丰王说到做到。在其他戎部跟着犬戎大举杀向镐京的时候，他还真就坚决没有跟去。就连听说了戎兵攻克镐京，周天子败走，镐京一片混乱，也居然没动趁火打劫的念头。他一直在等舅哥那边的消息，等得很焦急，刚待差人去催问，消息来了，内容很简单：请尽力保护嬴秦部族不受其他戎部侵扰，所付代价，日后倍偿。

丰王得到这个令人费解的请求时，嬴秦少主已经站在了有些失措的申侯和王子宜臼面前。截至此时，他还是唯一前来勤王的将领。所有诸侯，都以为这次天子点燃的烽火，还是为了逗弄美人褒姒的笑容，都以为别人会去，自己不想再被当猴耍，结果竟没一家响应。这是申侯无论如何都没想到的。更想不到的是，戎人出了格地嚣张野蛮、不受约束。待他赶到骊山脚下接应出逃的天子，只看见天子姬宫涅身首异处的尸体和被折腾得没了人样儿、疯疯癫癫的褒姒。若非跑得快，怕是自家性命也丢了！弑君，局面失控，申国、自己和外孙，都朝不保夕，时刻面临危险。万般无奈之下，他给各路诸侯写了紧急求助的密信。可戎兵烈火般燃烧在四周，连个敢去送信的人都没有！

申侯和宜臼祖孙，打心眼儿里感激嬴秦少主，这位从戎人矛戈箭矢中走来的年轻人，这个从没正眼看过的小马倌儿。小马倌儿带来了奋勇的嬴秦子弟兵，带来了问候和安慰，带来了安全和希望。小马倌儿答应派人送信求救，还答应帮着扭转局面。唯一的要求，就是请他们腾出一处地方，用于作战指挥，等诸侯们到了，一同商议退敌之策。

面对毫无章法、动作迅疾的戎兵，耀武扬威惯了，只想怎样保存自家实力的诸侯们，面面相觑，没半点破敌之法。申侯和宜臼几乎是在用乞求的目光看着嬴秦少主。嬴秦少主也看他们。看了几个回合，申侯终于明白了意思，忙私下授意宜臼以太子名义请嬴秦少主主持退敌，号令全军，说他一定有办法。小马倌儿果然语出惊人："国不可一日无君，天子已崩，太子应即位。"诸侯们虽有些觉得这话不该由他说出来，可也没办法做任何赞同之外的反应。谁能说：你也配言即位大事？那不就等于说自己不同意让宜臼即天子位吗？如果不同意，那你又是什么意思呢？那你领着兵来到这儿，又准备干什么呢？是啊，他一个小马倌儿，是不配谈论这些事，可谁能说他说得不对？谁又敢说，他说得不对？谁让你没先说出来呢？……

大概多数诸侯，都是这么个心思，也都懂得——这下，小马倌儿可在新天子面前讨到待见了。心里泛着酸，嘴上还得说是是是、对对对。心思跟得上的，说罢"那是自然，还用议吗"，就转了话锋——"但闻破敌之策。"言外之意：别光顾讨好，拿点儿真招儿出来！

不想小马倌儿真敢接招儿，从容不迫地说："嬴秦与戎人混居经世，知之甚多。戎人无道，贪财好色而已，别看闹得凶，却缺乏斗志，更谈不上有什么谋略。诸侯大军初至，他们肯定不放在眼里。只要趁他们没防备去打击，定然取胜。今夜，各路分别从东、南、北三个方向，包围他们的主力，露出西面给他。骤然被围，他们肯定惊慌，第一个反应就是逃。西面是他们的老巢，也正好有空当，他们自然会往西逃。而我嬴秦所部便在西边逃路上劫杀，将他们跟西方的援助分割开，大家再合拢过来，必定全歼……”

诸侯中有会带兵的，听着听着，目光里的鄙夷就淡了、没了，换上了兴奋，后来竟还闪出了些赞同和钦佩。有了赞同和钦佩，计划自然就得到了比较充分的落实。战斗的结果，跟小马倌儿的预料完全一样——戎兵大败，主力几乎全军覆没！嬴秦军也有损失，可诸侯的兵马，却几乎都是白捡了个胜利。

戎人败走，四下又恢复了平静。可经历了战祸的镐京，已完全不成样子。诸侯们临走前留下建议——迁都到成周雒邑（今洛阳一带）。匆匆即位的天子宜臼，不知该不该听从。申侯说：“也有理。雒邑离戎族远，比较安全，只是王室搬迁，绝非小事，一路上……”话没说完，一直伺候在旁的小马倌儿就说他愿意率领子弟兵护送天子去雒邑。

小马倌儿，也就是嬴秦少主，再回到秦邑时，已经是天子正式册封的伯爵了。去雒邑的路上，他一直守护在天子车仗左右。天子问他：“这一战失了多少兵马？”他说还没统计。天子又问：“此一仗开罪了戎部，要不要也东迁，免得他们找你麻烦。”他答：“我嬴秦恰要留在西陲，保天子无忧。至于麻烦，都几百年了，我们都习惯了。大概也只有我们，才能真正应付这些麻烦。”天子说：“那就留那儿吧，朕封你为伯，邑秦及犬丘，以‘秦’为国号，准自建国体、袭位。岐、丰那些戎人从我大周抢走的地方，朕今日也一并封给你，赶走戎人，就都归你秦国……”

尽管心里已经狂跳，可这位少主还是满面谦恭地说：“如此厚待，我嬴秦可受之不起，还祈天子勿戏。”天子于是很认真地说：“天子无戏言。你可听过先祖成王封唐叔虞的故事。那么大的国，都说封就封了。你是朕的救命恩人，何言薄厚……”

就这样，天子的册封和许诺，使小小的秦邑，成了正式名字叫“秦”的诸侯国。丰王为了保护秦国子民，跟前来报复的其他戎族周旋得已经快顶不住了。少主，也就是刚刚被册封的“秦伯”，旋即发兵援助，勉强算是保住了妹子妹夫和他们的族民。

那些报复者听说这小子封了诸侯，也都多少有点儿怯。再一听说“中国”诸侯有不少都来秦邑道贺，就更不敢轻举妄动了（周发祥于“陕之西岐下”，灭商建国后，悉心经营殷商核心地区，即今河南省全境、山西省中南部，以及与之毗邻的今山东、安徽、河北、陕西、湖北等省的部分区域，在礼器铭文中以“中国”代指；秦的疆域不在其中，立国之初，疆域更小，与被称“中国”的区域之间，尚存空白地带。为避歧义，以下改称“中国”为当时还未成正式词汇的“中原”）。他们认为，既然都是周的诸侯，就是一家子，日后，那小子再叫那些家伙帮着来打架，可不好对付。于是又纷纷去跟丰王修好，甚至有几家还归还了抢走的牛羊和女人。

来道贺秦立国的诸侯，多是在跟戎族的战争中对嬴秦的忠勇谋略怀有好感的。秦伯自然非常高兴。这样的礼遇，是他、他的先祖，都从来没得到过的。他吩咐左右：“一定要最热忱地款待这些贵客。”

可是，秦地的羊肉，再怎么鲜美，在诸侯使臣舌间，也只有腥膻难耐；秦地的侍从，再怎么殷勤，在诸侯使臣眼里，也还是粗鄙土气；秦地的歌舞，再怎么动情热烈，在诸侯使臣的感受中，也还是荒腔野调。他们比比画画，肆无忌惮地嘲笑秦人，只有看见秦伯凝霜般的脸色时，才略作文雅。他们逗弄歌舞的女子，直似挑耍牲畜一般，也只有遭遇了秦伯寒气逼人的目光时，才稍稍收敛。秦伯拍案而起，全场都哑住，看过来。他想说什么，嘴唇动了动，却没出声。憋了好一阵，甩甩袖子，大踏步离开了宴场，边走边说："寡人累了，诸贵使请自便。"他本想把这帮家伙全赶走，甚至想把他们挨个儿暴打一顿，可终于还是忍住了——不管怎么说，秦国还是边陲小国，还是新封的诸侯，还远没到耀武扬威的时候，甚至也还远够不上跟这些老牌诸侯平起平坐。在他们眼里，他和他的秦国，只是天子可有可无的感恩的结果。

使臣们走了，仆从们松了口气，可秦伯睡不着了。

摆在面前的，是一个发生了质的飞跃的嬴秦，是一个由边陲附庸变为天子诸侯的嬴秦，是一个被百戎视为敌人而又被周之诸侯耻笑的秦国。接下来该怎么办——他怎么让现在的嬴秦变成名副其实的国家；怎么让族人意识到"国家"的含义，又怎么让这个国家硬生生立在数以百计的大小诸侯面前……

不知过了多少不眠之夜，一脸憔悴的秦伯，终于拟出了一个还算像样的体系。如果我们能看到他那几张涂了又改，改了又涂的羊皮卷，一定会发现，在秦国最初的国家构架中，称得上健全的部分，大概只有军事。其次是外交，还算有逻辑。至于在今天的我们看来理所应当的内政、生产、贸易、刑狱、文化、法制，等等，都还是一片模糊，甚至有的提都没提。对此，我们不能怪秦伯——那时候，公元前770年，除了天子和来道贺的那些位，其他更多的诸侯，都还不曾承认秦的地位。天子留下一句"自建国体"就算完事了（十有八九他也不清楚该怎样建立一个国家），来道贺的又都是那么个德行，第一任秦伯根本就没有任何参照可循。作为一个带兵的游牧部族首领，能把一个国家设计到那样程度，已经很不易了。

他到底没把那些涂抹不堪的羊皮卷拿给大家看，而是把族中各部长者叫到一起，口述了最初的国策。概括起来，就几句话：第一，保持现在的军队建制，对戎人采取全面防守、局部反击的策略；第二，派些聪明应变的后生到东方各国游历，学习中原风物；第三，为我们的国家，寻求一个护佑神灵。前两条比较好执行，第三条却颇费心思，一连谈了几天，设想典故说得也多了，可就是没个定论。

秦伯又睡不着了——没有像样的国体，秦人就须有一个确定的、崇高的精神寄托。这种寄托要更加高于、更加神化于古老的飞燕，既要让秦人的感受和意识升级，又要让天下诸侯体会到秦人心志的高贵。脑子里不断盘旋着讨论过的各路神仙，渐渐昏乱。迷离中，一对白颈子的雉鸟，拖着长长的美丽尾巴飞来。其中一只忽然开口跟他说话："我等乃西方白帝之使，特传白帝旨意，授汝为西方之主。"他傻傻地听着，看着鸟儿们飞走。耳畔忽然响起不知谁的声音："还不快快抓住，得雄鸟可王，得雌鸟可霸！快啊……"他忽而起身，幻象倏然消失。他急急奔到帐外，被清冷的晨风彻底吹醒。视野尽头，泛白的天际似乎有两道亮光闪过，定睛看，却什么也没有。

他弄不清这到底是梦还是别的什么，又召集人们来议。大家都说，这很可能就是上天的启示，应该顺天而行。在大家的鼓励下，秦伯下了决心，命人朝那莫须有的两道亮光消失的雍水方向，搭建了祭祀高台，以赤马、黄牛、羝羊各三头作为牺牲，举行了嬴秦有史以来最隆重的祭祀仪式，祭祀的对象是西方天帝——白帝。被称为西畤的祭坛后面方圆数里，绵绵延延，跪满了全族老少；上百具牛角号沉闷的巨响，震动山野；百里之内，牛羊驻足，戎人侧耳，狼犬不宁。

牛角号声传出了西地，传进了诸侯和天子的耳鼓。嬴秦大肆祭祀天帝的僭越举动，震动了天下。诸侯纷纷责问天子：如此不知礼仪的狂妄之徒，怎可封侯赐地！这以后还不知要干出什么出格的事呢……这么一个卑微的马倌儿都敢于僭越，你天子到底管不管……你要是不管，我们这些老牌诸侯也要逾制了，你可也不能管啊……天子被这些责难弄得哭笑不得，只好派个使臣到秦邑，象征性地批评了秦伯一通，说不要让朕难做，你们还是收敛些的好。秦伯口上称“有罪”“该死”，心里却暗笑：这回，你们这些老大诸侯，可认识我秦小子了……

这位僭越的一世秦伯，被后世称为襄公。祭祀过后，襄公没再理会什么白帝，而是带着他的以为已经得到白帝护佑的子民，开始了和戎人重新划分势力范围的战争。不幸的是，没过几年，他就病倒在了征程中。那时候，一场普通的风热，就可能要了人的命。襄公虽正值盛年，可终因积年操劳过度，一下子没缓过来，不几天就进入了弥留状态。临终前，他把儿子叫到身边，用尽最后的力气告诉他：“不要再打下去了，举族东迁。秦的前途，在东边……”看着天生文弱的儿子不知所措的样子，他既心疼又无奈，长叹道，“愿天赐我嬴秦一代雄主！一代雄主啊！”说完，长出一口气，两眼呆呆地望着天空，没了声息。

他的儿子虽说文弱，但也算深知父亲心愿。即位后迅速以退地联姻等办法，结束了比较大的战事，暂时安稳了戎部。同时在汧水、渭水交汇处筑城，命名汧邑。即位第四年（公元前762年），把部族核心迁到汧邑。自此，秦，作为一个新生的诸侯国，有了自己的都城。这个都城，虽然没有恢宏的宫殿，却已经有了粗糙的官僚机构，担负起了一个国家运转所必须的基本职能。秦人开始向东边的周民学习农耕，渐渐进入半农半牧状态。即位第十三年（公元前753年），又设立了国家文化机构，开始对本国情况做文字记载，开秦史之端。大概也正是这个缘故，这位在位长达五十年却没多少大建树的二代君主，被后世谥为文公。之后是他的孙子宁公，在位十二年，把都城又东迁到了平阳（岐山县西），战争矛头由以往的一味对西戎，转而向东方小诸侯，目的在于掠取更多现成的耕地。

宁公之后，本是让长子即位。可宁公后娶的天子家女儿生的五岁幼子，却被大庶长（秦国早期重要官职，相当于“相”）和一干重臣，强立为新君。那孩子当时才五岁，是妈妈抱着临朝的。实际上是大庶长等大臣在做主。可孩子的妈妈渐渐不听摆布，才坐了五年，大庶长等人就又把母子杀了，再奉宁公长子为君。这位长子历经磨难，颇有主意，位子坐稳后，就把作乱的大庶长一派全部杀死，算是对周天子有了交代，也对国人有了交代。紧接着，趁着风头，他又削弱了几个大族，断绝了他们兴风作浪的根源，同时全面完善了国家构架；即位第十年（公元前688年），更正式设立了“县”的制度，不再分封战争得来的土地，改而由宗室委派官员管理。他即位第十九年（公元前679年），东方的齐国，以战争手段赢得诸侯臣服，齐国君主姜小白（齐桓公），成为中原霸主。心思沉稳的秦伯，虽在病中，但还是清楚地意识到——齐侯称霸会盟，实际上等于宣布，天子权威，已荡然无存。

翌年，秦伯病逝，谥为“武公”。武公临终前，下令仆从姬妾殉葬，多达六十六人。这是秦立国以来的第一次殉葬，也是嬴姓有史以来的第一次。其时，中原早已废除了这种曾盛行于殷商时期的制度。对此，其他众多诸侯，大多只是感到震惊，但也有人把这事跟嬴姓与殷商的密切关系扯到一起，话里话外闪烁出秦在为灭亡了将近四百年的殷商招魂的意思。可是挑了半天没人应茬儿——周天子什么也管不了，也不想管；齐侯（齐桓公）称霸伊始，天下大事、自家的事，都还忙不过来，哪有闲心理会这等边陲小事；两个大个子近邻晋和楚，一家内乱刚息新君即位，一家更加“蛮夷”，且正一门心思跟齐侯叫板……大家没反应，事儿自然也就挑不起来，秦国也就因而没受到真正的外部压力，但还是留下了野蛮不化的名声。

武公没让自己的儿子即位，把继承权给了弟弟，也就是德公。个中原因，谁也不知道。那个被剥夺了继承权的叫作白的儿子，被封在了平阳。德公在位仅两年。第一年，把都城迁到了雍水边新建城池雍城（今陕西凤翔县南，渭河上游），并开始在雍城兴建秦国第一座像样的宫殿——大政宫。还没建好，人就死了，留下三个能干的儿子。长子即位第四年（公元前672年），大胆挑战东方大国晋，在河阳地方与晋交战，获胜。这个胜利，使秦人信心倍增，萌生了不可抑制的东进欲念。这位君主在位的十二年，几乎都在为了东进而努力，即使病在垂危，还念念不忘。为了东进梦想，他来不及等儿子长大成人，把国家和君位托付给了年富力强的二弟。二弟刚即位，就享受了东方诸侯的拜服。跟襄公立国之初诸侯的道贺相比，梁、芮两国君主的到来，不是出于礼仪，而是真正意义上的臣服。看着远远站在低处深深施礼、跟自己同为伯爵的他们，他似乎有了齐侯的感受。回去就告诉三弟嬴任好，说做霸主大概就差不多是那般滋味。我、我们，也要做霸主！让更多的诸侯来拜服！！

可惜，这位雄心勃勃的君主在位时间太短，只有四年，根本来不及实现任何理想。他是害急病死的，临终没留下什么话。几个大臣和宗室长老们推举三弟任好即位，延续两个哥哥演绎出的兄终弟即传统。任好也没怎么推让，很快坐进安置在大政宫正中央颇有气派的宝座。事情明摆着——大哥宣公还在位时，他就已经是领兵的主将；二哥成公时，更可以说是秦国第二号人物。三十出头、文武兼备，几乎掌控全部兵权，对政事了如指掌，身边聚着一干要害文武；如果不让他即位，谁能控制他？

控制不了，谁又能扳倒他？就算扳倒了，又有谁能像他这样撑起秦国？是大哥的儿子，还是二哥的儿子？谁更正统呢？如果辨不出真正的正统，又何必绕那么大弯子，冒那么多风险……对此，大臣长老们看得分明，任好自己也看得分明。他不想任何人陷入毫无意义的正统之争，包括大哥、二哥的儿子们，也包括自己。在他心里，国家的安定和不断强大，远比追求正统重要；能有机会施展自己的抱负、提升秦国的地位，也远比当个谦和的叔父更有意义。

即位之初的嬴任好，没效仿父兄埋头治军、日夜理政，而是把日常政务一股脑儿地交给宗室兄弟嬴絷，自己则轻车简从四处巡游起来。游历中，他结交了不少有见地、有学问、身手好的民间人物，也看到了立国已百余年的秦的真实面貌——半农半牧，将将自给自足；土地疆域有限，开发、利用并不理想；子民大都对国家、君主和神，怀着蓬勃质朴的热爱，但见识粗浅，失之愚昧……他把这些说给被称“公子絷”的嬴絷和一干文武臣工，让大家一同思谋进取之策。

跟以往秦国君主不同，他不是只把眼光放在军事上，单纯地在攻、守、进、退之间取舍，一味遵循谁是敌人、谁是朋友的逻辑，而是更广泛、更全面、更本质地提出问题，诸如：秦国该不该还抱着古老的游牧营生不放，是否应全面农业化；武力的使用是否应该跳出抢夺周边鸡零狗碎的狭隘目标，而谋求更深远的政治实效；是否应该更积极地向中原人学习，更积极地跟他们交往，以及如何学习和交往……

这些议题，对臣子们而言，显然太大了——没有一个人提得出像样的见地、主张，甚至都没什么真正的呼应。在他们的脑海里，这些问题，都还没想过；如果没人提出来，他们自己恐怕一辈子也不会往那儿想。看着新君灼灼的目光，他们既窘又怕。这位新君哪里都好，就是年少时喜欢赌博，赌瘾极大，花样儿百出，全国闻名。这些不着边际的想法，到底哪条是真，哪条是玩笑，又或者都是玩笑，他们委实弄不清楚。秦伯任好似乎看破众人心思，说了一段他们谁都想不到的话，大概意思是：寡人知道你们诸位有疑惑。寡人少时轻狂好嬉戏，是因为有哥哥们撑大局，自己不必多费心；如今哥哥们都走了，寡人肩负国家重任，怎还会轻易儿戏。自即位起，寡人就发誓再不谬耍。适才所说，都是认真的，请诸位务必尽心尽力……

这样一来，压力更大了——真要是戏耍倒好了。这帮人，你让他们领兵拼命，没的说；临危救急，也尽可依赖；跑腿出力、遵命行事，更不在话下；可让他们想那些超越了秦国、超越了职责、超越了现状的大事，就显得力不从心了。最后，新君给了三天期限，令每人届时都献一策，算是把眼前的尴尬迈过去了。三天很短，真正有的说的，其实也还不到一半儿，可毕竟已经开始了。那时候的人，尤其那时候的秦人，还没有学会敷衍糊弄；君上让想主意，就当真回去苦思了三天三夜。还是没想出来的，就一脸愧色，低头请罪；想出些来的，就很真挚、很殷切地陈述，临了，还拿热热的目光看君上的反应。任好炯炯如炬的大眼睛，一直没流露出什么异样色彩，蓄着很规整胡须的黝黑刚毅颜面，始终挂着浅浅的笑容，浅得刚好露不出那令人羡慕的灿白牙齿。内心里，他一面气恼着这些老伙计的愚钝死板，一面感动于他们的良苦用心。他注意到，一向机敏的絷，一直都没插话，也没主动陈述什么，但神态却比其他不言语的人坦然得多，似乎藏着很强的自信。等到大家都说完了，絷还是不言语。他追问："絷弟可有良策？"絷还是不言语，只是行了个礼。

这下，任好心底的赌虫，又被挑得蠢动起来。他猜想：絷恐怕有话要说，只是不想当着这些人说。他在心里跟自己打赌：如果猜中，就尽可能采纳絷要说还没说的策略；猜错，就把众人的主意全部抛开，按自己的想法往下办，谁劝都不听。他揣着这个内心的赌局，听完所有陈述，最后不露声色地勉励感谢一番，以“须再计议”结束会议，散了众人，又似乎很随意地拿了个请教文字方面事情的理由，单把絷留下，待众人远去，转而道：“絷弟此番可陈所想矣。”公子絷深施一礼，并没做多余的解释和任何客套，直接把自己的想法一口气说了出来。任好听着听着，就把赌局的事忘了。公子絷所言，不仅一一针对他所提出的议题，而且所有的应对之策，竟然都跟自己的想法如出一辙，甚至有的方面还更加完备、更加具有行动力。如果说，秦伯任好在位的三十九年间，秦国发生了质的飞跃，那么，那场谈话，就是这个飞跃的起点。如果说，秦国再后来的显赫辉煌，都是基于这个飞跃，那么，那场谈话，应该可以说是划时代的，是秦国发展历程中耀眼的里程碑。谈话的内容，概括起来，基本是这样的——

议题：“农还是牧，还是半农半牧？”

对答：“农。因为农可求稳，稳方可做大，大方可图强。”

议题：“武力当以何用？”

对答：“武力乃开疆拓土利器，亦为结交天下之本，然绝不该用以谋小利。”

议题：“如何以武结天下。”

对答：“莫不闻齐侯伐交之术乎？”

议题：“伐交自何始？”

对答：“由近及远，择强而峙。”

议题：“孰为近，孰谓强？”

对答：“晋为近，亦谓强。”

议题：“是否当学习中原？”

对答：“中原历久，可学甚多，须全力知之，为我所用。”

议题："以武结天下之外，当如何学习、交往中原？"

对答："一则，遣人出而学，学而用，用而交，交而融，融而再学；再则，寻访中原贤达，致礼以使入政于秦，此更速于前也。"

议题：……

对答：……

议题：……

对答：……

……

第四章

东进序曲

那场君臣兄弟两人间的对话，像是描绘了一张蓝图；往后，就该照图施工了。

第一步：令公子縶在宗室和信臣后代中挑选机敏者，带领着进入中原学习，恢复并扩大、深化立国之初襄公的做法，让国家政权的后继者增长见识。

第二步：令公子縶在赴中原考察学习的同时，寻访政治、文化、生产等各方面的优秀人才，设法请他们到秦国参与国政。由此，秦国开创了任用客卿的先河。

第三步：重点分析最近的强大诸侯晋国，将其作为秦渗入中原政治生活的突破口，具体实施参照的是他们所理解的伐交策略。

其中，第一步是长期任务，任好和他的臣子们，并没期待马上看到结果。第二步，公子縶的效率应该说还可以——才不到一年，就拉回来几个精通农事的，任好一一委以相应职位，可他并不满意这个结果。他更想要政治层面，甚至是国家策略层面上的大才。所以，他给了縶更大压力，要他下次一定带回高等级人才，哪怕只一两个，不然，就先不要回来复命。

至于第三步，他则决定跟即位已经十八年的晋侯姬诡诸，玩一把大赌局。

凭借絷带回来的见闻，他对晋国和可以做自己长辈的对手晋侯，做了一番研究。晋侯姬诡诸，从其父晋武公手中接过内乱了近百年的烂摊子，花了大量精力，把老晋国（唐）和自家起家的曲沃，整合成一个庞大国家；多年来，外攻内治得法，不仅弥合了父亲武公和他自己的非正统缺陷（他们是七八代以前老国君文侯姬仇的弟弟姬成师的后代，在当时的宗法概念下不能算正统），还把饱受战乱的国家带上了健康发展的正轨。他还有几个很有才干的儿子，长子申生是齐侯（齐桓公）女儿所生，被立为太子；另两个成年儿子重耳和夷吾，虽是胡人所生，可也都是天下闻名的君子、俊才……应该说，正在走向繁荣富强，且政治上拥有充沛后续力量的晋国，是有足够分量可以把秦托入中原政局的合作者，也是值得花气力、花本钱一分高下的对手。可在肯定晋国价值的同时，任好总感觉，晋侯姬诡诸和他那三个人见人爱的儿子东一个西一个彼此离得老远住着，又显然不是居险守要的态势，似乎不太正常。其中究竟，他当时看不清，也无从猜测，当然也就完全不能预知这个不太正常的感觉对日后秦、晋关系的巨大影响。

当一个好赌的人被“感觉”和“不太正常”侵袭的时候，兴奋、神秘和有可图，就会比常人更快、更强劲地反射到脑海里，赌性也就一定会在这种反射的刺激下，迅速膨胀。今天，有论调说“政治家都是赌徒”。对错且不去评。二千六百多年前秦伯嬴任好的时代，也还没有“政治家”的概念。但任好确实是个好赌的人。所以，他不自觉地进入了又一个赌注更大、输赢更不可预测的赌局。不过，我们之所以并不称其为“赌徒”，除了在意其历史地位，还因为他虽好赌，但绝不滥赌。作为一国之君，他也绝不敢滥赌。也正因如此，我们才会看到后来一系列的文武张弛。

即位第二年（公元前659年），秦伯任好亲自领一支尖兵，奔袭了地处秦、晋两国之间，聚居着东迁戎族的小地方茅津，几乎没费什么力气就取得了胜利，占领了茅津。他令军队把秦国的黑旗插得高高的，让晋国戍边军队远远能看到；又令国内增兵过来，摆出背靠茅津继续向东，也就是向晋国方向进攻的架势。

其实，他并不打算主动跟晋国开仗。这一战，与其说是为建立可以向东攻击的军事基地，毋宁说是对晋国的国力、战力、反应速度、外交和军事策略等一系列重要因素的试探，也就是他理解的伐交中的“伐”。平心而论，除了迎头反击和遣使来商议茅津的归属之外，他并没能设想出晋国可能采取的其他对策。所以，当时他的心理赌盘上，只有两个选择点。一是晋国正面反击，那就说明，晋根本没把秦放在眼里，也说明晋侯是个莽夫。二是晋国遣使议地，那就说明，晋重视秦的武力，也可以初步认定其有意跟秦展开交往。揣着有些忐忑、有些焦灼，也有些兴奋的心情，他坐镇茅津，静静等待晋国，或者说晋侯姬诡诸的回应。可等了好久，都没等来一丁点儿反应，心不禁悬起，继而焦躁、为难。好比一个赌局，你押了，而对方却似乎连赌局已经开始都还不知道。不同的是，平常的赌局，你可以随口提醒对手：嘿，伙计，开始了……可在这场赌局中，要想提醒，就得再打一仗，再再打一仗。

这可就难了——能否把握每战必胜？军需供应能否接济得力？还往哪里打？对方还不回应，又当如何？没完没了地打下去？一直打到晋国土地上，两国真的开战？那不就全盘颠倒了吗？……完全没有伐交经验，甚至可以说都并没完全搞懂这俩字儿全部含义的秦伯，被自己问傻了，终于没能有个合适的策略，最后决定结束这一轮，回去好好想想问题出在哪里。

归途中，他忽而兴起，带十几个亲信随从跑到岐山打猎。没猎到什么像样的东西，倒遭遇了一件意想不到的事——上山转一圈儿再回到山脚时，远远闻见烤肉香气。近前一看，拴在山下备用的宝马，被拆卸得七零八落，血淋淋地架在篝火上正烤着。四下围坐着几十个衣着土气的山民，脸上挂着期待的笑，自己的看马倌儿被捆在大树上，一脸焦急尴尬。随行军士一见此状，呼啦啦冲了过去，眨眼工夫制伏全无防备、武艺不精的山民，绑了领头的拖到脚下。在以牧马起家的秦国，马的生命，特别是好马的生命，很受尊重。就算死了，也不能肢解，更甭说烤着吃了。国君的马，更有着特别的身份，私下抽打都要问罪，山民们的做法，按当时秦国制度，是应该处死的。刚还高高兴兴等着吃肉的山民，听了这番缘由，再看气宇轩昂的马主人、他们的国君，兴致早跑得无影无踪，光剩下两腿发软，磕头请罪了。

看着这帮人的可怜相儿，秦伯心下又气又笑，说算了算了，想是饿急了，又不懂那些规矩，松了绑，让他们美美吃一顿吧，反正马也死了，活不过来了。山民们听懂了，很感激地磕头。秦伯问他们，是不是饿了很久了？点头。又问，此前莫非没人告诉过你们国家法令吗？摇头。他于是对左右说："看见了吧，咱秦国，现在就这么个样儿。要想让百姓都吃饱、懂礼法，还有很长的路要走呢。"底下人听得似懂非懂。他又说："干脆，咱也尝尝马肉的滋味，拿些好酒来。"见山民们还有些怯，他就哄他们："吃马肉得喝酒，不然会生病；你们杀的可是好马，更要喝好酒、烈酒才吃得……"山民们这才确信，君上真的不怪罪他们了，放下了心。

就这么，君臣一行，跟冒失的山民，围坐成老大一片，一家人似的吃喝起来。酒喝到起兴，人也就快活亲热了。山民中领头的很激动地说："今天君上饶了他们，日后定以性命效忠。"秦伯笑问："可是当真？"他们说："山里人虽蠢笨蛮野，但从不欺人。"秦伯说那好啊，你们去茅津安家吧。寡人刚刚把那里的戎人赶走了。那可是好地方啊，去了放放牛羊，种种地，再用不着偷马匹解饥了……

纯朴的山民们，后来还当真举族迁去了茅津。对秦伯任好而言，吃马肉的事，只不过是微不足道的一段有趣经历；可对山民们而言，那一天，却是他们新生活的开端；甚至可以说是他们的重生之始。任好并不曾想到，这些被自己一时兴起赦了死罪的山民，将会在后来扮演极其重要的角色；重要到关乎了他的生命，甚至关乎了秦国跟晋国绵延几十年的战略关系。当时的他，还沉浸在茅津之战无果，下一步不知该怎么走的焦虑中。不过，这种焦虑并没持续太久。

回到雍城不几日，公子縶回来交令了。这次，他并没带回什么特别的消息，只带回来一个人——相貌堂堂，谈吐不俗。縶介绍说，此人名叫公孙枝，是在晋国的田垄间相遇的。当时路过，见其双手各执一锄耕地，且每锄必深盈尺，心想还没见过如此有力的农夫，不禁驻足观看。却不想这农夫居然看也没看一眼就问："秦国公子驾到，莫非有什么指教吗？"着实吓他一跳。他当时是一个人，穿着也很普通，常人根本就看不出身份，更不可能张口就道"秦国公子"。于是就问："尊驾莫非认识我？"农夫还是没看他，边锄地边漫不经心地说："从这田间过路的人多了，可脚步如此笃定的，就只您一位，说明身份不凡；我这锄地本领，见的人也多了，可能停下注视的，也就只您一人，说明您意也不全在行路。当今天下，能只身驱步到田垄之间的贵人，不是来自秦，便是来自楚。阁下以为，楚之贵人，会来到此间吗？楚之贵人，会对锄地有如此兴趣吗？若是秦人，就不难猜了。秦伯正在茅津厉兵，重臣又不可能如此悠闲从容，不是公子，又会是什么人呢……"一番话下来，縶眼中的这个汉子，就不再只是个有力气的农夫了。他意识到，此人的见识、头脑都绝非凡俗，弄不好就是君上要找的那种"大才"，于是当即施以诚礼，攀谈起来……

任好轻轻捋着胡须，听得入迷，见縶不再说下去，就催问后来。縶说："后来说了什么并不重要，重要的是，这位奇人即将亲口告于君上的话。"他随即转向公孙枝，说，"公孙先生，此番可向我国君上陈述您的高见了。"

没等公孙枝开口，任好先施礼下去，说先生既已来秦，不妨赐教一二，任好自觉尚非顽冥不化，愿诚心请教。公孙枝不曾料这位传说中尚武好赌的新君，竟如此谦恭，一时竟不知该如何客套了……

翌年，晋国对茅津之战进行了反击——从小邻居虞国借道，征伐了再西边的另一个小邻居虢国，占领了虢国治下叫作下阳的地方，兵锋直指秦国东边的险要门户函谷关和崤山。如果说，攻占茅津，是秦国向晋国方向楔入了一根钉子，再给几锤，就可以钉进晋国肌体。那么，晋国攻占下阳，就像是在旁边向稍稍内斜的反向，也钉了一根钉子。如果秦在茅津加力，晋国钉子的尖儿，就会咬住秦国钉子的尾巴，甚至会破关而入；如果秦国不动，主动权就交到了对方手里，只要稍一加力，秦国要么抽回自己的钉子对抗，要么等着被钉出血。

秦伯得到晋国动态的报告时，公孙枝"大人"正奔走在秦国的田垄间，用他的理念，完善着秦国特有的"爰田"制度（一种比中原传统的井田制灵活自由的田亩制度，带有游牧生产方式的痕迹，源于秦文公时代，到公孙枝来到秦国时，已实行了百年有余），不遗余力地推行自己的君上任好举国务农的决策。

按前一年公孙枝的分析，晋国不可能对茅津的事一点儿不反应，但也多半不会正面反击。正走在顺途上的晋国和正渐渐老去的晋侯姬诡诸，都需要安定，不需要战争；就算有战争图谋，心思也多半会用于中原，用于东南方向，而不是西北；就算真的开战，也会首先选择比较了解、比较容易制伏的对手，而不会是跟戎人缠斗几百年、几乎从没停止过战斗的秦国。可他没想到，晋国竟会采用这样的方式反击。

在被急召回雍城议政的路上，公孙枝反复问明晋国的军事动作，仔细思考了好几个来回，再站到秦伯面前时，心里已经很有了些底。他告诉国君：晋国此举，绝非一般捞回面子式的反击，晋侯姬诡诸，也绝非为了面子而用兵的等闲之君。第一，他没有马上反击，而是等了整整一年。那么这一年里，他都干了些什么？其攻略固然异于平常，可想出这个办法，再做相应的准备，需要一年吗？第二，借道而攻的做法，也很耐人寻味。他完全可以绕过虞国攻打虢国。可为什么没有？第三，他为什么偏打虢国，却又不灭之，而单单占了小小下阳？第四，既然兵锋已指崤函（崤山、函谷关，并称“崤函”），为什么不再有进一步动作了呢？

对于公孙枝这一系列的提问，秦伯任好真正能回答的，只有第四点：兵至下阳而止，是因为晋国并不想真正跟秦开战。至于前三点，公孙枝给出了自己的答案：

之所以时隔一年才做这么小的一个动作，很可能其中至少半年都在静观秦国攻占茅津之后的进一步动作。之所以借道虞国而没有绕道，是要向秦国表示：晋对虞、虢都有充分的控制力，而这两个蕞尔小国，恰在秦国东境的咽喉位置。不灭虢国，单取下阳，除了给自己留出抽身的机会之外，似乎不能再有别的解释了……

话还没说完，秦伯的眼睛就放出了异样的光彩，猛然站起身，疾步走到公孙枝面前，亲热地拍打道：“寡人似有所悟矣，公且暂住，待寡人分说。如谬，务请正之！”公孙枝知道他又犯赌瘾了，就打趣道：“君上若言中枝所想，枝愿代縶公子往中原求贤；若毋中，则请君上赐枝今年双邑。”秦伯听了，哈哈大笑，又猛拍了公孙枝肩膀几掌，把个大树般结实的公孙枝拍得直打晃。笑罢，拍毕，朗声道：“妙局妙局！”接着，他就老实不客气地陈述起自己的观点：

“晋国之意不在战，而恰在谋交；可仅凭茅津的事，对秦的态度还不能十分把握。而实际上，晋也很想跟秦展开交往，而且还很急切，急切得不能再等，所以就出手试探了。试探的结果有三：一是秦对抗，那便谋交不成了，他可以打，也可以撤。打的话，已占了地利；撤的话，可以拿那两个小国抵挡，消耗秦的攻势。二是秦示好，则谋交可期矣。三是秦还不反应，那他就再敲打，把结果引向一或二……”

说到这儿，公孙枝退了几大步，向秦伯深施一礼，说：“君上赢了，枝即往中原求贤。”任好笑笑说那个不急，当下急的是如何应对晋，卿务必要帮寡人啊！公孙枝道：“但凭差遣。”把球踢了回去。任好又笑了，说你今天是拿定主意要难倒寡人了。然后背起手走起来。人家沉思，都是慢慢踱步，这位行伍出身的君主，却是大步如飞，衣袂飘扬，直走得公孙枝和在场几个老臣眼花缭乱、面面相觑。走了大约一顿饭工夫，他忽然停住，问公孙枝：“公之前曾言，晋侯有一女，乃晋太子胞姊，当下无夫家？”公孙枝点头。秦伯不等对答，便铿锵有力地发出了一连串指令：

第一，茅津守军大部撤回，只留少许戍卒；第二，如晋随之撤出下阳主力军，即遣公孙枝为使，入晋为秦伯求娶晋侯之女、晋太子之姊，并借在晋之机，设法弄清晋急切与秦谋交的特别原因；第三，如晋不撤军，茅津归师即往下阳方向包抄、备战。

公孙枝本以为秦伯会询问、商议联姻的事，却完全没想到，君上竟会直接做出决定，而且如此坚定、如此自信、如此周密。意外之余，不禁暗想：该不会是又一轮赌局开始了吧。

跟秦伯任好相比，晋侯姬诡诸，显得傲慢而阴沉。花白须发间，闪烁着鹰隼般的目光，让人不寒而栗。会见公孙枝的整个过程里，他只说了两句话。第一句是："请贵使尽陈。"待公孙枝一气说完秦伯的联姻提议，又沉默好一阵后，才说了第二句话，只一个字："可。"被后世传颂成了成语的"秦晋之好"，就这么促成了，连听到公孙枝如实交代的秦伯任好，都感到有些意外。

按周礼，诸侯间的婚姻，极其庄重烦冗。纳采、问名、纳吉、纳征、请期、迎亲，六礼缺一不可，都得有板有眼。对此，秦伯任好，做了充分的思想准备，也打心眼儿里乐意接受。在他的见解中，那些有悖秦地俭朴实际行事宗旨的风格和做法，代表着"风化"。他甚至想过在国中推行这套制度，以及其他一些来自中原的、无论从实用角度还是从秦的传统观念上都很令人费解的制度。但很快就因为公孙枝"中原风物繁，利秦者取之，未合者当弃"的谏言而打消了念头。可不是嘛——你秦国是想借学习中原自我强大、自我开化呢，还是打算不遗余力地变成中原诸侯的复制品？作为秦国君主，他自然选择前者。大概也正因如此，虽然履行了周礼，他仍不愿从根本上放弃秦的性格。联姻的最后一个环节"迎亲"结束后，他采用了秦国的方式跟晋国新娘开始了婚姻生活的第一幕。

古朴奔放的秦式新婚夜，让并非初婚的晋国新娘又羞怯又兴奋，偎在丈夫坚实温暖的怀里，想说点儿什么，又不知从何说起。最后拣了个没头没脑的话题："君上如何想起要娶妾身？"本来，这只是完了事儿还不想睡的没话找话，可新郎听来就不同了。借着闱外昏暗飘忽的灯火，秦伯任好怔怔地看着新娘一脸的羞红和如云的发丝，沉吟良久，反问："卿果欲矣？"意思："你真想知道吗？"弦外之音是："你难道不知道？"新娘不语，只是慢慢在丈夫怀里点头。任好轻轻抚摩新娘光滑如水的肌肤，忽然换了话题，问她："你们中原人男女欢爱，是不是不脱光衣服的……"这问题，新娘没法回答，只能撒娇般地轻轻捶打男人。小拳头轻柔地敲打在心房上，任好的心，忽而有几分酸痛。也不知怎么想的，他竟就那么光着身子，在床笫之间，对沉浸在欣喜、沉醉、娇羞和忐忑中的新娘，和盘道出这场婚姻的目的：

“我秦国出身低微，地处偏陲，立国百余年，向为中原所鄙。历代先君无不东望图强。寡人自兄长手中接过君位，立志穷毕生以强秦。秦欲强，必东进；欲东进，必遇晋。晋乃贵胄大国，与晋交融，则秦之东路可通。联姻之举，实为一搏。中，即可见晋不轻秦，则进可共谋以图大，退可相制以弭兵……”

他感觉新娘身子动了动，下意识地住了声。心里有个令人不安的什么东西滚了个来回——说多了？说早了？说得太透了？……还没整清楚，就听新娘问：“若求亲不成呢？”他笑笑，笑得有点儿干：“那就不用说了，这不是——成了吗？”

应该说，新婚之夜的后半段，秦伯任好没过好，一直在忐忑着自己的表白是不是刺伤了新娘，一直在静静听新娘的呼吸。她倒像是睡得很香呢。照他想来，听了那样的一番话之后，该不会睡得这么香的。她要么是个傻女人，要么就是早料定了……

心中七上八下地踌躇着，他几乎彻夜未眠。终于勉强睡着时，天已见亮，没睡多会儿就醒了，发现新娘一身正装跪在身旁，吓一跳，忙问：“卿何以如此？”新娘深施一礼，答：“妾在此侍候，并谢君上昨夜之赤诚。”

她说，其实，联姻的目的，父亲早就跟她说透了。就算不说，自己三十来岁的人，猜也能猜个八九分。可她没想到，一个男人、一个君主、一个新郎，竟能在新婚初夜，就如此坦然地告白。虽不甚入耳，可皆自肺腑。如此集大志、坦荡、率真于一身的男人，生平未见，以为足可托付终身……

接着，这位被秦国上下称为“晋夫人”的新娘，向丈夫和盘托出了晋国方面关于联姻的深层背景：“老晋侯宠爱骊姬，有意废黜太子申生，改立骊姬生的九岁幼子奚齐，可又担心风险——申生的霸主外公齐侯（齐桓公）会不会干涉？另外两个成年儿子重耳和夷吾会不会野心膨胀，起意争位？申生本人会不会抗争，会抗争到什么程度？……一旦有变，接踵而来的，就是争斗、内乱，乃至国与国的战争。他必须能够压住这一切，才能动作。所以，他先稳住跃跃欲试的秦国，以便全力控制国内，有足够精力和实力应付来自东方、来自齐国及其代表的中原诸侯的压力。他甚至可能希望通过联姻，争取到一个坚强外援，帮他分担压力……"

听到这里，任好问新娘："那么依夫人之见，秦国当如何应对？"新娘莞尔一笑，说："如今已知君上乃伟岸之人，断不会推助此等不智之举。"又说，自己的君父晋侯，少时也会明白这一点。所以，她并不担心真的会生什么变故。

然而，事实并不像晋夫人设想的和任好希望的那样平和理性。

新婚的喜气还没退去，晋国就发生了变故。其发生、发展，不仅仅超乎了秦国君臣的预想，就连晋夫人，甚至晋侯姬诡诸本人，恐怕也没能事先料到。其间情形，可以从相关的晋国历史和传说中详细获知，这里不赘述。单从秦国角度来看，截至任好即位第六年，也就是秦晋联姻的翌年（公元前655年）初冬的形势，是这样的：申生被陷，抱恨自杀，太子位出缺。重耳和夷吾闻讯逃亡，晋侯派人追杀未遂，父子彻底反目。逃亡的两位公子各自组成班底，晋国政治势力出现分裂苗头。齐国对申生的死没有做出正面回应。中原诸侯对晋国的变故也没有明显反应。晋国重演了三年前借道虞国攻打虢国的战术。不同的是，这一次，他灭亡了虢国，并在归途中也灭亡了两次借道的虞国，把这两个小国，并入了自己的版图。

照公孙枝分析，晋攻灭虢、虞两国，等于封死了秦东进的咽喉，是主动的防范，也是赤裸裸的武力威胁。说明晋改变了之前亲秦联秦的意图，转而把秦当成了首要对手。导致这种改变的原因有四：第一，申生未如其父姬诡诸所料的那样反抗或逃亡，而是出人意料地干脆自杀。这样一来，他的亲姐姐晋夫人和姐夫秦伯，不仅不能起到先前设想的牵制安稳作用，反而成了潜在仇家。第二，重耳、夷吾二公子都逃向西方，如果联络外部力量，更可能接触到的是秦而非中原诸侯。如此，秦就成了他们潜在的同盟者，也就成为姬诡诸和骊姬的对立面。第三，齐国和中原诸侯对申生之死和重耳、夷吾的潜逃未予干涉，原先预想的压力减轻，甚至不存在了，而从上面的一和二来看，秦国倒成了最可能发难的一方。第四，秦国在茅津驻有兵马，随时可能攻灭虢、虞二国，占据东进主动权，而由于前面的一、二、三，秦国采取这一步的可能性，较之前，必定大大增加……

说到这儿，秦伯似要发问，可公孙枝丝毫没有让出话头的意思，而是忽然换了话题，讲起了虞国大夫井伯的故事：

这位井伯大夫，本就是虞国人，姓百里，是难得的旷世大才。可惜出身卑微，入仕无门。但他不甘庸碌，虽家境贫寒，却一直抱远大志向。四十岁时，终于决心离乡往大国求职。临行，妻子劈门为柴，杀了家里下蛋的鸡，为他饯行。他游历了很多地方，却命运多舛。先是赶上齐国内乱，避祸而去，恰跟当今齐侯擦肩而过，把一代名臣的机遇，留给了老管仲。又接连在几个国家遭遇昏君和变乱。好不容易靠一手养牛绝技，在周廷谋了个小职位，还未来得及展示才华，就又经历了天子复位的争斗，差点儿被牵连。就这么蹉跎了许多岁月，最后还是绕回了虞国，借着在齐国结识的挚友蹇叔的帮衬，被同为蹇叔朋友的虞国大夫宫之奇，推荐给了虞君，做了大夫职位。可虞国太小，无法施展才华。百里先生有些灰心，却又不好驳蹇叔和宫之奇的好意，于是屈就自己，一边帮虞君理政，一边寻访失散多年的妻儿。晋侯两次借道虞国，他都站在宫之奇一边反对，可虞君不听，终于被灭国。百里大夫和他的君主，一起做了晋国的俘虏，如今被囚禁在晋国都城绛城……

任好像是被这故事吸引了，一时竟忘了眼前的严峻形势，催问后来。公孙枝答："没有后来。"又道，"臣以为，百里先生的后来，该由君上和他一起书写。"听了这话，任好才又把脑子转回眼前。他捋着规整漂亮的胡须，闪着几分好奇、戏谑的目光，盯住公孙枝，直盯得对方局促起来，才漫不经心地问："此公年齿几何？"公孙枝施礼答："不详，算来，至少六旬有余了。"又问："其才智比卿如何？"答："彼若泾渭之滔滔，臣如滴水之渺渺。""如此……"——任好长身而起，目视远方——"卿之意，当下之势，非此公不得解？"公孙枝正色道："非也。百里井伯之才，绝非用以此等小算。昔，其在虞，不足虑；今其为晋所虏，若为晋用，则秦之势，远危于今……"

照他说法，眼下最需要关注和解决的，不是晋国对秦国态势的转变，而是这位百里大夫成为晋国俘虏的情况和其进一步为晋国效力的可能。至于如何应对军事、政治上的暂时失却主动，倒不成什么问题，犯不上如临大敌、严阵以待。

公孙枝进而提出军事上适当反击，政治上平和处之的策略："打一小仗，让对手不敢小觑即可，不必过于认真，更不能扩大、导致对立；而后再向晋侯示意不准备干涉其内政和国君家事，争取消除其顾虑和敌对意识……"

任好听到此处，按捺不住地插话道："顺便把百里先生赚来秦国。"公孙枝哑住，怔怔望过去，正撞上君上那两道熟悉的目光——坦然、明亮、藏着几分乖戾和狡黠。他不禁笑了。任好也对他笑。满堂臣子于是也就跟着笑起来。大政宫里，笑声久久回荡。

第五章

求贤谋霸

虞国的百里大夫，仗着体格健壮，一人担了两人的活计，让体弱多病的国君，在八面漏风的草棚里歇息。绛城的冬天比虞都冷，奴隶们每人每天只有一勺热汤，用以下咽干硬冰冷的粗粮。老百里把两个人两勺热汤，都给了比自己还年轻十来岁的国君，却还是暖不起那日渐冰冷的肥胖身躯。国君说："卿不必挂记寡人，自求多福吧。寡人不智，不听卿言，借了道给晋侯。本以为两家同姓，俱为天子宗亲，便是灭了虢国，也断不会把虞国怎样；纵然灭了虞国，也不会亏待寡人；却不想是如此境地……"老百里说："您就别悔了，事已至此，你我君臣，当相依为命才是。"虞君听了，流出泪来，一阵咳嗽，脸发了青，人又抽搐起来。

老百里耐不住了，几度向看管的晋卒请求给虞君医治，至少也换个好些的住处，给些热食被盖。晋卒不仅不理，还骂他作"百里傒"（"傒"在当时的语意里有"讨厌"的意思，可以理解为一种蔑称）。他于是故意弄坏工具，引来晋卒鞭打，再高声叫骂，以引起游走巡查的晋国军官的注意。闹了十来日，终于被提出去另行处置。他怀着救主的决心，大踏步跟着晋卒，把脚镣甩得铮铮作响。一路上都在琢磨如何向审问自己的晋国官员争取待遇，不知不觉到了一乘巍峨车驾前，车上坐个干瘦老者，用鹰隼般的目光看他。晋卒让他跪下，车上的老者挥手示意不必。又让除去镣铐。去了镣铐的老百里，看了看老者，郑重地行了个礼，道："外臣拜见大国君上。"车上老者微微有些吃惊，定神问道："先生识得寡人？"老百里笑而不答。车上老者端详了他好一阵，慢慢弯下腰，低声道："请与寡人同乘。"

就这样，被叫作"百里傒"的老人，上了晋侯姬诡诸的车驾，到了宫中。但他拒绝一切礼遇和款待，理由是自己的君上还在受苦，为臣下的，不能享用什么。晋侯就说待寡人与先生谈罢，贵国君，定将被待若上宾，决不食言。

晋侯兑现了诺言。老百里从宫中离开时，虞君已被移进了馆驿暖阁，热汤肉食，仆役在侧，见到百里，露出一脸的宽慰得意。看着国君，老百里心里沉沉的。他不知道，如果国君得知，眼前的一切，都要以自己背叛故国、服侍晋君为条件，还会不会宽慰和得意。他不知道，该不该把跟晋君的对话告诉国君；更不知道，告诉了之后，国君会作何评价，作何反应。晋侯问："公可知寡人为何灭虞？"他答："制秦。"晋侯大笑，连连摆手，说非也非也。又问："公可知秦已攻占我河西要地河曲？"答："不知。"晋侯就说："寡人既告公，愿求一策以拒。"他答："外臣蒙昧，无策以献君上。"接连几番装傻充愣过后，晋侯摊了牌，说："早听说先生您高智大才，谋求不得，才灭了虞国，把先生请来。虞君一介昏主，在寡人眼里，就是个死人。您如果还顾及他的话，就该把智慧贡献给晋国……"

他从晋侯的眼睛里看出，如果不答应，国君恐怕都活不到明天。所以，他没敢拒绝，而是以"待奉告敝君"为由，拖了下来。晋侯不是好糊弄的，给了三天期限。三天后，他须接受晋国官职，同时献出对秦良策。若只是给出破秦之法，倒也没什么可踌躇的。多年以来，夹在孔武好战的秦和庞然大物的晋之间，他早就把两个大头邻居分析了好多次，对近期的秦晋形势，也早有自己的看法。思谋一个解决当前对峙局面的办法，并非难事。可担任晋国官职，长久侍奉晋君，却是万万不能答应的。从情感上，他肯定不会为灭了故国的仇敌服务；从名节上，他断然不能背负叛国求荣的骂名；从理性上，也绝不愿意来蹚这摊浑水——晋侯和他逃亡在外的两个儿子，都对晋国政治有影响，虽是晋侯主政，可国内政治势力，却已经开始分化。晋侯需要建立没有根底、没有倾向的新势力，用以增强己方权重。这股新势力，将为他扫除障碍，继而承担辅佐新太子奚齐的使命。做不成，“障碍”们反攻倒算，新势力首当其冲；做成，也必将背负戕害公子的恶名，还得听命于阴险的骊姬和那个不知怎么样的奚齐。而自己，恰被晋侯选作了新势力的核心人物，一旦顺从，谁不听命，他也得听命，谁不倒霉，他也得倒霉；可要是不顺从，国君就会命在旦夕，自己也必将面临险境，这一身本领，一腔抱负，就将尽数归于尘土……

怀着满腔的矛盾、不甘，老百里彻夜未眠。天快亮的时候，他下定了决心：不能顺从，也不能拒绝，只能逃走，目标是中原的宋国。蹇叔曾说要去那里。那老头儿讲信用，说去必然会去。那老头也有人缘儿，到哪儿都能平平安安住下，都不愁吃穿。自己和国君去会合了，荣华富贵自是没有，但总好过在绛城当奴隶。更何况如今这形势，连奴隶怕是也当不成了。

主意拿定，马上开始设计方案、寻找机会。除了他们，馆驿内外再无战俘，而他们君臣又老迈病弱，晋侯大概也想不到他居然敢逃，把守看管并不森严。他花了一天半工夫，摸清了卫士仆从换班的规律，在晋侯规定限期届满的前夜，凭一身牛劲，闪电般撂倒了几个守卫，背起国君，飞也似的消失在夜色中。

百里傒携虞君潜逃的消息，夤夜报到了晋侯姬诡诸面前。要是这消息当天上午来，他会毫不犹豫地下令追杀。可就这天的正午，嫁到秦国的女儿回来了。本以为再见不到女儿的老人家，心底深处柔软的亲情被触动了，进而觉出了秦伯女婿的不同凡响——两国虽有交兵，可没把你女儿怎么样。如今好好送回来，您老自己掂量吧。继续交好呢，这就是个平常的省亲。不打算再好下去呢，反正你女儿也回来了，咱都没了顾忌，可以拉开架势干……好小子，够意思！够胆色！！

看着女儿光亮的姿容和一如既往的亲近劲儿，老人想起了死去的儿子申生，心里有些酸。他想问女儿，怪不怪自己逼死了亲弟弟。可到底没敢问。他害怕那个答案。后来，女儿去休息了，他开始独自琢磨如何应对女婿出的难题。他习惯了独自琢磨问题。他就这么独自琢磨了一辈子。独自，好辛苦，连个商量的人都没有。他想起了逃在外边的两个儿子，想该不该跟他们和解，进而想能不能跟他们和解。想来想去，怎么都觉得如今那两个儿子，倒还没有大河对岸那个敢跟自己兵戎相见的刺儿头女婿，来得实在可靠。顺着想下去，思路就不自觉地往把女儿再送回秦国、延续两国交好状态的方向倾斜了。再往下想，秦国，就又越来越像是靠得住的伙伴了。

就在这当儿，百里傒逃跑的消息来了。跑就跑了吧——有秦伯女婿帮衬，那糟老头子，可有可无。他要是不跑，能为己用当然好。既然跑了，这么大的晋国，去追杀亡国君臣，说出去不好听，再让秦伯女婿看扁了。他习惯性地挥挥手，下令把看守一干人等各抽二十鞭，以示惩戒，没再深究。要不是又在女儿归秦索要仆从的名单上看见百里傒和虞君的名字，他很可能就把这事彻底忘了。人老了，总忘事儿。

那是一个月之后，他可有可无地扫视女儿要带走的人员物品清单。本是心疼女儿，怕落下什么，却不料看到了百里傒君臣的名字。谋算了一辈子的脑海里，骤然响起警报——原来秦伯女婿也早就在算计这个糟老头子了！心里飞速盘算着，脸上却一点儿都没流露。看似随意地放下了清单，转身就召来武艺高强的忠实仆从勃鞮（寺人披），令其秘密寻访百里傒，见到就悄悄杀掉，切莫走漏风声。

当然，随晋夫人入晋省亲的公子絷，在清点人员时，没有发现百里傒和虞君。几番询问，才知道他们已逃走一个多月。絷没露声色，大大方方地带着队伍，服侍晋夫人上了路。一行出发没多久，絷的密使，就到了雍城。密使赶路还没到半程，以公孙枝为首的秘密查访队伍，就已经分开几路，悄然进入中原各国。待到晋夫人回到丈夫身边，第一批查访报告已经摊在了秦伯任好面前。紧接着是第二批、第三批……

报告说，百里傒落脚在了楚、宋交界的一片草场，帮着场主养牛。虞君不知去向。报告又说，发现有另外的人也似乎在寻找百里傒，身份不明。报告还说，那片草场，属楚国地界，日前，有相貌气度不俗的老者曾造访，并跟百里傒有攀谈。那老者的归路，是往楚国郢都方向……

看着这么多报告，秦伯任好有点儿犯蒙，问公孙枝："这人到底是不是那个百里大夫。"没等公孙枝应答，帐后忽然钻出不满八岁的小女儿怀嬴，说："他当然是君父您要找的人了。"秦伯看着一脸稚气的孩子，不禁哑然失笑，说："你小孩子家家的，知道我们大人在说什么。对了，你怎么跑这儿来了。"小丫头做了个鬼脸，说："出去逛集，回来时看到宫门外灰头土脸的军士进进出出，觉得好玩，就跟了进来，在帐后面听了半天了。女儿不知道君父要找的是个什么人，可要是也有别人找他，那十有八九就是了。"公孙枝接上话说："臣以为，公主说的极是，那养牛的强健老者，定是百里大夫。如臣所料不错，那跟我们一样在寻访其踪迹的不明身份的人，应该来自晋国，而那往郢都方向去的老者，定是楚国重要人物。倘使真是这样，我们就更得抓紧了……”秦伯沉思片刻，说就依卿意，马上想办法把此人带来雍城，又补一句：“切莫声张。”本还想说“若带不来，也不能落在别人手里”来着，忽然看见还站在一边的小女儿，下意识地收了口，没说出来。

晋侯派出的杀手，还是比秦国人晚了一步。等到他赶到那片草场时，只得到那老头儿原来是秦国逃奴，日前被秦公子拿五张熟羊皮换走了的消息，弄得他一头雾水。他不知道，其实被押在囚车上晃晃悠悠往秦国方向去的百里傒也不明白，自己怎么就成了秦国的逃奴，更不知道，此去到底是凶是吉。

逃出绛城的第三天，虞君就死在了肩头。他草草埋葬了国君，依旧奔宋国方向。不料途中遭遇冰灾，迷了路，断了粮。堪堪饿死的当儿，被草场的人救了性命。他决定帮他们养两年牛，以报救命之恩。经他调养的牛，一开春就显出众之处。于是，附近其他草场的人，也纷纷来找他帮忙。那个郢都来的干瘦老头，就混杂在其中。他一眼就看出对方绝非一般人，给了些暗示，却没得到回应。干瘦老头儿一个劲儿地跟他吹养牛经。吹够，就施施然离开了。后来，他从另外一批远来的客人那儿得知，那老头儿，就是楚王熊恽（楚成王）。他无奈地苦笑——看来，这辈子也就是养牛了。这么想着，就不想再去找蹇叔了，对自己说，索性老死在这青坡碧溪的草场罢。

颠簸在囚车里，他没有丝毫恐惧，只是哀叹，为自己注定被埋没的满腹才学哀叹，为那不知流落到何方甚至不知死活的妻儿哀叹，为死去的虞君哀叹，也为那些一定会思念自己的牛儿哀叹。

就这么哀叹着，不觉入了秦国地界。他被恭恭敬敬请出囚车、除了镣铐、大肆换洗了一番，又被恭恭敬敬地请入秦国公子车内。秦国公子对他恭恭敬敬地施礼，说："之前所为，有损尊仪，实为遮人耳目，请恕罪；今已入秦，我且在此代敝邑君上，向先生行礼。"把老头儿弄得更加摸不着头脑。

一路下来，公子絷把秦伯的意思和寻访的始末，基本讲了一遍。老百里先是不太相信，后来渐渐信了，继而感激，继而兴奋，心底本已熄灭的兴国安邦志向，又慢慢燃了起来。

之前，他不是没想过要去秦国发展，可多少受中原意识影响，以为秦很野蛮、很落后。后来，又出于各种各样的原因，没再往这边多想。如今，面对谦恭有加的秦公子，他隐约感到，自己一直祈盼的机遇，就在眼前了。这种感觉，被秦伯的肃立郊迎，放大了、证实了。眼前这位君主，浑身洋溢着健康的活力，眉宇间张扬着自信和力量。他不禁想起居高临下、阴诡森森的晋侯，不禁想起木木讷讷、浑浑噩噩的虞君，不禁想起大大咧咧、自以为是的楚王，以及经历过的一个个成事不足败事有余的昏君。跟他们相比，眼前的秦伯，就像灼灼升起的朝阳。他几乎可以认定，这个秦伯，必将成为一代雄主。他暗暗在心底决心，无论怎样，都要再试一试，搏一搏。失意了那么多，不在乎再多一次。他拿定主意，一定认真对待秦伯的询问，一定不放过这可能是平生最后一次的机会。

秦伯没有寒暄，没有问候，而是出人意料地发出一声感慨："老矣……老矣……"

老百里怔了怔，随即笑道："君上若要寻力士兵勇，那自然是找错人了；可要是需理国治军之人，老朽自以为，尚比吕尚年轻些呢……"

秦伯一听也笑了，问："先生以为可比吕尚？"百里傒对曰："吕尚有鼎定天下之功，我自然是比不了的；可若谈辅佐君上强秦，则自信必成功于有生之年。”

秦伯问：“敢问先生，怎样可以使秦强？”老百里看住他，郑重而有力地说了十个字：“定西以为本，融东以为进。”秦伯愣愣地看着他，似乎在沉思。过了很久，恭敬地行了个礼，说了一句：“虞不信公，所以亡。”话出口时，他已经决定最大限度地重用这个“老矣”的百里先生。话出口时，他倏而明白了公孙枝对这位老者的推崇。话出口时，在他脑海里，秦国未来发展的蓝图，一下子变得更加完整、更加清晰，也更加宏大了。

接下来是秦伯任好和年逾七旬的百里傒三天三夜的长谈。百里傒把长期以来对秦国发展的设想和盘托出。他指出，如今秦的中心地带雍、岐地方，山川险峻、田野丰茂，适合盘踞生养。只要巩固，东方诸侯就无法西进。聚居着零散游动的大小戎族、拥有千里草场和丰厚物产的西地，就成了鳞次栉比、交错摩擦的中原诸侯无论如何也无法拥有甚至无法想象的、为秦所独享的资源。而秦又恰发源于此，拥有别人远不能及的开拓、融合的基础和经验，善加经营，并非不可能。一旦真正控制了西地，则牧耕可丰物，戢民可利战。用不了太长时间，秦必将成为富强的西方大国，东进也就有了坚实基础。再以交融姿态介入中原政治、经济、军事，一旦成功，别说得到诸侯尊重，就连成为齐、楚、晋这样有实力的大家诸侯，甚至超过他们，也未可知。就算一时失利，大不了退回西地，也还大有翻身的本钱……

这番规划，比秦的先祖立足西陲的生存战略，进了一大步，却又比任好和他的哥哥们奉行的一味东进策略，更加理性、周密、可行。那三天三夜，是任好有生以来收获最大的时光。老百里从军事、政治、外交、农事、水利等多个角度诠释自己的观点，精辟严谨、历历在目。谈罢，秦伯当即就要拜他为上大夫，任庶长。可老百里很自谦，说：“替君上谋划，倒还勉强，担当大任，则实在是老了。”秦伯说：“先生不要再取笑寡人了，说你老了，无非戏言。寡人年少时最好谬戏，整个秦国都知道，那些戏言，当不得真。”百里又说：“那就让公孙枝干吧，他年轻，该更有作为。”秦伯说：“那就难了，正是他全力向寡人举荐的您，早就说了一旦您来秦入仕，甘愿做您辅助的话……”

几番推却，老百里最后答应了任左庶长。之后没多久，又向秦伯举荐蹇叔，说蹇叔虽比臣还老些，但十分博学，也更加沉稳。秦伯二话没说，旋即差公子絷去寻访。结果不仅找来蹇叔和他儿子蹇术（又号“西乞术”），还把百里傒失散多年的老妻和儿子百里视（又号“孟明视”）也找到，接来雍城。对此，百里傒充满感激，一下像是年轻了好多，浑身上下充满干劲。他儿子百里视和蹇叔的儿子蹇术，因为孔武有力，又粗通军事，不久也被秦伯封了官职，到军中效力。之后一两年，又有一些中原人士，或通过蹇叔、百里傒的举荐，或通过公孙枝、公子絷的寻访，纷纷带着各种各样的知识、技能，来到秦国，做了客卿。客卿们用自己的才学和热情，迅速完善着秦国的吏治，有力促进着秦国的生产、军事和文化。才不到三年时间，秦国的经济就获得了长足发展。按百里傒的规划，快的话，再有两三个这样的三年，秦国就大体具备全面控制西地的条件了。

得到杀手勃鞮的回报，又得知秦国多了个“五羖大夫”，晋侯姬诡诸知道，百里傒已为秦所用。这让他认定，秦伯女婿，到底还是跟自己不一条心。他很懊丧、很挫败，觉得大大失算，觉得肩头一下子又变得那么沉重不堪。要不是骊姬的妹妹又给他生了个叫作“悼子”的儿子，他真不知道什么时候才能从沉重的心绪中解脱出来。

可就是这份老来的天伦之乐，也没能给他多长时间的轻松。悼子还没出满月，就传来夷吾公子盘踞屈城，正四处招兵买马的消息。日渐老迈的晋侯火了——这是看我老了，要正式发难了。你个逆子，寡人定要你死在前头！盛怒之下，急急派出精锐部队，令全歼叛军，擒杀夷吾。

和两年前一样，晋国上下除了晋侯姬诡诸本人，是个人就知道，夷吾、重耳身边，只有几个近臣仆从，哪儿来什么叛军。所谓招兵买马，全是骊姬一伙编出来的鬼话，就是为让老头子生疑、愤怒，好借老头子的手，除了奚齐即位的隐患。

可谁也不敢去告诉老头子，恐怕自己会成为骊姬下一个攻击目标，对于这种宗室内部的争斗，大都采取敷衍的态度。但表面上还得声势浩大、虎虎生风，结果把夷吾吓得连夜逃离了屈城，循着哥哥重耳的做法，奔了生母的出生地梁国。这下，两个成年儿子都跑到了国外，晋侯追也不是，不追也不是，一连愁了个把月。人老了，经不起事儿了，这一愁，就病了，就倒下了。

百里傒、蹇叔等中原客卿入仕秦国的第四年夏天，中原霸主齐侯（齐桓公）在葵丘地方再次会盟诸侯，把他所倡导的霸主政治，又推上新高度。与此同时，攻略杀伐一生的晋侯姬诡诸，正疾步走向生命的尽头。他把自己和骊姬都最宠信的大臣荀息叫到身边，任命为相国，郑重地将十四岁的太子奚齐托付给他。荀息问："如何对待重耳、夷吾二位公子？"老人看看骊姬，又看看荀息，再看看奚齐，想说什么，可到底没说出来。秋风萧瑟的时节，老晋侯咽了气，带走了所有的光耀、辉煌、艰辛和悔恨。老人的眼还没完全闭上，骊姬就命令派敢死之人火速出境，暗杀重耳和夷吾。可杀手还没到地方，派出杀手的人就遭了灭顶之灾。一直倾向公子重耳、不满骊姬作乱的大臣里克、丕郑，从老晋侯卧病起，就在盘算着怎么扳倒骊姬。可以说，就等老头子咽下最后一口气了。所以，他们的计划非常周密，行动非常迅捷。有人传说，骊姬是被杀死在老晋侯未来得及入殓的尸体旁的，血溅了老爷子一脸。还没来得及即位的奚齐，当然也同时死在乱刃之下。

面对骊姬母子支离破碎的尸骸和宫廷里到处流淌着的鲜血，荀息阵脚不乱，摆出妥协姿态。一面调回派去刺杀二公子的杀手，一面以无论如何也得把先君安葬为由，稳住里克、丕郑等政变主谋。里克等已派人去请公子重耳，正等消息。荀息得以喘息，葬了老晋侯，谥为“献公”。随即又以相国身份，立才满三岁的悼子为新君。悼子的母亲，骊姬的亲妹妹，成了太后。里克等闻讯，怒不可遏，刚待发难，就听说派去请重耳的人都被杀死在路上，相国已派兵控制了都城，顷刻慌了手脚，急忙组织反击。一时间，晋国各种势力，纠缠厮斗成一团，谋杀、追剿、逃亡、欺骗、抗争、惨叫……绛城笼罩在剑光血影之中，整个晋国在痛苦惊恐中颤抖。

秦国君臣早就听说老晋侯病体垂危，也早就想到他一死，晋国必定会乱一下。可谁都没想到会乱成这样。以公子絷为首的宗室大臣普遍认为，这是上天赐予秦国的绝好机会，主张趁乱举重兵大规模东进，渡过大河（黄河），扑入晋国疆土，伺机把持晋国国政，一举将东扩战略向前推进一大步。

对此，蹇叔百里傒公孙枝为代表的客卿派，持坚决反对态度，甚至抨击说那种做法是不进反退。他们的论据，概括起来有三点：

第一，趁乱用兵，己方也必然仓促，犯了用兵大忌；晋国虽乱，却不弱，一旦遭遇外力，合力对外的可能性不能排除，两国难免陷入大战；那样，之前所有政治、外交努力，都将化为乌有。

第二，世人眼里，晋为贵胄，秦为外夷。侵占，则失仪；失仪，则必招致严重非议，甚至武装干涉；就算秦能战胜晋，又怎能对付众多诸侯。到时候，秦将陷入从没有过的困境，闹不好要把本就不怎么丰厚的老底都赔光，那可就不是简单的前功尽弃了，秦的国本，能不能保持，都成了问号。

第三，就算战事顺利，诸侯也不干涉，晋国还有重耳、夷吾二位公子在外，还有那么多的忠勇臣子，他们能坐视自己的国家被人控制吗？他们能不抗争吗？秦国又能从这样一个纷争不息的晋国，得到什么呢……

一番分析下来，主战的没了对辞，秦伯任好的眉头，拧成了疙瘩，看上去好像一团粗重杂乱的麻绳。朝堂陷入了令人窒息的寂静。后来，传报声打破了寂静，晋国方面又有新消息传来：经一番苦斗，里克、丕郑一派占了上风，悼子母子和荀息都被杀，正在全国范围追杀他们的余部。里克再度派人往狄国迎请公子重耳，不日即达。议论声又起。大家忙着分析新情况，各自抢着阐述自己的观点。

先开始都对着秦伯说，后来就成了面对面的询问、争执。不一会儿，就东一堆西一簇了，争得好生热闹，一直争到掌灯。后来，不知是谁先发现的——秦伯不见了。大伙你看我我看你，谁也不知道秦伯是什么时候离开的，谁也不知道他去了哪里。

翌日晨，秦伯又出现在众人面前，用他那特有的、隐隐含着调皮的目光，扫视每一张脸，最后笑着说：“诸公该不是在此畅谈了一夜吧。”一句话，引来了一阵轻松笑声。他又说：“就算不是谈了一夜，想也都没怎么睡好。可寡人却睡得好生香甜啊。还做了个梦，梦见天上仙子召寡人谒见天帝，天帝命我大秦整饬晋乱。尔后，仙子送寡人回来，自称宝夫人，乃先祖襄公所祭白颈神雉的化身……”

说到这儿，他戛然收住话头，问大家：“诸公以为，此梦何预？”大伙儿被问得不知如何对答。心里都在想：这个好耍的君上，又打什么哑谜。

秦伯（任公）任好说的那个梦，到底有没有，谁也不知道。就算有，也应该不完全像他说的那样。梦，本来就是说有就有、说没有就没有的东西。谁也说不得准。可以肯定的是，就在他所谓梦的那个夜晚，晋夫人在后宫，向他跪下了。她含着眼泪，请求丈夫，帮助晋国摆脱内乱，用秦国的力量，结束晋国无父无君的黑暗。还可以肯定的是，秦伯作为丈夫，当场就明确答应了妻子的请求。

见没人出来解梦，秦伯又笑了，笑得很开心，很自信。笑罢，一摆手，退入了后堂。俄顷，宫官走出来，宣布两条君令：一是请百里傒、蹇叔他入后宫议事；二是即日起，雍水改称“霸水”。满朝文武又一下坠入五里雾中。

第六章

谁主沉浮

经周密商议，针对晋国的情况，秦国高层做出了“不坐视，也不主动用兵，以政治手段积极介入”的决议，并确立直接从最关键也是最急迫环节入手的办法，即马上着手解决晋国当前没有君主的问题，顺应晋国内部政变胜利者的倾向，拥立德高望重的公子重耳为新一代国君。具体做法：以盟国和亲戚双重名义，派最高规格使臣，入晋凭吊晋献公，并与里克、丕郑等掌权重臣，谋划立君步骤；同时给予象征性的军事压力，把晋国当权者，置于屈从地位；再以割地或岁贡为条件，拥立新君，订立更加坚固、更加有利于秦的盟约。

主意拿定，开始行动。正备着礼品、分派着人员，晋国里克派的使臣，就到了雍城，主动提请秦国出面拥立新君，正应了百里傒的预料。

重耳在狄国驻地接待了秦国使臣公子絷，对拥立其为新君的动议，不置可否。平心而论，他不想接这个烂摊子，也不想跟里克、丕郑一干弑君之臣共谋。本来，他料到了里克他们会找来，可没承想，秦国也掺和进来。随行几个大臣，对此抱各自不同的看法。一派认为，秦国无疑是在下套子，一旦接受其帮助，必将受制，烂摊子能不能收拾得了难说，倒凭空多了一层束缚。另一派认为秦既然有所图，不如就做交易，借其手，迅速消灭所有国内反对势力，甚至包括夷吾和弑君的里克、丕郑等人，以雷霆手段，一举平定国内动荡。这是快刀斩乱麻的绝好机会，可遇不可求，如不利用，不知什么时候才能再遇到，也不知还得付出多少努力才能办成那些本可以旬月即成的大事……

对第二种论调，重耳给予了严厉批评，说："晋国之事，安可假他人之手；我与夷吾乃兄弟，与里克、丕郑等乃君臣，兄弟君臣，岂可轻言杀伐。若真那么做了，晋国臣民岂不寒心，君位又岂能坐稳！"

秦伯任好和他的智囊团没想到，重耳竟然拒绝继承君位。更没想到，拒绝的理由竟是"负父之命，出奔，父殁，不得脩人子之礼侍丧，何敢入"！意思是：我惹老父生气，未服罪却逃避在外，本已不肖；老父去世，又未尽人子之道守孝侍奉，更是不堪，有什么脸面继承父亲留下的君位呢。"嘿！他倒推得干净！！"听了传话，秦伯任好当时就这么说出了口。蹇叔马上就劝，说重耳公子真是君子啊，这番谢词，听得我老头子十分感动。秦伯看看老爷子，不禁笑出声，说："重耳是否君子，寡人不知，可您老确是真君子无疑！"老头儿听了，更感动，连连自谦。秦伯不再打趣，转而吩咐百里傒和公子絷："再找夷吾。"话音刚落，殿外就报夷吾公子遣人拜谒。

听说里克引秦使奔狄国找重耳，夷吾急忙派出两路人，一路追赶里克，另一路直奔雍城，目的只有一个：竞争君位。条件也只有一个：重耳许多少，本公子加倍。最后他跟里克、丕郑等人谈定的是封地拜爵，跟秦国谈定的是割让晋国在大河（黄河）西岸的八座城池。这个条件，对秦伯来讲，太有诱惑力了！有了这八座城，秦国版图一下就扩到了大河岸边，那历代先祖可望而不可即的滔滔大河，就成了秦、晋的边界。在他的东扩梦想中，这曾经是近乎终点的目标！他的心不禁突突狂跳，大声吩咐："即刻定盟！"老蹇叔站出来说"慢"，然后语重心长地劝道："重耳公子推让，夷吾公子迫不及待，二者人格高下立见。弃君子，亲小人，秦国是要吃亏的，天下也会笑我们眼光不济……"秦伯说："您老是真君子，照您的说法，重耳公子也是真君子，你们两个君子碰一面，如果您能说动他即位，并且也许秦河西八城，寡人就依您。"

当然，蹇叔不可能说动重耳。到底去没去说，我们也不得而知。夷吾被拥立成了新的晋国国君。秦伯和他的臣子、军队，因为护送晋国新君赴绛城即位而浩浩荡荡、耀武扬威地渡过了黄河。这是秦立国以来第一次东渡黄河，也是古老的嬴姓第一次以"国家"姿态渡过黄河。要不是中途遭遇奉天子命前来主持即位大典的霸主齐侯（齐桓公），这简直就是一次完美无缺的政治大游行。

和重耳拒绝即位一样，齐侯及其虎狼之师的出现，同样完全出乎秦国君臣意料。他们更想不到的是，自己这边还没因为被对方搅了兴致而抱怨什么，齐侯那边，竟早已是一肚子气了。闷着头在西陲苦苦经营了几百年的秦人，当时还不懂得天无二日的道理。可齐侯懂，并且很重视——我这儿刚刚会盟诸侯，你那儿就敢挑起帮天子宗亲的泱泱晋国立君这么大的旗子，分明没把我这个霸主放在眼里！这还得了！一定要给你秦小子一个教训！什么奉天子命，都是瞎掰。天子的册立专使还在路上，根本就没跟齐军照上面儿。再说，哪有外国君主主持即位典礼的道理，主持一个即位典礼，也用不着带这么多兵。要不是老管仲，齐国和秦国的军队，可能真的会发生碰撞。老管仲总比别人想得透、想得远，说君上您看，咱离晋国那么远，犯不着为这事大动干戈，什么好处都捞不到嘛。秦、晋两家是亲戚，又离得近，爱怎么折腾就怎么折腾去吧。秦小子土老帽儿，什么都不懂，您别跟他一般见识。可齐侯扭不过劲——你说得都对，可面子问题，不解决，绝对不行。管仲说那咱就示威，不真动手。

他要是恭敬，就此算了。要是不恭，自然给些颜色，这事我来把握，您就别管了。于是，齐国军队前沿得到不可擅战指令，秦国也收到了齐军会盟刚毕，随君而来，断无战意的通报。这才算没冲突起来。

看到齐国军队，再看秦军，夷吾对同行的重臣吕甥说：“还是人家齐国威风啊。”再看到即位典礼上秦伯姐夫站在齐侯后面大气不敢出的样子，他就开始嘀咕给秦国河西八城是否值得了。

到底，那河西八城也没兑现。就连许给里克、丕郑的封邑，也没兑现。真应了蹇叔的话，夷吾是个彻头彻尾的小人。秦伯想打一仗争一下，被百里傒拦住，说不必操切，看看再说。没多久，夷吾杀了里克、丕郑一伙，老少妇孺都没放过，理由是弑君和阴交外夷。弑君，是指杀奚齐、悼子。阴交外夷，是说他们跟秦国密谋擒杀吕甥等国家重臣。到底有没有这回事，谁也说不清。之前，丕郑确实出使到过雍城，还跟秦伯有过一段单独会谈。事发后，唯一的幸存者、丕郑在外未归的儿子丕豹，也是逃来了秦国。当时，臣下们有的提议把丕豹送回晋国，省得两家关系雪上加霜，也有人主张兴兵讨伐晋侯夷吾的无道。百里傒和蹇叔反对用兵，理由是夷吾可在一夜之间除掉异己，甭管对错，都证明他有实力、有手腕，贸然起兵，未见得能讨到什么便宜，倒把关系彻底搞僵了。但他们也不同意把丕豹送回去，说那样就显得秦国在示弱。秦伯同意不用兵，做出不关注的姿态，又说丕豹的去留，他自有主意。后来，这个丕豹，就从人们的视线中消失了。晋国方面也没追查。当他再出现在秦、晋政治舞台上时，已是多年后了。

夷吾即位的第五年，也就是秦伯任好即位的第十四年（公元前647年），晋国遭遇了百年未有的大旱，全国几乎绝收。刚刚过了几天安稳日子的晋国百姓，陷入了死亡般的饥饿。面对灾情，晋国君臣束手无策，最后决定往别国借粮。晋国这么大，这么多人口，真能供给它的国家，历历可数。齐国鞭长莫及，也不太愿意伸手帮忙，还是那句话——什么好处都捞不到。楚国正跟晋国较着劲，处于半敌对状态，恨不得它出点儿什么事儿。其他中原国家要么收成也差，还得别人接济，要么就是太小，供应不起。转来转去，还是转到了秦国。

一封历述亲情、饱含感激的求救书信，摆在了秦伯面前，秦国众臣，又开始了那种分外热闹的议论和分析。任好让他们自己讨论，论清楚了，一个一个地发言，相同的意见，不必重复。他喜欢臣子们这股热热闹闹的劲儿，这既是他们对国事关注、投入的生动写照，也是自己集思广益的大好环境。他背着手、含着笑，一言不发地踱在臣子们中间，听他们讨论。这时候，君主的座位，是空着的，群臣也都站在殿中，时而聚拢，时而分开，不时变换着组合，乍看去，根本分不出谁是君谁是臣。这在中原诸侯，是不可想象的；可秦国君臣都已习惯，任好甚至还鼓励更多人参与进来，官职低也不要紧。所以，他的议事大殿，特别大。后来的秦国君主，多少也继承了这种做法，秦国的宫殿，也就一味地大了下去。

讨论结果：勒紧裤带，借粮给晋国。怎么说也是邻国、亲戚，它不仁，咱不能不义，趁火打劫的事，更不能干。于是，不几日，无数船只驶离泾、渭水之滨，满载着新收的谷粟，飘溢着泥土的芬芳，渡过大河，汇入汾河，停泊在晋国的大小口岸。重新燃起生命希望的晋国百姓，对船上的白帆，顶礼膜拜，对给他们带来救命粮的秦人，充满感激和亲情。他们不懂得什么伐谋伐交，不晓得什么定盟背约，只知道人家秦国人饿着肚子，饿着老婆孩子，千里迢迢来周济自己，就是至亲的人，也不过如此了。他们打心眼儿里感激好心的邻居，打心眼儿里认定了秦人的质朴善良。他们含着感激的泪，送走秦人，一面默然告诉自己：他日，一定加倍报答这份恩情。

满怀感恩的晋人，并没等多久，就遇到了报答的机会——时隔两年，秦国也闹了饥荒，而这一年，晋国大丰收。他们自发地捆扎粮食，准备运到边关，托守备军队，给秦人朋友送过去。却不料，刚刚捆好的粮食，被征作了军粮，青壮男子，都被征去了军中。征兵的人告诉他们，国君要跟秦国开仗。他们傻了。为什么？为什么要向救命恩人开仗！为什么要趁人家饥饿的时候打过去？！咱挨饿的时候，人家怎么对咱的？国君到底是咋想的……

他们不情愿，可也不敢违抗君命，疲疲沓沓地跟去了。在韩地，他们远远看见了秦军，一支眼睛里喷着怒火的军队。他们知道，自己活不成了，这些愤怒的恩人，绝不会放过忘恩负义的对手。传说中凶悍亡命的秦人，一定会把他们剁成肉酱。他们没得选择，只有跟着鼓声往前冲。往前冲的时候，他们还在想，到了跟前，是不是该说上一句："恩人啊，咱对不住你们啊。然后再死，也算死得像个人……"

晋侯夷吾和他的将领们的想法，跟普通士兵完全不同。这个还欠着他八座城池的秦国，这个把本国百姓的心都占了去的秦国，这个从没停止过东进步伐、无时无刻不在威胁晋国的秦国，断不能再膨胀下去了。上天有眼，让它遭了灾，必须狠狠抓住这个机会，一下子打得它失了元气，把它赶回岐山以西的戎地，让它永远去放马，像戎族一样低微地活着！

受着这样的想法驱使，进攻的鼓声，格外震撼决绝，两军遭遇后的血光、惨叫，兴奋剂般不断刺激着夷吾。他再也按捺不住除掉秦伯、彻底瓦解秦的冲动，亲领一支尖兵，袭向在高处看准了的秦伯所在方位。他不知道，在他娇生惯养地在君父身边的时候，秦伯任好就已经在行伍中跟戎人开始了真刀真枪地搏杀。他忘了，在他清雅地读书写字的时候，秦伯任好就已经作为秦军主将东征西讨。他不懂，在他看准对方方位的同时，远比他更富于战斗经验的任好，也早就看清了他的来路。所以，当在距离预定地点还有老远的地方遭遇任好时，他蒙了、愣住了。就那么一愣，任好就冲到了面前，冲到了身后，自己背身，就莫名其妙地挨了重重一击。那一瞬，他感觉自己被拦腰断成了两截，身体不由自主飞出去，重重摔在血水淤泥里。要不是号称晋国第一勇将的吕甥及时跟来，他真不知道还能不能活着。

看着吕甥跟任好厮杀，一身污泥的夷吾才明白，自己袭击任好，简直是在找死。就连晋国上下没有对手的吕甥，都打得很苦，使了诈，才占到上风。任好中了招，整个人飞起来，摔进泥里，夷吾连忙命令吕甥杀掉他。吕甥应命而动，大得吓人的矛头，雨点儿般钻向任好落地的地方。眼看就要得手，却不知从哪儿冒出上百个衣着简陋、显然不是秦军兵卒的人，手持斧子和各种农具，拼了命围住吕甥，形同送死。吕甥眨眼工夫就杀了三四十个，但还是不能前进半步。那些人踩着同伴的尸体，没一个畏惧后退，好像不知道还有“死”这回事，最后竟成群地死死抱住吕甥，任由晋军在背后乱砍乱捅。吕甥被缠得透不过气，发了狠，恶兽般连撕带甩，好一阵才挣出半拉身子，四下一堆烂胳膊烂腿。两边士卒全吓呆了，以为到了地狱。就连杀人无数的吕甥自己，也浑身浸冷，手软心麻。夷吾吓得两腿瘫软，下意识地在烂泥里挪动身子，忽然被泥水中伸出的两只手钳住，一把按倒。他觉得脑袋被什么硬而大的东西紧紧夹着，快要爆裂了。他叫不出声，身子被一股大力拖着，硬生生地划过满地泥泞，越拖越快，甲胄破碎散乱，身体僵死了一样动弹不得。

那些当年偷吃马肉的山民，以血肉之躯，给秦伯当了盾牌，救了秦伯的命，为秦伯争取到生擒晋侯夷吾的机会，还差一点儿杀死晋国第一勇将吕甥。回师路上，秦伯专门绕到当初分吃马肉的地方，满怀伤感地凭吊了一番。没有幸存者，甚至找不到一具完整的尸体。就是想封赏，也没有对象。最后，他命人在吃马肉的地方树碑，以示纪念。他认为，这里应该就是他们的故乡。

凭吊完了，也伤感完了，他开始想怎么处置夷吾。快到雍城时，基本想清：不杀、不扣，放他回去，继续当他的国君，但一定要给足教训。雍城门外，晋夫人散发赤足，一身宗室死囚装束，等在那里。她向丈夫跪下，向全体秦军将士跪下，流着泪，请求代替夷吾弟弟去死，请求宽恕夷吾弟弟，宽恕晋国。本来充满仇恨、等着把敌人碎尸万段的秦国官兵，见到晋夫人的可怜样儿，心软下来。那时候的人们，比现在的人们，更容易记住别人的好处，更容易忘记别人的不是。尤其是寻常百姓、普通官兵，尤其是质朴的秦人。秦伯本还愁没法说服众人接受自己的想法，一看这情形，倒觉得愧对国人，愧对死去的官兵了。他恨恨地告诉夷吾："寡人绝不会轻易放过你，定要为此战讨个说法。"

一身伤痛、疲惫不堪、魂不附体的夷吾，一头钻进姐姐怀抱，全不顾君主体面，孩子般呜咽哭闹，接着大病一场，在姐姐宫中养了一个多月，才还了些元气。姐姐拿他当小孩子哄着，埋怨他不该毁盟背约，不该乘人之危轻率用兵，让他把许给姐夫的城池兑现，把儿子"圉"留在秦国。他二话没说地答应了。姐姐笑了，给他引见已到花季的怀嬴，就是当年那个"参与"寻访百里傒的聪明的小公主。姐姐跟他说，秦伯姐夫，有意让圉跟这姑娘结成夫妻，让两国亲上加亲。夷吾又哭了，说要见见秦伯姐夫，当面认错。

秦伯没再提以往的事，也不让他提，只叫他回去想想，该怎么做个好国君。夷吾带着愧疚和死里逃生的喜悦，回了晋国，公开向全国昭告，历数自己的不是，之后，开始了励精图治的政治新生命。随着霸主齐侯（齐桓公）的死和接踵而来的齐国内乱，中原霸主出缺，夷吾和晋国，有了新目标，更加需要秦国这个坚实盟友。所以，从由秦国返回晋国到谢世的八年间，他始终对秦国投以平和姿态，两国之间，也一直都没再发生过真正的不愉快。

那平静的八年，对秦、晋两国来讲，都非常宝贵。八年里，晋国摆脱了内乱和韩地战败的阴影，迅速恢复着曾有的富足强大。八年里，秦国基本实现全面务农，彻底告别古老的牧养生计，成了完全意义上的农业国。八年里，秦国在大河东岸设置了官司，攻灭了当年曾来臣服的梁、芮两个小国，还本着“战而制，制而安”的策略，把陆浑戎族从原住地迁到伊川地方，把实际控制的地域，扩展到了大河东岸。八年里，秦伯做了无数调查，经过无数挑拣权衡，终于在众多戎族部落中选定了一支，启动为全面控制西地培植先遣力量的计划。

要说八年里有什么不顺的，除了中原新一轮争霸溅过来毛毛雨，恐怕就要数晋公子圉和秦公主怀嬴的婚姻了。怀嬴从小受父亲熏陶，崇拜、向往有英雄气度的男子，心气很高。公子圉显然不是理想对象。可作为公主，她从小就明白，崇拜归崇拜，向往归向往，自己的婚姻，首先是为着国家利益的。所以，对婚姻，她并没抱太大奢望。可毕竟才十几岁的人，道理可以懂，明明不满意，还要装出满意，就难了。那公子圉随父亲夷吾流亡了些年，又在秦国当了人质，很是自怨自怜，加上晋国那套秦人大大不苟的繁文缛节，怎么也让怀嬴看不上眼。他于是越发自怨自怜，越发无法忍受秦人的粗陋和妻子的奔放；久而久之，就变成看什么都不顺眼，事事都不顺心了。夫妻之间于是有了不和谐，有了争执、争吵甚至肢体冲突。好在男的自知是在人家地头儿，多少还有节制；女的也不想给君父惹麻烦，拿定主意尽量容忍，这才没闹出大动静。日子一长，夫妻间就淡淡的，谁也不在意谁。

这种“淡淡的”关系持续了五年。第六年上，秦国攻灭了梁国和芮国。那梁国是公子圉姥姥家，被妻子娘家占了，他便觉得妻子的笑容里，藏着更多的讥讽、更多的轻视，终于没忍住，去找秦伯老丈人理论，不料被臭骂一顿，弄个灰头土脸。年轻人再承受不住，发了邪火，没来由地痛打起妻子，临了，还强奸似的羞辱了一回。怀嬴忍着痛楚屈辱，用仇恨的眼神，盯着丧失了理智的丈夫，咬死了牙关，没出一声，把圉弄得心里直发虚。那以后，两人就由“淡淡的”变成了“冷冷的”，基本上，谁也不搭理谁了。

把怀嬴视同己出的晋夫人，对怀嬴和圉婚姻生活不美满早有察觉。可圉是本家侄子，又是夷吾弟弟明确了的储君，不便指摘。怀嬴又是女孩子，再错能错到哪儿去，就是想教诲，怕也找不到由头。所以，她也就没怎么真正干涉，更几乎没对丈夫提起。直到在怀嬴脸上、身上见了血痕，才感到事态严重，下决心出面调和。本只想抢白圉几句，让他收敛些；没想那浑小子开口就大骂女人，把她这做姑母的，也饶了进去；一气之下，晋夫人带怀嬴住进自己寝宫，把圉晾在一边，一住就是大半年。秦伯见了，想问，但终究没问出口。看着花儿一样的女儿日渐憔悴，成亲多年也没有身孕，谁都能明白是怎么回事。可既嫁，就无法更改。问了又能怎样，平添烦恼而已。他也曾想过要敲打敲打圉，可碍于两国关系和圉的储君地位，一直也没想出个万全之策，这等家事，又不能问别人，于是也就拖拖拉拉，一直没个料理。

秦伯任好即位的第二十三年（公元前638年）深秋，晋国传来夷吾卧病的消息。一并传来的，还有夷吾与大臣商议承嗣之事的风言风语。公子圉待不住了。他一向认为，作为君父指定的储君，即位绝不成问题。可如今看来，倒像是要把他甩到一边的意思。他不知道这到底是臣下们的意思还是君父的意思，又或像祖父在时那样，出了什么妖姬，蛊惑了君父。无论哪种可能，都对自己大大不利，都攸关生死。这不是简单的当不当国君的问题。当上，就什么都不用怕；当不上，也别想苟且偷生——新君能放心吗？拥立新君的那些人能放心吗？你说你没有野心，不会翻盘，谁信哪？更何况，这位子，是君父早就许了的，平白被人夺走，吭都不吭一声，又怎能咽下这口气！所以，他必须有所行动，必须尽一切努力扭转局面。

接受了前次教训，他没敢直接找秦伯老丈人，改而向姑母晋夫人求助。姑母老了，心肠比以前更软了，经不住几句央告，可到底什么也没讨来。圉心里更没底了。一边暗自埋怨姑母办事不力，一边悄悄萌生了铤而走险的念头，终于趁年岁交替，众人忙进忙出的乱劲儿，乔装改扮，只身悄悄离开了雍城。待到怀嬴发现丈夫失踪，报给父亲和母夫人时，圉已经进入晋国地界。

对圉的出走，秦伯非常生气。他原先之所以没应晋夫人的询问和请求，主要是因为觉得圉即位根本不成问题。不管晋国方面如何，自己绝对会拥立圉。而他认为，在这事上，晋一定会遵从秦的意愿。就算有变，大不了再像拥立夷吾那样搞一次。可他不能过早就此表态，尤其是对圉表态。他想压他一压，以求日后订立对秦更有利的盟约。再者，夷吾只是病了，并没有死，就算争位，也还为时尚早。他没想到圉这么不沉稳，这么急切，这么缺乏自信；更没想到他居然这么薄情寡义，抛下妻子不管不说，连个招呼都不打，太不把秦国和他这个老丈人放在眼里了！这样的人，一旦即君位，还不定干出什么不像话的事儿呢，搞不好，比他老子早年还浑！

不过，圉这一走，秦伯倒又见了女儿怀嬴久违了的笑容。这孩子长大了，笑得多好看啊。他问女儿："圉抛下你，不伤心吗？"女儿答："不仅不伤心，反倒觉得解脱了。"他又问："怨不怨父亲？"女儿摇头。他很小心、很轻柔地抱了抱女儿，定住看了好一会儿，说：“寡人定再给你谋一门好亲事。”女儿说不用，就这么陪着君父，陪着母夫人，女儿很满足、很快活……

秦伯没再说下去，把女儿送回晋夫人寝宫，自己在大得吓人的议事大殿，踱了一夜。他感到，自己有些老了，步子没有以前轻快有力了。每一步落在地上的声音，都那么沉闷，那么黏稠。天快亮的时候，他在心里做出了一个之前从未想过的决定，随即命人把百里傒、蹇叔、公子縶和公孙枝等重臣叫来，一字一板地发布指令——访重耳来秦，再议即晋位。

臣子们也都听说了圉私逃回晋的事，所以没人问为什么，齐刷刷领了命，旋即散开，各自忙活去了。看着他们走远，秦伯回过身，踱着有几分沉重的脚步，去了晋夫人寝宫，对刚起身还没洗漱利落的晋夫人和怀嬴，说了自己的新决定。晋夫人听了，沉思好一会儿，说：“也好。”女儿则把粉嫩面颊扬给父亲，用那独有的清爽口气和清脆声音问：“这个重耳，是不是老蹇叔总在称赞的那个真君子啊。”

秦伯意味复杂地回望着女儿，隔了很久，缓缓挤出一个字：“是。”

第七章

太阳从西方升起

重耳在楚国王宫见到秦使公子縶时，刚由楚王熊恽处得知夷吾病逝、公子圉即位的消息。老奸巨猾的熊恽一见秦使，立刻明白了。重耳当然也明白。所有人都知道谜底，就不叫“谜”了。所以，过场戏演得很潦草，三两下就入了正题。看着重耳和秦使一行远去的身影，楚王熊恽跟身边近臣说：“看着吧，晋国又要热闹了。”

秦伯任好在雍城门外见到的重耳，比他想象中的要精神，也比记忆中的夷吾英俊。看着那张秋水般平静的脸，他想起百里傒“以君子方式对待君子”的嘱咐，拿定主意，不主动提谋求晋国君位的事。后来，两个人在两边重臣面前，上演了一场为后世传颂的高雅艺术——以吟诗表达各自的政治意图。秦伯先来了一段天子欢迎诸侯时常用的《采菽》，权当欢迎词，一下把对方压低一头。重耳从容应对，让随行重臣、秦伯远房老祖造父的后代赵衰，以一首《黍苗》相和，既道出了渴望得到帮助的心思，又没自己去充当被压低一头的角色，保住了面子。秦伯对他的答复还算满意，对他的方式多少也赞叹，于是拿一段《鸠飞》接上，暗示可以接受他们的求助。重耳听了，当即亲自赋《河水》表达感激之情和知恩图报的承诺……最后，秦伯以恢宏的《六月》鼓励对方放手干一番大事业。至此，事情就算基本谈成了，虽没涉及具体问题，可却为接下来一系列动作，定了调子。

当晚，秦伯让女儿怀嬴混在伺候重耳的侍女队伍中，让她自己去感受这位传奇的晋国公子到底是不是真君子。关于怀嬴进入重耳寝处之后的情形，当世和后世，有许多版本的传说。到底怎样，却谁也说不清，所以也终究无法确知，后来两人的婚姻，是否只是单纯地为了把吟诗吟来的联盟紧密化，而再无其他因素。换作平常人或者平常时候，少妇嫁给可以做自己父亲的老头子，是很难想象的，嫁了侄子再嫁伯父，就更加荒唐费解。可他们不是平常人，那也绝不是一个平常的时候。所以，一切就都显得顺理成章、水到渠成——重耳的求亲很坦然，怀嬴的应允也很欣然。倒是秦伯在中间犯了一阵踌躇，可到底还是允了。他不知是该疼惜女儿，还是该感激女儿。很多年后，女儿再回到身边的时候，他已经想不起当时的心境了。

闻听重耳和秦国兵马进了晋国地界，晋君圉像当初从雍城溜走一样，又从绛城逃离了，把准备誓死捍卫他的吕甥等一干臣子，撂了个嘴啃泥。在不知所措中煎熬了一阵之后，吕甥决定组织反击，可旋即发现为时已晚——在武力和政治的双重压力下，晋军已经向重耳投降，和秦军会合，正向绛城开来。吕甥等立即改变策略，设计了佯装拥戴，待秦军退去再伺机暗杀的计谋。可没想到，重耳到绛城的第一件事，就是派人追杀圉。更没想到，只短短几日就找到了圉。

重耳给了圉一个谥号，叫作“怀公”，承认了这个侄子的君主地位。他认为，这样可以给原先拥戴怀公的臣子们一个安慰。当时，他并不知道，那些人都在盼着他早死，并且正在实施刺杀他的计划。送走秦军，刚待好好思谋政事，就来了不速之客。不是别人，正是当初奉父亲献公命令追杀他的勃鞮（寺人披）！重耳看着这个阴人就气不打一处来，说寡人还没找你算账你倒自己来了，找死啊！不想对方一点儿都不紧张，还振振有词地说是来救君上性命的，接着报告了吕甥一伙打算焚烧宫殿杀死他的计划。重耳问你是怎么知道的。他说是偷听到的。重耳冷笑，说你觉得寡人会信吗。他说我没有理由骗您。我只是个受了腐刑的贱奴，是君上的工具。我活着的唯一理由，就是效忠君上，不管是过去的还是现在的。当初追杀您，是为先君效忠；如今救您，是为您效忠。该不该信，该由您决定，不是我决定……虽说将信将疑，可事关生死，历尽艰辛、沉稳练达的重耳，还是做了最坏的打算，轻装简从潜出了绛城。

远远望见绛城宫殿方向冲天的火光时，他真的紧张了，下了死力奔逃，一口气跑到秦晋交界的秦国边关王城，让人火速给秦伯传信。吕甥在宫殿废墟中没找到重耳尸体，立刻组织可靠力量往秦国方向追寻。秦伯到达王城的时候，他正焦急地等着回报。

回报没来，秦伯的信倒先来了，是直接写给吕甥的，说发现重耳也不是个好君主，想合谋废掉，另立献公之子公子雍为君，请速往王城密议。这个一心想杀掉重耳、为圉报仇的硬汉，只顾着兴奋，并没多想，急匆匆上了路。路上还一直在想如何劝谏秦伯务必找到在逃的重耳杀掉，以绝后患。当年在韩地面对面的交战，使他对秦伯生出一层武者之间特有的亲切感。这种亲切感，在此刻，不自觉地演变成了信任和希望。所以，直到秦伯让他跪拜新君时，他都没意识到已经钻进了致命的圈套。抬头看见所谓的新君赫然还是重耳时，他才一下恍然。可是，已经太晚了。

随着吕甥在王城被杀，相干所有人员，也被尽数株连。上千颗人头落地之后，晋国再没了任何反对势力。秦伯任好看着又是舅子又是女婿的重耳稳稳坐进君位，一颗心终于放回肚子。临走时，他偷偷跟女儿说："重耳杀伐甚，须多小心。"

重耳后来没怎么再杀伐过臣子，而是把他们团结在一起，加倍努力地促进晋国各项事业。漫长的流亡生涯磨砺出的坚韧、成熟和游历列国的阅历，使他比父亲献公和弟弟惠公（夷吾）更多出了许多才智、果敢和手段；秦国的巨大支持，也为他提供了难得的条件。只三四年工夫，晋国经济、军事，就都获得了空前发展，国力达到了前所未有的水平。即位第五年（公元前632年），兵强马壮的晋军，终于得到了显示国家力量的绝好机会，在中原城濮地方（今山东鄄城西南）打败了楚军，有力震慑了中原诸侯。重耳本人也因"攘夷"大功，被天子册封为"侯伯"（之前，这个称号曾给过齐桓公）。他随即效仿当年的齐桓公，在践土地方（今河南原阳西南）会盟诸侯，被诸侯尊为了新的中原"霸主"。

与此同时，秦伯扶植的"戎王"，也在秦国隐秘的支持下，如火如荼地进行着征服其他部落的战争，向着秦伯为他勾画的"王西戎"的美妙前程，全力奋进。而秦伯则悄然站在背后，含着略带得意的微笑，审视西地百戎的局势。他相信，有了秦国的支援，戎王必定会在军事上节节胜利。而这种军事上的胜利，恰恰会使其成为百戎的公敌。一旦有人消灭了这个公敌，那个人就自然成了百戎的恩人和朋友；如果那个人再足够强大，就一定能成为百戎的统治者。那个统治者应该是他，应该是他的秦国。为了把"应该"变成"一定"，他必须在扶植戎王的同时，做到另两件事：一是不能让其他戎族部落知道自己一直在暗中支持戎王，二是让秦国在百戎的眼里足够强大。

足够强大，包含了双重概念。一指国力，二指国际地位。缺一不可。如果只有地位而实力不济，戎人就会欺负你，像当初对待西周王室那样。如果只有实力没有地位，他们会把你当成厉害的对手，会怕你，不敢轻易侵扰，但不会臣服。不臣服，就不能真正控制，也就谈不上统治。如今的秦国，并不缺乏国力，但国际地位还有待提升。而提升国际地位的主要途径，就是更多、更深、更成功地介入中原政治。就此，已经传遍天下的“三置晋君”，可以算作一项辉煌“业绩”。由秦国扶植起来的晋侯重耳称霸中原，也可以算一项。可跟眼下秦国的国力相比，还是显得轻。而且，随着称霸中原，重耳越来越不拿当初“河流归大海”的承诺当回事儿，对他这个老丈人，越来越颐指气使起来。要不是百里傒劝阻，有好几次，他都差点儿光火。

百里傒老得脱了皮，生出一层很娇嫩的新面皮，跟雪白的须发放在一起，显得怪怪的。百里傒是这么劝他的：“晋侯半生忍饥受冻、担惊受怕、大喜大悲，到老了，又这么拼命，身体一定不会太好，他注定活不过君上，您就再等等吧。”秦伯一听就笑了，就问老头儿：“那您说他让跟他一起去打郑国，咱去不去呢？”老百里想了想说，还是去，但不需要用真力。又说：“晋侯想灭郑，无非是下一步再攻楚，说明他自知，城濮之胜，并未伤到楚国元气。楚国当然也明白他的意思。要咱去，倒不是为郑国，而是要防楚国。说明他拿不准楚国会不会插手干涉，也没有再次战胜楚国的把握。人老了，做事都谨慎。可他又不肯罢休。君上啊，晋侯这是在勉力而为啊。老朽以为，您不用等太长时间了……”

到了郑国，一路打得很顺，楚国也没有明显的动静。很快，秦晋联军就围到了郑都新郑的城下。艰苦的攻坚战就在眼前了。决定郑国命运的时刻，就在眼前了。

重耳召集两边所有将领连夜筹划攻城。可自始至终就只他一人在说。包括秦伯任好在内的其他人，俱是一片诺诺。霸主有些不高兴了，心说难道攻城是寡人一人之责吗？话里话外带出了不满，主要冲着一路上秦军的疲沓。任好没接话，秦军将领们便也都不争辩。任好倒不在乎他发牢骚，真正担心的是在整个攻城部署中，没听到任何防范楚国从背后杀来的招数。他不大相信，作为有经验的主帅，重耳会想不到要防范楚国在最后吃劲关头发难。他认为，重耳多半是打算在楚国可能的袭击到来之前，就拿下新郑，或是到时候干脆把秦军推到正面抵挡楚国。如果是前者，说明重耳过于操切冒险。而一旦犯了操切冒险的忌讳，战争的结果，多半是不妙的。如果是后者，则对秦国，更是大大不利。他进而又想：灭了郑国会怎样，打不下来或者被郑、楚夹击又会怎样。想着想着，就散会了。返回寝帐的路上还在想，掀帘进帐、掌起火烛的时候，还在想。冷不丁被帐幔后钻出的陌生人吓一大跳，他的思绪戛然而止。

来人不等问话，先行君臣大礼，自称郑国大夫烛之武，冒险缒绳出城，专为向君上献策。秦伯本想轰他出去，却又有些不忍。来人也是个老者，想来也一定无比热爱、无比关切自己的国家。还是听听他怎么说吧，不能让人家白来一趟啊。

他没想到，恰是这个不速之客的说辞，帮他接上了断掉的思绪，并且阐述得更加清晰。可不是吗，单为了灭郑，根本就不必叫上秦国。灭了郑，胜利是他霸主的，秦国什么也得不到。灭不了，甚或败了，秦国可跟着一块儿丢脸，一块儿损失。

可仅这番说辞，还不足以让人感触。烛之武还说了一番他和百里傒都没想到的话："一旦灭了郑，秦不仅得不到好处，还背了攻灭中原诸侯之名。重耳是霸主，灭个把国不算什么。可秦国就会因此在中原留下恶名。”听到这儿，任好不禁倒吸一口凉气，进而想：如果得罪了中原诸侯，秦国要想在中原还有一席之地，就只能依附晋国，就得无怨无悔地被绑在霸主的战车上，就必然在秦晋关系中，陷入完全被动，直至唯命是从。好你个重耳，在这儿等着我呢！

那一瞬，重耳在他心里，已经不光是“杀伐甚”了。他想起百里傒“不用等太长时间”的话，很自然地做出了宁可得罪重耳，也不能得罪整个中原诸侯的选择。这个选择的直接结果，是秦军连夜悄悄撤出战场，大踏步走上了归途。

对秦军的动向，重耳不是一点儿都不知道，可也没法做出装不知道之外的其他动作。阻拦？那不就闹红脸了。就算拦得，也不能指望他们了。再要拦不住，霸主的面子，岂不遭殃。总不能在人家城下自家开战吧。他有点儿埋怨，有点儿生气，更多的却是伤感——都老了，任好也老了，寡人也老了。我这儿干吗呢？后世若有为，用得着我这么折腾吗？后世若无能，我这把老骨头，又能为他们打下多少，够他们糟蹋几年？算了，寡人打不动了……

让百里傒说中了，他没有信心独自面对哪怕是按兵不动的楚国。秦军撤走后没几天，晋军也就撤了。小小的郑国，又一次从死亡线上解脱回来，后来，还存在了很久，直到晋国被家臣瓜分，还好好地、小小地存在着。

称霸一时的重耳，没有再征战。从郑国撤回后他就病了，时好时坏，一直没能痊愈。人老了，病就来了。他拼尽全部意志，到底也没斗过病，到底还是不可逆转地走到了油尽灯枯的时刻。临终，他把怀嬴叫到身旁，用冰冷的手轻轻抚摩不知什么时候爬上妻子脸颊的皱纹，说跟了寡人，委屈你了。你的君父也老了，你的晋国母夫人也不在了，寡人死后，你就回到君父身边照料他去吧……

即位第九年（公元前628年），重耳死了，谥为“文公”。晋国上下陷入空前悲恸和无助。恰此时，两年前作为退兵条件，让烛之武带去郑国常驻的秦国使臣，向雍城传来消息，说拿到了郑都新郑城北门的钥匙，如果派兵来攻，可轻取。

不知道是受了“轻取”的诱惑，还是被晋文公重耳空出的霸主位子吸引，六十多岁的秦伯任好，竟忘记了当初烛之武的劝告和自己的分析，甚至忘记了最起码的军事常识，急急忙忙就派百里视、蹇术和白乙丙三将领兵去攻郑国了。待到想起利害，兵马已经去远了。

有人说，临出发前，蹇叔来哭谏过，遭了秦伯的抢白。又有人说，秦军路过周都雒邑，按周礼下车向天子都城致敬时，非常傲慢轻浮，被聪明过人的王孙满预言了失败。还有人说，三将兵马开进到郑国小邻居滑国地界时，被急中生智的郑国牛贩子弦高冒充本国劳军使臣，给吓回去了。传得多了，就都觉得是那么回事了。为什么这样传，谁也说不清。大概跟古人崇信的天命论有关。但实在经不住琢磨——蹇叔要是还活着，当时怕得有百岁了，哭谏的可能性有多大？今天的百岁老人，又有几个还能保持清醒灵便的思维？王孙满当时应该还是个小孩子，真有预言的能力吗？三将如果真如传说中的那样轻慢急进，又像归路上还要顺便灭掉滑国那样贪功，又怎会谨慎到能让一个小小牛贩子吓跑的程度？导致弃战的主要原因，应该还是秦伯“勿战速回”的追加命令。可惜，他们不知其中厉害，不能空手而回的武将思维，促使他们攻灭滑国，延误了回撤时间，给了晋军部署埋伏的机会。

悲恸的人，比一般人更容易激动，更容易愤怒。一个国家，一个组织，一个群体，也有类似特征。如果这种激动和愤怒，再关乎死者的尊严，再让死者莫须有的抱怨催化一下，就难免猎猎燃烧起来。一个军事大国的怒火，就是杀人利器，就是无坚不摧的可怕力量。晋文公重耳棺椁里发出的牛叫般的沉闷声响，好似誓师的号角，点燃了晋国军民决一死战的冲动。加上联合戎人、据守险要、事先埋伏等一系列处心积虑的部署，孤军远征、身处险地、毫无防范的对手的命运，可想而知。崤山峡谷，成了死亡之谷。漫山滚落的巨石残木，把惊慌失措的秦军，碾成了肉酱。遮天蔽日的箭雨，把奔逃的幸存者，血淋淋地钉死在泥土中、山石上。掩杀过来的决死战士，疯狂舞动长短兵器，劈断顽抗者的矛戈，肢解他们的身体。到最后，就三将还活着，还在妄想着杀出去。要不是新晋侯"务擒主将"的话垫着，怕也断然生还无望。

崤山之战，是秦立国以来遭受的最惨痛失败，也是绵延了近三十年的秦晋联盟的丧钟。新晋侯本想扣住三将，向秦国索要点儿什么，最起码也是一个郑重的道歉。可还没议定，就听说怀嬴带着三将逃出城去了，赶忙让去追，还是差了一步。追到黄河边时，他们的船，刚好驶出箭弩的射程。

见到雍城门外一身丧服迎候着的秦伯，三将齐刷刷跪了下去，请求按国法处死他们。怀嬴什么都没说，默然跪在他们身后。秦伯哭了。他不记得上次哭是什么时候，也许是遥远童年的某一天吧。童年没有了，远得想都想不起来了。要是能回到童年，该多好啊。要是时光能退回去，该多好啊。那样的话，他绝不会让孩子们去远征什么郑国；这会儿，孩子们该还在眼前欢蹦乱跳地操练呢。那样的话，他也绝不会让女儿嫁两次，还嫁到那么远的地方，他一定让她守在自己跟前，天天都能看见……

他就这么对三将和女儿说的。他和他们跪在一处，抱成一团，老泪纵横。不知哭了多久，才渐渐止住泪，站起身，把孩子们也扶起来，郑重地说："此败，乃寡人之罪，汝等无过。寡人誓复此仇！"

复仇并不是件容易的事。崤山一败，秦军损失惨重，伤了元气，需要休养补充，才能再图大战。可还没等调理好，就又接二连三地发生了一系列大事，致使复仇计划不得不被暂时搁置。先是蹇叔和百里傒相继去世，秦国失去了最得力的谋士，诸项军政要务，都受到了不小的影响。接着又传来楚国公子商臣逼杀楚王熊恽自立的消息。这意味着，楚国内政外交，将发生变化，并将牵连中原政局，牵连晋、楚关系，也就会连锁反应到秦、晋格局。对此，秦伯不无担心。最害怕的是晋楚缓和，那秦就成了晋的主要对手，眼前的问题，就不再是休养不休养，复仇不复仇，而是如何全力防守以求自保了。

怀着从没有过的紧张心情，秦伯一面调整防卫部署，一面派出得力人员打探楚国动向。消息还没回来，部队也才调整一半，戎王的使团，倒花花绿绿吹吹打打地朝贺来了。叫由余的使节说："戎王征服了所有部落，建立了自己的国家，此番，是专门以国家名义来拜谒的。"

秦伯心说：嘿你个小家伙，谁准许你私自立国了？够有主意的啊！表面上还得祝贺，说："这可是大事，贵使不妨多住几天，也好向寡人好好说说那边的情况。"心中暗想：得弄清楚到底是怎么回事。"

缠缠绕绕套了好几天话，基本弄明白了，问题出在这个叫由余的使节身上。据他自己说，他是晋国人的后代，先祖因避晋武公（晋献公姬诡诸的父亲）篡国之乱，逃亡到了戎地。他本人在西戎长大，成年后游历中原，后回到晋国，还在惠公（夷吾）末年任过官职，文公清除异己时受了牵连，才又返回戎地。逢戎王征伐诸部，因粗通治军作战而受任用，后主张立国……秦伯暗道：我说怎么戎王这几年打得那么顺呢，早怎么没发现你小子！随即马上警觉：糟了，有这么个在晋国做过官的人在戎王身边，迟早看出寡人谋算，岂不大害！

这种忧虑，在领教了由余的机辩之后，进一步放大了。那是在秦伯向他们显示宫廷珍宝的时候。本想让戎人们开开眼，进而萌生更多对秦国的敬服；却不料，由余这小子，凭空打横炮，说什么这么多珍宝，得多少百姓血汗哪。弦外之音，倒像是指责秦伯横征暴敛的意思。秦伯当时脸就挂不住了，又不好直接回应，憋了半晌，才寻了个自以为能压低对方的话题，说："中原礼法完备，仍乱祸丛生，贵国天性自然，缺乏礼法，如何能治呢。"意思说你们太落后了，根本算不上国家。不想由余当场反驳："外臣以为，恰是君上所言之天性自然，才是大根本。上古圣君，因天性自然而大治。诸戎虽少礼法，却古朴赤诚，鲜见中原礼法之国弑父弑君、谋逆乱伦之祸。足见所谓礼法，绝非善物，弃之唯恐不及，我国缺乏礼法，实大幸矣……"

一听这话，秦伯的第一反应就是得马上除掉这个由余。有这么个明白人在那边，戎王过些日子还不反了！可回过头一想，又觉得由余是个人才，而且还挺可爱，就又想把他收为已用。本只是一闪念，可跟内使王廖一聊，竟一夜间变成了完整计划。他很兴奋，迫不及待付诸实施。

刚开始，由余还没什么感觉，只当是秦伯觉得中原人更亲切，才独独留下自己再叙几天。可几次请辞都被婉拒后，就觉得周围护卫的秦军，不像护卫，更像看守。他一连用了几个不同办法证实，最后确定，自己的确被软禁了。随即也明白了秦伯用意，他质问秦伯："莫非欲囚由余。"秦伯笑笑说："小伙子，跟我干吧。"

由余说不行，自己要对得起戎王的知遇之恩。秦伯说："你对得起他他对得起你吗？"又说，"好吧，既然你坚持，就回去吧。寡人派人送你。"

由余被风风光光地送回戎部的时候，戎王已被秦伯一早送来的美女佳酿泡软了骨头，泡傻了脑子。内使王廖第一时间派出的细作，也早就把"由余要事秦，助秦伐戎"的风言，散布得尽人皆知。戎王见了由余就吼："你还敢回来呀。"这把由余震蒙了。不几日，秦伯的厚礼又到，指名道姓要由余去雍城玩耍。戎王刚要允，身边两三个明白人马上提醒：大王不好了，由余怕是真的要背主事秦了。他知道咱这么多事儿，不能留了！戎王虽醉着，可总算还没聋，一骨碌坐起身，借着酒力，很有气势地下达了诛杀由余全家的命令。

当然，由余一家，一定会在千钧一发之际，被秦人解救，但并没有都救得出来，他的两个妻子被杀。到雍城的时候，秦伯亲自迎接，说寡人对不住你啊，让你失了夫人，日后定加倍奉还。由余忍住心酸说："余情笃，不可他代。"又说，"自此，当追随君上，侍奉左右，以感大恩。"秦伯说："好啊，那就先跟寡人去报崤山之仇吧。"

综合分析了不计其数的探报，秦伯基本认定，楚国不会干涉秦晋间的争斗。又经过对晋国彭衙地方的试探性攻击，崤山逃生的三将，也大体摸清了晋军的兵力和部署。所以再打起来时，很是顺手。秦国的黑旗刚刚插上晋国的王官和鄗的制高点，秦伯就被扬眉吐气的三将搀扶着，下了东渡的船。白发苍苍的秦伯任好，像当年领兵征战时那样，昂立车首，带着他的千军万马，向着崤山战场缓缓而去。

面对残留在崤山峡谷中的秦军尸骨，年迈的秦伯，又一次流下眼泪。一直跟在旁边的由余，也跟着流下泪来。

秦伯命人挖了一个大坑，埋葬了残骸，又恭恭敬敬地亲自拜祭了一番，而后颤抖着双手，打开一册竹简，用苍老、浑厚的嗓音，高声诵读起亲笔写下的祭文。祭文中，他赞颂了历代秦人含辛茹苦、不怕牺牲的创业精神，告诫大家要接受崤山失败的教训，考虑问题要周全，进而引申到要兼收并蓄、善于接受正确的观点，勇于承认、勇于改正自己的错误，唯此，方可长盛不衰；唯此，方能根深叶茂……老人家用全部的身心诵读着，殷切悠长的声音，久久回荡在寂静的山谷，所有活着的和死去的秦人，都在侧耳倾听。

归途中，秦伯问同车而行的由余："你以为，西戎诸部，会如何看待此役？"由余思索片刻，答道："戎人未必会对这个胜利有什么感觉，因为那不关他们的事。但戎人要是听见了您的祭文，一定会崇拜您。"秦伯听了，长叹一声。隔了很久，似有似无地呢喃了一句："由余啊，是时候了，咱们去西边吧……西边……"

有了由余的鼎力奉献，攻伐西戎的战争，几乎成了收割。只一个回合，迷迷糊糊的戎王，就被乱箭射死，军队瞬间溃散，刚刚建立起来的国家，随即土崩瓦解。秦军受到饱受戎王欺压的诸部的盛大欢迎。他们对着老神仙般的秦伯，五体投地，表示由衷的感激和景仰。他们欣然地帮秦军把黑旗插上自己的土地。此时此刻，这面写满了恩恩怨怨的黑旗，带给他们的，是被呵护的温暖，是未来的安宁和幸福。

秦伯嬴任好，终于实现了百里傒三十多年前提出的"定西"战略。他上书天子，要求兑现平王宜臼对先祖襄公的承诺。结果，天子特使不仅带来了照准命，还带来了天子的祝贺和敬意，以及包括晋国在内的几十个诸侯国的道贺使节。比起襄公立国时来道贺的那些使节，他们的人数，要多得多，所代表的国家，也强大得多，态度也恭敬得多，据说比拜谒霸主晋文公时还要恭敬。

自此，聚居着十二个戎翟大族的千里草场，被划入了秦国版图。秦，这个曾经只拥有一座小得不能再小的城池的"附庸"，成了令全天下仰望的泱泱大国。

由余被派去管理新开辟的西戎地方，成了受人爱戴的秦伯的代言人。他时常想念秦伯，可总也走不开去看望一下。一年多后，雍城传来了秦伯去世的消息。他大哭一场，然后决心效仿重臣奄息、仲行、针虎等人，为谥为"穆公"的秦伯殉葬。

他郑重告别家人，独自上了路。行到一处高地，他情不自禁下了车，深情凝望辽阔的草场，向这片生于斯长于斯的土地，做最后的告别。

金灿灿的夕阳挂在西方，温暖绚丽的光芒，映着漫无边际的葱绿。滚烫的泪水涌入眼际，无边的葱绿荡漾起来，金色的太阳，好像也在缓缓跃动，乍看去，竟似正在冉冉升起。

卷二

帝国晨曦

二百多年的纷乱沉寂，二十八年的漫长流亡。

风雨之夜的坎坷归途，筋疲力尽的复兴之路。

千疮百孔的国家，无力回天的叹息。

要么振兴，要么灭亡！

年轻的继承者发出惊天宏愿，引来改天换地的奇才。

颠倒视听的见解，摄人心魄的手段。变革——积粟如山、血流成河……

利箭，射向恩人；绳索，捆绑故交。

不计身后，人亡政存。

政治狂人的劫数？

图强争霸的权谋？

又或是，懵懂中人性的必然？

车裂，终结了一个惊心动魄的时代，却揭开“帝国”的崭新未来。

第八章

风雨夜归人

秦穆公任好死后，他的儿子罃即位，十二年后死去，谥为“康公”。之后是共公（公元前608年～公元前604年，在位五年）、桓公（公元前603年～公元前577年，在位二十七年）、景公（公元前576年～公元前537年，在位四十年）、哀公（公元前536年～公元前501年，在位三十六年）、惠公（公元前500年～公元前491年，在位十年）、悼公（公元前490年～公元前477年，在位十四年）、厉共公（公元前476年～公元前443年，在位三十四年）、躁公（公元前442年～公元前429年，在位十四年）、怀公（公元前428年～公元前425年，在位四年）、灵公（公元前424年～公元前415年，在位十年）……十余世、二百多年匆匆而过。征服了西戎的秦国，虽还在不懈地步步东进，但渐渐没了穆公时代欣欣向荣的模样——君主以大国上君自居，宗室、臣工傲慢自满，对外用兵少而乏力，国力民力增长迟缓，整个国家长久沉浸于穆公称霸西戎的光辉记忆，进取之风淡漠，变革举措屈指可数，新战略更无从谈起，中原来客也由有胆有识的平民客卿，渐渐代以庸碌无为的诸侯遗贵。就连一直念念不忘的东进，也还只是以“尽取河西之地”为终极目标；就连对被视为国之根本的西戎地区，也逐渐松懈了控制。

厉共公十五年（公元前462年），当河西最后一块土地也插上黑旗时，秦国君臣，再没了目标。这时的他们，已经把曾经水乳交融、同生共荣的西部戎人，看成了粗鄙愚昧的蛮族，对他们中一些部族的坐大自立，也只当是家犬耍赖。他们的眼睛，既不愿看向西方，也不愿再注视东方，而是不经意地收向内部，收向本国——疆域不可谓小，子民不可谓寡，物产不可谓贫，君主的利益显而易见，封赏也大有空间；能坐上君位，该是多么美的事情啊；能封邑得爵，该是多么美的事啊；再能控制君主，把整个国家都装进口袋而不用担负兴亡责任，就更好了……从古至今，任何组织、集团，一旦闭上向外张望的眼睛，开始热心内部的追逐纷争，就等于走上了停滞、沉沦甚至瓦解的下坡路。立国三百多年的秦国也不例外。

当然，在任何时候，任何组织里，都会有清醒的头脑和明亮的眼睛。但如果睿智善察者、刚正勤勉者、忠信无私者，在群体中沦落成了少数，自然难以掌握实际权力，也就自然会被归为另类，遭受冷落、排挤甚至打压。在国家政治范畴里，这种冷落、排挤和打压的体现，是激烈而残酷的。在那个政治和文明的早期时代，在还在用活人为死人殉葬的秦国，其激烈和残酷的程度，就更可想而知了。于是，就有了忠谏臣子被杀的事，就有了同情者被暗算的事，就有了变革势力遭受清洗和驱逐的事。这种事一旦开了头，就难免愈演愈烈，以致发展到令人发指、不可收拾的程度。

第一波恐怖高潮，是国君怀公被逼自杀事件。

年事已高的秦怀公，是在哥哥躁公死后，被庶长鼂等一干保守大臣硬推上君位，接了哥哥留下的烂摊子的。本来就有人暗中不服，加上老头子急于收拾局面、摆脱控制，不几下，就把推举自己的势力得罪了。政治经验不丰富，又没有可靠力量，老头子遭了庶长鼂一伙儿的暗算。不想这帮实力派大臣连退位的余地都不留，直接把毒酒摆到他面前，再把宫廷死死一围。老头儿连句话都没留下，就喝了毒酒一命呜呼了。政变者旋即拥立了他的孙子为新国君，就是灵公。

吸取了前车之鉴，新君没敢正面碰当权派，转而利用他们的实力办实事。东一榔头西一棒槌的，看着没什么章法，却也多少挽回了些颓势。按今天的说法，属于“只解决问题，不谈论主义”一类。在当时情况下，应该说，表现出了一定的政治智慧。要不是在位仅十年就死去，或许他还能有些作为。但很遗憾，这位谥号不很雅的君主（“灵”在先秦诸侯封谥的普遍概念中代表的意思，多少跟不检点、不严肃、尊严体面不济有关；那时的谥号，绝大多数都只一两个字，对死者的形容也比较客观，不像汉及以后那样越拉越长且全是歌功颂德的夸大其词），没能给后人留下更多评价的谈资。对他的死因，当时的官方说法是急病，可也有说是被鼌或其同党（鼌其时可能已死）暗算；持暗算说法者，不单秦国人，也有别国人。

他们的理由有三点：

第一，灵公正处壮年，死得又非常突然，以秦地气候风物，不大容易让贵为国君的他染上三两天就能要命的急病。

第二，灵公的政治、军事举措，越来越带有突破意识，也就越来越不合乎拥立他的保守势力的利益，这个情况，跟其祖父怀公极其类似。

第三，灵公长子嬴师隰，时年十三四岁，虽还算幼小，却被普遍认为已现英主模样；而灵公死后，实力派没让这孩子即位，而是不远千里把灵公叔父、怀公的兄弟悼子，从晋国接回来即位；更令人不解的是，悼子还在返回雍城的路上，小师隰就莫名其妙地从秦国逃亡了。据说随行的只有两三个人。

如果推测是真，那秦灵公之死，该可以算第二波恐怖高潮。如果其长子师隰秘密逃亡是为了躲避谋杀的传说也是真的，就是第三波恐怖高潮了。只要回顾一下非子让位于弟弟成、世父让位于弟弟襄公、穆公任好继承兄长君位这些往事，任何一个有政治常识的人，都不难看出，如今的秦国，已经变成了什么样子！

早在公子师隰流亡出秦之前四十多年的厉共公时代，晋国大族韩、赵、魏，联合击败了国内最有权势的智伯，全面控制了晋国的政治、军事，之后很快联合操控了晋侯，从根本上瓦解了老大诸侯晋的国体，晋这个天子宗亲，就此退出历史舞台。韩、赵、魏三家，开始以诸侯自居，各自立起门户，史称“三家分晋”。之后，人们习惯地称这三家为“三晋”（“三晋”的说法至今还存在，泛指今山西省）。

三晋中，韩、魏的势力范围，与秦国接壤，其中韩的中心地带，就是前面说到的秦穆公任好跟晋惠公夷吾打过一场恶仗的韩地。这两家本跟都天子及晋室同姓，都姓姬，后来受信于晋，取得晋的封邑，逐渐按封邑地名改了姓。而“赵”则是嬴部先祖旁支造父的后代。秦的开端鼻祖非子，就是在这位造父的调教下成长起来的。后来，随着晋国的扩张，造父的封邑赵城，成了晋的地方，赵氏也成了晋国臣子。再后来，后代赵衰，曾随晋文公重耳流亡；重耳即位称霸后，赵氏成了晋国重臣，后世赵盾还曾一度主理国政。是时，赵氏一族权倾朝野，以祖居的赵城为中心，开始向周边渗透自家势力，经百余年经营，逐渐在晋国东部形成割据；分晋后，其势力范围在韩、魏以东，不与秦接壤。

晋国的消亡，使秦国自穆公任好以来对晋的所有外交、军事努力及其成败，都失去了实际意义，也就同时意味着秦国一贯的东进策略面临根本性调整。但好大喜功的秦厉共公，并没能意识到这一点，错过了与新邻居韩、魏构成新的联盟关系的最佳时机。到秦灵公元年（公元前424

年），魏的新家主魏斯（魏文侯）继承父业，开始了励精图治的改革，大胆任用李悝、吴起等激进派人才，使属地的经济、军事迅速蓬勃地发展。韩和赵也同期完全国家化，呈现出勃勃生机。秦灵公叔父悼子即位的第十五年（公元前401年），新即位的天子姬骄（周安王）正式册立三晋为诸侯。至此，三晋演变成了完全意义上的诸侯国，从此韩国、魏国、赵国，正式走上诸侯争强的历史舞台。

而就在发生如此重大变革的时候，秦国还在一而再，再而三地上演争取国家实际控制权的高层内斗，还一直把已如日中天的魏当成乱臣，施与傲慢的杀伐；纵然负多胜少、已现败象，也仍未有任何调整动议，以致失地折兵，甚至把嬴姓孔武善战的美名也葬送殆尽。对此，死后被谥为“简公”的悼子，负有不可推卸的责任。到他儿子即位时，不仅失去了与韩、魏两国平等修好的机会，也已经不再具备同时对抗两国的实力和凝聚力，只能硬着头皮打打停停、停停打打，毫无章法、千疮百孔、内外交困；最后不得已把攻击矛头指向化外的蜀地，勉强取得了一小方叫作南郑的地方（今陕西汉中）聊以自慰——跟恶邻干架落了败，随便揪个过路的小孩儿打翻在地，回过身告诉家里人：咱不是最㞞的。

到这份儿上，秦国守旧派日夜算计的，还是怎么抓权、怎么利己。可怜的只能自慰的秦国国君，打下南郑不久，就忧郁而死。他们又有机会另立新君了。这回更加不像话，竟从死去国君的儿子中，挑了个只有四岁的出子立了起来。四岁的孩子，怕是连自慰也力有不逮。当他在母亲怀抱中接受臣工跪拜时，想必完全不明白发生了什么。倒是抱着他的被称“小主夫人”的母亲，屁股坐上君位的瞬间，内心忽而发生了意想不到的变化。

出子即秦君位第二年（公元前385年），黄河风凌渡口。阴云遮挡着脆弱的夕阳，越积越厚重，越积越灰暗，仿佛就要坠入浩浩黄水。

一男一女肃立岸边，朦胧得像两尊人形石头。女人不施粉黛，米白色粗布长袍包裹着的身体，洋溢着青春的生动；一头乌发，没有任何装饰，十分随意地盘在脑后，任由几缕鬓丝散落，和着河风，肆意抚弄如画的脸庞；俏生生的大眼睛，时而凝望河水，时而注视身旁的男人。男人是个健壮的中年汉子，一脸刚毅线条和不知多少风霜磨出的细密纹理，粗陋的长衣猎猎飘动，浓眉下炯然的眼睛，没看向女人，却久久望着两岸远远随风飘扬的红色旗帜。

红色，是魏国的颜色。红色旗帜，象征魏国的权威和力量。那些插红旗的地方，曾飘扬过秦国的黑旗。那些土地上，曾留下男人伟大祖先秦穆公的足迹。可就在短短的几十年里，穆公及秦国历代先人忍辱负重、披荆斩棘、浴血奋战得来的土地，尽数成了红旗的战利品。血气方刚的魏国，不仅践踏了秦的荣誉和尊严，还把无数颓废的遗老遗少驱赶过去，给本来就已昏昏沉沉的秦国，染上腐尸味道。曾经太阳般光芒万丈的秦国，在贪婪的妇人和昏聩歹毒的一干老朽的把持中哭泣，除了无休止的争吵、争夺、谋算、陷害，再没了别的，就像那天边的黑云，正一步步坠向无底的深渊……

每当想到这些，男人的心，就好似被利器剜割着——痛楚、震颤、滴血。每到此时，他都会紧紧握住双拳，狠狠咬住牙关，强咽回汹涌的心酸和泪水，在内心大声告诉自己——他不能流泪！他的秦国，不需要眼泪！

他就是已经出逃二十八年的秦公子师隰。跟曾经名震天下的晋文公重耳相比，他的流亡生涯，要漫长得多，也要艰辛得多。他没有忠实的随臣和智勇双全的班底，只有护送出逃的两三个侍者，不到两三年就死的死散的散了。才十五六岁的他，孤身一人流浪在远离故国的中原。为逃避莫须有的追杀，为避免屈辱和报复，他不敢暴露秦国公子的身份，甚至不敢承认自己是秦国人，刻意掩饰秦地口音。为了生存，为了一口吃食、一方陋席，他干过最低下、最粗重的活计，甚至不惜装聋作哑，甚至甘愿沦为仆从。为了归秦，为了不息的复国、救国梦，他拼尽所有心智和体力，甚至放弃了在别国享受尊荣的机会，甚至抛舍了曾经相濡以沫的爱侣。终于，他等到了来自秦国的呼唤，迎来了梦寐以求的机会。

事情是由出子即位开始的。

拥立者们之所以选择四岁孩子做国君，当然是为了要架空君位，给自己创造为所欲为的条件。可不想国君虽小，其母“小主夫人”却不是吃素的，才不几天，就展开了跟当权派争夺权力的撕扯，虽不成体统，也全无章法可言，却也引起不小的动荡。不几日，秦国政治势力就发生了有目共睹的变化——凭空多出了支持小主夫人的一派。原来的实力派，也呈分裂趋势；其中一支很快离析出来，成了小主夫人和昔日同盟者共同的敌人，没几天就被收拾殆尽，重要人物只有屈指可数的几个漏网，其中之一，官居庶长，以改而倚靠小主夫人，保住了官职和性命。但这位圆滑老者，并非真心投靠，而是为保存实力而佯装臣服。他一面敷衍小主夫人，一面物色足以托付自身和扭转国家政局的人物。

他很清楚，论实力，目下的秦国，已无可选之人。那就只有凭地位。而又有谁是既有地位又有信用的呢？他第一个就想到了已流亡多年的灵公之子公子师隰。虽早已没了踪迹，甚至连生死都不明了，但是不能不试一下！当然，他也有其他人选，就是先君的兄弟们或其他儿子。可这些人不是已经被制，就是庸碌不堪，就有两个二者都算不上的，据说早年还都与天性风骚的小主夫人暗通款曲。如果说公子师隰可能已死，即便未死也或许不愿意、没能力参与进来是不确定因素，那么这二位的那种传闻及其可能暗含着的连带，则更具风险。即便都是失败，找个流亡多年的陌生人充先锋，总还少些被反戈一击的担忧和惨痛吧。

所以，他很坚决地派出最得力的助手——一个叫“景”的年轻后生，偷偷潜出国，寻访失踪的公子师隰。但也可以说，并没抱太大希望。

景是阉人，本是宫奴身份。早先，这位庶长见他机敏，便寻了个茬儿要到身边栽培。景虽学识、见地平平，却有着出人意料的武学天分。不仅练就令秦军佼佼者都望尘莫及的精湛骑术，还自创了以小搏大、以弱胜强、飘忽诡异的技击术。他因此成了庶长的秘密武器，出秦寻访师隰之前，曾为庶长干过几宗暗杀差事。这样的身手，加上难得的应变能力，无疑是执行秘密任务的最佳人选。

可是，再好的身手，再强的应变，找一个失踪了二十八年、全无音信、生死不明的人，也一样有如大海捞针。之所以不到半年就有了成果，更主要还是因为，公子师隰也在积极而焦灼地寻找归国机会。也就是说，其实，这两个人，是在互相寻找。

“那个景，不会失约吧？”这是整个下午，女人对师隰说的第一句话。女人出身卑微，连名字都没有，师隰随她出身地的人们叫她瑾儿。她是采石琢器的匠人的女儿，养得一手好花。她是师隰的红颜知己，已经追随了好几年。她倾尽所有心力财力，养育师隰跟其他女人所生的子女，从不问那些孩子的母亲都去了哪里。直到景找上门，她才知道，自己的男人，是秦国公子；也才知道，一直感觉藏在男人心里的重重的东西是什么。她明白，男人等这个机会，已经太久了。她也明白，男人这一走，说不定就永远见不到了。可她必须让他去。哪怕暗地里还在怀疑，还有担忧，还含着那么多的不舍。

见师隰不答，她禁不住又问：“公子真的相信景吗？”师隰这才转过头看了她一眼，沉吟片刻，一字一板答：“秦人无欺。”

于是，两个人就又陷入了沉默。后来，下起了雨，天也暗了下来。师隰还伫立在那里，浑身淋得湿透。瑾儿就也不动，跟着一块儿淋在雨里。终于，他们看见了景的影子，也是一身湿透。瑾儿总感觉这个景跟一般人有什么不一样，可又说不出个所以然来。这种感觉，让她总不能太放心让男人就这么跟他走。她很想提出跟随，可一则不能撂下那几个孩子不管，再则自以为男人肯定不会答应。她没想到，倒是陌生的景，比自己的男人先看出了这层心思。

临别时，景专门对她说："景愚钝卑微，不敢诺所谋必成，然若有不成，定可将公子完好带回。请勿虑。"瑾儿听了，没答话，只默默点点头。她想起了男人那句"秦人无欺"的话，认定除了相信和祈祷，自己为男人的安危再做不了什么了。她默默立在那里，目送他们远去，直到二人身影完全消失在暗弱的夜色中，还不肯离去。似乎，她就准备一直站在这里，等着"无欺"的秦人景，把自己的男人完好带回。

可是，此时此刻，快马加鞭的师隰心里想的，可不是怎么平平安安地回到瑾儿和儿女们身边。他的目的地只有一个——雍城。他的时间表，已排得容不得半刻喘息。退路、女人、孩子，都像耳边疾风，只有呼啸而过的凄冷，没有品味思忖的间隙。

按景和庶长的安排，他必须在深夜中某个确定时刻之前，通过边塞重镇郑所。因为，那个时刻，正当守将封哙交职，而这个封哙，是庶长寥寥可数的几个有兵权的支持者之一。过了他的交职时刻，就不定换了谁守卫，万一进不去，一系列计划，都不得不拖后。景说，庶长已准备好在雍城发动政变，但因能力有限，只能确保控制宫廷半日。如今，因他出迎途中遭遇山洪，已经误了小半日，如再延误，庶长那边又不能及时得到消息的话，问题就大了！所以，必须以最快的速度赶到郑所。

可他们还是晚了一步。不是他们慢了，而是事先并不知道计划的封哙，被责任心很强、担心雨夜会有异常情况的老将右主然，提前替换了下来。

而这个右主然，恰恰是一味奉行忠君原则的实在人。对他而言，君，就是五岁的出子，以及小主夫人——君的代言人和监护人。不管是谁，只要威胁到君，他就会视其为敌人。想想看，在这么一位接了守护职责的人手里，秘密归来的政变者，焉有顺利的道理。

也许有人会问：既然封哙是庶长的人，又怎会不知道计划呢？又怎么就这么轻易地把职守让给属于反对派的右主然呢？别忘了，庶长、景和师隰，正在进行的，可是一场弱者对抗强者的生死游戏。他们必须最高程度地保持机密，只有到了最后不得已的时刻，才能摊开谜底，不然就会前功尽弃，甚至万劫不复。所以，他们不能在条件完全具备之前，有半点泄露。出于同样原因，就算封哙事先知道了计划，也不可能拖延或拒绝，从而导致对方的任何怀疑和警觉。

这个变故，是景和师隰事先都没能料到的。更想不到的是，年届六旬的右主然，竟一眼就认出了离别二十八年、早变了模样的师隰！张口就道："公子一向可好啊——"

师隰被右主然一问，顿时傻了，勉强向城上应道："将军认识我？"

右主然笑笑，说："公子音容，纵死不敢忘却。末将敬服公子贤德，对公子离国，也深感遗憾；然今侍国君及太后，唯命是遵；若公子持归国诏令，自当伺候；若不得上命，则不敢恭迎。末将以为，公子贤德，断不会行苟且，请公子恕罪，暂回。"

不等师隰答话，景就在旁建议道："公子不可再言。且退，再图。切莫令彼生疑。"说罢掉转马头，不由分说离了城脚。没半晌工夫，就提出了一套应急方案：请师隰马上南渡渭水，绕道桥山，赶往另一入秦要塞焉氏塞，理由是，那里的驻守将官菌改，是封哙的朋友，也与自己相识，虽不确定其时恰在职，也不确定其一定会通融，但总比在郑所跟右主然纠缠希望大些，而他则快马走在前面，争取开关。如不能顺利，则采取特殊手段，只身潜入焉氏塞，跑去雍城，向庶长报信，并安排接应。

他边说边解下一匹马，告诉师隰，如至焉氏塞未见此马，说明一切顺利，请于关前安候迎接；如见此马已死，则请自行隐蔽两日；两日后，无论成败，他本人定来接应；届时，再根据情况决定下一步。

师隰独自驾车摸索到焉氏塞的时候，菌改已在城池外等候了。起初，因未见景的影子，师隰还有些疑虑。直到菌改说出景与师隰事先约定的暗号，才放心入了关。当时，他们并没料到，菌改的副将是小主夫人的亲信，见外人进关，并被称为公子，便即刻派人往雍城密报。

这位副将派去的密使，比景整整晚一天到达雍城。所以，主谋的庶长，已事先知道公子师隰即将由焉氏塞入秦。所以，当听小主夫人说焉氏塞有外寇入侵，即命精锐部队前往堵截的时候，他马上明白是走漏了消息。老人灵机一动，当即利用小主夫人对自己的信任，请求亲自领兵去劫杀外寇。随即，他调整了全部计划，带上景，领着为数不多的秦国精锐部队，浩浩荡荡地开出了雍城。

出城百里，确信没有被追或被围威胁的时候，庶长向全体将士宣布：“幼主不堪，主母无道，吾等今欲拥立有德新君，从者皆有开世之功……”顿时，军队哗然。有几个将领上前质问，更有几个当场就挥剑率领部下骚动起来，喊着清剿叛逆，挤碰着要冲杀过来。庶长见状，并不理会质问者，只轻轻给景使了个眼色。

景的身子忽然如枯叶般飘起，掠向哗变者。熙熙攘攘的将士们，大多只看到一道阴影一闪而过，有一部分人感觉到头顶、肩膀像被踹了一脚似的疼了一下，极少的人看到嚷嚷着要夺帅位的人丛中，有冒热气的血雾喷向空中。当他们听到四下隐隐约约的惊呼惨叫，并再一次感到头顶、肩膀被踹的时候，也还没明白到底发生了什么——太快了，快得来不及反应，快得来不及相互询问出个最起码的猜想。

当他们再度循着庶长苍老的声音把注意力转向帅旗时，全惊呆了——主帅身旁消瘦无须的随从景的手中，竟提着七八颗还在滴血的人头。他们中有的认出，那些人头里的某一颗，就属于离自己最近的、刚刚还嚷着“清剿叛逆”的将官！

整个军队，霎时静了下来。质问者、哗变者、不知所从者，全都呆住。

把他们所有人的感知加在一起，可以得出这样的形容：在有人开始质问、开始异动的时候，景蹿了出去，踩着众人的肩膀、头顶，飞也似的在队列中转了一圈。他经过的地方，涌出了血雾，留下了惊呼和惨叫。眨眼间，他又回到庶长身边，手里多了所有领头异动者的头颅。那些头颅，就像等着采摘的果子，采摘的人手里甚至没有什么能一眼就看得见的工具！

如果我是他们中的一员，并且感知了上面的情形，恐怕会不由自主地摸摸自己的脖子，以证明脑袋还在。两千四百年前憨直朴实的秦人，没我这么敏感、这么唯物；处于成千上万军列中的一个小小分子，也不可能像我这样，超然俯瞰一切。所以，他们没摸自己的脖子，而是呆在那里，下意识地静静听庶长接下来的陈述。他们不能认定，那闪电般无声无息的杀戮，是人力完成的。在他们看来，此时此刻，那个苍老的声音，仿佛代表着上天的神，而那声音吐露的有德新君，则正是神的替身和使节。

在庶长的果断决定和景诡异恐怖的手段共同作用下，这支军队不一会儿就被洗了脑，成了拥立新君的护驾之师。坐镇雍城的小主夫人还不知道，凯旋的清剿队伍竟是自己的颠覆者；直到陌生的公子师隰硬挺挺地站到面前，才明白发生了什么。她惊恐而无奈地跪下，请求给他们母子一条生路。师隰允了。

小主夫人母子刚出城，就迎面遭遇了封哙等十几个将领率领的拜谒新君的戍边军。这帮人以为他们是逃出来的，二话不说就围了过去。有数的几个随身护卫，哪是对手，顷刻死伤殆尽。小主夫人抱着五岁的儿子，吓得动不了，缩在车下，一不留神被马踏中，孩子当场脑浆迸裂。受了重伤的小主夫人，抱着死去的儿子，疯了似的号哭，头发凌乱，口中不断喷涌鲜血，吓得上前擒拿的将士畏步不前，眼睁睁地看着她抱着孩子狂奔而去，一头栽倒在雍水岸边，直挺挺地滚入河中，洇出一大摊血水。追得近、看得清的士兵认为：她栽倒的时候就已经死了，因为入水后没有气泡。可他们也看到，直到摔进河里，她的眼睛还睁着，双手还死死抱着孩子。

第九章

沉闷的黎明

流亡了二十八年、靠一场政变坐上君位的嬴师隰，就是历史上的秦献公。那场传奇而惨烈的政变，发生在秦出子二年，即秦出公二年。

新即位的秦伯嬴师隰的第一施政纲领，就是扫除陈腐消极氛围，树立先进开化的国家精神，创立积极勤勉的政治体制。

漫长的逃亡生涯，让他有机会以旁观者的身份审视秦国，也让他有机会听到别国，尤其是新兴的韩、魏等国对秦国的看法和图谋。他知道，在中原诸侯眼里，秦国始终是化外蛮邦，就是伟大的穆公及其时代，也没能从根本上改变这种印象。在他们看来，穆公任用的百里傒、蹇叔，都是老迈不堪、无人问津的废人；穆公本人，则不过是好赌成性的武夫。穆公时代之所以取得举世瞩目的业绩，无非仗着嬴秦的孔武好斗，趁晋国内乱，欺戎人愚蠢而已；一切都与那个“赌”字甩不开干系；而且，也都随着穆公走入坟墓而彻底失去了意义。穆公死时多达一百七十七人的殉葬，不仅让他们进一步认定秦和穆公本人野蛮不化，更生出“死而弃民……不能复东征也”的批判。不幸的是，穆公以后二百余年秦国的表现，恰恰显现了没有后劲、不图远大的败象，给了贬斥者、鄙夷者、敌视者们坚实自家说法的口实，以至于各国纷纷把秦视为治国理政的反面教材，以至于魏国的李悝竟建议魏文侯将：国内政治改革清洗、淘汰出来的没落贵族、无用昏官，尽皆遣往秦国，把秦国变成了魏国的政治垃圾场……

针对颓势，嬴师隰在流亡期间，早就想好了一系列改革对策。可他并不十分了解国内具体情况，特别是人事情况，所以对怎样以及何时才能为改革创造出适应的条件，并没有完整设想和充足把握。虽然，随着小主夫人的死及其势力的彻底瓦解，国内响起一片拥护之声，可他深知，这些拥护者中，有真心的，有半真半假怀揣小算盘的，有没主张只知道随大溜儿的，也有像拥护小主夫人的庶长那样假意求全、暗中另有所图的。怎样把他们一一甄别出来，又怎样界定谁是自己人，谁可争取，谁又是潜在敌人；又何时、怎样争取或剪除那些不是自己人的人……

换了旁人，面对这一大堆问号，怕早就乱了。可流亡二十八年、历尽艰辛、日夜思忖政事的秦伯师隰，不是旁人。跟著名的晋文公重耳一样，他有着一个流落民间政治家的独特见解和智慧，也知道如何向臣下灌输这些见解，以及如何运用这些智慧。所以，他没有上来就阐述自己的主张，也没有马上就亮出什么具体的计划，而是抓住一点，先来了个百家争鸣。

他跟臣下们说，自己之所以能入国即位，乃仗了庶长、景、菌改等一干人的鼎力相助。自己新即，当赏罚分明。请大家给出建议——如何封赏，如何处罚。

面对这个问题，立了头功的庶长首先站出来，说自己只是为了国有明主，并不图赏赐，且已经年迈，自认不能为新的秦国做出太多贡献，请求给予适当金钱土地，准予回乡安度晚年。又说，景虽立有大功，但毕竟阉人，且于国政才具平平，建议不要委以重任，而使其长随君上左右侍奉……

话茬一开，众臣的发言就踊跃起来。有人主张大胆提拔有功将领，也有人主张让他们仍各司其职。问题的焦点，最后落到右主然和菌改身上。秦伯师隰静静地听着每一个人的建议，不露声色地审视着他们。有人说，没什么可辩的，菌改迎君上入关，乃重大功臣，当重赏；而右主然愚忠昏君，拒绝君上，该重罚，甚至处死。又有人说，就当时来看，右主然也没有错，事后也拥立了新君，罪不至死。还有人说，菌改当时的举动，属于图谋不轨，没什么可封赏的，但鉴于所举顺应了天势，也不必惩罚，不然，必定伤了拥立者的心……说什么的都有。其中大夫监突的话，引起了秦伯师隰的注意。他说："右主然愚钝，拒绝君上入关，本该处罚；菌改是拥立重臣，该得封赏。这本身都不是问题。可两件事摆在一起，就有了问题：若处罚坚守者，赏赐开关者，似乎就显出了鼓励放外人私自入国的意思。要知道，流落在外的秦国公子，可不止君上一人。今日您来了，他日再有人来，且不说君上如何，国家可还能有安宁日子吗……"他接着又说，"君者，国之主也。轻国重己，则不信于臣民，于长治久安不利。今赏罚皆在君上，区别只在于，在君上心中，国家的命运、臣民的意愿，跟自己的感受好恶相比，哪个来得更重些……"

应该说，除了庶长，这个监突，是师隰当场就认定的能为国家利益着想的第一人。那场辩论，也因为监突的陈言，被引向了如何整饬时局、齐心协力振兴国家的深层方向，并进而成了秦国自穆公以来又一轮根本性变革的开篇序曲。

后来，引发问题和争论的菌改，被提升为大夫，官职虽高了些，却被去了带兵戍边的职责。右主然没受到任何责备和处罚，倒反得了二十石粮食的赏赐，连他的手下也都得到了同样的赏赐。再后来，右主然年老退隐，菌改长年跟随在秦伯师隰左右，很久后才又获得带兵机会，但始终都在魔鬼杀手景的视线内。

即位不久，景把瑾儿和一干子女从魏国秘密接到雍城。秦伯嬴师隰立瑾儿为正妃，之后没再娶姬妾。两年后，瑾儿为他生下了最小的儿子，取名“渠梁”。即位次年（公元前384年），秦伯嬴师隰发布了禁止以人殉葬的命令。转年，又下达了迁都栎阳（位于临潼渭水北岸）的命令。与以往历次迁都不同，此次并没迁动所有国家机构，宗庙、相当一部分要害职能人员和绝大多数宗室亲戚，都还留在雍城，就连秦伯自家，也大多还住在雍城，形成了一个国家同时有两个中心城市的态势。

这种按“天子法度”算“逾制”的安排，多少有些受魏国启发（所谓“天子法度”，泛指周王朝在立国之初的西周早期所制定的宗法和统治秩序；其中涉及“建都邑”的说法中，可以建立两个都城的，只限于天子家和极个别“公国”，如燕国；其他众多诸侯，只被允许建立一座都城。到了嬴师隰即秦伯位的战国中早期，周廷权威基本归零，诸侯坐大，进入唯实力论的大争时代，只有极少数弱小苟存的诸侯国，还抱守“天规”，但理论上，各种“逾制”行为，还可能会构成被道义声讨的把柄）。魏的国都在安邑（今山西夏县），而魏文侯后期，则大力开发河岸城市大梁（今河南开封），短短数十年，就吸引了不少商贾和贸易，给魏国外交和国力带来裨益。而今，新即魏侯（魏武侯，魏文侯之子）更对大梁的经贸施与诸多鼓励，使这座新兴城市日新月异，成了备受瞩目的中原重镇，不仅富国利民，也事实构成了政治、文化、贸易等层面上的扩张。

相比之下，地处西陲、积重难返的秦国，更需要迅速恢复生产、激发国力提升，也更需要从姿态到实质进一步接近中原。而面临渭水、背靠骊山的栎阳，无疑是绝佳窗口。这个窗口，将是不会做生意的秦人开创更多财富的契机和起点，也将是落后的秦国向中原学习的课堂，更应该是中原和秦地风物交融的舞台。

但是，新即秦伯嬴师隰倡导并促成的栎阳迁都所意味着的，远不止开放口岸、增进往来、促成交流这么简单，更不是对大梁模式的简单效仿。只要看看这两座城市就知道了——大梁沿河而铺，庞大蔓延，几乎不设防，看上去更像个超大集市；栎阳区区一隅，防务水平却远远超过雍城，甚至比魏都安邑还要牢靠；集市大部分在城外依河而设，背后是秦国有史以来最高、最坚固的黑石城墙。这种区别的最主要原因在于：栎阳不仅是口岸，更是坚强的战斗堡垒。实际上，这个驻扎了主管商事机构的城市，更是秦国最高军事指挥所；在它背后的骊山中，隐藏着秦国最重要的军事训练和战备基地。

这座堡垒般城市的诞生及其与生俱来的双重使命，都源于秦伯师隰的构想。

从流亡生涯的见闻中，从“大梁现象”中，他看到了发展商贸的巨大力量。但他也深知，大梁并不只是商贸的产物，在它背后，是兵强马壮、开疆拓土的魏国。只有足够强大，才能吸引商贸，而商贸又反过来增进这种强大。这是个鸡生蛋、蛋生鸡的过程，而其根本的起点，在于国家的新气象和臣民的信心。魏国的新气象，就是立国；臣民的信心，则主要来自国土和资源的扩大。如今的魏国，既是秦国改革最主要的参照对象，也是秦国最危险的敌人。魏国发展的时候，秦国在沉寂、在内乱。如今秦国要发展了，如日中天的魏国，会沉寂、会内乱吗？答案很显然。魏文侯用了四十年，铸就了今天的魏国；他嬴师隰当下已经四十多岁，还能有四十年吗？答案也不难得出。彼强我弱，四十年够用吗？答案想都不敢去想。如果不能开出一片新气象，不能激发起整个国家的信心，后世能有真正作为吗，能安宁求存吗？

任何一个主事的人，面临这么多沉重的问题和更加沉重的答案，都会一筹莫展，都会心急如焚。说实在的，在这样的形势下，能想出迁都这招儿，真是不简单，也真是需要非常的勇气和魄力——除了建立、发展商贸，摆出开放姿态之外，向东迁都，无疑是东扩的政治姿态。面对虎视眈眈的魏国，这种姿态，就等于宣战。他，嬴师隰，要向魏国宣战，要从魏国手中讨回先祖的河西之地及其代表的尊严和骄傲。他要告诉自己，也告诉臣民和后世子孙——地处两国交界边缘的栎阳，不是可有可无的边城，而是国都，是永远不能放弃的地方！丢了栎阳，就是亡国！他要让所有现在的、未来的秦人知道：守在栎阳，就得不断面临强大贪婪的魏国。要想安宁，就得不断往东去，就得让新的边境，离栎阳越来越远！他要让他们明白：栎阳，是坚不可摧的堡垒，是秦国战斗精神的象征；在栎阳，所有秦人，都应该只有一个目标，那就是东进！在栎阳，所有秦人，都应该认清共同的敌人，那就是魏国！

秦国迁都，魏国不是没有察觉。但在当时，正全力投入最后瓜分晋国并促使其彻底灭亡的争斗的魏国君臣，没太把老迈、局促、衰退的秦国放在心上。在魏侯眼里，已经跟自己接壤的楚国的数千里如画江山，更值得用心攫取；在号称天下无敌的大将吴起眼里，真正的对手，也只有楚国、齐国的万乘之师。所以，以他们为主流的魏国政治势力，不大听得进宗室重臣公叔痤等人“必遏秦，勿使兴”的劝谏。骨子里，他们不认为那个给人做过仆从的秦伯，能干什么大事；他的栎阳集市，无非是在做大梁的梦；他的坚城高筑，更显对魏国的畏惧。至于迁都，当然啰，谁会去那么偏远的雍城跟他做生意；这些土包子又哪有本事和资源，像咱那样，凭空建出个煌煌大梁……

所以，魏国高层很放心地鼓励本国商贾跟秦国做生意。他们甚至还想利用秦人的无知牟取暴利。事实上，他们的确从秦国赚了很多钱——秦人质朴，满足于能开张、能获利，魏商因而得以低价购进。他们几乎全面把持着跟秦人的交易，除韩国外，别国根本插不进来。而韩国的交易规模，又远远小于魏国。秦国的皮毛、珍惜木材等中原少见的货物，到了大梁，就身价倍增，给魏、韩两国商人带来巨大利润，以至于短短数年，两国都出现了仅靠贩卖“秦货”发家的大户。

听着经常奉命游走中原的景及其手下不断带回的大梁行情，秦国君臣，不禁咋舌——虽然栎阳也由于历年来的商贸，得到较大发展，秦国也因而收到可观利益，可跟人家大梁比起来，简直九牛一毛！

咋舌的人中，秦伯师隰心里最不平静。此时，秦国已在他的倡导和督促下，完成了把所有青壮男丁编籍注册的“户籍相伍”改革，打破了传统的国、野之限（奴隶主和自由民在“国”，为“国人”；奴隶在“野”，称“野人”），不仅使宗亲贵族和大领主们手里掌握的大量隐形劳动力和战斗力浮出了水面，更淡化了数百年来的贵贱之分，激发了为数众多的奴隶的人格激情，从实质上已具备了在生产人力和军队管理上走向国家集权的条件。这个条件，让大梁行情一催化，使得已年过半百的嬴师隰，萌生了不可抑制的欲念——尽快收复河西土地，把生意直接做到大河（黄河）沿岸，直接做到大梁！时日无多，该抓紧了！该行动了！！

念头一生，马上付诸行动。一面连轴转地备战，一面令国内商人提高卖价，并鼓励他们走出去，打破魏国是最大甚至唯一买家的局面。动静一大，魏国有点儿待不住了。本想发兵遏制，可一则没有什么特别的、直接的由头；二则也是怕分了兵力，拖动其他战线，再万一无功而返或被拖住，里子、面子都成问题；当然，也多少有些顾忌本国商人的利益——商人的税金已是国家重要收入，万一开战，影响了生意，肯定弊大于利。于是暂时按住没动。却不想，秦国先动了兵，不过没指向魏国。真要是直接对魏国倒好了。可它北上绕过魏国，直奔了老远亲赵国，让一直矛头指向东南、对西侧以守势为主、对北侧疏于防范的魏军，着实出了一身冷汗。

因为只付出了微小代价便轻易取得了胜利，赵国对在高安地方跟秦军的那场小仗，倒也没怎么放在心上。可高安之战，对秦、魏两国，却有着不小的影响。秦国方面，通过远征和小败，锻炼了队伍——秦军已经很久没有如此孤军远征了，同时摸出赵国实力，一来一回，还探清了魏国的北部防卫。魏国则由此战看到了秦国用兵的深意，再不敢小看这个穷邻居，同时意识到北侧防务的重要性。

高安之战翌年，魏武侯去世，临终对继任者和臣下的交代中，说了“不可轻秦”的话。可经过生死争斗才坐稳君位的年轻继任者魏罃，却没怎么把这话放在心上。在他心里，对跟着自家亲戚反对自己、险些让他国破人亡的老同盟者赵、韩还以颜色，才是当务之急。在他的规划中，步步向东南方向进逼，也远比防范秦国更为重要。这位被后世称为“梁惠王”的年轻君主，从父亲和祖父那里继承的，不单是偌大基业，更有骄傲中略带几分沉重的荣誉感和使命感——他应该，他必须，让魏国更加强大、更加富庶。他甚至应该让魏国在自己手中，取得突破性的、飞跃性的发展和提升。

可他的宏图大业还未开篇，秦军就黑压压地涌过来了。目标很明确，就是要收回魏国从他们手里拿走的地盘。措手不及的魏国，急忙联合韩国迎战，在宅阳地方，与秦军展开了二十多年来第一次交锋。结果，魏韩联军被决绝的秦军所败。年过六旬的秦伯师隰，按捺不住胜利的喜悦，不顾臣下“此战有损元气，不可轻易再图”的劝谏，决意趁有生之年，一举收复河西地盘。

隔年，秦军再整旗鼓，几乎倾全国之力，向魏国发起决战般的攻势。直到此时，魏国才真正把秦国当成有分量的对手，给予了有力还击。发生在石门地方恶战，是自魏文侯以来魏国遭遇的最惨烈的战役，六万魏军的尸体撂在了战场上，伤亡和损失超过了立国以来任何一场战争。秦军虽也伤亡惨重、元气大伤，可到底算是打出了久违的老嬴部的气势。秦国上空，虽萦绕着阵亡将士家人的哭泣，更多的，却是复活了的勇气与豪气。胜利的喜悦、臣民的振奋，加上天子专门遣使前来道贺，并赠予表示敬意的特别而隆重的服饰的殊荣，日渐老迈的秦伯师隰，更不在意甘龙等近臣“亟待休养，切不可轻言再战”的谏言，又在之后两年接连用兵。虽取得魏国少梁等一些地方，却把秦国推向魏国“首要敌人”的位置。秦伯师隰本人，也由于过于透支精力和体力，而终于病倒。那场俘虏了魏国主将公叔痤、本可以乘胜全线追击、一举消灭魏国西部防务主力的战役，也不得不中途停止。

六十多岁的老人，一旦病倒，就是大事。如果这个老人再经历了半生的痛苦流亡，再怀着沉重的心愿，再加上功败垂成的莫大遗憾，他的病，怕是不容易好了。

焦虑中不能安睡的秦伯师隰，强忍病痛，坚决要求臣下和成年儿子们再整旗鼓，务必尽快夺回河西之地。面对他血红的双眼，大家不敢说半个“不”字，可也都不敢再轻举妄动。他们都知道：这几仗下来，前些年靠做生意赚的那点儿家底，早抖搂光了；军士们也开始厌倦、疲沓，甚至恐惧。可国君那么坚决、那么固执，甘龙他们劝了那么多次都不听，还能怎样呢？本来，他们祈盼能快点儿取得一个大胜利，哪怕是暂时收回河西地方，也能让国君稍稍安慰些，也好给国家和国君都赢得一个喘息机会。他们几乎把宝都押在了这场战役上——再不获大胜，脆弱的秦国，可能就会在下一场战役中彻底倒下。可如今，国君自己先倒下了。国家和军队，其实也像他的人一样，勉强硬撑着。如果再战，又没有国君的亲自指挥和鼓动，他们可以肯定，不会取胜，至少不会取得能全部收复河西之地那样的胜利。那么然后呢？他们想都不敢想。

不知谁带的头，一干文臣武将，默默地在国君病榻前跪了下来。在高烧中昏睡的秦伯一觉醒来，张口就问："大捷了吗？"连问几遍没得到回答，他明白了，急了，愤怒了，挣扎着坐起身，点了最善战的儿子嬴虔的名。嬴虔没说什么，应命而起，整整盔甲就要出门。几个兄弟和众臣，这才鼓起勇气开口劝谏，没说几句，就又被国君烈火般的目光，吓得没了声息。

外边下起了雨，哗啦啦的，漫卷着浓浓湿气。浑身上下不断交织冰冷和火烫的秦伯师隰，忽而想起二十多年前那个风雨交加的夜晚，想起在风雨中赶路的自己，想起在风雨中苦苦等待自己的女人。女人呢，我的瑾儿呢，孩子们呢……不对！我不要女人，我不要瑾儿，我要秦国，要我的河西之地！河西之地啊，多少次踏在上面，却不敢告诉别人，自己是秦国公子。河西之地啊，认识瑾儿的地方，那个风雨之夜分别的地方，瑾儿是不是还在那儿等我……

思绪一会儿向这儿，一会儿向那儿，好像随风飘零的孤叶，难以落定。他几次想把精力集中在一件事上，几次都失败了。他认定自己发了昏，直到看清刚刚加冠的幼子渠梁跪到眼前，才勉强回过神。渠梁是瑾儿生的，多像瑾儿啊……又乱了！他使劲摇头，狠狠咬住牙关，拼尽所有意志力定睛看住渠梁，问："你怎么来了？"

渠梁深施一礼，从容答道："渠梁一直都在君父身边。君父可容渠梁一言？"见父亲点头，他接着道，"秦弱魏强，勉力而战，于国大不利。君父有恙，当善养之。今既虏公叔痤，可使为质以拒魏，予军民休息，方可期大图……"

连带秦伯、所有臣工和公子，谁也没想到，最终大胆陈告疲惫国情的，竟会是年轻的公子渠梁。更没想到，听了那些不可谓不尖锐、不可谓不刺耳的“战以疲兵”“国将倾颓”“徒争不智”，国君竟没发怒，甚至也没现出任何责怪意思，最后只是脸色凝重地问：“如是，依尔，当如何？”

年轻英俊的公子一礼到地，郑重道：“安民而拓、富民而力、强民而兵。疾而不躁，稳而不滞。定经世之策，立百年之基。”

随着这一番话，众人眼里，这位少公子，已不再只是“大胆”那么简单了。再听这对父子接下来的对话，他们的心里，竟不由自主地燃起了些说不清的、不知此时此地该不该有的轻松、明快、温暖和振奋。

秦伯问少公子：“汝以为，何人可成此功？”

少公子答：“此绝非一人可堪之任，非举国通力不可成。”

秦伯又问：“汝可有志为其始？”公子点头。秦伯又问：“汝以为孰可为辅？答：“心力一同，举国皆为辅……”

最后，秦伯长叹一声，道：“如此，吾心安矣。”说罢，缓缓闭上眼睛，轻轻躺下去，似乎陷入了安适的梦乡。

一个月后，秦伯嬴师隰病逝于栎阳，谥为“献公”。临终，他向诸臣工和诸公子宣布，同少子渠梁即位，并让他们盟誓拥戴，还特别留下了渠梁和虔两兄弟。谁也不知道他们究竟谈了些什么。后来，渠梁先跑出来，急火火地找了母亲来。进去不久，女人就传出哭声。再后来，兄弟俩携手而出，向众人宣布了秦伯的死讯。

没人知道，刚满二十岁、几乎没有任何功绩的嬴渠梁，被指定为继承人，到底只是出于那场出人意料的雨夜对话，还是有别的原因。关于即位的事，当时曾有过不少猜测，但始终只是限于私下小范围流传，最终并没演变出什么变故。个中缘由，自然林林总总，但手握重兵、以孔武著称的公子虔和鬼魅般的景总是服服帖帖地紧随新君嬴渠梁左右，应该是最主要原因了。有人传说，公子虔本来找了些人密谋夺位，又因为怕不能一举成功而作罢。也有人传说，是一些居心不轨的臣工主动约公子虔，而虔惧怕被景暗杀，没答应。景的探报则说，那些人约公子虔私会，撺掇夺权，遭公子虔正色拒绝。虔说："念他们多年追随先君，只要日后忠于新君，尽心尽力，这忤逆之事，就当没发生过……"无论谁说、怎么说，嬴渠梁都没放在心上，都付之一笑。他关心的，只有一件事，就是如何为秦国寻到真正扎实的富强之路。

他问哥哥虔："如何能奠定百年大业？"虔说："不知，只知不可再像先君那样不顾国力，一味争战。"他问老臣甘龙："百年基业当从何始？"甘龙说："当务之急是全面修整和恢复贸易。"他又问见多识广的景："百年基业，到底要靠谁来推动？"景答："靠君上。"又问："如何推动？"答："景不知，但必定有人知。"他又问老臣甘龙："如何可得知治国、行良谋之臣？"答曰："求贤。"又问："往何处求贤。"答："天下……"

年轻的秦伯嬴渠梁苦苦求索治国之策的时候，已经称王的魏国君主魏罃，在大梁附近会盟韩、赵、楚、齐、燕五国君主，郑重其事地谋划联合灭秦、之后瓜分秦地的策略。多亏景早在魏国设有耳目，不然，伤痛和迷惑中的秦国，还兀自蒙在鼓里。

面对严峻形势，秦伯渠梁从容应对：一方面，让景带上亲信、拿着母亲姐妹变卖首饰的钱，往各国秘密奔走、疏通消息、松动六国联盟；另一方面，让以哥哥虔为首的军事力量，组织以自保为目标的防御。两条腿一起走，勉强抵御住了韩、魏联军的入侵。之后对魏进行了小规模反击，基本证实了六国分秦计划并未真正形成。旋即，又乘胜向西征伐了先君献公连续对魏作战以来一直试图骚乱和东移的几支戎人部族，并杀死其中势力最大部族的首领獠王，又一次激发了军队的自信。

趁着这股子自信和对手暂时的静默，秦国君臣开始夜以继日地商议强国之策。他们回顾了穆公时代的政治历程和关键细节，参考了韩、魏等新兴国家的振兴步骤，也广泛分析了齐、楚、宋等老牌诸侯由衰转而兴的缘由，最后基本共识了“欲强必求变，欲变必得贤”的策略，也议定了大胆的、面对全天下公开招贤的方式，还确定了以军事为先导、以魏国为前站散布招贤信息的步骤。

于是，在对魏国陕城地方（也属于穆公时代秦国的河西之地，大约在今河南省三门峡市一带）进行象征性围攻的同时，大量秦国密使，趁魏军向战地收缩、疏于边境线防范之机，潜入魏国，并经魏国流向韩，流向赵，流向楚，流向郑，甚至流向齐、燕。

很快，这些国家，尤其是魏国，就传说起了那篇华夏文明史中最殷切、最诚恳、最有魄力的《求贤令》：

“……昔我穆公自岐雍之间，修德行武。东平晋乱，以河为界；西霸戎翟，广地千里。天子致伯，诸侯毕贺，为后世开业，甚光美。会往者厉、躁、简公、出子之不宁，国家内忧，未遑外事，三晋攻夺我先君河西地，诸侯卑秦，丑莫大焉。献公即位，镇抚边境，徙治栎阳。且欲东伐，复穆公之故地，修穆公之政令。寡人思念先君之意，常痛于心。宾客群臣有能出奇计彊秦者，吾且尊官，与之分土……”

按今天的说法，这实际上是年轻的秦伯以继承者和昭示者身份致全天下人的一封公开信。其中，他满怀敬慕地回顾了穆公时代的辉煌，尖锐而坦荡地揭示了后世秦国诸多君主的平庸无道和秦国曾经的颓废与落后，真挚赞颂先君献公为复兴国家所做的贡献，也委婉流露了秦国现时的内政外交意图。进而，又诚恳表达了希望天下贤才帮助自己继承先君遗志、以非常方式迅速振兴秦国的意愿，并郑重承诺将给予能够给秦国带来真正帮助的人高官厚禄，乃至与之分享整个国家！

魏国震惊。韩国震惊。楚国震惊。赵国震惊。全天下震惊。

平庸者好奇兴奋，四处打听。有志者如见日出，跃跃欲试。审慎者多方聆听，欲辨真伪。睿智者总览全局，思忖进退……

几乎所有中原人，都不由自主地把目光再次投向他们漠视了两百多年的西方。

第十章

奇人自东来

魏王罃背着手，在文臣阵营和武将阵营之间游走，握着抄录来的《求贤令》简册。臣工们的眼睛，都随着他的身形移动。偌大殿堂，只有他的脚步声和众人的呼吸声。终于，他在殿门口停住，茫然望着外面，背对众人发问："诸公如何看待此象？"

没人应答。他又问了第二遍，还是没声音。他转过身，锐利目光轻飘飘地扫过每个人的脸，一步一踱地走回王位，背对众人停住，轻轻一松手，《求贤令》竹简哗啦啦地坠落在几案上，摊了满眼。

"莫不慕嬴狄之饷而欲西？"他头也不回阴森森地挤出一句。意思是：难道你们不垂涎秦国的封赏，没打算到那边去吗？

自前番会盟五国谋划瓜分秦国起，他就称秦国为"嬴狄"。"狄"是对中土之外（尤指西边）的边民和少数民族的称呼，带有轻视意味，也作"翟"，通常会被冠以被称呼者的居住地。可在魏王罃的认识中，秦不仅是狄，且不该有任何地盘，所以干脆以姓指代，称"嬴狄"这个称呼，包含了蔑视和敌意。他要用这个称呼告诉臣民——秦，是魏国的敌人，是蛮夷的、不开化的、不能容其与己并立的劣等族群。这种态度，加上哗啦啦摊开的《求贤令》和那句尖刻森冷的质问，群臣知道，光靠装哑巴，今天怕是混不过去了。

新得重用的青年将领庞涓，起身施礼，做了第一个发言者："王上，臣以为，嬴狄此举，乃穷途末路之象；然颇为蛊惑，恐诸侯迷惑，若施以小惩，使诸侯明利害，则无忧矣。臣不才，请以百乘伐之，取其小地，奉作王上游猎，以博一哂。"

魏王罃听了，转过身，脸上现出浅浅笑容。他带着这个笑，缓缓坐回君位，又审视起众人。俄顷，问："可有另策？"

宗室亲戚公子卬，起身施礼道："臣弟以为，不可用兵。嬴狄虽鄙愚顽劣，然尚为诸侯，且我强彼弱，仅因一难辨真伪之陋文，而轻易伐之，恐为诸侯所笑……"

话没说完，本族长辈公叔痤就站出来反对："此文当无伪讹，老臣与嬴狄新主曾有数面之晤，知其胸怀志向，王上不可轻之。"

公子卬被截了话头，有些不悦，脱口说道："若非提醒，晚生还忘了阁下是嬴狄贵客。"一句话，揭了公叔痤曾被秦军俘虏的短儿，引来一阵嘲笑。

公叔痤顿时涨红了老脸，一腔羞愤，忘了后面想要说的话。

随着哄笑，紧张气氛缓和下来。大家心里一松，话也就多了（这种情况很常见，自古至今，无论家庭、团体，都有此共性。所以，聪明的领导者，总是设法营造轻松气氛，方能引得众人畅所欲言），最后议定的结论是暂不动武，也不公然展开对立的政治攻势，而以魏王名义，在大梁大摆所谓"八方宴"，慰劳旅途中人，以显魏国之博大富裕，同时探听过往各国人等对《求贤令》的反响。另外，加强对秦国的防务，密切注意边境动向。然后综合两边情况，再定下一步。

然而这些办法、步骤，都没能进入公叔痤的视听。一生好面子的老爷子，始终兀自沉浸在羞愤中，回到家就躺下了。一躺下，就再没起来。

家里人谁也不知他为什么上朝回来就一病不起，也不知他为什么在病中不停唉声叹气。只有家臣公孙鞅，看出了些端倪，主动凑过来，替下彻夜当值未得休息的仆从，为老爷子端水煎药，十分殷勤。

老人一觉醒来，一见是公孙鞅，很是惊奇，刚问了半句，又忽然截住话头，把目光从公孙鞅身上移开，茫然地望向帐顶，陷入了另一番忧虑。

这位三十多岁的公孙鞅，是小诸侯卫国的庶生宗亲之后；年少落魄，但勤谨好学，被公叔痤看中，留在身边做了主理文案的“中庶子”（职能大致相当于今天高级官员的私人机要秘书）。此人仪表堂堂，博览群书，精通诸子百家，好刑名之学（“刑名”主张法制刑狱，是包含了一定方法论的政治哲学，乃“法家”最主要前身），才思敏捷，于家国之事，甚有见解，但生性桀骜不驯，为人有欠纯朴谦恭。武侯时，公叔痤念其尚幼，未敢轻荐；后又鉴于魏王罃的脾性，恐徒生事端、祸及自身，亦未敢荐。可平心而论，他并不想就这么埋没了这个后生；骨子里，更期待能在有生之年，把他磨炼得成熟些、再成熟些，炼成一块对魏国、对他自己都只有益处没有害处的圆润之材，可又苦于找不出什么好办法。前次临出征，这小子竟跑来讨赏，口口声声说是最后一次。公叔痤不解，问莫非要离我而去。不想他竟说：“非鞅要离您而去，是怕您此去再也回不来了。”——瞧瞧，多可气！就算是劝谏阻战，难道不能正正经经说？气归气，倒真让这小子言中了。要不是老秦伯病倒，后来竟就死了，新秦伯又格外宽厚温良，那一去，还真就回不来了！

他想起，被新秦伯放回国后不久，秦国的景监（“景监”指的就是景，因献公即位以来一直任宫廷监卫职务，就被习惯称为了“景监”）曾秘密前来探访，公孙鞅一直在旁侍奉；景监那天并没说什么事，只说路过前来问候，跟公孙鞅，更是没说一个字。可不知为什么，这个一直让公叔痤感到脊背发凉的消瘦阉人，却莫名其妙地翻了公孙鞅好几眼。他当时并没怎么在意。在他看来，当奴才当惯了的人，眼神飘忽，是正常的，目光灼然倒怪了。他当然也没在意公孙鞅送景监出门为什么用了那么长时间。

后来，他看到了《求贤令》，又旋即发现公孙鞅手里也有一个绢帛复本，忽而紧张起来——那《求贤令》，对公孙鞅这样的人，实在太有诱惑力了！公孙鞅这样的人，若到了秦国，到了那宽厚温良的小秦伯手下，对魏国，可是太危险了！

如今，一向飘忽孟浪的公孙鞅，乖乖服侍到身侧，老爷子不由得心跳加快——他，公孙鞅，心里一定活动了，一定是对自己有所求了。景监阴沉的面孔、小秦伯暖融融的模样、魏王罃芒刺般的眼神，交替在眼前闪现。老人想起，自己本来是要在那天朝上向王上推荐公孙鞅的，可却让公子卬的奚落断了话头和思路。真是老了，糊涂了，连想要说的话都能忘掉，连自己的颜面和国家的兴衰哪个重要，都分不清！

他看看公孙鞅——表情平静，身形少有的恭顺。这小子若求入仕，为何要等到秦国的《求贤令》遍布天下的今天？老爷子的脑子，飞速转了起来。他知道，公孙鞅虽饱读多才，却断不是薄名淡利的清雅之士，之所以这么多年耐着性子跟着自己，无非想借自己的地位攀升，心里一定藏着很多被长年埋没的不满，也一定一直期待一步登天的契机。今天的谦恭及其必定隐藏着的有所求，无非两种可能：一是直接请求放其入秦求官；二是以入秦为要挟，要求荐以高位。

想到这儿，公叔痤老爷子，暗自定了心思——闯祸就闯祸吧，自己老了，时日无多，能给魏国多留一个人才，少放一个能人到敌国，总是好事。小秦伯再恭敬、再随和，也是敌国君主；魏王罃再善变、再多疑，也总是自己王上。就算公孙鞅有什么闪失，以自己在国家的地位和威望，总不至于有性命之虞吧；就算公孙鞅对自己的压制有抱怨，也总不至于不念及多年豢养调教的恩谊吧。

他清清嗓子，想好了开头的第一句话。那句话是：“你该干点儿大事了……”可还没来得及说出口，仆从就报王上来看望。老爷子心里一动，涌出不少感激，也跳出个更好的主意——就借这机会，向王上直接推荐。于是，把本来要说的话改成：“卫鞅啊，你且退下，我要与王上商议大事。”

卫鞅，是公孙鞅的自称，也是他更希望的别人对他的称呼。他祖上本姓姬，属于天子家的远亲，后来落魄，被称为“公孙氏”，并不同于远古的“公孙”姓，意思是他们是某一个“公”的不知哪一代的“孙”。在他看来，这个氏，多少带着轻蔑和嘲讽意味。所以，他并不喜欢，可又无法再姓回姬，于是就以故国国名“卫”为氏，自称卫鞅。那时候，很多人，尤其旁支庶后，都以居住地地名、国号、官职、职业等替代了古老的姓，形成了“氏”。比如——赵——就是由古老的嬴姓分离出来，按居住地地名而取的氏；秦、江、黄等，则是由国号而来的氏；司马、司徒这些，是由官职而来的氏。后来，氏们沿袭下来，与古老的姓合为“姓氏”，经千百年演变、发展、融合，构成了我们民族浩繁多样的姓氏体系。其实，真正古老的姓并不多，大多跟母系时代的生活方式、崇拜对象、女性始祖的名字等有关。春秋战国时，社会形态尚处早期的不成熟阶段，奴隶制痕迹明显，生产力也比较低下，加上列国纷争、战乱频仍，本来生存力就不强的人们，不断遭遇迁徙和家族分裂，姓氏的演变就尤为剧烈；更有不少父源为奴隶身份的人，既没有姓也没有氏，比如景和前面提到的勃鞮，就都是只有名字，没有姓氏。

扯远了！回头说公叔痤要跟魏王罃说的“大事”。

说来也简单，就是向魏王推荐卫鞅，也就是公孙鞅。魏王耐着性子听完了老爷子对卫鞅的夸赞，然后问：“此人现居何职？”答：“敝舍中庶子。”魏王听了，不禁扑哧一笑，说：“叔父还有无做得高些的家臣可荐。一个中庶子，你倒让寡人怎么提拔，方能让众臣不质问、诸侯不耻笑呢？”

老爷子一听这话，知道没戏了——王上不往眼里瞧，卫鞅那小子又那么心高气傲，就算勉强任了职，也注定两头都不满意。那就等于埋下了祸端。而且，照现在来看，这位王上，注定是不会任用卫鞅了。

他咬了咬牙，狠了狠心，又张望一下四下，认定没人偷听，便抛出了最后一张牌：“若王上不用此子，务请将其除掉，以免为他人所用！”他特别强调了“他人”两个字，就差说出《求贤令》和“嬴狄”了。他想，王上会明白的。

魏王的表情，让公叔痤不能明了他是否真正明白了这番良苦用心。他还是挂着笑。多么含混不清的笑啊。老人家隐约觉得，这笑容，比起文侯武侯，多了些自信雍容，少了些清醒深邃。如今的魏国，到底更需要自信雍容呢，还是更需要清醒深邃……

可怜的老人家，觉得脑子不够使了，平生第一次觉得昏乱无为、无法思考。好在，还记得王上对关于除掉卫鞅的建议，点了头。再看见卫鞅时，还是那副少有的谦谨恭顺，心里不禁有些不忍。他认定，自己真的是已临大限、脑子完全乱了，竟把刚刚还怕有人偷听的跟魏王的谈话内容，全盘告诉了卫鞅。

他告诉年轻人：“我向王上推荐你了。”

卫鞅点头，说：“王上一定未纳。”

老人无奈地叹口气：“我还跟王上说，如果不用你，就得除掉你。想来此刻，王上已经在安排了。你我主仆一场，我实在不忍看你遭遇不测。你走吧，想去哪里就去哪里吧。只是不要去秦国。若你还念及你我之间的恩谊，就不要去秦国……”

卫鞅说："大人勿为鞅担心。王上若重视您的话，自然会任用我；若不拿您的话当回事，又怎么会听您的加害于我呢。卫鞅此生，恐怕注定要遭遇不测，但绝不是现在，也绝不会在魏国。您放心吧，我会一直好好守在您身边的。至于日后去到哪里，去不去秦国，您说了不算，我说了，也不算……"

一番话，把公叔痤老爷子弄得心里七上八下的。他不知道，就在他操心操肺地挣扎在情感和忠诚之间的时候，他的王上，正把他经过痛苦抉择才给出的谏言，当笑话讲给随行的阿猫阿狗——公叔痤老了，昏聩了，竟让寡人杀他的家臣……他不知道，突然变得恭谨起来的卫鞅，早已把《求贤令》分析了个透，也早已拿定主意去抓这个机会，只是还不能确定能否抓住。他不知道，那个当惯奴才的景监游移的眼神，只在瞬间，就捕捉到卫鞅眼里闪动的欲望。他也不知道，当卫鞅送景监出门时，早已被景监问清来历，试出心思。他更不知道，卫鞅已经抱定为他尽情尽谊的心思，就等他咽下最后一口气了。

他终究没能知道那一切。又经历了数日的昏乱痛楚之后，老人家带着对国家的忧虑，离开了人世。卫鞅加入了为他送葬的行列。葬礼过后，公叔痤的家人仆从，就再没见过这个之前谁都没怎么真正注意过的中庶子了。

栎阳。深夜。景监寓所。

已悄然步入暮年的景监，独自伫立在门廊，把瘦瘦长长的影子，甩在身后。深秋清冷的月光，洒在细纹密布的脸上，洗出一副充满沧桑的灰暗与凝重。由于长年操持和练习特殊武功，他的脸色，总显得不怎么健康。可此时，那双在魏国，在公叔痤面前飘忽游移的眼睛，却出奇镇定，映着月影，透出一股说不出的恬然和神秘。

《求贤令》没能拼过魏国的“八方宴”，前来“应聘”的外国人，寥寥无几。本国人倒是不少，可都不堪大才；论起治国治军，别说君上不满意，他都看不上。君上、甘龙、公子虔，以及一干臣工，都为此揪心，为此夜不成寐。他也是一样，只不过多了一线希望而已。

那一线的希望，就是充满欲望的卫鞅。他已调查清楚，此人学识没的说。他也认定，此人在魏国一定不得志。他基本相信，一个充满欲望而又不得志的饱学之人，应该就是君上要找的人。可他不清楚，此人的学识，是否能用在秦国的振兴上，又能否起到大的作用。他不能认定，君上能否看中其才智，又能否开出足以填充其欲望的价码。他还有几分担心，怕手下找不到他，怕他不来，怕他被魏王暗算，怕……

从月相来看，约定的时间已经过了。该不是出了什么岔子了吧。他想起二十多年前迎接先君献公归国的那个雨夜——自己也误了时辰，而先君却一直在等，站在雨里，浑身透湿。每每想起先君伫立雨中的身影，他就莫名感到一丝激动、一丝温暖。先君是多么爱秦国啊。先君是多么好的一个人啊。别人都以为他很严厉、很无情，只有他知道，先君是多么疼惜兵士臣下，又是多么惦念妻子儿女……

人一上岁数，就喜欢回忆过去。景监不由得叹口气，飘起眼光，审视一下这略显简陋的院落。想起先君和君上的院子，也是如此简陋，不由得心里酸酸的。秦国啊，是该富强起来了。卫鞅啊，你能让秦国富强吗？

叹息间，急切的马蹄声，隐隐钻入耳鼓。他心里不由得一紧——来了？还是无功而返？他集毕生功力，努力辨别。一盏茶工夫后，终于听出——马车上至少有三个成年男子，心房松了一环；再一盏茶工夫，听见车上乘客的语声，并依稀辨出卫鞅的声音和口音，心房又松一环；又一盏茶工夫，马车到了门口，气宇轩昂的卫鞅，踏着月光，出现在面前，对他深施一礼，道：“亡臣卫鞅，拜见景公。”他疾步迎去，一把搀起，大出一口气，绽出少有的笑容，说：“终于来了！”

被诸侯称“小秦伯”的嬴渠梁，听了景监关于卫鞅的介绍，紧锁了不知多少天的眉头，舒展开了，笑着对景监说：“景公过虑了。寡人要的是能耐，不是出身。为敌所弃，当为我所用，请景公告知贵客，寡人自此刻起，盖无他为，专候赐教。”

见到卫鞅时，他不由得被那集文士的清脱和政客的精干于一身的气质所打动，应该说，“第一印象”可以打到85分（百分制），而对于卫鞅，第一眼看到的“小秦伯”，恐怕还不止85分。两个高分，使得第一场对话的气氛，热情而诚挚，但对秦伯嬴渠梁而言，热情而诚挚的对话的结果，却大大不尽如人意。

他问：“敢问先生，可否教寡人治国？”

卫鞅反问：“敢问君上，何为国？何为治国？”

尽管嬴渠梁一向谦和，可还是没遇见过这么直通通的反诘，不由得想：此人果然不同凡响！随着这一想，年轻人机辩的兴头上来了，于是轻轻一笑，把问题又抛回去：“寡人愚钝，但请先生赐教，何为国？何为治国？”

卫鞅听了，不禁心里有些打鼓。他想了想，最终还是决定按原计划行事。只见他深深再施一礼，然后把自己定在一个十分谦恭却也十分累人的姿势上，说：“君上既问，愚臣自当倾尽所学以呈，请君上指正……”

接下来两三个时辰，秦伯竟没再插上一句话。只听卫鞅引经据典，从国家的前身和形成过程讲起，一路伏羲神农唐尧虞舜，把只有树叶围裙和粗重石器的时代，描述得栩栩如生、有如天堂。秦伯先想打断，实在插不进嘴之后，就保持着笑容静听；后来就权当是上历史课了，干脆收了笑容，调整了姿势，彻底做回学生。再后来，学生开始打盹，直到老师提问，才猛醒。

提问是："如上，君上以为若何？"

什么也没听明白的学生重堆起笑容，稀里糊涂应道："先生高见……高见。寡人领教了……"

卫鞅一走，秦伯就把景监叫到跟前问："这位卫鞅先生，是不是古来的长生不老之人哪，怎的好似活在几千年前似的。"

是夜，景监在自己家中责备寄居的卫鞅："你怎么把我们君上都说睡着了？我请你来，可不是当历史教员的。"

卫鞅说："我也不打算教历史，讲的那些可都是'帝道'。若欲成亘古之美誉，那些都是再好不过的模型了。"

景监说："你那帝道要多少年、多少代才能成啊。你那帝道的时候，有魏国吗，有诸侯吗？你就是讲，也讲点儿有用的啊。"

卫鞅："那您就再为我约见一次君上吧。我将呈以'王道'。"

秦伯还以为所谓"王道"是什么，几天后一听，才知道是历史课的续篇，主人公换成夏禹商汤了。好在还多了些具体措施，类似划地定税，顺天应人什么的；也多了些议论和评点。虽然学生没打盹，可说到底还是历史课。

要是《求贤令》招来的人多些，怕是谦善平和的小秦伯，也没心思继续在这儿听历史课了。可话又说回来，如果《求贤令》招来更多这样的历史老师，他更受不了。

景监又责备卫鞅："你到底在干什么呀，尽给君上讲些过了时的东西。君上说了，如今的赋税制度和官吏制度，远比你说的那些要复杂得多，也健全得多。我们请你来，不是要长知识，而是要治理国家的。要真给你个职，你就打算拿这套去办事吗？"

卫鞅笑笑，答道："景公勿虑，我当然知道自己干什么来了，也断不敢向君上炫耀那些所谓知识。至于怎样治理国家，怎样办实事，其实并不在于鞅，而在于君上。”

景监听得似懂非懂，只说：“我可告诉你，君上可有点儿急了。你要再这样，我也没法再和稀泥了。”又说，“老弟，跟我交个底，您到底有招儿没招儿啊。”

这回，卫鞅哈哈大笑了。“景公啊景公，您莫非真当鞅是腐学之辈吗？鞅入秦，自是立志服侍君上来了，所以，必须要投其所好。前两次，我分别以帝道和王道阐述，已大体试出君上好恶。见他对帝道毫无兴趣，我就知道他根本不徒虚名；见他对王道也看不上，我又知道他不重形式。如果他能有耐性再见我一面，我就可以知道他是多么渴望变革、多么尊重人才，那时候，我将奉以‘霸道’。我敢断言，那一定是君上想听到的……”

景监将信将疑，觍着脸，又去找秦伯，说卫鞅先生还有话说……未等下文，秦伯渠梁就欣然道：“有话自当讲完。卫鞅先生别的不说，学识确是渊博得很，就算长长见识，寡人也愿再次与他见面。请景公转告，寡人仍像最初那样，翘首盼望赐教。”

何为“霸道”呢？那时候，人们总是这“道”那“道”的。到了今天，“道”这个字，已经大大通俗化了。如果非找一个现代词对应那时候的国家之“道”，恐怕“主义”或“形态”，会比较贴切。再解释“霸道”，简而言之，就是“霸权主义”。

卫鞅的“霸道”，是从春秋五霸讲起的。无论是从时代上还是从状况上，都已经非常贴近当时了。特别是其中关于秦穆公的部分，更让年轻的君主油然而生亲切自豪的感觉，甚至有那么一瞬，都有点儿飘飘然了。

可就在再次重点剖析了秦穆公之后，卫鞅忽然话锋一转，给在历代秦人心中有如太阳般光芒万丈的穆公霸业，打了个大叉子，给秦伯渠梁，泼了一大瓢冷水。应该说，嬴渠梁当时很是不快。可他并没打断对方，而是拿出更大的关注，甚至是带着些虔诚地细听下去。这位为后世称颂的伟大君主，或许没有太多出众之处，但有着几乎可以说前无古人的耐心和韧性。卫鞅对穆公霸业的评点及其与嬴渠梁的秦国的关系的分析，用现代语言概括，大意如下：

首先，穆公霸业，是国家早期发展的产物。那时的秦国，虽不富裕，却没有现在这么大摊子，经济压力绝对值并不很高。那时候秦国，虽也让人瞧不起，可还算不上强国的敌人，也没人日夜惦记着将其瓜分。那时，类似联姻这样的方式，还能起到从根本上构成外交新局面的作用。那时的秦国，还没有控制西地，有着太大的、别人不能分享的扩展空间，因而也就有了不正面碰撞中原而开疆拓土的机会。

其次，穆公霸业的促成，实际上依赖了诸多偶然因素。其中，晋国内乱，是源头的契机，今天没有；夷吾的政治反复，纯属个人特例，不可期待；霸主齐桓公不关注秦国动向，属于地缘问题，无法复制；推动晋文公重耳称霸，更是神来之笔，稍纵即逝。

最后，穆公霸业的内部动源，并不怎么在于政治构架本身，而主要来自穆公本人的人格魅力。因此，穆公一死，霸业即颓。后世除了骄傲，就是吃老本。不只穆公，春秋五霸，都是如此。从根本上来讲，他们并没有留给后世有用的东西，反而害了他们。因为他们的后人能力有限，又把他们视作了最高峰，既没能力，也没勇气去超越，反而背负了一份已经失效的、沉重的光荣，就像今天的秦伯这样。

综上，不难看出，穆公霸业也好，春秋五霸的范例也好，都既无法真正重现，也根本不具现实意义。换句话来说，如果要想成就今天的“霸道”，绝不能以曾经的辉煌为参照、为目标。甚至可以说，应该彻底忘掉那些辉煌。甚至还可以说，若想成就新的霸业，首要任务，便是尽量快、尽量彻底地摆脱那份沉重的光荣。

说到这儿，卫鞅停住，小心地看着秦伯的神色。秦伯嬴渠梁埋着头，没看他，似乎陷入了沉思。良久，才缓缓道：“公言，为寡人之未察也。”意思是：你说的这些，之前是我未曾思考过的。

卫鞅听了，恭敬地答道：“如是，请君上思之，鞅且退，敬候君上召唤。”他知道，让一个那么崇拜先祖的人，接受那些分析，实在有悖人情常理。他也知道，如果说，自己对穆公霸业的评说，可能刺伤秦伯的情感，那么他真正想要讲的，则可能从根本上挑战秦伯的政治观。他不能让秦伯在想不通的情况下接受自己的观点。所以，他不由分说地走了，给秦伯渠梁留下了满心的疑惑、矛盾和好奇。

第十一章

地覆天翻

几天后，景监带来秦伯的话，让卫鞅再次觐见，把要说的话都讲出来。卫鞅知道，前面的所有说话、所有步骤，都已奏效，真正亮出主张的时候到了。

秦伯微笑着与他凭几而坐（凭几而坐，也可以说成“隔几而坐”。古人通常席地跪坐，面前摆放几案。通常，君臣之间对话，君可以坐，而臣只能远远站着。如果君主开通、赐恩，臣下也可以坐，但要跟君主摆成主次状态，自己面前，也是一张几案。凭几而坐，则是两人面对面，中间只有一张几案。这种状态，通常只见于夫妻和相处极亲密的友人之间，见诸君臣间，近乎不可能），朗声道：“请教先生，何以成今日之霸业？”单刀直入，开门见山，急切的心情一览无余。卫鞅一施礼，答：“怕不是君上爱听的。”渠梁说：“若只要听着顺耳，寡人就不发《求贤令》了。”

好！卫鞅赞出一声，猛抬头，正视对方，在心里最后给自己打了打气，定定神、清清嗓子，清晰有力地说了一句从古至今都没人说过的话：“君上，恕鞅直言——非背人情、违民意，不可以成霸道。”

一言出口，别说秦伯，就连景监和一干仆从，都勃然变色。古往今来，所有当政者，都以顺应民意为治理根本，都以“背民必亡”为警示。这是连庶民村夫都懂得的道理！哪有必须违背民意人情才能治国的道理，这卫鞅，是不是吃错药了！

整个厅堂，静得可怕。这种话，在当时的政治氛围和等级环境下，已经超出了单纯对与错的范畴，简直就是混账。就连卫鞅本人，也下意识地屏住呼吸，似乎等着秦伯下逐客令，甚至等着秦伯抽出利剑，挥向自己。他紧张，但并不害怕，更不后悔。谢天谢地，终于开了头！他想。让他紧张的，其实并不是下一个声音、下一个动作及其后果，而是此时此刻的寂静。自己的构想能否被接受，进而变为现实？政治人生能否由此发端，进而舒展繁茂？生命是否会就此终结，甚至万劫不复？疲惫饥渴的秦国，能否自此走向光明，甚至攀越煌煌巅峰……一切的一切，都似乎藏在这令人窒息的沉寂中，都似乎藏在秦伯炯然直视的双眼里。

如果你准备把无数子民、整个国家百年的命运和自己的荣辱，都交付给某个人，而这个人，却从根本上颠覆了你的价值观，告诉你之前深信不疑甚至推崇的最基本信条，是错的，是与你期待的结果正相反的，你会是什么感受？你会做何反应？你又会怎样看待、对待这个十有八九是在拿你消遣的人？别忘了，这时的你，不是普通人。你手里有剑，门外有兵，身旁还有个唯命是从的超级杀手。你有一个人人都要向你顶礼膜拜的国家。你有在这个国家以任何方式处置任何人的权力。而这个没有后台、死了都没人收尸的恶客，就在你地盘上，就在你面前！换了是我，恐怕一时还真不知该怎样对应。但可以肯定的是，我绝没有勇气说出嬴渠梁说出的话，还说得那么平静。

他说，波澜不惊平静地说：“愿闻其详。”

作为生活在现代的笔者，我简直想为这位两千三百多年前的年轻领导者喝彩！

事实上，当时，卫鞅确实喝了彩。他说："君上实乃亘古无二之人也！"

随着喝彩，卫鞅彻底敞开心扉，思绪有如破土山泉，喷涌淋漓，潺潺不绝：

"自古以来，所有变革，其实都触痛了人情民意。变革越是伟大，触痛也就越剧烈。所谓人情、民意，是大多数人愿意去接受的东西：这种接受意愿，开始时是纯正的、理性的；而这种纯正和理性，恰是前一次变革的成果，也正是前一轮触痛的终结。经过一定时日，纯正和理性，被浸染了感性和习惯；久而久之，就只剩下了感性和习惯。这时，人情、民意，就成了对已经习惯了的事物的依赖，就成了惰性，而依赖和惰性，最终将导致颓废和消亡！不幸的是，几乎没人能在一开始就意识到这个危险结果。当危险露出端倪的时候，大多数人也还是意识不到；而能够洞察的少数人，又没有足够的能力和权威去唤醒他们，甚至不知道应该去唤醒他们；即便唤醒了，也没能真正找到解决办法。因为，他们花在唤醒上的时间太长；他们的唤醒，太温文尔雅，太和风细雨，太瞻前顾后。所以，他们来不及想出对策；他们想出的对策来不及执行；他们的应对，永远比危险来得慢……

"琴瑟不调，就得改弦更张；牛马不力，便须驱鞭而励；剑戈锈蚀，非磨砺不可复其锋；仆从疲沓，非重治不可掘其力。破车跑不过新车，修修补补比重新造，并不省时省力。没人会等着车子坏到一碰就散架才去修，更没谁会蠢到破车真散了架、摔死了人，才去造新车……令人尴尬的是，这些谁都明白的浅显道理，到了治国大务上，却往往就是想不到、说不明、讲不通！琴弦难道不像国家的章程？拖沓的牛马，莫非跟守古思旧的军民，毫无类似之处？剑戈上的锈蚀，跟臣工贵族身心上的尘垢，本质上有何不同？先君献公的秦国，平心而论，又比一驾巨型的老旧破车，强在哪里……"

情景插叙一：秦伯嬴渠梁不自觉地往对面的卫鞅挪近了一点点。

……当然，一个国家，偌大疆土，数十万臣民，千丝万缕的宗族臣僚体系，毕竟不是琴瑟、牛马、车驾这样的简单物件。正因为其庞杂浩大，才更须及时、有力、彻底的调理和整饬。也正因为其庞杂浩大，才更需要把握关键。

第一，最高决策层，须拿出足够决心和勇气。这是一切变革得以不打折、不走形地贯彻的先决条件。

第二，确立波及所有人、所有阶层的基调。这是截断分化、确保一致性的必要措施。

第三，从诸多变革头绪中，找到三个基本问题：最亟待解决的、最容易解决的和本质上最需要解决的。然后集中资源到最亟待解决的问题上，集中心智到最容易解决的问题上，集中权力和毅力在最需要解决的问题上。从短期小收效到短期大收效，再到营造氛围、乘势推进，最终达到长期显著收效，周而复始，循环不休……

情景插叙二：景监悄悄命人掌灯，秦伯渠梁无声无息地搬开横在卫鞅和自己之间的几案，仆从赶紧接过去。

……回到“非背人情、违民意不可以成霸道”的命题上来。之前，鞅曾与景公言，君上无心于古之帝道，盖因不徒虚名；不苟于先人之王道，多半源自注重实际而并不看重形式；心和于应世之霸道，则速求成效之意毕显。然，不为急进，何以称“速”？不动根本，哪里来“效”？“根本”为何？国情民意。国情，乃臣工潜辞修言、谨析慎论所呈之情；民意，乃君上闻谏纳言、寻街走巷所得之意。真实的国情是怎样的，恐早已看不清楚。老百姓到底想要什么，可能连他们自己都说不上来。上禀国情的臣工，并不想欺瞒君上，而是习惯了修饰、习惯了平和、习惯了骗自己。无知无觉，也不是百姓的错，他们早已习惯了无知无觉、习惯了不疼不痒、习惯了明天的太阳和今天的一样……习惯，多么沉重啊！习惯让人忘记了问为什么，让人不愿意做哪怕一点点改变，让人失却了激情，失却了动力，失却了对明天的渴望……习惯，多么可怕啊！！如果不从陈旧腐朽的习惯中挣脱，何来一派新气象，又何谈兴旺发达？如果不让人去做想不到、不愿做、认为不应该去做、以为不能做到的事，又怎能挣脱阻止他们走向新气象，走向兴旺发达的陈规陋习？……

情景插叙三：秦伯的眼睛越发亮起来，身子又不由自主地往卫鞅挪近了些。由于没有了几案的阻隔，这一回，挪的幅度比较大，以至于两人的膝盖就只剩了寥寥一指空隙。

……

情景插叙四：两人的膝盖终于碰到一起，可似乎谁也没察觉。

……

情景插叙五：仆从端上简单夜宵，两人谁也没看见，眼里只有对方。

情景插叙六：天亮了，仆从换了班，夜宵换成早餐，一身神功的景监也累极坐下了，两人还是眼里只有对方。

情景插叙七：秦伯开始发问。卫鞅的个人演讲，变成了有问有答的对话。

情景插叙八：对话演变成争论，两人时而拉手，时而拍肩，话锋越来越利，口气姿态却越来越热络。

情景插叙九：早餐换成晚餐，又掌了灯，仆从也又换了一班。一直陪在旁边的景监，偷偷溜回去睡觉了。

情景插叙十、十一、十二……

三天三夜，大道理、小道理，过去、现在、将来，秦国、魏国、韩国、楚国，吏治、军制、行政、外交、刑狱……嬴渠梁和卫鞅之间次第演绎着主客、君臣、师生、对手、朋友、知己等各种关系。他们没看见太阳升了又落，他们忘记了疲惫饥渴，他们分不清手中热辣辣紧握着的，到底是对方的手还是自己内心的希望。渠梁问卫鞅："你需要我做什么？"卫鞅答："支持变革。"渠梁说："我当然支持，一百个、一千个支持！"卫鞅说："您把这一百个、一千个，分给每一年、每一月、每一天吧，每次只给一个，就足够了，但要一直给下去，不然，我会辜负您的。"渠梁问："你要什么样的职务开始咱们的计划？"卫鞅说："我要您掌车，我去当拉车的马……"

到第四天早晨，景监叫来一帮侍从，院子里跪成一片，问他俩：该不是打算当神仙了吧？两人这才觉出，除了沸腾的热血和飞转的头脑，浑身上下，好像已空得不剩什么了。不禁相视大笑，刚一起身，就瘫倒了。众人呼啦啦地上前搀扶。渠梁还意犹未尽，命人把他们抬到榻上接着聊。卫鞅笑道："君上啊，聊可以，可卫鞅得吃饭了。"渠梁于是命人把饭食拿来，两人就在榻上铺开大吃起来。渠梁边吃边说要马上廷议。卫鞅又说："君上啊，诸公皆可廷议，唯你我不可——我们得睡觉了。"

秦伯渠梁确实是想当时就廷议。要不是太累，恐怕就真的召集了。可疲惫至极的卫鞅，却清醒地意识到，那个廷议，不是可以奢望的；至少现在还不能奢望。景监照料他休息时特意说："除非君上召集廷议，我不会唤醒你的，踏实睡吧。"他笑答："如此说来，景公怕是一年都不必来叫醒卫鞅了。"

景监当时只当他是累糊涂了瞎说。可一连几天不见动静，不免真的担心起来。再到过了年，还是没有动静，他就耐不住了。他问早已自己睡醒且天天都按时起居的卫鞅："君上兴冲冲要廷议，怎的又没动静了？"卫鞅说："因为君上在犹豫。"景监不解："有什么犹豫的。连我这无知奴人，听了先生的道理，都跃跃欲试，何况君上，我想不出为什么。"卫鞅就说："这有什么想不出的，就因为您不是君上啊……"

见景监来了兴趣，"闲着也是闲着"的卫鞅，就把个中原委讲给他了。您是谁啊？您管理的，是什么事情呢？您管理的人，又都是些什么人呢？您执行君上的命令，完成了就是成功。为了成功，您可以采取任何办法。为了成功，您可以举手之间就杀掉阻碍者。以您的权威和手段，在您的管辖范围内，这些都不成问题。您深得君上信任，不管怎么干的，只要最终把事儿办好，君上就会赞许。即便有什么不当，君上也会见谅、包容，甚至替您遮掩。可君上呢？他说什么、做什么，有多少双眼睛看着，有多少张嘴等着批评，又有多少人怀着这样那样想都想不到的企图……他能随便杀人吗？他能轻易使用非常手段吗？他的成功又在哪儿呢？又有谁能来肯定他、鼓励他、庇护他？可所有这些，都不是该我们来解决的，也不是我们能真正解决的。说到底，无论官职高低、责任大小，我们都始终是建议者和执行人，而不是决策人。也正因为此，我们虽表面看上去会被提升、信任、封赏、怀疑、惩戒、杀戮，但终究不是最终的负责者，不是最终的承担者，也不是最终的享有者……

一番话下来，景监似乎明白了。明白了过后，也就不再提了，就像卫鞅一样，静等，等君上最终下那个决心。若果真如卫鞅所料，这样的等待，会是很漫长很漫长的。等待，永远都是世上最漫长的事。

就这样等待了一年多，到秦伯嬴渠梁即位的第四年（公元前359年）开春，那场等了太久的廷议，终于来临了。

那天，卫鞅特意换上景监专门为他置办的秦式礼服，没有戴冠，光着发髻，宽阔的额头格外显眼。当他出现在秦国臣工面前时，伟岸的身姿、高昂的神情、漂亮的胡须、凌厉的眼神，无不衍射出良策在胸的自信。秦伯对他的介绍很简短，除了姓名国籍，就只一句话：卫鞅先生之论，颇合寡人之意。然后，就开始了秦国历史上，也是两千多年的中华封建历史长河中最惊心动魄、最改天换地的变法运动的总动员。他说："如今的秦国，已到了不得不改变的时候。就像我们每个人都需要为秦国今天的疲顿羸弱多少负些责任一样，我们每个人，对秦国的未来，也都担负着不能推卸的使命。因此，每个人，包括寡人，都应该，也必须，为这场变革，拿出勇气和斗志，贡献自己的力量，无论遇到怎样的困难……"

说到这儿，他顿住，现出冥想的神情。众人都盯着他看。这一看，他就不由自主地紧张起来了。不错，他是一个开明的君主，也是一个有勇气的人。可毕竟，他还只是个才二十三岁的年轻人，而且是一个有责任心的、诚实的年轻人。所以，他终于还是没能遮掩自己的担心。所以，他到底还是向身旁的卫鞅，问出了那句想了大半年的话："如果真的大加变化，是否会招致天下人和诸侯的非议啊。"

在卫鞅听来，这一问，实际是代所有秦国臣工问的。所以，他并没客气，也没对着秦伯，而是面向全体臣工，朗声道："欲成大事，就不能在乎他人的议论和不苟。畏首畏尾，任何事都是干不下来的。通常来说，真正的好主意，总是多数人不能想到的；真正有价值的见解，也多是庸常之人不能认同的。但是，只要坚持，这些想不到和不认同，都将是暂时的。到最后，事实会给赞同者、反对者和所有其他人答案。所以，只要能富国强兵，就应该尽所能去做。如果这样的做法，不合乎礼制法度，也并不说明就不对，而恰恰说明，那些所谓的礼制法度，应该被修正、被调整，甚至被摒弃。"

话音未落，秦伯的一声"好"就出了口。差点儿盖住了老臣甘龙喊出来的"不"。甘龙迈步近前，看看秦伯，又看看卫鞅，沉稳地说："变革自然不错，但不讲礼法、不顾现状的变革，就难免失之轻率了。贤明的君主，不应该轻易违背人情民意；真正有能耐的臣子，也不必靠践踏制度来创造佳绩。顺应民意，措施才能妥善执行；借鉴过去经验，做事才能稳妥；若反其道而行，则民必生怨，国必遭谴。卫鞅先生一番宏论，是否太过张狂冒进了。”

卫鞅毫不客气，反唇相讥：“龙公所言，乃世俗之见，不堪高论。善于遵守和重复的，多为庸人，做些平常学问、些末小事，是可以的，但绝办不来大事；因为他没有开创性。就说这礼法吧，礼法何来？乃夏、商、周三代历世君王所创。如果他们不创造、不改变、不弃旧立新，又哪儿来今日之礼法。再说经验，又是怎么来的呢？无非历代先君、五霸这些先人不断开创而得。如果不创造、不突破、不变革，我们可能还活在三皇五帝时代，恐怕连今天这些礼法经验都还没有呢。所以，真正有为的人，是创立者、变革者和修正者，而一味遵循，只能是平庸，结果也不可能好到哪里去。”

老甘龙听得一脸阴郁，刚待驳斥，大夫杜挚抢过话头：“谁也没说不能变革，礼法也非决然不能打破。可变革不能夸夸其谈，须得讲求实际。没有百倍的增进，就不该贸然改变方法；没有十倍的功效，就不应轻易替换工具。若不能证明现今的礼法经验谬误，不能证明你所谓变革能带来十倍、百倍功效，我看还是不变的好。”

卫鞅略略一顿，转而对杜挚道：“您说得不错，但并不全面。变，则有生机；滞，则近灭亡。夏桀、商纣，都遵循先人之法，却终究亡了国。商汤、周武，想天下之不敢想，为天下之不敢为，才开辟了伟业。自古以来，遵循者多，谋变者少。您可否告诉我，那些大胆创新之人，有谁事先就证明了，其创新，到底可以带来多少倍功效？只要能带来改进，就应该引导、推动，哪怕只是一点点。先人们曾经的成就，我们和子孙万代未来的成就，都是、必将是，一点一滴干出来的，而肯定不是计算和证明出来的……”

你一言我一语，议事廷变得热闹起来。先还是众人对付卫鞅一个，后来，卫鞅这边就有了个把同情者。再后来，同情变成了赞同，赞同变成了支持。虽然卫鞅这边的人远比对方要少，可总的说已经不是孤军奋战。而且，站在卫鞅这边的人也不都是轻量级选手，手握全国兵权的公子虔，就在其中。更重要的是，卫鞅这边，始终站着一位无声的最重量级的人物，那就是秦伯嬴渠梁本人。

直争到大家都累了，论点论据也出现重复了，还是没分出胜负。声音渐渐小下去的时候，秦伯轻声对卫鞅说："寡人想过了，还是你来掌车，寡人去当拉车的马。"声音几乎没了的时候，秦伯正式说话了。概括起来三条：

第一，变法意向已定，无可更改；想通了自然好，想不通就继续想，直到想通为止。

第二，由卫鞅担任空缺了两年的左庶长之职，全权主理变法事宜。

第三，不管赞不赞同，都要以国家利益为重，有什么意见可以提，但不能误事。

语气坚定，不容辩驳。群臣不由得生出几分惊异——他们第一次知道，一向温和的君上，竟也有如此冷峻、强势的一面。

自那时起，秦国就在卫鞅的设计下，开始了翻天覆地、伤筋动骨的变革。在卫鞅向秦伯的汇报中，把变法分成两大阶段。第一阶段主要针对人；第二阶段才更把重点放在"事"的方面。道理在于：事都是人做的；人变了，事自然会变；人不变，事再怎么变，也还是流于表面，不能长久。所以，他把重点针对国民意识和习性的改造，放在了前面，推出了一个五到十年的计划；按现在的话总结下来，大概主要有下面几方面：

第一，以《恳草令》为起点，确立、贯彻一整套奖惩分明的鼓励农业生产的政策法规。突出"重农抑商"和"倡导致富"的主流意图；主张拉开贫富差距，促使国民不断萌生改变命运、改善状况的欲求，让他们用辛勤的劳动拯救自己、解放自己、悦纳自己，从而达成国力迅猛增长和民众乐于劳作的双重目的。

第二，通过把军功与身份解放、税赋减免、官阶晋升等进行“量化对接”，使人们清晰看到军功的价值，产生追求欲望，并因而乐于勇战；同时，通过严厉制止民间私斗，特别是领主势力间有规模的武力冲突，维持社会安定，增强国民安全感，同时集结更多兵源；两厢共同作用，达到最大限度地发掘、集中、扩充战力的目标。

第三，以加强刑狱、轻罪重罚、一人犯法连坐亲戚邻里为主要方式，采取高压手段，遏制社会不安定因素，迫使人们重视法制、尊重法制，形成遵纪守法风尚。

第一和第二目标直指“富国”和“强兵”。虽有些地方在秦伯和众臣工看来，或不近人情，或有悖常理，可总还说得过去。可对于第三，就连一贯持坚决支持态度的秦伯，也禁不住生出了些不苟。他问卫鞅：“如此，是否过于严苛，使民憎恨？”

卫鞅用这样两个道理回答了秦伯的疑问：

第一，任何一个人，不管他是谁，其行为习惯，都不会单单指向或不指向哪个特别的方面，而是在本源上趋于共性。如果不把整个人都改变，而单单期望其在某一方面去改变，既不现实，也不可靠。如果犯点儿小错，就会遭到严厉惩罚，他就会特别小心地不去犯错；反过来，如果有过失而得不到应有惩戒，或者犯了大罪却被轻处，他就会萌生侥幸心理，就会铤而走险，就会一犯再犯。把这个个体的人，放大几十万倍，放大到整个国家，二者区别，便显而易见。而只有使人们都不敢犯错，都不敢违抗，都不敢心存侥幸，其他法令，才能得以顺利执行，也才能收到预期效果。所以，这看似不相关富国强兵的法令，才是所以能富国强兵的根本保障。

第二，纵览诸子百家，结合自身生存体验，他认为，人的本质是被动的，是基于低级的生存目标的；道德只对极少数人有作用，更多情况下，只不过是奢侈的装饰。他不相信绝大多数人可以被道德打动，不相信那种莫须有的打动可以持续、有力地作用于人的行为。拿秦人善于豢养的马匹为例，抽打它，它才跑；不停抽打，它才卖力气地跑；对它好、对它客气，它就会偷懒；在这点上，芸芸众生跟马并无本质区别。不同的是，人更聪明，也更顽固，所以，要用比抽打更严厉的办法。所以，要让他们相互监督，相互管理。至于怨恨，自然会有。但还是那句话，那将是暂时的。用不了多久，人们就会习惯。一旦习惯，怨恨就退到后面去了。做到这一点，并不复杂，只须坚持到他们形成习惯的时候，但是，这并不容易。

是啊，并不容易。不容易的事太多了。不容易的事，才是更该用心去做的事。法令在秦伯那儿通过了。可卫鞅并没有马上付诸实施。因为，连他自己都不确信，这些根本性动摇秦人意识、改变秦人生活的法令，真的能执行下去；连他自己都不确信，秦人真的能够相信，这些都是认真的，都不只是说说而已。他需要铺垫，需要证明，需要为秦伯、为自己、为所有秦人，树立决心和信心。他无法用秦伯是怎样地支持、怎样地决绝，来打动无知的百姓。不能说，说出来他们也不会懂。他必须让他们懂，必须以最直接最朴素的方式，让他们懂。

苦思数日，终于有了办法——他让兵士伐来一根三丈高、两握粗的木材，戳在栎阳城南门，再冲百姓喊：左庶长鞅言，徒手将此木移至北门者，赏十金。

“十金”是多少，闹不清楚，想来不老少，得够寻常百姓苦哈哈挣上几年的。那根木头，倒不见得是什么擎天巨物，一般的庄稼人，八成都扛得起来；再要是气力大点儿的，扛到小小栎阳城的另一边，应该也不是什么伤筋骨的大事。所以，看见听见的人，就不觉得这是个什么有来由的事儿——这不闹呢吗？这个左庶长，玩的什么把戏？哪儿的事情啊，他老人家是不是钱多没处花了……

人越聚越多，议论也越来越嘈杂，可就是没人当真。兵士又喊："左庶长鞅言，徒手将此木移至北门者，赏二十金。"还是没人动。赏金变成三十金的时候，相信是闹着玩的人，反倒更多了。赏金变成五十金的时候，终于有个粗壮汉子挤到近前。众人一阵哄笑。汉子就憨憨地对他们笑，自言自语道："甭管赏不赏，总不至于挨罚吧。"说着一运气，把木头扛上了肩。"嘿，轻得很哩！"他冲围观的人喊，像在欢呼。

围观的这下更有的瞧了，呼啦啦跟在后面，一路奔到北门。只见卫鞅气宇轩昂地肃立车头，平静地看着傻汉子把木头交给守门兵士，擦擦汗，一边对众人笑道："真的很轻啊。"一边迈步离去。他连忙让兵士叫住，带到面前，说你忘了领赏了。

光灿灿的五十金端到傻汉子面前，傻汉子真的傻了。看热闹的人群发出惊愕的唏嘘。傻汉子张大嘴巴，半晌没出来声，最后好不容易结结巴巴地挤出一句："真……真……给我？"卫鞅说："当然。"汉子眼中闪出晶亮的光，看太阳似的仰望着卫鞅："为……为……为什么啊？"

卫鞅露出温和笑容，非常认真地看着这个普通得不能再普通的农人，一字一板地说："因为，你是一个懂得服从的——好臣民。"说罢，他转而正视所有随从兵士和围观者，大声道："因为他懂得服从，所以，得到赏赐。请诸位牢记，我说的话，一定会做到！我，卫鞅，说……话……算……数！！"

第十二章

血火振兴路

那根木头和五十金赏钱，起了作用——好热闹的人，通常也喜欢传话。在那个还算朴素的年代，在还朴实着的秦国，这号人，在他那一亩三分地上，多半也有一定传播力和影响力。所以，左庶长卫鞅说话算数，就随着那段有趣的故事，悄然传开。所以，当人们听说说话算数的左庶长颁了新法，就都饶有兴趣地去听（那时绝大多数平民百姓都不识字，就算识几个，也读不懂法令。所以法令都是由基层官吏边宣读边讲解地口头传达，懂得多少算多少，记住多少算多少。这样的情况下，法令的含义不能太复杂，措辞也不能太书面化，每篇的字数也不能太多）。

在听过扛木头故事的人们的认识中，这位叫卫鞅的左庶长，是个挺有意思的人，那么大的官了，还玩搬木头的游戏。在他们的认识中，这位左庶长，也是个有板有眼的人，拿玩笑都能当真。在他们的认识中，左庶长，更是重信用不重钱财的人。五十金哪，说给就给了，人家忘了拿，还把人叫回来，非给不可！这些印象，使得他们对听着很有些个莫名其妙的新法很重视——左庶长不开玩笑的。说了赏，就会分毫不少地赏；说了罚，恐怕也会不折不扣地罚。那新法里的赏，好大啊，让人觉得好有奔头儿啊！那新法里的罚，好吓人哪，别说挨上、看见，就光听听，脊梁沟儿就已经发凉了……他们很容易就记住了新法。他们相信，说话算数的左庶长，是认真的。他们埋起头，照新法上说的，拼命种地。一边种，一边等待参军的机会。一边种，一边还警戒着周围的一切，希望发现盗匪，好去报告得赏，希望自家孩子，都老老实实地别闯祸。

扛木头的傻汉子发了财，买了好多好多地，自己种不过来，分给乡亲种，也不要什么回报，全凭乡亲随意赠予。后来，他抢着参了军，每仗都冲在前面，在与魏国的“元里之战”和后来卫鞅亲自挂帅的围攻魏国都城安邑的战役中，都立了功，也像新法说的那样，被授了爵位，富裕风光起来。

可有一天，他和一大帮邻居，被自己曾经的战友领着军队，莫名其妙地抓了起来。割耳朵的刀压在耳框子上，才知道是因为一邻居家的儿子打死了人，自己跟其他邻居被“连坐”了。他因为有军功，才格外得到了削耳朵的“恩惠”，其他邻居有的被剁了手脚，有的被剁了脑袋；血在浸满曾经的欢愉汗水的土地里，流成小河沟；小小村庄，霎时少了一半人口，另一半也差不多都成了残废。傻汉子想不明白，别家儿子杀人，凭啥割他耳朵，又凭啥把没犯罪的人砍头，就因为他们恰巧住得近？！

傻汉子后来又报名参军，可人家一看他耳朵，就一脚踢了出去。他争辩说：我听得见，没聋。他不知道，他的秦国，他的老天太阳般的左庶长卫鞅，嫌弃的不是耳朵聋，而是他是个被削了耳朵的罪人。傻汉子最后没了饭吃，进山当了匪盗，后来成了强盗头儿。再后来，官军来抓他。他折损了所有喽啰，带着家小一路猛跑，实在跑不动时，竟把父母妻子儿女一个个都掐死了。边掐边掉眼泪，边掉眼泪边说：反正活不成了，咱自己死了，总还少些个痛、少些个丢脸……哭完了，掐绝了，自己也一头撞死在树上。脑袋碰上树的一瞬间，他想起当年从栎阳城南门扛到北门的木头。脑袋迸裂的时候，喷涌而出的脑浆里残留的最后一个念头是：要是栎阳城那根木头，当年不被伐下来，长到今天，该也有这么高、这么粗了吧……

扛木头的傻汉子的故事，自然不足为信，可传这故事的人，是信的。即便故事的主人公不是傻汉子本人，即便故事的主人公可能都不是一个人，可他们还是信，还是传。传的时候，他们没有眼泪，只有叹息。直到后来，传这样的故事也算犯法，也要连坐，才不再传了，也再也听不到叹息了。眼泪是什么，他们早已经忘了。

就在秦人忘记眼泪、收起叹息的当儿，新旧大户的粮仓，空前涨满了；君主的国库，空前涨满了；军营，空前涨满了；监狱，也空前涨满了。

从民间提拔起来的刑卒狱吏，在日夜不停地抽鞭子、烧烙铁、削耳朵、割鼻子、剁手足、砍脑袋的当儿，秦伯渠梁第一次昂首挺胸地跟魏王罃在杜平（今陕西澄城东）平等会晤，郑重划定国境线，吞下了傻汉子他们打下来的地盘。回来后，他说的最多的一句话是——秦之功即卫鞅之功矣。卫鞅就任了他的君上专门为他创造、无法从字面产生任何理解、什么都可以管、什么人都敢杀、一人之下万人之上的“大良造”职务，丝帛加身，美女在抱，高车骏马，暴土扬烟。这些年来，他说的最多的词汇是“依法而行”“皆决于法”“依法连坐”“依法严处”……

粮仓越来越空、仆从越来越少的宗室、贵族、高官、旧领主们，再也按捺不住了。陈情的、泣血陈情的，告状的、联名告状的，进谏的、以死进谏的，弹劾的、僭越弹劾的……竹简的、绢帛的、羊皮的、人皮的，支支棱棱、成堆成堆，狼藉在秦伯嬴渠梁面前，散发着灼热的怒气，交织成狂躁的形状和线条。

秦伯随手抄起一卷竹简，甩给卫鞅——请大良造代寡人批阅吧。卫鞅接过，只看一眼就哈哈大笑着说："劳烦君上，找个话说得再重些、把我卫鞅说得再坏些、建议处置得再狠些的来吧。这算什么，才说要罢卫鞅的官，太客气了！您专找让把我卫鞅杀了的那些，看看到底有多少。咱再把落款诸公的封邑薪俸加一加，看看够打几仗……"说罢，又大笑起来，笑得连屋顶都在微微颤动。

秦伯等他笑够，正色道："你可别老不当回事。如此下去，声誉安危难保不说，新法还能执行得下去吗？"

卫鞅也转成正色，认真答道："只要有君上支持，新法定能执行下去。君上不必在意这些乱七八糟的文伐。多年前，鞅就曾陈予君上，这都只是暂时的；有如妇人生育，血光飞溅、污秽横流、痛苦不堪、动辄伤命，而后才是灿然新生。至于鞅的声誉安危，君上则更不必挂怀。鞅是政者，不是君子，视声誉如草芥。鞅只身漂泊而来，蒙君上信爱，早已将生命交与君上、交与秦国，鞅之家小及所有身外之物，亦皆拜君上所赐，君上何时想收回，想怎样收回，都尽请行事，鞅无怨无悔。"

秦伯："你说的暂时，到底要多久？"

卫鞅："君上可知，妇人生育要多久？短则不盈一餐，长则绵延数日。变法之事同理，不可切知矣。"秦伯："你就真的不怕身败名裂、遭遇不测？"卫鞅："未入秦时，鞅曾语公叔痤——此生恐怕注定要遭遇不测。唯愿得君上回护，以完成变法，使秦富强，助君上夺回失地，若还有时间，就再帮君上灭韩、魏，此生再无他求……"

秦伯无语，心里在想：这个卫鞅，该不会癫了吧。又或者，他从来就是个癫子。

连秦伯都觉得卫鞅不正常，还能有谁觉得他是正常的？本来，对于他的疯狂，还只是在臣工之间窃窃相传。可在所谓"太子案"和"渭水连坐案”之后，这种传说就公开化了，也自然而然地流向了民间。

“太子案”的起因，已经说不清了，太子嬴驷本人可能还有记忆，可别人都不愿提起。后来，嬴驷继承了君位，就更没人敢提了。

案发时，小嬴驷才四五岁。四五岁的孩子，就算是太子，就算顽皮得出了格儿，再大的错，能犯到哪儿去。可卫鞅当时就是揪住不放。他的道理，一半儿能让秦伯接受，也能在重臣工面前说得过去，可另一半儿就谁都难以理解了。

当时他说：“法之不行，自上犯之；欲法之行，必自上刑之。”道理不能说不对。是啊，如果因为地位高就松动执法，就可以有特例，那往下执行就不好办了。反之，如果地位高的人都不能特殊，下面的就更甭想绕开。于是大家说，话是不错，可毕竟孩子太小……卫鞅马上反驳：“正因为小，才更应严厉对待，使之真正改过；也正因为小，所以并不懂得免罪免罚的恩惠，若轻纵了，他还以为自己没错呢……”

所有的人都目瞪口呆。最后，还是秦伯咬牙拍了板：“按左庶长所言执法，诸公勿再言。复言者，与抗寡人同。”

到这份儿上，卫鞅还不依不饶哪——不是按卫鞅所言，而是依法——他纠正国君。秦伯不语。他也不管君上脸上什么颜色，继续宣布道：“念太子为储君，不可轻易用刑，就让他的老师们替他受刑吧。”于是，太子的两位老师公孙贾和公子虔，脸上都被烙了字，半张脸烧得不遮上就能吓着胆小的。后来，最初还支持过卫鞅的公子虔，因非议新法，又遭一次刑，更惨，被割了鼻子。从那以后，公子虔就再没参加过任何公开会议，直到很多年后，才被特准戴上面具。

“渭水连坐案”的起因，据说是几个臣工在栎阳集市上说了诽谤新法的话，可能情节比较严重，要么是言辞过于激烈，甚至还饶上了秦伯，要么就是成了气势，更可能二者兼有。要不然，怎么会处以死刑，又怎么会连坐那么多人呢。

被连坐的，大多是集市上的商贩和买主。卫鞅亲自审理。先是按新法对应罪行、环境、人员密度等规则划出连坐的最大范围；再一一甄别，外国人挑出来，每人当场抽鞭子，赶回国去；最后宣判——连坐的秦人，统统斩首。

“斩首”二字一出，所有人都傻了。一位随吏偷偷提醒卫鞅：太重了吧，足有六七百人呢。卫鞅白他一眼，说：“此乃依法而行。莫非汝也轻法不成。”说罢，不由分说将他往外一推，森然道，“把他加上”又补充，“加在最前面。”

“咔嚓”一下，跟随了几年，跑前跑后，掸车套辕，挑灯劈简，亲如伙伴的手下的头颅，就从脖子上坠了下来。一股鲜血喷入渭水，霎时染出一片殷红。那头颅缓缓落地，骨碌碌滚进河，被殷红的水荡得起起浮浮，一直还睁着的眼睛，含着错愕和不解。卫鞅面如沉水，眼珠通红，厉声命令：“行刑！”

先是一个刽子手加两个帮手，一个一个推过来杀。手起刀落，人头滚出，刽子手随脚踢进河里，两个帮手拉起无头尸身，随意扔向身后。后来，这样的杀人组合，增加到两组、三组、四组、五组，最后竟加到十七八组，沿河长长排开。

被杀者的惨叫、围观者的惊呼、刀斧切割肉体的闷响、杀人者的喘息，混成一片。河水被大片大片染红，目力所及，渐渐变成通红的血河；一波一波漾动着越来越多的头颅，一寸一寸漂向下游，漂成视线中一粒粒小黑点。扔尸体的人膀子酸了，刽子手的手已不听使唤，杀人的刀斧换了一批又一批，断刃在遍地血泊中隐隐发着寒光，小山般排了一排的无头尸堆，还在隐隐渗出黑紫色的残血……

血腥吗？暴虐吗？疯狂吗？是的。都是的！就连卫鞅自己都承认！他跟景监说："鞅非草木禽兽，焉不知其痛。然，非痛不可以疗疾，非痛不可以自强。若借此唤煌然之业，而鞅终独负其痛，亦幸矣……"但他并没跟更多的人说过这样的话。就是跟秦伯渠梁也没说过。

才三十几岁的秦伯，鬓边已现微霜，额角也生出浅浅纹理。他用尽所有气力安抚、平息、驳斥各种不满、怨恨和控诉。变法七八年来，他几乎没处理过任何具体政事，几乎所有精力都用去支持卫鞅。他期待，变法的阵痛，能早点儿过去；他祈盼，身边所有人，能像自己这样包容和等待；他欣慰，短短几年间，国力军力成倍增长；他振奋，曾经危如累卵的秦国，竟能以拉锯战的消耗性方式，围攻强邻魏国的都城，迫使对手结城下之盟；他骄傲，连天子都遣使送来胙肉，表示对秦国振兴的祝贺，连多少年都没有往来的、远远的诸侯们，都再次像穆公时代那样，对秦国表现出关注和尊重！

正如卫鞅所料，当一系列成果硬生生地摆在秦人面前的时候，那暂时的变法阵痛，开始缓缓趋于平息。所有人，无论宗室、贵族、大户还是平民，也无论支持者、同情者、顺从者、反对者、怨恨者还是憎恶者，都不得不承认，这些成果，跟那"背人情、违民意"的变法，撇不开干系，也都不得不承认，这一切背后，就是那个血腥、暴虐、疯狂的大良造卫鞅。理智的人，开始认同；执拗的人，开始屈从；蒙昧的人，开始习惯。整个秦国，在变法的灼热洪流中燃烧着、锻造着、前进着。

乘着这股洪流，秦伯命令大良造卫鞅开始主要针对"事"的变法第二阶段。在他的认识中，针对"人"的改造，已基本完成，或者说，可以告一段落了。在卫鞅看来，这个火候，拿捏得也是恰到好处。所以，他没有任何迟疑地又推出平整土地、扩大开垦、普及县制、口赋田税相结合、鼓励分家、统一度量衡、废除偶婚、实行乐战轻生风尚等一系列政策、法规和措施，给正在蓬勃发展的秦国，又下一剂猛药。同时，提出迁都咸阳的建议。

像以往一样，秦伯嬴渠梁，毫无保留地接受了卫鞅的建议，甚至把建造新都咸阳的任务，也一并交给了这位大良造。

跟三十多年前迁都栎阳不同，此次迁都，规模浩大，不仅迁了栎阳所有机构和集市，就连留在雍城的机构，也都一并动迁。大良造卫鞅，将自己对魏国都城和周边诸侯都城甚至天子都城雒邑的印象，都用在了对新都的规划上。在他的想法中，迁都咸阳，既是秦国东扩决心的坚定体现，也是对变法之后的秦国国力的一次大检验。他公开宣称：要把全新的秦国的都城，建成全天下最伟大、最壮丽的城市，让咸阳为全天下人所仰视。为此，他几乎投入了全部的心力和热忱，对新法的执行，却一点儿都不担心，以至于很少过问。

当咸阳城一点点现出模样的时候，新垦了多少多少田地、多打了多少多少粮食、厘清了多少多少人口、增收了多少多少税赋的报告，也一个接一个来到面前。他告诉秦伯：这就是先治“人”后理“事”的成效。君上就等着收获一个真正富足强大的秦国吧。当咸阳城渐渐巍峨在秦人眼前的时候，各地各级，也开始纷纷上报行政效率大大提高、民众从军越发踊跃、将士作战越发勇猛、综合战力迅猛加强的消息。他又告诉秦伯：富足强大的秦国，已经在您面前了，咱们该去争取更大的收获了。

秦伯嬴渠梁明白：卫鞅所谓更大的收获，当然不是来自秦国内部，而是来自外部，来自魏国、来自诸侯、来自天下。但他同时明白，几次跟秦作战都吃了亏的魏国，早已把秦国视为首要敌人，无一日不在谋求报复秦国、痛击秦国、重创秦国。他更深知，真要跟拥地千里、带甲三十六万、能号令中原诸侯并且多年苦心经营、包藏祸心的魏国对阵，他的富足强大的秦国，最多也就只能自保。所以，他不无忧虑地向他视为兄长的大良造卫鞅发出疑问："卿以为，今日之秦，可抗魏乎？"所以，当得到魏国联络十二个中原小诸侯，以朝天子名义集结几十万军队，兵锋直指秦国的消息时，他焦急地询问卫鞅："卿可有良策解此危势？"

卫鞅看着他的君上，眼里闪过一丝带着寒气的狡黠，说了一句秦伯嬴渠梁万没想到的话："君上，这正是攫取天下的大好时机啊。"

这回，秦伯真的是没听懂。他看着卫鞅不无得意的神情，再一次暗自生出"他是否癫了"的疑问。等了半晌没见下文，自己又想了半晌，终于叹口气说："若以大河为界而战，或尚可存。然，寡人有负先祖，纵决心变法图强，也终未能收复所失河西之地。今仅凭军民奋勇、咸阳城坚，怕是难敌众多诸侯和强魏啊……"卫鞅笑笑，背对了秦伯，反剪起大良造华丽礼装的大袖，漫不经心地边踱边说："君上此语，实在是高估了今日之秦啊。虽则，变法已然收效，然与魏国为首的众多诸侯相敌，岂止难敌，简直不是对手。可是——"他猛转过身，直视秦伯，目光逼人，秦伯不觉倒退半步。他缓而有力地迈开步子，向秦伯走来，向比他矮了半个头的君主走来，向给了他实现自己心中理想的朋友和兄弟走来。

"敢问君上，"他又开口了，"今日之秦，可还有巨大潜力可挖？有！这个潜力能否应对今日之危局？不能！为什么？因为挖掘需要时间，而魏国不给我们时间。因为挖掘需要更广阔的天地，而今天的秦国，没有这样的天地！我们应该感谢魏国，给了秦国这个机会，让它得以在生死存亡的关头，迸发最大的力量和智慧，让它赢得本来还需要等不知多久的、前所未有的胜利！秦国需要这个胜利！这个胜利，比任何变法，都更能树立秦人的信心，都更能激发起他们的斗志，都更能引着已经焕然一新的秦国，走向明天的辉煌！因此，我们必须胜利！因此，我们也一定会胜利！您一定以为卫鞅疯了——刚还说不是人家对手，此番却又说要胜利，还一定能胜利。我从您的眼睛里，看到了忧虑和恐惧。君上，请相信卫鞅，这些忧虑和恐惧，很快就会抛给魏王，让他一直背负着，眼睁睁地看着秦国一天天无比强大起来！

“不错，单从战事来看，我们无法取胜，甚至连根基都可能要拼进去。但是，请您别忘了，这个结果的假定条件，是今天的敌人，真的有那么强大。我们不能使自己一夜之间变得比对方更强，却能迅速削弱他们。想想您即位之初的六国会盟吧——那时的敌人，难道不比今天更强大？那时，您不照样瓦解了他们的联盟，孤立了魏国，度过了危机吗？再来看看今天的敌人——魏国，加上十二家小而自大的诸侯的联军，再加上朝拜天子的借口……不知您注意没有，齐、楚等真正有实力的诸侯，并没在其中。这是跟六国会盟分秦时候的一个重要区别。不知您想没想过，为什么会有这样的区别？让我们仔细斟酌以下这样几个问题：

“第一，为什么齐、楚等大国，这次没参加进来？魏国没叫上它们，还是叫了人家没应声？无论答案是什么，都无非说明：要么魏国自觉已无昔日权威，要么齐、楚等国认为无益，再要么它们跟魏国之间的嫌隙，已不可调和，又或者这几方面兼而有之。您想想，如是，魏国的处境会怎样……

“第二，如此处境，叫上那些既不了解秦国，也根本没能力单独与秦对阵的小诸侯，还借着天子名头，除了壮声威、造气势，我想不出还有什么别的缘由。六国会盟时，它怎么没叫这些小诸侯，怎么没借天子名义，怎么没有如此张扬的声势？

“第三，那些小诸侯跟着来干什么？除了想分一杯羹，是否也含有对魏国的畏惧呢？畏惧的后面，会是爱戴、勇武和坚定吗？假设他们真的得逞了，按兵不动的齐、楚，还会坐视吗？那时，魏国的处境，又会怎样？

“第四，魏王罂、庞涓之流，对上述诸问是否有知？如未知，说明他们都是蠢材，盖不足惧；如有知，则他们自己也该知道，是在勉力而为，是在冒险，那么他们又能坚持多久呢？他们又打算坚持多久、坚持到什么程度呢？”

秦伯听着听着，就又像多年前那个永生难忘的三天三夜那样，不知不觉凑到了卫鞅面前。越凑近，脸上的愁容便越舒展。“爱卿啊，”他说，眼里放着光，“如是说，该如当年破六国会盟那般行事了！如今的秦国，虽不经大战，却比那时要富足得多，如能破魏国与诸侯之盟，寡人愿予重金图之！”

卫鞅看看自己的君上，又笑了，说：“卫鞅不是君上，今日之秦，也非昔日之秦。我要的，不仅仅是破敌之盟，我还要让齐、楚向魏国发难，让魏国疲于自保，让它的三十六万坚兵，东跑西颠、无畏折损！这样，我们就可一举收复河西之地。这，才是卫鞅所说的胜利！”

秦伯：“若果能如此，寡人愿倾举国之财！爱卿尽管开口！”

卫鞅：“欲成此局，何须斥金，空言一句足矣。”

“空言一句？空言一句……”秦伯怔怔地看住卫鞅，不断重复着这从来都不曾想到的四个字，又不由自主倒退起来。

第十三章

强者不计身后

闻听秦国特使大良造卫鞅拜见，魏王罃心里，不由得生出几分得意，心说：这回，终于能采纳公叔痤建议，将这个给秦国带来翻天覆地变化、把寡人搞得损兵折将、颜面扫地的卫鞅结果了！他狠狠吩咐："好好招待贵使，让他有来无回！"旁边大臣赶忙提醒："两国交兵，不斩来使，王上慎决。"魏王一挥手道："顾不得了，寡人当初没听公叔痤之言，已成大错，今日再不可让他祸害。"大臣们于是又建议："如此，不如重赂之。我等闻听，卫鞅其人，并非信义之士，实乃贪图富贵之辈，以我国之富，将其留住，想必不难。一旦其背秦，便不是外使，是时，王上便可任意处置……"

听了这话，魏王罃动了心眼儿，进而又觉得，是否还可采纳公叔痤建议的前半部分，将这个了不得的卫鞅，收为已用……也大概没什么不行吧？想到这儿，他开始环顾四下，下意识中，已经开始给卫鞅找位子了。大良造是个什么职位？魏国可有对应官职？魏强秦弱，该对等一个较低官职；给个平级，可就是老大面子了……

大臣们见他不言语，眼珠滴溜溜转，就也跟着到处瞟。什么也没瞟见之后，就又把眼光收回来。只有上将军庞涓一直低着头，哪儿也不看。论私，魏王罃不怎么喜欢这位上将军，可他的确能打仗，的确堪称国之栋梁。所以，多数情况下，他还是重视庞涓的意见的。他知道，这位上将军不仅会打仗，对国家政务，也多有见地，只是你不问，他就不说。这也是他不喜欢他的原因之一。也正因为此，有时候，他会多问一句，让庞涓讲出意见。比如这会儿，他就问了："庞将军如何看待卫鞅？"随着这一问，众人都把眼光投向庞涓。庞涓还是低着头，中规中矩施礼答道："回禀王上，庞涓以为，该如何看待卫鞅，在此时，不如明晰其来意重要。王上乃上国大君，可先召见来使，再论其他。"瞧——这就是这个庞涓不招人喜欢的地方。魏王罃禁不住撇撇嘴，把跳到脸上的尴尬甩到身后，清清嗓子说："言之有理。还是先召来使觐见吧。"

随着一串传唤，卫鞅气宇轩昂地来到魏王罃面前，来到他曾幻想与之共事的魏国诸臣面前。他镇定地看看众人，恭敬地向魏王行礼，然后说了一句魏国君臣都不曾想到的话："敝邑寡君，特命外臣前来，向王上贺喜。"

话出口时，他想：这帮蠢材，一定以为秦国来乞降了。果然，魏王罃露出略带得意的笑容道："贵使言重了。寡人尚未与上国大君会猎河西，喜从何来？"那意思：我还没打你呢，有什么喜可言？潜台词：你们此战必败，届时，才是我魏国之喜呢。此刻，这位善于意识流的君主，已经在猜测秦国的乞降条件和思忖自己应该给予的态度了，已经在遐想如何把卫鞅留下再如何加以利用的步骤了。他完全没想到，他的众臣也完全没想到，就是这看似示弱的一句话，把他们，把魏国，就此引向另外的方向，引向后来的失败和痛楚。

卫鞅把一切都看在眼里，心里更有了些底。于是，他几乎是怀着兴奋地抛出了从根本上扭转形势的"空言一句"。

那句“空言”是：“王上功业盖世，该是王天下的时候了。”

当然，实际说起来时，不可能只这一句。可说到底，这句是核心，是最终打动魏王罃，把他、把魏国的注意力从秦国移开，转向错误和灾难的根本所在。卫鞅以惯有的机敏雄辩，先夸赞魏国和魏王罃本人功业，再说包括秦国在内的诸多国家是如何心悦诚服，如何渴望受其号令，吊起魏王罃的胃口，又拿称王多年而未有其实加以刺激；再以联合蕞尔小国不足以服齐、楚，绕开当前陈兵意欲伐秦的主题，进而托出北联燕国、东伐齐国，迫使赵国依附，西联秦国、南伐楚国，迫使韩国依附的“路线图”。云山雾罩、美不胜收，把个魏王罃说得喜上眉梢、蠢蠢欲动。表面装着从容镇定，心里早意识流到大小诸侯匍匐朝拜的宏伟场面去了。那该是多么骄人的业绩啊！比拼了底气跟秦国斗，还得一边防着背后有人使坏，不知道要好上多少倍呢！可是等等，这能行吗？有这么好的事儿吗？

他问卫鞅：“如此说，贵使此番，便是来献此谋划的了？”

卫鞅说：“当然不是。以王上睿智，何须献谋。外臣之所以在此聒噪，实乃讨王上一瞥，以使敝邑有机会为王上千古大业建功啊。”

魏王：“贵使说远了吧。那些事岂可妄期，就算要联合，也不是一天两天的事啊。”

卫鞅：“王上莫非真要错过此刻良机吗？”

魏王：“此刻如何可谓良机？”

卫鞅：“王上不正会盟了诸侯嘛，不正负‘朝天子’之命吗？借此契机，兴兵伐齐、楚，岂非恰逢其时？今日，鞅代敝邑寡君来盟，不日即可襄助迫韩，于是西面势成；联燕迫赵，便也在须臾之间了。鞅在秦谋变法而知，凡事皆决于‘速、力’二字。以王上之能，以此间诸公之才，以魏之强，只要决心，以力求速，则今日成策，明日可盟，后日可举事矣。

说实在的，外臣非但不担心慢，反而忧虑事态发展太快，王上都来不及为王天下置装定礼呢……”

话说到这儿，魏王罃已经彻底晕了，当即收回进军秦国的命令，并定下借此次会盟之机称王天下的调子，还当场责成主管工务礼制的大臣，即刻开始加紧准备那个呼之欲出的称王典礼，甚至还问卫鞅能否留下帮帮忙。卫鞅笑笑说：“外臣还是赶忙回去给敝邑寡君道喜吧。秦国方面，也需准备啊。”

他的笑是真的，话也是实话。只不过，所有的真实，都跟魏王罃以为的，正好相反。

我们无法得知，在布下这个要命的死套的时候，卫鞅是否了解魏国擎天重臣庞涓跟效命于齐国的同门师兄孙膑之间的深重怨隙，又是否事先料到在之后由他亲自挂帅的收复河西之地的战役中，对方主帅会是他在魏国唯一的友人公子卬。现实些考虑，他不大可能什么都知道，什么都能料到。那么，他的“空言一句”之策，应该说，多少还是有些冒险——齐、楚固然强大，可单对单，却还比不得魏国；齐、楚固然可能讨伐魏国，可魏国也并非全然没有跟它们达成谅解的可能。毕竟，魏国是当时头号诸侯，地处中央，占据大河（黄河），离天子最近，拥有最强大的军队和最强的经济、政治影响力。更令人担忧的是，万一魏国跟齐、楚真的达成了谅解，并进一步联合起来报复秦国，怕就不是他来主动攻打相信友情的公子卬，而是秦国君臣手挽手演出最悲情的、没有悬念可言的最后一战了。

对此，秦伯不无担心，卫鞅自己也不无担心，秦国众臣工，更是诘问、抱怨、忧惧连成了片。忌恨卫鞅的人，向秦伯进言：如此行险，分明是把秦国往死路上推！真心忧国的人，向秦伯进言：只靠嘴皮子哪能成，咱还得做好打硬仗的准备啊……敦厚质朴的人，向秦伯进言：如此欺人，绝非正途，君上啊，咱秦人可不能靠这些歪门邪道啊……秦伯揣着满怀忧虑，苦口婆心地一个个做“思想工作”，说大良造行事自有分寸，诸位勿忧；说当然要准备打仗，咱秦人生来就不怕打仗，没什么好担心的；说敌强我弱，不迂回一下哪成，大主意是寡人拿的，纵有什么不雅，也是不得已……

人们去了，秦伯却不敢稍歇，赶忙找来卫鞅问：“是不是太冒险了？到底有多大把握？要怎样备战才能确保安全？他们的说法你听见了吗？会不会出变故……”卫鞅说：“备战自是需要，可也不必惊慌，虽无十分把握，八九分是有的。至于那些人说的话，君上不必挂怀，我这就遣人打探。”

卫鞅睡觉去了，秦伯也乏透了，刚要歇，又一拨诘问的、抱怨的、忧惧的就来了，于是开始下一轮。几轮下来，四十出头儿的秦伯，已累得坐都坐不稳了。他真想歇一会儿，哪怕一个人安静片刻也好，哪怕能长出一口气也好，哪怕偷偷伸手按抚一下阵阵作痛的胸口也好……

那种煎熬是孤独、漫长、痛苦的。秦伯嬴渠梁紧咬牙关，眼睁睁地等着，等来自咸阳城外的声音，等来自国门之外的消息，等那不管是温暖还是寒冷，不管是和煦还是凛冽的一阵东来之风，吹动一潭死水，吹走浸透了身心的近乎麻木的疲惫。

最先来的消息，是魏王的会盟令。他马上派卫鞅去了。卫鞅刚出发，天子使节又到，上来就是一通谴责，说秦国不识礼法，助长魏国僭越，责令退出所谓称王之盟。紧接着是魏王会盟称王典礼如期盛大举行的消息。再是齐、楚公开谴责魏国僭越的消息。然后是齐国召集参与称王的中原小诸侯入齐朝拜，强迫他们反过来声讨魏国。再然后是魏国讨伐最先跑到天子那儿告状、又上蹿下跳地挑唆反魏的赵国，让被庞涓阴谋陷害挖了膝盖、成了残废的孙膑一招“围魏救赵”瓦解了攻势。最后是魏王罃命太子申挂帅、庞涓统兵大举进攻齐国，中了一心复摧残之仇的孙膑诡谲天下的计谋，全军覆没在马陵地方，太子申被齐国俘虏，庞涓被乱军所杀……

三年，在漫漫历史长河中，连朵浪花都算不上。三年，对于一个人、一个国家，也实在谈不到有多漫长。可是，这三年，在秦伯嬴渠梁的感觉中，却好像三十年、三百年那样多变，那样起伏。三年里，不可一世的魏国，元气大伤，一蹶不振。三年里，魏王罃从荣誉的顶峰，跌到了人生的谷底。三年里，秦国国力、战力，又有巨大增进，跟魏国的强弱之势，已经颠倒。三年里，中原政治格局，也随着魏国的衰落、齐国的胜利，发生了根本性变化。三年里，如同经历了三十年、三百年的秦伯，头发白了一半儿，脸上爬满与年龄极不相称的皱纹……

大良造卫鞅还是那么意气风发，看上去倒不是比秦伯年长十岁，竟像是还要年轻二十岁。他告诉掩不住倦容、打不起精神的君上：“后面没节目可看了，该我们上场了。”秦伯沉重地挥挥手，说：“你去吧，去干想干的事情吧，寡人累了，真的累了。”又说，“若能收复河西之地，复秦之荣誉，寡人愿以国赠卿。”

也许，这是一个心力交瘁、油尽灯枯的人的呓语。若出自寻常人之口，人们大多只会付之一笑。可嬴渠梁不是寻常人，拥有一个勃然兴旺国家的秦伯，不是寻常人。所以，即便只是没过脑子的呓语，也犹如万钧雷霆，震响在咸阳城上空，震响在嬴姓宗室和秦国臣工的视听里，震响在十七岁的太子嬴驷的心坎儿上。

太子驷的心，在震响中颤抖。宗室贵族们的安全感，在震响中颤抖。秦国臣工的信念与意志，在震响中颤抖。秦国的山川大地，在震响中颤抖。甚至连天不怕地不怕的卫鞅的灵魂，都在震响中颤抖。

卫鞅领大军开往魏国方向的时候，戴着面具的公子虔，来到秦伯身边。他摘下面具，让秦伯看他没了鼻子、半边被烧得焦黑枯朽、另半边也明显扭曲变形的脸，说："君上还记得臣原来的样子吗？愚兄自己可是不记得了。母夫人（指的是秦伯嬴渠梁的生母、献公正妃瑾儿）临终前，摸着臣这张鬼脸说：'大良造卫鞅，早晚要谋国，早晚要尽数吞噬嬴姓宗室。'君上啊，您可以不信我，难道也不信母夫人吗……"秦伯无语，几次想摸摸哥哥的脸，几次都没下得去手。

秦军跟魏军对阵的时候，太子驷跪到父亲嬴渠梁面前："君父，儿愿领兵破魏，请调回大良造，儿不胜不还！"秦伯说："你还太小，还不到为国建功的时候。"又说，"放心吧，为国建功的机会多着呢。"

卫鞅致书魏军主帅公子卬、回顾友情的时候，已经老得头发全白的景监，把密报呈给了秦伯，提醒国君："大良造是从魏国出来的，不能以为他就不想再回魏国。"并说，"老奴虽衰，可如果君上需要，除掉个把人，仍可须臾得手。"秦伯说："您别忘了，还是您把大良造推荐给寡人的呢。"景监说："老奴没忘。正因是我推荐的，才特意提醒君上。跟国家安危相比，老奴的荣辱和性命，又算得了什么呢。"

卫鞅和公子卬热热乎乎地书信往来、双方都按兵不动的时候，景监已经跟太子驷和公子虔商定了赴前线替换卫鞅、接管军队的步骤。大批臣工则挤到秦伯面前，你一言我一语地把贻误战机、畏缩不前、私通敌酋、密谋哗变等猜想、批评、判断，以及新法对应的处置规定，一股脑儿地端出来，要求撤换，要求问罪，要求先逮捕卫鞅家小，甚至要求依法连坐支持卫鞅的景监等人。秦伯说："支持大良造者，寡人当为第一人，依法当首要连坐。不知诸公谁来执法啊？"于是暂时没了声音。

卫鞅与公子卬书信约定罢兵撤还的时候，秦伯秘密召来景监，说："你去吧。不要泄露，不要带别人。别忘了秦国，也别忘了大良造对秦国的恩情……”

公子印应卫鞅邀请，力排众议、轻装简从赶往秦营，赴卫鞅所谓话别之宴的时候，独自前来执行秘密使命的景监，看到号称撤退却正悄悄在孤岐山、白雀山一带设伏的秦军。秦军也看到了他。没等答话，秦军的箭矢，便黑雨般扑向年迈的超级杀手，扑向穷尽半生心智发掘、扶植、支持他们的主帅大良造卫鞅的老人。太突然了，连谙熟阴暗的杀戮之术的景监，都没能料到。他老人家所处的位置，也太空旷了，连他那神鬼莫测的身手，也无从躲闪。

秦军得到的命令是：行事之时，但有所疑，尽立诛。意思是：在行动过程中，对任何有可能泄露设伏秘密的人，不管是谁，一律当场杀死。他们熟知大良造的法令，也熟知大良造的执法尺度。那个“不管是谁”，应该包括所有人——秦国人、外国人，自己人、陌生人，贵人、贱人，男人、女人、小孩、老人……他们没想过，如果是自己国君路过，是不是也该当场杀死。可是景监想了。当他放弃了任何躲避，定定站住，迎接呼啸而来的死神的时候，他由衷庆幸没一时心软，带了太子一道来。当箭矢钉入身体，扬起骇人血雾的时候，他在心里发出对卫鞅的最后一声赞叹：“好小子，这要是魏军来了，岂不都跟我这老家伙一样，引颈待毙！”当周身插满箭矢，最后一滴血缓缓渗出的时候，老人不情愿地倒下了。倒下的刹那，眼前最后的影像，是自己一点点看着长大，又一点点看着老去的秦伯的脸。君上啊，老奴走了，您可要保重啊！他想喊出这最后的一句话，可终究没出得来声。

老景监重重倒下，停止了呼吸和心跳的时候，卫鞅的大帐里，欢快曼妙的宴饮助兴歌舞，开始了。军士把从景监身上搜出的带血的名碟偷偷递给卫鞅的时候，公子印还在问是什么东西。卫鞅看罢，眼前一黑，旋即猛拍几案，事先埋伏的精兵猛将，潮水般冲进大帐，以迅雷不及掩耳之势，干净利落地擒拿了公子印一行。他举着带血的名碟，冲怒声质骂的公子印吼："你道这是什么，这是我恩人的命！我卫鞅连恩人的性命都取了，你还在这儿跟我妄谈什么友情！呸！什么狗屁友情！"

因为擒获魏军主帅及后来冒充叩开魏军大营的计谋执行得顺利，景监看到的伏兵，按事先约定，取消了"遇魏军追杀，即行伏击"的任务，转而执行第二套方案，随大军向东掩杀。他们设伏的唯一战果，就是射死了老景监。

秦伯嬴渠梁是在收到基本收复河西地方的捷报的同时得知景监"不幸死于乱军"的。他不知道究竟发生了什么。但他相信两点：第一，如果景监出手，绝不会反而被对方杀死，哪怕对方是领着千军万马的卫鞅；第二，即便以死相逼，景监也绝不会泄露半个字。可是，这两点，并不足以推断出哪怕只是大概的真相。这两点，也远不足以让他对卫鞅做出有充分把握的应对。他曾因为卫鞅的机敏精干而自感愚钝，也曾因为卫鞅的激进孟浪而尴尬无措，更无数次因为卫鞅的狂傲残暴而心惊胆战。可那一切，都不能让他生出真正的忌惮。而这回，他平生第一次打心眼儿里怕见到卫鞅，打心眼儿里希望卫鞅能糊涂点儿，迟钝点儿，宽容点儿。

其实，卫鞅的心里，比秦伯更不安——如果配合作战，景监一开始就会跟来；如果不是，那么他又来干什么呢？骨子里，他隐约觉得，秦伯已经开始不信任自己，已经开始另做打算了。那样的话，"愿以国赠"的话，就是致命试探，就是秦伯向他发出的宣战！他这样告诉被俘后明确表示愿意做他的门客的魏公子印。对方告诉他：似他这样不择手段，任谁都不敢完完全全予以信任和依托。今日才疑，已是大大的宽厚了。他又在私底下祭奠景监时对着灵位倾诉："景公啊，卫鞅对不起您。您能给我些启示吗，就像多年前在魏国公叔痤门下时那样……您到底干什么来了，是来杀卫鞅的吗？您舍得杀卫鞅吗？你可曾想过，会死在卫鞅手里吗？”

魏国来乞和了，割让了秦军此役占领的所有土地，把国都都迁到大梁去了。嬴渠梁和卫鞅君臣，为此欢喜，也为此忙碌开来。他们一直没单独见面。直到忙得告一段落，秦伯在朝会上正式将商地、於地等十五邑，分封给卫鞅，并授号“商君”之后，才再次单独召见了已可以称为“商鞅”的大良造。

他说：“卿与秦有齐天之功，屈居商、於，寡人实在不忍，然碍于宗室臣工之谏，也只得暂时如此，望卿体谅。”

商鞅：“臣曾语景公灵前，区区卫鞅，茕茕一身，何德以入政，何能以相国，何功于君上，何劳于万民。今枉得封赏，已不堪承受，安有他想。”

秦伯：“爱卿言过矣。寡人说过，愿以国赠卿，不可食言啊，只是时机尚未到矣。”

商鞅：“君上切莫再言此！臣入秦为政，变法图新，攻城略地，只为遂毕生所志，报知遇之恩，绝无贪功沽名之心，更无望财谋权之意，但求上报君上，下慰志愿，则纵死无悔。本欲再助君上成就称霸大业，却实不敢受君上之言。今即请辞一切封赏及官职，允臣闲游天下，安度余生。肺腑昭昭，神鬼可鉴，盼君上明察……”

话说到这份儿上，真心也好，试探也好，都只能打住了。秦伯嬴渠梁，自此没再提过禅位的话。当然，也像所有正常人一样，没公开宣称“寡人撤销禅位予商鞅的动议”。在他心里，这件事结束了，一切又都恢复正常了。

想必在商鞅的心里，禅位的事，其实也就此结束了。所以，他依然丝帛加身，美女在抱，高车骏马，暴土扬烟；也依然坚决地、不讲情面地执行新法，依然不停地签署征地征兵令、连坐制裁令、砍头腰斩令。再次征伐魏国、进一步扩大战果的战役主帅被指定为别人之后，他不但没有表现出任何避讳消沉，反倒更加骄奢狂傲、目中无人。

历历可数的几个还算有走动的臣僚，私下提醒说："君上已经不信任商君了，该自察进退啊。"又劝谏，"您于国家的作为，不管怎么说，都还可以算是为君上着想；可视百官如无物，行骄嗜奢，总是一副舍我其谁的架势，会令人心生怨恨，万一君上真的不信任您了，又或是一旦死去，您就危险了……"

商鞅听了大笑，说："我才不管那些呢。真正的能人、伟人，行事做人，都该按照自己的志向和喜好，而不是看别人眼色。我商鞅是为自己活着，不是为别人。你们难道不是为了自己的荣华富贵，才拢到我身边的吗？你们难道不是怕丢了这荣华富贵，才来跟我说这些屁话的吗？我现在就告诉你们：好好保住你们自己吧，少为我操心。我既不能保全你们，也根本没打算保全你们！"说罢，又仰天大笑，笑跑了所有的人。

据说，有个名叫"赵良"的大领主来骂过商鞅，大概意思是说商鞅的新法如何违背人性古训，又是如何残暴寡恩不得长久；又说商鞅本人贪功沽名，自比百里傒，如何无耻，如何自大，如何小人；还可能劝过他趁早辞去封赏和官职，赶紧哪儿凉快哪儿待着去，不然，秦伯一死，他必然死得很难看，云云。

对于新法，商鞅倒还有几分兴趣争辩。可关乎个人，他就懒得去理会，只说了一句话："真正的强者，根本就不必要在乎个人的安危，也不会在乎身后将如何。"

赵良走后，他对一直在旁边听的魏公子卬进一步解释道："人都会死。死对于人来讲，是一个必然结果。如何死、何时死、死得难看还是好看，其实都是还活着的人们的事情，跟死者没有关系。身后之事，更是对本人毫无意义。如果一直担心死，担心身后，岂不是轻视了活着的意义？岂不是辜负了此生？我不知道，人是否会有来生。如果有，我却不知道，自己的前生是谁，又是怎么死的，死后又如何被评说了。既然都不知道，前生那个我，为今生的我操的那些心，岂不都是白费……”

话是说得轻松，可心里却升起了一个大大疑团：跟赵良只一面之交，可谓素无来往，赵良又是一贯反对新法的人物，突然上门来这么一通，到底什么意思呢？是不是有什么变故了？或者，即将发生什么变故了？

迷雾中，他恍惚看到秦伯的影子，猛然警醒：赵良说什么来着——秦伯一死，自己必然死得很难看！威胁？警告？宣战？自己就要“死得很难看了”？自己就要失去秦伯的庇护了？秦伯就要死了？

想到这儿，他长身而起，急切吩咐更衣备车。他必须去看看秦伯，他必须告诉秦伯这件事。他商鞅可以死，秦伯可不能有什么意外！绝对不能！！如果有什么阴谋正指向秦伯的话，他必须去发现它、揭示它、粉碎它！新法不能没有秦伯！霸业不能没有秦伯！秦国不能没有秦伯！

可是，一切都晚了。

等商鞅赶到宫廷门前的时候，被烧去半边脸的太子老师公孙贾，带着一班大臣，堵住通路，宣布了“先君”嬴渠梁不许商鞅进宫的“遗令”。他脱口就问：“君上是如何身故的？”公孙贾答：“君上已卧病近一年了，大良造身为国家首要重臣，也太不关心君上了吧。”商鞅说：“不可能，我月前还与君上交谈，君上虽说有些疲倦之色，但绝非卧病啊！”公孙贾说：“你胡说！月前你与君上交谈，谁看见了？谁证明？”群臣随声附和。商鞅心冷如冰——完了！他们真的向君上下手了！来不及了！

正这时，几百个全副武装的侍卫簇拥着“新君”嬴驷，从宫里铿锵而来。众人闪出通道，纷纷跪拜，口称“君上”，把直愣愣戳在那儿的商鞅和一干随员，撂在了正对面的位置。商鞅的随员，也想跪下拜谒新君，见他不动，就也没敢跪。嬴驷远远定住，十八岁的白皙面庞上，挂着绝不是一个刚刚失去父亲的孩子脸上应有的寒气。当着众臣的面，他大声问对面的商鞅："大良造乃国之重臣，或可暂免君臣之礼，可您身后这些人，难道都是国之重臣，难道都可免礼？敢问大良造，依法，不跪谒新君，该当何罪？此罪又当如何连坐？"这咄咄逼人的接连数问，把商鞅从失魂落魄的僵冷中拉出来。他轻轻叹口气，心说：完了。真的完了。随即跪下，深施大礼，朗声道："臣卫鞅叩见君上。"随员们也赶忙跪下磕头，高呼"拜见君上"，心悬到嗓子眼。

新君没有纠缠刚才那些致命问题。在他心里，能让卫鞅给自己跪下，不当场反目，就已经算胜利了。至少现在，此时此刻，他还不期待更大的胜利。

可他没想到，就连这个胜利，也瞬间被商鞅的一句话动摇了。商鞅拜罢，抬起头，直视着年轻的面孔，一字一板地问："敢问君上，先君是如何身故的？"

第十四章

权臣末路

这个问题和商鞅提问时的眼神语气，让嬴驷不能入睡，也不敢入睡。他召集公孙贾和公子虔连夜商议。两个丑八怪老师自然主张赶紧除掉商鞅，马上废除所有新法。嬴驷背对着他们——他不愿看他们的脸，因为他自己也要对这两张脸现在的样子负些责任。他提醒他们："不要太看重个人恩怨，要把国家放在首位。"他们就说："自己的脸反正已经这样了，看不看重，都没有意义，当然是把国家放在首位。国家是谁的，不就是君上您的吗。那商鞅诡谲至极，已经在怀疑先君死因了。让他追下去，怎么得了！再说，您年少即位，不立威，怎能服众；不服众，怎能治国？那商鞅位高权重、恶贯满盈，若以雷霆手段除之，既省麻烦，又树威势，岂不大好。"嬴驷说："那就说说如何'除'法吧。"又说，"寡人提醒你们，他可握着兵权哪……"于是，从夺兵权开始，话题一点点展开，计划一步步形成，直到天亮，才大体议定。公孙贾和公子虔都发现：新君根本就没谈，也根本没给他们机会谈如何对待新法的事。

不几日，商鞅接到全体紧急朝会的通知。他知道，这是新君对自己的试探和宣战。如果去，他可不敢说一定还能回来。可若不去，作为首要大臣，显然不合适。而这种“不合适”，就当前情势下，等于轻君、欺君，也就等于给了人家处置自己的把柄。所以，尽管有些冒险，可还是得去。他几乎认定：先君嬴渠梁的死，有蹊跷。同时认定，绝不会只他一人持这样的想法。因此，他推断，只要在朝堂上，挑出这个怀疑，就一定能赢得一部分人附和，也就完全可能暂时绕开新君利用臣僚们对自己的怨隙展开的声讨甚至杀伐。毕竟，他，商鞅，还是大秦国第一重臣，朝堂上也还有着不少受益于新法而被提拔重用的臣子。毕竟，谋位弑君的勾当，不是能伙同太多人的，当然也是见不得光的，更应该比是否以及如何报复他商鞅更容易引起人们的兴趣和关注。也许——他想：还可能乘机展开追究，握住把柄，构筑自己和这个不孝歹毒的小毛孩儿之间的生存平衡和权力平衡。

如果商鞅把先君嬴渠梁禅位的话当真，或者如果他真的就是想要侵吞秦国最高权力，不能说一点儿机会都没有。那时，弑君谋位、异国异姓，算不得什么新鲜事。以商鞅对秦国的再造之功，和所拥有的调集全国军队的莫大权力，应该具备条件，也可以说，有一定的理由。是顾忌新君及其所代表的正统力量，对争夺没有必胜的信心，还是对自己的冷酷、骄纵、跋扈所积下的怨气仇恨缺乏足够认识，抑或是根本就没往“反”的方向上想，我们不得而知。但有一点基本可以肯定，就是当时的商鞅，可能预想到的所有争执、所有爆发，都是在这次朝会当场以及之后，而对方的攻势，则其实在朝会之前就展开了。

于是，出乎商鞅意料的事情发生了——那个所谓的全体朝会，是反对变法、怨恨新法、欲置商鞅于死地的宗室、领主、保守势力代表人物的全体大聚会。变法受益者却一个都没露面。不知是没接到通知，还是接到了却不约而同地斗胆缺席了。商鞅不知道，我们也不知道。我们没有机会去问谁了。商鞅也同样没得到询问探察的机会。

没有共谋者，没有附和者，甚至没有潜在的同情者。再加上还没进门就被解了剑，即被象征性剥夺了秦国上下唯一被允许带剑面君的特权，以及由全副武装的猛士、森然可怖的重兵器、铺天盖地的黑色帷幕组成的秦国有史以来最威严、最肃杀场面，让商鞅感到了从未有过的压力——巨大的、生死悬于一线的压力。这种压力，让他心中的那个制衡策略，不由自主地松动、倾斜，摇摇欲坠。他一步步向高高在上的新君走去，迎面而来的，是群臣利刃般的目光。整个殿堂，充斥着令人窒息的死寂。随着缓慢的步伐，他感到，自己的勇气，在一点点被吞噬，连伟岸的形体，都似乎被压得渺小羸弱，犹如一根谁都可以连根拔掉的衰草。

真的老了吗？没用了吗？他问自己。连这么点儿勇气都没有了吗？他问自己。为什么没早做别的打算？他问自己。为什么一定要来这个朝会呢？他问自己。

他被自己问得哑口无言，被自己问得心智昏乱，完全失去了争辩的反应，甚至失去了分析推断的能力。他呆呆地看着戴着面具的公子虔展开竹简，愣愣地听着新君的指令，像在梦里，正经历着跟自己完全无关的事。

只听公子虔诵道："先君承献公之志，竭尽心力，厉行强国，复土开疆，谥为孝。孝公宽仁，强国心切，信宦佞，以至刑名者用事，杀伐酷烈，上不敬而下寡恩，内见怨于臣民，外薄义于诸侯，反古背礼……寡人新即，承先君之托，内抚民生，外和诸侯，以张秦德；整饬国政，除垢清患，以慰人心……"

接着，是专门针对变法激进派主要人物的"除垢清患"措施——从商鞅开始，一干由他亲自提拔的并委以重任的新生代，全部免职，被勒令休养反省，有封地的回封地，没封地就回家，所有供奉不变，所任职务，由一连串宗室成员和跟商鞅一派若即若离的新面孔接任。设计得相当完备，表达得也很干脆，完全没给被夺权者留任何质疑、争辩和反击的机会。

商鞅被要求当场交出大良造印信，其余那些人，几乎同时都在家中或岗位上接到了同样指令。

被解了职的商鞅，此时倒显得镇定了——完了。结束了。他在心里告诉自己。一切都结束了。你的新法，你的政治抱负，你的秦国之旅……他感觉自己的脚步很沉重、很迟钝。卫鞅，你老了。景公走了，先君也走了，你还在这里干什么？你想要做的，不是都已经做了吗？你想得到的，不是都也已经得到了吗？难道不该离开吗？先君是怎么死的，有那么重要吗？无论是怎么死的，他都已经死去了。他被谥为“孝公”。除了完成老献公收复失地的遗愿，他的儿子，今天的新君，不认为他还有什么可以值得纪念和称颂的。难道你还不明白，一切都已经在不知不觉中，变成了嬴驷的，包括自诩比谁都忠君的宗亲们的信任和推崇。或者，原本那一切，都不曾属于过死去的孝公。在他们心里，孝公只是为尽孝而昏了头、竟相信景监这样的“宦佞”，竟不惜任用卫鞅这样“反古背礼”的“刑名者”的痴傻孝子。而你卫鞅，则是利用了这痴孝而飞黄腾达，而骄纵狂妄，而“不敬”“寡恩”的“垢患”！这样的他们，又怎么会关心孝公的真正死因？这样的他们，又怎么可能跟你卫鞅一起声讨谋篡？这样的他们，难道还会在乎你卫鞅为秦国所做的一切，难道还能容你在眼前、在身边……

他没想到，回到府邸时，昨天还聚集满堂的门客，竟走得只剩魏公子印一人。更没想到魏公子印告诉他的消息：所有还算有走动的臣僚，都已被同时收了印、免了职，其中两个咸阳守城将领还因以“无大良造亲命不可擅交兵符”之由抗争而被当场格杀，人头悬于城门……

魏公子印本以为，商鞅听了这些消息，会目瞪口呆，颓然不举。却没想到，他竟然拊掌大笑起来，大声喝着：“好手段！好魄力！！”

见此情状，魏公子印反倒目瞪口呆了。商鞅边笑边指点他，嘴里一边还在说“好”，一边双手抱住他肩头摇晃。“老伙计，怎么了，该高兴啊！为我卫鞅，不，是商鞅，为我商鞅高兴啊！新君如此手段魄力，新法断不致废矣！”

他松开魏公子卬，兀自大笑着在偌大厅堂里仰天转圈，边笑边不断念叨“法不废矣”“法不废矣”。最后竟笑出眼泪。魏公子卬看怪物似的看着他，渐渐也露出笑容。商鞅笑罢，仿佛才又意识到魏公子卬还在身旁，转过脸，就看见了他的笑容。多么熟悉的笑容啊，让人想起轻狂曼妙的少年时，想起那么多曾经的美好——为学、机辩、郊游、打赌，分吃野果时酸涩中的回甜，戏谑乡女后伙同着的坏笑……想着想着，他就也那样舒缓地笑回去，问：“你怎么没走？”魏公子卬答：“等你。”

商鞅：“你，不恨我了吗？”

魏公子卬：“恨你什么？背信弃义？原先是恨的。可就在刚才……我好像忽然明白了你，明白了你这个人。所以，不恨了。”

商鞅：“你明白了我？明白了我这个人？我自己倒像是还没明白自己呢。”

魏公子卬：“这又有什么奇怪。我也不明白我自己。所有人或许都不明白自己。那恐怕也正是为什么他们还是他们自己的原因。”

商鞅：“我们能去哪里？”

魏公子卬：“要是问我，当然是魏国。”

商鞅：“魏国正恨不得把我千刀万剐！”

魏公子卬：“想把你千刀万剐的是魏罃，不是魏国。几近倾颓的魏国需要你，你的新法、你的决然、你的聪明。只有你，才能救魏国。”

商鞅：“那是你的想法，不代表别人。”

魏公子卬：“但我会去说服别人，甚至会去说服魏王。至少，我愿意去，愿意拿出所有意志和情感，让他们放下仇怨，为魏国开启崭新的篇章。”

商鞅："是不是太冒险了？"

魏公子卬："比你当初来秦国，自是冒险了些。但比起待在这里，比起回到商、於封地，恐怕就不见得了。你，难道还害怕冒险吗？"

公孙衍，又被称为"犀首"，是魏国政坛的明日之星。至少，魏王罃是这样把他定位的。

和卫鞅一样，他这个"公孙"也是氏，而不是姓。要是翻家谱老底，可能多少能跟哪个小诸侯沾点边。可他本人却绝对是百分百的白丁，而且长相怪异。据说，"犀首"的别称，本是形容他脑袋长得像传说中一种叫作"犀"的怪兽（"犀"是什么，不大清楚，应该不是现在的犀牛。不过，犀牛，是那种动物的中文名字，想必也是觉得跟古时传说的"犀"有几分像，才那样叫的），后来，就慢慢成了魏王罃为了用他这个人而特意创造的那个说大不大、说小不小、类似军政参谋的官职的代称。

起初，公孙衍的模样，确实把魏王罃和魏国群臣吓得不轻。接受了错失商鞅的教训，在失败的苦痛中挣扎了许久、颓然了许久，终于鼓起勇气重振雄风的魏王罃，下定了唯才是用的决心，但还是没法完全抛开等级芥蒂，所以，尽管破格任用了白丁公孙衍，可并没一开始就委以之前只有宗室、士大夫和公认的名流（如传说中半人半仙的鬼谷子的学生庞涓，再如深得名动天下的孔仲尼老夫子儒家思想精髓的孟轲）才能担任的官职。

可公孙衍似乎并不在意这种带歧视色彩的安排，非常卖力地展示自己，很快显露出惊人的外交才干，并且利用这种才干，极大程度扭转了魏国在诸侯中的孤立处境，颇得魏王罃赏识，后来还经常越过中间各层，直接跟他对话。所以，虽还是个"犀首"，可他所染指的事务之多、之广、之深，却已渐渐不亚于相国，对魏王罃和魏国国政的影响力，也因而越发明显，当然，也就越来越多、越来越明显地被魏王罃甚至诸臣工倚重。所以，公子卬写来的恳请抛却前嫌、起用商鞅的信笺，也就自然而然地第一时间到了他的手里。

跟商鞅的机辩张扬截然不同，公孙衍一向姿态沉稳，加上那张怪脸几乎没有表情（就是有，想必也很难读懂），给人一种呆呆的感觉。魏王罃喜欢这种感觉，让他觉得自己很聪明、很机敏。众臣工也大都喜欢这种感觉，让他们觉得很稳妥、很安全。看公子卬的来信时，众臣工没在，只魏王罃和他，外加那些王所在的地方一定会有的、远远肃立的侍卫和跟死人一样可以忽略其视听的侍女。

魏王罃的意思很明显，叫他针对公子卬来信所提的事，拿个主意。公孙衍一边仔仔细细一遍又一遍地看那封信，一边听魏王罃讲述公子卬当年如何中商鞅奸计，如何被擒，又如何沦为门客的过程，一边还在谨慎品味王说话时带出来的情绪——对商鞅的，对公子卬的，对当初那些事的，对眼前这件事的。一言不发，甚至连一个稍微幅度大些的动作都没有。

魏王罃发现自己的讲述已经开始重复了，就收住话头，也不理依然眼睛盯着信札沉默着的公孙衍，兀自喝起茶来。他习惯了公孙衍的沉静，也坚信这个怪模怪样的大能人，已经完全听明白并且记住了他的话。他知道，不需要再说什么了，他该做的，就只有等，等公孙衍给出答案，就像以往的很多次一样。他相信，那个答案，一定对魏国、对他有利，就像以往的很多次一样。

可是这次，他觉得，等的时间，似乎太长了一些。而且，那个经历了地老天荒的沉默之后盼来的答案，着实有些让人摸不着头脑。

公孙衍的回应，用现在的话来讲，也不过就三句。

第一句：公子卬是魏国公子，想要归国，是不好拒绝的，想要带什么人一起归国，也是不好拒绝的。

第二句：无论这个卫鞅是否该死，都用不着大王您，或者说魏国，来处置他。

第三句：臣下倒很想知道，这个了不起的卫鞅，到底弄出了个什么样的秦国来。

在先回商、於封地还是就在咸阳静等魏国回音的问题上，商鞅和魏公子卬曾有过一番争执。魏公子卬主张商鞅先回封地。可商鞅认为商、於靠近韩国，要想打那里往魏国去，则要么穿越韩国，要么从秦国腹地绕路，而二者都不够安全，也不够有效率。况且，他料想，赖在咸阳不动，新君嬴驷，就暂时还不能把他怎么样，可一旦回到边远的封地，后面的事，就不好说了。所以，他宁愿守在咸阳，如果魏国消息利好，就冒险直接前往，根本不回封地。如果魏国拒绝他，再回也不迟。

他不想告诉满怀信心的魏公子卬，如果魏国真拒绝了，他也完全可能不回封地。不想告诉他：新君今天收了大良造印信，明天就可能收回商、於封地。如今的卫鞅，根本就不能把自己看成一个有封地的人。如今的卫鞅，更应该考虑的是，只身逃亡，还是带上一大家子，是等魏国来消息再逃亡还是不等了，以及是逃往化外、了却残生，还是寻找新方向，再施展一场。他久久站在跟魏公子卬最后分手的地方，默默地看着车仗远去，直到看不见了，还站了很久。他隐约觉得，这可能就是跟这位自己曾经亏欠过的少年友人的诀别了。至少，比起在魏国重逢，诀别的可能性更大。

尽管如此，他仍没完全认定魏国一定不会接纳自己，骨子里还在希望魏公子卬能传回好消息。像很多处在逆境中的人一样，他理性上做了最坏的打算，情绪上却在期待最好的可能。他并不知道，回到魏国的公子卬是如何陈书力谏，又是如何被魏王罃盘问规劝。他也不知道，因为有了“犀首”，自己的才能和作用，在魏王罃心里已经大大贬值，根本不足以抵消怨恨。他当然更不知道，“犀首”公孙衍跟公子卬做彻夜长谈，让后者感到很大希望的同时，一封以“外臣公孙衍拜陈大秦君上钧前”为抬头，以“尊相商君鞅欲与敝邑谋秦，臣恐害两国之谊、废臣民福祉而弗从”为核心内容的密信，却以最快速度，到了新秦伯嬴驷手中。

如果他知道那一切，恐怕就不会把新君“速归封地”的勒令，简单地当成进一步的排挤；也不大可能在离开咸阳时，摆出先君孝公都不曾有过的盛大排场。他的想法其实很简单，甚至有几分负气。他想最后风光一次，想为自己在秦国二十余年的政治生涯，画一个漂亮的句号。二十多年前，他被景监的手下，秘密接来故都栎阳，无声无息。二十多年前，他穿着景监送的新衣服，第一次走上秦国的朝堂。那时，他是个陌生人，是个布衣，是个被质疑的外人。如今，他就要永远退出这个实现了毕生理想的舞台，永远离开亲自设计督建的国都，永远告别一切繁华、尊崇、怨毒和角逐。他要用盛服华乘、浩浩仪仗，来结束这一切，让秦国人，不管是爱他的、怕他的、怨他的还是恨他的，不管是平头百姓还是君主重臣，都知道，他，商鞅，商君卫鞅，原来的魏国布衣，后来的左庶长，昨天的大良造，无愧于秦国，没什么可灰溜溜的。相反，是骄傲着的，是自得着的，是不容忽视和鄙夷的！

当然，这种排场，会让新君嬴驷感到来自商鞅的强烈抵触，甚至是严重挑战。可如果单单如此，嬴驷不见得会非常在意。即便加上公孙贾公子虔“如此放肆，盖轻君欲反”的挑动，也可能只不过会劝劝他俩：行了，别再为你们的脸不平了。把他请走，比什么都强，至于怎么个走法，并不真正重要……可再加上甘龙、杜挚等执国重臣拉上一干亲信全围拢过来警告“卫鞅僭越，必存反心，放归，大患矣”，并强烈要求根除这个大患，作为准备倚重他们的君主，他就不得不有个明确的、能够顺应他们意思的表态了。

公孙衍的那封密信，就是在这样的情势下被读到的。换了任何一个人，都恐怕会宁愿相信，一封来自外臣的告密信，无论如何也比自己臣下、商鞅的政敌们的空言诋毁，来得更真切、更骇人。

读罢那封信，秦伯嬴驷的背心，已爬满冷汗。他不动声色地把信绢塞入袖筒，镇定地看着摩拳擦掌的大家伙儿，沉吟片刻后，清清嗓子，以尽可能沉稳的声调开了口："大家说得很有道理。应该采纳。应该尽快把这个叛臣清除掉！"

请求惩处甚至根除商鞅的人们，爆发出轻松的、很解气的欢呼，谁也没注意，君上刚才把商鞅称作"叛臣"，而不是他们说的"大患"，或是别的什么。

商鞅带着家小才走了不到三成路途，就听见背后远处传来车马声。来得好快！他不禁倒吸口冷气——追兵的速度和数量，都超乎了他预想中的最坏情况。他甚至还来不及想出一个相对妥当的应对或是逃避的办法。甚至都还没能到达一处可以容一行几十人十几乘暂时栖息的所在。他一边催动队伍加速往前面不远处的一个小山坳行进，一边在心里飞速权衡那个最最冒险的办法——甩开队伍，独自逃亡。这本是万般无奈之下的绝命赌博，赌的是他在嬴驷心里的分量。毕竟，他做了将近十五年大良造，其间事实掌握秦国最高权力，经手过无数秦国最高级、最机密的军政事务。没人比他更了解秦国，也没谁会比他更容易对秦国造成致命伤害。如果嬴驷对此有所认识的话，一旦在队伍中没发现他本人，可能还不至于这就加害他的家人，而会更倾向于把他们扣为人质，以制约他对秦国不利。然而，这只是一种可能，不是必然。因为，他不能确保，自己真的就愿意毁掉和先君辛辛苦苦构建起来的秦国；他也不能确定，如今的秦国，是否还会轻易被扳倒；他更没把握，自己还能否有一个可以哪怕只是试着扳倒秦国的政治新舞台。而且，他基本可以肯定，嬴驷，一定也能想到这些。

我们不知道，商鞅是否真的离开家小，独自逃亡了。追兵最终追上那支小小队伍的时候，一切都被吞没在了车马盘桓的漫天尘烟里。有人说，商鞅只身逃到了边境，因为没有身份证明而被慑于其所倡导的新法的秦人拒之门外，不得安生。也有人说，他最终还是逃到了魏国，魏国却因为记恨，不仅未接纳，还向中原各国宣扬他的“恶行”，断了他的其他逃路。还有人说，因为走投无路，他最终又潜回商、於封地，组织当地一些私属攻打郑国，妄图占领这个蕞尔小国，与秦国做长期对抗。秦国相关史籍曾记载：商鞅率乌合之众攻击郑国未得手，受到秦、郑两国夹击，最后死于渑池地方的混战。秦伯嬴驷命令将他的尸体运回咸阳，当众处以最残酷的五马分尸车裂大刑。他的家小被押着观刑，之后也被尽数当众斩杀。

但也有传闻说：商鞅家小早就被杀死在逃亡路上，他本人却不知去向。后来在郑国，也确实有过一场小战役，对方领头的很可能是商鞅。他们也的确被秦兵打败。但商鞅并没被俘，也没战死，而是又一次不知去向。可参战的秦将却上报商鞅死于乱军，占了功劳。秦伯嬴驷要求把尸体运回咸阳，他们随便找了一具身量相似的带了回去，等到风餐露宿十几二十天运到咸阳，尸体早烂得辨不出模样，准备车裂时，绳索稍稍一紧，就散架了，根本没出现五驹奋蹄、骨肉挣裂、脏腑飞溅、血泊漫天的惨烈状况。为此，秦伯嬴驷很扫兴，当场拂袖而去。传闻进而说：从战场上死里逃生的商鞅，从此隐姓埋名，隐居在秦、楚交界的青绵绵的大山里，还活了好多年。为给家人复仇，他用余生，训导了好几个聪明学生，教他们怎样去联合中原诸侯覆灭秦国，并因而是后来的“合纵”战略的开山鼻祖。

其实无论哪种说法，细想去，都有缺漏不确之处，甚至也还都有显而易见的逻辑问题。但无疑，“商鞅”这个名字，以及卫鞅、公孙鞅，都在那莫须有的车裂之后，彻底从历史上消失了。可他的新法，却被以嬴驷为代表的秦国，毫无保留地承袭下来，并被后来的政治家们不断完善、发展，最终形成独特的、具有强大推动力的国家文化。一个比秦穆公或任何一个春秋霸主缔造的曾经的强国都更强大、更富裕、更剽悍的国家，犹如新生巨人，带着所有往昔的光荣与痛楚，带着二十多年变法图强留下的惊惧、哀怨、累累果实和斑斑血泪，向着太阳升起的东方，向着更广阔的天地，坚定迈开步伐，一步步震颤着浩瀚的关西沃土，一步步震颤着滔滔黄水、滚滚长江，一步步震颤着列强盘踞的中原大地。

卷三　乱世狂歌

六对一的简单公式，唤出惊天梦想。

一对身世坎坷的聪明人，以巧舌玩转天下，把自己的名字，重重写入史册。

城府高筑、来去神秘的客卿，穷尽所能，也没能还知遇之人一丝欣慰。

心灵的原乡，短暂的浪漫，在不经意间开启王者时代。

疑窦丛生的君王之死，风流诡谲的太后政治，倾覆天地的搏命壮举，熊熊燃烧的遍地烽火……古老而年轻的国家，成了世人眼里的“虎狼”。

色相、欺骗、贿买、杀戮，无所不用其极——心智与实力的殊死较量，生存与毁灭的痛苦撞击……

尸积如山，血流成河，天下大乱！

面对四十五万枉死生灵，没有真正的胜利者！

历史，必将在无尽的血泪中，做出选择。

第十五章

六对一

六对一的说法，最早应该是“犀首”公孙衍提出来的。那时候，他已经担任了商鞅留下的秦国大良造职位。他告诉秦伯嬴驷，不久的未来，将是秦与楚、韩、魏、赵、燕、齐等六个大国对抗的时代。至于还在残喘的一些蕞尔小国和名存实亡的周王朝，则根本没资格，也没机会加入这场大角逐。蠢蠢欲动的中山国、义渠戎族和更加边远的戎部大族，除了骚扰临近大国，争夺一杯半盏残羹之外，不会有什么真正的大作为。他们中的大多数、绝大多数，并想不到“天下”这么大的概念。若有谁想到了，也必将同时认识到，任何比跟大邻居分庭抗礼更远大的理想，都必须以转而依附这个大邻居来实现。所以，真正的“玩家”只有他们七个，而游戏的主流格局将是六对一，即“山东六国”对抗秦国……

话说到这儿，嬴驷轻轻抬了抬手。“犀首”马上收住话头，专注地望向自己的君上。这时，商鞅已彻底从秦国消失五年了。可其当初的飞扬跋扈，还久久不能从秦伯嬴驷的记忆中淡去。相比之下，在嬴驷看来，本事并差不到哪儿去的公孙衍，不知道要有多么谦和、多么可爱。或许就是因为这种美好的感觉吧，他很快就把开始时对这个魏国大能人旬月间舍弃来之不易的魏王的宠信，出人意料、执着、热忱而迅速地转而投向秦国、投向自己的真正动机的疑虑，放在了一边。他开始渐渐喜欢跟这个怪模怪样的家伙合作。他让作为君主的嬴驷，充满自信，激发出空前的思辨、勇气、雄心和才智。他让嬴驷感到，这个君主做得比父亲孝公、祖父献公加在一块儿都更有滋味、更有尊严、更有成就感。所以，嬴驷把商鞅空出来的大良造给了他，不管别人是否愿意、是否赞成。年轻的君主进而高兴地看到，这个大良造，很快就跟群臣融到了一处，而不是商鞅那样孤芳自赏、卓尔不群。可以说，除了长相，“犀首”简直没得挑！非要寻些不妥的话，大概唯一说得上的，就是他有时候显得过于谨慎和谦恭了。比如这会儿，其实他只是随意动了那么一下，并没想打断“犀首”难得一现的长篇大论，可这家伙偏就停在那儿看你，一副等着发问、等着纠正的模样。那认真的样子，让你不好意思付之一笑，也似乎不宜就说“噢，没事没事，你接着说”。说老实话，这当儿的秦伯嬴驷，有些尴尬。可一向机敏善辩的他，很快就想到了应对，脑子转几下，清清嗓子，对着“犀首”充满仰慕的眼神问：“为什么是山东六国对抗秦国？我大秦，难道非得是天下的敌人不成？”

本来，这只是打破沉默的过场话。虽说算不得一点儿没过脑子，可也绝不是什么深思熟虑之语。嬴驷自己和周围其他所有人都没想到，这随口一问，竟引出一个振聋发聩的答案。“犀首”很规矩地行礼，直视秦伯，从容地、一字一板地说：“君上差矣。我大秦并非天下之敌，实乃天下之主矣。”

不能说，自那个瞬间起，仅仅因为这个相貌怪异得有几分丑陋的客卿一句话，秦国就定下了今后百年的国策。但无疑，之前，没有谁如此直白、如此明确地给秦国定过这么远大的方向。有趣的是，群臣闻言，一阵唏嘘过后，竟没什么别的声音出来。秦伯嬴驷则连唏嘘都没有，直接就把目光飘到了偌大议事大厅外面的远处，似乎陷入了沉思。

难道这是真的？他问自己。难道这真的就是寡人的使命，秦国的使命？……那比寡人此时目力所及更远的地方，是怎样的？那大大的、远远超越了咸阳城、超越了河西之地、超越了大河的“天下”，究竟是怎样的？恍惚中，脑子里飘来另外的一句话，好像是同父异母的小弟“樗里子”嬴疾告诉他的，说是有个被人引荐到其门下的楚国来的魏国年轻人，问他为什么来秦国，他竟然说“为天下”。对了，就是这话！只有三个字——“为天下！”好大的口气！疾弟是当笑话讲给他的。疾弟爱讲笑话，是个妙趣横生的家伙，经常逗得他前仰后合地笑。他说你出来干些正事吧，也好帮帮我，他就反诘：把君上逗笑，莫非不是正事？这个疾弟啊，你别想说得过他——就像他的逗笑永远都出人意料一样，他的聪明，有时也实在有些邪门儿。

当群臣的嗡嗡声终于把已经跑了十万八千里的思绪拉回六对一的话题时，嬴驷不知为什么，怎么也聚不起精力跟公孙衍机辩，眼里四下寻着被他强令必须入堂听政的樗里疾的影子。没找到。这家伙，又溜号了！又不知跑到哪儿逗笑别人去了。他跟公孙衍和群臣说：“当下的话题太大了，先议到这儿，寡人得好好想想。”又说，“嬴疾何在？你们谁见了，让他速速来见寡人。”无故旷政，不像话！

群臣散去没一会儿，樗里疾就整着衣袍怯怯地来了，说臣弟拜见君上，臣弟适才如厕，没听见君上呼唤，臣弟……嬴驷看他那样子就想笑，挥挥袍袖说行了行了，别来这套了。寡人叫你来，不是要骂你的，而是有一问。他招手示意弟弟走近，轻声问：那个自诩“为天下”而来的学子，叫什么来的？

那个好大口气的魏国学子，就是后来大名鼎鼎的张仪。

他到底师从何方，又怎么来的秦国，当时和后来，有过很多种说法，就连他自己，也说过至少两三个不同版本。从后来张仪其人的诡辩善谋来看，恐怕哪个版本都未尽可信，但作为秦国重要人物，总得给这位相国大人写明来历。于是，秦国史官们，综合了诸多版本，按正统加神秘的原则，组合了一套还算有逻辑的说法，让人既不能轻易说出纰漏，又不大容易真正一一印证，还兼顾了曾给予当事人极大重用的君主的面子。其实，在当时，无论秦伯嬴驷，还是张仪的推荐者嬴疾，都不是很关心张仪其人的出身。他们看重能力。他们明白，秦国需要的是能人，而不是贵人。他们，秦人的代表，比当时的任何人都更明白，能人和贵人，根本就是两回事。所以，这个来历不明、口若悬河、敢于将“天下”系于唇齿之间的张仪，迅速走进了他们的视线，也迅速引起了他们的关注，并进而很快就成了被全天下注视的人物。

在张仪作为普通门客向秦伯嬴驷的陈言中，也比较明确地提出了六对一，而且提得更具体、更深入，也更形象。在张仪的构想中，六对一的“一”本来有两个候选，秦和楚，并且，他本人最开始认为，楚比秦更具备成为那个“一”的条件。所以，他最先的方向，是楚。可在楚国遭了无数挫折和嘲弄后，他发现自己错了——跟中原各国一样，楚国也已到了夕阳时代，根本不是原本认为的“永远不落的太阳”。而经历了商鞅变法洗礼的秦国，却当真是如日中天，焕发着空前活力。因此，它必然不能见容于山东六国，必然成为它们最终的对手而不是盟友，而独占西方的秦国，也肯定不会从山东六国那里获得真正的安全感，所以也就无可选择地必将站在它们的对立面。也就是说，无论从己方还是从对方的角度看，秦国跟山东六国的对立，都终究不能避免。变数仅在于三个方面：第一个方面，对立开始的时间；第二个方面，对立持续的时间；第三个方面，同一时间里，到底有几个真正的对手。

对于第一个方面，张仪给出的答案是："仪事秦为始。"就是说他张仪开始为秦国谋划的时候，就是六对一格局的真正开始。秦伯听了，差点儿把嘴撇到后脑勺去，心说你可真敢说。

对于第二个方面，张仪没说具体的时间长短，只说"秦王天下而止"。就是说：六对一格局的终止时间，就是秦国一统天下的时候。嬴驷心说：废话。这么一想，就也觉得那第三个方面"同一时间里到底有几个真正的对手"的问题本身，也是废话了——不是六对一吗，对手是六个啊，还能有什么变数不成？这回，他没客气，直接把话丢了过去，并追问"难道还不止六个对手？"

胖乎乎的张仪，用袖子擦擦额头，下意识地理理其实很齐整的胡子，又施个礼，说："当然不是不止六个，而是不到六个。您别急，让咱们仔细看看这些对手——

"先说魏国——再怎么怕是也扯不出个'打'字了。韩国夹在秦、魏、楚之间，虽比较弱，可却是大大的不安定因素。楚国强大，而且不会坐视跟其接壤的魏、韩被秦压迫，应该是最危险的对手。单对单看，我们现下，还不能用军事撼动楚国。魏国好一些，拼老本打的话，秦国有一半儿胜算。韩国问题倒不大。可它们三个无论怎么联合一下，我们都可能吃不消，更别说再加上燕、赵、齐了……"

说到这儿，张仪轻轻瞟了嬴驷、嬴疾兄弟一眼，发现他们看自己的目光里，虽仍充满审视，却已隐隐显出几丝好奇；尤其是"樗里子"嬴疾，那神情，跟平日在府中"戏辩"时，已经很有几分像了。所谓"戏辩"，是樗里子家的特有节目，参与者不分大小尊卑，通常人数众多，形式和内容很近似今天的脑筋急转弯。张仪已经比较了解这个小自己十多岁的公子"戏"中有政，政中有"戏"的脾性。他知道，那看似戏谑不堪的做派里，其实蕴藏着深不可测的智慧。他也知道，日日被取笑的自己，已经在公子疾的印象里，变得越来越不一般了。他还能隐约感到，比自己还年轻的秦伯，很了解这个弟弟，也很重视弟弟的意见。

所以，他很有底气地清了清嗓子，抛出了既改变了自己命运，也改变了秦国命运，并传于遥遥后世的那四个字——“远交近攻”。

所谓“远”，是指不与秦国接壤的燕、赵、齐，其核心是东方大国齐。所谓“近”，则指秦的邻国韩、魏，楚也算上。远的，不能从与秦的对抗中获得现成的实际利益，倒完全可以从隔在秦和它们之间的那些近的国家捞好处。所以，它们主动联合近的那些来对付秦的可能性，远远小于跟秦联合瓜分夹在中间的近的那几国。它们会打这样的如意算盘：利用秦的力量，扩张自己，再在扩张过程中占到先机，进而在最终不可避免的与秦的对抗中获胜。相对应地，如果秦真的去联合“远”，也必然抱同样的目的和心机。不同的是，在这样联盟加竞争的态势中，秦其实比“远”的那几位更有优势；所以，必定会先争取到积极的结果，或者说必定能争取到更理想的结果。

说到这儿时，樗里疾插问：“你所谓的优势，指什么？”

张仪答：“至少三点。第一，秦国已经勾画出了整个路线，并因而一开始就能够按路线进行，而它们则未必；第二，秦国很清楚自己的对手是谁，并因而不会在前进中受任何干扰，而它们则可能、很可能，相互间发生争执、纠葛，从而自相削弱；第三，由于前面的第二所说的那些争执和纠葛，当终于有一天，它们站到秦国对立面的时候，秦国完全可以故技重演，再分化它们，而它们则根本不可能分化本就是一个国家的秦国。”

秦伯嬴驷听到这儿，漫不经心地插言道：“子以为可愚六国乎？”意思说：人家莫非都是傻子，这小小伎俩就把人家都蒙住了？

面对这个相当挑战的质疑，张仪显得很从容，满怀信心地应对道：“禀君上，他们中有些人，其实就这么傻。至于为什么傻到这个程度，其他时候，我再跟您细说。就算他们没那么傻，也不要紧。我们可以把他们变傻，让他们相信，联合秦国对付魏、韩，甚至楚，一定能获得巨大利益，而同时，秦并不能对他们构成威胁。”

嬴驷笑了，轻轻一撇的那种笑。听小孩子乱讲之后付之一笑的那种笑。樗里疾却不理会哥哥的脸色，转而很认真地问张仪：“如何能让他们相信？”张仪答：“赖仪唇舌之辩耳。”意思是：我张仪去跟他们说，他们就会相信。

应该说，秦伯嬴驷对张仪的最初印象，不怎么好。他觉得，这个胖子有些夸夸其谈。可一方面，他相信小弟樗里疾的感觉，而樗里疾认为张仪是了不起的奇才，理由恰恰是让他最不喜欢的那句“赖仪唇舌之辩耳”。

樗里疾认为：假设采取张仪的策略，在蒙蔽盟友这个至关重要的环节上，万乘之师，远不及三寸巧舌。甚至可以说，除了唇舌之辩，任何其他办法，都无法成效。而秦国还就是缺张仪这样的唇舌。

另一方面，张仪设计的攻魏联齐、联齐弱楚等一系列步骤，也确实把简单的一对六，阶段性地变成了一对二、二对二甚至三对二、三对一。虽听起来有些阴损，却无疑是步步为营、弱敌强己的实招。

事后，秦伯嬴驷也旁敲侧击地问过“犀首”公孙衍和颇有谋略的客卿陈轸。前者当然认定六对一，也间接流露了分化“六”的设想，但不具体——“犀首”说话一向谨慎，关乎大略，更不会说得太细太满。后者则对六对一都还抱怀疑，甚至建议跟楚国构筑永久性联盟。

这样一来，嬴驷心里，似乎有了些数：在六对一的问题上，他们是三比二，分化对手的问题上，也是三比二。而且，张仪的分化，已经非常具体、非常明确，简直就是可以动作了。

您可能已经注意到——在嬴驷的内心，出现了一个之前没有的三比二。无论是在“三”里，还是在“二”里，夸夸其谈的张仪，都已经占了一票。就是说，至少，在是否六对一以及如何面对六对一的问题上，布衣张仪，已经跟执国重臣和政治新秀占了同等权重。这一点，秦伯嬴驷本人，并没马上意识到。在他的认识里，胖乎乎的张仪，一直都不那么可靠，也一直都不怎么招人喜欢。

机敏善察的张仪，自然也感到了秦伯藏不住也压根儿没想藏的那股子“看不上”。但他明白，君上看不上的，并不是远交近攻的“策”，而是他张仪这个人。搁在常人，恐怕并不会觉出其中有何微妙，也可能就此认定自己已经失败，至少不能算是成功，而张仪却认为，如此再好不过。二十多年后，挨在瑟缩凄冷中的张仪，曾向慕名来求教、跟自己早年一样受尽挫折的后学苏秦，拆解过其中道理。那大概是他一生中屈指可数的敞开心扉的谈话之一了。

他告诉苏秦：“人要靠才智和能力谋取荣华富贵，而不是靠感情，靠什么人的信任和喜欢。那都是虚的，没分量的。尤其是来自君王的感情、信任和喜欢，就更加靠不住。他今天能给你，明天就能夺走，后天就可以给你的死对头；只要对他有利，甚至只要能让他有须臾快感，他就会做，毫不顾及你的感受和命运。那些争宠的人，都是白痴，遭了殃，还在那儿抱怨；有什么可抱怨的呢，该庆幸才对，庆幸居然挨到今天才遭殃。有本事的人，不需要那些虚的。如果你有好主意，并且只有你才能把那些好主意变成现实，他就会拿高官厚禄来买，无论是否喜欢你这个人。你们之间，只有交易，根本谈不上别的，也不应该涉及别的。如果双方相互喜欢着，交易反倒掺了含糊进去，再要是大买主，卖的那个，在价格上，就要吃大亏了……对一个政者而言，看不见摸不着的宠信，远不如爵位、封邑、财产和个人成就感来得实在。我们该为自己活着，而不是为君主或别的什么人。我们该把所有的成就，都归结在自己名下，而不是买主。我们要让史册记载，是张仪、苏秦，成就了某某国、某某君主，甚至是，成就了天下……”

他还告诉苏秦：“这些话，这辈子，我只跟你苏秦一人说了。”又问，“知道为什么告诉你吗？”苏秦想了想，点头。张仪接着问：“你有那种只有你才能付诸实际的好主意吗？”苏秦想都没想，摇头，俄顷，正色道：“会有的……”

那很可能是张仪生命中最后一个夜晚。十来天后，人们发现了他已经僵冷膨胀的尸体。没人说得清，他到底什么时候死的。人们似乎早已把他忘记了。

传说中聪明得匆匆扫一眼随便哪个石碑都能背下所有碑文的苏秦，后来推行了跟张仪正好相反的策略。即联合山东六国一起对付秦国，试图把张仪曾经力求打破、转化的六对一格局锁死。没人知道，这主意，是否也是张仪在那个弥留之夜传授的，但基本可以肯定，比之张仪，苏秦其实并没达到开宗立派的“理论高度”——他并不是所倡导的被后世称为“合纵”策略的始作俑者，甚至连成功的推行者都算不上。可他确实达成了令人瞠目结舌的“自我成功”——靠三寸不烂之舌和一个并不新鲜的理念，竟将“六王”玩弄于股掌之上，谋取了所有“山东六国”的相国宝座；就连死，都比张仪死得张扬、传奇百倍；死后都还给当世留下了挥之不去的遗患，也给后世留下了可能永远都解不开的谜团。甚至在史册上，还排在了张仪之前，被认为是先行者和张仪的导师！成功至此，何以复加！！

相比起来，张仪真够不上是聪明的卖家：他所做的交易要实在得多，结果也算不得圆满——荣华富贵固然得到了，后来又失去了。倒也名垂史册了，却没什么好形容，还排在了苏秦之后。跟苏秦那番“倾心”交谈，与其说是传授，倒不如说是对自己一生从政经历的反思。

张仪在秦国做了二十三年谋臣，凭冠绝天下的巧舌，倚仗秦国日益膨胀的国力，游走在诸侯之间，排布、翻覆着秦国与各诸侯间的关系，挑拨、搬弄着各诸侯相互间的关系。

刚被任为客卿时，他很清楚自己还在考察期中，所以格外卖力，拳打脚踢，还亲自披挂上阵厮杀；无论是作为文人，还是作为一个几乎不懂技击的胖子，都实在不是件容易的事。他知道，秦国尚武，光靠嘴皮子，人家肯定不买账。可他更没忘记自己的专长，深知：要想在秦国混出模样，到头来，还是要靠舌头根子。所以，他巧妙而有力地抓住了自己亲手气喘吁吁打来的对魏国蒲阳战役的胜利，充分运用舌头，拿着退还蒲阳外带质押秦公子到魏国的反胜为败的提议，对老板嬴驷玩了一把反测试。结果，嬴驷通过了测试，允了这看上去令人匪夷所思的主意。张仪于是借机逼魏国割让了上郡、少梁等十五座城池，并许下亲近秦国、不与其他诸侯结盟反秦的承诺，以退为进地完成了对自己的故国的根本性削弱，用一场小胜利，谋取了魏国整个河西地盘，把秦、魏边界，划到了黄河边。对于这个成本极低的巨大果实，嬴驷给予了很有分量的回报——专门为张仪设立了“相国”职位，一把把胖子提到了最高权力中枢。

当了相国的张仪，几乎把整个心思都扑在了秦、楚、齐三大国关系上，一笔笔勾画着远交近攻蓝图。相比之下，他在毗邻秦国的楚国身上，更下功夫。

他了解楚国，甚至胜过对秦国的了解。在他眼里，楚国的王（怀王）是个傻瓜，对各自保有势力、俨然邦中之邦国中之国的王公贵胄大族，听之任之、毫无制约；手下少数几个有头脑的臣子，又都不怎么受待见。

如此情势，很容易在外交和政略上露破绽。他知道，楚国的强大，主要在军事，而军事则是外交和政治的延伸，不逼到一定份儿上，楚国不会轻易用兵，至少不会大举用兵。不用兵，楚国就没什么可怕的。所以，他认为，只要不把楚国逼得倾国决战，尽可能跟那个傻瓜国王和各怀心腹的望族周旋下去，不知不觉地把本来散漫的楚国彻底搞乱。

对这番用心，嬴驷开始不是非常认同，可还是任由张仪放手去做。旁人问起时，他只反问“莫非还有更好的办法？”问的人于是就没了声音。只有陈轸郑重提过是否该去动楚国的疑问，不仅没得呼应，反而勾得嬴驷开始重新思考张仪说“陈轸亲楚，欲事楚”的话。思考的结果怎样，谁也不能确切知道，反正后来，陈轸还真就去了楚国，坐到了张仪的谈判桌上的对面。

但他的嘴皮子哪儿抵得上张仪，又怎么能像张仪那样要出“六百里”和“六里”的把戏，当然也就更想不到张仪把计策使到了楚王床头，利用南后的唇舌，从楚国复仇的囹圄里解脱出来。

一来二去，楚王吃尽苦头，受够惊吓，却到底没能奈何张仪。结果是，本来关系还过得去的齐、楚两国，谁看谁都别扭，却都跟秦国缔结了盟约。只不过，楚国的这份盟约，含了太多的无奈和心酸。

如果单把秦、楚、齐关系的变化拿出来看，几乎可以认为“远交近攻”的格局，已基本现出模样。可其他各国，尤其是被大大削弱了的魏国，并没真正甘于被动。由于它们的一系列反秦动作，使得张仪的策略推进，屡遭干扰，不得不频频调整，甚至一再拖延。对此，嬴驷的头脑却很清醒。尽管，他也认同张仪搬弄齐、楚关系的核心宗旨，但仍在战术上把魏国放在了第一对立面，以至于一度免去张仪相国职务，让他到魏国当了好几年外相（类似今天的大使，但对驻往国的政务有影响力，职能更宽，权力更大），用来稳住并继而进一步孤立魏国。

但无论怎样，对于张仪，嬴驷总是抱支持态度的，甚至包容了那些并不喜欢的“人”的因素，甚至还容忍了张仪构陷引路人樗里子嬴疾的小人之举。大概只有对太子嬴荡，他才真正显露过对张仪的些许不满。他跟儿子说：“张仪是很聪明，但太急于求成，太想建功立业了……以后你若用他，要当心……”

天天摔跤举石锁、练得一身吓人的腱子肉、无比崇尚武力的嬴荡，面对君父的嘱咐，很不以为然地应道：“如果是我，根本就不会用这等口舌小人！”

不知是这话传到了张仪耳朵里，还是嬴荡什么时候流露过对张仪的不满，让后者有了察觉，当嬴驷出人意料地英年早逝时，张胖子一下就慌了手脚，不等嬴荡正式即位，就赶紧寻个茬儿躲去了魏国，挨了一年多，到底还是连郁闷带担忧地把自己生命推到了终点。

第十六章

王者时代

张仪刚被任命为相国的时候，“犀首”公孙衍静悄悄地离开了秦国。和他当初的到来一样，他的走，同样让人摸不透——跟谁也没说。头一天朝堂上还见了，第二天人就没了。问下去，谁也答不出个所以然。张仪当时说：“怕是回魏国了。”嬴驷一听，不禁脊背发了凉。本想追问，可看看下面一大片茫然的面孔，又忍住。当日后来，他跟弟弟樗里子秘密分析了一番，得出惊人却又似乎是唯一合理的推论：

公孙衍当初在魏王罃那儿那么得宠，怎么忽然一下子就跑来秦国了呢？怎么就又轻易博得了他们的信任，进而得到秦国最高的大良造职位了呢？而今想回去，确实有着诸多疑惑和漏洞。他提出了六对一，又不说透，更没像张仪那样提出具体的解决办法。如果没有张仪的出现及其分析，他们兄弟对六对一的提法，还真一时没什么好应对。如果没有张仪的分析，“犀首”在六对一的问题上，将如何辅助他们，又将怎样引导那条通往天下之主的道路呢？要不是蒲阳之役及张仪逼迫魏国割让河西十五城，嬴驷也不会真正下决心重用张仪，并完全认同了张仪提出的分化“六”的策略。他们兄弟一致认为，“犀首”不是那种争宠之辈，应该不会为着张仪的崛起而负气而去。除去这个因素，设立相国并授予张仪前后，对他这个大良造，会有哪些不同？这些不同，又怎样驱使着他悄然离开？又将驱使着他去往何处？……

他什么时候来的？嬴驷即位、消灭商鞅之后不久。魏国，其他诸侯，甚至秦国自己，都还不真正清楚秦国的下一步的时候。他又是什么时候去的？失去了对秦国政略的核心影响力，并且已经完全清楚了秦国今后要采取的核心策略之后！这样一想，公孙衍的来和去，就很像一场从一开始就展开了的阴谋，一次阴险的刺探。如果真如张仪所说，他回了魏国，不就等于多了一个对秦国了如指掌的对手？会吗？不会吧。怎么不会？如果不是这样，又是哪样的呢？……

这个推论，让秦伯嬴驷头皮发麻了好一阵子。要不是楚国芈姬的到来，他的头皮，怕是还要麻上许久。英俊的国君，很会调整自己，借着迷恋女色的茬儿，把麻烦烦恼不轻不重地撂在了一边。他清楚，着急也没用。对于“犀首”，当下唯一能做的，只有静观其变。心底里，他甚至还暗自庆幸——多亏采纳、重用了张仪，要不，还不定让“犀首”带到什么地方呢。多亏把张仪端到相国宝座，逼走了“犀首”，不然，那丑陋的家伙，不知还要再刺探走多少机密呢。

这么想着，心情不禁舒缓了一下，再看满朝文武气定神闲的样子，多少又踏实了几分。于是他有了欣赏美色的心思；生出了撇开张仪、撇开“犀首”、撇开众臣工，清清静静思谋思谋的冲动；毫无顾忌地一头扎进芈姬柔嫩、芬芳的胸怀。

芈姬的名字，只有按楚国方言才能发出音来，秦国根本就没那个字，秦语里也没那个音；所以，从一开始，嬴驷就只称呼她的别号——八子。据她自己说，这别号是刚降生时占卜得来的。诸侯各国中，楚国最信巫鬼，上到王公贵族，下到平民百姓，都很相信占卜。“八子”的意思，就是说这个女孩子命中有八个儿子。嬴驷听了，就逗还不满十五岁的她说，那就当真给寡人生八个儿子吧，现在就开始……

芈姬虽年幼，却已长熟，加上一身瑰丽楚装，十分玲珑有致，足以打动任何健全的男人。她的容颜，更是俏丽中含着高贵，高贵中透着神秘，只看一眼，就能让人浮想联翩。她不像中原女子那样娇羞做作，也不似戎女般奔放豪爽，更能让人忘记她的实际年龄。她带给三十岁的嬴驷从未有过的美好、玄妙、欲仙欲死的体验，让他感受一波接一波占有、征服的快慰，甚至让他觉得就是为女人而生，为她这个女人而生，甚至让他真的忘了所有机辩、杀伐、谋略，回归到在出生瞬间就倏然远去、几乎已辨不出样貌的，宁静、祥和的心灵原乡……

“余归矣。”他在恍惚中呢喃。回应他的，是还可以称“女孩儿”的她的嘤嘤娇喘。你是怎样的一个女人啊，让寡人忘忧。清醒后，他说。同时心里想：此女如此妖惑，断不可留！芈姬伏在国君丈夫的心口，抚弄他结实的胸膛，幽幽道：“忧思国事，何其辛苦，妾只能使君上暂得歇息罢了。妾尚年幼单薄，还想日后为君生下八子，祈君下次怜惜些，勿陨了妾的性命……”一下又把他心说软了，暖化了……

月余后，芈姬隆装大礼地求他说：“君上当归政了，不然，妾要担误国之责。”又说，“君上只管去，妾将日夜回味恩泽。要是累了，就再来看看妾……”

往外走的时候，秦伯嬴驷很想回头再看一眼，但终于还是忍住，心想：留下她吧，好再回那美而虚幻的原乡……

从那以后，芈姬成了秦伯嬴驷心里一份悄然的惦念。他不记得还曾惦念过谁。那种感受，对于一个君主，是陌生的。再说“寡人”二字时，心里总会不禁呼地荡一下。路过芈姬别宫时，总会禁不住迟疑一下。那里面是灯火通明，还是一豆幽明？是琴声杳杳，还是清冷寂静？那小女孩在干什么？那小妖精睡了吗？是梦回故国，还是也悄悄惦念我……每每想抬脚进去，却又止住。

在那段君主生涯中极其罕见的浪漫日子里，秦国风调雨顺、物厚年丰、边防稳固。义渠戎王来称臣，张仪的事情也进行得顺利。“犀首”确实回了魏国，但终归没什么动静；就像商鞅当初的背叛一样，他、他们，都没能力再撼动秦国，无论多想。有时候，嬴驷竟然会想：这一切，或许都是曼妙绝伦的八子带来的好运；他甚至认为，八子还会继续给他、给秦国带来好运；他甚至幻想，或许就在床帏云雨间，天下，就会跑到囊中……

三年后，十七岁的芈姬，生下第一个儿子“稷”——是个一看就知道是嬴家子孙的虎头虎脑的小子。嬴驷高兴得什么一样，把太子嬴荡生母死后空出的正室地位，传给了执意自己给儿子喂奶的她。她抱着小嬴稷，露着一只白嫩嫩的乳房，跪接了册封，身后还跪着两个细腰乍背的年轻后生。

面对两张年轻英武却完全陌生的面孔，秦伯嬴驷顿时生出满腹狐疑。第一反应是：这妖媚的女人，难道收了小白脸？那也太大胆了，居然还带到寡人面前来！他冷冷地问：“身后的后生是什么人？”芈姬答：“是她刚从楚国接来的同母异父弟弟魏冉和同父异母弟弟芈戎。”嬴驷一听就蒙了，心说这都什么乱七八糟的关系。没等追问，女人就解释道：“她母亲本是楚国宫娥，受家主宠幸，生了她；不久被家主赐予魏姓下臣为妾，生了魏冉；她在生父身边长大，芈戎是父亲与其他姬妾生的幼子。这几年，父母纷纷辞世而去，两个弟弟尚未成年，在楚国无人教导照料，故而冒失接来身边，企盼能得君上调教，早日成人，效力国家……”

原来如此。嬴驷心里轻轻舒口气，嘴上说："唯你楚国有这等庞杂亲缘，寡人之前，真是闻所未闻。"他让两个小子起身说话，问读过书没有，习过武没有。魏冉对答如流，芈戎却有些支支吾吾。芈姬在旁忙说："芈戎只有十三岁，骤见大国上君，难免畏惧，请君上勿怪。"嬴驷说不妨不妨，转而冲局促的芈戎道："你也不要怕，寡人不再考你，单问一事，若答得上来，寡人就予你个安身立命的差事。"

他的问题是："汝以秦为何？"翻译成大白话，大概意思是：你是否了解秦国，又是怎样看待秦国的。这回，芈戎倒没再慌乱，坦然道："秦为诸侯之强者，即霸天下。"

嬴驷听罢，不禁绽出一丝笑容。谁知笑容还没完全打开，一旁十五岁的魏冉，就不请自答插进话来："戎弟之说有谬，冉以为，以秦之今日看，霸天下，实乃遥遥不可期矣。"芈姬一听，吓得血都凉了，赶紧厉声呵斥："大胆，怎敢这般胡乱言语，还不跪下请罪！"嬴驷笑容僵了一下，到底还是拉开了，冲已经开始发颤的女人摆摆手，说："你莫要训他，且听他讲出道理。"转而向魏冉，还挂着那个笑，说，"且说说你的道理；若通，寡人重重赏你；不通，寡人可要罚你。"

白皙颀长的魏冉，颇有几分洒脱地抖擞身姿，像大人似的对秦伯深施君臣之礼，以一口标准秦音郑重道："君上且勿恼怒，冉适才所言，并非小觑秦国，正好相反，诚如戎弟所言，以国力论，秦乃诸侯之冠，此为天下共睹；正因此，秦必不能见容于诸侯，难与诸侯长久共立；此势之下，唯以天下为志，方可自存；若失其志，存亡尚不能知，又何谈霸业；然，今以冉之拙目观秦，未见其志矣。"

"汝何以为秦无志？"嬴驷被这一番话，激出了几分辩驳的兴致。

魏冉坦然道："冉年幼无知，恐不悟君上之志；然单看君之名号，窃以为与国力不合。且不说楚子称王已数百年，田齐也早已称王，就连晋之仆从魏和日暮西山的羸弱之国燕，也竟称王；而泱泱大秦，却还固守着‘伯’的爵号，何以昭志于天下，何以显威于诸侯……”

话没说完，秦伯就哈哈大笑起来；魏冉不知他笑的什么，有几分茫然又有几分尴尬地止住话头。嬴驷边渐渐止住笑，边叨念：“真是孩子。真是孩子。”絮叨了几遍后，缓缓道：“照你意思，不称王，就是没有大志？”

魏冉正色答道：“禀君上，不是照我意思，而是旁人，诸侯会这样看、这样认为。”顿了顿，又说，“您想，前有楚、齐、魏、燕诸国为例，怕没谁会指责什么；称王，您自己，您的子孙，更加尊贵不说，更给全天下昭示，也会使秦国上下为之一振，愈奋而图强，实在是有利无害，为什么不做呢？反之，如果还守着个‘伯’，日后见诸侯，倒似乎名义上矮了半截；尽管他们的‘王’是自己封的，可称王的多了，‘王’也就合理了，也就合法了，也就自然高贵了……”

后来，不几天，魏冉就成了嬴驷身边的近卫，芈戎则被安排在负责宗室内务的机构里做小吏。魏冉在殿外站岗守卫时，听到里面秦伯跟张仪等臣工商议“寡人欲称王，诸公以为如何？”不禁闪出一丝难以察觉的笑容，再听见张仪带头赞同，那笑容，就彻底绽放出来。

公元前325年，嬴驷即位的第十四年，秦伯嬴驷称王，并走过场式地上表给雒邑的“大周”天子（距此时百余年前，定都雒邑的周王室中的一支，分家单立，成为号称“西周”的小诸侯；后来，自身又分出一支，也被封成诸侯，号称“东周”；因都是天子脉络，并称“小周”，而孤零零的正宗王室，则被称为了“大周”），要求承认其“王”的称号。不等周室回应，他就隆重地给自己加了冕，顶上了王冠；芈姬被封为王后，号“宣”，是为“宣后”。

天子“贺诏”到咸阳时，已经被提拔为护卫将军的十六岁的魏冉，高高昂立在战车上，把天子使节拦在城门口，让天子使节站在地上，仰望自己和身后猎猎飘动的黑旗，用剑把天子“贺诏”挑住，轻轻一扬，哗啦啦甩到手里，连腰都没弯一下。那使节吃了一嘴车马扬起的尘烟，连咸阳城都没进得去，回雒邑复命时，跪向天子号啕大哭，说秦如虎狼，自此天下再无宁日矣。又说，臣蒙屈受辱，给天子丢了颜面，本当以死谢罪，但须先复了使命；如今既见陛下，使命已终，臣去矣。说罢，竟一头撞向柱子，当场一命呜呼。周天子看着使臣的血，也不禁痛哭流涕，但除了哀哭，他能做的，也只有厚葬忠烈的使臣和忘记那些悲哀和屈辱。

周使不甘屈辱自杀的事，很快传遍各国，引来对秦国的滔滔责骂。已到垂暮之年的魏王罃，感同身受般落了泪，对重新回来辅佐的“犀首”说：“可怎么办？怎么办哪！强秦如此狂傲，吞并天下之心毕现。我魏国，岂不首当其冲？”公孙衍说：“此正是魏国翻覆被动局面的大好时机啊。若此时以捍卫天子尊严为由，会同几家诸侯伐秦，或可赢取些主动回来。”魏罃想想有理，就委托公孙衍去准备，可还没等停当，翌年，秦国张仪，竟先带兵杀来。魏国被打了个措手不及，好在秦国并没动真格的，只碰了一下就退了。

关于这次攻魏，正史没有太详细的记载。秦国相关记载的说法是，张仪推想“犀首”公孙衍的思路，料定魏国会借周使自杀事件做文章，试图翻转持续了十多年的被动局面。又说以“犀首”的谨慎，一定不会贸然独家发难，所以需要一段很不短的准备期，不如出其不意先出手，打杀了他们的企图，也在诸侯面前显显威风，顺便为下一步的外交做出铺垫。

秦王嬴驷完全赞同了这个提议，但即便是秦国的记述，也未曾提到：出征前，秦王驷派魏冉做了从军副将，并瞒着张仪嘱咐伺机格杀“犀首”！很多年以后，已经封侯拜相的魏冉，跟幕僚曾提起过这段往事，还意味深长地说："到底没办成那件事，有负先王……"

伐魏翌年，也就是秦称王的第三年，张仪代表秦王，在啮桑地方，跟齐、楚的重臣，进行了一场历史性会晤，订立了"互不侵犯"的盟约，给了两大国足够充分的暗示：将来的天下，是我们三家的。只要我们三家不相互添堵，别人奈何我们不得；只要你们不掺和，秦国有能力应对其他诸侯带来的麻烦；弄不好，秦国就能帮你们两家收拾了其余大小诸侯，到时候，咱再往下说后面的事……

从寻常角度来看，不能说这场会晤直接针对着什么具体事件，当然更不能说针对着某个即将发生的情况；可事实上，这个当事各方其实都没怎么太当真的带有缓冲性质的盟约，的确让五年之后"犀首"牵头的首次"合纵"流了产。

其实，秦国对魏国的突袭，并没打乱"犀首"的计划。魏冉趁战场纷乱派出的"杀手"，虽成功潜入魏国，却一直没寻到接近"犀首"的机会，更甭说暗杀了。真正让公孙衍挫败的，是联络诸侯过程中在齐、楚遭遇的冷淡。他虽然也知道张仪他们那个"啮桑之盟"，但没想到，齐、楚方面，真的还就摆出了一副袖手旁观的架势。它们这一袖手，其他几家，也就迟疑了起来；"犀首"奔走了几个来回，花了很多口舌钱帛，均收效甚微。眼看"周使自杀"的茬儿渐渐放冷，不甘就此退却的公孙衍，因势利导，抛出备用方案，就是历史上在论的"五国相王"计划，即先唆使还没称王的赵国、中山国称王，联合它们，再加魏国、燕国和跟秦同年称王的韩国，形成五国联军，以"镇强暴，安天下"名义，向秦国正式宣战。

当五国旌旗映入秦国边军视线时，秦王驷的询问信笺，也到了在魏国任外相的张仪手里。张仪不慌不忙地写了回信，说：齐未动，燕、赵，必顾忌后方而不肯陷入过深；中山是凑数的，只要另外四国有一家犯了含糊，马上就会跟着，根本不用考虑；楚不动，韩也会担心后方，加上自家紧临秦国，更会怕万一打不倒事后遭报复，必不坚决，甚至可能临阵倾覆；说到底，就还是魏国在那儿折腾。所以我劝都没劝，管都没管，由他公孙衍去了。他在勉力而为，为的是给垂死的魏罃补补心气。依臣看，魏罃已苟延残喘、时日无多，魏国还没有真正响当当的继承人呢；王上就放心吧，或许“犀首”根本就来不及排兵布阵，五国队伍就散架了；即便不散，也不会有什么真正的力量；即便还有几分力量，恐怕还来不及使出来，魏国的丧讯，就得把“犀首”叫回去……

果然，事情的发展，完全应了张仪的分析：刚遇秦军，韩国就闪了，中山国马上也撤出，埋头往回扎；本来就很担心后方的赵国，见此情形，顿时觉得这个不安分的邻居箭也似的往回跑，是要去抄自家老窝，于是也赶紧回兵去追；剩下燕国路太远，一时回不去，硬着头皮躲在魏国后面，玩出一手“你先上，我掩护”。公孙衍气得忘了哀叹，几乎丧失理智，命令魏国军队拼死一战。第一个回合下来，魏军就倒了两成。“犀首”心里发了寒，理性也慢慢恢复起来。踌躇间，报丧信使来了——在位五十多年，对“犀首”宠信有加的老王，终于还是没等到一个像样的胜利。从来平平淡淡的“犀首”哭了，说：“我的王啊，您还是走了吧。不然，此役之状，会更让您伤心的呀……”哭罢，他马上意识到，此时，关注国内，比攻打秦国，要重要百倍了——还没一个正经继承人不说，那天天在大梁煽风点火的张仪，还不知会趁机做出多少文章呢。想到这儿，赶紧大手一挥收了兵，逃命似的往回赶。准备痛痛快快大打一仗的秦军都没弄明白怎么回事，先锋将领魏冉觉得胜得蹊跷，没敢让追。

魏王罃被谥为“惠王”，又被后世称“梁惠王”。他在位五十二年，建过功，也犯过错；发了家，也败了家，不能说是英明君主，可也算不得昏聩之辈。自他之后，魏国就再没出过什么像样的君王了。他一死，本来就风雨飘摇的魏国，陷入了前所未有的混乱和无措；“犀首”等一干重臣费尽心机，甚至担了操控权柄的骂名，总算勉强稳住局面，立新君。但此时，屡受挫败的魏国，已是千疮百孔，再经不起折腾，不得不退出中原角逐，发书向秦称臣，祈求秦的庇护。

秦王驷捧着新魏王的乞和书，含着眼泪，跪在雍城嬴秦宗庙里，向父亲孝公、祖父献公的灵位诉说：“君祖父、君父，嬴驷把魏国打服了！魏国向咱称臣了！你们在天之灵，可以高兴一下，痛快一下了……”

跟着一同祭告的，只有已经两鬓斑白的魏国公子卬，也就是前面提到的被商鞅俘虏、后来做了商鞅门客的那位。当年商鞅末路时，把他放回了魏国，后来又继“犀首”投秦之后返回秦国；因谙熟商鞅之法，被秦王驷留在了朝中，还给了封地。多年过去，他似乎已忘记本来的身份，从皮到骨地彻底成了秦国人。当秦王驷向祖父、父亲灵位哭诉时，他忽而生出久违的对故国的挂念。在返回咸阳的途中，他跟秦王驷说想回去看看。嬴驷没说什么，很难让人察觉地点了点头。

之后不久，秦王驷召回张仪，恢复相国职务。放倒了魏国，张仪分化齐、楚的文章，才算真正做起来。张仪奔走着的时候，秦王驷在军事上对韩、赵动起了手脚。其中对韩的动作，更多是在配合张仪的对楚外交，旨在给楚国施加间接军事压力；对赵的动作，则多少有保护魏国的意思，或者说是在“护食”。在嬴驷的认识中，魏国已经是囊中之物，只待齐、楚问题呈现有利格局，他就可以狠咬几口这颗成熟的果子了。他甚至跟张仪讨论过彻底吞并、覆灭魏国的计划，被张仪否了，说秦国还没强到灭一国而不使“全天下共伐”的程度，也显然还没有能力应付那个很可能出现的全天下共伐；而今要义，还是分化诸侯，让他们在分化中逐渐削弱。张仪并且很郑重地告诉他：“这个过程，可能会很长，非我们有生之年可完成。”

这么一说，倒提醒了嬴驷——应当抓紧培养后备军了。想到这儿，脚步就止不住要往太子府去了。一看真热闹，像军营一样。健壮无比的太子一声暴喝，身子一拧一甩，十七八个死死压着、身量瘦弱不到哪儿去的军汉，树叶般四散飘开，摔得一塌糊涂。一旁看热闹的樗里子拊掌高赞；小伙子受了夸，更加精神，单手抡起一个至少百斤的石锁，一声闷哼，噗地没进土地，溅起的土块飞出老远，再看那石锁，已经半截钉入地下！又是一阵欢呼般的喝彩；小伙子又一声闷哼，嘭地又把石锁拔出，留下一个方方正正的深坑。嬴驷直愣愣地看着，等着下一个动作，却被儿子看到。嬴荡愣了愣，赶紧扔了石锁跪拜，其余人这才发现国王，也收了说笑，纳头便拜。唯有樗里子不跪，大咧咧地随便施了个礼，挤眉弄眼地冲着哥哥说："怎样王上，太子之力，可拔天下乎？"

因为这一句话，秦王驷那天没对太子的戏耍做什么批评，同时没了调笑的心思。当晚，他留弟弟饮酒吃饭，责怪说不该当着那么多仆从军汉的面谬谈天下。樗里子说臣弟倒以为，应该让所有秦人心里都装着"天下"二字。说这话的时候，他的表情，少有的严肃认真，由不得人不重视。可他并没再往下说。等了片刻，还是嬴驷先开了口："太子戏谑如此，寡人忧矣。"对这个话题，樗里子嬴疾的回应是："太子孔武，自有其长处；再长大些，自然会收住心性。王上正当盛年，日子长着呢，臣弟不觉得有什么可担忧的。"

虽然，这番话也让嬴驷觉得有些道理，心里也因而舒缓了些，可并没真正放下；回去的时候，还是不由自主地往宣后所生的嬴稷的院子弯了一下；远远望着十三岁的嬴稷独自秉烛夜读，表情沉静，双目凝神，眉宇间隐隐透出乃母的灵秀之气……看着看着，就想宣后了——她快三十岁了，生了三个儿子，没有小时候那般婀娜了，却更散发出成熟女人那种能让人醉过去的、厚厚的芬芳。已经好久都没跟她重温云雨了。真的，好久了。都快要忘记她的滋味，快要忘记了那美而虚幻的原乡了……你在吗，我的小女孩？睡了吗？还能给我一个那样的原乡吗……

秦王嬴驷死了，还不满四十六岁。死了之后的他，看上去还是那么俊美年轻，根本不像四十六岁的人。他死在自己的寝宫里。据伺候的宫女说，睡下的时候，好好的，谈笑风生；早晨怎么唤都不起，大着胆子掀开帐子一看，才发现人已经死了，像睡熟了一样，只不过没了呼吸，身子已僵冷。

说这话的宫女，没几天就莫名其妙地失踪了；于是，就再没有亲见嬴驷最后一面的人了。那时候，张仪在从楚国回国复命的途中，樗里子嬴疾正帮魏国攻打卫国，太子荡随着军。重要的宗室没一个在跟前。唯一近前的人，就是宣后，现在该叫“宣太后”了，还有她的三个儿子，嬴稷、嬴显和嬴悝。宣太后八子后来跟樗里子说：“当晚，王上去过她寝宫，生龙活虎的。”说到这儿，脸红了一下，樗里子只当没看见，又说，“本要留他睡下，可王上却说还是别了，在这儿，怎么能睡得住。”说到这儿，脸更红了。樗里子避开她的眼睛，清清嗓子说：“那他就……这样……回去了？”女人点点头，又点点头，泪水跑到腮边，红通通的俏脸，滑下两道晶亮泪痕。

后来有传闻说，被谥为“惠文王”的嬴驷，其实是死在宣太后身上的；后者急乱之间，把死了的国王挪回其寝宫，买通了那个宫女；事后怕败露，又悄悄把那宫女遣走或是杀了灭口；不然，那宫女怎会失踪呢。

对这番传闻，樗里子嬴疾第一个不相信。道理明摆着——真要那样，太后大可闭口不提跟先王前夜的床帷之事。可他没办法去跟相信传闻和将信将疑的人们分说。因为太后只把那前夜的事说给了他一个人。至少他认为，只有他一个人，亲耳听了那些话。要是拿着去辟谣，弄不好适得其反不说，也等于在人前出卖了太后。可是，即便他不相信传言，也决心保守太后跟他说的那些话，可还是没办法说清，那只跟他一人说了的事，如何偏巧就成了编派传闻的引子。他相信，太后也一定听说了传闻，也一定委屈得不得了，也一定会觉得是他樗里疾把叔嫂两个人的谈话内容散了出去，甚至会以为他樗里疾就是传闻的始作俑者……

好在传闻并没继续往下编派，也没谁真去找太后母子的麻烦。作为最重要的宗室成员，樗里疾面临下葬先王和扶立新王等诸多大事，也顾不得澄清自己了。隆冬时节，一切忙完，新王嬴荡也开始理政，先王死因的传闻，也渐渐散去，刚要松口气，嬴荡又把他秘密召去，说打算设左、右两个丞相，借机拔掉相国职位，顺带撇开张仪，让他给参谋参谋。他提出两个人选：曾在张仪赴魏国外任时代理过相国的老臣乐池，和先王一手调理出来的客卿甘茂。嬴荡说乐池太老了。樗里疾说乐池老能持重，没什么不好。嬴荡说寡人意思是甘茂为左，叔父您为右。樗里疾说您都想好了还问我。又说，我可当不起，还是乐池比较合适。嬴荡说之所以分设左右，就是不让客卿完全把持朝政，乐池、甘茂都是客卿；虽然乐池已事秦多年，可到底算不得自己人，叔父您还是好好考虑一下寡人的建议吧。

经他这么一说，樗里疾似乎明白了嬴荡的治国思路，没再马上推辞，说那我就想想吧。不过，我还是觉得不能胜任……留了个活话。

在回去路上，遇到刚从雍城守灵回来的宣太后车驾。樗里疾令手下让路。宣太后也让手下让路。结果让来让去，两人照了面。樗里疾有点儿挂不住，上前施礼，说还是王嫂先行吧，疾在此恭送。宣太后轻轻叹口气，放下帘帐，说：“还是您先过吧，妾可不敢再让人望背了。”一句话，说得樗里疾心里七上八下，半天没有言语；好容易回过神，憋出一句：“王嫂尽请先行，疾背向，不望就是。”

听着宣太后车驾隆隆远去的声音，伫立在寒风中的嬴疾，心里很不是滋味——到底还是被她当成轻慢小人了。整整一路，整整一夜，宣太后那句饱含幽怨的话，都在脑子里回响，一向乐天的嬴疾取笑自己：太多虑了。进而安慰自己：算了，事已至此，踌躇无益，明天就忘了；明天，就忘了吧……

抱着“明天就忘了”的心愿终于进入梦乡的时候，他万万也想不到，那句自以为明天就能忘了的话，已经把他套住了。而且，套住了他整个后半生。

第十七章

乾坤颠覆

秦惠文王嬴驷的神秘死亡，张仪从秦国政坛的淡出，年轻的秦王嬴荡尚武好蛮的秉性，即位伊始会晤魏王，又对义渠、丹、犁等西部戎部大兴杀伐，再加上左、右丞相等一系列职能、人事大调整，七七八八搅在一处，让各家诸侯对秦国未来国策和行动趋势，几乎完全失去了判断力，就连秦国政要们，也都摸不着头脑。

樗里疾问做了王的大侄子："咱下一步如何行动？"秦王荡光着膀子，呼呼呼地舞着石锁，说："那是叔父的事，您想怎么办，寡人照准。"弄得本来最能逗弄别人的樗里子哭笑不得，一边摇头，一边盘算赶快找甘茂、乐池他们商议商议。这好比下棋，原本下着一半，既可以复盘，也可以继续往下走，可新王却一把抹了重摆，之前的先后次序和所有思绪，都就此断了，双方都要重新思考，也都有先落子的机会。作为重新布局的一方，应该是秦国先落子；从掌握主动的角度考虑，也应该秦国先落子。可这颗子怎么落，又落在哪儿？秦王荡舞着石锁说的话，能算是正式的授权吗？……

樗里疾还从没一下子遇到过这样一连串要命问题，不禁大挠其头，想想找来乐池、甘茂他们，八成也是大伙儿齐刷刷地瞅着他，等他拿主意，就更把头皮挠得嗞嗞作响。挠着挠着，身子就歪了，脚步就有些凌乱，竟在两截廊子交叉处，跟个小宫女撞了满怀，不禁哑然失笑。刚要说点儿什么，被撞宫女倒先开口了，说："拜见右丞相，奴婢正要到王上那里去请您。"

"请我？你？"宫女笑了，说，"当然不是奴婢请您，是太后。"樗里疾一听，头更大了。他怕再见到宣太后，也就是八子。他总觉得太后在怨恨他。再说，他们是叔嫂，单独见面，也不太合适，就想推掉。谁知宫女说："太后嘱咐，一定要请到右丞相，并说左丞相已经在太后宫里了。"一听甘茂在，他心里还算坦然了点儿，既不是叔嫂单独相见，想必也不至于当着外臣提家事；再看宫女一脸恳切，就没再踌躇，点头答应，跟着去了。

宣太后还住在当王后时住的那座很大的宫殿里。殿外站着屈指可数几个卫士，殿内只有两个守门宫女，偌大的殿堂，显得非常冷清。她席地而坐，背对殿门；雪白长袍铺了满地，白玉般的面颊，隐隐侧过来一线，刚好让进殿来的人看不到眼睛。

樗里疾进得门来，就拿眼寻甘茂。哪有。再说，若有男人在此，甭管谁，她也不能这样席地而坐呀。回头找那引路的宫女，也不见了。心说：上当了！随即，不知为什么，心就突突狂跳起来，一种从未有过的慌乱、激动、恐惧混杂在一起的感觉，忽地从心底冒出来，顷刻漫了一身，把他整个人钉在当场，怎么也鼓不起转身离去或责怪什么或是插科打诨的力气，只得拱起双手，干着喉咙道："嬴疾拜见太后。"总共六个字，却似用尽了全身力气。

女人头也没回，轻轻道："妾说谎了，右丞相不怪吗？"说着，缓缓拧过半个身子，牵动着衣袂窣窣作响。那声音在樗里疾听来，像惊天震雷。

他恨不得把头埋入胸膛。他觉得，她那双让人一看就挪不动步子的眼睛，正看着自己。他不敢抬头，不敢看见那双眼睛，沙哑应道：“嬴疾不敢。”

雪白的衣袂又发出窣窣的声音，女人的话，天外之音般杳杳传来：“妾思念先王，哭得眼花，看不清右丞相……可否近前说话，莫要像避毒蛇猛兽般避开八子……”

樗里疾事后怎么也想不起来，自己是如何走到那女人跟前去的，又是如何坐到她拖出老远的裙裾上的；更想不起，后来，又怎么就抱住了她。只记得她像云彩那样轻，抱起来时，自己的脚，踩住了她的裙裾，裙裾吱的一声裂断了；只记得她在他怀里哭了，哭得好伤心。然后，回忆就断了，竟全然记不得是怎么回的家了。

他病了。躺在床上，浑身没有力气，眼前一阵阵发黑。要不是仆从和前来看望的人们左一声右丞相右一声右丞相地叫着，他恐怕连自己是谁都忘了。

病倒几天后，仆从呈上一个木头匣子，说是太后托人给右丞相的补品。一听“太后”两个字，他腾地坐起，劈手把木匣掀出老远，好像里面装了什么要命的鬼祟。仆从吓一跳，急忙去接，没接住，木匣落地，摔开了口儿，露出一丛白帛，远远看去，好像那日被他踩断的裙角。他命令仆从，把那东西，连同匣子，一同拿出去烧了，快去！仆从忙不迭地应着，草草收拾起来，抱起就往外跑。

看着仆从把那要命的东西抱出门去，樗里疾长长出了一口气，缓缓躺下，又接连出了几口长气，还没出痛快，去烧东西的仆从又回来了，捧着那段白帛，说右丞相还是看过再烧吧，这上面有字。

樗里疾最后还是鼓起勇气看了读了那白帛上面的字。读了过后，他就为自己的勇气庆幸了。同时明白了，为什么太后把这白帛叫作“补品”。

那上面，只写了十个字：“质嬴稷于燕，任魏冉为将。”

樗里疾的病，当夜就好了。他不断重复着这十个字，在厅堂里转了一宿，心里叨念着 ：“好个聪明的太后！好个聪明的八子！好个聪明的女人！”

按他理解，那十个字，绝不仅仅是一般的请求，而是给举棋不定的秦国，指出下一步的方向。

在嬴荡会晤了魏王，又教训了西戎之后，诸侯中唯一值得注意的动静，就是雄才大略的赵王（武灵王）娶了一位有嬴姓血脉的女子，很快又册封为后，并在非正式场合提起赵、嬴本来一脉。

知道这些并不难——早在孝公时候，内官景监，就向各诸侯派出不少细作，养成了一个刺探情报的小体系 ；惠文王时，这类事务，已颇成气候，虽还探不出什么军机大事，但各国风物传闻，却是时时有报。对赵王这宗逸事，他们本没怎么太认真——难辨真假不说，也太过模糊，但说到底，也还不能不算是某种契机，似乎在指引秦国跟赵国发生善意的关系。

可单看这个情况，还似不甚明确，也实在难以入手。要知道，两国多少年都没过什么好颜色，他樗里疾自己也跟赵国见过刀兵，张仪又业已布下跟齐国定盟这颗棋子，等于夹着赵国。那赵王励精图治，大肆治军，赵国近年军力陡升，再要碰上，可难啃多了。主动示好，似有示弱之嫌，又怕得罪齐国，也没什么像样的制约。可按照宣太后帛书说的，把公子嬴稷质押，锁住虽疲弱但地处要害的燕国，这盘棋就全活了。对齐国，并不是单独联赵，更谈不到背盟，而是全面联络燕、赵、齐 ；对赵国，也是一副全面联络把你捎带上的姿态，面子上过得去，同时告诉它 ：“燕国在秦国的保护之下，如有不测，你将被全面夹击 ；就算齐国掉了链子，燕国也不可能随随便便就倒向你……”如此一锁一扣，那骁勇而睿智的赵王，再翻云覆雨，就不那么容易了。

顺着这思路，近期的武力目标，就指向了楚和韩。当然，以韩为主。

把血憋得难受的魏冉送上前线，成，则建功立业，也是对太后一脉抛出嬴稷的补偿，或许还能锻炼出一个出色将领；败，则大有可退之余地，秦军老将们，也随即就能顶上去……

尽管并不很清楚宣太后那十个字是否就是在表达，或者说引导这样的意图，但樗里疾却因为那十个字，想明白了一些步骤，并且认定了其合理性。再议事时，他变得振振有词了。甘茂、乐池等人听了，也是豁然开朗，连赞奇谋，只是在嬴稷质押的事上有些皱眉：那可是太后最喜欢的儿子啊，能舍得？樗里疾说："太后那边我去说。"说着这话，心里嘭地像被什么重重打了一下，浑身上下竟不觉燥热起来。

当他把议事结果和大臣们的顾虑禀报正在玩摔跤的秦王荡时，年轻健壮的国王有些不耐烦地说："寡人早已说过，叔父自去做主，如何还要来问。"樗里疾说："事关重大，还是请王示下。"又补充说，"主要是质子人选。臣以为嬴稷为妥，又恐太后不舍，故而……"嬴荡打断他，说："那您就去与太后商议。"樗里疾又说："还有，魏冉能否堪主将之责，也还……"嬴荡似乎对这个话题还有些兴趣，止了手头玩意儿，唰地披上大得吓人的袍子，说："让他来见寡人。"

他考察武将资格的题目很简单，就是比力气。他举起一只臂膀，跟魏冉说，只要能徒手把这只臂膀撼动，就是秦军主将。

三十岁的魏冉，面对二十岁的国王，很无奈地笑笑说："王上之力，天神所赐，冉怎能撼动，当不当主将无妨，冉可万不敢触动天力。"说得秦王荡哈哈大笑，跟一旁的樗里疾说："可以让他去当主将了。"然后转向魏冉，摆出十分郑重严肃的表情，重重拍他肩头一记，说："寡人就想去周室看看，别的都无所谓。你、你们，要给寡人打通往周室去的路。记住，是打通，不是别的！"

樗里疾和魏冉都注意到，王上把“打通”的“打”字说得特别重。两人一齐应命，不觉相互看一眼，最后还是樗里疾问了出来：王上莫非要灭周室。嬴荡一听笑了，笑得前仰后合，说：“叔父莫以为寡人为愚人吗？那周室乃天下之主，灭之，岂不授诸侯以柄而伐我？再说，它那么小个地方，占了去，能顶个屁啊。”樗里疾说那你要到周室“看看”，看个什么呢？嬴荡坦然道：“寡人就想看看它那九只镇国的鼎，想试试看举不举得起来。”

这话传到群臣中间，一时间惊起轩然大波。有人说：周室九鼎，乃镇国神器，妄窥尚要割鼻剜眼，触碰了，可是颠倒乾坤的弥天大罪啊，王上真是年轻，怎如此骄妄。有人说：这不是开玩笑吗，劳师动众，就为试试力气？王上玩得是不是有点儿没边儿了。还有人说：王上要举，咱自己铸几口大鼎让他举好了。还是不要跟国事扯到一起吧……樗里疾在他们中间转来转去，听得有些不耐烦，说：“你们在说什么呀，根本就没明白王上的意思。先我也以为王上只顾好耍，而今一想，却是真真的大智大勇！诸公啊，王上这是在拿去周室举鼎，发出宏愿哪，是要我们取下‘三川’之地，遏制韩国啊……”

经他这么一说，大家都住了声。可不是吗，由秦地至周室，韩国的三川交会之地，是必经之路。王上要去周室举鼎，不拿下三川，怎么去得了呢？而那“三川”又是韩国要地，真要拿下了，可不就是扼住韩国咽喉了吗！

群臣明白了，也兴奋了，宣太后给樗里疾的第二封秘密书信也到了。还是白色丝帛，但显然不是从什么上撕扯下来的，而是方方正正专供书写用的那种，上面写了一句话：勿使魏冉取三川。

面对这短短一句话，樗里疾对宣太后的感觉，瞬间由赞赏变成惊惧——这女人太可怕了！君臣议题刚到三川，她就也提到三川；大家刚刚明白此举何其重大，她就马上提出让自家弟弟闪人，不去啃这块硬骨头。好像所有军机议论都亲眼看见、亲耳听到一样；而其实，她独居深宫，足不出户，本该什么都不知道的。要么就是她早已到处布下耳目，无所不知；要么就是她凭自己头脑，早洞悉一切，洞悉了他们那么多人、那么长时间、那么多轮商榷才得出的东西。无论是哪种，她都太可怕了。这样看来，让嬴稷入质燕国，怕也另有什么意思。只不过，现在，他、他们，都还看不出那个意思到底是什么而已。那会是什么呢？那能是什么呢？

十年后，弥留中的樗里疾，还没忘记这个疑问——他等了十年，看了十年，到底没看出那个“意思”。他觉得，弄不清楚这个问题，自己死都不能安宁，就要求面见太后。结果宣太后亲自来看他了。他屏退仆从，单独把女人留在身边，吃力地说：“太后，嬴疾要去了……”宣太后拉住他的手，说：“莫要胡说，你还年轻着呢，会好的……”说着，就淌下泪来。樗里疾说：“太后，您可知，您的眼泪，泡、泡……泡住了嬴疾一生的心思啊……”她说：“我从此以后，再不流泪了。再不了！我的泪，为你们弟兄流尽了……”最后，他终于问出：“太后当年使嬴稷质燕，所为何？”女人抹干眼泪，抽抽鼻子，轻轻拍他手背，绽出还是很好看的笑容，说：“你啊，把八子想成妖孽了，以为八子什么事都算计得你想不到……我是为娘的呀，是疼儿子，想要保护儿子啊，是怕嬴荡哪天兴起，一把捏碎了稷儿的脑壳啊……”要不是快要死去、神智已然昏乱，八成樗里疾不会满意这个答案。可当时，他却舒展了容颜，露出一个轻松的笑，说：“原来如此……原来……如此……”说着说着，眼睛就闭上了，就再没睁开了。

尽管惊惧，可樗里疾当时还是准备顺从宣太后意思，把魏冉放在后备军的位置上。正好在魏国联盟共同征伐韩国、顺便料理张仪后事的甘茂，主动向秦王荡请战夺取韩国三川，嬴荡征求他的意见，说是否应该让魏冉去。他赶紧就说魏冉固然可以，但甘茂也堪此任，臣以为还是不要负甘茂一番赤诚的好。嬴荡说，那好吧，叔父您去韩国做一阵子外相，去攻他们的心，呼应甘茂吧。

“三川”不是那么好打的，韩国也没那么容易就被攻心。两份苦差事，落在了左、右丞相肩头。樗里疾没有更多担心，只怕韩国说动楚国往里掺和，所以把外交重心全放在这方面。甘茂则非常想借这个机会彻底稳固自己的相位，所以，他以只有客卿才使得出的招数，尽最大可能地争取支持。

本来，他应该回国复命后再出征，却偏偏领着魏国加盟的部队，停在秦、韩、魏三国交界叫作“息壤”的地方，向秦王荡表达对此战的必要性和胜算的迟疑，让秦王荡分外纳闷，就连已进驻韩国的樗里疾闻听后，也觉蹊跷，认为他出尔反尔，并按这个基调，给秦王荡去了信，请求慎重考虑是否换主将。秦王荡没理睬他的建议，而是亲自去了息壤，跟甘茂说：“寡人知道这仗不好打，是拼实力的，你只管开出条件，寡人什么都可以给你，只要你拿回三川，只要能顺顺当当去周室一窥，寡人死而无憾！”

话说到这份儿上，甘茂就不客气了，说：王上您可别说笑我，这仗不是一日半日能打出结果来的；我甘茂是客卿，也知道王上对客卿有些那个，所以，我最需要的，就是您的信任；无论战事如何艰难，王上都要给我完全的信任；唯此，方可言胜。秦王荡是个爽快人，当场就跟甘茂歃血为誓，说寡人定施信予你，永不反悔！

战事比甘茂预计的还要艰难——只为攻打三川入口宜阳，就折损了近两成、超过一万兵力；城是围住了，可五个月都没结果。樗里疾在韩国待不住了，披星戴月地赶回咸阳，跟秦王荡说：别让甘茂在那儿傻打了。那宜阳城里，粮草兵源都很充足，守个十年八年的都未可知，甘茂的部队，可都已经筋疲力尽了，魏国人也闪了，再这么下去，那五万兵马，可要悬了……秦王荡经不住劝，发书令甘茂撤回；结果部队没回来，只回来一支竹简，上刻两个字："息壤。"秦王荡顿时想起歃血立誓的事，跟樗里疾说："寡人与甘茂有誓在先，不可毁之！"随即派出勇猛将领乌获、孟说，领五万军马，火速去增援；樗里疾叹口气，认为这是在赌博，甩下"王上慎决"的话走了。

得了增援的甘茂，对着咸阳方向跪倒，大声呼喊："臣叩谢王上！"然后铺开战册，跟诸将连夜议出了十万人攻城的计划。次日，秦军发了狂一般展开猛攻，终于在夜幕降临时，攻破城池；韩国折损了七万多将士，到底还是丢了宜阳要塞。

宜阳一破，秦军就像潮水般扑向再无险地坚城可守的"三川"。不知道该往哪儿撤、能往哪儿跑的韩国军队，被冲散了，留下无数尸体和满地残破旗帜。本来就小的韩国，这下全线暴露在秦国军队杀伤范围之内，成了秦国锅里的食，想什么时候吃就什么时候吃了。同时，对"三川"的占领，也彻底隔绝了楚国跟魏国联合对付秦国的战略纵深，更几乎把韩国挡在楚国够不到的境地。

秦王荡喜滋滋地坐在驶向雒邑的超大号战车上，路过"三川"时，特意下车观望，跟周围臣工说："要打就要像这样，就打它个大的。你们都给寡人记住了，此后，我大秦，只打大仗，再不小打小闹。此后，我大秦每战，必求斩敌逾万，掠地五百里；不然，虽胜犹败！！"一句话，等于对今后的军事行动提出了"规模"的要求。臣工们听着这个价码，不禁有些咂舌。可面对一望无际的"三川"沃野，谁也没胆量把舌头咂出声儿来。

秦王荡乘坐的车轮，彻底碾碎了韩国的意志，也碾痛了天下诸侯的肝胆。他们谁都没想到，举石锁的大个子，竟有这么大的胃口，这么大的手笔。魏国在颤抖。赵国重新打开跟秦国的盟约，下意识地仔仔细细又读几遍，拼命嗅里面的杀机。整顿军备成了齐国朝堂上最热门的话题。质押在燕国的嬴稷，让燕王叫去狗血喷头斥责一通，说你家哥哥手太黑了，该不会一把把他的石锁砸到老子头上来吧，那样的话，老子先让你小子人头落地！楚国则派使臣先行到达雒邑，把周天子训了一顿，说你是死人哪，怎么就不知道出个声儿，让全天下都讨伐那关西蛮汉；一路过来，看你的城池乌云笼罩，你们气数快尽了，还不赶紧授权楚国，代天子讨逆，莫非还真准备去郊迎那家伙，让他到你家里祸害不成。

周天子还真是在准备迎接秦王荡的“访问”，心里想的是：我好生招待你，承认那三川地方归你家，你要还有良心，就得给我点儿面子；嘴上却对楚使说：这时候你们跑来说闲话了，朕怎没见你楚国伸出一个手指头阻止那关西蛮汉取三川啊！等着什么哪？朕这是召见，不是接待；刀兵丛丛，早就备下，谅他也不敢怎么样！

当然，秦王荡不会把他怎么样。倒不是不敢，而是不值得。他只想举鼎，来了就问，你家那九只大鼎在哪儿藏着，拿出来给我这土老帽儿开开眼……

周天子还真带他去看了。秦王荡笑了。开怀大笑。笑完，跟左右臣工说：“不是很大吗，寡人肯定举得起。去，把上面蜘蛛网弄干净！”周天子在一旁说：“那可是镇国之器，动不得！”秦王荡说：“瞧您说的，不就是鼎吗，有什么碰不得，小气劲儿……放心吧，寡人有的是力气，摔不坏你家东西啊！真弄坏了，赔你就是！”

说着话，哗啦啦地甩了衣袍，露出一身黝黑饱满的腱子肉。小山般的身量，悸动的肌肉线条和刀刻般的铮铮血脉，让周天子不由得倒退几步。没等鼓起再度阻止的勇气，就听“嗨”的一声暴喝，最小的一只鼎，已经离了地。秦王荡浑身闪着晶亮的汗珠，双手死死钳住鼎脚，那鼎歪歪斜斜悬在半空，被一阵劲风撩起一股积尘，险些眯了眼。“当”的一声，鼎落地，三足中不在秦王荡掌中的那只蹴断。周天子发出一声近乎惨叫的哀号。秦王荡喘着粗气，回头笑笑说：“对不住啊，真弄坏了。好在是最小的一个，赔你个大的！寡人下一个不擎脚了，要不还怕要坏，这回啊，寡人——”

说话间，他伸出巨掌，钳住第二只鼎的双耳，又是“嗨”的一声暴喝，那鼎轰然而起，在空中翻了个儿，三足冲天，稳稳悬在空中。

全场惊呼。就连随行的秦国臣工，也不免大惊失色，周天子更是当场昏死过去。除了秦王荡，所有人脑海中，都响起一个让人毛骨悚然的声音：“鼎覆矣！周覆矣！乾坤颠覆矣！”

当时人们确实相信，那九只鼎，是安定周朝的神器。周朝虽暗弱，却还有九鼎护佑；鼎若大头朝下了，周朝也就大头朝下，完蛋了。周朝完蛋了，又该是怎样的呢？周朝完蛋了，天下还在吗？天下若不存，天还会在吗？

当鼎真的大头朝下的时候，他们下意识地感到，世界末日到了。他们傻了，不会动了，也不会言语了。他们眼睁睁地看着秦王荡稳稳放下这只，又去举那只，一路举过去，九鼎已举起八只，一只断了脚，另外七只全部大头朝下过了。秦国臣工不禁大喊：“王上莫再举了！勿讨天谴哪！”

秦王荡回过头，满脸汗水，牙关紧咬，慢慢绽出一个笑，缓缓说道：“就差最后一个了。”说话的时候，嘴角涌出鲜血。臣工们一看，更加惊慌，呼啦啦扑过去，冲在前面的几个，死死抱住秦王荡，跪下哭了，说：“王上，切勿再举了！王上！”

话音未落，就见秦王荡身形一抖，搂腰抱腿的几个忠臣，就被甩了出去。他们顾不得疼痛，顾不得颜面，咬着牙，哭着往回爬。他们的眼睛，被泪光遮住，恍惚见自己的王蹲下身子，举起了最大的那只鼎，随着又一声暴喝，秦王荡口中喷出血雾，溅在鼎上；那鼎缓缓倒立而起，上升、上升，突然沉下去，轰的一声卧入尘埃，鼎身上喷满了热腾腾的血，顺着不明含义的复杂花纹，四下流淌。

秦王荡是躺在车里回的咸阳。一路上，他跟每一个人说："寡人举了九鼎……寡人真的举起了九鼎……寡人死而无憾……"

回到咸阳，他也是这样跟每一个人说。除了说这些，他就只剩下闭目而卧了，再没说过别的，也再没起过身。每天，每个时辰，他都会喷吐鲜血。他吃不进任何东西，只能勉强灌些汤水。一座山似的身躯，一天天消瘦、委顿下去，终于在树叶落尽的时候，咽下了最后一口气。

举九鼎的事，在诸侯中传了很久，骂了很久；直到秦王荡死去，还在沸沸扬扬地议论。人们没看到世界末日，周天子也活转了过来，继续当他的空头天子。除了秦王荡和吃了挂落的孟说一家，谁也没因此遭灭顶之灾。人们由最初的恐慌中慢慢镇定了下来。那九只鼎，也还在原来的地方，少了原来的蜘蛛网，多了秦王荡留下的斑斑血迹。可所有人心里，都还悬着那份忧惧：乾坤颠覆，不知后头会发生什么。

举了九鼎的嬴荡，被谥为"武王"。他没有子女，姬妾也很少。本来，依他的身板，谁也想不到只在位四年就会死去。

他这一去，拥立新君，成了秦国第一要务。作为执国重臣，樗里疾召集宗室和重要大臣商议。宗室提出，秦国有过兄终弟即先例，可遵循。臣工中有人认为，武王本就年轻，弟弟们就更小，而今秦国不同以往，这么大摊子，武王那些半大小子的弟弟，哪个能担得起来；就算是在以往，兄终弟即的穆公和前面的成公，也是盛年即位，最好还是传给年长些的……持这种观点的人们进而指出秦国历史上叔父继承侄子君位的先例，樗里疾马上驳斥，说那是乱世，侄子的君位本也来路不正，不可效仿。宗室中于是有人说，不是要效仿，可既有先例，不妨参考；紧接着就提出，干脆拥立右丞相、先惠文王的亲弟、先王的叔父吧。

樗里疾就怕有人说出这样的话，到底还是有人说出来了，赶紧往下压，说你们都先别忙着下结论，都回去再想想，我也回去想想。说罢就把人散了。临了还特意嘱咐：最好别冲我来……

我们没法知道，那句“别冲我来”是否真诚的推辞，又或是欲擒故纵，还是实在有什么顾忌。如果那晚，魏冉没去拜访樗里疾，更没对他说：冉已奉太后之命，将公子稷从燕国接回来了……或许，樗里疾还可能闪出其他态度来。可魏冉的拜访及其带来的消息让他顿时明白——他、所有臣工、所有宗室，以及整个秦国，已经不大可能再有别的选择了。

第十八章

虎　狼

对樗里子嬴疾来说，做出那个决定，是很艰难的。难的不是拥立另一个侄子嬴稷为新王。

那是道理之中的事。况且，嬴稷也已快满十九岁了，说大不大，说小不小，只要有人帮扶，好学沉稳的他，也应该不会出什么大问题。让他万分为难的，是帮扶新君的人选。魏冉很坦率地告诉他：“太后的意思，内由太后辅助，外由右丞相和我魏冉一文一武做主要支柱。”这个提议，排除了刚立了大功的甘茂，也把他樗里疾本人放在了“文”的那边；就算他能起作用，在这个权力三角中，也只占了一角；更何况，在尚武的秦国，不执武力，就谈不到真正的话语权；即便商鞅、张仪那样备受王宠的文官，也终究难求自保。如今，太后直接把一个大狼招递过来，他该怎么去接，该怎么拆解，能不能、敢不敢去拆解……

当时，他对魏冉说：“太后的提法，我看很好。不妨明日再议时，你也参加，把这个想法提出来，大家也议议，只是暂不要说是太后的意思。”

魏冉笑笑，说右丞相您一向睿智老成，该不会如此天真吧。没等回应，又说：“我魏冉愿意按您的意思提请公议。只是，就这样回复太后，您以为可行吗？”

一句话把樗里疾噎在当地。心想：是啊，要真能公议，他魏冉早跑到朝堂上提了，这样夤夜密告，且一开口就是“太后的意思”，根本就是没打算公开提嘛！根本就是让他樗里疾去说这个话、挑这个头嘛！想到这儿，不禁有点儿不快，拿眼斜着魏冉，说：“你要不提，我很难办啊，怕只能先提出拥立嬴稷，别的，还得由着众人议论；国之大事，牵涉重大，似不宜强加啊……”

魏冉又笑笑，说：“这样的话，冉向太后复命，就容易多了。多谢右丞相指教！”说罢，行个军礼，起身告辞了。樗里疾正要相送，魏冉却忽然又止步，回头说：“大人不必送了。瞧我这记性，太后让捎给您的要紧话都忘了。太后让我转告您，我们楚国的一句老话——渡河终有到岸时。太后还让告诉您：无论哪边，总还是岸，总不到岸，谁又能保不翻船……告辞！”

翌日，按约聚集的宗室臣工们，接到樗里疾口头传信：“疾身体极不适，恐近期难理国政。请诸公念及大秦基业、百万臣民，勿使疾难堪！即盼拥公子稷即王位。国不可一日无君，望诸公慎察，精心辅之；内外事务，凡难决者，暂以诸公之共议禀太后鉴断……”传信的话还没说完，全场就唏嘘起来。不一阵，唏嘘成了喧哗。有人担心：右丞相到底怎么了？有人叫骂：这是要让太后专权啊！岂不要引出乱子来！也有人说：咱还是看看右丞相去吧，这么下去，可不是个办法。还有人说：怎么不明白呀，右丞相这是在避是非哪，还是把左丞相速速请回国商议吧，右丞相指望不上了……

说了好一阵，也没有个定数，也没人真的拿出一个马上就可以操作的步骤。倒是有人发现，刚还齐齐都在，唯独少了右丞相和还在韩国定盟的左丞相；可只这一会儿工夫，人就少了小三成。哪儿去了？怎么回事？议论声小了下来，最后，竟归于沉寂。大家定在当地，呆呆望着那三成人留下的空旷，谁也再说不出半个字。

魏冉和几个得力副将带着从议事堂拉出来的十几个臣工急匆匆地赶到宫门口时，恰和芈戎及一干宫廷内臣相会，于是一行几十人黑压压地涌进宫，直叉叉跪到嬴稷寝殿外，呼"王上"。嬴稷马上跑出来，让他们起来，不要乱叫，说国之大事，要执国重臣和宗室长老们定夺，岂是你等内官、军汉可以轻定的。魏冉就说："非我等妄呼，右丞相已请众臣拥立王上了，我等亲耳所闻。"刚说到这儿，宣太后出人意料地从嬴稷寝殿的内室闪出，问："右丞相他人呢？"魏冉答："身体不适，传话说，怕是一时理不了国事了。"宣太后倒退半步，脸色阴下来。众人不敢抬头，静静地跪在那儿等下文。俄顷，宣太后长叹一声，对回头盯着自己看的儿子嬴稷说："看，你这个叔父，好狠心。你哥哥那么厉害的人，他倒殷勤辅佐着，也没听说病过；到了你这儿，就甩手不管了。"嬴稷轻声说："母后，还是不要这样说吧，叔父恐怕真是病了；不然，如此关键时节，怎会不露面，儿倒想去看看他呢。"宣太后笑笑，轻轻搂过儿子的头，说："真是有情有义的好孩子。"说罢，冲跪着的众人高声道："王上要去看望右丞相，魏冉、芈戎陪着，余者且退。"

听说太后和嬴稷亲自前来探病，樗里疾赶忙钻回被窝，盖个湿毛巾在额头上。宣太后一行进来，他只勉强欠了欠身子，权当施礼了。嬴稷问："昨儿还好好的，怎么今儿就病成这样？"樗里疾笑笑，笑得很干，轻声说："还不是你这个娘……"说着，瞟了宣太后一眼。天哪！她已经三十六岁了，可怎么还那么青春洋溢！莫非有什么驻颜密术？又或，她真就是个千年不老的妖孽？看她，一点儿表情都没有，我抛出了这么大的个悬念，眉头都不动一下……

嬴稷问："叔父的病，与太后何干？"樗里疾闭一下眼，又缓缓睁开，说："你这个娘啊，非要勉为其难地让我即你哥哥留下的王位，我说没有这样的道理，嬴稷不是很好吗，聪明、有学问，又谨慎孝顺，干吗非让我去做那做不来的事呢……这不，心里一急，就病了。人老了，说病就病，说躺下就躺下……"说着，转向宣太后道："太后，这下看到了，嬴疾就是这般不中用，就别再难为了，让我过几天舒心日子吧……"

宣太后愣愣地看着他，半天不说话，静静滚下两行泪，长叹一声道："别瞎说，好好养病吧，我还指望着你帮助嬴稷呢……"

一行人告辞往外走时，樗里疾叫了声"太后"，宣太后停住，让别人先出了门，站在门口，背对着他，等他往下说。樗里疾问："臣弟想问太后，我，到岸了吗？"宣太后还是没回头，沉吟片刻，轻轻点点头。

从此，樗里疾就安心在家"养病"，再没料理过什么像样的政务。开始，很多人来看他。也有很多人请他出面，制止太后专权。他说你们都看到了，我病成这样，是不是存心要我的命啊？又说你们怎么不去找别人，甘茂呢？回来了吗？大家说甘茂是客卿，怎么好挑这个头儿；您是宗室，是王弟、王叔，又是右丞相，最大的官儿，怎么叫别人出面呢？莫非怕了太后不成？他就说：还真别说，我还就是怕了。又说：怕有什么不好？怕，也是一种情感，一种生存的力量呀。飞鸟动辄惊飞，人皆笑其怯，可又的确捕之不得；仓鼠闻声即遁，虽嫌猥琐，然纵持刀擎斧，也终奈何它不得。我看不出，怕，有什么不妥。单为一句"我不怕"的自欺之言而搭了身家性命去，在我看，才是上愧天地祖先，下愧黎民苍生呢……这么一说，人们就散了。再往后，来看望的人就少了、没了。

那些不再来探望樗里疾的人里，有的听懂并认同了他关于"怕"的

“哲学”，加入了拥立嬴稷和赞成太后主政的行列，其中有些还理解到了樗里疾话里更深的意思，拥护同时，总拿一只眼瞄着颐指气使的宣太后和她的权力集团，暗地悄悄培育防卫力量，做着一旦太后主政危及嬴姓家族正统地位就殊死一搏、推翻太后一党的准备。另一部分人，很快得到来自太后方向的好处，成了死心塌地的追随者。还有些人，虽听懂，却不认同，便伙同没听懂的，紧锣密鼓、悄无声息地准备这就推翻宣太后，推翻魏冉，推翻芈戎，甚至干脆推翻嬴稷，推翻樗里疾。魏冉默默注视着所有人，等他们都靠了各自的“岸”，再把两个阵营的名单捧给宣太后。

容光焕发的宣太后，头发滴着水珠，带着刚出浴的热烘烘、湿漉漉的花香，把名册接到手里，说：“浴之甘美，不胜收矣。”说得魏冉脸通红。他知道：姐姐所谓“浴”并非单纯的洗浴，而是在浴中的云雨之欢。他并且知道，那给予了姐姐如此“不胜收矣”的“甘美”的男人，就是伟岸健美的义渠戎王；也知道，故事是从嬴稷即位大典那天开始的。那日，诸国诸戎部来贺，礼毕，各自散去，唯这位义渠戎王被姐姐留下单独谒见，上夜也没见出来。姐姐传出话来说：不必等戎王了，他留下了。魏冉听了，虽有些惊讶，可到底是自家姐姐，终于没问出多余的话，赶紧闪了。后来，那究竟没记得住名字的戎王，旬月就来给太后“问安”，一“问”就是三五七天二四六夜；旁人或许不知，他这个弟弟兼大将军，怎能不知。作为内亲，魏冉没法真正去评价姐姐的作为；作为男人，他只觉得姐姐胆子太大，欲望太盛，却极少“贞洁”方面的不苟；骨子里，他觉得，姐姐这样的女人，白白放在那儿守寡，简直暴殄天物，应该拿来让男人欣赏、滋润。事实上，姐姐得了戎王的“问安”，当真是一日比一日更加妖娆茂盛了。作为弟弟、作为大臣、作为男人，他真不知是该为她高兴，该为她羞耻，还是该为她担心。

宣太后很认真地看那名册，眼皮不抬地说：“坐，自家姐弟，还在那儿跪着，傻不傻呀。”魏冉坐在一角，想了半天，憋出一句：“臣的下属，日前在都城之北山麓间，发现数眼温热甘泉，四下景致极佳，太后好洗浴，不如在那里设一别宫……”宣太后还是没抬眼皮地说：“这等小事，让芈戎他们去办；你以后要更操心大事，我不要听到你再盘算这些鸡零狗碎。”魏冉诺诺称是。宣太后放下名册，抬眼看着他，说：“跟义渠君聊聊吧，姐要好好睡一觉，那野牛太不安生，姐有些吃不消了。”

魏冉实在不知道该怎样自处了，脸红到脖子根。宣太后看见他的窘相，笑了：“大男人，脸红了。姐都还没有羞，你倒羞了，少见多怪！”

当晚，魏冉还真就在姐姐的寝宫跟义渠戎王聊起了天。两个男人开始很生涩，甚至有点儿尴尬，直聊到打仗，双方才渐渐都起了兴致，后来居然还喝起了酒。义渠王是典型的戎人领袖，崇尚武力、仰慕英雄，饭量酒量都很大，什么规矩都不懂，也不讲究。他告诉魏冉：“太后待我部恩宠有加，待我更恩宠有加，我义渠人不是浑蛋，知道报恩……”魏冉听了，忽然明白了什么，心里不禁狠狠酸了一下——我的姐啊，你这是拿自己身子给儿子，给大秦铺路呢呀！

那夜，魏冉巧妙地利用宣太后在义渠戎王心里种下的男女情愫和报恩心理，与其详细规划了双方边境事务，获得对方一系列关于安全的承诺，赢得了把奉命部署在西侧防卫戎族入侵的本部兵马抽调和灵活运用的契机。之后月余，他的部队，大半秘密潜回咸阳附近，刚好有效防御了庶长“壮”牵头，宗室一些旁支公子联合发起的以羁押或杀死宣太后、扳倒嬴稷王位为目标的叛乱。对方没料到会被从后面包抄，根本也没猜出这支扭转局势的奇兵从何而来，旗号都还没看明白，就被擒了。魏冉高高立在主帅战车上，举着火把高声呵斥：“王上早知汝等即行不轨，今令汝等自戕以谢！”说罢，让士卒向叛军首领们丢去刀剑。

那些叛军首领是否真的当场“自戕”了，谁也说不清，但确实没一个活下来的。之后一个多月，咸阳城里始终弥漫着浓浓的血腥气。那些靠到另一侧“岸”边的臣工宗室，几乎无一幸免，整家整户、整个集团地被杀。按商鞅之法连坐被杀者，更不计其数。魏冉杀红了眼，停不下手，要不是新王嬴稷亲自出面，连武王太后（嬴荡的王后）也难逃一死。嬴稷向母亲跪求，说：“那女人无辜，不要再杀了，母后，您说句话，让舅舅罢手吧……”宣太后说：“你起来，那些草芥之命，不值得你下跪。谁也没说要杀她，让她远远避开，回她的故国魏国去吧。”

在宣太后特许下，樗里疾把被杀的宗室成员的灵位送到雍城宗庙，给了他们一席地位。他看着惠文王的灵位，想说什么，可终于还是没说出口。

回到咸阳，他破天荒地主动去拜谒太后，跪下叩头，说有内情禀报。宣太后让左右都出去，说你说吧。樗里疾就哭了，说：“太后、八子，我求求你，放过宗室之人吧，不要再杀戮了！如此下去，只会种下仇恨啊。”宣太后叹口气说：“你以为我愿意杀这么多人吗？大秦，还有多少事要做啊。怎能为着一个王位而内乱迭起！我今日屠戮，恰是为今后安定啊。这大秦王上不管谁做，不也都要有个安定吗！阴云既现，非万钧雷霆不得见晴空！王叔啊，我的哥，您说，是不是这么个道理啊？”

一席话，说得樗里疾没了应对，只道：“但愿吧……但愿你的话，是真诚的。”宣太后说：“哥哥呀，八子何时哄骗过你！八子愿对天发誓，吾之所愿，皆为秦，但有异心，天地共诛！你瞪大了眼看着，看我怎么收拾六国，怎么把你侄子变成天下霸主！”

翌年，二十一岁的嬴稷受了冠礼，正式接掌秦国最高统治权。他就是在位长达五十六年、在血雨腥风的战国大角逐中为秦国锁定胜局的秦昭襄王。

冠礼后，宣太后宣布从此不再临朝主政，退居到专门为其建造的有温泉、可以日夜享受“洗浴”之“甘美”的甘泉宫。自主执政的新王宣布：尊母亲宣太后为国母，授予裁定国家重大事务的权力。但对“重大”没有具体描述和明确定义。任命舅舅魏冉为全国最高军事统帅，封穰侯；任命另一个舅舅芈戎为主管国家财政后勤的长官和军队副统帅，封华阳君；又把两个同胞弟弟嬴显和嬴悝分别封为高陵君和泾阳君，各自赐予封邑；还把跟随甘茂打三川立了功、一直镇守着宜阳的表兄向寿叫回身边，负责日常辅政。

人们不能确切地知道，这些封赏、任命里，有多少是年轻国王自己的意愿，又有多少是他那能操控一切的美丽母亲的意思。对此，后来因为害怕宣太后手段，避祸般投奔了齐国的甘茂，是这样分析的：秦王稷为争取自主执政的权力，充分满足了母亲和母系亲属的要求，却不可避免地把自己置于母系势力的包围中；为防万一，把拥有比较正统的继承地位的弟弟们，放到了权力中心以外；由此可见，秦王稷还是颇有心计，也还是很有勇气的。

做这番分析的目的，是为弄清对手到底是谁，到底怎样的人物，才是秦国真正的大脑。当时，齐国，还有楚、燕、赵等国家，都认为秦国其实还是宣太后在掌权，证据是所谓“辅政于侧”的宣太后外甥向寿，经常往来于咸阳和甘泉宫之间。至于他们是如何知道的这个情况，没人深究，事实上也没法深究。照这么看去，无论秦王稷怎样有心计、有勇气，秦国大政，其实都是在楚人掌握之中。那么，未来的秦、楚关系，将向什么地方、什么程度发展，就很难说了。

受张仪当年挑唆、跟楚国过了几遍手、面子撕了又缝上的齐国，对此尤其关注。它敏锐注意到，几乎跟秦王冠礼同时，秦楚在黄棘地方会盟；紧接着，秦国又重新攻打两年前在甘茂主张下退还韩国的武遂地方，并向左近的蒲阪、晋阳、封陵等地用兵。齐国高层对这个情况做了个大胆假设，就是由于楚国人在秦国当政，秦、楚关系发生了根本性变化，并在此基础上，已经商定瓜分韩国甚至是瓜分魏国的计划。消息到了韩、魏，引起极大震动。苦苦抵御的韩国，首先向齐国求助，魏国连忙跟进，三国订了盟约，由齐军统帅总指挥，合军攻向楚国。果然如甘茂和政治新星苏秦所料，秦师掉转方向，并从国内增兵，全力来救楚国。齐、魏、韩联军见势，急忙回防到秦、楚、韩交界处，护住韩国。因志在救韩和“测试”楚、秦关系，并不在攻楚，所以见秦军撤回，也就就地散了。

根据“测试”结果，甘茂一派认定，秦、楚已完全弥合，甚至不排除嬴秦异姓的可能。年轻的苏秦正好持相反的看法，说秦国这是障眼法，马上就要对楚国下手了。当时，人们不相信他的话，青年才俊对否定和嘲讽付之一笑，转身奔了别国。

齐国君臣对苏秦的嘲笑声还没散尽，就听到了魏王和韩太子去秦国朝觐和秦国退还蒲阪地方给魏国的消息。紧接着又是秦国名将司马错平定蜀地叛乱和秦国庶长“奂”带兵攻打楚国的消息。这才觉得苏秦的话有些道理，也才觉得这个白生生的年轻人不简单。更要紧的是，之前对秦、楚关系的分析，恐怕要全面推翻，齐国在其中的角色，也应该有所调整。

齐国代表势力认为，还是应该重点加强跟楚国的关系，而不必太注重不接壤的秦国。想想很有道理。可道理归道理，在楚国明确表现出与秦结好的意愿和对齐明显冷淡的态度面前，老大齐国，断然拉不下脸来主动示好。

恰此时，秦国的泾阳君、秦王稷的胞弟来访，说我王让臣禀齐王，之前之战，乃是误会，我大秦未敢忘啮桑之约，愿与上国永结盟好，并命臣留在王上身边伺候，等于是送了个人质过来：不接受，似乎不近情理；接受了，就不能在没有直接利益冲突的情况下干涉秦的作为。几番思忖，齐王最终还是留下了泾阳君嬴悝，并承诺派自己的弟弟、名满天下的田文公子（孟尝君）“不日赴秦，侍奉上国王上并国母太后”。

门客三千的田文，从齐国出发时，樗里疾在秦国病逝了，秦国也把楚国的新城地方攻取了下来，并册封给此战的主将华阳君芈戎；因此，芈戎又被称为“新城君”。据说，秦国此次攻伐楚国，是出于偶然。说是之前为争取秦国帮助，抵御齐、魏、韩联军，楚王将太子芈横质押到秦国，后来芈横失手杀了一位秦国高官，逃回楚国，楚王对秦国的礼节性询问置之不理，让秦国觉得丢了面子。这事可能有，但在田文看来，这绝不足以使得秦国咬住不放，也断然到不了非攻城略地不能解决的程度。他跟随行的门客说：即便没这事，秦国也会寻别的借口去打这一仗。其实，有很多比这更像样、更大的借口，我不相信他们想不出来，实在是懒得去想罢了。看着吧，也许，过不了多少日子，秦国再打谁，怕是连借口都不再找了。秦国，很快就要变成彻头彻尾的猛虎恶狼了。门客问：“如此，公子岂非要身陷虎狼之地？”田文意味深长地点点头：“本公子正是要去虎狼之地转上一遭。”

田文和他的几百名随行门客进入咸阳的时候，看见了押解楚王的囚车。他跟左右说：“看见了吧，这就是相信秦国的结果。”

有人说，擒拿楚王，实际上是秦王稷对宣太后魏冉等楚国籍当政者的试探。本来，他是打算举大兵重创楚国的，可一向好战的魏冉，却百般劝阻；秦王稷起了疑，就设计了擒拿楚王的骗局，还亲赴险地，做了一旦楚王赴约就当场亲手将其擒拿的准备；后来，为保险起见，改由一名年轻将领做了替身。他坚信，擒了楚王，楚国定会大乱，可以要挟楚王大片大片割地，如果宣太后魏冉等不出面阻挠，就说明他们的立场跟自己还是一致的；反之，他也能知道个底，也等于给宣太后一派一个强烈信号，对于他看清局面和在今后争取主动，都有利。

当然，这只是莫须有的传言，很难说有多么可靠。可田文没放过这看似缥缈的故事，认为无风不起浪。即便这不是嬴稷的本意，或者不是他本人的意思，也说明秦国内部，还存在反对宣太后的势力，而且这种势力，跟嬴稷捆绑在一起，至少也是想要跟嬴稷捆绑在一起。他同时认为，骗、擒楚王的做法，除了进一步说明秦国的“虎狼”本性之外，更表现出在政治上的幼稚，很像是出自一个怀有虎狼之心、不择手段的年轻人的“手笔”；在他的尺度中，这根本就不能算是个真正的政治家的行为——太荒谬、太霸道、太浑蛋。

至此，他基本敲定一路都在盘算的在秦国的行动目标。第一，弄清宣太后势力跟秦王稷之间的确切关系。第二，尽量挑起秦国对楚国采取大规模的军事动作，使秦国在不经意间陷入长期战争。第三，设法挑拨宣太后跟秦王稷的关系，给秦国埋下内乱种子。第四，想尽一切办法弄清秦国确切的兵力和财力，以资对比。第五，争取布下高效的消息网，以便今后随时获知秦国各方面情况。

五个目标，只要实现其中任意三个，他都会认为此行非常圆满。在对待秦国的问题上，他跟国王哥哥的观点，有很大不同。哥哥的梦想，止于独霸东方。至于是像啮桑盟约那样与秦、楚三分天下，还是跟秦、楚任何一家平分秋色，是不在乎的；并且，从地缘的角度来看，他绝对认为不应该招惹秦国，倒很乐意跟秦国瓜分楚国。

田文对“独霸东方”并没什么不苟；平心而论，他也没有什么更大的设想。可他认为，哥哥犯了个致命错误，就是相信秦国的存在及其强大不会对齐国构成真正威胁。

如苏秦所言，目前看来，是没有威胁。可假设没有了魏国，没有了赵国，甚至没有了楚国，再来看看会是怎么样的。苏秦是周人，出身雒邑，就拿雒邑当成一道界线，说到那时候，秦、齐将接壤，其界若在雒邑以西，齐或可保独占东方，不然，危矣。听起来有些危言耸听，可细想想，不是没有道理。再看秦国一招接一招的虎狼之举，田文甚至觉得“雒邑以西”都不保险；也就是说，如果不削弱秦，不有力抑制其虎狼之势，“独霸东方”就是梦话，就连齐国的安危，也都堪忧；甚至可以说，齐、秦间每一步走得如何，对秦可能是长短、肥瘦、早晚之别，而对齐，则关乎命脉存亡；再进一步讲，齐若求长存，必须弱秦；若欲霸东方，必须灭秦！

所以，他定下了那如果都实现就能彻底颠覆秦国的五个目标。所以，他趁着还没去谒见秦王，星夜赶写了一份长长的谏言，派门客火速送到齐王兄长面前。谏言中，他用种种现象、分析，充分表达了对秦日益扩张的忧虑，并有力地跟齐国的兴亡联系起来，进而表达对苏秦“合纵弱秦”主张的高度赞同；建议齐王亲自出面，联络除楚之外所有诸侯，形成一致抗秦局面，一伺他这边有进展，就具体部署行动，争取在近期实现对秦有力打击，强化诸侯联合抗秦的信心和决心……

齐王田地，对这个异母弟弟，是很信服的，看了谏言，好生思谋一阵，最后踌躇着写了回信，说若这就联络诸侯反秦，于弟之安危，恐大不利。不如先不提反秦而与亲齐诸侯再行修好、稳固关系；弟在秦但有所获，即可归，届时再作打算……

田文看了哥哥回信，不由得摇头轻叹：这个哥哥呀，还是没真正觉出危机来。我个人安危，哪有国家存亡、天下太平重要。再说，我这么大个人，身边门客能人数百，还愁脱不了身吗？我在虎穴狼窝，看上去危险，其实不然；要知道，虎狼是要出去捕食的，虎狼的坚牙利爪，真真是冲着你们的呀……

第十九章

较　量

田文在秦国的计划，进行得很不顺利，没几天，竟让秦王稷拘押了。几个腿脚矫健的门客逃出咸阳，连轴转赶回齐国报信。齐王一听，想起苏秦说的“秦国扣押楚王，无非要让楚国乱；如果楚有了新王，他们就没辙了”的话，赶紧找来为避祸胡乱跑来齐国的楚国太子芈横，说你赶紧回国即位吧。本来，他还想扣下这位太子狠敲楚国一笔，可如今，宝贝弟弟遭了楚王同样厄运，顿时觉得秦国太不给齐国面子了，就觉得跟楚国有那么点儿同病相怜了，所以放归芈横，并派得力大臣随去，帮他即楚王位，顺便跟楚国修好。他认为，秦国虽扣押了楚王，但多半不敢杀；楚国立了新君，他们大抵会出于无奈放了楚王，同时清楚了齐、楚已联合，也就会迫于压力，放了弟弟田文。

从一般政治逻辑来看，这套想法，并没太大问题。可正如田文分析的，今天的秦国，不同于以往的秦国，或任何一个诸侯，是“虎狼之国”。“虎狼”之意有两层：第一层是指其强悍。就当时秦的国力而言，在七个主要诸侯中，可能略次于楚，跟齐不相上下，比魏、韩、赵、燕强出许多，但齐国国土面积和扩张余地都不如秦，这就在潜力方面差了一大截；楚国则是典型的分制、联治国家，综合国力的概念，在全面战争以外的其他方面，并没什么实际意义；而一旦面临全面战争，同样由于其领主化的国家形式，集结期又要比秦国长得多，必将被动。提到战争，秦国军队的战斗力，无疑是强的；齐国从未与之单独正面交过锋，很难做十分恰当的判断；可资借鉴的是赵国，秦与赵的军事争斗，从历史上看，胜负持平，而齐与赵的战争，则总体见弱，往往要靠拼国力才能取得平衡。楚近年来跟秦的战事局面明摆着，魏早已不是秦的对手，韩、燕就更甭说了。所以，从军事上来看，秦的力量应该最强，至少也最集中、最尖锐的。所以，今天的秦国，不大可能循着普通诸侯的行为和思维模式，甚至也不大可能继续延续张仪时代的模式。张仪再无赖，也还是要嘴皮子，如今，秦国开始动真格了。这就涉及“虎狼”的第二层含义。虎狼为何，凶猛野兽也。除了口腹之欲，其他什么都可以不管。看看今天的秦国吧，一个年轻的、急于证明自己实力的国王，一个在背后操纵国策、完全不能指望其重信义、守规矩的女人；无论哪一个，都不能按惯常的逻辑去揣测。

苏秦对秦国的“虎狼”之性的分析结果，更加不容乐观。他告诉齐王：自秦惠文王嬴驷称王始，秦国的每一步，都是为着吞并天下的目标。宣太后、魏冉之流对内乱的迅猛镇压，足以说明秦国有充分的自我调节能力。所以打秦国内部的主意没用，应马上设法救回田文，开始一场真正的正面较量。较量双方一边是秦，另一边则应是其他所有诸侯；即便出于这样或那样的原因，不能拉得他们同时都参与，也必须确保不参与的那些保持中立。

他进而劝谏齐王：诸侯中，齐出身贵于楚，地位高于赵、魏，综合实力最强，距秦最远，如站到反秦主位，诸侯不会怀疑齐有什么私心，更会有了主心骨；无论反秦结果怎样，齐必然会成为诸侯领袖；况且，只要联盟稳固、指挥得当，反秦一定会有积极结果。秦虽强，但不足以抗六国；一时打不垮，也不能由着它再强大下去。所以，应该积极、有力地行动起来！

一番鼓动，让齐王热血沸腾，恨不能马上登高一呼。苏秦说虽然紧迫，但不能匆忙，还是先救回公子，我同时去往各国游说，等到公子归国、游说成功，仅凭公子名望，就可发起行动了，用不着王上亲自出面。

说话间，田文自己跑回来了。对由秦国解脱的过程，按他自己说法，是利用了门客的口技——先学狗叫，盗回赠与秦王稷的纯白狐裘，用以买通嬴稷宠姬，再让那女人说服秦王稷释放他；秦王稷后来改变主意，复欲追拿，门客又在函谷关学鸡叫，守城秦卒以为天亮，稀里糊涂开了关，这才脱出樊笼……

大概因为故事太传奇，所以被历史记载下来；孟尝君田文因此还得了“鸡鸣狗盗”的不雅名声。可细想想，这实在也就是纯粹的“故事”而已，其中疑点，稍稍拣拾拣拾，就能令人笑出声。田文之所以编出这样的故事，除了说明他排除众议、重用了那几个只会口技的门客，有“识人”的“贤”与“能”外，肯定还另有隐情。对此，苏秦背后的议论是：“独齐王信之足矣。”但没有进一步解释，莫名其妙留了个话头在那儿。

秦国相关记录中对“齐公子文”的来和去的描述大致是：“泾阳君质于齐，隧令齐遣公子文入秦为相。初，未允。经年，公子文至咸阳，献白狐裘于王。王赐之幸姬。文谏王释楚囚，弗允。知楚太子奔齐，王怨，羁文于甘泉宫，太后释之，文乃归齐……”细节没提，也有些疑点——“羁于甘泉宫”就很蹊跷。楚王羁押在咸阳狱中，为什么要把田文送去甘泉宫？“太后释之”也可能不是实情，因为事后，宣太后在甘泉宫曾向前来请安的秦王稷问起：田文怎么不来看我了呀？还说：他不错，很不错……因为宣太后豢养男宠、春光四射的情形，在秦国高层已不是秘密，所以人们对她口里“不错”之类的形容，总不免难解其意。这“不错”甚至“很不错”，再要安到一个如田文般少壮英武的美男子身上，就更没法琢磨了。所以，秦王稷就由着老妈絮叨，也不答话，也不解释。可周围的人都把这话听进耳朵了。齐国公子文那样的“名人”，由不得人不往心里去。

田文的秦国之行及充满传奇的“逃离”，成了掩盖在时光烟尘中的谜团，只留下一场“鸡鸣狗盗”。事情本身到底怎样，其实并不见得有什么要紧，而问题在于：如果“鸡鸣狗盗”是为着掩盖什么的话，那些被掩盖的是什么，又为什么要掩盖？

田文归齐后，只用了两三个月就组织起齐、韩、魏三国联军，由他亲任主帅，打着“除强暴”旗号，浩浩荡荡杀向秦国。来势汹涌，加上指挥有方，竟没费太多周折就突破了秦军第一道防线，进入秦国地界。

面对联军强大攻势，大将军魏冉提出“战以厉兵”方针，主张借此战磨炼刚建起的重甲骑兵军团。他告诉秦王稷：重甲骑兵未经实战，此间正是机会，如实战证明其发展方向正确，就可以利用西戎的资源，大力扩充之，以后就可以主动出击，横扫中原了。

作为主要的决策人之一，魏冉还认为：对此时的秦国，张仪的远交近攻已不适用，耍嘴皮子也再办不出大事。张仪所谓的“远”，无非齐、燕、赵，重心显然在齐；如今，回答我们跟齐国的“远交”的，是田文的兵锋。本来“近”的韩、魏，已基本被打服，可让“远”的齐国那么一撺掇，不还是返回头来咬我们吗？

他慷慨激昂地向秦王稷、向秦国文武百官说：“今天的秦国，没有盟友，没有呼应者，甚至没有同情者，以后更没有。秦国只有敌人。这是霸主的宿命，是英雄的选择，是没法回避的事实。到了向全天下宣战的时候了！相信我王上，相信我诸公，自此而始，大秦的勇士，将碾着六国骨肉，吸着六国鲜血，一路向前，直到阴山，直到百越，直到东海！田文进攻的号角，实是为我大秦征服天下而吹响，真正的‘较量’开始了！”

话说得激奋，可回到作战部署上，魏冉却十分冷静。按他的构想，这是一场可能绵延数十年乃至上百年的生死较量，不是以往一城一地得了又失、失而复得的小阵仗，也不是为求取什么平衡、什么盟约而进行的政治示威，更不是争夺哪条河的归属权、哪家今年的收成之类蝇头小利的军事游戏，而是在争夺整个天下；无论过程怎样，结果都只能是一个，就是天下归一。

这是个庞大的系统工程，每一步都至关重要，每一步都是为下一步做准备。所以，他并不急着集中力量击退势头正旺的联军。那样做的结果，要么是拼了元气击退他们，还没等恢复或刚刚恢复，就再应付下一轮；要么就是拼上元气也还是没打退，那就更糟！他要利用这次保卫战练兵，要让他的重甲骑兵，找出中原军队，特别是齐国军队的弱点，找出更有效地打击他们的改进方向。同时，他还要把他们陷在这儿，陷在漫长而没有结果的战争里，消耗他们的军力、消磨他们的意志，让他们花大的代价赢取小的胜利，甚至赢不到任何胜利。他要让他们都明白，跟秦国斗，是赔本买卖，让他们不再相信什么联合抗秦的鬼话，让他们一边恢复元气，一边等着来自秦国的下一轮攻击。他暗下决心：要让这次战役，成为秦国的最后一次自卫。最后一次！

受魏冉战略思想驱使，秦国的抵御，并不十分有力，折损也不大，给联军留下“秦军不像想象中那么强”的印象。他们甚至认为，那穿梭来去的重甲骑兵，中看不中用，杀过来时冲得挺带劲，可一到跟前就腿发软，步兵阵一冲就散摊子，倒像什么宝贝一样，累得看上去还蛮精干的秦军步兵还得分出老大精力回护，只拿一只手跟咱两只手干，那能行吗……

秦军且打且退，联军很顺利地到了函谷关前。田文下令：乘胜叩关。这下，秦国的重甲骑兵，彻底顶不上用场了，哗啦啦散得没了边儿。那雄关险地，既让人望而生畏，又似乎挑动着人的战斗意志；对于节节胜利的联军，后者大大压过前者。所以，他们以前所未有的勇气，拼命攻打，前仆后继、勇往直前；一拨被压回来，就再来一拨，好像等不到明天，也不需要等到明天。

可事实上，他们经历了很多个明天。颇有头脑的田文，最早意识到破关艰难，想过要停下来，可转念又一想：一旦破关，后面就是一马平川，直到咸阳，再无险可守。一向以函谷关为咽喉要塞的秦国，一旦失了此关，定然信心大挫，届时再战，当可势如破竹！如是，则强秦危在旦夕，天下大定之期不远矣。这么想着，就不舍得停下来了。或许明天、后天，就成功了。另外，他也不敢轻易说出那个“停”字。他深知，但凡“联军”，气势为先，谋略则在其次。大伙儿趁着热乎劲儿，一鼓作气往下干，谁也不松弦儿，才能真正联到一处；倘若停下，心气儿就弱了，就慢慢熄了。将帅争功、士卒争饷的事，就会发生，就会扩大，就会影响团结，也就联不起来了；就算勉强还联着，就算那些争执冲突都没有，停住的时间稍长，各自国内掌权的人们看不到结果，就会生出各种各样想法，就会没有默契或缺乏默契地各自去影响自己的军队。接着就是相互猜忌，相互不满，甚至相互掣肘；联不成了不说，反目成仇、就地开打，也是保不齐的。从这个角度看，在大家心气还没下去之前，更是坚决不能停下来。

可总这么重复老不见收效，显然也不是个事儿。该有个尺度，有个应变，有备选方案。他召集三国将领，探讨迂回的可能。依他考察，是没有回旋的——长驱直入，非破函谷关不可。可那是他的看法，并不代表对地势更熟的韩、魏同僚，就没别的招数。果然，真有人提出步兵走山路潜入关内再里应外合的主意，仔细合计下来，都认为可以一试。于是集中力量找到向导，一边以更大气势叩关，把秦军注意力全吸引过来，一边挑选精兵，跟着向导趁夜偷偷上山。几天后，关内大乱，秦军大乱，联军主力冲破了传说中根本攻不破的函谷关，杀入关中大地。

对田文来讲，成功破关，就意味着最后胜利。所以，他不顾一切命令部队猛冲猛打，血红着眼向咸阳杀去，根本不管四下冲来多少秦国重甲骑兵，也全然不顾那些本来看去笨笨傻傻的重甲骑兵，怎么忽然焕发十倍、百倍的战力，更不管那十倍、百倍之力，击杀了己方多少士卒，摧毁了己方多少战车。在他心里，只有一个目标，那就是咸阳。哪怕只剩他一个，都要拼死冲到咸阳！他知道，照这个冲法，最终等待这支三国联军和自己的，必将是粉身碎骨。可他坚信，只要冲到咸阳、冲进咸阳，天下就会群起，就会有新的、更有勇气、更有力量的三国联军、四国联军、五国六国联军，接踵而至，铺天盖地、锐不可当。他们会踏着他的尸身，彻底打垮秦国，甚至覆灭秦国！所有倒下的将士啊，你们可知道，你们的倒下，是在为着公理崛起，为着王道大德的复兴！你们的血肉，将埋葬强暴如虎狼的秦和他的勃勃野心，将滋养黑暗过后的清平大地！

可到底，还是渐渐慢了下来——马跑不动了。他喘息着，放眼看去，联军折损过半，剩下的脚步踉跄，旌旗破碎，心里不由得紧了一下。迟疑片刻，不甘心地下达了寻有利地带安营扎寨的命令。

这一扎下，人就不想动了。别说士卒，连田文自己都不想动了。韩、魏主将主动找来商议下一步，田文立刻明白，他们有退缩之意。因为，任何有军事常识的人，闭着眼睛都清楚，如今所处境地，根本就没什么“下一步”。这一步、下一步、下下一步，都应该是一样的，就是粉碎所有阻击，直取咸阳。所谓“下一步”，无非就是冠冕堂皇的分兵、合围什么的，实际上就是逃跑。他们怕了，怕打不死秦国，怕秦国回头来报复，怕把自家老本拼完，怕即便扳倒秦也再没本钱跟我齐国讨价还价……想到这儿，心里很气，可面子上还得和蔼着，说诸公啊，如今到了紧要关头，我们得齐心合力啊。我的想法：关于战事，绝不能迟疑，至于兵力部署……

田文的脑子飞快地转着，想是否应该抛出“齐国冲在前头”这张牌，想他们会不会误会自己尽量保存他们实力的用意，想万一齐国在前，这些位拖沓着越来越落后，甚至干脆跑掉，会怎样，能怎么办。想着想着，嘴上就有些迟疑了；一迟疑，对方就把各自的担忧抛过来了。一会儿说如今已经大胜，士卒疲惫，强弩之末，要慎重啊，别把胜利变了味道；一会儿又说秦国一定抵死防御，后面都是硬仗，我们不能陷进去啊……你一言，我一语，听得田文头都大了。正在绞尽脑汁地想找个突破口，把话题引回到“前进”方向上，就得报：秦使前来议和。顿时眼前一黑，脑子轰的一下，心说：这下完了！

按古老的战争法则，除非复仇或平定叛乱，一方提出议和，另一方不管是否准备答应，都要应对，而不应置之不理。在这场战争中，齐国打了“除强暴”旗号，自己就不能有强暴之举，所作所为，应该跟“上国大邦”身份相称，给各国做出表率。更何况，他田文本也以“贤”著称天下，这些人和他们的国家，也是冲着他田文的“德行”来合作的。所以，他必须对秦国的议和给出有礼貌的应对。本来，在他的认识中，剽悍好战的秦国，是绝不会服软的，就像荒野中的狼一定会跟你拼死到底一样。可没想到，这只狼偏在他疲弱之际、联军离隙的边缘，服了软，给已方犯了含糊的伙伴们足够的退缩理由——这下可以开价钱了，可以要回秦国强占的土地了，可以要求秦国给多少多少粮食、多少多少美女了……

果然，还没等他们提，秦使就讲出“我王愿退地以弥兵”的话，一下把韩、魏的精神头，引到退哪些地方、哪几座城池，退给他家的是否比退给我家的多，应该公平，应该再附加点儿什么等具体问题上了，甚至引向了田文，说公子您给评评理，此战，我家可比他家出力大，是不是该多得些……

田文只觉太阳穴突突乱跳，整个人被疲惫和恼怒漫住，使不出一丝力气，说不出一个字，想不出任何办法，心里只剩下了骂：你们这些蠢货，他就是把所有的地都退给你，不是还可以再拿去吗？他退给你的，难道就不会是赤地焦土吗？他嘴上说退给你，难道不能反悔吗？到那时，你们能拿他怎样！

因为楚王趁乱跑掉了，分了一部分兵力去堵通往楚国的各个隘口要道，秦王稷对宣太后关于议和的建议，现出了接受的意思；魏冉也认为，从消耗对方和历练重甲骑兵的角度讲，当前状态，正好达到他所设计的三个平衡点中的一个，故而也就同意议和。宣太后甚至把议和的价码都想好了——归还韩国河西的武遂地方，归还魏国河西的封陵地方，以及原本属于这两家的所有黄河以东的地方，包括“三川”。她告诉嬴稷和魏冉、芈戎：人家既然如此兴师动众来了，就得盛情款待，不能抠抠搜搜的，那样安不住韩、魏，下次有人撺掇，还得跟着起哄；让他们吃饱，看清楚了到底谁才是好人，日后帮个忙、借个道什么的，大概也都好商量了……

“借个道”三个字，在几个男性决策人脑海里，同时震响了一下，随后引发他们各不相同的思考。嬴稷想：这是要把“远交近攻”改成“近交远攻”了，行吗？芈戎想：我这个老姐，也太异想天开了，人家能把道借给你？再万一陷进去……魏冉则想：老姐真是高啊，这“借道”二字，简直就是以退为进，拿这些土地城池，换了整个的韩、魏啊！我要借道，你借不借呢？借，从军事而论，你的地方，实际上也就是我的；不借，那我就再夺回来；多一半会借，那你整个国家，就都成了我大秦雄师的前哨站和挡箭牌……

想着想着，心里不觉兴奋起来，就问了一句本来没想问的话："齐国可有什么好处吗？"宣太后轻轻哼一声，说："齐国的好处，早已给他们了；泾阳君还在齐国，就是他们的好处。你们放心，田文会回去的，而且，再也不会来了……"

田文后来还真是没再入过秦国，也没再领导或参与任何与秦对抗的事情。他的后半生，一直在被猜忌和被陷害以及澄清那些猜忌和化解那些陷害中度过。从每件事情的表面看，都不能说跟"将破，转而议和，盖有私"的传闻有什么直接关联，更不能说比鸡鸣狗盗更不靠谱的"公子夜梦呼秦太后"的风言风语起了什么作用，动摇了国王哥哥对鸡鸣狗盗的深信不疑，进而动摇了对弟弟的信任。门客三千、大于主的形容，想来也不至于有谁会太当真。可不管怎么说，他田文，的的确确，从秦国君臣眼里的最不安定因素，变得什么都不是了。

多年后，日益成熟老辣起来的秦王稷隐约想到：母亲宣太后那么大方地退地，其用心的最深处，恐怕还远不止于"借道"，而是把什么好处都没得到的田文和齐国，干干脆脆地晾在那儿，利用田文的君子心态，让所有人都对他在议和中的态度及背后的原因，打上大大的问号，还让田文在齐王面前，甚至在诸侯面前无从说起，继而不可选择地陷于沉默，"合纵"也就因而缺了主将，需要再花许多时日，才能再收拾起来……他进而想：若真是这样，那该是一个多么复杂的心术博弈啊！母亲真的事先都想好了吗？如果是，母亲的心，是怎么长的呀……

有那么一刻，他起了去甘泉宫问明的冲动；可又害怕见到母亲，更害怕一旦问出去，得到的那个答案。他爱母亲，像所有儿子那样；他敬母亲，因为她教了他很多很多，帮了他很多很多；他怕母亲，因为觉得她太过诡谲，就像个幽灵；他恨母亲，因为她实在太淫荡了，太不给他这个王留颜面了。他没得选择，那个在甘泉宫夜夜都有男人陪伴、愣是给他又生了两个不知道该姓什么的弟弟，满头白发却不生皱纹的女人，就是他的生身母亲，就是扶着他、带着他、帮着他，变成从来都没有过的伟大君王，成就了从来不曾如此强盛的伟大秦国的母亲。他没得选择。但他可以选择去不去见她，什么时候去见她，问不问那个问题，怎样去问那个问题。

后来，到底还是问了。母亲没听懂似的让他说清楚一点儿。他就详详细细又说了个透彻，却不想母亲的回答竟是：都哪辈子的事儿了，娘早就忘了。

田文“合纵”之后十年，苏秦和赵国国相李兑联合韩、魏、楚、赵、齐五国，又组成过一次反秦联军，但跟田文组织的那次不同，由于参与者的境遇、心态差异太大，几乎从一开始就没达成军事目标上的一致，其中韩、魏、楚几个国家，是被打得实在受不了了，属于被逼急了“不在沉默中爆发，就在沉默中灭亡”的情况，而齐和赵，则更多是想称老大。您想想，就算最后成了，又怎么可能有两个老大呢。所以，齐国方面，一直就对联军的前途不太看好，加上十年前莫名其妙吃了哑巴亏，心里还拧着劲儿，态度很模糊，全凭苏秦唇舌之力，才凑数似的加入进来。赵国倒是积极得很，但一则跟另外几国的“微观”人缘儿不行，说到联合大计尚可，涉及具体事务，则显出很多干涩坎坷；再也是李兑相国本人的军事才能的确“二般”得很，赵国能打仗的，又只管防御北方的匈奴，给另外几家以“叫得欢，做得少”的感觉。总体来说，是赵国的一厢情愿加苏秦追求个人业绩的私心，拉扯着另外几家的苦大仇深，毫无凝聚力可言。这样的情势，根本就不可能有真正的作为。结果，还没跟秦国交上手，就散了摊子。秦国连眉毛、胡子都没颤一下。一半儿以上的后世史家，根本就不承认这也算一次“合纵”行动。

真正像样的“合纵”，是四十年以后的事了。秦国的王，换成了嬴稷的孙子；韩、魏、燕、赵、楚参与了行动，总指挥是比田文更有名望的魏国公子魏无忌，就是名垂史册的“信陵君”。其时，秦跟中原各国的力量对比，已经远远优于五十年前的“田文时代”，可信陵君是个卓越的领导者，不仅有效联合了各国军队，更鼓起在低沉中的各国将士的勇气，居然打到了函谷关下。但这时候，秦国在各国的情报体系已相当发达，各国能说会道的主儿，也死得差不多了，清醒的头脑，也剩不下几个了，还全让信陵君带到了函谷关前。于是，各国后院，让秦国细作的风言风语搅得乌烟瘴气，莫衷一是；各种猜忌、挑唆、构陷纷纷飞向战场，飞向摩拳擦掌准备大干一场的联军。联军的心，一下子散了。英雄的信陵君，失去了冒死破关的最后机会，无奈地收拾了满腔宏愿，也随即陷入被国王哥哥猜忌的尴尬境地，不久郁郁而终。

又时隔六年，赵国大将庞暖，带有“续集”性质地再度联合这五国，以拼死求存的勇气杀将过去，直攻到秦国境内叫“蕞”的地方，但终于还是让秦国破解了。

这最后的一次“合纵”，甚至包括信陵君领导的前一次，其实多少都带有“最后一把翻老本”的赌博意味；虽然组织、勇气都可嘉，调配、指挥也得当，可再怎么也收拾不起各国已脆弱不堪的心灵，再怎么也防不住秦国从意志到肉体的强大攻势，挡不住秦国想停都停不下来，也根本没想要停下来的隆隆战车。

最终，无论是最成功的一次“合纵”的发起国齐国，还是饱受创伤、倒而不死、死而不僵的楚国、赵国，又或是苟延残喘、时不时闪现几星虽短暂却无比灿烂火花的韩、魏、燕，都没能躲过秦国的强弓劲弩，都被秦国重甲骑兵的马蹄踏得骨断筋折、支离破碎，在这场旷日持久的大较量中，输光了老本儿。有人说，它们是被强秦“虎狼”一口一口吃掉的；也有人说，它们是被自己活活吃掉的。

秦国人把这些都归功于伟大的始皇帝；始皇帝本人则说“赖宗庙之灵”。后世的哲人说这是历史发展的必然；社会科学家们则说这其实是制度更迭的外在表现形式……

说得都对，也都不对。那场绵延几十年的殊死较量，绝不是一两句话能诠释的，也远非一两句充满理性的断言所能涵盖、所能承受的。当然，更不单单是宣太后一番连她自己都“早就忘了”的博弈的终局。那场较量，给后人留下了太多故事，太多慨叹，太多不解，太多遗憾。

第二十章

血流成河

让田文打得被迫退地求和的秦国，马上就还天下诸侯以颜色。

第一件是抓回好不容易逃亡出去却不得其路归国的楚王，牲口一样圈禁起来，活活熬死。你楚国爱怎样就怎样，只要入我秦国掌握，甭管谁、重不重要、有没有用，都别想善了！

再就是全面发展重甲骑兵，并培养、选拔特别能战斗、能够把重甲骑兵的威力发挥到最大程度、敢于并善于长驱远征的精干将领。著名的白起，就是在这时候，跳入全军统帅魏冉的视线，并得到赏识和重用的。

当时，包括魏冉在内，所有人都没想到，这个白皙瘦弱、文气十足，不大符合秦国传统的军人审美观的年轻人，竟会成为后来秦国第一干将和亘古以来最令人胆寒的刽子手。当时，只知他思维敏捷，熟知各国地理，对骑兵战法领悟极快，且接连提出一系列大胆创新、显露出“风云草木皆可为兵”的灵气。魏冉决定给他和一并提拔起来的一干青年将领机会，让他们按自己想法，狠狠给诸侯，特别是最可气的韩、魏以沉重打击。

于是，就有了后来紧接着的攻打韩国，破其城池的战役。白起因此战的胜利而被破格晋升为“左更”（秦军官名，大致相当于现在军队编制中的纵队司令或军分区司令)；旋即又率部在伊阙地方重创韩、魏军队，俘虏主将公孙喜，夺得五座城池，并一次性屠杀俘虏和占领地平民二十四万余人。据说血都流到了大梁，吓得韩王、魏王都不会哭了。

由于有力教训了韩、魏，不出两年，白起又被升任到大良造职位上，等于事实掌握了改任相国的穰侯魏冉空出的军队最高指挥权。这在平常时候，在别的国家，都是不可想象的事。要知道，大良造可不是魏冉说让谁做谁就可以做的，一定要得到秦王稷的亲自认可，而秦王稷的认可当中，十有八九含着宣太后的意思。也就是说，秦国最高权力集团，完全认可并明确鼓励白起的军事才能和屠杀手段。等于跟诸侯说：就是要放出这样的悍将跟你们拼斗，就是要让这样的大、小刽子手们去屠戮你们！只要能杀伐，能最有力、最血腥地践踏你们，我不管他多么年轻，都会把利剑交给他！！

受着这样的鼓舞，白起率领的大军，转年再次重创魏国，攻略其大小城池达六十一座之多，取得了秦军有史以来单次战役的最大战果。魏国被迫把还没暖热的河东四百里地盘，原原本本献回秦国，求着别老拿它开刀，别把它的子民赶尽杀绝。韩国见状，也赶忙把秦国退回来的武遂及周边方圆二百里的地方捧了回去。

战战兢兢的韩、魏，此时接到了早期盟友赵国的问候。那把老子武灵王活活饿死的小赵王(惠文王)意气风发地告诉他们：我赵国兵多将广，我父怕秦国，我却不怕，你们，也不要怕！咱是老朋友了，多年来失了走动，只要咱连成一气，断不至于再受秦国欺负！你们可别泄气啊！你们真要松了劲，我赵国也是唇亡齿寒哪……说得欲哭无泪的韩国、魏国回了些阳气，说那以后就全靠老赵你了；如是，就打下了之后李兑、苏秦领导的流产“合纵”的班底。

面对韩、魏、赵“三晋”的靠拢动向，已得到较充分历练的秦王稷，马上意识到，该适时打出一张政治牌了；进而确立政治、军事交替出牌的对外策略——马上以祝贺田文出任齐国相国为名，派人与齐国修好，说："很敬佩田文相国以天下为己任的大德，只是用不着将我秦国视为死敌，我们两家有太多共同之处，也有太多共同利益了；天下少不得秦，也缺不得齐；只有我们，才能担起未来的天下大任；只要我们两家默契，天下事没有办不了、办不成的。"接着抛出了两家同时称"帝"，秦为"西帝"、齐为"东帝"的"创意"，引起齐王浓厚兴趣，没头没脑地问："如是，置天子于何地？"秦使满不在乎地答道："这个，我王倒没交代。外臣想来，天子为'王'，当在'帝'之下吧，"把个齐王听得既发怵又心痒。

打发秦使下了榻，田文问哥哥：真打算称帝啊？齐王就问那依你该怎样。田文说："事关权尊，无非四种情形——名副其实、无名无实、有名无实、有实无名。王兄想做哪一种呢？"见齐王不解，田文就又补充道，"若要名副其实，就要鲸吞天下，革取周之天命，王上以为可为乎？"齐王想想，摇摇头。田文："无名无实，即如草芥，是否为王所愿？"齐王想都没想，连连摇头。田文："有名无实，盖如今之天子，王以为可取吗？"齐王说："当然不可取了——"那——话到一半儿停住了，半是发问半是自语地喃喃，"那，那……那不就只剩下有实无名了……"

结果，齐国把秦国好生涮了一把——秦王稷先自称了"西帝"，并发"帝诏"，尊齐王为"东帝"，可"东帝"并没"还礼"，也迟迟没正式改称，倒是跟魏、楚连气，悄不作声地瓜分了殷商余裔宋国。秦一路拣拾无数谴责，咒骂秦妄自尊大、僭越无理和夸赞齐国尊礼仪、守道义的声音。而齐既扩大了地盘、增强了国力，又大大买了好，更突出了其在东方的主导地位，成了不挂称号的"东帝"。挂了称号的"西帝"除了骂，什么也没得着。秦王稷气得唰地抽出宝剑，砍裂了殿堂四周所有的幔帐。边砍边喘着粗气咒骂："狡诈的老贼，寡人与你势不两立！"

出罢火气，冷静下来，呆坐了半晌，终于吩咐："拟表，告国人及诸侯，寡人收回帝号，复称秦王。"

从秦王稷的称帝及草草收场这个情况来看，还不能说已经三十七岁的他，业已成长为一个完全成熟的政治家了。可话又说回来，就当时秦国的地位、趋势和魏冉主政、宣太后依然指点国策等状况而言，秦国更需要它们的国王敢闯敢干，而不是真正意义上的成熟。对此，老谋深算的穰侯和心思缜密的宣太后，早有设计，只是嬴稷本人不完全知情罢了。

实际情形是：称帝的主意，是魏冉拿稳住齐国、腾出手来安心对付赵国的话茬，引着嬴稷想出来的；魏冉给完善了完善，但并没真正表示赞同；等到要发称帝诏书了，才意识到王上认真了，超出了本来设计的试探齐国的底线，这才想起劝阻；因事关重大，怕节外生枝，就想迂回一下，让宣太后去劝阻，宣太后说："事已至此，阻个什么呢，让他试试吧。"

嬴稷瞪着满堂被自己砍得零七八碎的幔帐，不知该干些什么，甚至连挪动一下步子，走出这间殿堂，都懒得动。正这时候，甘泉宫侍卫官来了，带来"太后思念王上，盼往甘泉宫一叙"的信息。他这才想起，自己还有个母亲，还有一处可以甩出满腔愤懑的所在。

甘泉宫少有的冷清。母亲穿着黑袍，显得很消瘦。母亲说："儿啊，过来，给娘梳梳头。"他梳得很蹩脚。母亲说："你看，娘的头发快要全白了。"顿了顿，忽然问，"心里痛吗？"他知道，母亲问的，不是她头发白的事，轻轻点点头。母亲笑了，还是他孩提时常常看见的那种青春少妇般的美丽笑容。母亲的牙齿雪白，一颗都没掉。母亲说："知道痛，我儿就长大了。"又说，"今日起，娘不再叫你儿了，改叫王上。娘也不再问你的事，不再问国家的事了。若有疑，王上想跟为娘讲，就来说说；不想，就不必说了。也不必事事都问穰侯，自己拿主意吧。"

从甘泉宫出来，他好像一下子明白了好多事，觉得自己似乎变成了另外一个人，一个本来并不认识的人。那个人，对赵国李兑发起的“合纵”，瞧都不瞧一眼，连探报都懒得听，跟他的穰侯舅舅断言，他们根本就到不了秦国边境。结果让他说中了。那个人，随即打出白起、蒙武两张硬牌，用十年时间夺取了韩、魏、楚、赵、齐大片土地，其中包括魏国故都安邑，楚国故都郢，赵国防敌要塞代地和光狼，实现了从意志上压迫楚、魏、韩，从攻防形态上削弱齐、赵的战略动作，明晃晃摆出与所有诸侯军事对抗的姿态。

十年间，白起的屠刀，在广阔中原，大力横扫狂舞，斩下的头颅堆成了山，斩出的鲜血流成了河，淹杀的尸体堵塞了河道，烧杀的黑烟遮蔽了太阳。

十年间，秦国使臣踏着敌人的头颅，蹚着列国的血水，跟这个会盟，跟那个订约，弄得诸侯们晕头转向，陷入挨打、求和，求和、挨打的死循环。

十年间，好像不认识自己了的秦王稷，渐渐重新认识自己，靠着穰侯舅舅建立起的新外交构架、锐不可当的重甲骑兵和亲手栽培的凶悍将领，一步步甩开舅舅和母亲搀扶的手，完全靠自己的力量，稳健地走到与楚王会晤的几案前，从容地步入跟聪明的赵王及更聪明且不要命的布衣上卿蔺相如对饮的渑池盛宴。

十年间，他有过失败，甚至是阏与那样的惨败。可他并不真正放在心上。因为每次失败，他都能保证得到的比失去的更多，更有价值。

十年间，唯一让他真正感到挫败的，就是那个布衣出身的蔺相如——本想骗他赵国的和氏璧玩几天，反倒生生让这家伙从手里又骗了回去；本想利用渑池大会给赵国些颜色，好压住它，腾出手对付楚国，结果让这家伙强逼着击缶不说，还要走了小孙孙“异人”。那孩子可怜哪，生下来就遭亲娘嫌弃，有人生没人养的；那孩子聪明啊，简直赛过了大人；那孩子命苦啊，还没来得及给起个配得上他聪明的大名，怎么就鬼使神差地跟进了渑池大会，还偏就让蔺相如那厮一眼看中了呢！

一个人，无论他的实际年龄多大，一旦有了孙孙，可能就变老了；一旦再失去了孙孙，可能也就会老得不成样儿了。

十年下来，秦王稷双鬓现出了斑白，步履带出了蹒跚，坚挺的脊梁也弯了下来。母亲来看他了。母亲啊，你还是我的母亲吗？如果遮上一头银发，谁都会以为，你是我女儿哩！母亲问：“王上，是不是觉得自己老了？”母亲说，“如果自己觉得老了，那就真老了。”母亲哽咽着告诉他，“义渠王不在了……是为娘把他骗到甘泉宫，骗他喝了毒酒……娘老了，管不住他了。跟他生的孩子，倒都死在我们前面了……他没了，王上可以向西招呼了。咱大秦，需要更开阔的练兵养马的地方啊……”

听了母亲的话，他浑身战栗，随即，也流下眼泪。

他没有应对母亲任何言辞，只是郑重地向她下跪，郑重地向她叩头。他记得，自己的额头，碰到了母亲的裙脚；他记得，那是跟母亲见的最后一面。

五十多岁丢了最喜爱孙孙的秦王稷，从母亲的裙脚边站起来时，脊梁是笔直的，眼睛是雪亮的。他看到了六国终将走向倾颓的结局，看到了下一步、下一轮更大更残酷，也更辉煌的战略，看到了把那战略根本激活的关键点，也看到了实现这个激活的法门。

第一步：把跟魏国的账做个了结，粉碎它的意志，让它绝不敢再轻易反复，甘愿沦为附庸。为此，他发书至前线作战将领，催促战果，并强调临机决断的要义——他，他们的王，不要别的，只要胜利。随即，就有了接连挫败魏国的战报来，就有了十三万生灵鲜血染就的魏国南阳地方的进献图本。秦王大笔一挥，把这个地方变成了秦国的南阳郡，命令前哨部队长期驻扎，就地吃、就地穿、就地娶妻生子，永不撤出。

第二步：触碰一下因名将乐毅及其指挥的对齐作战的巨大胜利而忽然牛起来的燕国，试出整个燕赵地区的虚实。

第三步还没来得及展开，身世坎坷、多谋善辩的范雎，就在不经意间跳入了视线。一句“秦国哪有王？秦国只有太后和穰侯！”差点儿震破他的耳鼓。

他意识到，完完全全属于自己的时代，真的来临了。母亲，真的远远离开了。这个为避祸连名带姓都改了的家伙，就是我的新时代、秦国新时代的揭幕人！他赵王能识得布衣门客蔺相如，寡人怎就不能倚重装死从茅坑里爬出来的范雎！

他马上把化名“张禄”的范雎请到密处，直截了当地告诉他：“直说了吧，寡人需要你。你需要寡人，需要秦国吗？”然后，就闭紧嘴巴、绷起面孔，忍受着所有对他以前作为的批评，忍受着对他任权于太后、穰侯、华阳君是“懦夫所为”的编派，终于等到对穰侯排斥客卿的实质性批评，等来对穰侯在诸侯间搬弄关系、当面一套背后一套、为个人培养势力的揭发，等来对穰侯伙同弟弟高陵君、泾阳君私吞战果、大肆兼并土地，富可敌国的隐情的揭发，等来所有秦国臣工根本不可能跟他说、母亲也不可能跟他说的种种情况。

秦王被发现并拥有了奇才范雎的喜悦包围着，顾不上生舅舅和弟弟们的气。五十多岁的人了，没那么容易生气。不就是想另立山头吗，寡人给你地方，让你去；不就是想日子过得奢华些吗，寡人给你们赏赐。他就这样跟舅舅和弟弟们说了。加了一句：这就是你们不准别国人入秦参政的缘由？就因为害怕你们那点儿破事儿被寡人知道，就耽误军政大计，得不偿失吗？！你们是寡人至亲、于国有大功者，开口要，寡人会不给吗？何必偷偷摸摸，让人笑话……

穰侯魏冉有些听不下去了，说："王上您怎可如此训斥老臣，我——"还没说完，秦王就反唇相讥："训你怎么了？就训你了！这般作为，还不该训几句吗？"白发苍苍的穰侯没了对辞，气鼓鼓地朝地板瞪眼。泾阳君道："臣弟们的作为，太后都是知道的，也都允了的。"秦王说："你放屁，寡人早问过太后，太后说不知，并说要严惩。"他指指泾阳君，"尤其你，撺掇舅舅私分战果，就是你挑的头儿吧！"

见搬出太后也无济于事，三人就都住了口，不服不忿地站在那儿，一副要杀要剐悉听尊便的架势。秦王就说："别这么有气，倒好像是寡人冤枉了你们一样。你们听好了，过去的事，寡人一概不究。责高陵君、泾阳君及所有私属仆从，择日就国，无寡人令，不得复入咸阳；所养家兵悉数留下，一个也不准带走！穰侯即日交出相印，就去你为自己苦心经营的陶地养老吧，也一样，带上所有家眷仆从，留下所有兵将谋臣。你等可即报太后，此乃寡人决议，非死不可以改变！"

穰侯没有"即报太后"，也劝那哥儿俩别去，可他们到底去了。宣太后真是上岁数了，一阵明白一阵糊涂，说着半截话能睡着，哥儿俩费了大半天几个时辰，才算把老太太讲明白了。老太太拿深深陷入脸颊的眼睛翻他们："你们知道自己多大岁数了吗？知道还什么事儿都来找娘哭！没用的东西！就是能学到你们哥哥的半分，也不至于是这么个模样。不能帮他就算了，还添乱。滚！都给我滚！别在咸阳碍手碍脚。要是实在不懂得怎么过日子，不怕羞，就都搬过来跟娘住……"

高陵君、泾阳君弄了个灰头土脸，很快离开了咸阳。穰侯耽误了些日子。一是倒要看看夺了自己相印的范雎到底何许人也，二是家当过于丰满厚重，且收拾呢。结果足足整了三个月，连人带物，竟近千乘之巨。没过多久，他怀着忧愤，死在了苦心经营几十年、曾经真的打算自立为王的叫作"陶"的地方。他一死，秦王稷马上把他的子嗣家眷强行迁去楚国，把"陶"变成了秦国的一个郡。

打发了几个大蛀虫，秦王稷把范雎和因战功卓著被封"武安君"的白起找来，对白起说："你、你们，私吞了多少战果，侵占了多少田地房屋，都在十日之内跟寡人说清楚。"对范雎："你负责核查，但有瞒报，即交武安君斩首；若武安君自己瞒报，就赐他自裁！"白起闻听，赶紧跪下，口呼："臣谢王上赐信！"秦王稷说："以后，你们都记住了，该赏的，寡人绝不吝惜。若有不当，尽可以提出，寡人定酌情以定，谁都不准偷偷摸摸的！"又对范雎，"你给寡人从各国广纳贤能，凡可助我大秦者，皆厚待之。几个权贵把持国政的日子，永远过去了！"

年近六十的秦王稷，以出人意料的雷霆手段，迅速、彻底解决了之前根本没意识到的功臣权贵私吞擅营的大问题，就像即位之初母亲和舅舅解决争位叛乱一样坚决、干脆。之后，他马上把清洗了的秦国，拉回到征服诸侯、吞并天下的大业上来。

以范雎为首的外来谋臣们，综合各自的分析意见，基本肯定了老王之前看定的激活点和激活法门，得出大多数人都认同的结论：观时下各国态势，各个击破，尚不现实，且仍无有效办法抑止更大规模和更频繁的抗秦行动；可能排除掉的韩、魏等国，在其中所能起的所谓地缘作用，已很模糊、很不足为道了；问题的核心，无从回避地直接指向实力比拼。从近期以往看，秦国在军事对抗中，虽胜多负少，却还远没到天下无敌的程度；白起他们虽然杀了那么多人，也还不足以动摇六国的总体军事力量。如此情况下，秦国的当务之急，应涵盖两个方面，一是设法更加壮大，迅速促成实力净增长；二是在关键点上集中资源，赢得一次或一系列决定性大胜利，从而实质性削弱诸侯联合的战斗力。

第一点，需要低投入高回报的战争来实现。这也是宣太后含泪毒死相濡以沫几十年的义渠王的根本用意。她为秦国除掉了最难缠的战争对手，为秦国更加顺利地入侵、掠取西戎，做了所能做的最充分的铺垫。从地广人稀、经得住短暂“破坏性开采”的西戎，可以最快获得可直接用于战争的资源；西戎族群和军事力量相对分散，难以集结，一旦被挫，恢复到一个有杀伤力的水平，比中原任何一个诸侯都要慢很多，因而也能给秦国比较充裕的时间，实现在中原的战略意图，并及时回防。

相对而言，实现第二点，无论从技术上还是力量上，都要难得多。众议认为，那个关键点或说激活点，可以有两个选择，楚国或赵国。

选择楚国，是因为诸侯中楚国最强，一旦重创，会大大影响诸侯反秦信心；问题在于，楚国太大，“重创”的那个“点”不好找；就算找到，也很难保不陷进去。

选择赵国，是因为它在诸侯中的作战能力最强，且两次大挫秦军；秦军有比打楚国更充分的理由去战胜它。一旦重创赵国，也会让诸侯的总体军事实力大打折扣。

相比楚国，赵国夹在韩、魏、燕、齐和北方胡人中间是为“四战之势”，退缩迂回的范围狭小得多，且极不可能松懈对北面匈奴的防范，会出现跟楚国类似的兵力分散、难于迅疾集结的问题，但是，攻打赵国，不能忽视将领们背负前两次惨败阴影的风险。更令人担忧的是，赵国随时可能联合最碰不得的齐国，这在历史上是有先例的。齐、赵关系虽说不上好，但其实互为屏障，关键时候，多半都能走到一起。那就旷日持久了，就适得其反了。

秦王稷捻着胡须，眯着眼，听谋臣们分析，忽然插话进来：“寡人以为攻赵为宜。”接着，给出了他的理由。第一，必须报两败之仇。国家、军队，和期待中未来的胜利，都需要漂漂亮亮、鲜血淋漓地，甩掉那两次惨败，赵国，也必须为它曾经的胜利，付出代价；第二，赵国比楚国好战，激活成本低、时间短，也更容易引导到更大规模；第三，可以从开战的具体方位上动脑筋，让齐国伸不过手来。

说话间，武安君白起风尘仆仆地出现在殿外。他是奉秦王密令，专程从栎阳兵营赶来的，秦王说："来得正好，给我们出个主意——如果是你，该怎么打这一仗……寡人要……"他一字一板地说，"背齐，诱赵决战，胜，令其——血、流、成、河！"

这"血流成河"四字，其实已经预示了一场惨无人道的屠杀。无论究竟在哪儿，在何时，都注定了一定会发生。因为，那是他，秦王稷的意志，是他明确向他百战百胜的将领提出的要求。在场所有人都注意到，老王，或者随便哪国哪个他们见识过的当政者，都不曾像今天这样，把屠杀列入战争必须的结果。纵然是杀人如麻的武安君，听到从王口里说出的"血流成河"四个字，也不禁倒吸口冷气。

空气像凝住了般寂静。过了好久，白起从思绪中出来，恭恭敬敬对自己的王行军礼，说："白起，一定办到。"

他说的"一定办到"，是针对老王所有指令和要求，不单是针对"血流成河"。所以，他向老王请求，应侯须倾全力以助我。被老王封为"应侯"的范雎，看看老王，看看大伙儿，又看看白起，哑着嗓子说："当然，当然。"

议毕，东、西两条战线，就同时迅速拉开了。不几天，戎部的捷报来了，白起却还不知在哪儿折腾着，结果又怎样。老王一直在等他。左等不来，右等不来，却等来了甘泉宫的丧报——太后昨夜薨。老王怔住，没听懂似的让报信的内官又说了两遍，泪就慢慢淌下来，傻了似的呆望不知何处的远方，口里呢喃着："娘……娘啊……"

宣太后的葬礼十分隆重。老王杀死了甘泉宫所有仆从侍卫，灌了水银，抹上陶土，做成“人俑”，一起下了葬。他不要母亲在地下没人伺候，更不要这些嘴巴留在世间咀嚼、传递母亲的任何事。他还让人照着秦、楚、戎三地传统衣甲、发型、车马样式，塑了很多尊陶俑，一圈一圈，一片一片埋在母亲陵墓周围。说：“一直做、一直埋，不许停！我娘孤寂一生，寡人要让她老人家在地下热热闹闹、红红火火……”

据说，陶俑塑了好多年，埋了好多批。到后来，已没人知道为什么要塑、埋这些陶俑，也不知道先前一批埋下的确切位置，只是由着年长的乡吏凭记忆或是从前任那儿得来的认识指点。两千多年后，那些不计其数的陶俑中的某一个，被一帮挖水井的农民偶然挖到，后来，又挖出老大一片。后人把它们扫刷得干干净净，盖了能遮风挡雨的漂亮大棚子，当作无价之宝，请所有人来看。

葬礼过后，白起回来了，还是那么风尘仆仆。他悄悄跟老王说：“禀王上，可行事矣。”老王点点头，挥挥手，说：“去做吧。自今起，关乎此战，全国上下，包括寡人，皆由你武安君调遣。”

秦王稷口称的“此战”，就是历史上最惨烈、最让人心惊胆寒的秦赵长平之战。

关于这场战役的始末，后世史家权威的说法大致是：秦、赵因争夺韩国上党地方而冲突；驻上党韩国地方官冯亭，两家都惹不起，将所属十七座城池，全部交赵国托管；新即赵王（孝成王）见有利可图，抛开臣下中关于韩国嫁祸、欲引赵秦冲突的忧虑，派自己那著名的叔父赵胜（平原君）去接收；为防秦国来抢，又派名将廉颇领重兵集结在本国境内左近的长平一带；秦左庶长王龁，领兵来夺上党，韩国军民惧怕，逃向长平，被赵军保护起来；两家在长平就地摆开阵势。廉颇坚守不战，致赵王不满，遂改任已故名将“马服君”赵奢之子赵括为主将。赵括年轻，急于建功，要求增兵，与秦大战。秦国方面也悄悄增兵，白起随增援部队秘密到达，严令不准泄露其行踪。赵括轻敌，套用兵书，犯了部署错误，又受秦军诱惑，追求小胜，在运动中不知不觉被秦军割断与本军主力的联络；白起集中优势兵力，加上自身忽然出现，给对方造成恐怖震慑，端了赵军指挥部。赵括仓皇出逃；失去指挥的数十万赵军，行动不力，被秦军切断补给线和退路，突围未成，被困四十多天，直到相互斩杀而食，终于无奈投降；白起一句“赵卒反复，非尽杀之，恐为乱”，判了他们的死刑；秦军遂采取诱骗、设陷等方式，就地坑杀了四十万俘虏……

照此说法，这场战役的引起、发展、结局，都还似乎含着些偶然因素。可事实上，四十万俘虏和五万阵亡共计四十五万赵军的性命，不大可能丢在“偶然”上。数目太大了！任何人，即便是白起这样的杀人魔头，面对四十万饥饿得迈不开步且已经缴械的生灵，说出“杀”字，都该是需要一定心理准备的，都该不会那么信手拈来、轻描淡写。不会的。

第二十一章

怎一个乱字了得

无论如何，惨烈的长平之战，都不尽如正史记载的那样，充满偶然。

首先：那个作战点，是秦国君臣事先选定的。战争规模，也经过了精心设计。

看看那个地方吧——唯一能够强有力给予援助的齐国，若要救，最近路线，就是横穿整个赵国。那一定是一个赵国倾全国之力也救不动的时候。那能够真正起到救援作用的齐国部队的兵力，也一定足以倾覆整个赵国。把这样一支军队放进来，横穿整个国家，对赵国来讲，太冒险了；对齐国来讲，也太能诱使其产生别的想法了。可那个地方却离赵国北部边防不远，有利于赵国调动原部署在北边防御匈奴的军队。这样一来，一旦战争呈现扩大、延伸驱使，赵国自然而然会首先选择挪用北部自家力量增援，而绝不会轻易向齐国求助。这也就是秦王稷所谓的“背齐”及其用意。

为此，秦国做了很多铺垫——通过占领野王要塞，将上党地区与韩国本土割裂开，使这片名义上的韩国疆土成了“非地”，撩起临近的赵国的并吞胃口；再利用野王的地形优势，大量秘密部署军力，同时给予上党韩国军民足以使他们投奔赵国、寻求保护的压迫。当通过安插在赵国的探子得知新即赵王对这块地方兴趣浓厚时，让左庶长王龁带兵来抢，诱导赵国充大头；再让一早悄悄部署在野王的大军在阵势刚摆开时露头，突然形成大兵压境态势，诱使赵国自己把战争主题由一般的争夺地盘上升成存亡之战，并因而给予更高程度重视；加上赵国的好战秉性和两次大败秦军的战绩，很容易激发其战斗意志，进而产生扭转局面、重创秦军、借此当上诸侯“大哥大”的冲动。

到这一步，只要再稍稍散布些主将廉颇畏敌不前的谣言，很容易就能促成急于建功立业的年轻国王做出增兵、逼战甚至换将的决定。这就是秦王稷所谓的“诱赵决战”。

其次：对于战役本身，秦国也事先做了两手准备——赵国主将若是廉颇，有一套作战方案；若是别人，则是另一套方案。针对廉颇的那套，除了白起提早露面、正面相对之外，还设计了很多外围攻势，其中包括在赵国的细作继续散布谣言，让他战也不是，退也不敢，就在那儿踌躇；也包括假扮北方匈奴或诱使匈奴自己迂回骚扰的辅助战术，把跟匈奴势不两立的老将廉颇击怒，影响其正面整体部署。而且，六十多岁的秦王稷本人，已做好亲临战场、鼓舞士气，同时施加压力的准备，这更是赵国君臣将士和不知情的秦军根本不可能料到的。

最后：对于战争的结果，秦军也早有准备。为实现秦王稷“血流成河”的目标，白起早做好大规模杀伤赵军的准备。唯一让他意外的，是在战斗中杀伤的人数远低于预计，而俘虏人数又远高于预计。在那残酷的四十多天的围困中，秦军按主帅白起吩咐，构筑大量防止、镇压赵军突围的陷阱、陷坑等设施，准备了不计其数的强弓硬弩，也做好了再度包围，居高射杀的部署；这些措施，在后来戕杀四十万俘虏时，都用上了。

所谓“坑杀”，并不单指活埋。四十万人，有手有脚，有求生欲，想要全部活埋，几乎不可能。在那时候，“坑”，是一种形式，并不是手段。“坑”的意思，在这儿，也跟现在我们理解的字面含义很不同。坑，意味着严厉的惩戒和恐怖的震慑：其体现方式，可以是将被杀者的尸体或头颅平地堆砌成小山状，再用泥土固定，也可以是事先挖好大而浅的土坑（大而深开挖量太大，客观上无法实现），将被杀者堆砌其中，再以土石等填埋，但并不求平整，有时还特意让被杀者部分暴露在外，或埋得很浅，一脚踢开浮土就能看见。

事实上，当饿得两眼昏花的赵军俘虏稀里糊涂、跌跌撞撞地走进大坑时，他们中的大多数，还没意识到进了死地；意识到的时候，一切都来不及了。

对于如梦初醒的赵国，一切似乎也都来不及了。赵括败走，赵军主力被围时，他们曾很焦急地想过各种营救办法；老将廉颇甚至还冒险偷偷去查看过。可心思缜密的白起，早就掐断各种营救可能，廉颇自己也差点儿没能脱身。赵王最后还是下决心向齐国求救，可年轻的齐王田建，极其倾向“秦可胜赵，然不可得赵，战而必归。赵弱可为我得”的论调，加上不想跟秦国真正撕破脸，骨子里也有点儿害怕白起，就没理会临朝辅政的老妈（惠太后，田建生母）的建议，以“没有理由跟秦国开仗，大军横穿赵国也容易遭猜疑”为由，把赵国的请求拒之门外。老母亲连连叹气，说即便要占赵国，现在出兵，也是大好时机啊。你不敢轻易与秦开仗，焉知秦就不敢轻易跟齐国动手，无论如何，都是该出兵的啊……

认为自己翅膀已经很硬了的齐王建，对老妈的话很不以为然。等秦军坑杀四十万赵军俘虏的消息传来时，他才开始有那么点儿后悔了；再等到听闻秦军根本就没“战而必归”，而是乘胜攻取赵国重镇武安、太原，拔除了赵国西侧屏障，兵锋直指赵国国都邯郸的时候，那后悔劲儿，就没法说了。

从上党、长平、武安、太原等地逃亡的赵国本国人和韩国人，潮水般涌向邯郸城。背后是黑压压一眼望不到边的秦国军团。黑旗遮天蔽日，车马隆隆震耳。黑雨一样的箭矢，扑向惊慌的流民。满野尸体，遍地惨呼。秦军碾踏着无数流民的尸身，一路从支离破碎的尸体上拔回索命的箭矢，连同残留在箭头上的血肉，压上射程长达五百步的三人硬弩，再射出去。他们得到将令：不管前面是谁，不管前面有没有人，都要不停地射箭，直射到邯郸城下，射进邯郸城去。

马蹄踩着血水，车轮碾着破碎的肢体脏器，步兵的鞋子被血染红，被脑浆染白，被死者的头发、筋脉、肠子缠绕。有的士卒再也承受不了这样的惨烈，号啕大哭起来。回答他们的，是将领的鞭子和“动摇者斩”的严厉警告。心麻腿软的士卒们无可选择，只能不停地射箭、射箭、射箭。好多人都闭起了眼睛。好多人的箭都是含着眼泪射出去的。他们知道，军中新换了主帅，新的主帅需要建功，需要有足以跟长平大胜匹敌的功勋。他们没得选择，只能不停向前，不停杀戮。

邯郸赵国守军，也被这人间地狱般的屠杀吓蒙了，赶紧关上城门，也拿箭去射寻求解救的难民，试图把他们逼向别的方向，好引走秦国的箭雨。就这样，邯郸城下，还没开战，就堆起了无数尸体。混在流民中的那支秦王稷秘密派出的小分队，也没能幸免。他们的使命，是设法混进邯郸城，救回质押在赵国的王孙“异人”。

长平战胜后，赵国本表示要以割让六座城池为代价议和；可白起坚持乘胜直取邯郸。暗地嫉妒白起战功的相国范雎跟秦王稷说，长平是场大战，军队需要调整休息，一味打下去，结果怕不会好；又说武安君只贪图个人功劳，拿国家老本儿在赌，跟死去的穰侯可有一比了。老王一听，觉得有理，就下令班师回国。不料白起竟不听，执意要打，并攻取了赵国的武安和太原。赵国于是拿出玩命架势，根本不再提什么议和，干脆全线收缩，集中兵力去了。范雎把赵国态度的改变归罪于白起贪功好战，并强调不听王命，显然是魏冉第二。秦王稷先没理会，又命令白起说既然赵国不再议和，就打邯郸吧；不料白起不仅没积极反应，反而放慢了步伐，回信说赵军已完成收缩集中，最佳时机已错过。

秦王稷这下火了，把还没看完的白起的回信摔出老远，愤愤道："这就是寡人那个舅舅调教出来的人！让他回来！寡人要让他看看，让所有居功自傲的家伙看看，我大秦雄师势不可当，少了他们谁，也照样鲸吞天下！"

就这样，白起被严令交出指挥权，接任的大夫王陵得到的命令是："无论怎样，多长时间，多大代价，都得给寡人把邯郸拿下，彻底扳倒赵国！"

命令下完，老王意识到：这很可能就是对赵国的最后一战了。进而想到：无论成败如何，有长平的胜利垫底，跟赵国，都已再无外交的必要和可能，而且，仅凭长平一役，就足以使日思夜想的宝贝孙孙异人，陷入致命危险了。想到这儿，赶紧从内侍中挑选了一干精明勇敢、武艺了得的年轻人，凭着记忆告诉他们异人孙孙大致的眉眼模样，让他们"就是大海捞针，也得给寡人捞回来"。

这件事，他没告诉前军主将王陵，怕他投鼠忌器，影响攻城杀伐的意志和行动效果。退一步讲，这毕竟是家事，多少都有些禁忌，非万不得已，不宜委托外臣。他告诉小分队的领队：必须迅速有效，等到赵国完蛋了，我孙孙肯定已经遭殃了。你们得跟大军比赛，只有当遇到实在没法解决的困难的时候，才可持寡人手令去找王陵帮忙；记住，直接找他本人，跟任何其他人，都不能漏半个字……

可他没想到，秦军采取了那样血腥的、赶尽杀绝的战术；更没想到，小分队还没进得邯郸就被误杀了。老人家在咸阳等啊、等啊，既没等到邯郸被攻克的消息，也没等到孙儿和小分队的任何消息。他跟被封为“安国君”的太子嬴柱说：“异人这孩子，从小有人生没人养，可怜得很。他回来了，你就把他收在膝下做儿子吧，交给别人，我不放心。”已经快五十岁的嬴柱说：“父王吩咐，嬴柱自当遵命。”问：“他什么时候回来，我也好准备准备。”老王就说：“快了。快了……”说着，眼光就飘开了，就多了许多惆怅和茫然出来——都怪我啊，当年贪图这孩子聪明，为路上解闷，把他带去了渑池……心想：异人啊，我的孩子，但愿你样貌没有大变。但愿他们能找到你。但愿你还好好地活着……

说着，想着，忽然，眼里闪出一丝寒光，急忙让人找来小分队领队平日搭档，说你再挑几个人追去帮他们，如异人已死，就掘了那可恶的蔺相如的坟，把他的尸骨给寡人拿回来，寡人要将他挫骨扬灰！

如果那支小分队真进了邯郸，一定找不到“异人”。因为他早已不是祖父记忆中的那副模样，也早脱离了赵国当政者和看管者的视线。

当意识到整个国家都陷入了危险的时候，赵王也在派人到处找他。以“王叔”赵胜（平原君）为首的众多臣工和宗室都认为：长平之战，让诸侯都看清了秦国的狰狞面目，联合起来共同抵抗的意愿，应该能够煽旺，也只有联合诸侯共同抵抗，邯郸、赵国，才能挺过眼前这一关。为此，赵胜已经联络了自己的小舅子、魏国公子无忌（信陵君），对方正在设法说服魏王发兵救赵；同时，给跟秦王稷有过正面交锋、持反秦立场的楚国新任国相黄歇（春申君）去信，争取联盟和救援。那黄歇跟赵胜、魏无忌和早些的齐国公子田文，被时人并称“四公子”，也是贤名远播的君子，赵胜对其很有信心，但信心归信心，无论联盟还是求助，都需要过程、需要时间。邯郸防务固然可谓强韧，但把宝全押在死守上，也还是太冒险。秦军虎狼成性，加上长平的胜利，其势绝对非同小可。万一守城出了问题，万一联盟遇了坎坷，一点儿缓冲都没有，也不行。可如果为缓冲而再度与秦斡旋，未必能成不说，也实在再对不起长平四十五万阵亡将士，而且，最关键的，会影响诸侯此度联合的信心。所以最好能有别的办法。这样，就把多少年都没理会过的秦国人质想起来了，四下一问，竟无人知晓行踪。赵王当时就急了，拍着几案嚷："你们这些人好生废物！连个人都看不住。给寡人找！活要见人，死要见尸！快去！！"

等找的人诺诺去了，赵胜跟赵王说："找到固然好，找不到也无妨——那异人质押我国多年，来时才六七岁小童，如今已是二十多岁的大人，早变了模样，只要近期没跟秦人来往，随便找个年岁相仿的亮出来，秦人怕也不敢不信；问题不在能不能找到他本人，而在于秦国还要不要这个人质，秦王还要不要这个孙孙；必须设法弄清，这个人质对秦国的分量……"

"分量"到底是没弄清，但双方的寻找，后来都有了结果，还为争夺异人发生过厮斗、死了人。最后，赵国没能得手，异人逃离了邯郸。这个莫须有的政治砝码，根本没给赵国带来任何帮助。赵国军民靠自己的英勇不屈和无数牺牲，守住了邯郸，等到了楚国、魏国前来营救的军队。

楚国的救兵，是平原君赵胜亲赴楚国搬来的。他的叫"毛遂"的门客，在其中起了相当了不起的作用，留下被后人传颂的故事。魏国的救兵，来得更不容易，是信陵君魏无忌借助仰慕他且深明大义的国王哥哥的宠姬"如姬夫人"，从固执而害怕秦国的哥哥那里，生生偷出调兵遣将的虎符，又仰仗了手下门客的坚贞勇敢，才把十万魏军带到邯郸城下。

秦军根本没料到，长平的残酷屠杀，没真正吓倒诸侯，反倒激起天下人以死相拼的勇气。邯郸赵国军民的决绝英勇，远远超乎他们预计的极限；布衣毛遂的勇气和智慧，居然能改变经营了几十年的秦楚格局；如姬那样根本就不能让人意识到其存在的小女人，竟敢冒杀头的危险，干出那般惊天动地的事情。这天下真的是乱了！全乱了！！

援军一到，赵国军民更加奋勇，甚至杀出城来。没怎么顾忌后方的秦军被前后夹击，顿时陷入被动。赵国军民的眼睛血红着，拿着为长平四十五万将士复仇的决心，疯了似的跟秦军拼命。相比之下，倒显得纯牌正规军的楚魏联军，还好对付些；于是，突围方向自然转向背后，转向了远离邯郸的方向。

战功卓著的武安君白起，并没怎么重视被撤销前线总指挥权的事，还从军事角度，结合着长平之战后赵国和诸侯呈现出的情势，很恳切地再度给秦王稷上书，说虽则长平一战大大削弱了赵国军力，但秦军短时内还不足以应付诸侯联合攻击；当初自己主张直攻邯郸，或还有几分彻底打垮赵国的希望；现在，赵国有了准备，列国纷纷投以同情，再想啃下邯郸，就得不偿失了。他认为，即便秦国可以去警告列国，列国也很可能表面上答应不救赵，但终究会向赵国伸出援手；长平杀了那么多人，谁要真是不帮忙，谁就会被骂成冷血和软骨头，将来有事，别国也会看它的笑话；如是，我军必陷不利。所以，他建议主动议和，撤回攻赵大军，等列国的悲愤劲儿过了，再行下一步的军事行动。他断言：列国的悲愤劲儿过去得肯定比赵国元气恢复得快上百倍……

本以为，老王看了他的谏言，会采纳，至少也会找他当面好好商议商议，没想等来的却是要他去邯郸战场再度担任主帅的命令。到这会儿，他还没意识到事情的严重性，竟称病拖延。后来，范雎亲自登门来催，他从言谈中隐约感到范雎没起好作用，可又说不上究竟是种什么感觉，但确实没给范雎好脸。他哪知道，那份谏言摊到秦王稷面前时，老王满脑子都是对他白起贪功自傲的坏印象，范雎再一说“您瞧，他打就是对的，叫都叫不回来，别人打就得撤回，那意思就是没他白起不行啊”，老王皱皱眉，没说话。过不几日，前线告急消息来了，老王就想：还是让白起再试试吧，再不行，寡人就死心了。可白起一称病，老王的火气就又上来了，改派王龁去替换前军主帅，跟范雎发牢骚说：“这个白起太不像话了。”范雎就又把去请白起遭了推托的过程，添油加醋说了一通，把老王的火扇得越来越旺，一怒之下，说出了夺白起爵位、降职为普通士兵的话。

这下，白起真的病了。几十岁的人了，曾经多么风光，却落得个削爵当大头兵，又气又累，就想这大头兵都不当了。正这时，秦军遭夹击、节节败退的消息，在军中传开。他说了句气话，却引来杀身之祸，说他蛊惑军心。这罪名可太大了！他都不知道该如何申辩。没等任何申辩，王命就来了，开除了他的军籍，连大头兵都不让当了，命令他离开咸阳，爱上哪儿就上哪儿，就是不准再回咸阳。他就拖着病身子，徒步离开曾经给了他想都想不到的人生辉煌的咸阳。走出没多远，就被王室内侍追上。领头的什么都没说，只把一柄冷森森的铜剑递过来。在已经较广泛使用铁制武器的当时，已经不能算是真正的武器的铜剑，代表着的，是从古老过去传递来的权力；对于他，也代表着王的意志。

一代名将白起，在咸阳城外不到十里的叫杜邮的小地方，接过那柄铜剑时，眼圈有点儿发红；自刎前，他说的最后一句话是：“就凭我白起杀了那么多人，也该死……”

杀人如麻的白起死了，可秦军嗜血成性的作风，并没有随着他的死而改变，反而变本加厉、愈演愈烈。

白起的死，在秦国军队中，曾引起过小小的混乱。一些受到过白起提拔的将领，挑起过小规模哗变，想要到戎地自立，但终未成气候，被残酷镇压了。但这件事给秦国高层带来了一些不利影响，尤其是武将，尤其是跟白起一样穰侯魏冉时代的武将，都不免兔死狐悲。这些人在朝中，是有些影响力的，对尚武的宗室贵族们，也有一定影响。当人们最终把白起的死跟范雎模模糊糊联系起来时，一场文官集团和武将集团之间的矛盾，就引发了。范雎和一干死党监守自盗、克扣军饷、贻误战机乃至误国误君的传闻，就以各种形式，佐以各种各样确实的不确实的、可能有的和编造出来的、编得圆的编得不圆的证据，胡乱扔了秦王稷满眼。

已经老得哆哆嗦嗦的嬴稷，有点儿晕了，一会儿让彻查，一会儿又让别查了；一会儿要审问范雎一伙儿，一会儿又要审查那些武将；最后把自己和别人都搞得晕头转向，无所适从。秦国高层，出现了几十年都不曾有过的纷乱。

消息很快被列国得知。机辩之士重新活跃起来，四下游走，到处联合，好不热闹。可热闹归热闹，被打怕了、打疼了的诸侯们，怎么也不敢下决心。魏王在生弟弟魏无忌盗窃虎符的气。那无忌公子也躲在赵国不敢回家，暗地里悄悄准备着正儿八经搞一次“合纵”攻秦。赵国损失最重，什么别的也顾不上，着力恢复元气，打了“谁爱上谁上，反正我不能挑在头里”的主意。齐国因为没去救赵，冷着面子，不肯轻易表态。韩国看着魏国、楚国，也打算采取“跟”的策略。楚国倒是蛮起劲，跟寄居赵国的信陵君魏无忌频繁往来，打算从长计议。

唯一站出来的，是谁都没想到的雒邑两个“小周”邦国中的“西周”，打出“肃清天下”旗号，号召诸侯群起攻秦，可并没什么切实步骤，结果被秦国一伸手指头就压扁了。

正当此时，周天子姬延（赧王）病逝，周室没有了合法继承人，绵延了八百年的周王朝，自此事实灭亡了。

天子没了。“天命”没了。当真“天下大乱”了！诸侯在慨叹，在惊呼。天下人在慨叹，在惊呼。所有人，心里都被种下了一个挥之不去的“乱”字。

这种“天下大乱”的大气候，倒使本来乱哄哄的秦国高层，平静了许多。白起的死和武将的离隙，使秦国的军事出现了不得不去正视的问题。对此，秦王稷后来有了清醒认识。有人说，他曾把三灾六难逃回秦国、已经被太子安国君立为嫡嗣，并正式取名为“子楚”的孙孙异人叫到身边聊天，问他：若在文臣和武将中非得选择一边，换了是他做王，会怎样选择。子楚答：“孙儿不是王，没法回答。”老王就说：“早晚你也会是王啊。”子楚就说：“那说不定是什么时候的事了。孙儿愿意您一直做王，一直享国；即便不是那样，到孙儿做王的时候，情势也必然早已大变；若非要说今日之势的话，孙儿选择武将，因为他们能打天下，文臣则只可以‘说’天下；可今天的秦国，既不需要‘说’，也实在‘说’不动任何人了。只有打。打到重新有人听我们‘说’为止。所以，武将更重要，更应安抚。而且，武将毕竟粗莽纯朴许多，真去安抚，也容易些。”老王又问：“寡人是不是不该那样苛刻地对待白起啊？”子楚想想，答：“孙儿以为，武将最忌居功自傲。祖父惩治白起，没什么不妥；若说不妥，孙儿以为，倒是之前祖父对武将过于宽纵放权了。孙儿愚见，仗只会越打越大，不能把胜负都系于些许将领，而应系于全军；王对全军，须有更强领导。”老王又问：“我怎么样可以安抚武将呢？”子楚想了半晌，说了句很耐人寻味的话：“孙儿不知道他们到底想要什么。只要他们想要的，不影响今后打仗，孙儿以为，大可以给他们……”

后来没多久，范睢就死了。谁也不知道他是怎么死的。有说自杀的，有说病死的，有说是被那些敌视他的白起余党暗杀的，也有说是让老王秘密杀死的。议论纷纷，莫衷一是。哪种说法都不尽可信，也都没有哪怕一丁点儿的证据相佐。后世史家有过这样的说法：白起死了，军队出现哗变、叛变情况，且一时无堪用之将。老王责令应侯范雎整顿军务，而长于机辩的应侯不擅此道，压力过大，导致“惧，不知所出”，后又“谢病请归相印”，最终“免相”，然后就没了；没真正提到他的死，只说明白了最后还是让老王把相位给撸了。

范雎的神秘死亡，给继任者，同样“辩士”背景的燕国客卿蔡泽，带来了意想不到的麻烦。这位才来没几天、有限时间差不多都跟死去的范雎在一起的新相国，在人们眼里，应该是范雎死因最有可能的知情者。据传，他早年就跟范雎有来往，来秦国，也是范雎的主意。这使得原本反对范雎的武将们觉得，他也是一路货，根本也就没有好颜色，而范雎那些文官死党，又自觉不自觉地把他看成篡权者，甚至把他看成谋杀范雎的凶手，也投来很多不信任、很多不喜欢，甚至很多非议诋毁。老王新任命的相国，屁股还没坐下来，就陷入人人喊打的被动境地，没几天就干不下去、称病辞了相位，跑到老王给的小小封邑，躲了起来。

老去的秦王稷无奈，随便找了个老成臣子，接了相位。面对还是乱哄哄的朝堂，他跟新相国说：你只管稳住众人，别再出什么新乱子，寡人就谢谢你了。寡人累了，看不得这番杂乱。寡人要歇歇，没什么大事，就不主持朝议了，你有事来报吧。

撂下话，转身回了后宫，再没出来过。人老了，一旦松下了弦儿，就真的彻底松下来了。这个在权谋、挤压、挣扎、思虑中奋斗一生的老人，可能真是太疲惫了，疲惫得没有气力把面前收拾干净，疲惫得倒下就不想再起来，眼睁睁地等着，甚至可能是盼着，死亡的降临。

秦国陷入了沉寂。秦国臣工陷入了沉寂。天下诸侯，似乎也陷入了沉寂。

沉寂中，秦王嬴稷默默地死去，谥为“昭襄王”。他那已经五十多岁的太子安国君一即位，就为老父操持秦国有史以来最大规模的葬礼，累得脸色煞白，又强打精神筹备自己的即位大典：为争取尽量多的国家来朝贺，在外交上颇下了些功夫，耗费了很多精力、时间和钱帛，最后总算风风光光地举行了大典，才三天工夫，就忽然一口血喷出来，仰在王座上，当夜就死了。

刚刚有了几分平静的秦国，这下又乱了。

卷四 终极权谋

身世神秘的书生，色艺倾城的商女，一掷千金的豪贾，混迹市井的俊男……

乱世红尘中空前绝后的深险与奇诡。

情爱的碰撞，利益的诱惑。

梦呓里狂舞的斧头，野孩子的泪水和仇恨。

贞操、尊严、智慧、童年、母爱，都成了惊天赌博的筹码。

“兄弟”，本应多么温暖的两个字！在名利、权谋面前，也渗出森森寒意！

真正的冒险家是孤独的，相伴的，只有一波又一波令人心悸的博弈与等待。

暗夜里的血腥和杀机。

谜一般的王者心术。

阉刑，能否扑灭复仇的火星？

故人，是否还是曾经的故人？

蜕变成淫乱温床的宫闱，当作幌子贴上城墙的巨著，“屠人而伤己”的“双刃剑”……

终极权谋中，孕育着帝国最震撼的嘶吼。

第二十二章

机关算尽

秦昭襄王四十五年（公元前262年），岁末。赵国国都邯郸。

好战的赵国人奔走相告，大军跟秦军主力，在长平摆开了阵势，要来一场大战呢。

茶棚酒肆，街头巷尾，到处都是争论战局的声音，到处都是摩拳擦掌的热烈。赵武灵王的后世子民们，毫不掩饰地挥洒着先祖留给他们的战士般的豪迈，张扬着八年前阙与大胜秦军的骄傲。那的确是一个值得骄傲的胜利，一个能让饱经虎狼强秦鞭挞、践踏的天下诸侯，看到复兴曙光的胜利，一个使人相信今天长平四十五万威猛之师能够一举扭转乾坤的胜利。所以，人们的议论是兴奋的、充满激情的，甚至已经包括了如何庆祝胜利，如何乘胜追击的内容。

女人们或靠着门栏，或坐在离议论着的男人们远远的角落，带着浅浅的、自豪的、安逸的笑容，静静听着。她们相信男人们的话。她们相信自己的国家和那些忠勇男儿。她们相信，那个胜利，终究是会来的。虽然她们知道，那个胜利，必定得拿很多人的性命去换，甚至要拿自家男人、孩子的命去换，但她们仍然愿意笑着去等待亲人们的死讯和胜利的消息一同到来。毕竟，胜利的消息，是一定会来的，而亲人们的死讯，则未必。虽然，她们也听到男人们的议论中，有些不同的调子，什么不可轻敌了，什么秦国军队今非昔比了。什么廉颇将军老了，不敢往前冲，怕要把到手的胜利推在门外了，但她们跟大多数男人一样，对这些微小的声音不屑一顾，以为是瞎操心。

不知谁家男人忽然喊出一句："还不赶紧多酿美酒，等着款待凯旋之师。"女人们顿时如梦初醒般行动起来，拉风箱、烧水、洗米、刷酒缸……好像稍迟就来不及了似的。开酒铺的朱嫂更是起劲，准备亲自下酒棚帮工（"酒棚"是专为酿酒搭设的草棚，防雨不防风。那时，大多数酒都是私酿，规模大些的经营酒的店铺，自酿很成体系），还叫上了寄居在铺子里的大美女赵嫣，让她把手里针线活先放下，一同去帮忙。赵嫣说不是不让女人进酒棚吗，朱嫂说大军马上得胜回来，谁还顾那些，拽着赵嫣衣袖，边说边进了热气腾腾的酒棚。

两个女人绾起头发，系紧衣袍，很带劲地加入酿酒工人们中间。酒棚的"酒头"（负责酿酒的人，相当于工艺师兼车间主任）姜陶见了忙问："老板娘，嫣儿姑娘，你们怎么来了，你们……不能……"朱嫂撇撇嘴，推他一把，粗腔大嗓道："别废话了，赶紧派活儿吧。我看哪，此番大捷之后，这女人不能酿酒的规矩，也得变变了！""可嫣儿她……"姜陶似乎还要说什么，让朱嫂狠狠一把掐在臂膀上，顿时疼咧了嘴，收了话头，把两个女人远远带离酒窖，派了筛选糟料的活计，简单示范之后，留下一句：这活儿不轻，莫让汗水洒到糟里，就走开了。

汗珠淌到下颌，马上就要滴下去的时候，赵嫣抬起袖子抹了一把。朱嫂问："累了吧？"赵嫣笑笑，摇头。朱嫂说："累就歇歇。别听姜陶那家伙瞎扯，莫非进了汗水，那酒就骚了不成。"赵嫣说："嫂子自然是不妨的，可赵嫣是不洁之人，真是不敢坏了这些糟的。"朱嫂说："别瞎扯！

什么洁不洁的，都是女人。老娘身上也过过不止一个男人，还不是照样过日子。你呀，别总这般自相作践。噢，对了，我记得，你男人是秦国人亲戚吧，时下两国开了大仗，可得小心。”赵嫣笑笑说：“他那算哪门子亲戚呀，老几辈子的事了；小时候听老人说，咱姓赵的，跟秦国姓嬴的，还是老本家子呢。”朱嫂显然不想继续这个话题，接了句“甭管怎么说，还是小心些好”，就闭了嘴。赵嫣很轻地应了句“谢谢嫂子”，也不再言语，闷头干起活来。

那天夜里，刮起了很冷的风。从没筛过酒糟的赵嫣，被沉重的劳作和酒糟挥发出的乙醇，弄得昏昏沉沉，睡得很死，没有受到那个梦的搅扰。

那个梦，她已经做了好几个月，每次都几乎一样。梦里，夏江破衣烂衫、蓬头垢面地跑到她面前，嘴里说着她听不懂的话，身后是城西珠宝店的大东家吕老爷。吕老爷白净的脸沉得像铅水，掏出绳子要捆夏江。嫪毐不知从哪儿忽然冒出来，哗啦啦地甩起他那四十多斤、带着长长锁链的铜锤。她吓得失了声。铜锤飞向吕老爷的脑袋，却被一枝小树杈挡了一下，折转下来，朝夏江飞去，锤上骇人的狼牙齿，眼看就要碰到夏江的发髻……

每到这时，她就会惊醒，然后哭泣，然后告诉自己，梦是假的，夏江和吕老爷根本就不认识，然后就想夏江，那个聪明绝顶却来历不明、身无长物却心怀远大的男人。那是她的男人。虽然，他们没有肌肤之亲，可在她心里，那是她唯一也是最在意的男人。她不知道他们之间究竟会怎样，但她不后悔当初的选择——她把少女最宝贵的第一次，标了价格，卖给了邯郸大富商郭杨，给心爱的男人换了栖身之所——城北郊的三间土房。那一年，她才十五岁。

这件事，以及对夏江的惦念，朱嫂都是知道的。大概也就是因为知道了这些，颇有些古道侠肠的朱嫂，才收留了号称邯郸四大花魁之一的赵嫣，让她藏进自家酒铺，躲避吕老爷的骚扰。在朱嫂的认识里，为给心爱的男人求栖身之地而身陷风尘的赵嫣，不仅值得同情，而且值得敬佩。她自己也有过类似经历，只不过不是失身而是杀人，却都是为了心爱的男人，就是现在的酒铺老板老朱。打心眼儿里，她憎恨吕老爷那样有几个臭钱就花天酒地摆出一副不可一世架势的外乡人。私下里，她甚至拿定了拼命保护赵嫣的主意。

赵嫣是远房外甥嫪毐领来的。嫪毐父亲八年前在阏与大战中阵亡，母亲随后忧伤而死；不满十岁的嫪毐，带着两个弟弟和一个妹妹，一路要饭来到邯郸，被朱嫂收留。不几年，嫪毐长大，细腰乍背、浑身精肉、力大如神，却又出落个女孩儿般俊俏粉嫩的脸庞，疯野得不行，打打杀杀的没几天降住一大群市井泼皮，成了天下最繁华的邯郸城里有名的土霸；朱嫂管不了，也懒得管，由他去了。再后来，嫪毐混出了模样，接走弟妹、自立门户，跟朱嫂就几乎断了往来，只让小妹不时拿钱帛来孝敬。朱嫂照收，对小妹也体贴，但很少问起他们兄弟。不想入秋时，嫪毐忽然带了赵嫣来，求着说让住几天，不日接走。朱嫂一眼认出赵嫣，本想拒绝，但一时间又不好驳嫪毐，就说只住三天便要接走。嫪毐答应得响亮。可三天还没到，朱嫂就听了赵嫣的诉说，改了主意，让嫪毐小妹传话说别接了，就住这儿，还说，住这儿比跟着他放心，又劝小妹也搬回来，说你那哥不是什么省油的灯，小妹应着，还是回去了。

从赵嫣断断续续的诉说中，朱嫂还知道夏江是很有见识的学子，可惜生不逢时，家道中落，朝不保夕，但很有志气，发誓一定要让赵嫣享受富贵，还为了明志，封存了赵嫣用贞操换来的房子，依然飘零着，苦苦寻求入仕机会，怎奈先辈亲戚里有秦国人，因了秦、赵两国的关系，总也不得施展……朱嫂记得，听到这里时，她很认真、很由衷地夸了那小伙子几句，说比她家那个后生嫪毐强多了；本是随口安慰之言，不想赵嫣却说：嫪毐虽荒唐，却活得轻松洒脱，又说：或许，人还是荒唐些好……

朱嫂听了，多少有些意外，也不大听得进这风尘气十足的言辞，不再打听夏江，心底有些嫌赵嫣见识短，忽又升起个怀疑——眼前这个大花魁赵嫣，跟自家那个混账外甥，怎么跑到一块儿了，到底什么关系？于是问："你怎识得嫪毐？"

赵嫣淡淡一笑，说："嫣儿是什么人，您是知晓的。不怕您不高兴——嫪毐是什么人，您大概心里也有数。像我和他这样的两个人，在这灯红酒绿的邯郸城，想不认识，怕也难呢……"

赵嫣在无梦的寒夜里醒来，瑟缩了身子；醉酒之后那种特别的感觉，袭满全身。她不禁在黑暗中哑然失笑——想不到，筛酒糟，也能醉人。笑完，心里就疼起来，就想起充满心酸和屈辱的娼女生活，就想起朱嫂的纯朴豪爽。她看看即将燃尽的火盆，一定是朱嫂在她睡熟后悄悄搬来的。她裹着被子，一拱一拱地凑近火盆，轻轻拿起火钳，拨了拨，吹了几口，炭火又闪现出温暖的光亮。她呆呆望，望得眼睛发酸，不觉淌下泪来。她狠狠抽了下鼻子，隔壁传来朱嫂的声音："嫣儿，冷了吧？"她吓一跳，赶紧说："没有……没事……没事……"

再躺下去，怎么也睡不着了。她知道，到了今天，就是再感念朱嫂的好，也不能去说：朱嫂，嫣儿对您说谎了。那样的话，朱嫂该得多么伤心哪。她实在不忍伤害朱嫂，就像实在不忍割断跟夏江的情愫一样。她曾是多么爱他啊，就是他一把火烧了自己拿贞操换来的房子，边烧边骂她淫贱、无耻的时候，她也还是爱他，觉得他心疼她，他自责。她相信，在囹圄中相识的他们，是相互深爱着的。

她不知道为什么一生下来就在囚禁中。据母亲说，他们是武灵王旁裔，是被现在的赵王（惠文王，武灵王之子）囚禁起来的，至于为什么，母亲也说不清。七岁那年，她随着族人，被囚车载到邯郸，关进一座很大的院子，认识了夏江。夏江告诉她：他在那院子里住了五年，寂寞得要命，这回好了，总算有人来陪他了。她问夏江为什么在这里，夏江说因为他是秦国人，是秦国押在赵国的人质。她不懂人质是什么，只觉得文文静静的夏江很亲近，像大哥哥。在那院子里，她和她的族人们，过得还不错，吃穿不愁，看守的军卒很客气，还有很大的官儿来看望，送些柴米肉食；要不是不准出去，她几乎都要忘了自己是个囚徒了。

夏江很有学问，屋子里有好多书，还教她识字。她发现，那些柴米肉食，都没他的份儿，就偷偷从自家拿些给他，他拒绝了。她再送，再被拒绝。最后才明白，他是一个人，根本不会动烟火，饮食全是看守剩下的。她央求母亲做好了吃食再送去。他吃了，很感激。十岁那年，母亲被带走了，再没回来。夏江安慰她，说她应该出去找母亲，还说他早探出一条逃走的路；她去一看，哪是什么路，竟是夏江偷偷挖的一条窄窄的暗沟！夏江说，按照他推断，一直挖下去，可以通到附近一处窑场，只是要想挖通，还得费些时日，希望她能帮忙。她想找妈妈，也相信夏江，就答应每天夜里一起挖洞。挖了差不多两年，终于通了。他们就一前一后爬了出去。夏江说，看守很快就会发现那个洞，追到窑场来，得赶快离开，他们于是拼命逃，逃出了邯郸城。之后，夏江带着她，东奔西走了一年多，到底没寻到谋生之路，她又日夜思念母亲，央求着又回到邯郸，母亲没寻到，却让舞坊的黄婆子发现了破衣烂衫遮盖不住的青春美貌，把夏江打了闷棍，把她套了皮囊，截了去学艺。

她想死，可惦记母亲和夏江，到底咬牙忍了下来。很快，刚刚十四岁的她，就成了远近闻名的头牌粉头，赚了些钱，全让她用去寻找夏江和母亲。没多久，夏江找到了，沦落得沿街乞讨。他告诉她，日子虽凄苦了些，却没忘帮她寻母，可得到的消息，是母亲可能已经不在人世了。他安慰她说："消息未见得真，还要找的。"还说不管母亲在不在，他都会担待她一生，早日谋事，早日救她出风尘。她哭了，哭着偎进夏江怀抱。被他拥住那一刻，她觉得，此生，再也离不开这个男人了……

火盆的炭火又暗了下来。外边的寒风还呼呼吹着，冬天的夜，真的是太长了。朱嫂从隔壁发出均匀响亮的鼾声。老朱常年在外，酒铺就凭朱嫂打理。朱嫂是能干的女人，酒铺经营得旺盛，平日又好打抱不平，在城东北一带，也算有几分名气。朱嫂的生活，忙碌而快乐，跟她的完全不同。她不能想象，朱嫂这样的人，能跟嫪毐是亲戚，也想不到，嫪毐竟是在这里长大的。

嫪毐比她小一岁，比夏江小六岁，个子却很高。嫪毐的面容，美得简直可以跟她比拼，却跟了那么大一群泼皮恶棍。起初她还以为，他是靠脸蛋子勾引了些专爱跟男人混的疯汉，后来才看到了他的铜锤。那物件太吓人了，哗啦啦飞出老远，咔嚓一下，小腿粗细的柱子，就生生断了。嫪毐跟黄婆子很熟，喜欢跳舞，尤其喜欢跟她跳舞。他托着她的腰，就那么把她举起来，让她在他的掌握中起舞。那是一种很奇特、很惊心动魄的感觉——被一个男人握着，腾云驾雾一般，像要飞起来，又像把整个性命都交给了他，由着他拿捏、翻弄。她记得，让他托起来的时候，曾经盼望，被他就那么一把捏碎腰身，或是重重掼入滚滚尘埃，将这身香艳的骨肉，甩给所有馋涎欲滴的人们，自己落个魂飞天外，自由自在。也就是在那当儿，她不再想去寻找母亲，甚至不再想见到似乎已经变了一个人的夏江。

烧过房子之后，夏江就成了她的众多观众之一。她不知道，他哪儿来的钱看她的歌舞。那是很贵的。她不知道，他又是怎么认识的嫪毐。她也不知道，为什么吕老爷一开始捧她，夏江就不再出现了。她更不知道，为什么夏江忽又跑来找她，要重温旧情，让她觉得不该再这么样作践自己，让她再次看到一丝幸福的光亮。

吕老爷的礼聘，跟夏江的再度拥抱，是前后脚来的。吕老爷大名叫吕不韦，是翟阳商贾世家的继承人，几次差人邀她去府第献艺，她都没应，那天竟亲自来了，话说得很直接："不韦仰慕姑娘风华，愿以礼聘之。"说罢，留下一颗老大的火红色宝珠，撂下一句"敬候芳音"，转身就走。还没醒过神，夏江就来了，看见那颗宝珠，对她说："卿若不爱财，必惜旧情而尽弃天下珍宝；卿若爱财，则请助我事成，便可享倾国之富。"说得她心里酸酸的、疼疼的、痒痒的，说君莫以为妾果真爱财吗？只须一言一诺，妾愿随死天涯。夏江就抱住了她，抱得好紧，说咱要奔好日子去，何必说这生生死死的话，卿只需按我之意行事即可。说完就走了。

随后，嫪毐来了，要带她逃出欢场，躲开吕不韦，说是夏江的意思。她心里就又暖起来，就跟嫪毐来了朱嫂的酒铺，却从此失去了夏江的消息，连嫪毐也没了踪影，心里的暖劲儿，就慢慢退了，就生出了好多疑虑、好多担心、好多伤感了——

桀骜不驯的嫪毐，怎么会受一文不名的夏江支使，难道不奇怪吗？他们在搞什么，能扯到倾国之富上去？夏江该不会为跟吕不韦争自己铤而走险吧……他那么文弱，该别是受了嫪毐的蛊惑吧？他们怎斗得过富可倾城的吕不韦呢？不要到头来为了她，再伤了他自己！这个夏江啊，到底不知道女人想要的是什么呀！把嫣儿扔在这儿，杳无音信，让嫣儿没边没沿地惦记、猜想，好狠心啊……赵嫣辗转难眠的当儿，吕不韦府第里，正进行着一场三个男人参与的奇特的"谈判"。当事的吕不韦和嫪毐，当时并没意识到，远在城另一端朱嫂酒铺的赵嫣，更不可能想见，这场谈判，改变了他们所有人的命运；甚至，改变了整个天下的命运。

吕不韦："直说了吧，不韦以为，是你等把嫣儿藏匿起来了。嫣儿虽美，却到底是风尘中人，怕是难耐寂寞，早晚要露头。嫣儿虽美，然以不韦之富，也未必就寻不到更美的，只是不韦已经下聘，商者总要计算盈亏。"

嫪毐："此言差矣。先生之望，邯郸城无人不知，若求而不得，岂不大损颜面；若再让人知晓先生夤夜唤我等前来，竟只为索回区区聘礼，岂不更加笑话。"

吕不韦："闭嘴！你是什么东西，也配跟我讲话。不韦所请，乃夏江先生，并未打算与你这厮纠缠。不韦开门生意人，来的都是客，才不与你计较，站远些。"

嫪毐："先生说得难听，却有一句实在话——来的都是客。毐虽鄙俗，却是给先生送好生意来的；你可问问夏江先生，若非嫪毐撮合，他可愿来造访。"

吕不韦："这么说来，倒还要谢你了。"

嫪毐："那个再说，先生听了夏江先生的话，再作打算。"

夏江："不瞒吕先生，夏江与嫣儿，自幼情笃，却无夫妻之实；一念之差，害其堕入风尘，悔恨累年。日前，骤闻有大贾欲纳之，唯恐其再受屈辱，即托嫪毐暂加隐匿；经月下来，悉先生乃红尘中之真君子、布衣中之伟丈夫，又叹自己一介书生，怕今生再无福消受尘世情缘，故转而欲将嫣儿托付先生，使其终身有靠；不胜唐突，万祈见谅；若蒙先生不弃，救嫣儿脱离风尘，从此安生，则夏江虽死无憾。"

吕不韦："把自己心爱的女人托付他人，先生定还有未言之隐吧。"

夏江："先生果然深邃过人！既已道破，夏江不敢隐瞒，就此和盘交代，但望二位严加保密，勿告旁人……夏江本姓嬴，乃秦室世子，十七年前质于赵，后设计逃出；奈何无钱无能，不得归国。今闻秦、赵两国会兵长平，秦军近在咫尺，归去多有便利；又恐赵国战败后欲于我不利，更急于解脱，故欲借助先生财帛耳目，以求归秦。今将嫣儿之身交与先生，既偿我愿，亦遂钧意；相信，以先生之慷慨善交，应该愿意帮忙；更何况，若此去谋得富贵，则定倾力以谢今日之德……”

嫪毐：“等等——如此说来，这可就不是一桩好生意了，而是桩大好生意啊！”

吕不韦：“寸光鼠辈，只顾妄想。你怎知赵国此战将败？依不韦看，秦国此次孤军远征，劳师疲重，才将大败。你等是真不知兵，还是以为不韦可愚啊！”

夏江：“先生试想，我大秦世代征战不休，名将层出不穷，先生所知，他们又焉得不知。既敢来，自然胜算在握。”

吕不韦：“小老弟，莫要强词夺理了。什么胜算在握。秦固强，多胜诸侯，然独败于赵。你等莫非不知，赵国曾两次大挫秦军！”

夏江：“三岁稚童尚不会在同一坎坷连跌三跤，况偌大强秦乎？”

吕不韦：“即便如此，不韦又怎知你就是秦室世子，可有凭据？”

夏江：“目下无凭以示，但先生请想，倘果如余言，长平赵败，是时，人皆避秦师唯恐不远，而余独向兵锋而去，若蒙骗了先生，岂非自寻死路……”

沉吟良久的吕不韦：“听上去，似有些门道。可是，不韦毕竟生意人，不甚愿意搅入政事，需容慎思……”

夏江：“先生不必为难。余原只为嫣儿而来，适才所言，还望先生勿念，权当闲谈，视如烟云罢了。嫣儿之事，余将敬候钧意……”

吕不韦：“先生留步——归秦之事，也请一并等不韦消息。望……暂勿托予他人……”

嫪毐把赵嫣从朱嫂酒铺叫走的时候，朱嫂有些不乐意，可赵嫣惦记夏江，还是跟去了。从此，她没再回过朱嫂的酒铺，再没睡过那间在寒风呼啸的冬夜带给她温暖的斗室。当时的她，根本就想不到这些。更想不到，因了她的来和去，那间斗室和那座热气腾腾的酒铺后来的命运。

在嫪毐家里，她见到了夏江。夏江抱住她，亲她、亲她的脸、亲她的发丝、亲她的耳垂、亲她的脖颈、亲她的手腕、亲她的每一寸肌肤……她哭了、晕了、疯了，通红了脸颊，拼命撕扯自己，扯烂遍身衣衫，似再不要重新穿上，甚至想要替他扯烂自己的身体，让那沸腾的香艳，零落在他面前，零落到他每一处，再不要重新拼凑回去。滚烫的泪水，开启着所有的激情。她忘记了日上三竿，忘记了身在何处，垂死般扭动、流淌、嘶叫，升腾在无尽的陶醉里，沉睡在甜蜜的爱潮中。她记得，清楚记得，那是她一生中唯一一次真正的爱——来得像梦，去得也像梦。欢畅得无法形容，美丽得不敢回味，短暂得不及醒来。

似乎还在梦里，她听见了一个好像从没听过的声音："夏江无能，你还是跟了吕大老爷去吧，总好过在风尘中飘摇，总好过跟着夏江受苦……"她几乎确信，这是个噩梦，是个跟实际完全相反的梦。她使劲翻过身子，晃出白津津、香汗蒸腾的身子，拧自己的脸，疼得钻心。

那个声音继续说："不要跟吕先生讲我们的事，无论是过往，还是今天，都一个字别说。在他面前，你要像从来都不认识我一样……"

梦醒了。四下袭来的寒意，穿透了全部身心，再从眼睛投射出去，眼前的男人，衣衫凌乱，白皙消瘦。我确实从来都不认识你。她不相信这冷得像死去灵魂般的声音，是自己的。她好想哭，却发现，所有泪水，都已被透彻筋骨的寒冷凝住。

男人说："你我相依多年，岂忍抛舍，正因如此，才有今日。嫣儿，记住，你是我的，永远都是！委身吕不韦，实乃暂时权宜；只要照我说的做，总有一天，他会乖乖把你送回我身边。相信我，那一天，不会很远。那时候，才是我们真正的好日子来了。你可知，你今日所受的委屈，都是在为那个好日子啊……”

女人冷笑，又冷笑，轻轻裹上被子，慢慢转身背对了男人，良久，淡淡甩出一句：“说得真好。嫖客们都说不了这么动听。即便能，也须穿上衣服，才说得出口……”

男人叹口气：“想恨就恨吧，我们有的是时间。只是，你必须照我说的做。你没有选择。那间酒铺已经回不去了。别问为什么。相信我，最后一次！哪怕就当成多年情谊的终结也好。该让你知道时，一切都不会瞒你；也许，到不了那一天，你，就什么都明白了……”

三天后，一直水米未进的赵嫣，被吕不韦从嫪毐家接走。豪华暖车里，吕不韦抚摩她冰冷的手，关切地问：“是不是病了，怎的如此憔悴？”赵嫣轻轻启动灰白干裂的嘴唇，勉强挤出一个笑，轻轻说：“盼君心碎矣。”把久经欢场的吕不韦，弄了个没对辞。是夜，吕不韦吩咐好生服侍，命人煮了参汤给女人调养。第二夜，从钱所能买到的最好的香汤中沐浴而出的赵嫣，恢复了倾国倾城的晶润娇媚。掀开全邯郸最豪华的锦帐时，吕不韦被身盖裘绒的赵嫣的美艳惊呆了。赵嫣斜倚着，拿一双妩媚的眼，殷殷地望着他，一只脚在裘绒里轻轻错动，硕大雪白的裘绒，一点点无声滑开，一寸寸露出一丝不挂的娇躯。当当两声，掺了春药的两盏美酒，从吕不韦手中跌落。

半年后，夏江把长平赵军更换主将的消息，告诉了赵嫣。当时，他的身份，是吕不韦的贵客；赵嫣的身份，是吕不韦的宠姬。赵嫣不明白，为什么吕不韦头痛，要去后堂休息，却不带她一同，也不逐客，反倒让她多陪陪夏江。难道真不知道他们之间的过去？

吕不韦的脚步声远了，四下伺候的仆人，也莫名其妙地都离开了。偌大的厅堂就剩他们两人。夏江问：“近来可好？”她说：“好。”不能再好了。夏江笑笑，说：“知道吗，长平战场，赵国主将换了。”她没明白。夏江又说：“不必明白。你只须知，我从未忘怀于你，就够了。”她冷笑：“君莫不自觉无礼吗？”夏江站起身，一步步走过来，伸手捋她的长发。她闪一下，又闪一下，然后狠劲拿头撞他胸膛，却被他牢牢抱住。那一瞬，她又听见了他的心跳。跟多年前漂泊路上寻求保护寻求温暖时一样的心跳。那时候，她好害怕，好冷。那时候，这个胸膛好结实，好暖和……

她哭了，哭得好伤心。她狠狠揪扯他的衣服，狠狠捶打他的胸膛，狠狠咬他的腰带，狠狠吮他的手指……最后，狠狠推开他，手里不知什么时候，多出一枚骨片。这时，吕不韦突然出现，劈头盖脸地把夏江骂了一通。夏江连连赔罪，直说“酒后失态，酒后失态”，忙不迭地走了，头也没回一下。

当夜，她被吕不韦强奸似的蹂躏了半宿。她痛哭，她翻滚，她惨叫，她挣扎，让男人的兽性得到最大限度的满足。直折腾得男人脱力昏睡过去，她才踉跄坐起，借着透进帐中的微弱烛火，端详起一直攥在手里的那枚他偷偷塞过来的小小骨片。

第二十三章

天大的买卖

嫪毐和大弟弟嫪阬，当上了吕不韦家的镖头，带着从原来手下喽啰里挑选的二十几个精明且手脚还算干净的半大小子，负责吕家的“细货”（价值高昂的货物。吕不韦在邯郸以经营珠宝首饰为主，“细货”很多）押运。除了押运，每次出城，吕不韦还会特意交代嫪毐留意打探长平战况和秦国方面的动态，以便为夏江归秦做准备。

同时，他自己也花了无以计数的钱财，削尖了脑袋，钻进邯郸城达官显贵的圈子，四下打听各种消息。他跟赵嫣说，我吕某人如此大肆破费，也算是对得起你那心上人了，你若再存异心于我，可有些说不过去了。赵嫣调笑他说：“你们之间的事，别扯上我，谁不知你吕大老爷是最精明的，怎会做亏本买卖。要不要我再叫上个以前的小姐妹，给您换换口味？”吕不韦听了，摇头轻叹：“不愧是花魁出身，出言好生孟浪，不韦说你不过，算我没说……”赵嫣从背后搂住他，使劲拿身子摩挲，把丰满酥胸挤得水波般荡漾。吕不韦说：“算了算了，还有正事要办。真的……正事……”赵嫣于是不再纠缠，踩着舞蹈般的轻快步伐，一溜烟地回到自己房中，从首饰盒最深处，摸出已经被她的双手和身体磨得锃亮的小骨片，端详、亲吻，再端详、再亲吻，然后贴入胸怀，一寸寸划过悸动的身体。

那枚骨片上，有两个刻上去的字：旧屋。刚拿到时，赵嫣并没明白其中的意思。琢磨好久，才忽然生出一个自己都不敢相信的念头。那念头一经产生，就再不能抑制，涨得她整个人都要破碎。于是趁吕不韦回翟阳祖宅料理家事，一口气跑到城外，看到了梦都梦不到的景象：自己用少女童贞换取、后来被夏江亲手烧毁了的那三间土房，好好坐落在原来的地方，根本没被烧过一样。夏江，她的男人，一身短打扮，像个农夫似的，在门前劈柴烧火。土灶燃出袅袅炊烟，四下飘着蒸煮谷物的清香。她呆住了，好像瞬间归入曾有过的最美的梦里。

这时，夏江回过头，看见了她。他的额上，闪着晶亮的汗水；脸上，挂着她记得的那个带着羞涩的笑容。他看着她，没说话，朝她挤挤眼，露出那熟悉的童年时的调皮表情，然后向她伸出双臂。她颤抖了、流泪了，不顾一切扑过去，扑进梦想的怀抱，扑进以为永远不会来到的幸福。他说："我知道，你一定会来。"她问："要是我不来呢？"他答："那我就一直等，永远等……"她忘却了以往一切的痛楚、哀伤和怨恨，抛却了今天所有的焦虑、做作和彷徨，尽情融进心上人的怀抱，融进失而复得的情爱。她告诉他："这就是嫣儿梦里的天堂啊。"她跟他说："为了这个天堂，嫣儿愿意做一切！为你——我最心爱的夫君。"他问："一切？"她点头。他又问："包括再回到吕宅去？"她沉吟一下，还是点头。

夏江为她一件件穿回衣服，自己从一个土布包袱里拿出一套崭新的黑色朝服。她不明所以地看着他穿戴，看着他从一个农夫，一点点变成一个没有冠带的贵族，终于忍不住问：要干什么？

夏江穿戴完毕，极郑重地行了个她很小时候见过的贵族大礼，对她说："嫣儿，听好——我乃当今秦王之孙，号异人；少时被祖父王质押在赵，今欲借吕不韦财力归秦，借祖父王宠信复公子位，成就功业，封国开疆；倘得偿所愿，你，就是本公子正妻，相守白头，绝不背弃。为此，你须倾力助我所谋。你，愿意吗？”

赵嫣眨眨眼睛，没听懂似的，说：“你说……你……是……是……”

自那以后，只要吕不韦不在，她就会赶去旧屋跟异人厮守。渐渐地，她明白了他的计划：他不仅要用吕不韦的财力打通归秦之路，还打算让吕继续使钱，争取做上秦国太子；那样，日后，他就是秦王，天下最强大的国家的王；再之后，他将继承先祖遗愿，举秦国雄师，吞并天下，做全天下的主人，让她做全天下的女主人。他进而告诉她：这个计划，吕不韦早已获悉，经很久考虑后，认定是宗天大的买卖；他给吕开的价是“愿与分国，但须待真正吞并天下之后”；可他同时认为，吞并天下，不是件容易事，或许穷毕生之力，也还是不能完成，终究会着落到子孙头上，而比他年长的吕不韦，也必定有相同顾虑；因此，还须再加价，让吕不韦义无反顾……

她问：“还能怎么加，难道把你的祖业都给了他？那不成了到头来为他忙活了！”

一听这话，异人知道，她已进入状态，跟自己想到了一个路子上，也已不再迷恋土屋草舍的简单幸福，内心转向了谋取荣华富贵的新梦想。

“当然不——他说——我、我们，怎能干那样的蠢事！可为了不干蠢事，我们得冒些风险；或者说，你，要冒些风险。”

“是什么？”她问，继而说，“你说吧，我愿意。”

异人轻轻拍拍她小腹，带着几分诡异地轻声说：风险在这里；文章，也在这里。

这回，赵嫣自己反应了过来，缓缓扭过头，把一头乌发散在他胸前，瞪大眼睛问："你是说……孩子？"

异人不说话，很轻柔地抚摩她平坦温热的小腹，轻轻点点头。

那次后来没几天，吕不韦居然送给异人一处很阔绰的宅院，可异人仍约赵嫣在旧屋见面。两人疯了似的，大白天锁起门交欢；之后，赵嫣赶回吕府，把晚上留给吕不韦。终于，在临入夏时的一天，她告诉异人，不能再出来了。异人也告诉她，秦军在长平大胜了，怕是就要来攻邯郸了。

全国陷入保卫邯郸的紧张和决绝的时候，赵嫣告诉吕不韦，自己怀孕了，并告诉他，按她在风月场中听说的闺中密语对照，多半是男孩，然后，就逗笑吕不韦说："吕大老爷，准备迎接小吕少爷吧。"

就像异人预料的那样，吕不韦当场就呆住了，就没了云雨的兴致，赶紧给她盖紧下体，说可碰不得了，然后一夜都没睡，几次推醒她问："你肯定是男孩吗？"她惺忪着说："怎能肯定，只是觉得该是罢了……"每次，他都是同样的问题；每次，她都是同样的回答。果如异人所料——翌日，吕不韦跟她说：你回到异人身边吧！就把这孩子当成是他的；若生男，不韦必倾全力助他成就大业；若生女，不韦也必不惜财帛奉养之；只是，你要保守秘密，千万要让他以为，这孩子是他的。

"天哪！"她惊叫，"你这天杀的货利之徒，怎想得出如此阴损之事啊。"心想：你当怎的，这孩子，就、是、他、的！

异人千恩万谢地送走吕不韦，拖着步子回到内堂，长长舒出一口气，对坐在那儿看着他的赵嫣说："异人恭迎贤妻归来。"又说，还记得当初我跟你说的话吗——总有一天，他会乖乖把你送回我身边。

赵嫣叹口气说："记得。怎么不记得。你们这些男人，太可怕了！你，秦国的王孙，更加可怕！我真不知道，跟了你，终究是对是错。"

那个男孩降生的时候，正是正月。赵国军民苦苦守卫着邯郸。朱嫂的丈夫老朱，在往回逃命快到城下时，被射死了，酒铺一下子衰败下来。有人说，老朱前胸后背都中了箭：后背是秦国人射的，前胸是守城赵军射的。

因为正月出生，异人就把孩子的名字起成了“政”，成天抱在怀里，怕被谁夺了去似的。孩子还没出月，搜捕的人就来砸门。按异人和吕不韦后来的分析，他们很可能是从朱嫂酒铺那里摸着的线索。可当时，他们顾不得想，拼着命翻墙钻洞地逃离了宅院，把敞着胸喂奶的赵嫣，累得差点儿昏死在路上。

见她实在跑不动了，异人无奈地把他们母子留在了嫪毐家。其时，嫪毐兄弟奉命去魏国办事，早误了归期，大家都认为是避祸跑散了或是遭了刀兵。嫪毐小妹哭得伤心，吕不韦劝着说：以嫪毐的机警、武艺，断不致遇险，让她放宽心，说罢，匆匆留下些许布币（赵国货币，似铲形），跟异人一起逃向城南废弃的老账房栖身。

他们刚走不一会儿，追捕的赵军就出现在嫪毐家的巷子口；小妹把喘得脸色煞白的赵嫣塞进菜窖，跑回前屋与来人周旋；过了好一阵，终于在赵嫣吐出最后一口气的前一刻，掀开菜窖顶盖，轻声叫道：嫣儿姐，出来吧。

赵嫣是小妹口对口吹气、灌烈酒呛醒的。奶早没了，粉嫩的乳头，让饥饿的小嬴政吮得发紫，整个人软得像布口袋，再提不起半丝精神。好在没再来追兵。不几天，异人和吕不韦，粗衣麻布地悄悄回来，嫪毐兄弟还是没音信。吕不韦的宅邸和异人的新宅都被封了，他们就在嫪毐家住下。白天，异人独自谋划出城办法，吕不韦则乔装改扮潜回店铺，拿出货品四下悄悄变卖，留出一小部分供养众人，大部分都用于四下疏通打探，再留些悄悄埋在城南老账房院子里备用；晚上，拿打探来的消息，跟异人一同谋划。不知不觉，过了大约一年，路费和到秦国疏通关系的经费，筹集得差不多了，却还是没办法出固若金汤的邯郸城。赵嫣的身体倒是渐渐恢复过来。小嬴政虽羸弱了些，可总算没生大病，算是活了下来。

他们记得都很清楚，秦国人是在嬴政刚学会说话那天来的。那人先说要借宿，可并不见随身带了什么物什，更让人觉得来得蹊跷——邯郸被围已一年半了，哪儿来的旅人？不是旅人，又为何要借宿？吕不韦旁敲侧击地抛出了这些疑问。不想那人竟直言说自己是秦国人，奉王命特来寻王孙异人，并说早已探知吕不韦跟异人的关系，跟踪了他很久，才找到这个地方的。当时，吕不韦将信将疑，不敢承认自己的身份。异人却由后堂挺身而出，问："你如何证明自己所说的话？"众人都傻了，心说他怎么就敢这么冒失地现身，就不怕对方是赵国细作？后来，异人告诉他们，尽管来人的邯郸话已学得很像，但仍没遮住那只有秦国人才听得出来的秦国口音里的尾音。他还告诉他们：小时候，祖父曾很认真地教他说秦国话，让他记到骨子里，祖父告诉他，总有一天，全天下的人，都要学着说秦国话，都将以能说秦国话为荣，所以，虽在赵国多年，他却始终没敢忘却乡音。

那个来借宿的秦国人，就是秦昭襄王嬴稷派出的第二支寻找异人的小分队的头领。当他把老王交代的异人样貌和急切寻找的情形和盘托出时，异人哭了，哭得像个孩子——走失后又重新回了家的孩子。

在自称"樊於期"的秦国内侍带队的营救小分队的配合和保护下，异人、吕不韦等，拟订了两套会合攻赵秦军再随军归秦的计划。一种方案是，假定邯郸城被秦军攻破，其关键点在于如何有效地避开几乎肯定会发生的巷战和秦军的大肆屠戮，同时在那种你死我活的境地里，抓住很可能是唯一的机会，引起秦军高级将领的关注；樊於期手里有秦王稷的手令，只要遇见秦军高级将领，一亮出来就好使。另一种方案是，假定发生大规模的激烈攻守对峙，而秦军不得入城。那样，樊於期他们，就得分出一组人趁乱潜出城，持秦王手令，找到秦军主帅，使其调整作战计划和方式，采取武力营救。比起第一种情形，这套计划会复杂些，风险也更大，但他们还是很有信心。骨子里，他们更愿意相信，秦军能攻破邯郸城。他们要做的、能做的，都是等，等秦军攻城的高潮到来。他们一致认为，那一天，不会太远。

可事实并不如他们设想得那么顺利。他们没想到，邯郸守军竟那么顽强；也没想到，攻城的秦军，动作如此拖沓。更没想到的是，秦军竟被多达二十几万的楚、魏联军抄了后身儿，自顾不暇，险些被活活夹击而死。

放到城外打探的秦国内侍奄奄一息踉跄回来报信的时候，吕不韦也大惊失色地从城里的乐坊跑了回来，带来了同样的消息；同时带来赵室严令追杀秦国人质异人的消息。他特意强调了追杀的“杀”字，说此次与两年前那次大大不同；那会儿是“追捕”，他们需要这个人质活着，用以缓解压力；现在，异人是活人，自然有用，是死尸，也是有用的。他们可以把他的头颅、尸身挂在城头，或抛向秦军，让秦军愤怒、胆寒、失去突围所必须的理智，然后把几十万秦军消灭在邯郸城下，以祭奠长平四十五万赵国军人……

话还没说完，赵嫣就哭了，紧紧搂住异人，好像他马上就要死去一样。异人长身而起，果断地冲樊於期说了一个字：“走！”

是夜，按异人安排，嫪毐家人留在原地，其余人分成两组，樊於期带三四名邯郸话说得好的属下，跟赵嫣、政儿一组，其余内侍与异人、吕不韦一组；两组均连夜离开嫪毐家，依靠赵嫣、吕不韦对城中熟悉的优势，随处藏匿，只等赵军开城追击，便趁乱出城，避开兵锋，抄小路分头追赶秦军，中间不必会合。目标：秦军帅旗。宗旨：“宁死勿入敌手。”最需要保存的：孩子的性命和秦王手令。

赵嫣坚持让除樊於期外其他所有武艺高强的内侍，都随了异人那组。她告诉异人："嫣儿在，政儿在。他们不知道有嫣儿，不知道有政儿，他们要你；只要你逃出去了，夫妻、父子，便相见有期。"异人没太迟疑，允了。

结果，异人、吕不韦和三名卫士跑出了城，这一组其余秦人，都被追杀的赵军杀死在城内；那三名卫士，也把性命留在逃亡路上。樊於期赵嫣一组相对顺利，没有追兵。跑到旧屋附近时，赵嫣让樊於期等秦国侍卫，带上所有盘缠去追异人，说他们一定需要你们，我这里不需要，我是邯郸人，谁也不知道政儿是公子骨血，我家就住在这里，没有你们在身边，反而安全；去追上公子，保护公子，让公子记得来接我们……

樊於期把她的话当作主人命令似的执行了，很快追上了异人和吕不韦。异人听了他的述说，眼眶湿了，又只说了一个字：走！

因为有樊於期所持秦王稷手令，败逃中的秦军，很痛快地接纳了异人一行，并派尖兵将他们火速护送回秦境。到了咸阳王宫，秦王稷从头到脚摩挲了异人好几遍，老泪纵横。一脸憨厚的太子安国君嬴柱，笑盈盈地看着这个满身风尘、清俊挺拔的小伙子，说："回来就好。回来就好啊。"

当日，老王就拨给异人一座离自己寝宫很近的庭院，把他和自称"公子门客"的吕不韦安顿下来。异人洗去一路尘垢，精神很好，跟吕不韦说明日就要去拜见尚健在的生母，再请祖父王派人接来赵嫣母子。吕不韦问："公子难道不想谋大事了吗？"一句话把异人问愣，反问他什么意思。吕不韦就说："秦王虽已将公子过继太子为子，然太子膝下子男众多，均为亲生；您一个过继的儿子，根本是占不到主位的；您要再去看望跟太子没关系的生母，则更不要想谋取主位了。占不到主位，就没有前途；老王百年之后，太子继位，等待着您的，就是排挤，甚至杀戮；您难道要让夫人和儿子，也赶来遭那劫难吗……”

一席话，把异人说得一阵战栗，顷刻间从成功归国的狂喜中醒来，恢复了本来的理性和心智。他不仅听进了吕不韦的话，更想起跟吕不韦关于那宗“天大的买卖”的约定，同时清醒地意识到：他的存在，是吕不韦在秦国存在的唯一理由；吕不韦唯一的、全部的希望，都在他身上。所以，他可以最充分地利用吕的财力和商人的聪明、无耻，尽快确立、提升自己的地位。

沉吟良久后，他向吕不韦递了招儿：“我相信，您一定能打探出能使我进身的路途，也一定舍得财帛，去铺平那条路途。因此，我接受您的劝谏。从明天起，我在内，您在外；我将倾尽全力让祖父王和太子，明白我的忠诚和谨慎；而您，则须以过人的机敏练达，最快地探路、铺路；届时，内外相合，方可成事……”

于是，就有了后来吕不韦对咸阳权贵的上下打点和异人对秦王稷的殷勤追随。很快，两边都有了进展——异人颇得老王喜爱，已开始被私下询问政事，尤其是赵国方面的情况；吕不韦则探得太子最宠爱的华阳夫人无子的情况，并成功地拿珍珠美玉，赢得了华阳夫人亲姐姐的信任和推崇，又从这个女人嘴里，知道了很多有价值的情报。比如：身为楚人的华阳夫人，异常景仰死去的宣太后的美丽，喜欢宣太后惯用的服色、首饰样式；太子的嫡子嬴傒，因恨华阳夫人当年夺其生母宠幸，跟华阳夫人素有怨隙；华阳夫人要风得风，要雨得雨，就是苦于太子年迈体衰，没条件生出一男半女，深感孤寂；太子身体不好，华阳夫人非常担心其不能久在王位，嬴傒再一即位，自己就要倒大霉，她那深受老王信用的弟弟阳泉君，也担心不能长享荣华富贵，等等。

根据这些信息，异人和吕不韦，把进身的主攻方向，锁定在了华阳夫人身上，各施所长，拟订了周密计划，拉开了一张针对华阳夫人的网。其中，异人主要制定战略部分，即设法亲近华阳夫人，使其认为可以依靠异人，保障其长远利益；再利用华阳夫人对太子“父亲”的影响力，将其扶到足以跟嬴傒抗衡的位置，甚至取而代之；同时，他还选定阳泉君为突破点。而吕不韦则负责具体战术，一方面不断派人从故地翟阳和战事日趋平息的邯郸，取来大量珠宝财帛，另一方面精心设计使异人直接亲近华阳夫人的具体步骤。

一日，吕不韦忽然捧给异人一套楚地风格的束腰宽袖火红色服饰，请他试穿。异人未解其意，勉强装束起来。吕不韦拖过一面大铜镜，让他观瞧自己的模样，吓了异人一跳——镜中的他，就像一丛烈烈燃烧的火。吕不韦的声音从镜子后面传来：“这不是一个俊朗的楚国贵胄吗？楚国来的华阳夫人，见到这样一位翩翩公子，一定会想起家乡，想起幼时，想起早年的情人……多么美啊，多么让人难以割舍啊……正想着，就听到这位楚国公子如何仰慕、敬重她的言语，就听到这位楚国公子想拥有她的关怀和爱护的心愿，就听到从小不受亲娘关爱、沦落他乡二十余年的可怜孩子，呼唤出的‘母亲’……”

“住嘴！”异人厉声暴喝，猛转身，再不看那镜子一眼，“拿走！拿走！！”他愤然撕扯精致的衣袍，“我干不出来，干不出来！我娘虽不爱我，却也是亲娘。亲娘尚在人间，岂可行此禽兽之事。不！不——不！——”

吕不韦扶镜而跪，说：“普天之下，谁不爱自己的亲娘？公子无位无权，何以慰亲娘？何以救嫣儿母子于水火？他们，可也是您的亲人啊……”

异人停下撕扯的手，呆呆站在当地，一动不动，像块红色的石头。吕不韦跪在他身后，也一动不动，也像块石头。他们就这么站着、跪着，直到日影西斜，直到东方渐白。终于，异人长叹一声，沙哑着嗓子说：“撕坏了，还得烦您破费……”

邯郸城郊，已经改名叫作“赵政”的小男孩，不知道千里之外的咸阳城里发生的一切，却从母亲的嘴里知道了“咸阳”这个地方。

据现代科学研究表明，三岁时的记忆，大多数都会流失在成长过程中，不会带到成年；能够留下的，只是一些简单而抽象的因素，诸如一两个仅包含简单逻辑的影像，或三五个其实并不理解的词汇或称谓。在赵政的头脑中，“咸阳”两个字，是跟“父亲”连在一起的。而留在懵懂记忆中最清晰的影像，则是母亲在晨曦中甩开一头乌云般的秀发，然后愣愣梳理的样子。

“母亲”，多么温暖，多么芬芳，多么柔软的两个字啊！母亲的头发，怎么那么黑、那么飘摇，遮住了刚刚才露出来的那一点点光亮。母亲的头发落回肩头，光亮就又回来。光亮刚回来，就又被母亲身边缓缓立起的黑影遮住。那黑影有时大些，有时小些，不像母亲的头发，铺开那么一瞬就不见了。黑影总在那儿，晃晃悠悠的，好久都不离开。黑影落下去时，母亲也没了。黑影把母亲吃了。母亲在哭……

当他不再在拂晓母亲梳头时醒来的时候，他开始记得所见到的每一件事了。他记得，只要天不下雨，母亲就给他腰里掖上一块干饼子，让玩到天黑才准回家。他是听话的孩子，要不是饿得不行，绝不会在天亮时回去。有一次实在饿得厉害，又没找到别的吃食，拖着步子，背着夕阳回去了。他听到母亲在哭，哭得好大声。他抄起母亲劈柴的小斧，一头撞进去，看见母亲白花花光着身子，让一个看不清面目的黑影压在炕上。母亲和黑影也看见了他。黑影嗖地立起来，抄起炕上一堆软软的衣服样的物什，光溜溜地跑了。他举起斧子往外追，被母亲一把拽回来，挨了一顿好打。他不敢看母亲，觉得母亲的身体在颤抖，在散发热热的、让人害怕的气味。挣扎中，他碰到了母亲大大的奶子，一口咬住，放声大哭。母亲疼得使劲打他，他就是不松口。母亲突然停了手，一把把他搂进没穿衣服的胸怀里，拉过破被子，把自己和他，死死裹在里面，也放声大哭……

母亲告诉他："等父亲和叔父从咸阳来接他们，好日子就来了。他们得等，得咬着牙，一直等。"他问："要等到什么时候？"母亲流了泪，流了好多，流了好久，才说："快了……快了"……他听着听着，就睡着了，就做梦了。梦里，黑影被他手里的斧子劈得稀烂，落到地上，变成臭臭的黑水。梦里，母亲在跑，像怕被斧子劈到一样。梦里，他一直在追母亲。一边追，一边哭；一直追到那个叫"咸阳"的地方……

在赵政的记忆中，那些梦和那些时候非梦的现实，很长时间地被混淆着，合成后来更长、更凄苦、更伤心的梦。随着长大，他渐渐明白，腰里那块干饼子，是母亲光着身子在炕上嘶叫扭动出来的。那上面，沾着母亲的泪水、汗水、精水和黑影子们留下的肮脏的东西，被他吞食，咀嚼，再吞食，再咀嚼；他的身体里，永远留着那些泪水、汗水、精水和肮脏的东西，永远埋藏着母亲的淫荡、辛酸和黑影子们的贪婪。

许多年以后，他拿天下最锋利的宝剑，顶住母亲的胸膛，那哺育了他，也留下无数恶臭唾液的胸膛，声嘶力竭地质问："你——为什么偏偏是我的母亲？！"用尽全身力气怒吼，"你——为什么不去死！！为什么没有勇气让这剑，穿过你肮脏的心！！！"

许多年以后，再看到那曾经熟悉、曾经渴望、曾经憎恨、曾经恐惧的土房时，黑影子们，黑影子们的子孙、邻居以及所有可能见过、听过黑影子们的人们，都已被劈得稀烂，四散狼藉在他脚下；他们的血流成了河，变成臭臭的黑水。他狠狠地践踏他们，践踏臭臭的黑水。黑水溅到脸上，冰冷，冷得一下冻住了心……

那一刻，混沌的梦离散了，变成梦和回忆两个面对面的孩子。他们被母亲抱着，一人吸吮一只乳头。母亲的乳头红红的、亮亮的，散发着让人想哭的香气。他们是谁？为什么吃我母亲的奶？母亲，是我的！他举起宝剑，拼命砍向他们，倏地又停住——他怕砍到母亲。那是我的母亲啊。我，最、最、爱的母亲啊！他丢下剑，向母亲跪去。他嘶喊，冲母亲嘶喊：“娘——你不要我了？不要政儿了？娘！娘——”

第二十四章

兄　弟

穿着火红色楚装从华阳夫人寝宫出来后的异人，已经成了华阳夫人的儿子，还有了名字——子楚。他本来庶出，又年少离家，一直都只有“异人”这个“号”，没正经名字。那时，像他这样的诸侯贵族子弟，不能随随便便起个名字了事，故而快三十岁了，都还只有“号”。不过，从这一刻起，他有名字了。给他取名字的人，也就是华阳夫人，应该拥有给晚辈取名的权威。

正如吕不韦所料，一身楚装的异人，让华阳夫人想起了故国“楚”，想起了跟“子”这个多少有些暧昧的称谓有关的年龄和人物。我们不清楚，华阳夫人取名字时，到底想了些什么，也不知道，被取名字的人，当时的心境。但可以肯定，从那以后，异人成了子楚，子楚，被作为他的正式名字，载入史册。

后来，他的儿子，邯郸城郊揣着干饼子成天野跑，不知道该不该回当时被称作“家”的土房的小男孩“赵政”，不仅承认父亲这个名字，而且为表达尊重，把周天子钦封、称了几百年的那个国号“楚”，改成了“荆”；所有带“楚”字的人名地名，也一并改；改了之后，全天下跟“楚”字占边的，就只有一个“子楚”，也就是他的父亲，那个饱经沧桑、在一个楚国女人膝下跪倒才有了名字、从小就聪明过人的“异人”。

现在，可以叫他“子楚”了。子楚出得宫来，忙不迭地跟吕不韦说：“先生这一招，果真大大奏效！接下来，就看我那个母亲，能不能把我扶上正位了。”吕不韦拈着胡须，挺有把握地说：“应该不成问题。所虑的，只是时间。应该让王上——您的祖父，尽快知道这个情形。依不韦看，王上虽看重公子，但多半是因为目下最大的题目是赵国，而他老人家又认为您了解赵国，说不上还有多少另外的情由。今日赐名之事，虽只是华阳夫人一时兴起，但传到王上那里，就会变成太子授意华阳夫人收您为子；王上就会觉得，太子格外看重您，就会对您的未来放心，就会表示出赞同的意思。当然，太子一定会得知这层意思；如果本也赞同，自是水到渠成；就算尚存疑虑，也不好跟王上拧着，更没法跟任何人说，认子赐名，都是妇人之意，他并不知晓。华阳夫人既已认您为子，自然会力图把您推上正位，这也是不韦先前下功夫的地方，让她以您为依靠，所以，她一定会全力周旋……”

说到这儿，子楚打断他说：“说起来是这样，可欲若作成，有两件事必须要办，却是你我所不能为。第一，让祖父王知晓此事，并探得祖父王心思；第二，让太子父亲尽快知晓祖父王的意思，或说让太子父亲认为祖父王赞同。”

吕不韦恭敬地应道：“公子心思缜密，不韦赞服。这两件事，不韦也略有所思。依愚见，第二件不难，华阳夫人可为，而不韦则可去传递消息。第一件确实不甚容易，不韦想，可借助樊於期。因救得您归来，他颇得王上赏识，刚提升了将军，眼下在王上面前，正好说话；不管愿不愿意，人们都会把他看成您的近人，为您效力，几乎别无选择。不韦想，他自己应该清楚这些；就算还不清楚，只要不韦轻轻点拨一下……”

子楚盯住吕不韦，眼里衍射出从没有过的空洞，把吕不韦盯得下意识地住了声，脑子飞转，想自己到底说错了什么。正没头绪时，子楚说话了：“先生实在比我缜密十倍、百倍啊！”吕不韦一听，心里大大松了口气，堆出一脸温暖笑容说：“商贾贱人，有幸为公子效力，自然竭尽全力，公子不必谬赞；再说，区区谋算，本乃商贾生计本领，岂劳公子费心。公子是要做大事，成大事的啊……”

子楚的眼神还是那么空洞，毫无表情地说：“当然，天大的买卖嘛。”在吕不韦的表情由温暖变为惊恐的前一刹那，他又说，“请勿多心，没别的意思。我，子楚、异人，永远不会忘记您的大恩大德。诚如您所言，我是想要做大事、成大事的。既是做大事、成大事，自当守信。不管怎样，子楚都不会忘记对先生的承诺，也断然不敢违背。你、我、我们，就像是兄弟手足，谁也离不开谁，终究也会各得其所。我们一直都配合得很好。我相信，以后，我们会配合得更好，您说呢……”

吕不韦的脸僵硬着，怔怔望着一身红衣的子楚，极力回想他不穿这身红衣时的样子，却不知怎的，死活都想不起来。

吕不韦最终并没参与实施他的那些“区区谋算”。他接受了子楚给的另一个任务，大大的任务，就是多散钱财，以“公子子楚”名义，广招门客，特别是外籍门客，形成真正的一派势力；宫闱中的事情，子楚嘴上虽未明说，但已经很明显闪出不准备再让他染指的意思。

刚刚开始觉出一点点得意，胸脯才挺起半分的吕不韦，一下又弓腰缩背矮了下去。曾经一度，他很懊丧，很挫败；商人固有的盈亏思维，涨了满脑子。他觉得让人耍了，做了笔大大亏本的买卖。岂止亏本，简直血本无归！鞍前马后折腾了几年，家底花了一大半，眼看事成，却被一脚踢了老远！他不甘心，甚至有几分愤怒。他想过把接赵嫣母子接来咸阳，好生难为一下得了势的子楚，甚至想过干脆甩手走开。可所有懊丧、挫败、愤怒、不甘，都只在心里想了那么一想，别说做，就是面皮上也没露出半分。毕竟，他是精明商人，投入到这个份儿上，绝对不能为一时一事的得失，意气用事，绝对需要冷静、容忍和等待；绝对需要一个实实在在的、响当当的结果！

所以，他很快就倾力投入了新任务。他向子楚建议："列国皆以秦为虎狼，蛮夷不化，重武轻文，恃强无道；就算终有一天，秦的威猛之师，横扫了天下，天下人也不过屈从于强力而不得不臣服罢了，心底终还是不服气，也终还是怀着蔑视；真若如此，则虽平而不能定，虽定而不能治，虽治而不能大同。秦所缺的，正是高雅风化。公子久在中土，如在这上做起文章，可大显与众不同，也避开了军政锋芒；打出一面大旗，招募列国博学之士，论风物、绘山川、制典籍，既为国效力，又免遭猜忌，更可昭风化之势。如是，对外，可远播贤德，令列国之士视公子如知己，宛若齐、楚、赵、魏四公子；对内，则可填补缺憾，蓄积力量。岂知，那募来的列国学士中，就没有第二个商鞅、第二个张仪、第二个范雎？一旦取得正位，加上名声，再加上一两个奇才，事可成矣……"

对这番构想，子楚高度赞赏，催他赶紧办，说了"此事全靠先生"的话，然后一头钻进宫闱，全力谋取正位去了。

循着吕不韦先前的设计，子楚自己找了樊於期，通过樊於期，让老王知道了他的新名字及其由来。老王说："好啊，这孩子总算有名字了，好……"然后，子楚又亲自把老王这句家常闲话式的随口之言，很郑重地禀告了"母亲"华阳夫人，并再次叩谢赐名之恩，把没生过孩子的华阳夫人弄得鼻子都酸了，顺口就问是否婚配。他心里忽地一颤，随即答："有过妻室，留在了赵国，恐相见无期了。"华阳夫人说："那得想法接来啊，患难夫妻，不容易……"他说："离了国家父母这些年，只想好好侍奉，自己家事，没什么要紧。”华阳夫人就说：“那哪行，堂堂丈夫，怎能无妻室在旁，不如为娘再给你寻门好亲，也好朝夕替我照顾你。他日，你那患难妻室，若寻得见，恩爱如初也罢，好生供养也好；可万一真失了音信，也不能连个子嗣都没有啊……”子楚说：“全凭母亲安排。”旬月后，他以公子正室礼仪，迎娶了华阳夫人远房晚辈，一个粉嫩羞涩的楚国姑娘，真正成了华阳夫人的亲戚。

安国君，也就是太子，子楚的“父亲”，对这一切，都听之任之。一方面，他由衷希望自己最宠爱的华阳夫人高兴；另一方面，他也从不同渠道，听说了老王对“子楚”这个名字的认同。那种认同，在他的认识里，就代表父王对这个孙儿的宠爱。既是父王的宠爱，自己的感受，就不重要了。几十年了，他早已习惯以父亲的感受替代自己的。更何况，骨子里，他也并不讨厌这个子楚。

可是，当华阳夫人在暗夜的枕边，轻描淡写地提议改立子楚为嫡嗣时，他的心忽然颤了一下，继而浑身僵住。华阳夫人显然感到他的反应，及时收住话头，不再言语，悉心殷勤、绵柔动人地撩拨起他的身体。当他发出无法抑制的粗重喘息，再也不能无动于衷的当儿，她轻轻停住，把一头秀发，散满他汗湿的身子，幽幽啜泣起来。他问怎么了，她摇头，不说话。他抚弄她头发。她紧紧抱住他，断断续续呢喃：“太子舍得妾吗？太子舍得，妾却舍不得您。妾盼自己短命，走在太子前面，就不必受思念之苦了……”他说：“你莫要胡说，你还年轻哩……”说着，忽然好像明白了什么，倏地住了声；沉吟良久，长叹一声道：“罢，你想怎样就怎样吧，安安心心地好好过日子，陪着我，给我……给我……”说着，猛一翻身，死死压住她，不多时，身下传来垂死般的嘤咛声，他的喘息，于是越发粗重起来。

楚国上蔡这个地方，很靠近秦国，早先并不是楚国地界；许多年前，被原本的宗主，进献给了强大的楚国，成了楚国的一个县。这里的气候，跟秦国关中地方很像，干燥明媚，冷暖相宜，暮春时节，就更加柔美可人。这个季节，各类走兽择偶交配、活动放肆、疏于防范，很容易被捕捉到，而且可能一捉就是一对……

上蔡县府的文笔小吏李斯，一只手牵着自家那只不满三岁、颇有猎性的小黄狗，另一只手扶着骑在肩头、刚满四岁的小儿子的小脚丫，饶有兴致地跟儿子讲述着家乡、季节和狩猎，还告诉小家伙怎样逮野兔，怎样防范野兔被狗咬死，逮回去养在哪里，如何照看……儿子问："真能逮到吗？"他笑笑，很轻松地说："当然，咱家小黄狗，可能干了。"

早晨的空气，含着甜丝丝的清新；刚刚温热起来的阳光，映着他漂亮的胡须和孩子脸上浅浅的绒毛。远远地，已经能看见东城门外偌大一片鹅黄的野花了。小黄狗忽然兴奋地叫起来，挺起身子直往前蹿。李斯说："你看，小黄已经发现野兔了！"说着松开小狗，把儿子从肩头抱到怀里，再轻轻放到地上，拍拍小屁股，说："去，快追！"儿子撒开小腿，嘴里发出兴奋的呼叫，飞一般朝小狗追去。李斯直起腰，看着儿子和小狗迅速远去的背影，脸上的笑容一点点淡去，慢慢蒙上一层伤感。

那天后来，他们逮到了两对很漂亮的野兔，父子俩各背一对，高高兴兴地往家走。儿子说，明天还去逮。李斯说："逮那么多不好养。"又说，"明天，父亲要出远门，以后不能一起去捉兔子了。"孩子听了，挺不高兴地问："去哪里？"李斯说："去多学些学问，做大事。"孩子又问什么是大事。李斯笑笑，说："就是大人做的事。等你长大了，也会做大事。"

几天后，玉树临风的李斯，拜倒在大宗师荀子门庭前，双手呈上自己写的文章。一个似乎有些跛的矮瘦学子，从他手里轻轻抄走竹简，说："请……请……请随我……我……我……我……来——"他亦步亦趋跟着进了朴素雅致的厅堂，弓腰低头，瞥着跛子的脚步，听着竹简哗啦啦打开的声音。跛子说：“请……请……坐、坐。”他就地跪坐下，还是低着头。不多时，听见老夫子沉稳浑厚的声音：“文章不错。韩非，你也看看。”然后是竹简传到跛子手里的声音。老夫子又说：“噢，这位是韩国公子韩非，与吾论道经年，颇有才具。敢问贵客，作得如此好文章，为何还要求学于吾呢？”李斯答：“夫子谬赞了。学生素来仰慕夫子，早想来投，怎奈俗务缠身，蹉跎日久。今呈心得拙笔，只望不至令夫子以为不堪教诲。学生虽学识浅薄，然素怀济世之志，故求教门下，盼得夫子深邃博大之万一……”

三十多年后，在跟骑在肩头一起去上蔡县城东门外野地逮兔子的小儿子回忆这段往事的时候，李斯说：“为父的学问，自是不如荀老夫子，可去投他，并非真的全为学问。当时，为父只是区区小吏，谁人识得，又有谁敢用；可要是荀子门生，人们就会另眼相看。”儿子点头赞同，俄顷，问：“为什么非得令人另眼相看呢？”李斯答：“为了进身。你自然不晓进身的意思，因为你是我儿子，已有了身份，没尝过身居低下的滋味。为父早年，管过一阵粮仓，仓里有老鼠，怎么抓都抓不完，有时竟大摇大摆，连人都不避。它们吃的是人吃的粮食，住在干燥洁净的仓室里，虽然是老鼠，却活得比许多人都惬意。可同样是老鼠，活在茅厕里的那些，就整日浑身污浊，捡食粪便，肮脏猥琐得无以复加。它们如果知道粮仓里老鼠的生活，该是多么悲哀，多么想要也住到粮仓里去啊……人，一样。同样是人，同样有才学，登庙堂，则荣华富贵、光宗耀祖，居山林，则布衣素食、终老无成。为父就是参出了这个道理，才一路走到今天的。韩非贵为公子，就不能明白这些……”儿子又问：“韩非真是口吃吗？”李斯点头，说：“可他的文章学问，的确了不起。”接着又说，“那又怎么样呢？记得荀老夫子教导我们说，既是同门，就应彼此视作兄弟。

老夫子真是可爱得很。怎么可能呢，一个刀笔小吏，一个大国公子，差别近乎天壤，他怎会把我视作兄弟。不过，还真得感谢他没听老夫子的话，不然，为父可能就去了韩国，也就没有今天了……”

李斯投身荀老夫子，认了韩非这个师兄的那个春天，嫪毐只身回到了邯郸城。几年前跟着一起出门的大弟嫪阬和一干伙计，一个都没见，连总也不离身的铜锤，也没见。弟妹们想问，又不敢问，眼睁睁看他喝酒，看他喝醉，看他狂歌乱舞，再一头栽倒，死一般睡去。如是十几天，战战兢兢的小妹，忽而想到什么，在他又一次在狂舞中骤然栽倒后，怯生生地嘀咕了一句：“嫣儿姐在城外。”他呼地飞起身子扑过来，揪住小妹问：“她活着？活着？”小妹点头。嫪毐缓缓松开妹妹，匍匐下去，宽阔健美的肩膀，猛地抽动起来，埋头发出呜呜的哭声，好像在对着自己的小妹跪拜涕零。

见到赵嫣，嫪毐真的跪拜了——他一走几年，甩下弟妹，靠些微积蓄和吕不韦留下的很少的钱过活，很快坐吃山空；后来更长的时间里，只能干些简单活计的小弟小妹，其实都靠赵嫣周济；再看看赵嫣母子居住的土房和赵嫣憔悴的模样，他不难想象，那些周济，来得多么艰辛，多么屈辱。他很郑重地给赵嫣叩头，说：“嫪毐至死不忘大恩！”赵嫣扶他起来：“快别这么说，小妹救过我的命，我可把他们都看成一家人了。”嫪毐说：“既是一家人，何不搬回城一起住。”赵嫣说：“你傻了，那活命营生，能在你家里做吗？”嫪毐拍拍脑袋，又说：“我回来了，以后，你莫做了，跟我回去！”赵嫣不肯，说要等异人，等政儿的父亲。嫪毐沉吟好久，没再说什么，默默离开了。

走出不远，见一个黑瘦的小男孩被几个大孩子按在土里踢打。他赶开施暴的大孩子，把小男孩揪起来，拍打拍打尘土，说赶紧回家吧。小男孩恶狠狠地瞪他，一动不动。他笑笑，只道孩子还没从被围打的愤怒中缓过来，就问："叫什么名字？家在哪儿？认识那些打你的孩子吗？"男孩还恶狠狠地瞪着眼，从牙缝里挤出一句："多管闲事！滚开！！"说着，小手飞快挥向他面门。他下意识地伸手掐住细瘦手腕，定睛一看，不觉一惊——脏兮兮的小手里，赫然攥着一块长条状的石头，顶端锃亮、很尖，显然经过了长久的打磨，真要划到脸上，脸庞肯定开花！男孩使劲挣，他加力攥紧，问："你是打算用它刺他们吗？"男孩双手齐上，死力挣扎，狠狠道："你说呢？"

好小子！嫪毐想，比我小时候还狠！想到这儿，不觉手头就松了些劲，在男孩刚刚要上脚的时候，他松开了小手腕。用力过猛的男孩，摔了个仰天，爬起来，端住带尖的石头，埋头冲向身长体健的他。他又是一惊，别无选择地伸手迎住孩子脑袋，感到孩子死命往前抵的决绝，听到孩子粗重的呼吸，心里不禁有些发毛。

僵持间，只听一声"政儿"，赵嫣的身影，出现在视线里。孩子忽然松了劲，朝赵嫣出现的方向转去，偷偷把石头掖进后腰。赵嫣走过来，斥道："还敢跟大人打架了！"嫪毐微笑着冲她说："没打架。我们在比力气。"赵嫣拢住孩子，指着嫪毐，让叫"叔父"。孩子转头瞪嫪毐，不开口。赵嫣诱导道："叫啊——叔父，就是父亲的兄弟。"

他不是父亲的兄弟！孩子狠狠挤出一句，甩开母亲，径直朝土房方向跑去。赵嫣想追，又停住，冲嫪毐挺尴尬地笑一下说："孩子认生，别怪他。"嫪毐没应，呆呆地望着越来越远的小小身影，自言自语似的叨咕："兄弟……兄弟……"

赵嫣看他傻愣愣的样子，也没理会，兀自回家去了。几天后，小妹拿着一袋布币跑来，急慌慌地告诉她：嫪毐又不见了，留了两袋子钱，让给你们母子一袋。赵嫣抱着那袋布币，无声地流下两行清泪。

吕不韦在咸阳城里远离王宫的一头，置下一处宽敞宅院，把大块时间都用在跟招募来的魏、韩、楚等国和秦国本地文士的交流上。渐渐地，他们确立了一个目标——把百家之书、古之礼法和列国及上古三代（指夏、商和西周）的经史典籍，进行系统地整理，编制一部包括礼仪、风物、史实、传奇，类似今天“百科全书”的大型著作，用以张扬子楚公子的“文化意识”，同时起到指导施政的作用。这可是个大题目，需要周密的计划和艰苦长期的工作。对此，他本人充满信心，也非常有兴趣。但他并没放下对子楚谋位的关注，几乎每天都要去拜见，参与谋划，接受一些断断续续的差遣，但大多是傍晚这边的事告一段落，才赶去子楚住所，议事后，再夤夜返回被称“吕邸”的宽敞宅院就寝。他不想让身边那些文士知道得太多，为避人耳目，往返子楚住所，也总是独自驱车，并不声张。

子楚被指定为太子嫡嗣后，太子命太傅士仓辅佐。岂料，这士仓是太子长子嬴傒死党，居然拒绝了太子的安排，并且弄了一帮子为嬴傒抱不平的文武，经常在嬴傒府邸聚首。这情况，吕不韦布下的诸多耳目，早已探得，樊於期也告诉过子楚；近一阵的议题，基本都围绕着这个大问题。眼看老王身体一天不如一天，代理国事的太子也累得冷汗涔涔、脸色铁青，看样子也长久不了，子楚越来越着急，担心自己在王室缺乏根基，一旦老王没了，太子继位，嬴傒公然要求册立其为太子，用长子身份一举翻盘；本就不怎么情愿改立他为嫡嗣的“父亲”，耳朵根子再一软，就全完了！真要那样，光靠华阳夫人和身边那几个亲戚，跟嬴傒士仓那么一大帮子对抗，实在没底。他这边，真正能在朝堂上起点儿作用的，就樊於期一个，既不是宗室，也不资深，更甭说势力了。据此，他认为，必须准备些“非常”预案，以防止最坏的情况出现。甚至，要在最坏情况发生时，有力扭转局面。他就把这个问题给了吕不韦，说会尽快为他争取一个牵涉得到宫禁事务的官位。

吕不韦听了，不由得脊背一阵发凉，心想这是要搞宫变啊。又想：樊於期那区区人马，能搞起来吗？搞而不成，不是等于自杀吗？可他没敢把这些疑虑说出口，只说须得好生谋算。子楚看出他心思，说先生不用为难，我要的不是硬碰硬，我知道咱实力不够，我是要先生出奇谋啊……最后，他终于晃出深深埋在心里本并没打算这就说出来的意思——我想到三样东西，需先生费心谋取：第一，一剂厉害的毒药；第二，一柄锋利无比的宝剑；第三，一个能够并且敢于对任何人使用前两样东西的人，不是你，也不能是樊将军，更不是我……

这回，吕不韦的脊梁，冷得有点儿发麻了。可骨子里，他承认，子楚说的三样东西及其明显指向的作为，确实是最可行也最有效的。前两样，只要花够钱，应该很快淘得到。第三样就难了——敢杀人的莽夫，到处都是，可这号人，十个有九个半干不了下毒的勾当；敢下毒的人，倒也不难找，可要让其挥剑斩头，恐怕就不行了。就算有都干得出的，对平常人，可能敢，也能，可如果对象换成大夫，换成武将，换成侍卫森严的王子王孙，甚至换成太子，还敢且能的人，就多半不是只靠钱就能招来的了，也当然不是短促间就能碰上的。可是，如不能备齐这三样，又能有什么更好的办法防止时下看来几乎必然会出现的危机呢？

为这三样东西，吕不韦挠了好几个月头皮，毒药和宝剑，倒都已经悄悄到手了，可那第三样，连影子都没有。从耳目、子楚和樊於期那里，他听到的是越来越紧迫的形势，心里也一天比一天紧张。每每子楚悄悄问起事情进展，他总是说在办，就要有眉目了。说的时候，总要把几个月来暗地寻访过的游侠猛士，在脑子里再过几遍，结果却总是一片灰暗。

那夜，子楚告诉他，嬴傒白天里在太子父亲面前，公然向他挑战，把闻讯前来圆场的华阳夫人也饶了进去，太子父亲竟没怎么申斥，等嬴傒甩手离去后，还劝华阳夫人莫要跟晚辈一般见识，还瞪他说：你怎么还不走，在这儿看你母亲伤心吗？！

说完，子楚重重拍拍吕不韦肩膀："老兄啊，大不妙矣！太子的态度，不是看上去那么简单，必有我们不知道的内情啊！不举非常，真怕要前功尽弃了……实在不行，我只有自己冒险了……"吕不韦跪下说："就算是冒险，也是不韦去冒。公子不必担忧。不韦保证，三日之内，必给公子一个满意交代！"

从子楚住所往"吕邸"回时，已过子夜。吕不韦的心，沉得像山一样。他不甘心就这么败了。不甘心当初那个天大的梦想，以无声无息、落荒而逃，甚至人头落地收场。听着车马迟缓无力的步履，他的心思无序地飘忽着，甚至想到三天后怎么跟子楚提条件——我吕不韦为公子，连命都搭上了，公子他日若事成，可得把政儿扶到正位啊……政儿？政儿！政儿……

政儿在哪儿？嫣儿又在哪儿？政儿还在人间吗？政儿，我的儿啊……我为何要走这一遭啊……做买卖多好啊，不认识什么异人，什么子楚，什么华阳夫人，做个有钱的商贾贱人，多好啊……

胡思乱想间，车马拐入一条僻静巷子，两边都是商家的后墙。这会儿，商家都没了人；就算留了值夜的，也睡在前厅，后墙一侧，根本没半丝人声。平日里，为图近，总走这里，马儿认识了路；刚刚失了神，忘了驭车，没绕上偶尔也是如此深夜时才走的有人迹的大道。马儿不懂得时辰跟道路的关系，只是循着记忆走到熟路上，却不知，这个关于道路的简单而忠诚的记忆，要了它的命。

走到巷子中间时，吕不韦勉强振作精神，提提缰绳，准备加快些，尽早走出这段漆黑狭窄。忽然，他感到一股阴森森的风呼地掠过，心头不觉一凛。紧接着，马儿发出骇人的嘶叫，猛地抖动了一下，差点儿把车掀翻。他连忙松开缰绳，双手把住车栏杆，嘴里不由自主地发出惊呼。奋力平衡自身的当儿，他听见马儿的嘶叫戛然而止，感觉到马儿重重倒地，闻到了浓浓的、热热的血腥。刚勉强稳住身形，就觉一股阴风扑面而来，衣袍被一股大力狠狠揪住，整个人飘了起来，飘到车下，被那股大力拽着，往前飞奔。他的脚，碰到了还在抽搐的马儿的身体，碰到了生硬的石板路面，可就是踩不实——那股拽着他的力太大了，像是揪着他在飞。他浑身的血都凝固了，以为被什么神怪之物摄走了。衣袍被揪处，正好卡住咽喉，他发不出半点呼喊，双手徒劳地在空中乱舞乱抓，眼前金星乱跳。

即将窒息昏厥的前一刻，他被重重摔在地上，又能呼吸了。他捂住胸口，拼命喘气，渐渐恢复了正常知觉，发现自己靠着一棵老榆树，眼前一个高挑的黑影在晃。忽然，黑影蹲下身，欺近到面前，阴森森地问：“吕大老爷，可还识得嫪毐？”

吕不韦噌地挣起身子：“谁？！”

“嫪毐！给你押货的。为你那几车东西，我的兄弟们搭了性命！你在咸阳城混得可舒服。今日，嫪毐要为兄弟们讨个交代；对路便罢，不然，那马，就是你的下场！”

马？马怎么了？

嫪毐不答，把个黑乎乎血淋淋的硕大物件，扔到他怀里；他摸了摸，竟是被齐颈斩下的马头！这下可吓得不轻，他惊呼着忙不迭地甩开。可就在这一瞬，脑子里倏地划过一丝奇怪的亮光，稍纵即逝。嫪毐劈手又揪住他，越发阴森森地问：“好玩吗？”

吕不韦下意识地抱住那只揪住自己的大手，抱住的刹那，脑子里又闪起一道亮光，继而定格，继而放大，大得像能把心照成白昼。他的心狂跳起来，恨不得要跳出身体，跳到对面的嫪毐身上去。

他死死抱住嫪毐的手，颤抖着声音说："嫪毐啊！我的兄弟！你来了！太好了！！来得太、好、了！"

第二十五章

等　待

嫪毐在咸阳那条漆黑僻静的小巷里斩下吕不韦乘坐马匹头颅时，正值隆冬。翌日天亮后，人们惊恐地发现，子楚公子大门客吕不韦先生的车子，散作一摊，马身和马头，离开一里多地，到处是血。法纪严明的秦国人，马上报了官；管城官吏依法查察，在吕邸见到了毫发无伤的吕不韦，吕不韦说派过近身车童驾车替他给子楚公子送些中土年货，一直没见回，又有形有色地把失踪者的模样形容了一番，并补充道：都是些土特产、补品，并不值多少钱。跟子楚核查，子楚说根本人没来过，更没见什么年货。再问左近邻舍，都说什么也没看见，什么也没听见。查来查去，硬是一点线索没抓到。

在法纪森严的秦国，民间极少流血事件，悬案更寥寥无几。“吕不韦马车事件”引起的震动、好奇和关注，可想而知。不几日，就有了“有人要害吕先生”“城里有凶神厉鬼”“有人要向子楚公子身边的人下手”等各种各样的传闻和揣测。

因事涉王孙，传言很快进入权贵视听，连卧病在床的秦王稷都听说了，忙让找来子楚，问了几句，又让樊於期领精兵严加守护。太子嬴柱得知后，也赶紧吩咐加强戒备，说实在不行就从栎阳兵营抽调更精锐的部队进驻咸阳，协助彻查。华阳夫人在一旁听了，忙劝止道，白起、范雎之死引起的纷乱还没真正落定，因为这么个不知究竟的小情况，就调兵，只怕引起不必要的恐慌。又说那事是人干的也好，神鬼作为也罢，左不出是忌恨子楚、吕不韦的人背后鼓捣的，太子看好了身边就是，用不着往远处想……把嬴柱说迷糊了，问什么意思、什么所指，华阳夫人说妾可没别的意思，只是不愿让太子徒受惊恐劳顿罢了。嬴柱说劳顿谈不到，惊恐，可是夫人妇人之见了，那翟阳货殖，死了一匹马，他自己都不见得在乎，我堂堂大秦太子，犯得着惊恐吗！华阳夫人说妾只随口说说，权当白操心，太子千万别生气。说完一甩袖子走了，嬴柱叫了几声都没叫住。

后来，栎阳调兵的打算，倒是打消了，可嬴柱心里却翻腾起来。他沮丧地发现，华阳夫人说的“惊恐”，在他内心，并非完全不存在，可又实在捕捉不到哪怕一丝端倪——事情的确跟他本人没半点儿关系，他自幼也不信鬼神；道理上讲，的确没什么可惊恐的；可当听到“惊恐”字时，心底却不禁打了个冷战。这让他认为，自己内心深处，确实产生了本不该有的“惊恐”。而且，还让华阳夫人看出来了！那么，别的人，是否也看出来了呢？自己是不是最后一个知道自己在“惊恐”着的人？如果一件涉及自身的事，自己却是最后一个知情者，不管为什么，都是大大不妙！这件事再是跟“惊恐”之类的感觉有关，就更是大大不妙！！

他让这种“大大不妙”的臆想和毫无头绪的困惑，搅得彻夜难眠。华阳夫人领着宫女来添夜炭，发现他还没睡，就问有否不适，他索性起身，一把把华阳夫人拉进寝帐，不由分说打发了宫女。华阳夫人说：“天太冷了，太子小心贵体。”边说边在被窝里抱住他的脚，揉到丰腴的胸怀里，说：“您的脚好凉啊。”一句话，把嬴柱的心说酸了，拉了她搂进怀里，紧紧抱着，身体微微发颤。过了好久，才慢慢镇定下来，悄声说："你说，那凶手是不是想杀吕不韦？"华阳夫人用更低微的声音答道："妾身想来，应该是的。"问："怎么，您一直在琢磨那事？"他没应，接着问："那他为什么要杀吕不韦？"华阳夫人说这妾怎能知道。吕不韦是大大商贾，免不得巧取豪夺、龃龉龌龊，未必不会得罪什么人，结什么仇。嬴柱说："不对、不对。若是经商与人结下仇隙，怎么早不寻来？在咸阳城行凶，怕未见得随便谁都敢！"华阳夫人拿绵柔的手法抚弄他胸口，劝道："别想了，跟咱没关系；就是杀了吕不韦，也轮不着太子操心；何况，吕不韦不是好好活着呢吗，昨天妾还见了呢。"

这话是吕不韦日前教她说的，说若太子牵挂马车的事，夫人可在单独与太子相处时告知，不韦已拜会了夫人。还说，太子听了，可能会问，夫人何以召见不韦。夫人不妨应答：不韦因担心子楚公子和夫人安危，故而特冒死前来问候、提醒。又说，如是相告，太子必定会问，何以担心子楚公子和夫人安危，夫人则可应答……

聪明的华阳夫人，清楚地记得吕不韦教她说的每一句话，也非常清楚，那些话，是要让太子怎样去想，进而引导着太子怎样去做；并且，她本人，十分赞成要让太子那么去想、那么去做。所以，她向嬴柱抛出"见了吕不韦"这张牌，就闭紧嘴巴，静静等丈夫按吕不韦的预想发问。等了好久，嬴柱也没声音。她不甘心，想怎么样自己过场，把后面的话题引出来。

还没厘出头绪，嬴柱忽然箍住她身子，把她吓一大跳，问太子怎么了。黑暗中，她看不见丈夫的表情，但听得到他忽然急促起来的呼吸，也能感受到他由内而外的紧张。她不知道丈夫心里发生了什么，不由得也紧张起来，声音微微颤抖。只听嬴柱在黑暗中急急问："你说，他，那个凶手，会不会是冲子楚来的？会不会再去杀吕不韦？会不会杀子楚？会不会还想要杀我？！你说，你说，快帮我想想啊！！”

华阳夫人让他摇晃得浑身抖动，头脑发晕，呼吸短促，说不出半个字，呆呆地等丈夫停息下来，像一片树叶似的被擎在半空，从头到脚一身冰冷，隔了好久，才怯怯说道：“不，不会吧。妾想，想……想……还，还不至于吧……”

作为真正的学者，荀夫子并不最喜欢那些毫无保留承袭他衣钵而自家少有见地的弟子。相比之下，聪颖的李斯和深邃的韩非，更得他青睐。

作为贵族和呼声很高的王位继承人，韩非应该是老夫子主张的孔儒理念的理想实践者，其“法制”思想，跟老夫子的某些想法，也还算合拍。可他并没像老师倡导和希望的那样，把“儒”放在主位，就是对“法”的研究，也日趋重“术”而轻“道”。

本来，身为必将深层参与施政，甚至可能主政的大国公子，适当关注针对具体事务的方法，亦即通常理解中的“术”，并无可厚非。可韩非对“术”的研究，早已脱离了具体事物，更多的是寓“道”于“术”，甚至把“道”降格为“术”，又极乏“儒”式的折中，失之绝对、强硬，且处处衍射着晦暗和诡谲。读他的文章，会给人这样的感觉：人太坏、太歹毒、太狡诈，根本不能信任，尤其是那些亲近的或看上去老老实实的人；每个人都需要防备，都需要以巨大的生存、人格双重压力，迫使其维持必要的德行，而那个“必要的德行”的水准，跟“儒”所希冀的“大德”，相去甚远，简直连脚脖子都还没到！

他还把“儒生”跟游侠、方术、纵横家（譬如张仪、苏秦）、乞丐等，并列世间害物、蛀虫，说什么“儒以文乱法，侠以武犯禁”，进而指出，所谓“儒”的存在及其价值，须以对“法”的依附为前提，“其术可用，其道谬然”。

若以荀子本身的学术立场来看，韩非显然已大大走偏了。尽管如此，老夫子仍以超脱的学者气度，包容了他的离经叛道，甚至还给予了“其理可辩，其论可赞”的评价，借以鼓励诸弟子开阔思路、标新立异，还把韩非那些比较极端的文章，拿出来让大家讨论。在心底里，在为这个弟子注定不能秉承自己的思想而倍感遗憾的同时，多少有那么点儿希望他能自成体系、开宗立派的意思。

围绕韩非思想的讨论，使李斯再度引得众人侧目——待众学长纷纷阐述完感受、分析和批评，轮到他讲话时，他不提文章，先拿一句“坐而论之无益”，把大伙儿适才说的全否了，甚至把老师组织讨论的意图也否了。当时的场面，多少有些尴尬。老夫子沉吟一阵，说李斯所言不无道理，让他讲下去。李斯不理会学长们带着挑战意味的审视，冲着老师和因为口吃而显然无法与其争辩的韩非，侃侃而谈起来。

他指出，任何思想，都应以服务于某一层面的现实为目标，而不该是空泛的。如果这种思想能够改进其所服务的那个现实层面的状况，并引导其未来的积极发展，就肯定值得推崇。在他的理解中，早年诸子百家和今天的荀夫子的立论，初衷大抵也都类似。空泛的、脱离现实或建立在根本不存在的假想现实基础上的谈论、批判，都没有实际意义，要再是为了宗派之争，就更是迂腐。学术是用来施政济世的，不是拿来讨论的。他不相信存在始终具有积极指导意义的思想，也不认为思想的透彻、深邃、纯粹的程度，跟其之于现实的指导结果有多么直接的关系，更不主张普遍性的宣扬和传播。无论是“儒”还是“法”，都远非芸芸众生所能真正理解。无论“道”还是“术”，都需因势利导、唯用是举，不可定论……

当学长中有人批评他的论调有悖“为学”宗旨时，他拿自己创立的独树一帜的“小篆”字体为例相驳。说“小篆”正是结合绢、简两大最常用书写材料的质地和使用习惯，博采众长，演绎而成，简明实用，即便他李斯没什么名气，无力广加传播，也逐渐被越来越多的人接受和使用，而传统的金文和使用较多的大篆，虽看似纯正经典，却正渐渐被人们抛弃；它们跟小篆之间，谁是术，谁又是道呢？当今看来，注重实用的小篆，似乎是“术”；可若干年后，使用越来越多起来时，它就成了主流，就会被后来的人们尊为“道”，而金文大篆，则很可能退到复古之“术”的位置……

说到这儿，另一位卓有成就的学长浮丘伯，禁不住提醒道：为学思辨，乃至上之举，岂可喻如书刻小技！你这例子举得，本身就失了水准，又怎能说明问题。

李斯从容应道：其实万物同理。老子说过，治大国如烹小鲜，事之大小，只差在轻重长短，而本无高低。斯所喻，或有不恰，却说明问题；其实论到大事，其理亦然。我们就来说说大事——纵观当今天下，可谓无人可与秦匹敌；可秦的出身，在诸侯中，恐怕是最低下的，其人、地、风物，均始于贫劣，赖穆伯（指秦穆公任好）之霸、孝伯（指秦孝公渠梁）用商鞅以变，跃而雄天下，但仍为诸侯不齿，至今日，更负虎狼之名。可不齿和指责，并不能阻止其蓬勃浩荡之势；一朝并吞诸侯，必弘其所倡、抑其所鄙于天下，则“道”“术”之位易矣。因而，无论是“道”还是“术”，都须视情而度，而取舍，非坐而论可定也……

荀夫子听到这儿，忽然清清嗓子，像要说话。李斯于是住口，冲老师深施一礼，低下头。荀子看看李斯，又看看众人，缓缓开口道：“我去过秦国，还差点儿留下做了官。耳听为虚，眼见为实。秦国的治理，确有极大可取之处；之所以没留下，就是因为当时觉得它哪里都好，就是缺教化，失之生硬、蛮横。这大概就是道、术之别吧。看来，我是有些过时了……”

众学子听得有些莫名其妙，不知老师想要说什么。有几个想开口问，却又终未开口。沉默好一阵，荀子忽然问李斯："你认为，秦真能吞并天下吗？"李斯想了想，低头施礼道："是。"荀子看着他，轻轻叹一声，转而向众弟子："你们呢？"大家面面相觑，没人应答。整个厅堂，陷入了长时间的沉寂。

直到子楚、吕不韦、嫪毐等当时的人物都纷纷作古之后，甚至直到后世，也没人能真正说清楚，在位五十多年的秦昭襄王死后，太子嬴柱为什么还没来得及坐稳王位，就猝然死去，又为什么是才从敌国归来几年的、连算庶出都很勉强的子楚，继承了还残留着其祖父昭襄王体温的王位。

按常理讲，即便后来被谥为"孝文王"的嬴柱身体再不好，也还远没到风烛残年、经不起一点风波劳顿的程度。就算是，不早不晚，偏偏在老王死后不几月就死掉，也显太巧。而且，在他猝死后，更加年长、更有根基且早已广布羽翼、用心谋位的嬴傒，也绝对不可能毫无声息地就让无论从哪方面看都远不是对手的子楚击败，更没理由自此就再没了音信。用现在的话来讲，在昭襄王和孝文王接踵而亡的慌乱中，本来闹腾得挺欢实的嬴傒及其党羽，不明所以地"人间蒸发"了。人们看到的是，随着孝文王猝死，来自邯郸的子楚，挺顺利地登上了王位。跟他一同从邯郸来的翟阳货殖吕不韦，一下从只有微薄名分而无半点实权的小吏，飞腾到了相国高位，孝文王最宠爱的华阳夫人和之前被所有人都视作无物的子楚生母夏姬，同时被尊"王太后"。没有关于嬴傒的任何说法，当然也没谁听见、看见仓促辞世的孝文王，就继承人的事，留下只言片语。

对这谜一般的结果，当时有过一些私下的风言风语。有的说：孝文王在即位前或即位之初，把嬴傒一派平了，之后发现被人利用，急怒攻心，猝然死去。这个版本的延伸版进一步说：孝文王平了嬴傒，中了子楚、吕不韦的计，后者怕其醒悟，又嫌其对嬴傒一派的“处理”不够彻底，于是行了险，谋害了孝文王。另一个版本更加可怖，说是子楚、吕不韦借助神鬼之力，一举戕害了孝文王和嬴傒。当然，也有相反的说法——嬴傒见老王弥留，深感一旦父亲继位，自己地位难保，就谋划加害父亲，不想败露，“隐而遁”，孝文王则生生被这个儿子气死。更有人说：嬴傒设计害死了父亲孝文王，被子楚揭露、声讨，负罪自裁；子楚念及兄弟情分，未予声张，冒着被世人和臣下猜忌的风险，替哥哥遮了丑……

无论哪种传闻，都未见得有多么可信，也终未真正传开。“传闻”这种东西，或多或少，都是不可靠的。但同时，也大多不尽是捕风捉影。“传闻”本身的内容，其实并不怎么值得研究。值得研究的是——出处。无论什么传闻，其根源、发端，都在于始作俑者想要人们如何去想象，如何去认为，又如何去演绎和传递。亦即，传闻本身，是最早传递出来的那个人或那帮人，针对选定群体及其外延的隐蔽的心理暗示。可能依据了一些事实，也可能掺和进了很多实际情况或必然趋势，但在次序、程度、时态、表达方式等方面，刻意做了调整、排布，使其隐约出某种轮廓；从表面看，似乎任人填充，实际早就设定了方向；利用那些自以为聪明的传播者的添油加醋，引导、构成特定的群体意识趋向，从而间接推动众多主体朝预设好的方向认同甚至作为。

古往今来，这种心理陷阱，被频繁地用在各个领域：大到国计民生，小到锅碗瓢盆，成功失败，均不乏其例。相比之下，符命谶语问卜卦象之类，其实是很笨、很书生气、很苍白的法子，到了无神论时代，就更彻底成了垃圾，而“传闻”这个“远程”工具，则一直被拥有相应知识、智慧和“感觉”的人使用着，中招者，至今浑然不觉。

如果可以获知或有效推论出各种传闻的源头，并同时对这些源头的情势有比较充分的了解，那么，即便是秦孝文王嬴柱暴毙、长子嬴傒无端消失及庶子子楚即位这样复杂蹊跷的事端，只要加以耐心、细致、客观的分析，也完全可能剥离出真相或者非常接近真相的情节。我们永远无法知道，究竟当时有没有人做过这样的事，但可以肯定，即便有，也没留下什么像样的，可资后来者“识别”的结果。对此，后世很多人都做过各种分析，其中不乏缜密、大胆之说，可终究无法结论。最后，人们只能说，那个时代太乱了，比这大的事太多了，后来的始皇帝太权威、太顾及先人颜面了；就当时而言，子楚即位之初发生的一系列国内外大事，可能，也确实，让绝大多数的人们，轻易就转移了视线，于匆忙间关注起新的、更主流也更现实的问题去了。

子楚刚刚即位，东方大国齐国的“君太后”（又称“惠太后”）病故。这位太后来自民间，跟早年流亡的齐王法章（齐襄王，姓田，齐湣王之子）是患难夫妻，是个学问、见地都非常卓著的女子。如果说，秦宣太后以风流、机敏，事实控制了最高权力，打造了秦的剽悍，成就了秦的强势，那么，这位齐国史官的女儿，则是以贤德和睿智，担当了“精神领袖”的角色，滋养国人心志，维护国家气象。但很遗憾，她没有像秦昭襄王嬴稷那样自强不息的能干儿子，也注定不能把齐国改变成一个像秦国那样富于扩张性的战斗集团；她的儿子田建，是个只要一自作主张就会出错，一遇难处就找妈妈的疲弱之人。她活着，没人敢动齐国，没人敢动她儿子；可她终于还是走了，撇下怎么看怎么不放心的儿子，走了。她这一走，齐王顿时没了主心骨，整个齐国顿时没了主心骨。已经很不年轻的齐王建，成天跪在母亲灵前，祈求母亲的灵魂给予启示。文武臣工们则跪在朝堂，等着他们的王像老太太那样发号施令。被悲痛和茫然纠缠着的齐国子民，则根本不知该祈求什么、等待什么。

一直以来最令人头痛的潜在对手，出现了这样的大变故，秦国上下，当然不会等闲视之。地位的“正统”和“正当”还处于较广泛的被怀疑状态的秦王子楚，在其主持的第一次正式议政中，很直接地向陛下众多敌友难辨的臣僚，提出了齐国的问题，进而提出，针对齐国的新情况，需要重新整理对外方略，甚至说到，不妨就从齐国的问题开始，下大决心，彻底收拾秦国业已持续了好一阵子的纷乱。

“收拾”“纷乱”这样的措辞，显然给秦国军政大员们带来了心理上的强烈震动。子楚趁着这个可以说是“故意”营造出的短暂彷徨的间隙，飞速观察着众人的反映，并且把注意力重点集中在预定的几个重点人物身上。

他不露声色地静静等待着，等待着众人平静下来，等待着他们默默地低下头，等待着他们终于禁不住又默默抬起头，默默看定自己。这时候，他是穿着秦国崇尚的黑色礼服的，王冠垂下的象征诸侯王地位的九缕旒珠，基本不妨碍他的视线，却让所有人看不清他的眼神。

浓重的黑色，几乎充当了“心灵掩体”的旒珠，让他远远离开了邯郸城里落魄狡黠的“夏江”，远远离开了火红色楚装包裹着的子楚，变得真假难辨、模糊不清。连华阳夫人都说：认不出吾儿了。他半开玩笑地一句“或许您从来就没认出过孩儿呢”，让华阳夫人的嘴永远闭上了，再冒不出“吾儿”两个字。

我知道——在陛下一大片执国重臣的注视由茫然转向紧张的刹那，他忽然开口了。他说“我知道”，而不是“寡人知道”，把众人的紧张，又轻轻拔高了一层。他说：“我知道，你们不信任我；你们中有些人，并不愿意看到我坐在这里，甚至还在想把别的谁，换到这个座位上来……”

恐怕在秦国历史上，甚至可能在所有诸侯历史上，都没有过哪个新即君主，在公开场合，说出过这样的话。在那个宗法凌驾于一切之上、血统拥有说明全部问题的力量的时代，这话，并不是君主能够和敢于随便出口的，也当然不会是臣下宗亲所能应对和承受的。所以，底下的人，包括追随者、支持者、附势者，都傻了，都被刚刚才晃出一丝苗头的释然，掺着长时间沉默造就的紧张，混合着僵在那儿了。

子楚清楚体察到了那种僵硬，对这个效果很是满意。顿了顿，他接着说："可以告诉你们的是，不管谁坐在这里，都应该讨论我刚才提出来的话题；如果不明白当前需要讨论什么，就不应该坐在这里。也就是说，对于今天的秦国，更重要的，是话题，和话题牵带着的国运，而不是坐在这里的究竟是谁。"

说罢这番话，他不等大家反应，就把预先想了几遍的军政主张，一股脑儿地倒了出来。不是通常君主采取的启发式言辞，而是完备的叙述。不是让底下人做"问答题"或者"选择题"，而是让他们做"判断题"。让他们只回答"是"或"不是"，"同意"或"不同意"，"干"或"不干"。

应该说，他一股脑儿地倒出来的那些军政主张，让大多数人都感到服气——全面而稳妥，连一些重要环节的关键执行细节都涉及了；如果不从根本上否定，确实很难再补充或修正什么。想想看，谁会当众、公然地去"从根本上否定"呢？又有谁敢于这就拾起刚刚被甩掉的"正统"之疑呢？

对于这次正面交锋，子楚做了十分充分的准备。他清楚地知道，无论自己，还是任何其他人，都绝没有足够的精力、见识和智慧，对一切国务，都一直让臣子们去做"判断题"；即便能，也肯定不能做到始终被信服。所以，他要用这第一着，也完全可能是唯一的一着"狠棋"，赢得这些人的信任和尊重，让屁股底下的秦王宝座，稳当下来。

就像当初靠唯一的机会逃出邯郸、逃回秦国一样，他自信，这次同样能收获成功；并且希望，依靠这个成功，争取到一大群人和他们掌握、代表着的巨大势力；希望这些势力，能帮他，把关于国家的预想，变成现实，进而让还徘徊着的，还敌视着的那些人，心悦诚服地拜倒在脚下，帮他成就自幼梦想的伟大业绩。

他并不急着让众人表态，他在等待。他能等待，他这辈子做得最多的一件事，可能就是“等待”了。他庆幸自己的好运，更庆幸自己有足够的耐心“等”来好运。等待的时候，可以想很多事。思考着的等待，远比没有思考的行动，来得更有效、更犀利、更强大。他记得，跟吕不韦说起过“等待”的道理，也似乎告诉过赵嫣，要学会等待。赵嫣，多么熟悉又是多么陌生的名字。赵嫣，是禁锢的院子和自由的呼吸，是流浪的辛酸和相依相偎的温情，是失去的痛楚和占有的快慰，是邯郸城外的土房和心灵深处的芬芳，是他最原始的满足和最忠实的共谋……赵嫣，你还在吗？你还好吗？此生还能再度厮守吗？

不知谁在又一轮令人窒息的沉寂中冒出一句“王上圣明”，把思绪飘远的子楚吓一跳。他真的是没注意，真没听出是谁在说话。他对他们太不熟悉了。可是，只要那个声音，不是来自自己那小得可怜的阵营，究竟是谁发出来的，都不重要。所以，他没有以任何方式寻找那个阵营以外声音的确切来源，而是静静等待着接下来的其他声音。

瞧，赵嫣，这就是等待的好处。他在心里默默说。只要你知道自己在等什么，并且肯去等，就一定等得来！

更多的声音随即响起：吾等愿尊王命！请王上派遣！请王上勿迟疑！……先是一个两个，再是三个五个，十个八个，最后响成一片。他听得出，没说话的，远比说话的少。他在心里暗暗绽出一个只有自己能看见的、浅浅的笑容。

吕不韦在邯郸城外破得快要倒的土房门前，见到了形容憔悴、明显苍老了的赵嫣。他的鼻子有些发酸，下意识地伸开双臂，似乎是想要抱她，可伸出来后又僵在那里，脚下没有挪动。

赵嫣看着他，眼眶湿了，心里莫名地疼起来，疼得禁不住捂住胸口；霎时间，整个人都陷入了始料未及的眩晕，眼里的天地一片混沌，并且剧烈旋转、颠簸。她极力把持身形，想要复原到本来的位置，又似要逃出这太不稳定、太不可靠的天与地，可是，好像一动都不能动了。

当然，这只是她自己的感受。在吕不韦和虽只寥寥数十人却个个精干的随行眼里，这个粗衣布衫、蓬头乱发、面黄肌瘦的女人，只是捂住了胸口，然后闭上了眼睛，身子轻轻晃了几晃，最后直挺挺仰面摔进厚厚的尘埃。

嘭的一声，赵嫣的身体重重栽倒，口眼紧闭，嘴角溢出一丝鲜血，死去了一般僵挺着身体，没了一丝生气。吕不韦惊呼一声扑将过去，一把抄起，搂进怀里："嫣儿！嫣儿——醒醒！看看我！我是不韦，吕不韦——大秦相国，吕不韦！！"

一注鲜血从赵嫣嘴里箭一般射出来，一半冲到吕不韦脸上，另一半回落到她的口角、下颌、胸前，看上去凄惨、可怖。吕不韦急急挥手招来随行，吩咐抬上车速速救治，把女人交给精壮的年轻人，自己踉跄起身退出圈外，不明所以地搓着双手，急切地接连吩咐：打水、把脉、清水浸脸、活动四肢、去城里找医者，快！边说边急速盘桓，心里混合着说不清道不明的滋味——有苦涩，有酸楚，有灼热，也有血腥。

忽然，背后袭来一道冷风。紧接着，一个重物砸上肩头，把猝不及防的吕不韦扑倒在地。还没来得及发出惊呼，脖子就被紧紧箍住，虽然力道不算大，可刚好卡在咽喉，也着实够受。吕不韦本能地抬手去解救自己的脖子，刚刚触到时，吃了一惊——竟是一条细细的却石头一样坚硬的手臂！随即，他听见背后传来急促、粗重、带着尖锐回声的呼吸，下巴被什么尖的东西死死抵住。那个呼吸，化成尖厉的、好似利刃切割石头的语声："放开我母亲！不然杀了你！！"

母亲？！吕不韦的脑子顿时炸开了花，眼前一片黑暗，耳畔传来随行持械奔来的铿锵。那个说出"母亲"两个字的声音喊道："别过来！再往前一步就杀了他！！退后！听见没有！退后！退——后！！"

最后一个"退后"，声音高亢得像要撕裂开来，让人不由得想起荒野中饥饿的孤狼。吕不韦顿时感到浑身都起了鸡皮疙瘩，猛挥手臂，示意随行不要近前。箍住咽喉的手臂，稍稍松了松。抵住下巴的利器，却加了力，划到喉头柔软地方，轻轻吃进皮肉。吕不韦疼得"咝"的一声，使劲闭了闭眼，吃力吩咐："放下她。放下……"

视线逐渐清晰起来时，他看见随行把赵嫣抬了过来，轻轻放在他身侧。他看不见赵嫣的脸，却能感觉到箍住脖子的手臂，大大放松了，抵着脖子的利器，也倏然撤去。他听见赵嫣软绵绵的声音："政儿，不要胡闹。政儿——"

"政儿"迟疑了好一阵，终于放开吕不韦。吕不韦捂住脖子，瘫坐在地，紧闭双眼，感觉伤处留下的鲜血的温热，长长舒了一口气，嘴里轻声叨念："政儿……政儿……政儿……"

第二十六章

邯郸党

吕不韦怎么也没想到，他跟“政儿”的第一次见面，竟如此激烈、如此对立、如此血腥。

因为一直都认为这孩子是自己亲生，所以，除了意外，他对孩子给予的暴力和伤痛，倒并未放在心上。就是那点意外，也迅速被见到孩子好好活着的惊喜，冲得淡淡的。当时，他的内心，充满了欣喜和感激。他感激上苍，让他的孩子活到今天。他感激赵嫣，含辛茹苦把他的孩子养到今天。他感激当初精灵闪烁的智慧，让他，一个商贾贱人的骨血，融入了赫赫大秦的王族，拥有了掌控天下最强大的国家甚至是掌控全天下的机会！

他几乎有些欣喜若狂地正告所有随行：“他们是我大秦的王妃和王子，是当今王上的患难至亲！”那些身怀绝技的随行，齐齐跪倒，冲气喘吁吁的政儿和刚缓过气儿的赵嫣行君臣大礼。赵嫣让政儿给吕不韦行礼，叫“叔父”，告诉他，这位“叔父”像父亲一样惦记他、爱他，也能像父亲一样，带着他过上好日子。

黑黑瘦瘦的政儿，怔怔地瞪着眼前这个装束高贵、有着很明亮眼睛和漂亮胡须的中年男人，想：又是叔父。以前那个不长胡子的大个子，也是叔父。我难道只有叔父，没有父亲？

吕不韦看着这个脏兮兮、显然不怎么健康的瘦弱男孩，拼命想从眉宇间找出自己的影子，可怎么也没能发现；继而，又下意识地跟子楚作比较，也同样没有任何发现。他太脏了、太弱了。他想。他太凶狠、太没教养了。他暗自慨叹。他的眼睛里，充满欲望和咄咄逼人的什么。他发现。他在渴求什么？那咄咄逼人的到底是什么？他问自己。是仇恨？是埋怨？还是委屈？他接二连三地逼问自己。他向赵嫣跪倒，虔诚地叩头，大声说："臣吕不韦叩谢哺育王子大恩！声音里带出了激动的颤抖，甚至含着些许哭腔。"

政儿到底没照母亲吩咐给"叔父"行礼。吕不韦很大度地挥挥手，表示不必。他跟赵嫣说："不韦奉王命，专程来接你们母子归秦。请速速打点行装，我们不能久留。"赵嫣说："我想叫上嫪毐的弟妹一起走。"吕不韦想了想，点头说："我来安排。快把孩子和自己都收拾整洁吧。我出来得匆忙，没带女人，不能伺候你。孩子嘛，还是跟着你吧，他还在生我的气哩。"赵嫣笑笑，刚要开口，不料政儿却在一旁说话了："政儿不生气。"

只有五个字。可这五个字，在吕不韦心里，就像初升太阳那样美好、温暖，顿时把他整个人都融化了。他转向政儿，用略略发颤的声音和异常温和的语气问："真的？"政儿点头，反问："我们要走了，是吗？"吕不韦点头，"再也不回来了，是吗？"吕不韦做出一副认真思考的样子，微笑着答："也许会回来，但要过上好一阵子了。那时候，你，应该就是这里，这个地方，整个邯郸城的主人了。"政儿显然对这个答案感到意外，眼里闪出一丝带着寒气的亮光。"你不会骗我吧？"吕不韦几乎是开怀大笑了，说："不会。叔父永远都不会骗政儿。"政儿也笑了。啊，他的笑容好像赵嫣！吕不韦这才发现，这个孩子，其实长得很漂亮，就像他的母亲。政儿说："走之前，我要跟朋友们告别。"吕不韦轻松地捋着胡须，连连点头："当然，当然。"

连赵嫣都不知道，十岁的政儿，竟有这么多朋友。大多是年龄相仿的孩子，个个长得比他高，可都说打架全靠政儿，连显然已经长成的一个文弱小伙和一个据说还小政儿一岁、个子却高得像大人的孩子，都这么说。

文弱小伙名叫姬丹，自称燕国太子，跟当初政儿父亲一样，在赵国做人质。如今，燕赵关系还算融洽，故而没什么禁锢看管，他就四处独自游荡，一年多以前，在附近一座小土山上，认识了政儿一伙，因为争什么东西，发生了口角，让政儿一头顶翻，差点儿滚下山，亏得被政儿抓住脚踝，一群孩子连成串，把这位大哥哥从危险中拉了回来。从此，他们就成了朋友，经常聚在一起享用太子供奉。

小政儿一岁的高个孩子，是个不知道自己名字和家乡的流浪儿，因得了政儿一伙的周济，才没饿死，出于感激，跟政儿结了兄弟，自愿跟政儿姓赵。因为个子高，大家就都叫他赵高。

为讨政儿高兴，吕不韦特意让人在他指定的地方，安排了极丰盛的露天酒宴。政儿平生第一次喝酒，喝得满脸通红。他告诉伙伴们，他不姓赵，姓嬴，他的名字叫"嬴政"。他让他们都记住这个名字。他让他们将来跟人提这个名字。他还告诉他们，他就要回家了。他的家在咸阳。他有一个当王的父亲和当相国的叔父。姬丹问："你是在说，你是秦国王子吗？"政儿白他一眼，反问："那你以为我在说什么？"姬丹被白得心里七上八下，没再继续这个话题。

酒喝得差不多要醉的当儿，政儿忽然提议："要不咱都一起去咸阳吧。"小伙伴们听了，都很高兴，纷纷表示愿意，只有姬丹说身负家国，哪儿都不能去。政儿瞪他一眼，说："扫兴！"然后领着一帮醉醺醺的孩子，往土房附近吕不韦等搭建的临时营帐去了，独独甩下姬丹。

吕不韦一行，本只打算接赵嫣和政儿两个人走，如今加上了嫪毐弟妹和他们的家眷，已经呼呼啦啦一大群，不得不再额外置办两乘车马，再也不能同意带上一大帮半大小子。他苦口婆心劝了政儿一整天，说带走这些孩子，人家爹娘也不能答应，政儿说那就都一并带走。吕不韦说不行，那样人太多，走得太慢了，不安全。爷儿俩几度陷入僵持，赵嫣也在一旁帮着劝，最后达成的协议是：只带上没有爹娘的赵高，其余人日后再设法接去，而且赵高一路上要跟政儿挤在一起，分吃一份干粮，政儿答应了。

走的那天，姬丹带着一干伙伴来送行。姬丹告诉政儿，也许，日后，他们能有很多次的相见，希望政儿记得今天的友情，政儿很爽快地答应了，分手时，还特意跟小伙伴们强调："都等着我，总有一天来接你们。"

没有任何记录或者传言表明，接赵嫣母子去咸阳，到底是吕不韦自作主张，还是奉了子楚之命，也没谁真正探悉了闻听赵嫣母子已在殿外等候召见的那一刻，子楚到底是个怎样心情。人们可以知道的是，秦国臣僚们都对邯郸的"王妃""王子"的从天而降，感到惊诧。他们并不知道还有这对母子的存在。他们一直以为华阳夫人选定的楚姬生的儿子成蛟，是王上的独子，也将是大秦未来唯一的合法继承人。当他们看见精心装扮、国色天香的邯郸"王妃"跟小要饭的一般黑瘦的"王子"步入大秦的豪阔殿堂时，心里都多少有些打鼓，都反复默念两个之前并没怎么关心过的字——"邯郸"。

政儿对高高在上的父亲的第一印象并不好。他觉得，父亲跟自己无数次想象和梦见的，都不一样。母亲说过，父亲会像母亲一样爱他。母亲还说过，父亲会比叔父更爱他。可他却感觉，父亲并不喜欢自己，只轻轻地挥挥手，就算回应了一路上叔父教过多少遍，又解释过多少遍的那套虔诚问候：“儿嬴政叩见父王！恭祝父王安康！恭祝我大秦永葆兴盛！”

打心眼儿里，他很愿意说这些话。因为这让他感到自己有了真正的归属，有了之前没有的、极其渴求的东西——父亲和故乡。为了证明有父亲，他在邯郸城外的荒郊野岭，跟多少孩子奋力厮打过，自己都记不清了。为了父亲的尊严，他流过汗，流过血，流过无数眼泪。今天，他终于看到父亲了，终于到了母亲提过无数次的那个叫作“咸阳”的地方了。这就是我的家乡——真大，真好看！我的父亲是王，是这里的主人。我来看父亲了！我可以让父亲抱了！！只要他抱起我，我就再也不离开，让他一直抱着，就像小时候母亲抱着那样……

可是父亲只那么挥了一下手，连话都没说，连身子都没动一下。那夜，他哭了，伏在母亲怀里哭了。他记得，那是最后一次被母亲拥在怀里，也是最后一次真切地看见母亲的容颜。之后，他就被叔父领去见一个浑身闪着漂亮光泽、不知戴了些什么东西的老太太，叔父让他叩头，叫“祖母”，告诉他：以后，他就跟“祖母”住；以后，他每天都要读书、习武，再不能像以前那样瞎玩。他说不，要跟母亲一起。叔父说不行，这是规矩。你是王子，要守规矩。你已经不小了，要懂得规矩……

他记得，自那天起，好多个晚上，都是哭着睡着的。他想母亲，想邯郸的伙伴们，想自从住到“祖母”这里就再也没见的赵高。他并不知道，哭着入睡的时候，承受一帮堂兄弟和小自己两岁的亲弟弟成蛟课上的嘲讽和课下的捉弄的时候，在不得不为了尊严跟他们所有人开战，最后被打得鼻青脸肿，回来还要遭“祖母”的呵斥的噩梦般的日子中煎熬着的时候，他的父亲、叔父，指挥着天下最强悍的军队，踏平了回来时路过的韩国三川地方，踏平了曾经的“天下共主”周的最后一方宫阙，踏平了魏国、韩国大片土地，还把象征至高无上权力、曾涂染先祖武王鲜血的“九鼎”，从周廷带回了八个（有一只途中沉入泗水），摆上了嬴秦的祭坛。他的秦国，正在按父亲的谋划，暴风般地向全天下猎猎展开一决生死的檄文。

按子楚安排，小嬴政跟华阳夫人同住，接受教养，而赵嫣则去侍奉他的生母“夏太后”。他有意让这对母子分开，为的是防止赵嫣对日益长大的嬴政施加什么自己难以掌控的影响，同时在向华阳太后表白——自己在邯郸的经历，没什么可瞒的，他对邯郸来的妻儿，丝毫没有另眼相看，同时不希望任何人对他们另眼相看，无论是高看还是低看。他要让邯郸来的妻儿，融入整个宫廷，融入嬴姓大家庭，跟其他家人没有区别。

他经常去看望夏太后，却很少看望华阳太后。夏太后一直卧病，十有八九再也起不来了，不过挨日子罢了。老太太早年，并不疼爱这个儿子，甚至几乎等于把他抛弃了。个中原因，他不知道，也没谁来告诉。到了这会儿，他也再不想追溯，只想尽人子之责，他就这样跟已被封作“赵姬”的赵嫣说的。

伺候完老太太用药，他把赵姬牵到远远的一间偏房，抱住就亲，亲得气喘吁吁。宫廷的锦衣玉食，恢复了赵姬的妩媚，却不能拭平额角细密的皱纹。他轻轻摸着那些皱纹，说：“苦了你了。”她仰着头，闭起双眼，任由他抚摩。他又说：“我也很苦。”她轻轻点头，还是闭着眼。“我娶楚女，实在是权宜之计；其实，心里一直惦念你。”她还是没睁眼，默默地，轻轻地，点点头。

他问：“这些年，你们是怎么过来的？”她倏地睁开眼，怔怔望了他一下，又闭上，轻轻摇摇头，又摇摇头。泪水，就从闭着的眼角滚出来了，顺着那些细密的皱纹，热热地浸入他手心。他的心忽地疼了起来。他已经不记得，上一次这样的疼，是什么时候，为着什么事由了。

他抚摩她的身体，想抚平心头的痛感。他把手伸向她的腰带，她忽然擎住他的手，用力拒绝着，不让他碰。他扶住她肩膀，想要再抱。她猛转过身，背对了他，挪开身体，默默摇头。他想从背后抱住她，她又奋力挣开，使劲摇头，双手捂住脸，发出长长的、凄婉的饮泣。

他呆住了、明白了，明白他们这些年是怎么过来的了。他的头脑渐渐麻木，浑身渐渐冰冷，心头的痛，一分分加重、加重，重得让他害怕，重得无法承受。

他没再试图触碰她的身体，却把一直空着没来得及册封的正后位置给了她。她有了自己的宫殿、花园，有了成群的仆人、侍卫，有了最昂贵最光耀的服饰、首饰、家具，有了在贫困的往昔梦想拥有的一切，可却没有了他，没有了儿子，没有了哪怕一丝一缕的激动、兴奋、快慰。

照礼法，她该每日向两位婆婆问安。夏太后说，你伺候了我好久，辛苦了，想起了，就来看看，没空闲，也不必麻烦。华阳太后说，我根本就没承认你的正后名分，所以你也没必要天天来寻不自在；不过，听说你的歌舞冠绝邯郸，若有雅兴，来教教我的歌舞姬们，倒也蛮好，只是不要来正堂，也别想见政儿。她于是就哪儿也不去，不给任何人问安，在自己的花园里弹琴、舞蹈，在琴声和舞步中，一点点追忆邯郸的青春繁华，回味当初没有现在一切的自己和“夏江”的故事，思念不知长高了没有、长胖了没有的儿子，一滴滴品尝从心底洇出的咸涩泪水。

一天，当再一次在琴声中流下眼泪时，花丛中，忽然传来一个熟悉的声音：王后的琴声，美不胜收；王后的眼泪，让人心碎啊。

她吓一跳，怔怔望去。吕不韦的身影款款闪出，带着记忆中的雍容自信。她看着他，绽出一个欣慰的笑，问：“谁让你进来的？”吕不韦深施一礼，规规矩矩答：“不韦已请宫人通报数次，均言王后正在抚琴，不韦实在想听听，就贸然闯入了，请王后降罪。”她低下头，似是自言自语地说："我不给你弹琴，就不。"她感觉得到，吕不韦的身形，正一步步向自己走来。她闻见了他身上的男人气息。她看见了他的影子。

"站住！"她喝道。他戛然止步。俄顷，说："不韦特来向王后禀报政公子学业近况。"她一听，顿时涌出满心酸楚，眼泪止不住地奔流而下。她极力控制着不哭出声，好不容易压下去，狠狠抽抽鼻子，指指左近一个蒲团："相国请坐下说。"

吕不韦私访王后的事，当天就传到了秦王子楚耳朵里。他并没派人监视赵姬和吕不韦，因为觉得没必要。他认为，自己已经兑现了对吕不韦的许诺——封"文信侯"、拜相国、拜太师、赐河南雒阳食邑十万户。抛开地位不说，单算财帛，也是十倍、百倍的"投资回报"了。作为商人，吕不韦恐怕不大可能再存非分之想了，就算还有，也应该在早些时候被自己扑灭了。而赵姬在他眼里，则只是个应该去感激的妇人和业已破灭的旧梦的躯壳。他的心思，几乎全扑在并吞天下的"大业"上。他在细细地、审慎地，勾画着一幅之前谁也没勾画过的巨大蓝图。这幅图里，藏着武力征服全天下的十数套备选步骤，藏着充满大胆博弈的军事、外交接力，藏着诸多版本的军力、国力比较。他任用足智多谋的军事新星王翦，让他带着一帮信奉靠头脑打仗的年轻人，边搜集各国军事资料和财力、民力数据，边紧锣密鼓地完善、扩大、强化针对各国的情报系统。应该说，在很短的时间里，他和他的新生力量，已经取得了显著成果。他实在没料到，居然有人跑来告诉吕不韦跟王后怎样了。

他并没怎么认真听密报者的言语，心里打算等他说完，随便怎么打发一下了事。可忽然间，头脑深处袭来一丝异样的寒气，让他顷刻间警觉起来。随即，脑子里飞速地掠过一连串问号：为什么会有人关注吕不韦跟赵嫣？是谁？他，或者他们，在关注什么？他们想要关注什么？他们已经关注到了什么？他们准备怎样运用业已关注到的东西？对谁？又是谁让这个人来告诉我的？他们想让我说什么？干什么？……

长年的人质生活，让他习惯了独自思考所有问题，习惯了在内心向自己提问，习惯了自我考察和自我博弈，也习惯了把所有人都首先假想成敌人，习惯了在任何人面前都不露声色或露出想让对方体察到并且相信的声色。所以，当那一大堆问号涌出时，他的表情是沉定的，继而闪出一丝好奇和隐约的惊讶。

他问密报者："就这些？"对方想了想，说："暂时就这些。"他就又好像怔住一般。实际上，从发问开始，他就在为自己争取更多的思考时间了。

他又问："就弹了弹琴？"废话——人家刚刚说过，王后弹琴时，吕不韦径自闯入，王后发现他后，就没再弹琴。可作为报告人，作为臣下，王上问了，就得再说一遍，并且还得说得尽可能再仔细些，确切些。等絮絮叨叨说完了，面前的这个王，脑子里早已过了千山万水，而对方还傻傻地以为他在认真听那些絮叨，甚至于，还会因此而觉得这个王很迟钝，或是被报告来的情况弄蒙了。继而，密报者就会向主使者如是汇报，主使者多半会相信。于是，从这个"相信"开始，对方就低估了这个王，就等于进入了一场其实并不对等的竞赛。只是不对等，不是不公平。可如果对方是王的敌人，就很可能因为这个小小的，十有八九到底都不能知道的不对等，而死无葬身之地！

那个密报者就走进了这个死圈。直到莫名其妙丢了性命那一刻，他都不知道，厄运是从自以为是的絮絮叨叨那个时刻就注定了的。

当时，子楚好像终于明白了似的，缓缓点点头，说："我知道了。你，做得很好。以后，每三天就来向我禀报一次他们的动向，我定会重重赏你。"

他一直不自称“寡人”，所有人都已渐渐习惯。至于是不是用了“我”这个令人最熟悉的字眼，其实倒不见得。那时候，人们惯常的最普遍的自称应该是“余”“吾”“予”之类的。甭管他到底用了哪个字，反正不是“寡人”。后来，赵姬曾跟嬴政说：“你父亲从不称寡人，大概是不想听见那个‘寡’字。”然后，又意味深长地说，“他的一生，太孤独了。他，其实很怕孤独……”

大约在那次密报一个来月之后，夏太后病逝了。全国举哀，赵姬穿着孝服去雍城守灵，咸阳的刺探者并没跟去，子楚得到的密报中的主人公，就只剩下了吕不韦。这让他得出判断：要么，这些还不知是谁的对手的第一目标是吕不韦；要么就是他们没有足够的力量两地刺探。他更倾向前一种可能。因为，敢刺探王后寝宫的人物、势力不大可能连派探子去雍城都做不到。而且，真正掌握着军政大权的人，是吕不韦，不是在秦国除了“王后”还私下被称“赵姬”的赵嫣。

也就是在那个时候，他对吕不韦和赵姬的来往目的，完全释然了——事实上，存在着一个任何秦国的对手或幕僚都不知道的情况，就是关于嬴政身世的迷局——如果没出什么重大偏差的话，吕不韦一直都还以为嬴政是他儿子，并且以为赵姬也笃定着同样的以为，于是就去向赵姬通报嬴政的情况。从密报看，吕不韦对嬴政的教导异常用心，也非常严格，以致嬴政老是跟他发生冲突，还跟别人说，就盼着每天的文课早点结束，武课早点开始。可吕不韦往往还在武课间隙追着嬴政补习。现在看来，是在培养接班人呢。好你个翟阳货殖，打着偷梁换柱盗取我嬴姓基业的主意哪！其心可诛！

愤恨刚刚燃起的当儿，心底不禁涌起对赵姬的感激：嫣儿啊，我的好嫣儿，你一定一直都瞒着那厮，没说破政儿的真正身世。我对不起你啊。

你，受委屈了……

想到这儿，他忽然问密报者："谁让你来告诉我这些的？"趁对方愣神之际，他又追问道："你听好了，我问的是'谁'。别告诉我是你出于忠诚自发来报告的。不要试图辱没我的智慧，千万不要。"

刚刚还振振有词的密报者，顿时瞠目结舌，继而浑身颤抖。他怔怔地看着眼前的王，好像从来都没见过似的，眼里充满绝望的茫然。

当夜，樊於期奉密令进宫谒见。子楚交代了两件事：第一，秘密拷问那个密报者，务必查出幕后主使；第二，安插机敏可靠的人，死死盯住嬴政和吕不韦。

又过一个来月，趁吕不韦来报告晋阳民变被平定的消息，他问："我想封政儿爵位，你觉得如何？"吕不韦说："未必妥。嬴政荒野成性，过早给爵位，怕更难以教化。"

子楚又问：成蛟呢？吕不韦说："成蛟虽更年幼，却很有教养，想来无妨。"子楚接着问："大秦祖制，封爵不为储，为储不封爵，相国可知？"

吕不韦像被什么刺了一下似的，微微动动身子，旋即埋头施礼，诚惶诚恐答："臣尚不知。"

子楚转身背对他，反剪了双手踱开，若无其事地说："那你现在知道了。"

吕不韦答："是。臣——明白了。"

之后是长时间的沉默。

最后，还是吕不韦先开口了："王上可是在思忖立嗣之事？"

子楚轻轻点头："正是。"

吕不韦："王上正值盛年，以臣愚见，立嗣之议，大可待诸王子再长大些。"

子楚："有人说咱们是邯郸党，相国可有耳闻？"

吕不韦愣了一下，说“略有耳闻。但臣以为只是小人闲言罢了。俗语有云：三人为党，邯郸之人，无非不韦与王上而已……”

子楚打断他说：“还有王后。还有政儿。”

吕不韦从容应道：“王后怕不能算吧……政儿还小，王上过虑了。”

子楚忽然转过身，冷森森地注视着吕不韦，一步步踱过来，一直踱到跟前，在吕不韦挪动脚步准备退让的瞬间，稍一侧身，绕过了他，一只手轻轻拍拍他肩头，就在两人由相向转而相背的当儿，轻轻说了句：“相国差矣，若说有谁不能算，那个人，也是我。”说罢，毫不犹豫地蹭过吕不韦，径自朝门外走去，不再看他。那一刻，秦王子楚的心里萌生出一个再也挥之不去的念头——再也不想看见你这商贾贱人了。

如果说当初，让嫪毐拎着在黑夜中狂奔的感觉，是大惊失色，听到子楚最后那句话之后的吕不韦，简直可以说是真魂出窍了。当时，他像个木桩子似的定在那儿，浑身上下都冰冻了一般，冷汗不由自主淌下来，浸入眼睛，沙得生疼。

当夜，一驾普通马车，驶入樊於期营地，吕不韦披着黑斗篷，飞速从车里探出头，向正往车驾迎来的樊於期急匆匆招手。樊於期会意，一个健步跳上车，马车随即快速驶离营地。五六盏茶工夫之后，马车又回到营地，樊於期下了车，显得很从容。马车也很从容地缓缓驶离，渐渐消失在夜色中。又五六盏茶工夫，一个黑影徒步匆匆走出营地，径直奔向宫廷。

子楚穿着寝衣，搓着双手，对坐在对面的樊於期说：虽已早春，可夜寒还是逼人啊。樊於期不知道该不该应答，也不知道该如何应答，索性紧闭起嘴巴。他实在不明白，本来是生死之交的这对君臣，怎么会闹到如今这番互相猜忌甚至打算互相残杀的田地。他不敢问，既不敢问子楚，也不敢问吕不韦。他悲哀地发现，自己是他们的工具，而且，这件工具，正在执行着最危险的任务，危险到只要想想就牙齿打架的程度。

“怕了吧？”子楚忽然问，吓了樊於期一跳。他下意识地抬头看自己发誓以死效忠的王，收到看上去挺温暖的笑容。跟这个笑容比起来，吕不韦紧张得扭曲变形的脸，很丑陋，散发着死亡的气息。

子楚挂着那个温暖的笑，以一种娓娓道来的语气说：“我知道，你未必明白，为什么本来的生死之交，忽而就成了这样。说老实话，我也不明白。可能，这跟你我都没做过生意有关。”他仔细打量樊於期的表情，依次看到惊讶、恐惧、不解和释然。然后忽然问：“找到嫪毐了吗？”樊於期摇头，继而低头道：“末将无能。”子楚又问：“见过那家伙吗？”樊於期又摇头。

子楚轻叹一声：“也罢。我半生都在博，不多这一局；能活到今天，还能当上王，我已经觉得很幸运了。我，不再奢望更多的幸运。”他意味深长地盯住樊於期，“还记得我们的第一次见面吗？我一眼就看出，你是值得信任的人。你是好人，是懂得忠诚的人。我，一直是这样看的。相信我，我从没把你看成工具……”

习惯了听从命令和执行命令，很少自己思考的樊於期，很难收拾当时的感触。王似乎能看穿他所有心事。作为一个人，他熟悉面前这个显得有几分瘦弱，还称得上年轻的男人。作为一个王，他对面前这个人，是陌生的。他喜欢他的沉稳、亲切，佩服他的勇敢、果断。他感激王没有把自己当成工具。他相信王说的话。他甚至觉得，王很可怜、很无辜。王让他去刺探吕不韦的心思，让他报告吕不韦的不轨。那一刻，他心里对王产生过些微不苟，甚至还含着一点点不齿，觉得身为一个王，怎能如此猜忌患难与共的重臣。可他是王，他的话，应该得到坚决而充分的执行。当吕不韦拿重金请他也去刺探王的举动时，他开始打心眼儿里瞧不起他俩，同时感到了一丝心寒、一丝恐惧。当今夜，吕不韦让他伺机杀死王的时候，他便觉得吕不韦可恶了，继而觉得，王之前对吕的怀疑，不是小人之心，而是莫大的智慧……

他没法向王说这些，也根本不知道，真的要说，又该从何说起。他深深地向王叩拜下去，心里翻滚着又酸又热的什么。

他就那么叩拜着，任由心里翻腾。王的声音徐徐飘来，像来自遥不可及的天外：“委屈你了……走吧，躲得远远的，没有我的命令，永远都不要回来。记住，是——永远！”

第二十七章

宫闱暗流

在子楚充满权谋的一生中，大概让并不明了全部内情的樊於期退出，是他唯一犯的错误。对一个冒险家而言，一次错误，就足以致命。

这个错误的起源是什么，没人说得清。仅仅出于对忠诚的樊於期的同情和保护，还是隐藏着什么更深、更让人琢磨不透的想法？作为只能相信自己的王者，或许，他其实并不完全确信樊於期的忠诚能够持久和稳定。又或许，他不认为自己比对手更有实力，打算以退为进，以守为攻。也可能，单纯出自某种常人不能理解的特殊情愫。毕竟，他跟吕不韦、赵嫣还有嬴政，有着太不寻常的关系，继而派生出感激、仇视、鄙夷、爱恋、疑惑、伤感等一系列复杂情感。我们既不能确切获知那些情感的全部及其对做了王的子楚的影响，也实在不能真正体验一个自幼就被囚禁、付出异乎寻常的权谋智慧和情感代价博取巨大自我实现的人的心灵感触。事实上，不要说错误的起因，就是错误的完整结果，也被淹没在了漫漫时光里。

就在樊於期莫名其妙地从所有人视线中消失的那个春天，由魏国公子无忌（信陵君）倡导并担任主帅的魏、韩、楚、赵、燕五国联军，向秦国发起了犀利的合纵攻势。吕不韦受命抗击，却遭惨败，致使联军一举攻到秦国大本营最后一道要塞函谷关下，秦国陷入了长平之战以来最被动的状态。朝野上下对吕不韦的军事才能，爆发出空前怀疑，认为他只能打平灭东周那样的小仗和攻取韩国三川地方那样的"软仗"；一遇劲敌，就成了废物孬种。当然，随着这样的贬低，对"邯郸党"专权的抵触，自然而然地，由暗地翻到了明处。吕不韦遭遇到了入秦以来最大的挫折和困难。秦王子楚自然也不免受到谴责和非议。

面对如此境地，吕不韦不得不再次靠向子楚。但子楚拒绝了他的再次请战，采取坚守策略，大力启动渗透在各国的情报网，通过散布谣言、挑拨离间的手段，解开了五国联合的链条，让联军在距胜利仅一步之遥的时候分崩离析，使秦国从很可能是最危险的一次进攻中解脱了出来。

把吕不韦放在一边和之后的不战而胜，让子楚赢得了广泛认同和赞许。这时候，他自信，在众人认识中，已脱离了"邯郸党"，而同时，吕不韦也产生了同样的认识。从吕不韦当时境地来看，确实有理由为自身地位、荣辱乃至生死跟子楚展开殊死拼搏。从旬月后秦王子楚神秘暴毙的情况来看，如果真的存在那样一场殊死拼搏，最终的赢家，应该是吕不韦。可谁也不知道，他是如何做到的。在子楚死后吕不韦一手遮天的大氛围下，相关的探究，显然不会形成气候，也肯定不会有什么结果；于是，嬴政是吕不韦私生子的传闻就出现了。作为一直信以为真的主要当事人，几乎可以肯定，吕不韦绝不是传闻的源头。至少，对他来讲，当时抛出这样的传闻，也是为时过早。后来，嬴政狠狠查过这传言的出处，也无果而罢。

对还没满十三岁的嬴政而言，背负着这样的丑恶名声坐上王位，并不是件轻松的事。之后多年，他曾跟长子扶苏说，自己之所以即了王位，仅仅因为是先王长子，没任何其他原因。所以，他告诉扶苏，永远不要相信别有用心的人的胡言乱语。他，嬴政，血管里流着的，是纯正的嬴姓家族的血；他不处置那些传闲话的人，是因为他根本就不在乎。他还告诉儿子，无论传言是真是假，其实都不重要，一个真正的王者，只有他自己才能定义自己；任何其他人，都不配！

嬴政继承了还没来得及熟悉起来就不知得了什么急病忽然死去的父亲、谥号为“庄襄王”的子楚留下的王位。那宝座，对于格外瘦弱，看上去比实际年龄还幼小的他来讲，真的是太大、太空旷了。那偌大殿堂，在忽然间坐得很高的他看来，充满着空洞和阴森。他浑身发冷，穿多少衣服都不管用。时值盛夏，按“太师”吕不韦交代的“规矩”，也实在不能穿得多厚实。所以，“王”这个字，给他的最初感性印象，便是“再热也不能多脱，再冷也不能多穿”。当时的他，坐在宝座上，就冷得发抖，出得大殿，就热得流汗。他让人在陛前摆上一百二十支燃烧的大蜡烛，也还是觉得冷。好在，隔着颤抖的热气，他可以不去面对下面很多带着鄙视和怀疑的脸，也用不着仔细去看蜡烛那边背对着自己的“太师”兼“相国”的吕不韦。这位严格的老师，既让他害怕，又让他感激。害怕被他没完没了地考问学业；害怕被他逼着分析那些连好多大人都想不明白的军政大事。感激他永不松懈的督促，让自己懂得了许多，学会了许多，在同宗弟兄们面前，一点点抬起了头；感激他让自己去见母亲（当然是在他的陪同之下），也感激他把赵高送还到了自己身边。

所有的人，都叫他“王上”，只有成蛟不叫。母亲说，希望他尊吕相国为“仲父”，给他讲几百年前齐国的桓公尊称谋臣管仲为“仲父”，有大能耐的管仲一生忠心耿耿辅佐他、最终成就千古霸业的典故。他问母亲：管仲跟叔父比，谁本事更大些？母亲说不知道，她只知道，政儿一定会比齐桓公更有出息。于是，他接受了母亲的建议，公开称吕不韦为

“仲父”。“仲父”告诉他，应该封成蛟弟弟一个像样的爵位，让他享受做王的弟弟的尊贵和富有。他于是宣读了“仲父”拟就的册封成蛟为“长安君”的“王命”。他根本不知道，在好不容易挨到散了朝会，又被“仲父”逼着念书的时候，成蛟及其来自楚国的母亲，咬牙切齿地离开了咸阳，一路都在发誓早晚将他碎尸万段，夺回本应属于他们的王的尊贵。

成蛟走了，“仲父”说：“瞧，现在，所有人都叫你‘王上’了。”他问：“叫不叫有什么要紧？”“仲父”说：“当然要紧。太要紧了！在臣看来，当下，没什么比这更要紧了……”

他私下问不知从哪儿又冒出来、之后好像变了个人似的赵高：“你说，叫不叫‘王上’，真有那么要紧吗？”赵高答：“奴才不知。”他说：“什么奴才不奴才的，你有病啊。以前老政、老高地叫着多好，我喜欢。”赵高跪下说：“奴才不敢。”他看着赵高的脊背，撇撇嘴：“瞧你那尿样儿。”然后就不理他，径自去别处了。等到几个时辰后回来，发现赵高还撅在那儿，全身麻得都不会动了，赶忙一把拉起来，说：“你真是有病啊。”赵高说：“王上没让奴才起，奴才就不能起。这是规矩。”他就骂：“哪儿来那么多破规矩，早晚都把它改掉！”

可渐渐地，他还是习惯了赵高的奴才相，也渐渐习惯了按“仲父”规定的时间表生活。他发现自己的声音在一天天变粗，而赵高的声音却还是小孩子一般。他不喜欢自己变粗了的声音，跟赵高说：“要是我也像你似的声音不变就好了。”赵高连忙跪下叩头：“王上不可这样说。赵高已是阉人，王上怎可自比。请王上再勿戏言。”“什么人？”他问。“你说你是什么人？”

当懂得了“阉人”的意思之后，新即的秦王嬴政，傻了。他不敢相信，世上竟会有如此残忍的“规矩”。他问赵高：“谁干的？告诉我，我替你报仇！”赵高说：“奴才自愿终身服侍王上。是奴才自己愿意的，不是谁强加的。真的，不是……”

赵高没说实话。他其实跟嬴政根本就没说过几句实话。他有家，有父母，还有哥哥。他从来都知道自己的家乡和身份。

他是赵国人，父亲还是军官。母亲告诉他，父亲是英雄，当年参加邯郸保卫战，英勇战死。父亲曾跟母亲说，一定让孩子们成长为英雄，给长平四十五万赵军复仇，打垮秦国。那时候，他还在母亲肚子里。母亲告诉他，要记住父亲的话，完成父亲的遗愿；不管多苦，多危险，都要去做。

后来，母亲经常跟一帮男人早出晚归，不知干些什么。再后来，哥哥也加入了他们，把他一个人扔在破草棚里。母亲叮嘱：不要跟任何人说自己的身世，也别告诉任何人有母亲和哥哥，就当根本没有家，没有亲人，自己想法儿活下去。

他认识了政儿，也就是今天的秦王政。他们成了朋友。政儿要走了，想要他们一起去。他不知道该不该去，就找到母亲问。母亲听了大吃一惊，连问好几遍："那孩子说他姓什么？！"他回答说："是姓嬴。"母亲最后说："去吧，孩子，跟着姓嬴的小子，找机会杀了他！杀了他的爹和兄弟。若成了，你就是咱赵国的大恩人，大功臣！"说这话的时候，母亲眼里闪出的光，让他害怕。哥哥嘱咐他："一定不能蛮干，一定要找最好的机会；不要着急，就是搭上性命，搭上一辈子，能干成这件事，也值！"

他知道，走的时候，母亲和哥哥，还有那些跟他们一起的男人，都藏在暗处偷偷看着。从路边低矮肮脏的草丛里，他发现了母亲的眼睛，看见了母亲的眼泪。他很想跳下车，跑过去扑到母亲怀里，说"娘，我不去"。他几乎就要那样做了。刚要动作，挤在旁边的嬴政问："看什么呢？"他马上又想起临行前母亲最后说的话："儿啊，把一辈子都放在这件大事上去吧。永远别忘了，他们是怎么杀咱的；永远别忘了，是谁让你没了爹的。娘就是死了，也会睁眼看着你，看你当咱赵国的血气儿郎……”

母亲不会再见他，再抱他了。母亲把他，把自己，都交给了复仇的烈火。他不能回头了。他只能跟着嬴政，记着母亲的话，记着母亲的希望，一路跟下去，直到取了他性命的那一天，直到姓嬴的为他们的残暴付出最惨痛代价的那一天。

可他怎么能对嬴政下手呢？他怎么下得去手呢？自己快饿死的时候，是靠他给的半块干饼子，才活过来的呀。那个时候，母亲在哪儿？哥哥在哪儿？母亲让他付出毕生和性命为之复仇的赵国，又在哪儿？

他真想跟嬴政坦白一切——告诉他，我喜欢“赵高”这个名字，喜欢跟你在一起，喜欢跟你做朋友！我不干了！可一想起嬴政狼一般的眼睛，就又迟疑了。终于打消了坦白的念头，稀里糊涂跟到咸阳。他被大得看不到边儿的宫殿吓坏了，被盔明甲亮天神般的秦国重甲侍卫吓坏了；顿时为母亲、哥哥他们担心起来——怎么打得败他们呢？进而为自己担心起来——怎么杀得了这么可怕的侍卫保护着的嬴政和他的爹、他的兄弟呢？

他惴惴着下了车，跪在那些侍卫脚边，盯着他们战靴上的纹路，听着能震破耳鼓的、好似洪荒巨兽吼叫的号声。他完全傻了、蒙了，只知道寸步不离地跟定嬴政。忽然有一天，他被去接嬴政的那个“叔父”叫走，交给侍卫，关进黑暗的监牢。他好害怕，不知道发生了什么，不知道是不是让人家识破了。他缩在冰冷的墙角，想着人家问起来，是说实话还是说瞎话，还是什么都不说。结果人家什么都没问，五花大绑地把他放上一张腥臭的条案。他吓得尿了裤子，接着就被扒了裤子，还没明白怎么回事，就感到下身钻心地疼。他拼命叫，越叫越疼。他闻见一股特别难闻的焦臭味，然后就什么都不知道了。

他是疼醒的。整个下身，都像在被刀子割着。他费了好大劲儿才坐起来，看见自己的下身光着，尿尿的地方，变成一个散发着臭气的黑疙瘩，尿滴滴答答地从黑疙瘩深处流出来，带着血丝。他抱住脑袋大哭，哭得两眼昏花，渐渐又失去了知觉。

他靠不知是谁送到手边的又冷又硬的干饼子活着，渐渐习惯了疼痛和那股腥臭气。终于，他能自如地活动了，下身也不疼了，可再也没有了尿尿的感觉，总尿裤子，下身变成一个看上去让人恶心的暗红色小疙瘩。他被带到一个不长胡子的老家伙面前。老家伙尖着嗓子告诉他，他有福气，能净身伺候王贵，要他从此听指挥，学会所有规矩，不能出半点岔子。然后，他被带到一个不知是哪儿的院子，跟一帮下身也差不多是那样的不会自己尿尿的孩子一起，整天被逼着背"规矩"，练习各种伺候人的活计，稍有差池，就要挨打，打得好重，疼得睡不着觉。

他是他们中最大的，也是挨打最少的。那些孩子里，有被打死的。他们死的样子好惨、好可怜。他们小小的尸体，被士兵拖在马尾巴上，蹭着地带走。他远远看见，他们的头皮被拖烂，白白的脑浆，洒了一路。这时，他想起了母亲说过的秦人的残暴，想起了嬴政狼一样的目光，觉得还是母亲说得对，觉得自己似乎应该去完成母亲交代的事。

他学得最快，最优秀，提前"毕业"了。他又见到了嬴政那个"叔父"。他知道，他叫吕不韦，是相国、文信侯、嬴政的"仲父"。他向吕不韦行大礼："奴才赵高叩见相国大人。"吕不韦很矜持地示意免礼，然后低声问："恨不恨我？"他摇头，说："谢相国大人为奴才净身。"吕不韦笑了，笑得很得意，戳着他脑门说："真是奴才了……伺候王上去吧，他一直都很想你呢。"

为子楚守灵完毕后，赵太后，也就是赵嫣，嬴政的母亲，就决定住在雍城，不再回咸阳了。吕不韦拗她不过，就让人把原本用作君王行宫的“棫阳宫”（又作“萯阳宫”）修缮装点一番，给她长住。她问他：“你儿子当了王，这下总该满足了吧。”

吕不韦说：“请太后以后不要再提这些了，不韦自当极力辅佐王上，成就大业。”她问：“怎么，你还不够，还想要什么？”吕不韦看看左近无人，松开架子，闲散地席地而坐，拿眼瞟她：“你说我还想要什么……”赵太后鼻子哼一下说：“我哪儿知道，反正不会要我。”吕不韦说：“谁说的？我正想要你，而且，此刻就要！”说着，一步蹿起来，野兽般扑向她、按倒她，疯了似的撕扯她的衣服，直撕得她遍体鳞伤、一丝不挂。她光着身子，奋力挣起，一脚把他踹出老远，咬牙切齿地说：“再过来就死给你看！”吕不韦爬起来，正待发作，却被那白花花的身体、凶狠决绝的表情和盛怒之下颤动跳跃的乱发吓蒙了，踉跄而出。

翌日，他老老实实地跪在赵太后面前，说从今往后，再不敢对太后不敬。赵太后瞥着他，说：“起来吧，不要跪着。”又说，“你过来，让我好好看看。”待到吕不韦被她一再催促着一寸寸挪到近前，她猛地拉住他腰带，把他拉到跟前，轻声说：“再怎么说，我也是太后啊，你不能强暴我啊……”他顺着她的牵引，坐到她怀里。她轻轻抚摩他脸上的皱纹——我也有皱纹了。你也老多了。我们，都老了……子楚在时，就这样摸我脸上的皱纹。我，只剩下皱纹了……

从棫阳宫出来时，吕不韦暗暗告诫自己，再不能跟她有苟合之事了，要不，早晚被她要了性命。卧在宫里的赵太后也想：这家伙，怕是以后都不敢来了。想着想着，两行清泪就爬上了眼角细密的皱纹。

两个月后，吕不韦出乎意料地又出现了。当时，赵太后正在花园抚琴。这次是有人通报，她点头允了，才让他进来的。她问：“又来干什么？”吕不韦说：“不韦给太后带了得力侍从来。”话音未落，他身后的花丛中，闪出高挑身影，冲赵太后跪倒，低头朗声道：“阉人嫪毐叩见太后。”

一句话，把赵太后惊得倒吸口冷气，不相信自己耳朵似的问："谁？你说你是谁？"那人还低着头，答："嫪毐。邯郸嫪毐。"

天哪！赵太后不由得站起身，往前挪了一步："抬起头，让我看看。"

嫪毐抬头，扬起几乎可以称得上"美丽"的脸庞。女人倒退两步，沉默好久，说："你，难道已经……已经……"吕不韦在一旁接过话："嫪毐自愿净身，长侍太后，我拦了，没拦住……"

吕不韦走后，太后把近侍都换成了女人，把阉人都轰到外院，独独留下已换了宫人装束的嫪毐；入夜，又把宫女都打发到殿外，命嫪毐跟自己进到深深的寝殿，让他坐下，自己也坐定，问："怎么沦落成了阉人，是不是吕不韦逼的？"嫪毐说："不是。"太后仔仔细细地打量他，自言自语道："多好的汉子啊，可惜了……"

嫪毐听了这话，似乎有些激动，颤声道："嫪毐有一冒死之问，求太后给句实话。"她说："问吧，我一定说实话。"他问："太后可曾怜惜过嫪毐？"她没说话，令人难以察觉地点了一下头。嫪毐又问："太后现在可还怜惜嫪毐？"她笑笑，说："不是只有一问吗？"顿了顿，叹口气说，"怜惜怎样，不怜惜又怎样，你已经……"嫪毐往前凑了凑，追问："太后只说，有还是没有。"她看定他，觉得他好可怜，心想一定是吕不韦那厮逼他成了废人。这么想着，就又轻轻点点头。真的？嫪毐又问。她闭起眼，嘘口气，细若蚊蝇般道："真的。"

嫪毐赶忙变成跪姿，连连叩头，嘴里说："嫪毐谢太后怜惜。嫪毐叩谢太后！叩谢太后！"她下意识地去搀他，不想被他一把揽进怀里。天哪！这家伙的力气，还是那么大！她想，想得脸颊发热。"抱着我。"她说，"使劲抱着我，把我捏碎吧。"她梦呓般地叨念。嫪毐把她紧紧搂住，把脸贴在她脸侧，耳语道："嫪毐假阉。嫪毐还是从前的嫪毐，什么也没少。"

女人的身体顿时僵住，大大的，曾经迷倒半个邯郸城的眼睛，直直地瞪着他，脸颊一点点变红、变红，醉了酒一般，忽然挣出一只手，狠狠擂向他胸口，咬着牙说："你这浑蛋！"又捶他一拳，又是一句，"浑蛋！"

"浑蛋！浑蛋！浑蛋。浑蛋——浑蛋……"一句比一句声音小，一拳比一拳轻柔。最后，她把整个头都扎进他的胸怀，嘴还在动，却已听不到声音了。

吕不韦当然知道嫪毐是"假阉"，可嫪毐却跟赵太后说他不知道。嫪毐有他自己的打算——尽管吕不韦妥善安置了他的弟妹们，也给了他极其丰厚的酬劳，可他仍认为不足以补偿自己之前所冒的那些风险。土地、财帛，哪里都有，怎么都能搞到；可他嫪毐为吕不韦做的那些事以及其中包含着的胆量、技术、风险，却都是独一无二、舍我其谁的。所以，他要求吕不韦给些独特的、跟他提供的相匹配的报答。吕不韦想了好几天，才想到太后这节。他问嫪毐："可还惦念赵嫣？"嫪毐说惦念又能怎样，她可未见得惦念我，人家现在是太后了。吕不韦说太后也是人哪，她还是以前的赵嫣，不过老了些而已……

就这么，两个男人，合计了一个把赵太后锁死在雍城的法子。临了，嫪毐问："这么说，那小王，真是你亲生？"吕不韦点点头，说："这可再不能说了，你得帮我把太后的嘴封死。跟着太后，你就等着荣华富贵吧。我，也不会亏待你，谁让咱是兄弟呢……"

嫪毐清楚，吕不韦这番安排，主要还是为其自身安全。但他实在渴望赵嫣的身体，也一时没想出，如果不接受吕不韦的提议，又能怎样，就答应了。答应之后，就发现，要是能"独享"太后，甚至控制太后，或许能谋得更大好处，甚至混得像吕不韦那样风光，岂不大好。所以，他对太后做了小小隐瞒。这样一来，太后以为吕不韦不知道他们的好事，就不会跟吕不韦提起；太后不提，吕不韦自然也就不敢问；吕不韦什么都打探不出来，就会渐渐疏远太后；然后，太后就成了他一个人的……

吕不韦安置了嫪毐，就等着他来汇报了，根本也没打算主动去问什么。他还有好多事要办——政事、军事，每天都有变化。信陵君死了，六国最后的精神堡垒没了，到了好生调整一下大战略的时候了！吕邸那帮文士手头那部鸿篇巨著，也须他时时关注，一部传世经典，呼之欲出，他吕不韦的名字，无论如何，也要让这部书传到千秋万代！别说大老远到雍城问候太后，就是自家床帷那点儿事儿，也懒得应付。

最让他头疼的，是嬴政——学得越多，就越喜欢挑战他，经常把他弄得焦头烂额，索性让新近投到门下的荀子门生李斯代他授课。可饶是如此，嬴政还是追住他不放，问这问那，好多问题他都回答不了，其中最难回答的一个问题是：寡人何时可主政？他实在难以相信，一个不到十五岁的孩子，哪儿来如此强烈的掌控欲望。他告诫李斯：王上性情操切，须悉心疏导，多让他学儒、老之说，少让他看法家杂学的文章。李斯口里应着“是”，心底却不怎么苟同。他认为，须得让年齿尚幼的王，博采众长，才能丰富思想，也才能运用得当，不至于陷入迂腐和极端。可碍于吕不韦的供养收留之恩，他还是听了他的话，授课时强调儒、老思维，淡化法家色彩，对嬴政尖锐得让人紧张的询问、反问乃至质问，只顾耐着性子往儒、老上绕；课后，却故意把法家、兵家、纵横家、杂家的一些零碎篇章“遗落”在课桌上；往往，翌日再看，都还好好放在原地，一样不少，却显然被翻动过。往往出现这种情况之后几天，课程就会进行得顺利些。嬴政还会提非常尖锐的问题，可语气明显没有了敌意，他也不再拼命往吕不韦规定的“主流”上去绕，只说：“王上深邃，李斯学浅，不能说得清楚，可我相信，王上自己，能找到答案……”

李斯的小动作，一直没被吕不韦发觉。因为嬴政从他“自己能找到答案”的言语中，悟出了那些杂学篇章的“遗落”并非无意，遂采取了十分谨慎的保密措施。他私下跟赵高说：“李斯很聪明，有学问，也有机灵劲儿。不似仲父那般迂腐，我喜欢！”赵高说：“吕相国恐未见得真的迂腐。”他问为什么这么说，赵高就不言语了。他说：“陪我一起读书吧。”赵高说：“奴才怎敢妄想受教。”他说：“那你就改为专门伺候我读书。”赵高说：“那得吕相国首肯。”嬴政说：“不用，难道寡人连这点权力都没有吗？”

于是，李斯、赵高，这两个聪明人，就在嬴政的书房认识了。李斯很快发现，赵高虽是个阉人，可跟王的关系却非同一般，肯定不是简单的“从小伺候”形成的。多多少少，他对王的出身有些了解，也闻听了仲父吕不韦跟王隐秘关系的传言。从赵高的出现姿态看，显然不是跟吕相国一头的。从王对吕的议论看，王显然不相信，或者是不愿承认那些传言。两下一合，唯唯诺诺的阉人赵高，就显得很神秘、很耐琢磨了。他深信，在这个“阉人”背后，一定有可以去做的大文章。只是，他还不知道，该从哪儿开始，又怎样去做这篇文章。他知道的是，不能总把自己藏在吕不韦的羽翼之下，必须最充分地利用为王授课这个不可复制且不知什么时候就会倏然消失的机会。他还认定，那篇还看不见究竟的“文章”，会像舍弃上蔡小吏求学荀子、告别荀子远赴咸阳、投身吕不韦门下一样，继续改变自己的命运。

第二十八章

剑有双锋

见到嫪毐时，秦王政一眼就认出，他就是邯郸城外荒坡上那个大个子，但他假装没认出来，让太后母亲好生提醒了一番。母亲说："这位叔父，救过你父王的命，又为了照顾娘，甘愿净身，娘想求王上给些恩典。不要什么官职，他也干不了，封个爵就好。"嬴政说这得仲父定。母亲说："仲父那边没问题，他们是患难交情；可封爵是大事，仲父岂敢做主，还得王上定。"嬴政上下打量着嫪毐，忽然冒出一句："你脱了裤子让寡人看看。"引来侍从窃笑。嫪毐红了脸，跪下说："王上说笑了。"带着十足的娘娘腔，把太后听得起了一身鸡皮疙瘩。

那夜，她偎在嫪毐怀里说："你也真做得出，太肉麻了。"嫪毐笑着说："要不怎么办，脱裤子让你儿子一刀阉了？"太后说哪能，他小孩子一句玩笑罢了。嫪毐坐直身体，把她扳到面对面，正色道："你以为呢，那小子，什么都干得出。"太后怔了怔，随即轻松地笑了："得了吧，他再野，能野过你？"嫪毐说："你当怎的，他绝对比我狠。他还比我有学问，将来会更狠。不信你等着瞧。"

太后被他说得惴惴的，半宿没睡着。后来到底还是把嫪毐摇醒，问：

“政儿要真像你说的那么狼性，不会把咱怎么样吧？”嫪毐惺忪着道：“不会，放心吧……你别告诉他啊。”说完一翻身又睡了。女人轻轻拍了一巴掌，发出脆响：“你个死玩意儿，就知道睡！”嫪毐索性发出鼾声，心里却迅速盘算起来，再没睡着。

翌日，嫪毐跟太后说：“你得拢住王上，让他跟你亲近；那样，你就可以安享富贵快活了。”太后问怎么个拢住法。他说：“不是都在传他是吕不韦的儿子吗？甭管是不是，你就告诉他不是。实际上，只有你才知道，他到底是谁的儿子；你说的，当然最可信。你告诉他，他就是先王的儿子……别这么看着我，他到底是谁的种，我才没兴趣呢，反正不是我的……你那么一告诉他，他心里就好受了，就跟你亲了，就会想，你爱护他，吕不韦老想控制他。你说他是先王所生，吕不韦却没表白过，他就会觉得，八成是吕不韦散的那些谣言，让他坐不稳当，又死死把着大权，想要夺他的家国宗庙。吕不韦是坏人，你是好人，我就也是好人了。”太后说：“那不等于把吕不韦卖了吗？”嫪毐说：“干吗不卖他。他再也不会分给你、分给我们什么了，而王上会。王上提起吕不韦的时候，眼睛里是冷的，我看得清清楚楚。王上身边没什么可靠的人，你干吗不去当那个可靠的人呢……”

嫪毐的话，在赵太后心里，掀起了怎么也平息不下来的波澜。她很清楚，嬴政并不是吕不韦的骨血；她也知道，子楚是吕不韦设计害死的。因为这，她对吕不韦是怀着恨的。可她又能把他怎么样？如今的吕不韦，再也不是邯郸城里那个客商，再也不是跟着子楚冒死归秦的共谋，再也不是殷切地把他们从邯郸接来时的那个“叔父”。他是权倾朝野、门客上万的大人物，是掌控着儿子的王位和安危，甚至掌控着整个大秦命脉的无冕之王！如果没有嫪毐的温情陪伴，她的生命中，就只剩下愤恨和对儿子的担忧了。她从没想过，自己也能跟吕不韦抗衡，只是不断地祈祷儿子快快长大，平安长大，成为真正的“王”。那时候，她会告诉儿子，你被那翟阳商人愚弄侮辱了，你要为你父亲报仇。为了等到那一天，她做好了忍受一切、坚强活下去的准备。就像当初在邯郸城外的土房里等秦国来人接他们一样。为了等那一天，她什么都能付出，什么都敢付出，什么都肯付出。

可嫪毐的话，打破了之前那个悲壮而被动的设想，让她似乎一下变得主动了、有力量了。似乎这就可以告诉儿子本来打算在未来不知究竟的哪一天才告诉的事。似乎可以让还没长大的儿子，按照她的意愿去长大。她甚至可能让儿子按她的意愿，永远都长不大！……为什么不呢！秦国不是有过宣太后吗，齐国不是也有君太后吗？她们能做的事，她赵太后，为什么就一定不能做，一定做不到……

吕不韦最初并没察觉太后方面的异动，在太后把嬴政叫到雍城棫阳宫密谈的时候，他正密切关注着大将蒙骜攻打韩国、魏国的战报。嫪毐被正式封为“长信侯”、赐食邑山阳地方、总管宫室内务、弟弟被任命为雍城一带地区的防务长官的时候，他正夜以继日地为那部最后被命名为《吕氏春秋》的巨著，做最后的修正和润色。等到去问怎么封爵、赐邑、任官、更替防务首脑这等大事他都不知道的时候，嬴政拿一句“太后说您都首肯了”把他顶个仰面朝天。他又去雍城诘问太后，太后不理他，嫪毐却跪下谢恩，说：“王上说，这都是相国大人的意思，嫪毐脱不开身，也怕贻误军国大事，要不早就登门叩谢了。”把他气得说不出半个字，胡子吹得老高。

赵高提醒嬴政：“相国大人似有些不快。”嬴政挺得意地笑笑，拍拍赵高肩膀：“把那个李斯给寡人叫来。”

他跪坐在李斯对面，摊开韩非所著《内储说下》和《外储说右下》竹简：“请您好好给寡人讲讲这两篇文章。”李斯一看，有点惊讶，因为他不曾“遗落”过这两篇给王上，就问：“此为异说，王上如何得来？”嬴政做个鬼脸，不答。李斯于是不再问，照实讲开。可到“权势不可以借人，上失其一，臣以为百……”一段，就有些语塞起来。嬴政催道：“讲啊。难道您也不懂这些话吗？”李斯轻轻皱起眉，打哑谜般瞅着王；嬴政歪起头，回应了一个同样的表情。俄顷，两人都笑了。笑罢，李斯说：“请王上根据适才臣的讲解，自己来解一下。”嬴政坐直身体，朗然答道：“依寡人看，这话的意思，就是说——权势不能交给别人代管。权势上没写名字，在谁手里，就是谁的。放了权，下面就做大了，放权下去的，就成了个屁……”李斯听得不禁哑然失笑，说：“王上卓见！王上卓见！！”嬴政也笑开，亲热地拍李斯肩膀：“寡人听说，这位韩非，是您的同门学友，可真？”李斯点头。嬴政又使劲拍他肩膀，兴奋道：“您想法让他来见见寡人。寡人太喜欢他的文章了。痛快之至！如能跟他聊聊，寡人心愿足矣！”

不知是谁，把这件事告诉了吕不韦，吕不韦把李斯臭骂一顿，罢了他的临时“王师”职务，让他去整理《吕氏春秋》。不几天，赵高跑到吕邸，向李斯宣读了嬴政自己书写的、任命李斯为国家经史典籍总管官员的王命。这个官不是很大，也没什么实权，但通常都是被公认为最有学问的人担任。原来那位是吕不韦在嬴政即位之初任命的，现在被无缘无故撤下来，让去当李斯的副手，就找吕不韦发牢骚。吕不韦听了很生气，说一定在王上面前讨个说法。

因为这事，两人吵了起来。赵高左劝右劝，结果被两人同时怒喝“滚”，赶忙退走。嬴政气冲冲地说：“寡人虽尊您为仲父，却也还是大秦之主，莫非连任命一个小小文官，都要你仲父首肯吗？”吕不韦说：“不是任命不任命的事，而是李斯的学问，不合适做那个职位。王上太年轻，容易受人蛊惑，老臣只想让王上有个王上的样子罢了。”嬴政说：“你别老像训儿子似的训我！我是你儿子吗？你说，我是吗？”

这一问，可把吕不韦惊得不善，赶紧闭了嘴，脑子飞速旋转起来。见他住了口，嬴政也稍稍冷静了些。他退回自己的座位，坐定看着吕不韦。吕不韦抬头看他，语重心长道：“王上勿信小人谬语，老臣感激先王栽培之恩，倾毕生以辅王上，满腔赤诚，天地可鉴。”嬴政说：“我不要你表忠心，仲父的忠心，谁都知道，用不着表白。我问的是，我——到底——是不是——你、儿、子？”吕不韦长嘘口气，坦然道：“不是。”嬴政听罢，也长嘘口气，说：“这我就放心了。”说得吕不韦心里忐忑了好些日子。

如果说，吕不韦的上万门客，组成了一个学术研究院；那么，嫪毐的“门客三千”组成的，就是个土匪窝，而且还是个秘密的土匪窝。他们盘踞在嫪毐封邑的腹地，距离雍城和咸阳，都只有两三天路程。嫪毐借助弟弟防务长官的便利，搞了很多武器盔甲，把这帮人武装起来，又给他们足够的吃喝，定下了严酷的纪律，让他们敞开吃、敞开喝、敞开抢女人，但必须按他教授的招式练习武功，他本人有差不多一半时间，都跟这帮人混在一起。他告诉他们，有朝一日，他会带着他们去夺想都不敢想的荣华富贵。他还告诉他们，那一天，也许并不太远。

赵太后对这些都一无所知。嫪毐跟门客们啸聚的时候，她整天盘算着怎么避开所有人的目光，怎么封住身边侍从们的嘴，好不泄露自己一天天鼓胀起来的肚子。她万万没想到，自己会再怀孕。这要是传出去，还不得天塌地陷啊。憋了好些日子，她终于想出了一个招，说要斋戒尊拜嬴秦元神“白帝”，为国祈福，传话给嬴政说一年之内不必循例来问安；当然，其他人就更不得惊扰；又精挑细选了五六个最得力的宫女，叫上嫪毐的小妹，鳖进所谓“祈福坛”，即反复甄选确定的棫阳宫最深处一处隐秘小屋，默默等待着小生命降临。三十多岁的她，很担心生产的风险，无数次嘱咐伺候的女人们：万一有变，一定不能声张，把她弄死，穿隆重些赶紧埋了，就说让“白帝”带走了，说得那帮女人直掉眼泪。

孩子在冬天最寒的时节里顺利降生了。男孩。嫪毐从封地匆匆赶回，抱在手里，滚下了泪：“我嫪毐有后了！多好的孩子啊，看着面善，一定对爹娘好……”说得太后心里一疼，想起咸阳宫里那个嗓子越变越粗、脸色越来越阴沉的儿子。政儿对爹娘好吗？她想。政儿，你光想着怎么跟你仲父斗心眼儿，光想着怎么把大秦抓在自己手里，对娘好冷啊。每次来问安，娘想跟你聊聊家常，你都只说朝堂上的事，骂这个，骂那个，你哪儿来的那么多的恨啊……政儿啊，你成了石头，娘怎么暖都暖不化呀……政儿啊，你心里是在瞧不起娘啊，你心里还记着娘在邯郸卖身的事儿哪。娘不卖，你吃什么？娘不卖，你活得到今天？你长大了，当了王，你能跟娘说，你宁可饿死也不靠娘卖身活着吗？你说得出口吗？……

想着想着，心就酸了，就疼了，就把小婴儿抱得更紧了。这又会是个什么样的孩子呢？会对爹娘好吗？会恨他的爹娘吗？我要好好带他，好好把他教养成人，让他成个有情有义的孩子，将来谁都不要娘的时候，他还要娘的——好孩子……

生孩子的事进行得很隐秘，可以说滴水不漏。那年后来，秦国及周边几个国家，遭了百年不遇的特大蝗灾，几乎绝收。吕不韦代表秦王政颁布了“纳粟千石，拜爵一级”的命令，十分有效地恢复了生产。秦王政非常高兴，称赞仲父有办法，两人关系显著缓和。更让秦王政高兴的是，仲父门下比自己岁数还小的小门客、武王重臣甘茂的孙子甘罗，竟把邯郸城外别过的姬丹，带来了咸阳。他狠狠拍姬丹肩膀，说：“你可来了，想死我了。”姬丹一脸寒霜说：“丹入秦为质，请王上明察。”他说：“什么质不质的，来了就好！在这儿不是一样吗？”随即吩咐甘罗，给燕国太子最好的供奉，让他在这儿跟在家里一样。之后，他就跟聪明过人的甘罗打在一处，问出使燕赵的过程，讲着讲着，就扯到了国政。嬴政说："寡人身边尽是大人，说不到一处，你来辅佐寡人吧。"甘罗说："好啊，那臣就给王上第一个谏言：勿厚待燕太子。"嬴政不解地问："为什么？我们可是朋友啊。"甘罗说："您之前跟他可能是朋友，可现在不是了。能明白这个道理，才能算是真正的王……"

见了几面后，甘罗就从嬴政的视线中消失了，问起来时，吕不韦说派去公务了。嬴政说："到寡人这里来，莫非不是公务。"吕不韦不争辩，只说待其归来，定来陪伴。可等了好些日子，也不见来，等得心里都淡了。他又去找姬丹，姬丹冷冷的，不愿多说话。后来被逼急了，两人吵了起来。姬丹说了句"汝为窃国者，父母皆商贾贩淫之贱人耳，有何脸面自居为王"，把嬴政彻底惹翻，当场把姬丹打了个满脸花，回来还把一路跟着劝的赵高也踢得满地爬，一边踢，一边狠狠地说："早晚杀了他。早晚杀了他！"也不知那个"他"到底是不是指的姬丹。

姬丹愤愤抚平被打的伤痛的时候，嬴政在寝帐里哭了。他想起邯郸土房里那些黑影，想起母亲光溜溜、白花花的身子，想起在棫阳宫母亲跟他说话的情景。母亲说："记住，你就是你父王的儿子。娘当初……"他没让母亲再说下去。他跟母亲说："寡人没有当初，只有以后。"母亲顿时闭了嘴，想流泪的样子，可没流下来。母亲啊，你是太后了啊，怎能再提那些连普通黎民都不齿的旧事！母亲啊，你难道不为把我的血变得肮脏而自责吗？母亲啊，难道除了出卖自己，你就没有别的办法活下去？我为什么要有你这样的母亲啊！为什么要因为你的丑行而遭囚徒辱骂啊！！

他霍地翻起身，钻出寝帐喊赵高，吩咐："去雍城。现在！"

谁也没想到他会突然来，棫阳宫的宫人，慌乱得一塌糊涂。他疾步走过甬廊，边走边质问跪了一路的宫人：“你们平日也如此纷乱懒散吗？你们就是这么伺候我母后的！”忽见一个宫女往庭院深处飞跑，便断喝：“站住！”宫女停了停，旋即又跑。他唰地抽出佩剑，厉喝：“拿下！”随行武士乌云般扑过去，片刻把宫女提到面前。他问：“你跑什么？寡人叫你站住，没听见吗？”宫女吓得气都喘不上来了，只顾磕头，额头都磕破了，好容易缓过口气，哭着乞求：“王上恕罪。奴婢只是赶着要去禀报太后，太后在斋戒祈福，不准擅扰，奴婢赶去通报，以免王驾惊扰神灵。”嬴政这才想起祈福的事，同时忘了自己来这里要干吗了，悻悻回转，什么也没说，走了。

他这一来一去，加上根本没说来意和训斥伺候婴儿的宫女的情节，着实让嫪毐和赵太后惊出一身冷汗，想了半天，也没想出个所以然。嫪毐于是做了个错误决定：把那个宫女遣出宫，又背着赵太后偷偷给杀了。杀人的门客一时手懒，埋得太浅，不日被在附近巡猎的一位宗室公子的猎犬刨了出来。因距棫阳宫不远，死者又是个年轻女子，这位好心公子，就跑去告诉了一声。宫人来一看，惊得不轻，可碍于太后的“祈福”告诫，没敢就去禀报。于是，宫女被王上训斥后就被人杀在外面的事，就在棫阳宫的宫人们中间，悄悄散开了浓浓的恐怖气氛。专侍太后起居的贴身宫女们，自然也听说了，可谁也没敢告诉太后。她们知道，死的那位，是嫪毐大人遣走的。她们不知道的是，是不是嫪毐大人杀了她，是不是太后让杀的。

只要长着脑子，是个人就明白，这些“不知道”，显然不能找太后或者嫪毐印对。当然，她们同时清楚，嫪毐跟太后生孩子这事，是能死人的大事。如今死人了，死的不是做错事的，而是跟她们一样忠心伺候着的。越想越害怕，越想越心寒。就有偷偷跑了的，也有实在承受不了内心恐惧，在太后面前说漏了的。太后一听就急了，说怎么可以这样！赶紧，把跑了的找回来。你们放心，我们绝不会干那种事。不用害怕，我保证，这种事再不会有！

跑了的两个，一个被追了回来，另一个没追到。因为追的人追错了方向。她们光想着那傻姑娘会往自己家乡逃，根本就没想到，她逃往了咸阳，而且，逃进了王宫。她谎称奉太后命向王上禀报紧急事情。因为有棫阳宫的宫牌，守卫就信了，就把他带到了赵高跟前。赵高问什么事，她说见了王上才能说。赵高说王上这会儿不在，你告诉我，我来转告。她死命摇头。赵高看她鞋袜拖泥带水，就问你没坐车吗？她磕磕绊绊地答：没、没……赵高一想不对啊，紧急事情，怎么会不坐车呢？又问：就你一人来的？她点头。赵高试探地问：你该不会是，偷跑出来的吧？不料这一问，那宫女彻底崩溃了，瘫在地上，死命地哭。赵高越发觉得蹊跷，就命人把她锁进一间小屋子。等嬴政回来，带着人去一看，本想来讨大赏的女孩子，生生被自己吓得撞墙自尽了。

棫阳宫宫女的神秘出逃和神秘自杀，使嬴政得出了棫阳宫一定有问题的判断。可他想不出会是什么问题，当时只吩咐赵高悄悄把那女孩埋了，再找一两个机灵宫人，不时过去打探一下。他当时担心的是嫪毐对母亲不敬，并没往别处想。所以，后来得知真相后，他特别愤怒，特别伤心，特别憎恶母亲。

已经快十七岁的嬴政，足足比赵高矮一个头，也比寻常十七岁的人矮一截。他仍然黑瘦，可脸庞却很清丽，越长越像母亲。看见镜子里的自己，他就会想起母亲。想起母亲的时候，心里就有种说不清楚的东西涌出来——酸涩、苦楚，半边火热、半边冰冷。每次照镜子，他都暗自发誓再不照镜子了。可每每看到镜子，又禁不住要去照。他不愿承认，自己想看到自己；更不愿承认，这种“想看到自己”的冲动的根源，是想看到母亲。他在近乎强迫的矛盾中煎熬自己，甚至想要撕碎自己的脸。终于有一天，他命令赵高，把所有的镜子都熔了，寡人再不要在任何地方看到镜子！

告别了镜子的嬴政，开始跟仲父吕不韦正式争夺决策权。朝堂上，当着文武臣工，他开始公然反对、改变仲父的决定，经常把吕不韦弄得很窘。吕不韦懊恼，可又不得不给他留面子；私下里，几乎是恳求地跟他说："老臣执国不易，王上有何见解，大可先跟老臣说明，视情而度，再行昭告……"他说："仲父可曾预先跟寡人视情而度了？"又问，"寡人何时可以束发加冠？"吕不韦答："按秦法，成男七尺而冠，王上就差不到两寸了，快了。"他又问："若寡人从此不再长高，是不是永远都不加冠了？"把吕不韦问得不知该怎样回答。

他们之间再度燃起的紧张气氛，被攻取魏国朝歌城、楚国迁都寿春、赵国大将庞暖再度联合除齐之外的五大国合纵攻秦等一连串军国大事冲淡了。两人，加上嬴政坚持要一并叫来的甘罗和李斯，四个脑袋，一齐扑进写满战报和列国新情报的竹简堆，秉烛达旦地研究探讨。嬴政掂着一卷卷竹简，说："咱们看的竹简，得有百十多斤了吧。"李斯伸展着身体说："不止，二百斤都不止。"嬴政笑笑，拿竹简敲打站着打盹的赵高，吩咐："记下，即日起，寡人每天，必阅竹简一百二十斤。"吕不韦说："那岂不太过劳苦。"甘罗问："为什么是一百二十而不是一百？"嬴政瞥他一眼："因为是六的倍数。"甘罗本还想问为什么要是六的倍数？可被赵高请用早膳的禀报岔开了，没问出口。

多亏没问。不然，嬴政又会生气了。他没法告诉他们：之所以对"六"这个数那么刻骨铭心，是因为在邯郸土房，抡起斧子要砍压住母亲的黑影，后来被母亲光着身子结结实实打了一顿的时候，他刚满六岁。他永远也不可能说出这个谁也想不到的缘由，无论对谁。换了常人，恐怕也永远不会说出口，更何况一个王，一个背负着想象中的肮脏的王，一个为了摆脱那种肮脏的负罪感，不断暗示自己多年，在心灵深处积累出了对正统、英雄的祖先无与伦比的崇拜情结的继承人。

尽管没说明原因，可当时所有在场的人都默默记住了“六”这个数字。后来，他们把“六”演绎成了秦国的“幸运数字”。对此，嬴政始终没表示过任何意见。既没赞成过，也没反对过。

嬴政开始系统地阅读吕不韦奉上的《吕氏春秋》，并听说吕不韦让人把这部书刻成大大的木版，钉在城墙上任人评说，许诺：“谁能够改动一个字，酬谢千金！”他就笑，说：“莫非真就一个字都改不得吗？”当听说有个叫尉缭的大梁来的书生真改了一个字的时候，他拊掌大笑，说：“仲父也能让人挑出不是来，真是新鲜。”随即让赵高去请那个尉缭来聊天。一聊才发现，这家伙不是儒生，却是兵家出身，看着文文弱弱，一肚子都是攻城略地的计谋。嬴政问：“你还要去哪儿。”尉缭说：“不知道。”嬴政说：“你留下吧，辅佐寡人，想要什么官位，尽管说。”尉缭轻轻一笑说：“缭可不敢信王上的话。谁不知道，在秦国，相国才是决定一切的人。我改了相国的文章，怕是惹他老人家不快了，没马上逃走，已经够大胆了，再没胆子长待了。”

嬴政听了这话，顿时阴沉了脸色，沉默好半天，说：“赵高，记——备车马卫士，侍奉尉缭先生在秦游历。西出秦，厚赠川资；东出秦，诛。”

尉缭听了嗞的一声，正待辩白，吕不韦匆匆而至，跪禀：“长安君成蛟，率家兵混入伐赵大军，谣言惑众，致军哗变，欲图另立王廷，如何应对，请王示下。”

换在平时，他可能会问：“仲父认为当如何办？”换作别的情况，他可能会说：“仲父想是已有对策，不妨说说。”可这会儿，他却没心思跟吕不韦斗嘴，心里还被尉缭刚刚的话烧着，于是咬着牙说了四个字：“力平。尽诛。”

关于成蛟叛乱，当时和后来，都有很多不同的说法。比较主流的一种说法是，那其实是吕不韦设的圈套——他一直想除掉成蛟这个最有力的也是唯一“合法”的竞争者，以便为自己的儿子嬴政铺平道路，故而一早安插了耳目，耐心寻找机会。得知成蛟急于建功立业，以证明自己的高贵和能力，就暗中设计了一个要命的陷阱：诱使成蛟请战伐赵，他在明处再以“公子尊贵，不可轻涉险地”为由拒绝，激成蛟擅自行动，又在军中暗地煽起叛逆思潮，诱导成蛟脑袋发热去挑头，或者形成是成蛟在挑头的舆论，再大兴杀伐去平定，最后让成蛟死于“乱军”。

可有头脑的人们，并不完全认同这个说法，或者随便哪种其他说法。李斯就是一个。他说过：“长安君之乱，绝非偶然，亦绝非吕相之计。”作为剿杀决策出台当时的见证人，尉缭后来有过这样的评说：“吕相急切毕现，盖变之剧出其计矣。”而在当时，他则等吕不韦应命而去之后批评嬴政说：“王因怒而徒增杀戮，性不忍如利器。岂知剑有双锋，屠人而伤己，谬于大道也。”

这十分刺耳的话，倒使盛怒之下的嬴政冷静下来——如果一个人不怕死，你就拿死吓不住他。他已经说了两次“诛”这个字，其中一次是针对尉缭本人的，可这尉缭还是怎么不顺耳怎么说；连嬴政自己都觉得，再说第三次“诛”，有点儿贫了。他被尉缭和自己气乐了。一乐，心绪就平下来。他很恳切地跟尉缭说：“寡人要拜你当老师。寡人喜欢你。留下吧，真的。教教寡人再走。随便去哪里都行。”

这时候，他已经十八岁，已经初步学会驾驭情绪，也完全懂得需要去驾驭自己的情绪。尉缭见他一脸恳切，便纳头拜了一拜，说：“缭一介野人，岂敢妄为王师；然自以为略知兵术，或可为王上大策修边理毫；

只是，缭闲散成性，难于自律，祈王上勿委实任。”嬴政虽有些失望，但还是为他能留下而高兴。所以，他挺痛快地就接受了尉缭旋即呈现的“剿叛以收服为旨，不宜徒增屠戮，更宜宽待为首公子”的劝谏，让赵高去追吕不韦，传达相应的意思。

旬月后，吕不韦来报，叛乱已平，首恶基本都死于乱军；长安君被围，向他宣读了王上赦令，可他还是自刎了；他的余部，凡活着的，一个都没再杀，全部押回，等待发落。嬴政说：“把他们，还有成蛟家人，全部遣到巴蜀地方去吧。给块地方，让他们自给自足，不必纳贡。”吕不韦诺诺应承。俄顷，又报：“老臣查知，唆使长安君叛逆的首恶，名叫樊於期，趁乱只身脱逃，可能隐蔽在赵国，是否追查？”嬴政说不必特意追查，告天下，献其头予寡人者，赐万金。他根本不知道樊於期是谁，当然也就不可能意识到，吕不韦正在使着借刀杀人的伎俩。

吕不韦惦记樊於期不是一天两天了。那可是他的命门。搁了是谁，也得日夜惦记一起谋划弑君而又忽然不告而走的同谋，也得想尽一切办法将其干掉。他很为自己的灵机一动自得。自得之余，也多少对嬴政问都没问就按自己希望的那样发了绝杀令，而生出些兴奋和感激，于是就又报了一个本没打算报的情况：长安君正姬有身（怀孕），是否也一并遣往巴蜀？意思：一个孕妇能否经得住路上的劳顿？潜台词是：你小子不是想当好人吗，给你个好人做到底的机会。

嬴政接了招，想了想说：“免其罪，囚棫阳宫，交太后看管。”

后来，他悄悄吩咐赵高：“一俟生产完毕，即诛成蛟之妇，孩子交太后抚养，随便续个宗、起个名。”

赵高押送“成蛟之妇”到棫阳宫的时候，太后跟嫪毐生的第二个孩子，刚满两周岁，由嫪毐小妹秘密照顾着。 赵高把嬴政的命令，一次性直接禀明了赵太后本人。转过年，孩子生了下来，也是个男孩。赵太后跟孩子母亲说：“走吧，走得远远的，永远别再回来，孩子在我这儿，你放一千个心。”

女人哭着走了再也没人知道她的下落。不几日，赵太后的亲笔信到了嬴政手里，说女人已经处理了；孩子认了宗，取名“子婴”，叫他放心，娘一定好好照顾这个孩子，一定认认真真完成王上交代的事。

嬴政拿着那张丝绢，手在不住颤抖。跪在脚下、刚刚报告了太后私自放走“成蛟之妇”和“嫪毐假阉，与太后有私，疑生有二子，嫪毐妄称王之假父，阴招孔武亡命者数千，欲图不轨”情报的赵高，不知道王在看什么，更不知道王为何浑身都在抖，笃定着“王未允起，持跪而叩”的规矩，很难受地在那儿等着王发怒。王好久都没有发怒，也没让他起来，嘴里念叨着好像尉缭跟他说过的话：剑有双锋……剑有双锋……

卷五 烈焰焚天

盛典上的生死搏杀，銮榻隐藏的肮脏诡秘。

弱者苍白的挣扎，王者亮出的宝剑……

最后一搏前的惊心动魄。

凄惶悲凉的离别。

无情的战争机器，碾碎生的希望。

深藏的剧毒利刃，恍出决死的光芒。

不管是谁，无论怎样，都再不能阻止历史车轮无情而坚定的铿锵。

新的诞生，注定要伴随无尽的血泪。

希望、冒进、焦躁、无措，交织着襁褓中的帝国。

绝对权威，把帝国拖入可怕的疲惫。

任何新生命，都必须经历蹒跚学步的洗礼。

幻想中的对手，林莽里的毒蛇，屠戮亲人的兽行……

权力使人疯狂，疯狂导致毁灭！

烈火中覆灭的大秦帝国，给后世留下的，远不止一段长长的故事。

第二十九章

滴血的王冠

按秦国历法已满二十二岁，身高却仍是秦制六尺八寸多一点儿（约1.58米或1.60米）的秦王政，扫视着眼前的七八个人，披散的长发，遮着小半边脸，眼睛透过发丝，闪动着寒霜般的光芒。

他背着干瘦有力的双手，挺着因儿时经受太多户外风寒而显得有些鼓胀的胸膛，轻轻地踱来踱去，就像伺机扑食的狼。

他在想：眼前这些生熟参差、服色杂乱、职位错综、忠奸难辨的家伙，能真正信任吗？能胜任一次危险、大胆、环环相扣的激烈行动吗？甘罗说："这几位虽职位不高，却乃忠勇之才，可堪大用。"尉缭说："举大事，贵在奋力决绝；行机诡，则须精谋深算，迅疾果敢。王居大义而取敌之首要，则攻可胜，守可全。彼失大义、丧首要，必陷昏乱，纵万千之众，亦溃如浊流而亡于须臾……"赵高则说："奴才以性命担保，这些臣工均不为相国所重，亦与嫪毐无染。"可他们都没说该怎样跟这些人摊开要做的事，又该怎样去分配、布置职责。他认为，那应该是自己的事。他想，自己那小小堡垒的成员们，很可能也这样认为。可该怎样开头呢？要是李斯在就好了。李斯多能说啊，说出的话多动人啊。可他不能把这事告诉李斯。他实在不能确定，李斯跟吕不韦，到底是什么关系。他始终觉得，李斯这人太机敏、太圆滑、太看不明白。

昌平君，楚国人、华阳太太后的亲戚，也该是成蛟的亲戚。他们恨吕不韦，不恨寡人。他们瞧不起太后，更瞧不起嫪毐，对嫪毐兄弟的横行霸道，早就切齿。他们做出一副忠实于寡人的样子。他们想让寡人听他们的。因此，他们应该愿意帮助寡人扳倒邯郸党。昌平君的实力如何呢？主管咸阳宫禁，可以调动咸阳城里最精干的侍卫队。可他们敢出咸阳吗？他们出了咸阳，咸阳怎么办？

王翦，秦国人，代管栎阳兵务，在咸阳和雍城，没有一兵一卒。从栎阳调兵，须得“合符”，符的一半在吕不韦手里，另一半在他上司手里，他的上司是吕不韦的人。他的忠诚没什么可怀疑的。他发誓为先父王效死，应该也愿意为寡人效死。他是否也怀疑寡人不是先父王亲生？

蒙恬，秦国人，大将蒙骜之孙，嬴秦宗室忠诚的追随者，寡人的新朋友。他有些实力，也肯定愿意帮寡人办事；聪明人，文武兼备，别出心裁地把狼的绒毛绑上细木管，拿焦炭和上水蘸着写字，多好玩啊……他太年轻了，太想立功了。他的实力，恐怕还不足以帮助他建立想要建立的功勋。

乾奔，郑妃的异母弟弟，扶苏的舅舅，郑国人。郑妃嫁过来，他就跟了来，怕寡人欺负他姐。怎么会呢，寡人虽不十分倾心吕不韦非让娶的郑妃，也更不倾心随便什么别的女人。一看到女人，尤其是光了身子的女人，寡人就想起母亲，想起邯郸的土房，就做那心里发疼的梦，就想撕碎自己的脸。这跟郑妃没有关系。寡人不会跟任何一个光着身子的女人睡在一张榻上。骑着女人的时候，寡人就成了邯郸土房里的黑影。寡人要劈碎他们！这跟郑妃没有关系！郑妃是好人，是疼爱寡人的姐姐。寡人好想叫她声“姐姐”。可她是寡人的妃，必须光着身子让寡人骑。她给寡人生了扶苏，扶苏的名字，还是她给起的……乾奔跟吕不韦不好。乾奔武艺高强，寡人打不过他。乾奔是为郑妃活着的，郑妃自己说，是为寡人活着的。他打得过嫪毐吗？他敢伸手去擒拿嫪毐吗？他们都说，嫪毐很厉害，一只手就能把寡人的头拧下来，可乾奔肯定不行。他肯为寡人去送死吗？

尉缭不在这里，让他回避了。他倒说过愿贴身保护寡人，可对手是嫪毐，他肯定不行！赵高可靠，也有力气。他能为寡人去死。他能扑在寡人前面，让人砍成肉酱都不躲。可砍成肉酱之后呢？下一个就是寡人了。赵高不能死！他是寡人的朋友、伙伴。甘罗，寡人让他躲得远远的。这事跟他没关系。他那么聪明，得留着给寡人出主意。他跟寡人那么好，万一失事，他不能受牵连。他不受牵连，就一定能用他的聪明，替寡人复仇。一定会！

礼官、宫官，也在那儿站着。他们现在只知道寡人要去雍城加冠。还跟他们说别的吗？告诉他们，寡人要在加冠的时候，收拾嫪毐这个杂种？他们会泄露吗？泄露了怎么办？可要不告诉他们，又怎么能让他们把加冠的事，瞒住吕不韦？

吕不韦，我的仲父，寡人该怎样看待你呢？你的《吕氏春秋》，是那么博大，博大得令人不得不钦佩。你的《吕氏春秋》，是那么迂腐，迂腐得让寡人恨不得一把火全烧掉。你的《吕氏春秋》，是那么殷切，就像父亲望着最宠爱儿子的眼神。寡人跟他们啐你的书，说：腐儒之言，也好意思挂上城墙。寡人跟你说，你的书太乏味、太说教，一点儿意思都没有，寡人看不下去。可是，寡人全看了，还看了好几遍。寡人知道，你是拿寡人当儿子教导、辅助的。寡人不喜欢你，可心底里怀着敬重和感激。寡人忘不了你来邯郸接我们时候的样子，忘不了你给孩子们摆下的盛宴。可你太轻看寡人、太贪婪、太自以为是。这是你这辈子犯的最大错误！

你得为你的错误付出代价……

年轻国王的思绪一点点飘远的时候，底下站着的一帮人，正拼尽全部意志力，抵御着令人窒息的静默。唯一好受些的是王翦，因为他已经习惯了先王几乎是同样的，甚至更加让人难耐的沉默。可其他人不行，尤其是蒙恬和乾奔。他们早就习惯了王的快人快语。他们实在有些受不了了，甚至想是不是该自己先开口。要是煎熬着的只是他们自己，没有旁人，他们恐怕已经先开口了。

秦王政让人惶恐疑惑的沉默，到底持续了多久，谁也没概念。因为到最后，所有人都麻木了。以至于他终于开口讲话的时候，大家都感到有些意外，而不是轻松。当然，听了他的话之后，就更不轻松了。

他的话并不多——寡人要尽快赴雍城祖庙蕲年宫，行加冠礼。循天子加冕例，若不清楚，就赶紧去查。此不可与相国知。礼毕，欲往棫阳宫缉拿逆贼嫪毐，务得。此亦不可予相国知。王翦持寡人手令，囚栎阳首将，遣栎阳兵袭嫪毐封邑。蒙恬领所部兵，预伏蕲年宫，备不测之变；加冠礼成后，随寡人袭棫阳宫。昌平君率部备战咸阳，但有侵、变者，凭寡人手令诛之。乾奔、赵高，佩利剑，随寡人左右……

言简意赅，可是并不完备，也没有备选方案和应急措施。虽然后来大家补充了些时间、次序方面的因素，可还是很不完备，很缺乏可执行性。这不能怪他们。他们中的大多数，都还年轻，也都没有发动多点兵变的经验（即便年长，一般人也不大可能很有这方面的经验），所以肯定留下了很多漏洞，其中最大的漏洞，就是他们都假定对手不知情且完全处于被动的静态。

所以，当嬴政在蕲年宫，戴上垂着十二缕旒珠的“天子”规格的王冠，佩上通长四尺八寸、刃长三尺、重二十余斤、锋利无比的“太阿”铁剑，心里澎湃着对祖先的无比景仰和继承祖先遗志，不惜一切代价完成吞并天下大业的豪迈的时候，并没料到，由嫪毐门客和假借太后、秦王政名义调动的雍城、咸阳外围军马组成的虎狼之师，正兵分两路，野火般扑向咸阳和雍城。当嫪毐花重金专门打造的带狼牙钉的大铁锤，击碎蕲年宫外守备兵士的头盔及其保护着的头颅，又粉碎了紧闭的宫门的时候，他还不知道，外边发生了什么。

等闻听赵高的急报，猛转过身来定睛眺望时，十二缕旒珠在面前狂乱摆动起来，发出清脆的响声，把视线搅得一跳一跳的。他大吼："寡人在此，谁敢放肆！"一把擎住太阿剑修长的剑柄，噌的一声抽出半截。旒珠被剑身的寒光映出无数玲珑跳跃的光点，好似满天星辰。

旒珠终于停止摆动的时候，面前已经扑了一大片血肉模糊、支离破碎的尸体，身前挡着瞠目持剑的乾奔和赵高；再往前，站着浑身血污、面似桃花的嫪毐。嫪毐死死盯着他，手里的铁锤还在滴血。

嫪毐很得意，好像已经看见秦王政碎裂的头颅和四溅的脑浆。他冲秦王政笑笑，回头瞥了瞥弥漫着血腥气的殿堂，很享受地聆听着殿外小毛孩带队的守卫负隅顽抗的交兵声。他使劲吸口气，细细品着血和脑浆的气味，脑子里闪过跟赵太后最后的对话。

他说："杀了嬴政吧！我去！"

她说："不要！嬴政是我儿子。"

他说："你还有两个儿子。这两个儿子，绝不能跟嬴政一同生存在这个世上。你得选择。"

她问："杀了嬴政之后呢？"

他说："杀吕不韦，夺兵符。"

她又问："再后呢？"

他说："让咱的儿子做秦王。谁不服就杀，杀到所有人服为止。"

她惊呼："那得杀到哪一天哪！"

他说：“或许只一两天就够了。杀了嬴政和吕不韦，你就可以说，嬴政是吕不韦跟别的女人生的孩子，没人会为他们报仇。”

她求他：“能不能不杀人？”

他甩开她：“那你就等着人家来杀你吧！”

她跪下哭：“别杀嬴政！求你了！”

他一脚踢开她：“那你这就去掐死咱们那两个孩子！”

她瘫倒在地，他锁上了门，大踏步远离了她垂死般的哀号。

此刻，那哀号又在耳边响了起来。那是一个母亲的哀号。母亲！母亲！！母亲……他抖抖铁锤，抽抽鼻子，一字一字地冲秦王政道：“禅位，饶你性命。”秦王政也一字一字地狠狠回道：“妄想，跪下谢罪！”

话音未落，乾奔飞身挥剑扑出。那是以死相搏的姿势，是把自己和剑一起粉碎的决绝。

飞跃中，他詈骂：“逆贼！”嫪毐大吼：“找死！”铁锤嗡地迎过去。利剑和重锤，碰撞出惨白的火花，晃得秦王政下意识地闭了闭眼。再睁开时，他看见乾奔的身体，枯叶般飘向自己，飞舞出殷红的血花。嘭的一声，尸身落到脚下，血花扑了他一脸，扑上王冠；清亮的血珠，顺着旒珠，滴滴答答滚落，涓涓不绝。

秦王政一把搡开赵高，疯了似的扑向嫪毐，手中长剑，熠熠生辉。嫪毐后撤半步，举起铁锤，忽听背后袭来一股阴风，猛转身，凭着感觉横挥大锤，叮的一声格开蒙恬射来的冷箭，旋即毫无停顿地回手，铁锤暴风般扫向秦王政。秦王政只觉眼前一黑，铁锤上的血污，甩到脸上。他毫不犹豫地前挺，只想在被砸碎脑袋的同时，把太阿剑钉进这杂种的身体。

铁锤在面前忽地停住。秦王政下意识地往后仰头，下巴蹭上了铁锤的狼牙，阴冷，生疼，手里的太阿剑，再不能推动。赵高拦腰抱住他，死命往后拖。就在脚步后撤的刹那，铁锤重重落地，砸在他瞬间前站着的地方，砸碎了一大片地砖。太阿剑钉在嫪毐腰间，颤颤地滴着鲜血。

锋利而超长的太阿剑，救了秦王政的命。如果它不是那么长，就不会在嫪毐的铁锤砸不到的距离刺中他；如果它没有那么锋利，就不能穿过嫪毐衬在里面的软甲，也就不能刺中他，不能让那可怕的大锤，戛然停住。

秦王政浑身颤抖地瞪着摇摇欲坠的嫪毐，赵高和蒙恬一前一后猛扑过去，缠在嫪毐身上，却又立刻像羽毛般飞了出去。秦王政狠狠咬牙，再次前冲，狠狠拔下太阿剑；赵高、蒙恬再次猛扑嫪毐，再次被甩出去。秦王政又刺一剑，又拔出；蒙恬、赵高再扑，再被甩开……刺到第五剑时，又跑进来七八个武士，这才把浑身都在喷血的嫪毐彻底按倒，再不能起来。

嫪毐被重重的锁链缠得粽子一般，伤口让蒙恬插上蜡烛，暂时止住了流血。他冲秦王政笑，沙哑着嗓子说："你的咸阳，现在已是一片火海了。你的小崽子，怕是已碎尸万段了。哈哈。"

秦王政手按剑柄，压着冲天的怒气，咬牙切齿道："你的小崽子，也要被碎尸万段！"

守卫咸阳的昌平君，终于从郑妃被砍成十几块的尸身底下，掏出了浑身沾满母亲鲜血的扶苏公子。孩子发出震耳欲聋的哭声，他赶紧上下检查，确定毫发无伤后，瘫跪在地，长长嘘了一口气；接着，向郑妃只剩一半的头颅叩头、哀哭；向那半颗头颅上还睁着的母亲的眼睛，叩头、哀哭。

秦王政往棫阳宫去的时候，王冠上的血，已经干涸，面前的旒珠，被染得黑紫黑紫的，已看不出本来的颜色。

他停在棫阳宫门前。所有人跟着停住。他眼角渗出了泪，轻轻滑过像母亲一样隽秀的脸颊，把已凝结的血，化成凄厉的粉红色。他侧头冲蒙恬说："让嫪毐活着。让他活着！寡人要让他亲眼看看，自己怎样被撕成碎片！"

棫阳宫的大门吱呀呀地打开了，宫人们跪了一片。秦王政一步步挪向大门，一步步登上石阶，一脚跨进高高的门槛，指着跪着的一大群宫人，轻轻说了一个字："诛。"

他踩着宫人的血，一步一个血脚印地来到母亲寝殿，一剑劈开嫪毐锁上的大锁，踹开殿门，看见了母亲。

母亲端坐着，穿着寻常百姓衣服。母亲的头发，已经有点儿花白了。母亲看着他，眼里闪着泪光，怀里抱着的婴儿，静静地睡着。母亲把婴儿捧给他，嘘声说："这是子婴。"他没接，径直走向母亲那宽大的卧榻，眼里幻化出母亲光溜溜、白花花的身子，幻化出嫪毐的脸。那脸背对了他，变成黑影，压向母亲。母亲在哭、在叫，在像蛇一般地扭动……

他发出一声凄厉的嘶吼，抽出长剑，奋力劈向黑影。轰隆隆一阵响，黑影没了，母亲没了，卧榻四散崩溃，两个小小的脑袋，映入眼帘。接着是两对惊恐的目光；大些的紧紧搂着小的，一只手还紧紧捂着弟弟的嘴巴。

母亲忽然大叫：不——母亲跪爬过来，拖住他长长的后裾。政儿！政儿！！母亲几乎是在嘶喊，怀里的子婴，发出惊恐的哭声，藏在卧榻夹层中的两个孩子，也禁不住大哭起来。殿堂里，顷刻间充满孩子的哭声。

秦王政回过身，低头望向母亲。他看见母亲满眼的乞求和"政儿""政儿"的口型。他指指子婴，问："寡人该叫他什么？"又指指那两个孩子问，"寡人又该叫他们什么？"母亲摇头、哭、不说话。他怒吼："你打算让他们谁代替寡人？！"长剑唰地顶住母亲的胸膛。母亲瘫倒，发出绝望的、令人心碎的惨叫。

从由寝殿被拖出去，到上车，到下车，到走进荒废多年，结满蛛网，落满尘灰，弥漫着阴森气息的甘泉宫，赵太后一直都抱着子婴。她再没见过自己的两个孩子，也再没见过嫪毐。她知道，再也见不到他们了。她不再流泪，也再流不出泪；怀里的子婴，在模糊的视线中，渐渐变成政儿。她对孩子说："政儿，娘的好儿子，别哭……娘给你弄好吃的……别哭……别哭……好孩子……"

秦王政其实并不知道藏在母亲卧榻里的那两个孩子后来到底怎样了。走的时候，他只跟赵高说："你处置吧。不必报。"多年后，当听说赵高有两个养子时，他也没往"棫阳宫"这档子事上想，只说："也好。你自幼净身，能有后人，是好事。"他甚至还召见过那两个小伙子，告诉他们："要像侍奉亲生父亲一样侍奉你们的养父，他这一生不易啊。"他忘了问两个孩子本家的情况，赵高也没提。

有人说，棫阳宫太后跟嫪毐生的两个孩子，当晚就被赵高的人杀了。可也有人说，真正嫪毐和太后的私生子，早就被转移了，被杀的是嫪毐从民间抢来的替死鬼。更有人说，其实根本就没那两个孩子，纯粹是以讹传讹。

不管真相如何，秦王政走出棫阳宫那一刻，孩子的事，都已告了段落。当时，他真正关心的，是吕不韦。

加冠、平叛、囚禁太后、咸阳守卫战、郑妃和另几位秦王政姬妾的惨死等一系列惊天大事，都没在吕不韦的掌控之中。

按尉缭指点，秦王政一早给吕不韦布置了攻取魏国要塞、故都安邑，兵至大梁，逼魏尽献大梁以西以北全部土地城池的艰巨任务，并以其艰巨作为"须相国亲率"的理由，远远支开了吕不韦。尽管，对这个很有些狮子大张口的军事决策，吕不韦明确表示了不苟，可秦王政一再坚持，他也不好硬顶，揣着“因势而度”的主意去了。

到栎阳调兵时，他对主将不在和少了三千人的情况，质疑了一下，王翦说主将领兵平盗去了。吕不韦问怎么他亲自去，你们干什么吃的。王翦说不知什么原因，主将坚持自己去。找不到人，合不了符，吕不韦就等，想小小盗乱，连报都没见报，还不是片刻工夫的事。可还没等上两天，甘罗就带来了秦王政的催进手令，说相国自去，我在这里等，让他追去跟您合符。还说，若您误了，大家都要等，他误了是他的事。吕不韦很不放心地走了。六七天后，那主将只身追来。吕不韦问你那三千兵呢。主将说哪有什么兵，早让王翦那厮调走了；我让他捆着，堵着嘴，几天没给吃喝。吕不韦说好大胆子！主将说他哪儿有那胆儿，是王上。吕不韦一听蒙了，问怎么回事。主将说我哪儿知道，王翦拿了王上亲书手令，手令只说，委王翦调精兵三千勤王，囚末将十五日，未及缘由。吕不韦听得心里冷冷的、虚虚的，差点儿大手一挥回师；可转念一想：王上肯定是要背着自己干什么事，区区三千兵，能干什么呢？回去，少不得又是一番唇枪舌剑、面红耳赤，由他去吧；闯出多大乱子，我都收拾得起。再说，大军已动，日耗万金，平白无故回去，没法交代，再怎么也是王命啊，也不好不执行……于是悬着一颗心继续前进。

战事摆开，他根本也没什么心思，只先锁定了首垣、蒲阳、衍氏几个不大不小的目标。准备直扑大梁的兵力，打起这些仗，自然松快，眼看就要有收获。他一边焦急地等咸阳方面的探报，一边盘算战事是打到攻下目前这几座城池呢，还是再作往前攻的姿态；如果就此止步，怎么个交代法。

还没等决断，咸阳的密报就来了。他一听，顿时傻在当地。这个小家伙，真敢干哪！好个逆子，太不把我这个父亲放在眼里了！！嫪毐完了，下一个该不会就是我了吧……嫪毐完得好，省得老夫亲自动手了。那畜生，简直要骑到老夫脖子上拉屎了……嫣儿呢，嫣儿会不会……小东西哪儿来那么重的手？光靠从栎阳骗走的三千兵，哪弄得出这么大动静！小东西藏着自己的凶器哪！他早就跟我不一条心了！我是你老子，你敢奈我何？！……这狼崽子狠哪，没准儿连爹都敢动啊……呸！朝堂上下，都是我的人，你能奈我何？！……算了，跟自己儿子较什么劲哪！谁让你吕不韦当初玩了这手偷梁换柱呢，弄到今天君不君、臣不臣、父不父、子不子的，再甜的枣子，核也是硬的……

他就这么乱七八糟、没头没绪地思谋着，勉强攻取了魏国那几座城池，赶紧往回撤，一路还在胡思乱想。他懊丧地发现，怎么也集中不起精力想破其中任何一个点，甚至，根本就找不出、抓不住任何要点。思绪明明在那儿飞舞，却好像并不属于自己。他平生第一次觉得脑子不够用了。子楚的谋算，虽深险莫测，可总会在关键地方，露出可供琢磨的缺口，就像一团乱麻，怎么也会甩下至少一个端头。子楚做事平和有序，凡事深思熟虑；就算是敌对的事，也总会有章法、有步骤、有节奏。可这小子扔过来的，是一团糊涂！是一摊除了一把搓怎么也拾掇不起来的烂杂碎！我的儿子，怎么会是这样？就算是子楚的种，也不应该是这样啊……难道我真的老了，像嫣儿说的，糊涂了？昏聩了？应付不了一个毛头小子了？

刚进函谷关，就迎来出自咸阳、出自秦王政的班师命，他心里才略踏实了些，同时拿定主意：对加冠的事，问都不问。小东西若主动问起，就只赞同，别的什么都不说。其他事，全凭小东西自己做主；唯有对太后的发落，他想给些建议，但首先得探准实际情况，再探清楚小东西的心思，还得拉一些附议的人，还得是比较要紧的人。“仲父”不当了，实在不行，相国也不当了。这样，小东西该满意了吧。如果他自己做主能行，当爹的，也就放心了；如果不行，出了岔子，八成他会主动再来求；到时候，时过境迁，一切又都回来了……

秦王政对嫪毐及其体系的处置，基本符合吕不韦的想象——嫪毐车裂。亲属除小妹外全部腰斩。叛乱主要胁从斩首，次要胁从刺面为奴，发配巴蜀、西戎荒蛮之地，任由生死。没参与叛乱的门客“为鬼薪”。嫪毐小妹刺目（以利器刺瞎双眼或割除整个眼球）、剜舌（从根部整体割除舌头）、焦喉（逼迫受刑者吞食火炭或滚油，严重创伤食道、气管、声带等器官，导致失声及呼吸、吞咽永久性不畅），伺候打入冷宫的赵太后。

吕不韦归来之前，有人劝谏秦王政说：赵太后没有参与叛乱，罪在淫乱宫廷，应该施以告诫和禁锢，使其反省自净，但出于人伦常情，又宜示以宽爱……

秦王政不等对方说完，就厉声质问：“宽爱？还要如何宽爱？拿大秦律看看去——男女私通，该当何罪？淫乱宫廷，该当何罪？窝藏逆首，又该当何罪？”劝谏的人说：“可毕竟，太后是王上的生母啊。”

秦王政：“那又怎样？生了寡人，就可以淫乱，就可以为所欲为？你是不是还想说，若非如此，还没有寡人哪！”

劝谏的人赶紧叩头：“王上恕罪，臣只是据情而陈——”

秦王政：“住口！”

劝谏者：“臣之所言，无非——”

秦王政：“寡人让你住口，没听见吗！你是聋的吗？！来人，割了他的耳朵。”

一大帮人跪下求情。秦王政越发愤怒，竟把割耳朵，改成了割耳加剁去四肢。那可怜的劝谏者，空洞着眼睛，望着自己离散的四肢，在剧痛的煎熬下，抽搐了好一阵才失血而死。秦王政命令把他破碎的尸体一块块高高悬挂起来，下面架起大鼎，倒满油，鼎下生起火，让残血滴进滚开的油，让油的热气把尸体熏得乌黑恶臭，旁边立块木板，上有他拿蒙恬发明的“毛笔”写下的七个大字：“复言太后事者——烹”。

谁也不敢说话了。吕不韦远远一见，连大门都没进。他心酸：这孩子怎么这么恨自己的娘？他心悸：多亏出征了，要不自己就得是第一个去劝的；虽不至于像那位似的被残杀，也必吃不到什么好果子。他心凉：这还找谁附议啊！谁还敢哪！可同时，他也感到一丝欣慰：有人劝，说明嫣儿活着。这人死了，谁再劝就烹，说明小东西把对嫣儿的恨，或许还有对我的恨，发泄在了别处。于是又想：先别碰他了。人在气头上，什么也听不进去。得设法看看嫣儿，至少带些补品绵帛给她，免得受苦。狼崽子再狠，只要没当场杀了他娘，想来还不至于敢把亲娘活活饿死；不是还安了个废人在身边伺候吗，说明他心里还有那么丁点儿软的地方……

回到相府，他开始坐等各方消息。等了整整三天，竟没一个官员或宗室登门。从政以来，他的府邸，还从来没这么清静过。第四天上，实在忍受不了心里的嘀咕，他派得力家臣，拿着礼品去几处大宅问安，盼着能探出些东西。结果礼物怎么带去怎么带回，人家根本就不照面儿。这下他真慌了，差点儿又要进宫。刚一抬腿，悬挂着的焦黑恶臭的尸体，就涌到脑子里，晚饭险些没呕出来。

又熬了一宿，他决定亲自拜访华阳夫人的弟弟，已经赋闲的阳泉君。多年以来，他一直拿财帛养着这条线。因为退政，后来，这老家伙没正式参与抵制邯郸党的事，没跟吕不韦正式撕破脸。吕不韦想，就算套不出什么，也能“暖暖手”吧，能多让几个人把手也伸过来拉一小下，怎么也好过憋在府里当热锅上的蚂蚁。

他没想到，老态龙钟的华阳夫人，竟在阳泉君府中，乍一照面有点儿窘。施礼的当儿，把原本打探朝政的计划，改为了谈养生之道。华阳夫人开始不说话，拿眼瞪他，后来接了些话茬，再后来竟说："这番谈吐，才像了当年的吕先生。本分些多好，养养生，论论道。我看你啊，真不如老老实实就修书，要么踏踏实实做买卖。人哪，不能太贪……"吕不韦诺诺称是。还没想出更讨老太太欢喜的话题，老太太倒先说话了："你瞧瞧你们带来的狼崽子，够有多狠，连亲娘都锁了。再怎么不对，也是他娘啊！别人要锁，不拦着，已是缺良心了。自己锁了不说，还不让别人来劝，什么东西！我是白操了心啊……说着说着，竟然掉了泪。他那娘啊，我从没看顺眼过，可怎么说也是亲娘啊，可怜劲儿的。你是近人，那孩子听你的，你可得劝他啊……"

吕不韦说："是。"又说，"不韦想，待些时日，王上心境平和了……"老太太劈头就骂："没骨气的东西，让他小子的油锅吓着了！你就那么怕死？你就说去不去吧！"吕不韦忙说："去、去"。老太太说："这就是了。你要是怕，老太太我，陪你一块儿！反正我也活够了，还真不信，他还能把我也炸了！"

第三十章

骊歌唱晚

有资料记载，有个名叫茅焦的齐国游学儒士，因赵太后事，冒死进谏，并成功说服秦王政；后世有人因此好生赞叹了这位茅焦的不畏强权和聪慧机变。但其实很可能不是那么回事。茅焦这人或许有，可能也确实去冒死进谏了，但要说就凭他一个无官无爵的陌生外国人的勇气和辩才，便说服了秦王政，想想应该不大可能。秦王政不是那么容易被说服的人，也不是随便什么台阶都肯下的。在他的认识里，一个王者的决定，不需要理由，不可以被要求有充分的理由，更用不着别人把那根本就不需要的理由塞进手里当台阶。茅焦的劝谏，甚至紧接着的华阳太太后的劝谏，说到底，都还是我们今天说的“外因”；若没有相应的“内因”，怕根本也促不成什么实质性结果。

我们永远无法知道，两千多年前，在那个以母亲为耻的年轻王者心里，究竟发生了怎样的活动和变化，但可以想见，那些活动和变化，是复杂的、五味杂陈的，也必然是痛楚和不可言表的。即便在日益开明的今天，换作人文性格已显然成熟了许多的现代人，如果像他那样长大，又像他那样在众目睽睽之下被揭破母亲的淫荡，被母亲的淫荡对象威胁生命，还不得不面对母亲跟那个男人生下的孩子，恐怕也很难泰然处之、理性应对。只不过，今天的人，尤其是平常人，既不大可能有他那样的遭遇，也不会采取他所采取的解决办法，更不拥有他所拥有的、毫无制约的、没有底线权力。古语云：身怀利器，杀心自起。秦王政，邯郸城外靠母亲出卖身体和尊严生存下来的孩子，手里正握着世上最犀利、最强大、最有杀伤力的利器。从最基本人性的角度出发，似乎不应该要求他做到我们今天谁都能做到的理性和克制。从一个儿子、一个王者、一个男人的道德观念来看，完全谅解母亲的作为，从头脑中洗掉所有耻辱感，像什么都没发生过一样，也好像有些强人所难。唯一能辩上一辩的，只是亲情。可钟爱包含着“亲情是世间最危险陷阱”思维的《韩非子》的秦王政，又会如何看待亲情的呢？

当时，他对华阳太太后等“冒死劝谏”者的回答是：寡人知情。擢加派侍从，促其反省。选乳母宫女哺育子婴。但并没说要把母亲从冷宫里解脱出来。而且，他对母亲的称呼，只是“其”，既没说“太后”，也没叫“母亲”。所有人都知道，这事，眼下，只能这样了；所有人也都感觉到，这事，到底还是有了很大的松动，并且传递出了积极信号，因此，也就都暗地里大大松了口气。

别人松了这口气，就真松下来了，可吕不韦的心还没落实。他不知道，如果当时没多说话，结果会不会不同。后来，他琢磨过好久，结论是：不会有什么不同。甚至可以说，当时的情况，于他而言，还算是各种可能当中比较仁慈的一种。

等别的臣工都退了，华阳老太太也走了，吕不韦就跪下给秦王政请安，报征魏的战况。秦王政没像以往那样，在他一行礼时就说免礼，就给坐，而是任由他一直跪着。报完战况，吕不韦抬头看秦王政，想了想，问：“是否还继续伐魏？”秦王政很茫然地望着远处，若有所思地说：“伐不伐的，你也不用管了。”吕不韦听了这话，顿时心又提到嗓子眼，禁不住说：“王上有何吩咐，尽管示下，老臣万死不辞。”秦王政依旧望向远处，轻轻念叨：“万死不辞……万死不辞……万——死……一死足矣，何须万死……”

从王宫出来的时候，吕不韦的随身侍从，都换了人。他依旧回了相府，却被从里到外都换了一遍的侍卫包围着，再不得出。在王宫里，秦王政告诉他：“嫪毐乃相国所荐，依法，当连坐。寡人念你于国有大功，不忍执法；相国可回避一时，再作打算。”这就等于撤了他的“相国”职务；什么“仲父”不“仲父”的，就更甭说了。他向奉王命来探望的赵高，主动交出相印、兵符、百官名册等所有标志其权力和职责的东西。“相府”的匾额，也被拿掉了，但并没换上“吕府”或别的什么显示其仍有权在此居住的标志，挂匾额的地方，就那么空着，一空就是大半年。

大半年里，他哪儿都没去，也没有任何有职位的人来看望。

大半年里，他没得到来自秦王政的任何音信，也没得到任何新的关于他命运的消息。

大半年里，唯一让他觉得欣慰的，是那些一起编书的无职门客，一拨接一拨地来看他，替他鸣不平。他劝他们，不要冒险空谈，好好做学问。他告诉他们，他这辈子，虽读了不少书，还主持编纂了《吕氏春秋》，可命里注定是个经商之人，很悲哀。他羡慕他们，能高雅清净地做学问，受人尊重，不要枉费了这来之不易的好出身。他意味深长地跟他们说：走到今天，才知道为学和治国，根本就是两回事；以为有些学问，就想去治国安邦，就想去功成名就，根本就不现实。他还鼓动他们离开咸阳，云游各方，不要为他的事奔走，没有半点用处不说，弄不好，还会把他们自己搭进去。

大半年里，他觉得最有趣的事，就是消失了很久的李斯忽然造访。他问："来看老夫笑话了？"李斯说："当然不是。李斯敬重您，才来看您。请您相信，李斯一直都是敬重您的。"他笑了，说："好啊。不论是不是实话，我当实话听了便是。"李斯说："不管您相不相信，在李斯心里，一直都惦念着您。"他说："你就别惦念我了，惦记惦记自己吧。如果我获了什么罪，也会有人连坐的；要是罪大了，你可也跑不掉。"李斯笑了，说："放心，您不会获罪的。"接着，摆出一副狡黠神情，凑近低声问，"您可曾想过，如果王上不是您儿子，会怎样？"吕不韦眯着眼，轻轻哂笑道："王上本来就不是我儿子。这一点，我非常肯定，无论现在，还是过去。"又说，"你操的心太多了。别走我的老路。操心太多，会害了自己。"边说边亲切地拍李斯的肩膀，眼里浮现出极其复杂的意味。

秋风吹起的时候，因平定嫪毐叛乱有功而被任命为"中车府令"的赵高又来了，向吕不韦宣读了秦王政的王命："吕不韦者，货利之徒也。自居有学，妄度君意，多不利之行，失察而豢奸逆，致宗庙蒙羞，王驾临险，都邑涂炭，盖不胜其职也。今罢相位，封谬册，责旬日离都就国；门人尽遣出秦地，不得复回。"宣罢，赵高俯身低语道："您也不必太过挂怀，王上说了，您大可以回到封地，自由自在地享乐。"临走时，赵高又耳语，"把有些事暂时放在您身上，可为太后脱些干系。奴才听说，王上准备把太后接到咸阳宫呢，要是赶得巧，兴许在路上还能碰见；您听奴才的信儿。"

在赵高的安排下，"赶巧"的事儿，就在咸阳城门口发生了——吕不韦的车队出城，赵太后的车队进城，打上了照面。护送着太后的赵高，跑到吕不韦车前，向掀开轿帘张望的吕不韦施礼道："太后想跟您说几句话，请随奴才来。"

赵太后的头发几乎全白了，脸上布满皱纹，乍看去，就像七八十岁的老妪，可她才四十几岁啊！吕不韦的眼睛湿了，低头施礼道：“太后保重，不韦，走了。”赵太后看着他，滚下两行浑浊的泪水，颤抖着声音问：“真的走了？”吕不韦点头。“还回来吗？”吕不韦轻轻摇头，叹口气。赵太后也叹口气，呆呆仰望着秋风里飞舞的枯叶，平静地说：“快入冬了，要多保重啊。”

赵高回来跟秦王政说：“吕不韦出咸阳，恰遇太后车驾，拦车与太后私言。”秦王政没理会，倒给他看一份报告。报告说：很多外籍客卿都为吕不韦说情，说不应该把嫪毐叛乱的罪责推到吕不韦身上；建议最好不要查封《吕氏春秋》，那也不是吕不韦写的，而是成百上千儒士的心血，甚至还有的要求恢复吕不韦的相国职务，让他继续主政，将功赎罪……

等赵高看完，秦王政问：你看出了什么？赵高想了想，说：“奴才愚钝，没看出什么。只是觉得，吕大人的人缘儿挺好。”秦王政哼了一声道：“这些客卿，这些外国人，不惜为一个货殖之徒反对寡人。反对寡人，就是反对秦国。这些外国人，根本就没安什么好心。他们看到秦国强大了，怕秦国对他们自己的国家不利，就要捧一个外国人当相国。相国是外国人，朝野上下那么多外国人，秦国到底是秦国人的还是外国人的！”

他边说边背起手走来走去。赵高的脑袋，跟着他的身影，左左右右急速转动，渐渐就有些眩晕起来。他听见王说：“拟令，尽罢客卿，限十日离咸阳，三十日离秦。所有列国门客、游学、闲杂，尽逐，限三十日离秦。不从，囚……”这就是存诸史册的“秦王逐客令”。令一出，咸阳哗然，秦国哗然。大队大队的轻甲骑兵，日夜盘桓巡查，催促被罢了官的客卿，驱赶没做官的外国人。大街小巷，城镇乡村，人心惶乱，鸡犬不宁。宗室大族一些长老和秦国官员，本想出面劝劝，可一看秦王政的眼睛，就又打消了念头。

李斯、尉缭这些外国人，也在被驱逐之列。尉缭无家无业一身轻，倒没怎么慌张，还饶有兴致地站在街上看热闹，边看还边自言自语："他会后悔的。"

李斯就没那么轻松了。怎么想怎么不甘心，跟家人说："这么些人，都要去哪儿呢？走到哪儿才算一站啊？王上如此行事，是要犯众怒、失德仪的呀。"家人催他说："快收拾吧，晚了要遭罪。"他说："你们知道去哪儿吗？"家人说："还不是听您的。"他说："听我的就别动。我给王上上过课，真要治罪，就让他治，我正愁没处找王上说话呢。"家人说："这不找死吗？"李斯说："非也。客卿、外国人，不都是叛乱者。想想看，在秦国的外国人有多少，他们给秦国带来的好处，远大于带来的坏处啊。王上会明白这个道理的。得有人告诉他，劝劝他……"

说着说着，眼前忽然一亮——我干吗不去做那个劝说的人呢？凭跟王上的交往，他不会把我怎么样的。实在不行，还有赵高嘛。再不行，我还可以去给他请韩非吗……于是，他夤夜挥就了一篇有理有力的劝谏陈词，也就是被传颂至今的《谏逐客书》。翌日，双手捧了，去到王宫，请传话道：李斯要走了，还有部好书，没来得及给王上，怕走得匆忙忘记，提前送来了。

秦王政听了传话，赶紧叫他进来，见面就问："你走哪儿去，怎么也提前不跟寡人说一声。"李斯说："瞧您说的，李斯是楚国人，须尊王令，限期离秦啊。"秦王政拍拍脑门："寡人忘了你是外国人了。"紧接着说："你例外，留下。"又忽然想起什么似的急唤赵高："尉缭先生赶紧找到，给寡人留下。寡人特准尉缭、李斯不遵逐客令。"李斯说王上不忙垂恩，先看了斯这卷文章再说。

秦王政展开《谏逐客书》细细看起来。看着看着，就拿眼扫了扫李斯；看着看着，就站了起来；看着看着，又坐了回去；看到最后，不由得喝出个响亮的"好"字，放下竹简，疾步到李斯面前说："好文章！好文章啊！”然后又背起手飞快地走动起来；走着走着，忽然停住，冲李斯道：“文章很好！其中的意思，寡人也看明白了，不能说没有道理，寡人要想想。你先回去，不要走，等寡人的消息。”

不几天，秦王政颁布了另一道命令：撤销之前的“逐客令”，所有外籍人士都可以留下，已经在路上的，都追上、劝回来，原来干什么，还接着干什么，一切照旧。

小小《谏逐客书》，为什么使秦王政如此轻易就否定了先前的决定呢？只要看看那篇任何一种版本的《古文观止》都会收录的文章，就不难明白。

李斯一生写过很多文章，其中不乏精妙之作，可流传下来的，仅此一篇。文章历数了秦国历代明君任用客卿而强国的事迹，借以表明客卿对秦国的巨大贡献；又拿生动的比喻阐述“有凝聚力才能伟大”的道理，同时挑明“要么为秦所用，要么为敌所用”的必然规律……引经据典、鞭辟入里，并紧扣秦王政内心最核心、最要害的两个“基本点”——崇拜祖先和立志完成统一大业。文章的“抓心”“入心”，加上对作者的欣赏及相应必然给予的特别信任，年轻而独具个性的秦王政，在思想认识上，数日间一百八十度大转弯，貌似突兀，却也必然。

外籍人士，大多又回了秦国，可吕不韦的门客，则多数都跟去了吕不韦的封地，继续围着吕不韦白吃白喝、做学问。吕不韦却再没了做学问的兴致，把自己关在屋子里，怀着无限惆怅，细细回味自己的一生，偶尔核算一下当初跟子楚定下的那桩“天大的买卖”的收支。核算结果：如果嬴政是他儿子，就还是赚的；如果不是，就亏到家了。离开咸阳跟赵太后“偶遇”那次，他本想最后核实一下这个至关重要的因素，可忽然想起好像问过了，也得到肯定答案了，又碍于赵高在旁，就没问，心想：嫣儿应该不会骗我。他拼命把那之前跟李斯最后那番对话挤出头脑；拼命在记忆中嬴政的眉宇举止间寻找跟自己相像和跟子楚不相像的地方；拼命回忆、拼凑自己像今天的嬴政这般年轻时，像当初的嬴政那般年幼时，跟嬴政相似的地方。

想着想着，冬天就来了，就过去了，就又是一轮春夏秋冬了。冬天又过去的时候，赵高来了，向他转达秦王政的话："王曰：君何功于秦？秦封君河南，食十万户。君何亲于秦？号称仲父。其与家属徙处蜀。"等于彻底否认了吕不韦对秦国的贡献，收回了他的封邑，将他全家发配去了蜀地。

出乎赵高的意料，吕不韦并没表现出多少意外，竟然笑着说："一路辛苦了。让不韦最后再款待一次贵客吧。邯郸的小客人，见到你，很高兴啊……"

吕不韦没去蜀地，而是在赵高走后第三天夜里，服毒自杀了。他服的毒药，非常昂贵。临前，他跟身旁近侍说："老夫一生都享用昂贵的东西。老夫这一生，太昂贵了……"

他死得很安详，睡着了一样。门客们悄悄把他葬了，没敢声张。可还是不知从哪儿来了好几千人，见证了他的下葬，在他的坟墓前，流下了无声的泪水。他的家眷后来迁去了蜀地；走的时候，被允许带上所有可以带走的财产。

得知吕不韦自杀的消息，秦王政叹口气，又叹一口，怅然道："寡人也没让他死啊……"说话的时候，眼里隐隐地有些晶亮，似乎含着眼泪。得知几千人给吕不韦送葬，他的眼睛，一下子又变得冰一样冷。他用同样冰冷的语气，跟已经委任"廷尉"之职（主司刑典）的李斯说："查查都是些什么人，一律重治。"说完一甩袍袖，急匆匆往正殿走去。李斯、赵高一行紧紧跟上。秦王政边走边急速说："这些都过去了。过去了！现在起，寡人再不要听到什么风言风语。都是废话！废话！！你们记着，秦国、寡人、你们，所有秦国人，都还有更重要的事要做！叫王翦，寡人要即刻动兵征伐六国。叫尉缭也来！不能再等了。秦国等得太久了。该结束了。”他忽然停住，大声说，“对！就是这话——该结束了！”

第一个目标，当然是韩国。六国里，韩国最弱，离秦最近，几年前还派个叫“郑国”的人，拿来一套根本上改善秦国关中地方灌溉条件的大型水利工程方案，明着是给秦国献计献策，暗里是想让秦国陷在旷日持久的工程里，耗费国力，延缓其外侵步伐，十分可气，当时就被吕不韦识破。可那时的秦王政，正处在事事都要跟吕拗着劲的阶段，加上满朝文武有人赞成也有人反对，不似那一阵更常见的向吕不韦一边倒的局面，他就坚持接纳了这个方案，兴动了工程。这会儿，他所谓“不能再等了”，也多少是在针对吕不韦当初“若兴工程，就须等到竣工，显示功效，国力恢复再图大事”的说法。

其时，工程还只进行到一半。后来，工程还是按设计完成了，就是到现在都还在起作用的、著名的“郑国渠”。其实，“郑国渠”之计，实在很差劲、很失败，充其量只能起到拖缓秦国扩张步伐的作用。赢得的时间，用来干什么，根本没有切实可行的计划。拖缓了之后，秦国还是会扩张，韩国还是首当其冲，而且，由于有了郑国渠，秦国的物质更加丰富，扩张的实力反而增强。作为古代水利工程，“郑国渠”可以说是当之无愧的优秀范例之一；可作为军政策略，其“创意”，却无疑是令人啼笑皆非的反面教材。

可毕竟，“郑国渠”的修建，还是牵扯了秦的国力，影响了秦王政全面展开军事进攻的策略。韩国害怕，赶紧把早听说秦王政一直景仰的韩非，像人质一样抛了过来，又一次换取了暂时的平静——秦王政太想见韩非了。他没法拒绝韩国的请求，太阿剑一挥，又指向魏国，继而指向更远的老对手赵国。

被一连串轻巧的胜利催着，秦军按他们的王的意志，长驱直入，把兵锋指向了赵国腹地。如果说，有哪个国家是秦王政最想首先征服的，从道理上来讲，应该是最近也最弱的韩国，可从感情上来讲，则无疑是相当于“第二故乡”的赵国。

有人说，秦王政如此急切地要攻打赵国，实际上是内心关于童年和母亲的复杂情结在起作用。二十多年前“长平之战”的巨大胜利和近些年对赵国一些小仗的接连取胜，也使得大多数秦国军政决策人认为赵国已完全不具备原先的战斗力，比较容易战胜。他们当中有的人甚至已经想到彻底扳倒赵国，从根本上制约其北面的燕国，向东直接威胁齐国，向西与秦国大本营夹击魏、韩的格局，并进一步想到利用这种夹击之势，灭掉韩、魏，以“大北方”姿态，压迫楚国，形成秦、楚、齐的“鼎立”之势；那时候，已被完全隔绝在北方的燕国，不管是否存在，都已事实出局。所以，尽管缘由纷杂，但在“打赵国”的动作意图上，是君臣一致、文武同心。就连一直对吕不韦还怀着同情和想念的臣僚，也因为吕不韦在时也打过赵国，而毫不犹豫地投了赞成票。

可这些人并没注意到，吕不韦对赵国的进攻，主要是为报复其主张“合纵”，是“政治性”的动作，是“小动作”；吕不韦本人，并不主张针对任何对象大兴杀伐，甚至不赞成武力统一。他编《吕氏春秋》，带有“文化进攻”的意思。在他的认识里，六国也好，七国也好，多少国也好，相融相和，才是最理想的状态。他构想中秦国的未来，是周那样的“天下共主”，而不是一个纯粹大一统的、只有郡县没有封国的超级大国。六国可以存在，甚至应该、必须存在，但前提是，它们承认秦的霸主地位、听命于秦、推举秦取代周为“天下共主”。这大概也是他灭东周、“迁九鼎”

的初衷。站在他的角度，这样的思维和主张，很容易理解——统一了天下，都设了郡县，没有了封国，子楚“愿与分国”的诺言如何兑现？他儿子嬴政是天下共主，他别的儿子还可以“分国”，岂不美哉……可这等盘算，别人焉能知晓。如今，他们都听秦王政的，秦王政让打哪儿，就打哪儿，秦王政让怎么打，就怎么打。

可他们没想到，赵国不是软柿子。大仗一开，立马就碰了一鼻子灰——在叫作“肥”的地方，疲劳远征的秦师，遭遇了几十年来最惨痛的失败；赵国大将李牧率领的赵军，获得了振奋人心的胜利。秦王政这才稍稍冷静，对自缚前来请罪的主将桓齮说：“此败非你之过。寡人赦你无罪。”紧接着问，“李牧是谁啊？”

“干掉李牧就等于干掉赵国”的主意，还是韩非给秦王政出的。韩非很希望秦国把注意力放在别的国家。

因为口吃，他靠写字，向秦王政表达自己的想法，解释秦王政提出的关于他著作中的种种疑问。可是，在解答时，他并没完全依照那些著作本来的意思。因为，要是照实讲，一定会使秦王政得出“必当先灭韩国”的结论。所以，他故意曲解自己的思想，想把秦王政的剑锋，引向其他国家。他甚至为加强这种引导，还利用秦王政对自己的崇拜，撰写了一篇题为《存韩》的新文章，主旨是说灭韩国不如留着韩国，对秦国会更有利。当真画蛇添足！

作为思想家，韩非无疑是伟大的。即便有些偏激，有些绝对，有些阴暗，但所有这些，都丝毫不能遮掩他思想内核蕴藏着的耀眼光辉和充沛而深邃的智慧。今天的我们都知道，任何一门哲学或完备的社会科学，都必须至少兼有“世界观”和“方法论”两个部分，才具备实际的指导意义和充分的可行性。只有方法论而缺乏世界观，严格地讲，并不足以构成学科；而仅涉及世界观的学问，又只能限于理论层面，很难，甚至无法直接实践，《韩非子》更类似于这一种。韩非，说到底还是个书生，不是政治家，如果真的让他去治国，情形恐怕会相当不乐观：他缺乏一个真正的、实践性的政治家所必须的素质。比如：他竟以为，秦王政一直被他的曲解蒙蔽着；竟以为秦王政因为崇拜他就会相信并接受他的所有言论；竟想当然地以为，人家不会考虑他是韩国人，并且是韩国公子这样的因素。

你可以说他迂得可爱，也可以说他蠢得可怜。更可怜的是，冷眼旁观的学弟李斯，竟毫不提醒，背地里却跟秦王政去纠正他灌输的错误概念。秦王政也不说破，猫捉老鼠般地静静等着看韩非一步步的表现。所以，当终于有一天，猫跟老鼠说“你就拿这些谎言谬论来蒙骗寡人吗”的时候，老鼠的路，就走到头了。

秦王政对韩非的表现非常失望，但还没到愤怒的地步。他很可怜韩非，也始终无法抹去对他的崇拜。毕竟，眼前这个显得有些猥琐的结巴，写出了支撑他熬过艰难学业的书，在懵懂无措的时代，为他点起过一盏那么明亮、那么令人振奋的灯。所以，失望之余，他本并没打算把韩非怎么着，充其量不过是思谋过把他退回韩国，再兴刀兵罢了。可赵高报来的一个消息，瞬间改变了秦王政的心境，也改变了韩非的一切。

那个消息是：燕国太子姬丹跑了。在秦王政的脑子里，当时并没马上把姬丹的逃跑跟赵国刚刚取得的胜利联系起来。当时的他，只感到懊恼和愤怒。姬丹哪，你真是没把寡人当朋友啊。你真是信不过寡人啊。邯郸城外的交情呢？你们这些人，为什么都信不过寡人呢？你、吕不韦，甚至还有韩非。你们难道都瞧不起寡人吗？你们——你们……你们！！

几乎是很随意地，他在怒气中，指了指不知道发生了什么事的韩非说：“把他锁了。好好反省。让他们都好好反省！反省！！”

可怜的韩非，就这样莫名其妙地被关进了监牢。秦王政翌日还问李斯："韩非呢？"李斯说："不是王上吩咐关押反省吗？"他就说："嗐，寡人都忘了。行了，别难为他了，关几天就送回韩国吧，他跟姬丹不一样。"

这话在旁人听来，也许不会有什么想法，可好不容易才贴到近臣地位的李斯却想：王上心底里对韩非，还是情有独钟啊。韩非在，我这个学弟，永远都最多排老二！

后世知识分子"轻怠"李斯，甚至恨李斯，是有道理的。因为他身为知识分子，却干了很多传统概念中知识分子阶层所不齿的事儿。韩非的事儿，就是其中典型一例——他跑到监牢，跟韩非说，王上很生你的气，我看，你肯定回不了韩国了；不过，看在同门的分上，我会帮你。你想要回去呢，还是想要秦国不打韩国？我最多只能做到其中一件，你得选。韩非回答了五个字：存韩，韩非死。说得很吃力，却异乎寻常地没结巴。李斯多少有些心酸，拍拍他肩膀，说："放心吧。斯拼了性命，也要完成学长心愿。"

韩非在监牢里自杀了。李斯报给秦王政时说："臣去晚了一步。"后来，他还做了多年的廷尉，一直主管邢狱，那小小时间差，就被淹没在那些岁月里了。

秦王政听了韩非的死讯，好久都没说话，最后挥挥手打发了李斯，说："以国君之礼，送他回韩国吧。"

那天晚上，赵高收拾秦王政当天看过的一百二十斤竹简，累得活动腰杆时，瞥见秦王政独自坐在秋风萧瑟的户外，仰头冲天，低低吟唱着什么。侧耳细听，辨出是在邯郸时唱过的儿歌，用现在话来讲，那儿歌的大概意思是：好朋友啊，我们就要分别。你要保重啊，我们何时才能再相见……赵高听着听着，也禁不住跟着哼了起来，哼着哼着，就流下了满脸的热泪。

第三十一章

扬眉剑出鞘

“秦王扫六合，虎踞何雄哉。挥剑决浮云，诸侯尽西来……”这是后世大诗人李白，对秦征服诸侯、统一天下饱含敬畏和浪漫意味的概括。“六合”原指东、南、西、北、上、下六个方位，概以形容人力所能及的所有的广阔。在秦王嬴政的时代，人们对“天下”的感性认识，仅限于相当今天中华人民共和国国土面积三分之一甚或还不到的河北、山西、陕西、河南、湖北、山东等省及分别与它们相邻的辽宁、内蒙古、宁夏、甘肃、四川、湖南、安徽、江苏、浙江等省区的部分区域。在这片区域里，当时盘踞着秦、楚、魏、韩、燕、赵、齐七个主要诸侯邦国，史称“战国七雄”，另还有一些半死不活的小诸侯和地处边缘的零散少数民族势力。居于正西的秦国，国土面积第二，军事力量第一，综合国力第二或者第三，既有扩张的能力，也有扩张的需求，所以毫无疑问会把扩张作为核心的国家发展方略。问题在于扩张的方式和程度——是单纯使用武力还是武力、外交并举，还是再掺进诸如文化渗透、经济制约等方式；扩张目标，是追求更多的指标跃升为第一，还是所有指标都第一，又或是彻底消灭其他竞争者，成为“唯一”。

早在惠文王嬴驷时期，很多方面都还不能跟“第一”沾边儿的秦国，就确定了“统一天下”的终极目标，不可谓不大胆。几乎同时期的思想家孟轲（孟子），也曾面对“天下涂炭，何以止之”的问题，给出过“定于一”的答案，不过是对当时最有势力的君主魏惠王说的。对一个思想家而言，推崇“统一”的概念，应该是出自对广义社会状态的改善与进步的考虑，并不关注最终的实现者是谁。但几乎可以认定，孟老夫子，是想看到那时候最强大的魏国承担并完成这一历史使命的。至于“化外之邦”的秦国，则完全可能想都没想过。可是魏国到底还是失去了本来可能真的存在的机会，而秦国的“统一”构想，则不大可能是从广义的社会发展角度得出的，更应该是出自自身存在和发展的需要——地处边陲、文化落后、饱受歧视的秦国，对自己的宿命，有很清晰的认识：贫弱，则是诸侯欺凌、宰割的对象；强大，又会成为诸侯的眼中钉、肉中刺，招致格外的敌视、敌对，同样不得安宁，甚至更加不得安宁。要么灭亡，要么“大定”，没有中间状态，而那个“大定”就是统一，就是消灭所有其他诸侯势力。为实现这个目标，秦国历代君主和他们的智囊团，采取了包括军事在内的多种方式，到秦王政执政初期，已逐渐形成以军事为主、外交为辅的模式。

随着吕不韦被罢黜，继而自杀，他的理念被全面推翻，他所扶植的政治力量，也迅速离散、瓦解，秦的外交能力，受到相当程度的损失。本来，秦王政还想过利用李斯及其逐渐网罗起来的文人集团，形成新的外交体系，捡起外交这张牌。可姬丹的出逃和韩非的死，让他觉得，外交对秦国的帮助已经太勉强、太脆弱、太不实质。同时他意识到，外交的恢复和重新构成作用，根本就不是一厢情愿可以促成的，至少也需要一个漫长的等待过程。

可他不愿等待，不能等待。只要一有风吹草动，连人质都能逃走的脆弱外交和大几十万血脉贲张的秦军、堆积如山的武器、军粮，也让他觉得没有必要等待。所以，他说“秦国等得太久了”。所以，他用长长的、能杀人的太阿剑，而不是别的什么东西，指向用十张整牛皮拼成的、尉缭主持绘制的“天下全图”，跟他的文武臣僚们说：“除了平灭六国的战报，秦国已经没什么可等的了。秦国，没有其他选择！六国，也没有其他选择！”

身高六尺八寸多一点儿的秦王政，用犀利的目光扫视人们，太阿剑的剑尖点在图上赵国的位置：“把那个李牧给寡人擒回来，不管用多少兵力。要快！”

臣下们都已习惯他这种急迫的、不容置疑的命令方式，也都被他的决绝慑得根本不敢反驳，就是有不同意见，也极少当面指出，谁也不愿意去碰钉子。

只有李斯时不时会当场表示异议，因为他知道，秦王政冷峻生硬的外表下面，藏着一般王者很难具备的知错就改的决心和勇气，只要说服他，他马上就会改变原来的决定。他还知道，什么事是可以异议，甚至是可以反对的，什么是根本就不能去碰的。比如这会儿，他很清楚地知道，武力平灭诸侯的决策，是不能改变的，就是有一千条理由，王也不会认为你对。可具体怎么打，往哪儿打，并非不可争论。所以，他就在一片寂静中清清嗓子，提出了最好还是先打韩国的“异议”。

秦王政瞪他一眼，问：“为什么。”他说：“韩国最弱、最近，由于韩非的死，外交努力也告失败，正在收获列国的同情，留着是隐患。”秦王政又问：“打了韩国之后呢？”李斯说：“打魏国。那时候——”秦王政不等他说完就插话道：“那时候，李牧就来救魏国了！那时候，我们的军士，因为战胜了韩国，正在高兴。那时候，楚国也会去救魏国，趁机拿走我们打下来的韩国！那时候，我们还得跟李牧打，可是万一再打败，就撤不回来了！那时候……"

听到这儿，李斯赶忙跪下行礼："王上英明，臣糊涂……臣糊涂……"

只身逃回燕国的姬丹，说服父亲燕王姬喜，可远没有秦王政说服李斯那么容易。他向父亲跪陈："秦国肯定要吞并六国，而且肯定要用武力；燕国既不能跳出它吞并的视线，也不可能用外交缓冲它的战车！唯一有效的求存方式，就是对抗。我们是打不过它，可赵国能。我们干吗不跟赵国联合起来！联合，就有希望打胜仗，就能重燃列国信心，就可以再度合纵，痛击秦国！就算不能，也需把赵国拉在前面挡着……"

可他的父亲并不这样看，认为赵强燕弱，一旦燕国方面起意联合，赵国就会狮子大开口，本来还有些边境问题没解决，还不得被人占了更大的便宜去！有秦国跟它斗，它没余力欺负我们，寡人看不出这有什么不好……

爷儿俩各执己见，争过来争过去，换了无数角度、方式，说到底还都是各自那个意思。当秦国又一次败在赵国的李牧手下时，太子丹说："父王您瞧，赵国真的能克秦，下决心吧，儿去斡旋边境争议。我就不信，大敌当前，他们能跟我们计较那些蕞尔小事。"燕王喜质问："你是在说，寡人关注的，都是蕞尔小事吗？你是不是还想，换成你，蕞尔小事，谈都不谈，想都不想，依了赵国便是？别忘了，每一寸土地，都是先祖辛辛苦苦经营下来的，你个败家玩意儿！"把太子丹说得脸色煞白，不敢回应。

当听说魏、韩两国未战而主动向秦割地的消息时，太子丹再度鼓起勇气跟父亲争辩。他说："魏国仅仅因为秦队出征扫了自家边境的边儿，战败回撤时又扫了一下，就忙不迭地去修好，恭恭敬敬地按人家说的，双手把辛辛苦苦打下来、可作抗秦门户的'丽邑'，捧了回去；韩国唯恐别人献了自己没献挨揍，也马上献出物产丰腴的南阳地方；如今秦国已在南阳设郡，赶走了那里所有的韩国人；嬴政那厮，还把丽邑的骊山，指定成他的陵寝所在，把当地魏国人全变成奴隶，日夜为他挖山造墓。父王啊，可见秦国是如何暴虐贪婪，嬴政是如何暴虐贪婪，列国又是如何的畏惧软弱，再不联合痛击它，咱还能挨多久？如果说，赵国、秦国都是敌人的话，赵国充其量不过恶邻而已，偷偷摸摸泼泼脏水罢了；可秦国却是强盗猛兽，是要连皮带肉吃掉咱的啊。”燕王喜说：“你别费劲了，秦虽强暴，归根结底还是土包子，所图无非利益，大不了从都亢切块儿好地方给他，它也就满足了……”太子丹一听差点儿没晕过去，带着哭腔说：“都亢可是我燕国粮仓啊，怎可给它！给了它，咱吃什么？它再打过来，咱靠什么养兵，靠什么为屏障？！”燕王喜说：“你瞧你，寡人都说了，它不会打我们的，莫非你还不信吗？”

太子丹后来才知道，父亲早派人跟秦国“修好”过了。使臣带回了秦王政亲笔签署的、以燕国割让都亢三分之一土地城池为条件的“秦燕平和令”，燕王喜还挺高兴，问使臣：“有否谈妥交接之事？”使臣答：“秦王说会亲自来跟王上交接。”燕王喜又问：“难道秦王要来见寡人？”使臣答：“这个秦王没明说，只说很想念太子。”为这个，燕王喜还想过是否该把太子丹再派回秦国，可一想那孩子对秦国的成见，又怕派去反而添乱，一直踌躇着，如今他竟又来劝什么跟赵国联合，真不懂事！

攻赵再次失败的事实，迫使秦王政重新考虑李斯攻韩的建议。李斯也在原先意见的基础上，做了些补充：核心是把小仗打大，把单纯的军事行动，变成大的政治动作，集中兵力，一举消灭韩国，试探另外五国的反应。

这一次，秦王政接受了他的建议，并补充：速度要快，手段要重。要让秦人、让列国、让天下，都明白寡人的决心。同时，他严命管理情报系统的全体臣僚：无论多少花费，用什么手段，都要把李牧干掉！下面报：赵国国相郭开，倒一直都是他们养着的一条线，可李牧跟当年的廉颇不同，廉颇怎么说也是失了宠逃亡在外的“废臣”，可李牧现下可是赵国擎天巨柱。弄廉颇时，郭开不过一个普通大夫，可现在是相国，胃口会大得惊人。秦王政说：“寡人不是说了吗，无论花费多少——喂饱他！还有，寡人听说赵国地震了，死了不少人，别忘了利用这个事。”

于是，有关上天启示赵国国运受到姓李的人物克制而发生灾难、继而将丧家灭国的传闻，很快从赵国的边边角角，传进邯郸，再从邯郸的大街小巷，传进宫廷。秦王政给李牧将军本人的，字里行间表达着赞赏并热忱邀请（不是建议，也不是劝说）其入秦为相国的“亲笔信”，也几乎同时被“截获”到了年轻气盛的赵王迁手中。拿了无数珠宝、珍玩的郭开相国和赵王迁那来自民间、出身跟秦国赵太后仿佛的母亲王太后，再在旁边一嘀咕，厉兵秣马准备迎头痛击秦国再次反扑的李牧的命运，便忽忽悠悠悬上了半空。

秦军攻破韩国都城并屠城的消息，是跟李牧被赵王迁囚禁的密报一起到咸阳的。秦王政跟密报的人说：“寡人要的不是李牧被囚，寡人要他死！”

在秦王政踏上血迹未干的韩国都城的土地，见到锁进囚笼的韩王安的时候，邯郸的密报又到——李牧在狱中自杀。秦王政深吸口气，长长嘘出，沉吟好久，说了句谁都没想到的话：“李牧将军，可惜了……”

在押韩王安回咸阳的路上，秦王政传出命令：叫王翦提大兵攻赵，务克邯郸，俘赵王。到时候，寡人要去。又向来密报李牧死讯的情报人员吩咐：拉一张名单，把邯郸认识寡人、认识先王、认识太后、认识嫪毐吕不韦的人，都列进去，还有那个郭开，交王翦，告诉他，一旦攻破邯郸，这些人，全部要死！

回到咸阳，他又让李斯拟了一封给魏王的信，命其自行退位，献出全部国土，否则，不日攻灭，尽屠其民！

李斯的笔，在这冷森森、血淋淋的词句上，不由得抖动起来。他想起老师荀夫子的话：人各有志。你若执意要去秦国，也是一番抱负；可为师要提醒你，秦乃杀人利器，一朝扬眉出鞘，便会杀心泛滥、生灵涂炭、血染江河。你真要去扬起它屠戮的眉毛，帮它拔出杀人的利剑吗？你真能坦然面对那个结果吗？不要想象，那跟书里写的几行字，绝不是一个分量……

他抖着笔，告诉自己：我能。一定能。这是为天下大计，这是为子孙后代不再相互残杀，永远融洽平和……

秦王政踏着赵国人的血，一步步走到自己住过的、已经坍塌的土房前，让人把郭开和赵王迁押到眼前，告诉他们："寡人在这里住过。"问他们："你们为什么要囚禁、逼死李牧将军？"看他们不敢回答，他拿剑指指郭开："你有很多珍宝财帛是吧？那些珍宝财帛，比你的国家，比你的君王，更重要是吧？你现在告诉寡人，准备怎样去享受那些珍宝财帛？说！"郭开哆哆嗦嗦道："启禀王上，罪臣财帛，均已尽数上缴。"秦王政忽然哈哈大笑起来。笑的时候，他似乎看见了母亲，又似乎看见了其实并没见过面的李牧。耳边传来郭开唯唯诺诺的声音："罪臣愿服侍王上，请王上恕罪，恕罪啊……"紧接着是赵王迁怒骂郭开"国贼"的声音，然后是近侍的报告声："赵太后在咸阳薨逝。"

笑声戛然而止。他似乎不相信自己耳朵似的追问了一遍，然后愣住，缓缓转过身，呆呆地望着土房的废墟。忽然丢下剑，双膝跪倒。所有人都不知发生了什么，便也跟着跪倒。

秦王嬴政的眼里，滚出了泪水，心里响起一个很久都没听见过的字：娘。那似乎是一个孩子的声音，越来越近，好像正从旁边的小山坡向土房跑来。土房忽然又变回原来的样子，年轻的母亲，从里面出来，头上裹着旧巾子。母亲东张西望，忽而喊："政儿——政儿，回来吃饭……政儿，政儿，藏哪儿了……"他朝母亲跪爬过去，喊："娘，娘啊，我在这儿！"可娘好像根本没听见，也没看他，还在"政儿""政儿"地喊，一脸焦急。他又叫："娘——你看看我啊——娘，看看我啊……娘！"他趴在土地上，双肩无声地剧烈抽搐，眼泪无声地融进厚厚的尘埃。

所有秦人都静静看着，心里充满了错愕和恐惧。他们看着王缓缓起身，缓缓转身，缓缓拾起丢下的宝剑。他们听见王说："是赵国、赵国人，让我没了娘。还我娘！"他们这才隐约明白发生了什么事，不约而同地俯首，等着王发布新的命令。他们中有些人，对那个即将到来的新命令的内容，已经猜出了八九分。

当年被郭开和王太后算计失了太子位的赵国公子赵嘉，被小股追随者拼命保着，逃出了邯郸，逃到了紧邻燕国的叫作"代"的地方（今山西省代县一带）。刚刚安顿，就收到秦军在邯郸大肆屠戮、几乎杀得鸡犬不留的消息，不禁落泪。身边臣僚劝他说："现在不是哀伤的时候，我们拥立您为王，去跟燕国联合，重新建国。赵国，不会亡！"

面对赵国的悲惨命运和一脸凄苦的赵嘉，燕王喜多少有些后悔没听儿子的建议。他把太子丹找来，说："恐怕你是对的，可事到如今，还有什么办法吗？"太子丹说："办法不能说没有，可未见得能行。赵国已经崩溃，说不上有什么实力了。唯一的有利因素，就是秦国攻赵，损失惨重，当下也很疲惫，如果趁势打来，或尚可应付；如果秦回师，我们也可以帮助赵国重建。"燕王喜说："你傻啊，秦国若不继续攻过来，干吗还帮赵国？占了赵国地盘，岂不更好。"太子丹怔怔地看着父亲，心里无奈地叹了口气。

回到太子府，他跟一直跟着谋划抗秦求存之计的太傅鞠武说：“父王必不能成事了。我已经没耐心了。您那一套联合列国的谋划，肯定也已来不及实施，还是考虑那套冒险的办法吧。眼下的燕国，眼下的天下，恐怕也只有这一招可走了。”

所谓“冒险的办法”，就是后来被世人传颂的“刺秦”之计。计策本身并不复杂：招募敢死之士，设法进入秦国，拼死刺杀秦王政，引起秦国内乱，甚至致使秦国从内部崩溃，激发列国信心，赢得再度合纵的准备时间。

太子丹知道，秦王政，已经是秦国的灵魂，一旦被杀，秦国很难在短时间内恢复正常秩序，甚至可能彻底陷入内乱，自己完蛋。其实，从韩、魏主动割地时起，他就开始盘算这个办法了，也已从民间秘密招募了些武艺高强的豪侠。可鞠武并不怎么赞同，认为太冒险，就算成了，也不会有大用；即便是赵国被攻陷之后，骨子里，他还是存着保留意见；只不过，他也承认，目下，确实没有其他行之有效的办法，不管做什么，总比坐以待毙来得主动，于是向太子丹推荐了隐居民间的智勇双全的名士田光。太子丹立刻盛情邀请已经年迈的田光，把“刺秦”计划和盘托出。田光告诉他：“这是天大的事，须得智勇双全的人物，才能办成。”太子丹说：“您就是我心目中智勇双全的人物。”田光说：“我不行，老了，这是绝对不能有闪失的事，决于纤发毫厘之间，一旦失手，便再无转机；我没有信心去完成，此刻，不是充英雄的时候。”太子丹于是让他审视招募来的勇士中最出色的几位。老先生看了看，说：“恐怕都不行。他们很厉害，可谁都能看出他们很厉害。别忘了，对手是侍卫森严的秦王，不是一般人。他们根本就近不了身。”

他向太子丹推荐了两个壮年朋友，一个名叫荆轲，是齐国流亡过来的，另一个叫作高渐离，燕国人。他告诉太子丹：“这两人，都是正义智勇之士，或可堪用。”太子丹问：“他们都是干什么的。”田光告诉说：“荆轲没正经营生，高渐离开着酒铺，筑琴弹得很好，在民间很有名，别国都有不少慕名来学琴的。”太子丹又问：“他们武艺如何”田光说：“据我所知，他们都不会什么武艺。”太子丹一听就急了，说：“那哪儿行。”

田光看他一脸不快，就问：“敢问太子，您与秦王有交，可知他武艺如何？”太子丹说：“还可以，比起我招募的这几位来，单对单，最多打个平手，可是，他有那么多侍卫呢。”田光说：“其实，真正对手，就只有秦王一人；真正要做的，就只一个动作——杀死他。若被看出端倪，武艺再高，也不到了近前；若到不了近前，武艺再高，也刺不了他；若没有以死相拼、有去无回的勇气，到了近前，也发不出那拯救全天下的一击。不动声色地在咫尺之间忽然发难，只需一下，大事可成！可那区区一下，需要多么大的勇气，多么笃定的镇定，多么坚强的意志啊。有武艺的人，会自然在内心衡量高低、上下、攻守、利弊，而所有这些，行事时，都是不需要的，甚至是会坏事的；没有武艺的人，反而没那些顾虑，所需要的，只是瞬间拼去性命的决然……”

尽管算是认可了老先生的说法，太子丹还是只看中了显然更强壮并且似乎会使剑的荆轲。后世有人说，荆轲是武艺高强的剑侠，相当多的人认同这个推测，他们跟太子丹的思维差不多，这其实是个误区。历史上有名的刺客，不止荆轲一个，他们的共同点，只有两个——不怕死和能迷惑刺杀对象，并没说武艺有多么高强。事实上，早期的一些成功刺客，大多数，真并不见得有多好的武艺，就连武侠故事中的胜者，也大多具备了超常的勇气和决绝，并非武艺最好。可见，“勇”字，跟武艺高低，并无直接关系。武艺不高的荆轲，用他的计谋和喜怒不形于色，也很快树立起了太子丹的信心。他很坦率地告诉太子丹：“荆轲对武艺的高低，心里没数。如果决心舍命执行刺杀，只是拼上性命而已，既不会考虑对方的武艺，也不会指望还能活着回来。”他还告诉太子丹：“计划的核心，不在武艺，而在于保密和最大限度地接近秦王政，并使其放松警惕。”为此，他们封闭了所有消息，挖空心思地搜寻出使去秦国、面见秦王政的理由和机会。为确保机密，不让太子丹担心，老田光在确信太子丹选定荆轲，荆轲也决心接受任务之后，毅然自杀了，给了太子丹极大震撼。

所有知道荆轲刺秦王故事的人都知道，荆轲的刺杀失败了。尽管准备了剧毒的匕首，尽管有了割让燕国宝地都亢的诱饵。尽管流亡在燕国的樊於期将军，也献出了生命，让荆轲拿到了秦王政一直想要的樊於期人头。尽管荆轲靠着超人的勇气和镇定，最终走到了秦王政面前，向秦王政挥出了藏在都亢地图里的致命匕首，可还是没能成功。在被秦王政抓住手腕的瞬间，荆轲知道，到底没能瞒住对方。

秦王政握着荆轲的手腕，盯着那把闪着幽灵般光芒的匕首，心里燃起了冲天的怒火，也溢满了莫名的恐惧。他被那怒火烧得忘了自卫；被那恐惧赶得满殿乱跑；最后还是靠一个宫医投掷药箱，让荆轲走了神，才得空抽出长长的佩剑，刺倒了醒过神再度扑过来的荆轲。

荆轲抱着刺入身体的剑身，冲秦王政说：“杀了我吧。还会有人来杀你的。”秦王政咬牙切齿道：“为什么要杀寡人？你们以为杀了寡人，就能阻止秦国吗？你们错了！”荆轲笑笑，问：“你怎么看出来的？”

秦王政也笑了，冲跟着荆轲一起来但没被允许走近、武艺高强的秦舞阳被擒拿的方向扬扬下巴：“你不该带那个人来。寡人看见，你走过来时，他在发抖。寡人还看见，你离寡人越近，他就抖得越厉害。”秦王政对荆轲的处置非常令人费解：车裂，厚敛，送回燕国。往往，被车裂的，都不准下葬，尸身示众，任人践踏唾骂，最后被胡乱掩埋或干脆喂了野狗。人们不知道，为什么，一个对他犯下最危险罪行的敌人，能在死后得到超过士大夫的礼遇。只有赵高曾听见他事后本没打算让任何人听见的自言自语："我大秦要是也有荆轲，该有多么好啊……"

在易水河畔迎接荆轲灵柩的太子丹、高渐离等人，似乎比秦国人更能理解秦王政的心思。易水河泛着清冷的波澜，似乎还在回味着出发送别时，高渐离在河畔抚琴而歌的别语："风萧萧兮易水寒，壮士一去兮不复还……"

荆轲刺杀事件，震惊了列国，也彻底激怒了秦国。刚转过年，秦军就以排山倒海之势平灭了已脆弱得闻风丧胆的燕国，占领了其都城"蓟"。燕王喜率残部逃至辽东，秦军又追到辽东。燕王喜一面命令手下苦守坚城，一面派人跟秦军求和，表示愿意称臣，把刺杀的事，全推到儿子姬丹身上，请求原谅。事实上，他事前也的确不知道刺杀计划，可是一股脑儿地推到亲生儿子身上，以求自己平安，还是让包括秦王政在内的人，都感到了震惊。秦王政传来话说："杀了姬丹，寡人便允尔称臣"——这样的君王，有跟没有一样，用不着在他身上再费军力了。

就这样，秦军带着太子丹的头颅撤走了。据说，太子丹是自杀的。秦军里知情的高级将领们私下说："如果我有这样的父亲，早就自杀了。"

后人曾用"奋六世之余烈"形容秦王政。所谓"六世"，是指他之前的庄襄王子楚、孝文王柱、昭襄王稷、武王荡、惠文王驷和孝公渠梁。意即：从孝公用商鞅变法开始，一直到秦王政的父亲子楚，在六代君王的励精图治下，秦国被推上了统一天下的必然轨道；秦王政继承了祖先留下的"烈"，给这局下了几百年的棋收了关。其中"奋"这个字，用得极其形象。秦王政确实是一个担得住"奋"字的雷厉风行的君王，也确实采取了铺天盖地的空前强大攻势，拿着拼命的决心去完成统一大业。后人说，统一以后，他行事操切，过度使用民力国力。其实，对国力的透支，早在统一之前就开始了。这一点，不难由战争的进行节奏看出——

逼杀太子丹当年，秦王政便命大将王贲攻楚，正式与楚国拉开决战序幕。其时，华阳太后已死，生于楚国、平定嫪毐叛乱时立过大功的昌平君被流放，后设计逃脱，回归楚国，跟自己的母国一起，站到了捍卫自身生存，抗击强秦吞并的前线。

又过一年，他命王贲与魏国决战，最后采取决河灌城方式，占领了魏国都城大梁，俘虏了魏王，屠杀了大梁城半数以上的军民，灭了魏国。同年，在燕国故地，设立右北平、渔阳、辽西三个郡，派驻军队防守匈奴。

再过一年，又设上谷郡和广阳郡，同样派兵镇守。同时命李信、蒙武，率二十万大军与楚决战，被老成稳重的楚国名将项燕击败。本来打算派王翦去，可日益老去的王翦说非要六十万兵方可攻楚。当时，秦国可调动的兵力，只剩下将将六十万，秦王政没敢答应，就改派了轻敌的李信为主将，结果遭遇了疲惫状态下必然遭遇的失败。

可他并没就此放缓战事，很诚恳地再请王翦挂帅攻楚。王翦还是要六十万兵，他答应了。穷尽全国之力，给足了数。老王翦知道，这是大秦可调用的全部兵力，一旦有失，整个大业，就面临颠覆性危机；他也知道，王对此举，是多么重视、多么担心。为了让王放心，老人家频频索要封邑赏赐，还为自己的子孙讨要官职，用这种方法告诉王：老臣把根都扎在了秦国，绝不会有二心，六十万军队交给我，尽可放心。

饶是如此，秦王政还是在最后一刻做了"绑定"——把自己只有十几岁的女儿，送到已经开拔的大军中，在军营里，嫁给了年近花甲的王翦。老爷子跟新娘说，不要随军了，回去禀报王上：王翦一定打好这场仗；一定、一定，把六十万兵带回去；一定、一定、一定，不辜负王上的信任和公主的情义……

攻楚的战役，打得比较慢，但也没到一年。王翦采取了与对付赵国类似的办法，设法让劲敌项燕被自家削弱指挥权和决策力；之后又故意示弱，让胜过一仗的楚军轻敌，最后一举雷霆，锁定胜局。大军长驱直入，占领了楚国都城寿春，俘虏了楚王；又乘胜攻向江南，占领了楚国所有富足地方，彻底消灭了楚国的军事力量。

楚王被俘后，被推举为抗击领袖的昌平君，率领楚军残部，苦苦支撑了一阵，也终究没能挽回败局，在被秦军攻破最后一座坚城的前一刻，含恨自杀于城头。

至此，真正的对手，就只剩齐国了。超负荷高速运转的秦国战争机器，才得以喘息。秦王政接受了李斯、王翦等“暂不攻齐，迫其降”的建议，把剑锋点在燕王喜盘踞的辽东和已称“代王”的赵嘉所在的“代”地，说：“把这两个还敢称王的鼠辈给收拾了！”

第三十二章

千古一帝

秦王嬴政即位第二十六年（公元前221年），华夏大地上，原本的“战国七雄”，只剩下了两家。一个是刚刚以武力平灭了韩、赵、魏、燕、楚五大诸侯，又一力扫平了周边小诸侯和少数民族势力、实际占领土地面积已超过八百年前西周王朝鼎盛时代的秦国。一个就是缩到东海之滨，完全丧失了反攻甚至防守意志，寥寥一隅的齐国。作为最老牌的诸侯之一，齐国曾有过让人羡慕的辉煌和荣耀，如今却只能等待胜利者的发落。

齐王田建在给秦王嬴政的“乞和书”里，提了两个条件：一是不能像对待囚徒那样对待他和他的家人，二是不能屠杀齐国军民。秦王嬴政拿已被提升为上将军的亲信蒙恬发明的毛笔，蘸着“中车府令”赵高新近研制的、以朱砂研磨而成的朱红色颜料，用“廷尉”李斯发明的漂亮的“小篆”字体，覆盖着整篇“乞和书”，写了个大大的“可”字。粗犷的笔触，就像巨大的阴影，笼罩着齐王田建小心翼翼的言辞。饱满的颜料，顺着细腻繁杂的文字，纵横四下，仿佛正在死去的齐国缓缓流淌的残血。

写罢，嬴政甩下笔，冲垂首在下面的李斯、蒙恬等文武臣工说：“赐田建食共邑，限期迁出临淄，故齐地设齐郡，即日起，视同其他郡县。”

俄顷，又说，“现在，已不必考虑六国的问题了。李斯即日擢升相国，马上筹划国体、王号、礼仪、典籍诸事；目下，没有什么比这些更重要了。”

下面有人问：“王上吩咐的事，古来皆备，何须再议？”嬴政瞪了那人一眼说：“我大秦扫平天下，难道还要维持现有国体？寡人拥有天下，难道仅一个‘王’字可当？”李斯忙插言进来：“可否皆从周室？”嬴政断然道：“不可。相国难道不觉得我大秦鼎定天下之功，远在周室之上吗？难道不认为寡人之功，远在周文周武之上吗？！”李斯赶紧俯首称是：“臣明白了。”心里却打起鼓：这下可难办了！

过了几天，李斯等一干文臣、礼官来报初步研讨结果：国号为“秦”，王天下，秦王依上古典籍，号“泰皇”，国从水德，尚黑……嬴政正襟危坐地等他们说完，最后就三个地方做了纠正：首先，须以古代“三皇五帝”之说为典，形容新的天下之主，也就是他本人，集三皇五帝于一身，称“皇帝”。其次，皇帝治下，为“帝国”，取“皇帝之国”意，称“大秦帝国”。最后，擢升西方之帝“白帝”为最高天帝，大秦帝国所治之地，已远非西地一隅，西方白帝，也应因而跃升。此外，还对诸多制度方面的细节，做了些补充。如：皇帝自称“朕”，而其他任何人都不许再用此称（在那之前，“朕”字原则上是任何人都可以使用的第一人称代词，就像今天的“我”，实际使用者则以天子、贵族为主，但肯定不为君主所专用）；臣民须称皇帝为“陛下”；皇帝颁布的“命”称为“制”，“令”称为“诏”。又如：他本人，是古往今来第一个皇帝，称“始皇帝”；他的继承者，称“二世皇帝”；再继承者为“三世皇帝”；以数命名，直至“万世”。再如：自他起，废除古来的命谥制度，禁止臣下后代在皇帝死后妄加评论。

他还亲自主持制定始皇帝登基大典和大秦帝国立国大典的礼仪、乐曲，要求达到古往今来从没有过的盛大、恢宏和震撼。他告诉臣下们：“非我嬴政好大喜功，而是要用这样的方式，彻底结束过去所有一切，为大秦，为全天下，开启完全崭新的时代。那将是一个没有征战、没有流血、没有哭泣和死亡、没有侵犯与被侵犯的、伟大的时代。”

按他的授意和李斯及其笼络的上百名“博士”（指“博学之士”，通常都有类似李斯那样从师于名家的经历或有比较出色的著作，再要么就是因为学问而在民间享有较高声誉。是一种形容式的称谓，跟今天的“博士”学位意义不同）、宫廷礼官（包括秦国故有的和从被征服诸侯国俘虏来的）精心设计的大典，定在雍城举行。

当嬴政穿着需要六个强健有力的宫人通力协同才能穿好的隆重礼服，一步步走上新落成的、高得似乎永远也上不去的祭坛，一步步走向从来都没走到过的权力与荣誉顶峰的时候，已经三十九岁、个子还是六尺八寸多一点儿、依然消瘦、两鬓已微微现出白霜的他，内心深处，似乎闪过了一丝伤感。

当终于气喘吁吁独自到了祭坛之巅的时候，他深情地仰望灼灼的太阳，静静地听着下面震天的奢华礼乐和惊心动魄的号角，忽而感到：风好大。好孤独。

从踏上祭坛的一刻起，他，嬴政，秦国第三十二代君主，就是“始皇帝”了。也是从那一刻起，他脚下的华夏大地，变成了“帝国”——大秦帝国。一颗在困苦、痛楚、挣扎、隐忍中孕育了八百年的种子，一个在奋斗、血泪、阴谋、屠杀中壮大的胚胎，终于诞生成了真正的果实，升华成这片土地上从没有过的、崭新的政治生命。

在祭坛上向天帝、祖先跪拜的始皇帝，泪流满面。泪光中，他好像看到了母亲，看到了吕不韦，看到了不怎么熟悉的父亲。他不愿意在这个时候看到他们，可他们分明萦绕在眼前。他不知道，他们为什么会在这个时候出现。他想跟他们说：“去吧，到你们该在的地方，不要再来告诉我什么。”可是，他一个字都说不出来。

赵高发现了大典过后“始皇帝陛下”的魂不守舍，偷偷把两件东西放到始皇帝触手可及的地方，然后蹩进自己营造了多年的小小密室，对着摆放在正位的父母灵位叩头、哭泣。儿无能，没有完成你们的心愿。儿不知该如何做，你们能给些启示吗？你们在哪儿？你们在看着儿吗……

由于受到始皇帝宠信，已经拥有极大权势的赵高，选了几个得力属下，交代了母亲哥哥的姓名，描述了模样，说是始皇帝一直在秘密寻找的重要人物，要不露声色地全天下搜寻，不伤毫发地带到他面前来，不管花多少时间，多少财力。骨子里，他希望母亲和哥哥都还活着。他其实并不知道，如果母亲、哥哥真的活着，他将如何面对他们，也不知道，如果真跟他们面对了面，又当如何。他只是想再见见他们。非常想。

正回想着母亲和哥哥的样貌，忽听门外聒噪大作，赵高马上从冥想中醒来，迅速起身，整整衣冠，轻骂一句，大踏步走出密室，回身谨慎地关好暗门。一转身，立刻又恢复成别人熟悉的奴才相。他知道，准是胡亥那个混账东西，又来吵闹。

胡亥是始皇帝最小的儿子，几乎继承了他父亲小时候所有的混账，且有过之而无不及，可并没同时继承乃父的坚毅、勇敢、豪迈和聪明；才不过六七岁，就显出了十足的顽劣、歹毒，经常打骂宫人，还胡乱罗织罪状，陷害他看着不顺眼的宫人宫女，动辄滥用私刑，把人折腾得不成样子。

没人敢去伺候他，就连生母也躲得远远的。始皇帝也发现了这孩子的劣迹，多少也有些发愁，就跟赵高说：“这孩子须严加管束，善加诱导。你去当他的老师吧。除了你，怕也没谁管得住他……”就这样，赵高硬着头皮接了这份苦差。好在始皇帝有言在先：只要不伤筋动骨，任凭打骂，一定调教顺畅。话是这么说的，真要打骂，他也绝对不敢。可他精通刑狱，善于机辩，每每都能把那小子驳得哑口无言；必要时，也吓唬吓唬。

他知道，胡亥最怕父亲，也知道赵高深受父皇宠信；别人说，始皇帝可能不信、不在意，赵高要去说，就完全不一样。所以，实在没招，赵高就使出最后一招，说："既如此，奴才只好禀告始皇帝陛下，治奴才失职之罪，为公子另择良师了。"他就立马老实了，连连说："老师莫生气，我听话便是。"靠了这，勉强能把课程进行下去，也勉强还能约束着胡亥不轻易祸害别人。赵高心里总在想：这要到哪天才是个头儿啊。

这会儿，又不知为了什么，小东西领着左右武士打上门来。赵高奔过来下跪行礼时，身边侍从，已被踩倒一大片。

赵高低着头问："不知公子有何指教，奴才定竭诚以解。"胡亥气呼呼道："我闻听，老师藏了高渐离的筑琴，想见识见识，这些贱人却敢阻拦！"赵高忙说："公子误会了，奴才哪有什么筑琴。再说，高渐离的筑琴，已经破碎，一直都在始皇帝陛下处；公子若真想看，待奴才去取来便是。只是，如何向始皇帝陛下讨要，还请示下。"胡亥憋了半晌，气哼哼道："你就知道拿父皇吓唬我。哼！什么破东西，我还不看了呢！"说罢，猛转身走了，临出门时吩咐武士："把这些贱奴每人抽二十鞭子。"气得赵高跪在那儿直摇头。

始皇帝轻轻抚摩那具破裂零碎的筑琴，好生纳闷——这本来早就让跟它的主人高渐离一并埋葬的物件，怎么忽然又跑到了眼前。他叫赵高，想问问。宫人报说："中车府令不在宫中。"这才想起，此刻，赵高应该正给胡亥上课，刚想吩咐"把这堆破烂儿给朕扔出去"，又忽然被轻轻颤动的琴弦抓住了心思，随便打发了宫人，盯着破碎的筑琴，发起了呆。

这是高渐离的琴。高渐离是荆轲的朋友。高渐离弹得一手好筑琴，能让神鬼驻足，鸟兽噤声。高渐离为了纪念好朋友荆轲，编了很多曲子，到处演奏，让人们填词，都是抱怨战乱、声讨秦国和嬴政的内容。嬴政听说后，先是很愤怒：你们这些人，难道不知死吗？竟敢骂秦国，骂寡人！继而又暗自感到委屈：好你个不知好歹的高渐离，明明是你的朋友荆轲来杀我，又不是我要杀他，怎么能都怪到我头上？你们这些不知好歹的人啊，仗，难道是秦国一国打的？六国都没打？那秦国跟谁打去？怎么能都怪秦国呢？就因为秦国打胜了？如果你们打胜了，你们会同情秦国，会为死去的秦人唱歌吗？再后来，他就有点儿喜欢高渐离了：是条汉子！为朋友哀鸣，为朋友奔走，也不枉在世为人。最后，他竟让人去寻访这位琴师，把他恭恭敬敬地请到咸阳宫。

他跟高渐离说："寡人听说，你的击筑技艺很好，能否让寡人见识一下。"高渐离二话没说，奏了一曲流传最广、骂他骂秦国最厉害的，边奏边引吭高歌，终于激怒了他，让拖出去斩首。高渐离哈哈大笑着被拖走，他又让拖回来重锁羁押，脸上烙上囚徒标记，勒令反省，为大秦谱写赞歌。

每平灭一个国家，他就要去看一次高渐离，传达大秦新的胜利，逼问是否在谱写赞歌。高渐离每每付之轻蔑的哂笑，说："你趁早杀了我。"他就说："寡人不会杀你，寡人要留着你，给我大秦谱写赞歌。"高渐离想要撞墙自杀，他就命人把锁链穿过他的身体，捆绑在监牢正中哪儿都碰不到的地方。他让自己的儿子、女儿给高渐离喂饭喂水，甚至还让自己的女儿去伺候高渐离洗澡，说："只要你按寡人说的去做，寡人就把女儿嫁给你。"他又让赵高熏瞎他的眼睛，挑断他的脚筋，说："不听寡人的话，你会一点点慢慢死去，无比痛苦，无比恐怖。"他就不信，拿这么个草莽琴师没办法。

终于有一天，高渐离提出要见他，说要让他试听新作。那是齐国"乞和书"到达咸阳的第三天。他以为他屈服了，很高兴地摆下倾听架势。一听，竟是更激愤的詈骂和更毒辣的诅咒。他彻底愤怒了，猛拍几案吼叫："住口！"瞎眼的高渐离，从声音辨出他的方位，挥着筑琴，疾速跪行着扑来，差点儿打他个头破血流。怒火万丈的他，命令将其斩首。那个伺候过高渐离洗澡的女儿，却跪下求情。他气疯了，说了句“一并斩！”，又喊，赵高，记，有敢复言高渐离事者，斩！等醒过神来，武士已经端了两颗血淋淋的人头回来，一个是瞎了眼的高渐离，另一个是自己白白嫩嫩的女儿。他抱着女儿的头，伏在女儿没了头、还在淌血、尚存温热的尸身上，小心翼翼地拼起来，心如刀绞。

自那天起，他就没再看到过高渐离的琴。从心底里，他希望彻底忘记高渐离，忘记筑琴，忘记稀里糊涂送了性命的女儿。他隐约觉得，这具破琴，一定是谁有意留存下来，又有意放在自己面前的。可他不知道是谁，更不知为什么。

他记得，长子扶苏曾很隐晦地批评他，不该擅用极权，开骨肉相残之例。他记得，他狠狠把那孩子揍了一顿。那孩子聪明、好学，长得很像他母亲郑妃，就是柔弱了些，一脚就踢趴下了，几巴掌下去，就满脸是血。那孩子厚道，任凭怎么打，一声都不吭。那孩子让人担心哪，那么文弱，那么笃信儒学，那么厚道，怎么能接替朕，治理这千疮百孔的万里江山，收服那包藏着仇隙、蕴含着烈火的六国人心哪……

想到这儿，他忽而想起，今天还没批审奏报，还有一百二十斤竹简等着自己，于是强打起精神，抄起离手边最近的一卷，展开一看，哪儿是什么奏报，根本就是早先的一封书信。是谁又把它翻出来了？这个赵高，难道已经老糊涂了？心里骂着，眼睛还是不由自主地扫向了那卷看过十几遍的竹简。

那是尉缭给他留下的信。大概是派兵攻楚，或者是更早些刚刚灭魏的时候吧，赵高来报说，尉缭先生不见了，留下了一部兵书和一封信。信的内容，用现代话说，大概是这样的：“尊敬的秦王，尉缭走了。请不要找我。尉缭发誓，此生不做不利于秦国、不利于秦王的事。尉缭一生钻研兵术，小有心得，今以兵法一部进献，希望有用。尉缭不是能做官的人，更无治国德行；今后，秦王是用不上尉缭这样的人的；留在您身边，只会给您带来不愉快，继而给自己带来灾难，所以，尉缭选择离开。如果您念及尉缭曾经有过的一点点功劳，曾经拿尉缭当朋友的话，就请成全吧。

“临别，有些肺腑之言，还是想要告诉您——若所料不错，三五年间，秦国就会扫平诸侯，一统天下。但是，请别忘了，秦国是靠武力征服的天下，这跟古之三代立国创业，有很大不同。武力征服，只是表面的，人心并未真正服，而且，因为武力征服会产生很多杀戮和仇恨，人心恐怕还不仅仅是简单的不服，而完全可能含着深深的仇隙。这样的民情，无疑构成统一之后治理国家的重大隐患。依愚见，对这样的隐患所引起的纷乱，一味施以镇压，不仅不能改善局面，反而会火上浇油。尉缭想提醒您，善待六国臣民，给予他们充分的宽容，让他们相信秦国，才能真正解决问题，进而天下大治。

“先开始时，他们会怀念故国；即便故国对他们也没有什么真正的好，可他们还是会怀念。这很正常。就像一个人会怀念贫穷的故乡，会怀念对自己其实并不好的父亲、兄长一样，他们在故国的怀抱里世代生活，不愿接受别人的治理，不愿改变自己的习俗、语言、服饰，都是再自然不过的事。他们会因为一点小事，就对新的主人不满，就会很夸大地去表达对故国的眷恋。这时，别有用心的人，只要稍一助长，他们就会爆发，就会制造麻烦。如何处理好这样的麻烦，将是您和未来的秦国，必须深思熟虑的重要课题，处理不好的话，将贻害子孙。

“作为一个王者，您不乏勇敢和智慧。但您似乎并不富于宽容。当您忘记宽容的时候，建议您想想自己的子孙后代，想想跟着您浴血奋战的秦人，想想千千万万的天下人，然后再问问自己：宽恕，真就那么难吗……”

每每看过这封竹简，始皇帝嬴政总要慨叹：“这个尉缭啊，走个什么呢，留下来时时提醒朕，不是更好。”

那年秋天，已经退位投降的齐王田建，在小小的封邑郁郁而终，囚禁着的五国之王，也接连死于狱中。

深秋时节，咸阳收到各地悼念故国君主的消息。始皇帝心里，掠过了一丝伤感。他把改称“丞相”的李斯、中车府令赵高等近前重臣，聚拢在一起，让他们看尉缭留下的信。李斯说尉缭信中所言不能说没道理，但多少有些书生气，显得不懂政治。他同意善待六国臣民的主张，但强调不应该一味宽纵；该执行的法度，还是要执行。六国诸如韩、魏、齐、燕，之所以庸庸碌碌、乱七八糟，最后轻易亡国，实在也是因为它们对臣民太宽纵，法度太不严谨，应该推广秦国法令。试想，商鞅变法之初，秦国人也很不适应，可百年之后的今天，不都变得很自然很能接受了吗；连他的老师荀夫子，都赞同秦国的法度严谨呢……

李斯一开头，群臣就敢说话了。有的说，考虑到各国风物差异，适当允许他们保留自己的一些习俗，再慢慢纠正，似乎更为稳妥。有的说，让秦人迁居到六国一些，跟当地人共融，可能会收到好的效果。也有的说，别的都可以再议，当务之急，是让各国，包括秦国在内的人，都得以从战争的急迫疲惫中喘息出来：衣食足，则人心定。只有赵高提出：请始皇帝陛下注意尉缭先生书信中关于“别有用心的人”的说法——如今天下初定，最怕反复，若不彻底根除隐患，予民休息也好，移民共融也好，都将是非常冒险的；只要给他们希望，就可以了，其他一切，都得待局势彻底稳定之后……

不知道他们到底商量了多久、多少个回合。更不知道，面对全新的、丝毫无可参照局面的始皇帝本人，又独自思谋了多久。一百二十斤竹简，压弯了他的腰。各地报来的多如牛毛的骚动民变，让他绝杀的朱笔，开始发颤。所有人说得都对，但都无法解决每天都会有的藏在一百二十斤竹简里的纷乱复杂、无以计数的“小情况”。赵高四下奔走征来的成百上千的六国美女，个个夜夜独守空房；不管是想得宠怀上皇子的，还是想看看富于传奇的始皇帝尊容的，还是带着家乡父老仇恨、揣着一不小心就能把自己弄死的致命利器，等着杀这杀人如麻、涂炭生灵的颠覆者的，都白等了一场，都以为始皇帝卧在了别的女人榻上。勉强批完一百二十斤竹简的时候，多一半，已是东方渐白；少一半，则是天光大亮。有数几个“提前完工”的深夜，始皇帝也被那无尽的困惑和无奈包裹着，睁着双眼，迎来第二天的朝阳。

永无尽头的批阅中，他萌生了一系列惊人想法。倦意浓浓的晨曦里，他渐渐归拢了所有想法。终于有一天，他用熬红了的眼睛，盯住文武臣工，一条条掷地有声地抛出了那些想法。

他命令：大秦帝国，将不再有战争。从此，天下止战，所有人都是兄弟姐妹。军队，只为了抵御外族骚扰和平息叛乱而存在；所有地方武装，无论故六国残军，还是宗室豪强的护卫，一律取消。除国家限量配给军队使用之外，所有武器均须上缴，汇至咸阳，铸造礼器，用以歌颂统一天下的伟大胜利，祈求永恒的和平。

他命令：全面修缮，加固秦、赵、魏、燕等国防御北方匈奴的城墙，连成一体，形成东起辽东，西至戎狄的坚强防线，护佑全天下的人。

他命令：在咸阳建复建六国王宫，用以彰显秦统一天下的伟大，同时纪念六国曾经的辉煌，也让六国之人可以到咸阳来怀念他们的故国。

他命令：修缮、建造四通八达的驰道，让帝国的每一个角落，都享受到国家的恩泽，享受到皇帝的恩泽，最快听到发自咸阳的声音。

他命令：废除各国文字，全部使用秦文，推行“小篆”字体；各国车架规格、权衡测度标准，全部按秦制统一；收缴所有六国钱币，兑换成秦国钱币……

他命令：将全国人力发动起来，修驰道、筑城墙、造宫殿、开陵寝，让闲置无用的军事力量有事可做，让全天下的人，一起建设帝国……

他命令：把六国豪强尽数迁徙到咸阳周边，让这些最危险的力量和最可能包藏“别有用心的人”的群体，在他本人监督之下，让他们用自己的双手求生存，无暇“别有用心”，无暇损害帝国利益、动摇帝国根基……

他命令：设计、建造古往今来最豪华、最庞大、最富丽堂皇的宫殿和地宫，让所有人、后世人，都看到帝国的力量，都看到一个统一了的天下，比一个纷争不休的天下，更有创造力、更伟大、更坚强！

一道道命令由咸阳发出，带着始皇帝的决心，带着新生帝国不容置疑的权威和力量，奔腾在古老的、满目疮痍的大地上。所有人都动了起来。所有仇恨着、期盼着、茫然着的人们，都或无奈或欣喜，或笃定或仍是茫然地动了起来。

复建六国宫殿的地基，围绕着咸阳城，一片片打出来了。几千口吞噬天下兵器的熔炉，围绕着咸阳城，烈烈燃烧起来了。骊山脚下全天下最大的陵寝工程，在数以万计的民工、战俘日夜不停的劳作下，显出了恢宏的雏形。潮水般的刀币、布币，被倒进熔炉，流淌出潮水般的外圆内方的秦币。无数经史典籍，被以小篆体的秦国文字抄录、誊刻。无数车架、车轮被废弃，代之以全新的统一制式。

巴蜀的青山秃了，堆积如山的石材、木材，装上统一了轮径、轴距的车子，日夜不停地赶往咸阳，一路见识了绵延数百里的六国豪强迁徙的队伍，见识了数以十万计的军民修建驰道的壮观。浩浩荡荡的秦军一字排开，扑向零落着各国城墙的北部边关……华夏大地上，喧嚣着从未有过的喧嚣，忙碌着从未有过的忙碌，穿梭着空前的疲惫，也奔走着“再也没有战争”的希望。

始皇帝仍然每天批阅一百二十斤竹简，却从疲倦中体味出了欣慰。那是甜蜜的疲惫，是令人奋进的疲惫。竹简里莫名其妙的骚乱报告，一天天减少，各地工程进度、应用调配的报告，日渐增多。他跟臣下们说：“你们看，朕的帝国，动起来了！你们看，朕的天下，正在一步步走向同一个的目标！！”

唯一还没解决的，似乎只剩下了“定国”。本来，对于任何一个开创了新局面的君主而言，这都该是头等大事，都该是一切其他政策的先决条件。可始皇帝把它放在了一系列具体举措之后。个中原因，他没对任何人有过完备、明确的交代。如果把他先后对李斯、赵高、蒙恬、扶苏等人的相关述说拼凑起来，再假定这些当事人的相应理解、揣摩，跟他的本意无重大出入，大致的缘由，可以概括为以下四个方面：

第一，统一，是之前不曾经有的大事。上古三代（夏、商、周）定国之策，本各自不同，且年代均已久远，无可参照，而刚经历了战乱的天下不能等，必须先动起来。对于已被始皇帝命令改称“黔首”的百姓，“定国”，并算不得头等大事；对于故六国“黔首”，就更得让他们先动起来，不要把心思花在关注“定国”上，那根本不关他们的事。

第二，伟大的秦帝国，不能参照上古三代或任何其他人的定国模式。它是前所未有的，定国，应该谨慎、准确，与它的伟大相称。

第三，要让事实说明，统一的政令，统一的一切，没有边界壁垒的天下，是多么高效，多么强大，多么富于创造力；继而证明，实行大一统国体，是先进的。

第四，让那些想当然在胜利之后应该分封，想当然自己应该得到分封的功臣及其追随者们着急，最终跳出来，并逐步都跳出来，使始皇帝能够看清阻挠“大一统”的主力到底在哪儿，力量到底有多大。

所谓的“定国”，在这里，是指国家形态发生根本变化（比如推翻了旧的最高统治阶层，完全替代了其统治权；又比如像秦帝国这样消灭了所有竞争对手，国土面积、人口数量、社会总财富成倍增长）时，对应变化后的现状而对国家制度进行的重新定义，其中包括一些国计民生的具体方面，但根本还是在于国家的总的机制。放在秦帝国建立之初的时代，其核心，便是如何在“分封”和“大一统”之间做出选择，亦即，是借鉴甚至延续周王朝采用过的、为当时大多数人所理解和习惯的、基于“分封”体系的国家联盟机制，还是突破程式，尝试前人从未尝试过的、由一个统一的政权完全管理整个国家的“大一统”机制。

围绕这一根本性问题，秦国高层，曾有过激烈争论。以宗室、战功卓著的武将为代表的很多人，都主张论功行赏式的分封；一部分文官反对，却以安抚为由，主张适当重新分封一些土地给故六国的王室继承人或遗贵。只有李斯站出来反对分封。他认为：列国中，秦早在百年前，就开始最大限度地削弱“再分封”，大力推行由国家委派官员直接管理的郡县制，结果显著增强了国家对土地、资源、人力的支配力，并因而取得长足发展，及至平灭六国；相反，六国大多还在延续分封制度，导致国力分散、政令不畅、遇强则弱，最终消亡。如果统一了天下的帝国，退回到分封的老路上，则今日之兄弟，数代后，就成了仇敌，刀兵相向，岂不又是一场漫长而惨烈的悲剧……

话还没说完，一直沉默着听众人争论的始皇帝嬴政，就发出一声洪亮的喝彩，惊得众人，包括李斯本人，都忘记了想要说的话，齐刷刷、直愣愣地盯住他，盯住那张显得有些憔悴的，既熟悉又陌生的脸。

第三十三章

跌倒的巨人

在蛮荒的林莽中，真正的王者，并不是凶猛的虎豹，而是两种毒蛇。那两种毒蛇的名字，在典籍中的记载，各不相同，却都是指它们。它们的毒，足以让草木枯死，猛兽丧命。可是，究竟哪种更毒些，却谁也不知道，包括它们自己。它们比谁都更害怕被对方毒死，比谁都更想毒死对方。所以，一有机会，它们就会去攻击对方。它们的斗法很特别，不是相互撕咬，而是死死咬住同一个猎物，比如一只野兔，或者干脆是一只老虎，把毒液注入猎物的身体，让毒液穿透猎物的身体，去毒害对方。它们死死僵持着，一边不断放毒，一边拼死抵御对方的毒……没有人知道最后的结果，只知道，让它们同时咬着的猎物，要多倒霉有多倒霉……

这是赵高给胡亥上课间歇时讲的一个小故事。胡亥喜欢听赵高讲各种神怪传说，但最喜欢这个故事。大概是因为没有结果吧。他总是追问："到底谁赢了？"赵高说："不知道。"他又绕着弯子问："猎物后来归谁了？"赵高说谁也没归；就算两条毒蛇之中，有一个赢家，它最终赢了的时候，怕也奄奄一息了。再说，谁又敢去享用那已经通身灌满剧毒的猎物呢。所以他说："这样的争斗，根本不会有真正的赢家。"然后就把话题引向

“赢”的真正含义上去，继而引向“治国之根本”一类严肃而沉重的事情。胡亥于是就又开始兴味索然、心猿意马起来。他真的很想知道，两条蛇到底谁赢了。他甚至想：如果自己是那条赢了蛇，会吃掉失败者，从此称霸林莽，再无对手……

这个故事，大概纯粹是赵高本人杜撰出来的。为什么要讲这样的故事，他自己也说不大清。至于为什么要讲给胡亥听，就更说不清了。很可能，这个故事，是他当时内心世界的某种衍射——在新生的大秦帝国一步步走向初步稳定的时节，一个之前未曾想到的威胁，在不经意间，倏然横到了面前——李斯。

作为一同辅佐始皇帝的近臣，赵高跟李斯，本可称得上是同舟共济的亲密同事。李斯博学机敏，有胆识有魄力，头脑清晰，善于观察和分析，行事效率极高，深得始皇帝重用。而赵高则更以“忠”字，博得始皇帝的喜爱和信任。一直以来，赵、李二人的配合，都还算默契；即便有时候，李斯表现出一些学者的傲慢，可对赵高，多数情况下，还是尊重有加，表面上，总还过得去。

但当赵高的权势一天天大起来时，李斯似乎就有些不满、不服的颜色了。也许，在李斯的认识里，赵高的作为和地位，已经超出了“阉人”的“本分”。与此同时，在赵高眼里，李斯也渐渐成了权力膨胀、野心滋生的典型；尤其是在排斥分封、力主郡县制的事情上，赵高认为，李斯有私心，拿新生帝国未来命运，不当回事儿。

他其实也知道，始皇帝内心里不想分封，也不能说“废分封”的理由不充分、不正确；可骨子里觉得，骤然结束延续了几百年的制度，而在全天下那么大的范围内一刀切式地施行高度集权的郡县制，失之操切。想想看，天下那么大，六国那么多怨气仇恨，秦国的功臣宗室，得不到所希望的恩赏，始皇帝又把兵权牢牢抓在自己手里，郡县的管理权，既不能委以想得到分封的那些，也不敢交给武将，那么就只有李斯为首的文僚了。治理不好，他们就用一张巧嘴，把责任推到别人身上，或者撺掇始皇帝兴兵镇压；治理好了，全天下，就成了文僚集团的，也就等于成了他李斯的！到那时候，他就可以反过来控制皇帝，乃至控制整个帝国！！

本来，就分封和郡县的问题，赵高想出了个折中方案，说起来也很简单，就俩字儿——“过渡”，实施也并不难，大抵是：先就眼前局势做详细分析，根据分析结果，制定一些简明的衡量规则，把天下各处按“安定区域”和“不安定区域”两个尺度，详细划分出来。安定区域，实行郡县制；不安定区域，根据各自情况，暂时维持分封制度。可以分封给六国遗留下来有名望的贤能大臣或遗贵，也可以分封给有功劳、有头脑的秦国大臣、宗室，比如王翦、蒙恬、子婴，甚至扶苏。以一到两代为限，不允许再世袭，更不许再分封；限满，则必改行郡县。分封期间，领主可享有封地所有收获，条件是必须按国家，或者说皇帝本人的意图、标准、要求，为日后改行郡县制打好基础。这样一来，领主们有了利益，也有了责任，并不见得就有损帝国权威；一两代的割据，也不足以使他们有对抗皇帝的实力。可他们及其暂时分封的存在，却能有效堵住主张分封一派的口，或者说把是否分封的矛盾，转变成了分封给谁和分封多少的矛盾，进而把矛盾焦点，从中央转移到被分封的领主身上去。同时，也可以比较有效地制约李斯们的膨胀……

如果对那前后的历史多少有些了解，就可以知道，之后不久建立起来的西汉王朝，某种意义上其实就采取了类似思路，并因而给饱受创伤的国家营造出修复的氛围，经过大几十年的过渡，才最终在汉武帝时代完全脱离分封，进而形成基本健康、管理有效的大一统政体。

可在秦帝国建立之初，即便赵高真的提出了那样的主张，也不大可能付诸实施。这固然跟我们总提的“历史局限性”有关，但不可否认，那种“非此即彼”的思维，多少也跟始皇帝嬴政的个性牵连着。这大概是独裁政治最深刻的弊病之一了——国家、民族的命运，受到独裁者本身个性的影响甚至左右，而“个性”本身的形成、舒展、膨胀的脉络，则根本无法把握，更毋论改变。所以，即便赵高真有那些想法，也断然不会轻易提出。特别是在始皇帝迫不及待地为李斯的论调投了赞成票之后，他就更不会自己找不自在了。

既然不打算进谏，就应该让想法彻底烂在肚子里，这似乎是谁都能明白的常理。可“常理”往往是理想条件下的假定。在这个问题上，如果赵高本人是心平气和、心无旁骛的，“常理”就会起作用，但是，那个时候的赵高，并非心平气和，也绝不是心无旁骛。一方面，他对李斯在始皇帝面前的“独领风骚”及因而迅速膨胀的傲慢、权欲，业已滋生不满，骨子里把对方定位成了投机者，且在这样的认识下，对自身安全产生了疑虑。另一方面，由于出身及所连带的特殊内情，他也实在拿不准，自己到底是希望秦帝国兴盛，还是希望它遭遇挫折；是更愿意听天由命等着看下场，还是冒着失宠甚至丧命的危险，为它的兴盛和“安全”努力。

他感念始皇帝当年在邯郸给的半块干饼子，也从未敢忘记、舍弃母亲和兄长交与的“使命”。他应该去完成那个使命，也应该去报答始皇帝的救命之恩和多年的信任、提拔、恩赐。他无法为自己做出笃定的、义无反顾的选择，觉得自己的内心，就像不男不女的身体，什么都不是，又什么都是。他不知道，这样的自己，还能维持多久；不知道在那莫须有的“最后一刻”，会倾向到哪一边；更不知道，那一刻的他，将如何面对另外一个被抛弃了的自己及其连带着的所有情感、心血、付出、收获，以及一切。

所以，矛盾着的他，还是在不经意间，把心里些许想法，表露了出来，虽然很隐晦，对象也都是些下层小人物，充其量再加上人事不懂的胡亥。可不知为什么，还是让李斯察觉了。是的，他可以肯定，李斯不仅获知了他心里终究没正式说出来的关于分封和郡县的政略，也知悉了他对李斯及其文僚集团的不满。

之所以这么肯定，是因为两件事——第一件事是李斯再一次跟始皇帝“联姻”时，特意登门请赵高帮助打理婚庆事宜时，说了句“可惜中车府令无后，不然，想也不难获此殊荣”，深深刺痛了赵高。赵高想都没想就说：“殊荣未必就是福祉，丞相唯以更加的忠诚，才能真正受用啊……”李斯顿时铁青了脸回敬：“斯虽鲁钝，但事事向前，绝无城府，所作所为，皆为国家，断不像有些人那样知而不言，疑鬼暗生。想来，始皇帝陛下对此，也是清楚的……”

如果说这场“交锋”，还不足以让赵高感到威胁的话，那么李斯紧接着的一轮攻势，则真正让他感到了森冷的不安。

第二件事是，他曾假借始皇帝名义，让人去民间秘密寻访母亲、兄长，等了好久都没消息。本来，他并不是十分迫切，也谈不上志在必得，可事情已交代出去，就也没准备做什么反复或者修正。他做梦也想不到，有一天，李斯门下有人传话过来，问中车府令在民间可还有什么亲人故旧。一下把他问蒙了，赶紧寻了个还算自然的机会搭讪李斯，若有若无地探问了一下。李斯嘿嘿一笑，轻描淡写地说：“他任三川郡守的儿子李由所属，日前擒获小股被怀疑有颠覆帝国意图的滋事者，审下来发现，都是原来赵国的人，领头的一个男人逃脱了，按同伙描述的样貌，官府绘了像，四处缉拿，到他手上一看，倒觉有几分面熟；后来不经意间，忽然感觉，若中车府令有胡须，倒像极了那人。当时他戏说：‘别是中车府令有什么兄弟还在民间吧。谁想竟有人把这戏言传了去，平添了中车府令的烦忧，实在是罪过……’”

以赵高对李斯的了解，他认为，事情完全不是李斯言语所表现的那样简单、随意。他甚至想：也许他们已经抓住了哥哥，而且问出了跟自己的关系；保不齐，还问出了别的什么。李斯虽傲慢，但绝不轻率；虽儒雅，但绝不诚实；没有十足的把握，绝不会放什么话出来；没有充分的谋算，也断不敢玩敲山震虎。

这番推断，让赵高浑身发冷，如临末日。他知道，自己肯定有什么致命短处，被李斯揪住了。也知道，此等情势下，必须妥协，必须装作什么都没发生，必须去倚靠李斯、支持李斯，至少也要做足表面文章，至少也要让李斯暂时安静下来！

就是在这样的心境中，他给胡亥讲了两条毒蛇的故事。隐约里，他觉得自己和李斯，就像那两条毒蛇。只是还不知道，他们彼此间，到没到要一决高下的时候，或者说，那个以命相搏的时刻，什么时候会来到；也还不知道，那被两条毒蛇死死咬着的倒霉猎物，到底是什么。是哥哥，还是始皇帝？还是，整个大秦帝国？

自古至今，人们对“博浪沙”行刺一事投以的特别关注，大抵出自两方面原因：一是事件本身的惊心动魄，二就是传说中的事件策划者张良后来的名气与成就。

据说，那是一次几乎成功的刺杀，也是秦帝国建立以来始皇帝遭遇的第一次“像样的”刺杀。而其实，在那之前，始皇帝就已经遭到过多次几乎致命的行刺了。

一次是在往骊山陵寝视察工程进度的归路上，平白无故地从山上滚落的巨石，把他车驾的六匹宝马一下就砸扁了四匹，他本人从车里摔出来，差点儿一头碰在巨石上。他当时命令武士以最快速度上山，擒拿所有巨石滚下地点附近的人，结果一个人也没逮到。他骂了一句，拍打拍打身上的尘土，继续前进了。另一次更悬，是个燕国来的姬妾，宠幸时帮他脱衣，忽然从头发里抽出一根长长的针，直捅他咽喉，他撩起衣服挡了一下，一脚把女人踹出去。翻滚时，女人被手里的针挑破了手臂，顿时挺了身子抽搐起来，挣扎了足足半个时辰，身体由雪白而青紫，而瘀黑，身上所有孔洞，都不断喷涌暗黄混浊恶臭的东西；终于油尽灯枯、黑黢黢地抽搐着死去的时候，整个人蜷成一团，变得只有原来一半大小。始皇帝盯着没了人形的尸体，好半天出不来声，后来好几个月都没宠幸任何姬妾，那间出事的宫殿也被封闭起来，再未启用。

饶是如此，始皇帝也并没怎么真正害怕刺杀之类的事。他心里一直在想尉缭的话，宁愿相信那些只是六国臣民暂时的怨恨情绪的极端表现。可当刺杀者里开始出现秦国人，甚至是秦国宗室人员的时候，他就再摆不出举重若轻的姿态了。他意识到，自己，甚至是他的帝国，都正面临着一场新的战争。比起征服六国的战争，这场战争，是无形的、阴险的，也终将是惨烈的。朕没有错！他告诉自己。错的是你们！！他想大声告诉所有的他们。朕还会胜利！朕是不可战胜的！！他在内心呐喊。朕不能倒下！不能害怕！！朕不会死！朕要让你们，让所有帝国的敌人，都死在朕的前面！！朕要看着那一天！！朕一定会看到那一天！！！

大概就由那时候起，他开始渴望长生，甚至永生。他坚信，只要自己坚持，就一定能最终赢得胜利。他相信，帝国的命脉，还牢牢掌握在自己手里，一定有机会达成最终的平定。他希望，那一切都在自己手上结束，能交给后人一个真正清平、和睦、没有或者忘记了仇恨的帝国。他祈祷，让自己拥有更长时间，拥有更强大的力量，去完成一切、享有一切、创造一切。

被这样的情绪推动着，他开始格外关注那些本没怎么关注过的关于长生的传说。随着这样的关注，被原先一直崇信的韩非子定义为“社会蛀虫”

的游方术士，成了咸阳宫的座上宾，其中最受宠信的当属“徐市”（“市”字在此与“福”同音，也有文献写成“徐芾”或“徐福”，指的是同一个人）。这个齐国人，把海外仙山描绘得出神入化，且并不主张自行研制长生丹药，而是去“求”现成的；跟多数方士要这要那、号称自己研制相比，始皇帝倒觉得更“靠谱”，认为“求”来的仙药，会更灵验。他相信，海外的神仙，一定会感激伟大的始皇帝给予的信任。所以，他答应了徐市提出的一切要求，派了童男童女，带上珠宝器皿和一切“仙人”点名要的礼物，让军队赶制了从没有过的大而结实的船，然后满怀信心、满怀期待地等着好消息；一边等，一边试用“自制派”们“研发”出来的“仙丹”。

几乎每天，他都要问：“徐市有消息了吗？”赵高说：“还没有。”他又说：“一直在盯着，一旦有了，马上报。”几乎每天，他都要问：“朕服了丹药，怎么精神倒像还不如以前了？”方士们就答：“那恰是仙丹在起作用。肉身须经陶冶，方可仙化，此番正是陶冶之期，陛下须有耐心……”

他于是就安下心等徐市，安下心一次又一次服用那些十分难吃的丹药。他开始做各种各样的噩梦。梦里的他，就像那个燕国女子，身体爆炸了一般，喷涌恶臭黏稠的液体，浑身剧痛寒冷，瑟缩抽搐。梦里，荆轲的匕首、高渐离的筑琴、山顶不知是谁推落的巨石，还有六国末世君王丑陋腐烂的面孔，被让战争绞碎的堆积成浪涛的血肉，推到他面前，挤压、拍打他的身体，把他撕成碎片……他猛醒，噗地吐出一口鲜血，揪住闻声赶来服侍的赵高问：“你说，他们的丹药，是不是有问题？你告诉朕，还有多少人要来杀朕！你说，是朕错了，还是他们错了？你说，朕会死吗？你，会不会也认为朕错了？！会不会也来杀朕？！还有谁？说！！……”

大概这样的事情发生过不止一次，所以后来，赵高都渐渐习惯了。据他推想，博浪沙那骇人的大铁锤从沙丘后面飞来、砸中始皇帝车驾前面一辆车的时候，始皇帝本人，不是在相同的噩梦中，就是刚从那样的噩梦里惊醒。

当时，始皇帝疯了似的从车里跳出来，抽出宝剑就要冲杀，嘴里喊："朕不怕你们！朕要杀了你们！！杀了你们所有人！！！"然后戛然而止，身子晃了晃，直挺挺地倒下去。要不是紧跟着的扶苏用身子垫住，就一头栽到沙土里了。

当时大家都吓坏了——始皇帝的举止，太让人担心，太让人恐惧了。更可怕的是，要不是前面的车辆忽然陷入流沙，导致整个队伍瞬间停顿，那铁锤，八成正好就砸中始皇帝的车了。那是一只没有柄，只缀着尺把长链子的、乌黑巨大的家伙，看去足有一个成年壮汉身体的分量。赵高看着那东西，不由得想起嫪毐的铁锤。他不知道，始皇帝是否也看了，是否也跟他一样想起了嫪毐。想到这儿，赵高心里，不觉涌起巨大的恐惧，顷刻间便蔓延了整个身心。

令人意外的是，博浪沙事件后，除了"大索十日"之外，始皇帝并没再追加更多的探查和惩罚，倒显得比没发生这事之前更正常，更像以前的样子。他问李斯："若朕死于博浪沙，身为国之首辅，丞相准备如何应对？"李斯忙跪下说："皇上天赋神授，不可能出现意外！臣坚信，那些小人的任何图谋，都必将以失败告终！所以，臣，从没想过您问的问题。"始皇帝笑笑，又问赵高："你呢？你怎么想？如果朕死了，国家怎么办？天下怎么办？"赵高跪答："若天不佑陛下，奴才唯有以死追随，断无谋计他事之想。"这回，始皇帝笑出了声。笑罢，又转向扶苏："你是个好孩子，关键时候，舍命护卫父亲。你说说，如果朕真的被那铁锤砸死，你打算怎么办。"扶苏深施一礼，恭恭敬敬应道："以命护驾，既是为臣之道，也是人子之责。儿只是做了应该做的事而已，当时并没想别的；如今父皇问起，儿其实也无可对答。儿跟丞相等是一个心思，认为父皇不会遭遇不测，必定万寿无疆；别的，儿没想过，也——想不出来。”

这回，始皇帝没笑，而是一副愣愣的表情，隔了好久，才又问其他臣下：“你们呢？是不是也都没想过朕刚才提的问题？”没人应声。他重重叹口气，转向扶苏：“怎么能不想呢。一定要想啊。想都不想，朕如何敢托付天下给你啊……”

这句话，在秦国统治阶层激起的反响，倒似比博浪沙的铁锤还要大，还要震动。这句话，实际就相当于是册立储君的昭告。虽然，之前，人们也有过各种各样的猜测，甚至不少人也早已想到，既是长子又品学兼优的扶苏，很可能是继承人，可都只是猜猜想想。人们普遍认为，盛年未尽、精力充沛的始皇帝，根本就不会这就考虑立储的事。也就是说，让他们惊讶的，并不是储君人选，而是立储这件事本身；再说白点儿，这就立储的急迫某种意义上，这等于是在传递“始皇帝”时日无多的信号，而极权专制的始皇帝一旦死去，再是推崇儒学的扶苏即皇帝位，眼前的一切，就可能发生根本改变！尤其是“废分封”的事，完全可能松动，甚至得到彻底扭转！

顷刻间，主张郡县制的李斯一伙，受了冷落；连扶苏的老师都不知让谁撺掇着，由李斯的得意门徒，换成了故齐国大儒。李斯曾很失落地跟家人说：我比始皇帝年长将近二十岁，本以为必然走在前面，在生之时可保信用；如今看来，怕是要多做打算了……

对由始皇帝那明显传递立储意图的一番话所产生的一连串问题，扶苏曾很诚恳地跪求父亲设法挽回。始皇帝反问他：“难道你不愿接替朕执掌天下吗？”扶苏说当然不是，儿愿为父皇做任何事，只是父皇您……始皇帝打断他说：“傻孩子，问题根本就不在朕的身上，而在你身上！你把师父都换了……不要辩解，即便不是你让换的，至少你也默许了，而且事前事后，都没给朕半句交代！那些人就觉得，天要变了；那些想分封的人，就盼着朕早点儿死，盼着你给他们机会；你一旦给了他们机会，他们就会跟六国遗贵，跟博浪沙刺客那样的人，同流合污，把帝国大卸八块，走回姬周的老路。他们是要利用你啊！朕之所以说那样的话，是想让你看清楚这些，明白朕的苦心，笃定朕的意志啊！你肯弃儒尊法，朕自然欢喜；可看你的性子，怕不能真的转变。所以，朕要告诉你，无论如何，帝国的章法，不能变；无论如何，都不可再行分封；不管你相信什么、推崇什么，都必须做到这两点！朕要为你，为未来的帝国，扫清一切障碍，消灭一切敌人。朕不准备再听尉缭的话，不准备再去宽恕了，留着你去宽恕吧……”

从那之后，始皇帝很快下达命令：在全国严肃法纪，大行连坐，轻罪重罚。凡不利于帝国的言行，不问缘由，一律严惩。又命令赵高“研发”更痛苦、更残忍、更恐怖的酷刑，让天下人生活在极度恐惧中。还命令那些方士：所研丹药，不仅要有长生之效，还须健体提神，并且不允许试验，必须一次成功。试服无效，即刻处死。方士们纷纷逃走。缉拿“罪人”的军队踏出的尘烟，遮天蔽日。驰道两侧，城镇内外，乡野村庄，到处都是惨号，到处都是刑场，到处流淌着鲜血和泪水，到处弥漫着惊惧和哀怨，到处都闪烁起了仇恨的火星……

据说，有个叫“孟姜”的妇人，新婚伊始，丈夫就被征去修造骊山陵寝，几年都没有音信；她不远千里去寻，又听说丈夫被派去修长城了；于是又寻到刚刚开工的长城工地，怎么找也找不到，就对着城墙号哭起来，不想震塌了才修好的一段，里面埋的全是尸骨，其中就有她的丈夫。她旋即被抓起来。督建长城的主将蒙恬，念她是个妇人，法外开恩，没有处死，还答应了她的请求，派人把她押到咸阳，押到始皇帝面前。知悉了缘由的始皇帝，并没准备难为她，说你回家去吧。为国家死去的人，远不止你丈夫一个。孟姜说他们岂是为国而死，分明就是被你这暴君害死的。始皇帝大怒，说难道你也想死吗。孟姜说你除了让人死，还能做什么，把始皇帝说得哑口无言……怎么听都觉得只是传说，都觉得根本不可能发生那样的事。可就是这根本不可能的故事，偏还就在民间娓娓流传了起来，还竟通过扶苏的口，传到了始皇帝耳朵里。始皇帝听了，长叹一声，问扶苏："知道这故事意味着什么？"扶苏谨慎而坚定地答："民怨沸腾。"

错！始皇帝拍案而起，吓了所有人一跳。他在殿堂中疾步走着，周身的饰佩，发出零乱焦躁的叮当声。

你错了，孩子！他围着扶苏转圈，语气严厉。

这说明，他们害怕了，没别的办法了，开始拿荒唐故事安慰自己了。六国将灭之时，就是这样传说乱七八糟故事的。高渐离他们，就是唱那种乱七八糟歌的。他们无能为力，他们只能那样去泄愤。知道他们后来都怎样了吗？他们都死了！都被粉碎了！！都只能去滋沃帝国的土地！！！等着吧，要不了多久了，帝国……帝国……

话头忽然止住，扶苏感到父亲的身影也停住了，抬头望去，看见了双目紧闭、直挺挺摇晃的父亲，赶忙一把抱住。抱住的瞬间，他感觉，父亲的身子，是那么僵硬，那么冰冷。他甚至感觉，在那个瞬间，父亲已经没了呼吸。

始皇帝病倒了。病倒在第四次全国大巡游刚刚归来的时候。

他一共巡游天下五次。第一次是在帝国建立翌年，行程很短，止于陇西北。目的也比较简单，多半是为着考察通往西域的驰道修建方案，严格来讲，只能算是一次"调研"。

又过一年，即秦始皇二十八年（公元前219年）直达东海之滨的那一次，才是真正意义上的“大巡游”。

当时及后世，对这次巡游的起因，做了很多猜测和推论。有说是因为“东南有天子气”的谶语，有说是为入海求仙，也有说是为了到泰山封禅。也许都有些道理。但归根结底，那都是表面上的理由或是兴致所至——“天子气”不“天子气”的，始皇帝本人，其实并不在乎；入海求仙，徐市去了，他也并没一直翘首以待，甚至到后来也都没怎么太惦记；至于封禅，则更是跟齐地儒生“切磋”之后的心血来潮，一场不期而至的雨，就终止了全部计划，且没再提起。就算是一般人，如果拿定主意要干什么事，都八成会百折不挠。始皇帝当然不会轻易就失去被一场雨挡住行动的意志。由此，不难想见，就算不是“开玩笑”，封禅，他八成也没认真到哪儿去，也十之八九并没什么明确目的和计划。

由武士、宫人、“博士”、姬妾、子女组成的浩浩荡荡的巡游大队，出得咸阳，便急行军般冲出关中大地，掠过中原大地，直奔费了老大劲才打下来的楚国地界和不战而降、文人遍地的齐鲁地方，久久定格在那些文化差异最大、胜利成果最不稳定的点上，到处访查，到处竖碑铭功……稍有政治常识的今人，都不难猜出巡游的真正目的。

第三次巡游，发生在紧接着的一年里，去的还是几乎相同的地方，回来时就急了很多，没有绕行，径直往咸阳而回。这才路过了博浪沙，遭遇了袭击。这次巡游，大概求仙的目的多些。但应该说，结果是令他失望的。博浪沙的铁锤，以及后来在咸阳城内遇到的偷袭，让始皇帝暂时放弃了出行的念头。

三年后（秦始皇三十二年，公元前215年）的第四次巡游，与其说是视察边关、震慑天下，倒不如说是在咸阳待不住、不敢待。这时候的始皇帝，比以往任何时候都更希望得到永生，拥有战无不胜的伟大力量。

这时候的始皇帝，比以往任何时候，都更害怕死亡，害怕无端的袭击，害怕一波又一波滚滚袭来的怨气和恐惧。他宁愿走出去，主动迎接所有的仇恨和报复，也不愿在咸阳坐以待毙。你们有胆量，就再来一次博浪沙，就再来一次毒针。朕要跟你们决斗！要在决斗中获得永生！你们来呀！！他也想看看他强大无比的军队，想看看他的军队最新的战果。他要用这些，告诉那些人——朕是不可战胜的！帝国是不可战胜的！！

可是，他还是在激愤中，再一次晕倒，并且一病不起。徐市回来了，说见到了仙人，也看到了仙药。可仙人嫌礼物太薄，不肯给药……还没说完，始皇帝就说：仙人要什么，只要我大秦有的，尽管拿去……他差点儿像当年让人贿赂赵国权贵陷害劲敌李牧将军时那样说出“喂饱他”之类的话。可想想毕竟是仙人，万一说出来，传了去，似有不敬，于是忍住没说。他哪里知道，说不说、怎样说，其实都是一样的。他哪里知道，在那之后，徐市真的给“喂饱”了，再没回来。他哪里知道，他的永生梦想，也随着被喂饱了的徐市，从那一刻起，一去不复返了。

第三十四章

自　杀

秦始皇三十三年（公元前214年），病中的始皇帝，下达了举大兵平定南越（主要指今两广地区）和向西北大举征伐匈奴、彻底驱逐匈奴势力的命令。

命令中，他要求毫无争议地占领原匈奴盘踞地区，设置“县”，按地域、地貌、人口，该设多少就设多少（最终设了34个县）。要求远征南方的部队，彻底征服当地少数民族势力，设置桂林郡、南海郡、象郡。允许他们带上家眷，打到哪儿，就驻扎在哪儿，可就地繁衍、定居。之后，又追加了征集不少于五十万的“罪徒”迁徙，守卫这些地区的命令。

有言论说，这些拖家带口去南征的部队和那些“罪徒”，就是后来“客家人”的祖先。到底是不是，尚无十分确切的考证，但从今天可以得到的多方研究结果，不难推断，岭南地区，最早全面引入中原文化的时期，应该大致就在那个时候或稍后。

可以肯定的是，始皇帝嬴政发动如此大规模动作的初衷，并不是传播文化。至于究竟为什么，除了“彻底征服全天下”的宏愿之外，也难再有什么确凿评说了。

当时，秦国高层，都对这一系列显然成倍透支国力、几乎抽空帝国全部军事力量的决策，表现出极大的不解和不苟，就连李斯也公开表露出了质疑和忧虑。以公子扶苏为代表的“缓和派”，更是埋头苦劝，竭尽全力想要促使始皇帝收回成命。始皇帝瞪着他们，很久才缓缓挤出一句：“汝等愚昧，朕不屑与论。且退。复言者，诛。”人们于是不敢再劝，诺诺退去。唯有扶苏长跪不起。始皇帝问：“你还在等什么？”扶苏坦然答：“儿在等父皇诛杀。”又说，“若以儿一命，换天下清平，儿死不足惜。”始皇帝轻轻骂了一句什么，然后大喊：“站起来！”

他让扶苏走近，猛然一把揪住，拖到面前，狠狠道：“你这个蠢孩子，别人不解朕意，你莫非也不明白！朕最后再提醒一次——你，必须站在朕这一边，无论什么事，无论你觉得朕做得对还是不对！因为你是朕的儿子，你代表着朕，代表着帝国，这难道还要朕教你吗？”说罢，使劲搡开，背过身去，再不理他。

扶苏到底也没明白父亲心里想的什么。作为今人，我们可以猜想：始皇帝做出那样冒险决策的原因，大致逃不出两个：第一种是通过大规模长期战争，转嫁帝国内部危机，让帝国的机器朝着一个新方向运转，把人民的注意力转向外部，转向战争，用战争的胜利甚至只是对胜利的期盼，填补人们的愿望，抵消民怨。再就是干脆铺下烂摊子，让继承者去收拾，并因而收获感激，从而求得稳定和转机。

后来，直到近现代，甚至今天，都还有很多通过战争转嫁内部危机的事例，且不乏成功者。不同的是，后来的类似情况，战争开始时，规模都不大，而且一定瞄准着某种特别的或是可观的具体利益。而怨声四起、满目疮痍的秦帝国征伐的岭南漠北，在当时都属蛮荒之地，即便征伐成功，胜利所获，也必定远远不能弥补战争成本；再要征战不利，则更是血本无归，大厦将倾。作为成熟的政治家，始皇帝如果出于转嫁危机的目的而发动战争，也必然同时应该想到这样的结局。所以，单从这个角度来看，基本可以认定：对国内的重重危机，他本人比任何人都更悲观。悲观到“能拖一天算一天”的程度。悲观到以命相搏、饮鸩止渴的程度。

如果不是这样，或者不完全是这样，那么，第二种是他在等着继承者，或者干脆说是等着扶苏去挽回所有的危机，去中止自杀式的穷兵黩武，去充当帝国的“救世主”，而且，是在一切都无法挽回之前。果真如此，不难想象，始皇帝已经感觉自己时日无多了，已经开始为身后事做出安排了。

事实上，始皇帝嬴政，确实被那一场病，折磨得形销骨立、憔悴不堪。当认定赴海外“求仙”的徐市等人再也不会回来之后，他觉得，自己的生命，真的面临了终点。那一刻，在他心里，所有的征伐、惊险、功绩、过失、苦难、快慰、骄傲、失落，都似乎成了若有若无的梦。他的人，轻飘飘地悬在半空，胸怀里只剩下四个字——“帝国。扶苏”。也许，他想，扶苏能把帝国治好，能把一切收拾好。朕还能为他，为帝国做点儿什么呢……

应该说，这个时候，始皇帝嬴政，就已经想到以相对极端的办法“统一思想”。起因多半因为扶苏——他爱这个孩子，也肯定他的能力。扶苏性格中的柔弱，虽不像他，却或许恰是收拾帝国的关键素质。这孩子真正让人担心的，不是性情，而是思想。东周以来，思想纷繁，百家争鸣，莫衷一是；人们的心，始终是乱的，是不平静、不安分的；说是各有各的道理，可治国不是辩论，没有统一的思想，你说我说，你争我辩，今天你占上风就听你的，明天我辩得有力就改听我的，什么事儿也干不下去，什么事儿也运行不顺畅，什么事儿都坚持不到底，不乱才怪。可扶苏既不可能像他那样强有力地约束，也注定处在一个不可以强有力去约束的时期。那就该由他来完成这最后的强硬动作，留给孩子一个虽可能显得苍白却清清净净的思想氛围。那时候，不管倡导什么，都是“一家之言”，都是万众一声。剩下的事就好办了。如果再能恪守“永不分封”的告诫，凭扶苏的威望和宽容，帝国的和谐兴盛，也就呼之欲出了。

顺着这个思路，他想到了“禁书”的办法，不过还缺一个说得过去的理由和相对恰当的时机。他私下问赵高：怎样才能让天下独奉法家，而不推崇其他家？赵高答：“奴才不知。这事，怕是丞相那样有学问的人，才能办。”

始皇帝笑笑：“你中车府令不是也很有学问吗？”赵高忙说：“奴才愚钝，只是略知法家而已，其他学派，都知之甚少。”始皇帝后来是否又问过李斯同样的问题，或者赵高是否把始皇帝的想法转达给了李斯，谁也不知道。更没人知道，以齐地大儒、扶苏老师淳于越为代表的儒生，为什么偏偏在这样微妙的时候，又偏偏在始皇帝庆寿兴致高涨的当儿，公开批评郡县制和大一统，宣扬复分封、还民生的主张。如果说都是李斯暗地里撺掇的，未免牵强；可如果没什么暗地风浪，这帮儒生，可也太单纯，太没眼力见儿了。

不仅如此，他们的观点本身，也多少存在着片面性。诚然，帝国今日的疲惫、创伤，跟劳民过度、杀伐过甚脱不开干系，批评批评，似也并无大不妥。可要是把症结都归为“制度”本身，还是有些“形而上”了。难道恢复分封，就能扭转局面吗？难道废除严苛的法纪，就一定可以短时间内消除民怨，进而让帝国走出危机？除了倒退，你们这些有学问的人，难道就想不出更好的办法吗？你们是不是真的在为帝国的未来而忧虑，而思考，而倾力献计献策？！

本来，面对儒生们很扫兴的话题，始皇帝是想拿这些问题反诘的。可还没等开口，李斯就站出来讲话了。

开始，当他抨击淳于越等人为“愚儒”时，始皇帝心里挺得意；话题延展到整个“士”阶层时，始皇帝还是觉得“狠狠批批他们也好”。然而，当李斯以环环相扣的逻辑，无可辩驳的语言，把儒生的“迂腐”言论归罪为“天下之书”时，就连一直盼着有机会以雷霆手段统一思想的始皇帝，也多少有些意外。

后世关于秦始皇三十四年（公元前213年）颁布的《焚书令》的由来，大多持这样的看法：李斯为邀宠，揣摩着始皇帝的心思提出，又趁始皇帝怒气未消，一气呵成为法令，继而很有底气地付诸了行动。其目的在于激怒整个“士”阶层，让他们充分抒发不满，以便罗织罪名，为下一步“坑儒”暴行做铺垫。

支持这个看法的理由是：李斯提出除医药、卜算、种植等“实用”书籍及《秦记》（秦国自行编纂的史书）外，所有其他书籍，都应彻底销毁：不许读，不许存，更不许传播；私藏、私读、私下传播者，要被处以极刑。始皇帝没提出任何补充和修改，一概照准。可见，就算不是代始皇帝讲话，李斯所言，也至少是正中始皇帝下怀。另外，作为学术精湛的知识分子和帝国最高等级的文官，李斯本人，有着强烈的充当国家学术领袖、进而升华为帝国“精神领袖”的欲望，具有最快、最果断、最彻底消灭一切竞争者和潜在竞争者的动机，同时，也具备相应能力。

可稍微再一想，就不难发现蹊跷——照《焚书令》办，始皇帝钟爱的法家著作，不也一样难逃“尽焚百家之言”的厄运？李斯的政论著作，不也要面临灭顶之灾？如果说，这对配合了几十年的君臣中，有一个发生了疏漏还可以理解的话，那么两个人都忽略了同样的问题，就显得很令人费解了。而且，如果《焚书令》真的得到了贯彻，那么自古传看至今的《左传》《吕氏春秋》《孙子兵法》《鬼谷子书》等，又都从何而来？所以，仅就“焚书”一节，实际的情况，大概跟可资参考的文献的简明描述，还是有出入的。始皇帝，或者李斯，或者他们俩，事后是否修正过《焚书令》也同样不得而知。此外，“坑儒”的事，其实也有着可以说带着些偶然性的起因，硬说是一开始的处心积虑，并且完全归咎到李斯一个人头上，似乎也欠客观。

但不管怎么说，确实有大量书籍，被无情地焚烧了，其所承载着的文化成果和完全可能熠熠生辉的思想，也都化为了飞灰。被毁了根本的学士们的抱怨，自然也不难理解。始皇帝以为，抱怨一下，无可厚非。孩子被抢了玩具，还会哇哇哭闹，更何况，那些被焚的书籍里，寄托了学士们多少心血，多少希望，多少精神。可当感性的抱怨变成理性的攻击诋毁，当单纯的失却的痛楚，演变成咒骂式的谶语符命时，始皇帝便不能容忍了，便再一次抽出他杀人的利剑了。

开始，目标还仅仅指向查有实据的造谣诽谤者、图谋不轨者、惑乱民心者。可当来自李斯、赵高两个完全不同方向的、表明广大学士阶层普遍的颠覆情绪的密报来到面前时，当撺掇着他不须服用“不死药”，只须致力修炼为“真人”，尽可能隐秘行踪，将自身神秘化，以求“升仙”的术士卢生、侯生等人撂下“刚愎自用”“暴虐成性”“不可相助”的“毁谤”逃之夭夭时，所有烦恼，所有愤懑，所有失落，都在盛怒之下，落在了儒生阶层头上。

抓！他命令：都给朕抓起来！他抽出宝剑，胡乱砍着四周所有砍得到的物件。问他们——都跟什么人密谋了要颠覆帝国？都跟什么人散布了对朕的诽谤？让他们改口！让他们臣服！！让他们又臭又硬的腰杆子，都给朕弯下来！！！

四百六十人。这是流传下来的“权威”数据。四百六十位儒生被“坑”。仅仅是被“坑”，没有任何确切的、具体的罪名。实际上，被“坑”的人，很可能远不止这些。

扶苏公子把额头磕得鲜血淋漓，哭着求父亲：“不要杀儒生了！儒生无罪啊，父皇！”始皇帝愤愤按住剑柄，厉声质问：“朕跟你说的话，难道又忘了？”扶苏说：“儿不敢忘。可如此滥杀，实在是天怒人怨啊！”始皇帝怒斥：“混账东西，给朕住口！滚回去反省！”扶苏跪爬过来，死死抱住父亲，说出一句震撼人心的话：“父皇，坑儒即坑秦哪！”暴怒中的始皇帝，拔出利剑，横在儿子脖子上，颤抖着声音，咬牙切齿道：“再说一遍！”扶苏呼号：“坑儒即坑秦哪，父皇！”呼的一声，宝剑举起，泛出森冷的寒光。所有人都在那个瞬间屏住了呼吸。所有的心，都在那一刻提到了嗓子眼。只有扶苏似乎浑然不觉，更紧地抱住父亲，像寻求保护的孩子。

利剑到底没砍下来。始皇帝重重哼了一声，擎着剑，一脚踢开儿子。“滚！去修长城！远远走开，别让朕再看见你！去，用你自己的眼睛看清楚，什么是天下！！滚！滚！！滚！！！”他使劲踹着不肯离去的儿子，心里涌出酸酸热热的东西，感觉好难受。

自那以后，咸阳的人，就再没见过扶苏，也再没见过始皇帝。扶苏含着眼泪和满心忧虑一步步迎向刺骨的朔风时，自称为“真人”，内心拼命抓着那寥寥一缕“永生”希冀的始皇帝，彻底隐秘了自己的行踪。有人说，他蹩进了还在修造中的浩荡无边的阿房宫，毫无规律地每天睡在不同房间里。有人说，他躲进了秦岭大山之间，隐居在一个十分隐蔽的山洞里。也有人说，他根本没离开咸阳，只是住进了宫殿里的密室。还有人说，他那时候就已经进过骊山的地宫，并且在里面住了下来。

不管哪种说法，都没有真凭实据。人们只知道，赵高成了始皇帝唯一的代言人；只知道，凡流露始皇帝所在的人，都被赵高迅速处死；只知道，各地不断出现各种各样“预示”天下复分、嬴政将死的谶语符命，凡看见、听见的非官方人员，都无一幸免地被杀。人们还知道，被杀的人越多，那些谶语符命，反倒出现得越多，似乎全天下都在找死，都拿定主意，要集体自杀。

赵高躲在僻静的暗处，向随身秘密携带的父母灵位诉说：始皇帝疯了，再不是过去的始皇帝了，再不是救过我命的“政哥”了。他成了失心的猛兽、吃人的恶魔。我不明白，曾经那么勇敢、坚强、睿智的一个人，怎么竟成了这样。他活不长了。他的帝国，也必将随着他的死而死去。我救不了。谁都救不了。现在，我可以在你们交付的使命和始皇帝之间，做出选择了……

始皇帝最后一次巡游的理由最简单——自己寻找不死仙药。没有证据表明，这个荒谬动议，是赵高或别的什么人诱导、撺掇的，但让胡亥代替之前四次巡游一直陪护在旁的扶苏去“长长见识”，却是赵高的主意。之所以让胡亥随行，左不过是想要让堪堪成年的胡亥，跟虽还未满五十岁却显然已日暮西山的始皇帝，亲近亲近，以期博得好感，增加扶苏失宠过后竞争储君之位的胜算，万一胡亥即位，他赵高作为老师，能得到更大权力，能操作更大事务的如意算盘。除此之外，可以说，在出行之初和大半行程中，赵高都并没有更多、更深的图谋。

一路走过云梦，遥祭了据说埋葬着上古圣君“虞舜”的九嶷山，又在钱塘地方留下了彰显功勋的石碑，再跑到会稽山祭祀了大禹，接着北上重游发愿求仙的“琅琊台”……

望着茫茫大海，始皇帝心里翻腾着极其复杂的滋味。海那边到底有没有仙山哪？能不能把仙人的地方也征服，划入帝国版图？要不要把兵调回来，打过去看看？看看仙人到底是听我的，还是听卢生他们的。徐市说过的能吞噬求仙之人、独占仙气的海神，到底在哪儿？他会不会像徐市说的那样，变成大鱼翻腾而出？如果他敢出现，真人一定要战胜他！也许，战胜了他，就永生了，就等于占据了仙人的地方了。海神，你在哪儿？你出来，出来跟真人比试一下……扶苏不争气，没关系。所有人都反对真人，也不要紧。待真人得了永生，再慢慢收拾……

想着想着，他突然命令：准备捕鱼工具，给真人拿最强劲的弩来！谁都不知道他要干什么，也没谁敢问，只有因为长年在旁伺候也听说过徐市那套鬼话的赵高，隐约猜出用意，悄悄凑上前问："陛下莫非要战海神？"始皇帝答："正是。"然后回头看定赵高，又说，到时候，你躲远些，莫伤到了。

赵高几乎不敢相信自己的耳朵，心头顿时涌起澎湃的热流。他感到自己汹涌而出的泪水的滚烫，哽咽着说不出一个字。眼前的始皇帝，似乎一下又变回了邯郸城外荒坡上那个豪爽重情的男孩。他好想叫一声"政哥"！好想说：政哥，还记得咱们一起玩耍的时光吗？带赵高回去吧，回到饿肚子的儿时，回到除了饿肚子没任何烦心事的儿时！儿时多好啊，吃饱了，就高兴地唱起来；每天告别的时候，也会不舍地唱起来……

可他终究没说出一个字，呆望着摆出搏斗姿态的始皇帝，愣愣听他喊："他来了，都闪开！"他被惊醒，凝目望向海面，什么都没看见。他再顺着始皇帝几乎要瞪出眼眶的目光看去，还是什么也没有。

"噗"的一声，三百步射程的弩箭，闪电般钻入海水，顷刻无影无踪。"噗噗噗"，又是连着几声，更多的弩箭飞出，射向空洞而浩瀚的大海。拿箭！始皇帝高声吩咐。

他中箭了！声音越发高亢。

追！那边！！他的手指指向大海的更深处，眼里充满血丝。

赵高知道，他一定看见了什么自己看不见的东西，而那个东西正在把他、儿时的政哥、曾经无比伟大的始皇帝，引向致命的绝境。他的内心，不禁再一次悲凉地认定：始皇帝疯了。随着这再一次的认定，刚刚还溢满心胸的热，又瞬间化为冰冷，冷得让人浑身颤抖，冷得让人害怕。

四天以后，发射了上千支弩箭的始皇帝，终于射中一条谁都能看见的大鱼。四天里，他一直站在船头，一直死死地盯着海面，一直在不断发射弩箭。四天里，船只以最快速度一路北上，航程达千里之遥。

当终于拖着唯一的“战利品”——那条大鱼，停靠在荣成地方的浅滩时，四天水米未进的始皇帝，身体僵硬，呼吸短浅，脸色铁青，对一切请示询问，都不予回答。最后，还是赵高斗胆伸手扶住了他。扶住的当儿，赵高听见他说：“射中他了！杀死他了！”声音微弱，气若游丝。说完，始皇帝就缓缓闭上了眼睛，身子软成了一摊泥。

躺在辒辌车（具有一定保温、保湿设置的车辆）里的始皇帝，没再说过整话，只是断断续续呻吟，断断续续发出不大听得懂的指令。

随行的李斯背地里偷偷问赵高：“陛下病得是不是很重？”赵高没说话，轻轻点点头。

上岸后第三天，赵高宣布始皇帝陛下的“诏”：即刻寻找良药，任何人不得搅扰静养。又过了十几天，一行到了当年赵武灵王建造的沙丘宫，赵高又宣布：始皇帝陛下诏曰，暂居沙丘宫调养，视情再定行期。蒙毅复还巡幸之路，回祷山川。

蒙毅是蒙恬的弟弟。蒙恬是始皇帝最信用的武将，掌握着秦国将近半数的军队，正在北疆修筑长城。蒙恬跟扶苏在一起，跟扶苏是好朋友。蒙氏兄弟，在秦国，有着深远的根基和影响。万一始皇帝有什么不测，蒙毅必定会向蒙恬通报，蒙恬必定会举大兵拥扶苏即位。所以，蒙毅必须被蒙蔽，必须被牵制，进而蒙蔽蒙恬。蒙毅必须带着迷惑和希望，消失足够长的时间，而在这段时间里，一切都将彻底改变……

这是赵高对李斯为何偏派蒙毅回祷山川，使一行缺失主将疑问的答复。应该说，思维机敏的李斯，当时确实蒙了一下，略想了想，便单刀直入地问："莫非陛下性命危矣？"赵高令人很难察觉地点点头。李斯顿时火了，指着赵高鼻子，浑身颤抖着怒斥："好你个狡诈阉人，知道自己在干什么吗？你这是谋逆！"

赵高用看怪物般的眼神看着他，平静地说："丞相息怒，高可并未说出任何谋逆之言啊；如果丞相硬要那样认为，尽可这就向陛下禀报，看看他能不能听懂。"

"你！你——"李斯的手抖得更厉害了，嘴唇青紫，脸上渗出冷汗，"你说，陛下到底怎样了？"

"放心，活着。"赵高答得轻描淡写，补充道"可也只是——活着。"说着，从袖筒里抽出一方绢帛，递给李斯，"此乃遗诏，请丞相过目。"

李斯将信将疑地接过来，缓缓展开，只看了半刻工夫，就抬起眼又盯住赵高，问："陛下尚在，何来遗诏？"赵高笑了，说："丞相好糊涂，陛下若已不在，又怎能书写遗诏。"李斯说："既有此诏，届时照办就是。"赵高狡黠地看着他，问："丞相莫非真的要弃锦绣而就荆棘吗？"李斯问："你什么意思。"赵高从容道："适才，高已经说了，一旦始皇帝不测，蒙恬必定拥兵而立扶苏。若丞相以为，自己的权势、影响力、才能、功绩、口碑及与扶苏的关系，皆强于蒙恬，则自不必忧；可如若有一件不及，就该仔细想想，再要有两件三件不及，高以为，光是想想，还远远不够；若不幸样样不及，则此诏一旦执行，丞相的前途，可就黯淡得很了……"

李斯说你休要胡言恫吓于我，我李斯凡事为国利民，行止问心无愧，就算诸事皆不及蒙恬，也无非以死效国而已，断不似中车府令这般心怀不轨。

赵高这次干脆笑出了声："好个为国利民、问心无愧！敢问丞相，韩非之事，可称问心无愧吗？焚书坑儒，算是为国利民吗？私藏禁书、力主郡县、纵子贪敛，还有……"

“别说了！”李斯猛然打断，用近乎仇恨的目光瞪住赵高。良久，眼光飘开，喃喃道：“想我李斯，不过上蔡小吏，蒙始皇帝多年信用，恩如江海，怎可拂逆其意……”

几乎使用同样方法，赵高连蒙带吓唬住了胡亥，对李斯形成“要么顺从，要么现在就得死”的攻势。最终，李斯勉强应道：“斯唯愿始皇帝康复，复无他求。”

开始先被谋篡大位的大胆设想吓蒙，后来又被皇位的巨大诱惑煽动起无边欲望的胡亥，一个劲儿地催问赵高何时行事。赵高告诉他：“总要等始皇帝晏驾吧。”胡亥忙说：“是是是”忙不迭地把自己关进小小寝殿，再不露头。

始皇帝寝宫里，燃满着祈福的蜡烛。独自伺候的赵高，照例用棉絮试探鼻息。看着始皇帝死灰色的面孔，他轻轻叹口气，缓缓跪下，轻轻握住始皇帝冰冷的手。政哥，别熬了，走吧。你也是肉体凡胎，能成就多少呢？你这辈子值了，还有什么舍不下呢？赵高救不了你，没人救得了你。赵高伺候了你一辈子，连男根都丧了，抵得上你那救命一餐了。赵高也是爹生娘养，也是人，也得尽孝。政哥，别怨我……

忽然，他感到始皇帝的手动了一下，像是要抓他。几乎是下意识，他随手抄起一方温湿的手巾，猛地捂住始皇帝口鼻。那只冰冷的手，动得更厉害了，仿佛随时都会突然举起来，掏他的心肝。赵高被从未体会过的恐惧吓蒙了，手巾越发紧捂不放。始皇帝的身体忽然剧烈抽搐起来，吓得赵高一跃而起，手巾甩出老远。

他浑身战栗地看着那抽搐着的瘦弱躯体，觉得自己身体里有什么东西在上蹿下跳，像要冲出来、破碎他。他死死盯着始皇帝，拼尽全部意志力，压抑着就在口边的惊呼。

就在禁不住要叫出声来的瞬间，始皇帝的身体，骤然停止了一切动作。

当终于渐渐止住颤抖，并且确认始皇帝再也不会动了的时候，赵高浑身瘫软，跪倒在始皇帝尸身旁，过了很久，缓缓抽出始皇帝拼尽所有力气写成的遗诏，轻轻放在近旁火烛上。

盯着始皇帝在最后时刻为大秦帝国鼎定命运的绢帛被火舌一点点化为死灰，赵高眼里涌出泪来，不由自主地低吟起在邯郸时经常唱的那首告别的儿歌——好朋友啊，我们就要分别；你要保重啊，我们何时才能再相见……

当为掩盖仲秋时节浓重、迅速扩散的尸臭而载满咸鱼的始皇帝巡游车队临近咸阳城的时候，远在长城脚下的公子扶苏，接到了以“不孝”“不忠”为由命令他和蒙恬自杀的“始皇帝诏”。三十岁的扶苏哭了，向着咸阳方向跪倒，深情地叩了三个头，缓缓拔出佩剑，一旁的蒙恬一把拦住，说：“此诏有疑——始皇帝尚在，又未明喻储位；公子监三十万军于要塞，任重如山，何等信用，奈何轻信区区使官而欲枉死？即便要死，待臣护卫归咸阳，当面领罪，再死不迟啊……”

颁“诏”的使官一听这话，立刻厉声呵斥：“大胆蒙恬，想抗旨吗？始皇帝诏书在此，谁敢违抗。”说着命令随行武士架开蒙恬，押住扶苏。扶苏长身而起，用力甩开武士，喝道：“我乃大秦公子、始皇帝长子，万钧尊荣，岂容尔等玷污！死便死，我嬴姓子孙，莫非还畏死吗，站到一边去！”说罢，横剑在颈。蒙恬发出一声惨呼：“公子——”扶苏看看他，对使官说：“蒙恬将军无过。一切都在扶苏身上。你且莫要逼迫陷害，小心激变，死无葬身之地！回复父皇，扶苏愿以死护佑蒙恬将军！”

说罢，猛转过身，遥望着咸阳的方向，重重合上双眼，在最后两行热泪滚落的瞬间，把锋利的剑刃，嵌进了颈项深处，迸发出殷红的血幕，映得天边那一缕残阳，无比凄凉。

第三十五章

疯狂与毁灭

让扶苏、蒙恬自杀的“诏书”，是赵高写的。指定胡亥“即皇帝位”的“诏书”，也是赵高写的。李斯没有动一笔，甚至连看都没看一眼。可他最终还是向胡亥跪下，叫了“太子”，后来又叫了“陛下”。

一直把李斯看成高高在上的能人、圣贤的胡亥，被他那一跪一拜一呼，弄得局促起来，刚想说“李丞相快别这样”，刚要起身伸手去搀扶，旁边的赵高很响亮地干咳一声，把早已习惯听命于他的胡亥一下僵在那儿，既不动作，也没了言语。

李斯叩着头，静悄悄撅在那儿。隔了好一阵，赵高清清嗓子，低声说：“皇上请丞相起身说话。”然后疾步走过去，伸出一只手，搀起李斯，耳语道：“丞相坐，坐吧。”年近古稀的李斯缓缓起身，带着些许感激地瞥了赵高一眼，心里不知为什么，大大松了一口气。

“君”“臣”三人那次密谈的主要话题，是如何发丧，以及发丧之后如何稳定局面。自始至终，胡亥都没说过一句整话，只是哼哼哈哈胡乱应着。说老实话，他不大听得懂赵、李二人说的那些事，整个人还像在做梦——这就当上皇帝了？当皇帝就是这样的？我——噢，不对，是——

朕——朕怎么没什么特别的感觉啊？倒好像多了些不自在。早知道这样，还不如让给扶苏哥哥来当……

胡思乱想间，他用那些不明所以的哼哼哈哈，表达了对赵、李二人所有请示的肯定；等李斯走了，迫不及待把自己胡思乱想的内容告诉了赵高，还问：老师，我是不是显得很傻啊？赵高恭敬地施了个君臣大礼，然后凑到近前，又恢复了以往师生的距离和姿态。他亲昵地扶着十八岁的胡亥的肩膀，语重心长地说："陛下，您做得很好啊。老奴还从未见过，有谁比您更像一个真正的皇帝。做皇帝，就要像您这样，不轻易表露自己的想法，不随便说话。如此，人们就不知道您在想什么，您怎么看待他们，也就无从反对，也就不敢轻起异心，既维护了至高无上的权威，又把握了臣下的忠诚，真的是大好啊……"

胡亥说："可是父皇就不这样……"赵高马上接过话："老奴伺候先皇一生，像陛下您这般年纪时，先皇也是沉默的。"胡亥又问："当皇帝到底有什么好？"赵高告诉他："皇帝富有天下，掌握所有人的生死；无论想要什么，都是对的，都会得到满足。先皇是亘古绝无的智勇奇才，业已为陛下您打下万里江山，缔造了泱泱帝国，到您这儿，就剩下享受了……"

李斯后来质问赵高："为何不让皇帝知悉国家危难，莫非想要架空圣上？"

赵高反问："丞相以为，他一个小孩子能解决问题吗？到头来，还不是着落到你我头上，何必多费一道手。"

李斯："那你也不能让皇帝以为只应享受而全然不顾国家啊，他总要长大吧。"

赵高："咱先把眼前收拾了，皇帝长大，自然成才，这是你我该操心的事儿吗？"

李斯："即便如此，你也不能撺掇皇帝伤害兄弟啊！"

赵高："丞相是指扶苏，还是指别的什么人？扶苏的事，丞相可是首肯了的。"

李斯："呸！我从未染指那事，都是你们，都是你——"

赵高："那事是什么事？除了我们三个，谁还知道，谁能相信您没染指？想推开，您推得干净吗？"

李斯："是你们，是你，逼我的。"

赵高："这话我也能说。"

李斯：……

李斯再也没提起过"那事"。李斯明白，眼下，只有跟着赵高的指挥棒转，才能生存下去，才能保住眼前的一切，才不至于丧命。李斯恨自己。李斯想一死了之。李斯想以死相拼。李斯走得稍微快了点儿，就觉得腿酸目眩。李斯知道，自己老了，没有气力和勇气了。李斯坐下了、躺下了、闭上眼睛了……

一念之差啊！他叹。老了，老了！没骨气，也没底气了！！他哀叹。一家子人，那么多子女，怎么能全都不顾了呢？他提醒自己。也许并不见得就是坏事，他想。已经死了那么多人，多死几个又能怎样，他劝自己。赵高，来吧，咱老哥儿俩，就玩下去吧……

沙丘宫的密谋和逼迫，矫诏的发出和执行，二世皇帝位的确定等一系列动作完成过后，赵高认为，已经成功制约了李斯，排除了之前一直笼罩在头顶的危机，赢得了可以算是比较彻底的"安全"。现在，他知道荒蛮林莽中两条毒蛇的决斗中，用作牺牲品的猎物是谁了，也知道了最终的胜利者将是谁。剩下的事，就是坚持下去，毒死对方，最终吃掉对方，彻底称霸。

他一直都没告诉胡亥，故事的最后，是胜利者吃掉失败者。他想，十有八九，胡亥自己能想到。那个故事如果讲给始皇帝，他八成会把自己当成林莽中的老虎，在两条毒蛇决斗时，猛然蹿出，用尖牙利爪，迅速结果毒蛇，然后用同样办法，消灭林莽中所有剩下的毒蛇。如果讲给扶苏，他很可能会去充当机敏的猎人，幻想着在毒蛇咬死猎物前，用自己的利箭，射死毒蛇，解救其实注定要死去的猎物。其实，只有最毒的那条蛇，才能最终生存下来。所有没把自己想象成最毒的毒蛇的人，都终将失败……

很多有识之士，都对所谓的“巅峰心理”做过研究，试图揭示地位跟人性之间的微妙关系。在他们的认识中，走向或已然到达“巅峰”的人，心理势必会发生某种非身临其境不能体察的变化，这种变化，导致了“巅峰者”们做出之前根本不可能有的，其他人也根本无法理解的极端行为。比如：自杀、癫狂、吸毒、乱伦、过度杀伐、同性恋，等等。他们不认为，在“巅峰”之前，当事人刻意隐忍或掩盖了什么；那些极端行为，完全是新生的“巅峰反应”。好比吸毒，海洛因之类毒品中的某些成分，对中枢的影响，带有物理性质，时间长了，便会滋养原本并不存在的“犒赏中枢”，而一旦形成，便一发不可收拾。也许，对于秦帝国二世皇帝胡亥而言，“皇帝”两个字，就是他头脑中“犒赏中枢”的本源。赵高对“皇帝”无比崇高、无比美好的形容，则是促使“犒赏中枢”成长、茁壮的养分。当“犒赏中枢”迅速而完备地形成之后，便强有力地屏蔽了原本的、可能还算正常的思维，而完全趋向了始料不及的方面。

具体到胡亥本人，这种趋向，可以简单概括为“三加一”，其中的“三”是基本思想，即：一、朕是皇帝，理应享有一切；二、朕所享有的一切，必须是单独且长久的，任何人都不能跟朕抢；三、朕要像先皇一样伟大，甚至更伟大。另外的“一”是“附产品”，但很关键，即赵高可以帮朕实现前面的“三”。

由于这个“一”，赵高也几乎同时走向了自己的“巅峰”。不同的是，他比胡亥理性得多，也要丰富、狡猾得多，而且，胡亥已经到达“终点”，而他还没有，远远没有。他的欲求，远比胡亥的来得深刻、复杂、具体、险恶。在此情势下，老师、最被信用的近侍、篡位的始作俑者和总策划、最直接最友好的满足者、富于经验的行政者、刑狱律法“专家”以及体贴的长者等共同构成的、有利得不能再有利的身份，便使他拥有了任意操纵几乎所有事务的机会和能力。

于是，就发生了一连串谁都想象不到，甚至发生了之后都让人不敢相信的事：

蒙恬、蒙毅兄弟被罗织罪名，被迫自杀，军政方面最大的直接隐患得以排除。

以所能达成的最盛大、最靡费、最骇人听闻的方式埋葬始皇帝嬴政，其所有没生育的姬妾，全部殉葬——彻底埋葬父亲的同时，向全天下彰显新皇帝的“孝心”。

罗织各种各样的罪名，“揪出”对新皇帝即位的合法性持有怀疑的始皇帝子女，再连坐到他们的家臣以及更多的新皇帝的兄弟姊妹，迅速处死，消除动摇皇帝地位的内部隐患。

利用幸存的始皇帝子女对前一件事的愤怒和恐惧，以私议、潜逃等罪名，统统抓捕，逼迫殉葬，彻底锁定皇帝地位和唯一传嗣权。

全国范围内清除所有同情者、关联者，采取最残酷、最野蛮的方式杀死，震慑天下，把所有不满扑灭在萌芽阶段。

刑罚再加重一到两级，囚禁、杀戮所有敢于谏言者、非议时政者、谣言惑众者、“大不敬”者、“擅言者”，及所有被认为对这些人怀有同情的人……

疯了！完全疯了！！没有理由。也没有收获。只有所有监牢都成倍爆满还装不下，只好用囚笼锁在街巷阡陌的成千上万的囚徒。只有弥漫了整个帝国的哀号和死亡气息。只有几乎所有人心底都再也埋藏不住的绝望和愤怒。

二世皇帝胡亥只对两件事感兴趣——尽情享受赵高奉献到眼前的一切和像父亲始皇帝一样四处巡游，为自己竖碑彪炳。

他根本不知道，赵高急慌慌请求中断巡游、速归咸阳，根本不是因为什么“雍水出奇物，盖预祥瑞，请祀之”，而是因为就在巡游大军的屁股后面不远处的大泽乡，“黔首”陈涉、吴广，领着几百“刑徒”，拿着破竹竿子烂树枝，跟郡县守军拼命，杀军卒、占城池、夺府库，旬月间变成手执利刃的数万之众，正烈火般扑向中原腹地。

他当然更不知道，当面对什么“奇物”都没看见的雍水挥洒皇帝的敬意和恩赐的时候，“泥腿子”陈涉，已被群起响应的十几路总计超过二十万人，打着项燕、扶苏旗号的“叛军”，拥立为“陈王”，在他的帝国，插上了别的颜色的旗帜。

当他被一群抱都抱不过来、个个美不胜收的俏佳人围着，衣衫凌乱地沉醉在温柔乡里的时候，一个被认定是楚国王室后裔的深山里的放羊娃，被稀里糊涂拥立成了“楚王”。那个名叫“项籍”，据说跟差一点打败了当初无比强大的秦国军队的楚国大将项燕沾点儿亲的、加一块儿没念满一年书的英俊小伙，带着他的“八百江东子弟”，挥舞着一抡打倒一大片、一捅刺穿十几人的重矛，正以飞一般的速度，冲向颠覆帝国洪流的最前列。当他津津有味看美女吞吃长剑的把戏，张着嘴巴，等着为最精彩的一瞬喝彩的时候，小小的汜水亭亭长刘季，正导演着“拔剑斩蛇”的千古传奇，领着原本是囚徒的乡亲，跟浩浩荡荡的大军会合。

当他对李斯挖空心思杜撰的《谏督责书》及其所主张的“……贤明之主也，可不察焉”“……督责之术设，则所欲无不得矣。群臣百姓救过不给，何变之敢图？”赞不绝口的时候，幸存的六国谋臣、遗贵，正纷纷融入各路反秦大军，贴到“泥腿子”首领们身旁，贴到项籍或者叫“项羽”这样的勇武首领身旁，贴到刘季或者叫“刘邦”这样“以德服人”的首领身旁，用他们特有的高级政治智慧，修整着杂乱无章的“制度”，确立着原本十分模糊的战略，为还保持着强盛战斗力却缺乏有效指挥的秦军，设下一个又一个致命的陷阱和圈套。

他不知道，什么都不知道。当知道一点的时候，赵高告诉他：都是些乡野粗人，成不了大事，陛下不必理会。知道多一些了的时候，赵高告诉他：这跟李丞相恐怕不无关系。紧接着道出李斯和陈涉、吴广等人同是故楚国人士的“缘由”和任三川郡守的李斯之子李由“震慑不力”“疑有勾结”的“隐情”。

于是，在二世皇帝胡亥心里，所有祸乱，一下子变得都可以通过李斯解决了——只要李斯肯出头，祸乱就会平息。基于这样的理解，李斯的辩解和劝谏，在他心里，就成了狡辩和推卸，进而演变为“轻视”。恰在此时，赵高关于“隐居”“不使人知悉心术”的建议，在胡亥的内心，得到了最充分认同。想要再次劝谏的李斯，就碰了钉子。情急之下搅扰了“隐居”的李斯，就成了没眼色和居功自傲的狂人。最后，赵高关于“丞相及子勾结匪患”基本“查实”的报告，就很轻易地被相信了。

当终于被李斯堵住，听到对赵高“奸佞”的评价时，胡亥心里对李斯的抱怨、怀疑，就转化成了愤怒。再听赵高说：“李斯才是奸佞，无一刻不盼着老奴死……老奴一死，他马上就会颠覆陛下……想想看，沙丘的事情，只有陛下、老奴和他三个人知道，害死老奴，就没人能保护陛下了，到时候，他只要随口把事情推到陛下身上，再一联合叛逆……后面的事，您就去想吧，反正老奴是不敢想下去……”刚刚生出的愤怒，烈火般燃烧起来了。

胡亥狠狠拍打几案，嚷：“去，把这老家伙给朕办了！就是说先皇是他害死的也行，反正，朕不要再看见他，不要再听见他！”

李斯一早已经想到，自己在跟赵高的较量中，难逃失败厄运，却没想到会败得这么惨，败得全军覆没。他也一早想到，赵高会拿儿子李由抗击叛军不力的情形说事儿，可万没想到，“不力”变成了“谋逆”，他这个做父亲的，也由“失责”变成了“主谋”，他当然不肯承认。他在狱中奋笔疾书，想做最后挣扎，至少也要洗脱根本子虚乌有的“主谋叛逆”罪名。就算死，也要死得明白，死得干净！

可还没完成的辩词竟被抢走，并被连同书写工具，一道投入了火堆。赵高来看他，问：“还记得韩非吗？”劝，“招了吧。凭您的功劳，招了，也不至于怎样。赵高会为您开脱的。”又说，“不招，赵高没法向陛下交代，后面的事，也就展不开。”最后说，“您要是这么不配合，赵高也只能公事公办了。您可别恨我。说到底，赵高不过一个不男不女的奴才，除了侍奉主上，唯命是从，没有别的选择……”

一个七十岁的老人，饥寒交迫地领受着壮年人都无法忍受的酷刑，得不到医治，得不到同情，得不到哪怕最起码的照顾。天气一天天热起来，身上的创伤流出脓水。高烧不退，昏昏沉沉，全身上下没有一处不痛，连动都不敢动一下，连翻身的气力都没有……终于有一天，老人张开干裂的嘴唇，用沙哑衰弱的声音，请求狱卒：“我招。让我见见赵高吧。”

他软软地跪在赵高脚下，用同样沙哑衰弱的声音和乞求般的口气说：“求求你，看在多年共事的分上，快些让我死了吧。我……实在受不了了……”

赵高低头看着一堆垃圾似的李斯，由衷地长叹一声，轻轻地、饱含着朋友式柔情地拍了拍他瘦骨嶙峋的肩膀，一个字也没说地走了。

“求求你了”——赵高被这一声撕心裂肺的哀号吓了一跳，下意识地停住脚步，眼前忽然跳出想象了很多年的那两条荒蛮林莽中的毒蛇。它们正死死咬着一头看不清样貌的硕大猎物。猎物已经僵硬，其中一条蛇忽然松了口，软软摊开，垂死般痉挛起来，另一条昂着头，呆呆看着正在死去的对手……

又一声长叹。长叹过后，他背对不敢再去看的李斯，喃喃道：“胜利，跟失败一样沉重……”

等待死亡的李斯，倒显得平静了，甚至似乎还带着一丝欣慰。他呆呆地望着牢笼外那方小小的蓝天，回忆着老师的样子，回忆着韩非的样子，回忆着始皇帝年轻时候的样子，竟然露出一缕微笑。

他就那样微笑着，迎来了人生最后一个清晨。押赴刑场的时候，他看到了一同赴死、满脸愁苦和绝望的家人，看到了脸上还挂着泪痕的、已经四十多岁的小儿子。他跟儿子说：“别哭，孩子。你怎么总也长不大啊。”又说，“还记得在上蔡打野兔吗？咱家的小黄狗可能干了，一下就逮到两对儿野兔……你嚷着还要去逮，为父却说，要出远门去做学问，做大事……现在想想，还是该听你的——如果为父没出那趟远门，这会儿，咱兴许还在逮野兔呢……那该有多好啊……”（此即指“黄犬之叹”——吾欲与汝复牵黄犬俱出上蔡东门逐狡兔，其可得乎）说着说着，不由得老泪纵横。

视线里，儿子的模样，又变回了小时候；周围的景物，变成了几十年前的上蔡小城。他好像被和煦的风吹着，一路出了东门。小黄狗跑在前面，幼小的儿子紧随其后，那么鲜活，那么可爱，不断在眼前跳跃。

他拼命追逐着那鲜活的跳跃，根本没感到利刃割裂身体的痛楚。最后一滴血流尽的时候，那静谧葱翠的山林，那活蹦乱跳的孩子，似乎还在眼前萦绕。

没有了李斯的秦帝国，几乎成了赵高一个人的。这时候，他似乎已经达到了自己的“巅峰”，也一定有过很多极端作为。其中最著名的，当属“指鹿为马”——面对赵高让牵来的长着长长犄角的鹿，文武臣工，竟无一人对赵高称其为“马”提出纠正，反而都附和，把高高在上的胡亥弄得也晕乎了，心想：八成，也有这样的马吧……

直到这会儿，胡亥仍对赵高怀着不折不扣的信任。要不是很偶然地获知“逆首”项羽所部“叛军”，以必死之志，在巨鹿地方大胜秦军，并尽数屠灭，秦军全线“大溃”的消息，这种信任，不知还会持续多久。

这回，他真有些害怕了。不仅害怕看上去已完全无法收拾的局面，更害怕赵高还不知瞒了多少事，背地里干了多少事儿。他想责问，也想探个底，更想尽快出对策。他想好了，就拿对以往一切隐瞒不追究为筹码，让赵高赶紧出主意。

可偏在这时，赵高病了。一病，还就起不了身了。他的养子来禀报病情时，胡亥很想让给带话回去，请赵高赶紧了解时政，赶紧“对症下药”，可转念又一想，谁知道他是真病假病，不能让他以为朕离了他就不行了。于是漫不经心甩了句：“那就让他慢慢养着吧。”

本来正发愁怎么跟胡亥交代势必遮盖不住的危局，怎么遮掩自己一向以来的隐瞒和眼下的无计可施的赵高，一听这话，心顿时提到嗓子眼：小东西难道已经知道实情了？除了战事，还知道什么了？李斯在监牢里留下血字的事，漏了？

所谓“监牢血字”，是指在处死李斯及其全家之后，狱卒偶然在关押李斯监牢的墙角发现的一行模模糊糊的痕迹。

赵高起先没当回事，让擦掉；可狱卒又说，好像里面有个“高”字。他这才警觉，亲自去察看，辨看很久，才弄清那显然是用血写上去的字迹是：“赵高者，故赵国之细作也。畏始皇帝之威而未敢行逆耳。”

当时，惊得他一身冷汗，心想：好你个李斯，到死也要咬我一口。赶紧让人擦了，还说：一些疯话，我也没看明白。心却悬了起来，好容易要放下去时，却又听说，那个报信的狱卒失踪了，一颗心于是又悬起来。要不为这，怕还不至于使出“称病”这样烂的招数。那狱卒到底没有捉到，他也就始终没能真正踏实下来。

如今，胡亥那随口而出的一句话，让赵高感觉自己被“挂”起来了。作为最被倚重，甚至可以说是唯一被倚重的臣下，被“挂”起来，可是非常危险的信号，那意味着，失去了主上的信任。一旦失去信任，曾经担当得越重要，下场就越悲惨。真要那样，可绝不能像李斯那么蠢，自己往套里钻。必须得想对策。必须得在小东西下手前，做出反应。那小东西，对杀人根本就没有概念、没有任何顾忌，就是上下嘴唇一碰的事儿……

越想越紧张，越想越危险，越想就越觉得应该马上反应，强有力地反应，甚至应该“彻底解决”！经过几天几夜的分析、研究、冥想，最后形成一个“完美”而歹毒的方案——干脆弄死小东西，拥立当初小东西滥杀宗室时跑脱，后来被他秘密寻访到的子婴，把始皇帝、李斯的事，以及天下大乱的罪责，都推到小东西身上……主意拿定，赶紧找来养子们商议实施，很快就出台了具体步骤。

正四处找人想商议怎么应对危机，怎么请赵高“出山”的二世皇帝胡亥，万万没想到，他在内心仍视为救星的赵高，居然让养子伙同了亲信将领阎乐，领兵杀了宫卫，直闯到面前，拿滴着血的剑指着他说：“尔昏乱暴戾，误国引祸，致天下共愤。尔当以死谢之！”

胡亥似乎还在梦中，傻傻地看看四周，却望不见一个“自己人”。再看看剑尖上的血和满地的尸体，使劲摇了摇头，颤抖着说：“将军……好神……神勇啊……朕，朕……未曾见也……朕……朕……”

再也“朕”不出来时，他干脆跪下求饶。先说要见赵高，人家没答应。又说自愿退居一隅称王，人家睬都没睬。又请求只当个万户侯，对方只是冷笑。胡亥哭了，哭得就像小孩子，最后说：“饶我一命吧，让我带着妻子儿女，自耕自食，这总可以了吧……”阎乐冷冷道：“我只是奉命取你性命，没有被交代跟你谈判。你说的都是废话。咱们之间可以商量的，只有一个问题——是我帮你了断，还是你自己来。”

胡亥彻底绝望了，像摊烂泥似的瘫成一堆，半声都出不来。最后掠过他那从来都没清醒过的头脑的一句话是：“原来，当了皇帝，就是这样的……”

到底是他自己“了断”的，还是被杀的，并无确切说法。赵高没问，行事的人也没详报。胡亥被当成“黔首”，胡乱葬在谁也记不清也压根儿没打算记的地方，没留下丝毫标记。

至此，曾经意气风发的大秦帝国，可以说就灭亡了，在它还没来得及长大的时候。从某种意义上讲，从始皇帝嬴政死去的那一刻起，它其实就已经灭亡了。

据说胡亥死后，赵高曾经改变了拥立子婴的“设计”，改为自己登基称帝，后来迫于压力，“缩水”成了“称王”，然而最终没有成事，个中原因，众说纷纭。有说是在“登基大典”“彩排”时天雷震动，白日骤黑，使赵高产生了对“天命”的畏惧，自己主动下台。也有说是子婴设计刺杀了赵高，并一举粉碎其集团，才真正制止了其谋篡之举，更有人兼容这两种说法。反正最后是赵高及其亲信，在胡亥死后几十天之内，尽皆死于非命，并不确知自己身世的子婴，随即在风雨飘摇中，主持了嬴秦家族最后一场祭祀。

之前，赵高曾传递信件给最靠近咸阳的起义军领袖刘邦，表达了媾和、秦退称王、仅居关中、尽复天下之地的意思。刘邦最得力的谋士、传说中博浪沙行刺的策划者张良认为，其中有诈，劝刘邦不要理会。刘邦采纳了张良的意见，给了十分强硬的回复。据说，那回复中，含着要求赵高自杀谢罪的言辞。

秦帝国建立的第十六个年头，即公元前206年，已退居“秦王”位的子婴，怀抱降表，乘着两匹瘦马拉着的普通轿车，带着寥寥可数的十几名随从，吱吱呀呀出了一片破败、几乎没了人烟的咸阳城，朝着“霸水”之畔的楚军营帐驶去。

眼前的霸水，曾承载先祖穆公奋发图强的精神和称霸西戎的功绩。身后的咸阳城，曾镌刻先祖孝公励精图治、变法强国的伟岸和始皇帝吞并天下、建造帝国的辉煌。脚下的驰道，曾经无数次走过大秦的威武之师，也碾下了始皇帝巡游天下的车辙……

如今，一切都随风而去，只剩让人心寒的萧瑟。好像一场长长的大梦，醒来时，一切都不复存在，一切都回归成了苍凉的叹息……

胸中的热血，还流淌着嬴秦绵延七百年的辛酸、苦难、勇气、决绝、光荣和梦想，却正被怀里的降表一点点冷却，凝固成永远都解不开的痛楚与悲怆……

刘邦接受了降表，给予了以子婴为代表的嬴秦最后血脉十分宽容，甚至可以说是优厚的安置。他的军队，没有进入咸阳城，一直驻扎在霸水之滨。

后来，项羽来了，带着他的虎狼之师，闯入了咸阳城，闯入了子婴的住所，杀了子婴，杀了子婴的家人，杀了嬴秦家族最后一个孩子，杀了在咸阳城能够杀死的所有人。

然后是焚烧，大火蔓延在整个咸阳城，足足烧了三个月。冲天的烈焰，映红了本来铅灰色的天空。浓浓的黑烟，又遮挡了火焰的赤红。巍峨的咸阳宫，在浓烟烈火中坍塌。巨大的、象征着秦帝国无上权威、蕴含始皇帝“天下永不再战”宏愿的十二座铜人，在浓烟烈火中软化、变形，还没竣工的阿房宫，在浓烟烈火中，变成灰烬……大秦帝国所有的印记，都在浓烟烈火中，化为乌有，弥散在茫茫天宇，失落于浩浩时光。

焚毁了大秦帝国的项羽，几年后败在了没进咸阳城的刘邦手里，横剑自刎在败逃路上。

同样没读过几天书的泗水亭亭长刘邦，建立了叫作“汉”的帝国，把土地分封给自己的兄弟子侄。几十年后，他的后代刘彻，把所有分封的土地，都收了回去，在比大秦帝国更广大的土地上，完全实现了秦始皇、李斯主张的郡县制。

这个叫作“汉”的帝国，存在了将近四百年。“汉”这个字，因而成了所有帝国臣民共同的名字，一直叫到今天。秦始皇的郡县制大一统的政治体系，一直被汉以后的历代王朝沿用。

辉煌而短命的“大秦帝国”，一直被后世的人们传颂着、探寻着、惋惜着。

难忆少年时

【代跋】

每个人都有懵懵懂懂的少年时。每个民族，乃至整个人类，也都有那样的时候。在我的认识中，先秦时期，大概可以算是我们民族的童年和少年了。

少年时有美好，也必定有阴影；有甜蜜，也多少会存着些苦涩。但无论如何，我们大都有着去回忆那个时候的欲求；不然，就不会有那么多“同学会”“校友会”。也许，就是怀着那份对回忆，或者说“追忆”的渴求，我接受了这个很感觉力有不逮的题目——《大秦帝国》。并且，怀着这份渴求，把自己带回我们民族的少年时。

那是一个懵懂的时代，也是一个无拘无束的时代，更是星光璀璨的时代。秦，最早在其中，只是一朵不起眼的小浪花，却在古老华夏的天空中，划出了最光灿、最耀眼的光亮，担当了那个时代的终结者和另一个时代的开启者，而后又像流星一样消失，沉入无尽的时光之海，给后人留下了似乎永远都不能完全解开的谜。

我们回忆自己时，通常会面临两个问题：第一，我们究竟是如何长大的？或者说，从什么时候起，我们开始了真正的成长？第二，是什么使得我们在那个时候，从那件事情起，开始长大，而且成长成了今天的样子？也许，对每个个体的人而言，找到，或说附会出自圆其说的答案并不难。大不了还可以绕过去。可事关我们的民族，我们这么大、这么古老、这么优秀、这么命运多舛的民族，问题就显得极其严肃，极其沉重，且不容回避了。

可毕竟，找出那些答案，更多的，还是历史学家和社会学家们的使命，跟小说并无直接关系。小说，更像是同学聚会时惆怅的聊天，更有着“坐着摇椅慢慢聊”式的浪漫；是真诚的、充满怀念的娓娓道来；是可以留下疑问、可以不究细节，甚至可以略略夸张、略略演绎、略略撕扯的写意画。

顺着这样的理解，借助对相关史料的“复习”“强化”和越发深长的思索，以及零散在两轮春夏秋冬里的大几十个不眠之夜，就有了这篇多少有些不同的故事，和其中包含着的对我们民族少年时代的追忆。

讲故事有很多方法，这篇其实采取的是最常见的一种——从前有座山，山里有座庙……并没说山是什么样子，四季草木景致怎样，也没说庙有几进，门朝哪儿开，何年兴建，雕梁画栋若何，供奉哪路神仙，等等。那些，跟故事本身，虽也有着关系，可的确没多么要紧，逐一追溯且确保详尽无误，也绝非易事。相比起来，似乎并不显得比“从头讲起”更重要。所以，采取“大写意”述说笔调的同时，把故事的起点，拉到了“很久很久以前”。虽也还不是“从头”，却也已早得可以。想来，看着能更完整些，也更容易体会故事里的“后来”。

故事的“后来”里，没有更多专注在很早开始起就被很多人追忆、反复追忆，品味、细细品味，引申、不断引申，传奇、百般传奇的人和事上，甚至有的，都没去正面触碰。比如：张仪使楚、苏秦相六国、荆轲刺秦王，统一的军政过程，统一后的诸多举措，焚书坑儒、陈胜吴广、项羽刘邦，等等。因为实在不知怎样展现这些可以说耳熟能详的部分，才能既不悖逆普遍认识，又不负“拾人牙慧”之嫌。好比同学聚会时聊天，针对大家都在热议的话题，点点头认可就好——既然大家已有较为笃定的说法，再讲一遍，实在浪费时间，也似不好就去“颠覆”什么。尽管，时下似乎很流行“颠覆”，却窃以为不宜盲目跟风。想想看，谁会随便颠覆回忆及其所承载的自己呢？颠覆，大抵都针对着“别人”。至少，颠覆者们，没把被颠覆对象，看得跟自己有多大关系，而我不这样看待自己的作品，更不这样看待我们民族的童年和少年。

出于类似原因，加上跟故事的主角“秦”的关系并不十分贴近，一些非常著名的人物，如：齐桓公、魏文侯、屈原、乐毅、“四公子”等，也点到为止或者忽略不计了。倒更多关注了些本来就很传奇，或史料记载不详，甚至在考古学和历史研究中至今尚存分歧、疑点的情节。一方面，作为小说，无论如何都还应该包含“创作”因素，也应该营造一些新鲜、一些意趣、一些悬念；另一方面，对于有些虽也广为流传却显然存在不合理性，很可能融入了怨愤、鄙夷、同情等情绪化因素，甚至很可能被这些因素左右了的人和事，也借着讲故事，表达了一下自己的见解、想法。带有尝试和揣摩的性质，但多少都还有些依据，也自以为还是顺着最基本的人性的方向的。

其中含着些许“颠覆”意味的主要有三处：

第一，苏秦、张仪的先后及主从关系；

第二，“异人”和吕不韦谋权始末及此二人与始皇母的关系；

第三，赵高的出身及其人所作所为的故意性。

另外，在商鞅之死、荆轲的武艺到底如何、嫪毐究竟是个什么人等问题上，也多少做了些自认为还合理的“演绎”。对宣太后、始皇帝等重要人物，给予了更为“人性化”的“正视”，而没作太多批判。该批判的，前人方家都已批判过了，轮不着我多嘴；后面，可能还有人再批判，也不缺这一个声音。倒是为他们说几句柔软的“公道话”的局面，似乎乏善可陈。讲故事也好，回忆也好，多是怀着友善、平和、追逐美好的心思的。水落石出、大是大非，说到底，还是专家学者和政治家的事。

故事中的对话不多，且多以现代语言表述。好像我们在回忆时，拿着今天的认识和语言风格去叙述当时的情形，有的地方，甚至还用了时下比较流行的不那么正规的语言，但显然，人物当时，肯定不会是那样的措辞。所以，这样的对话，都没加引号。故事中一些地方加了些议论和解释，除了想自己跳出来直接跟读者对话的冲动，也是想着故事所处的年代久远，有些地方，还是说明一下，可以更清楚。但愿没画蛇添足。

就像我们每次回忆自己的少年时一样，这个故事所作追忆的，也只是基于某种特定角度，针对某些特定片段，肯定不全面，也或许有偏差。如果用学术化的眼光去看，难免残缺粗糙。但要是抱着“从前有座山，山里有座庙……”的情怀看去，则应该还不失丰富、不失人情，甚至也不乏精彩和智慧，也完全可能博得敬爱的读者的喜爱。至少，作为笔者，肯定是存着这番希望的。

作者附

2009年岁初・于北京